大魚讀品
BIG FISH BOOKS

让日常阅读成为砍向我们内心冰封大海的斧头。

［美］金·斯坦利·罗宾逊 著

陆絮 译

火星三部曲

MARS TRILOGY
RED MARS

# 红火星

**Kim Stanley Robinson**

中国友谊出版公司

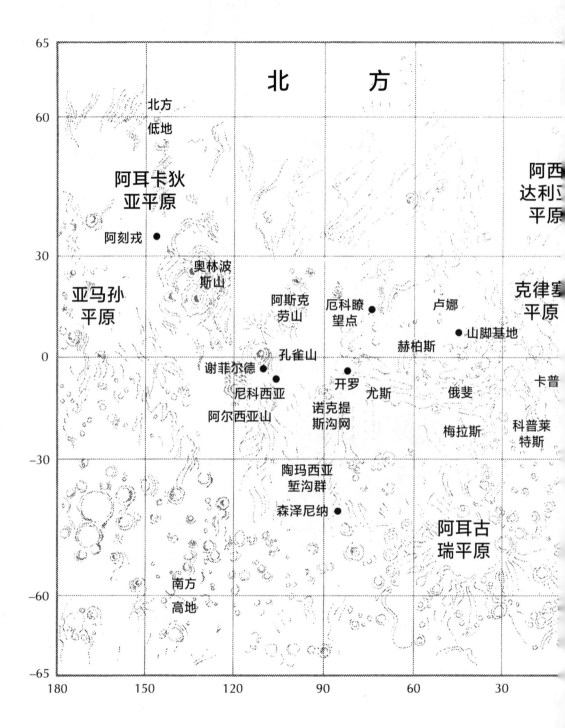

北极极冠
（水冰）

荒　　原

乌托邦平原

埃律
西昂山

布雷德伯里点 ●

埃律西昂平原

阿雷纳 ●

南方堑沟 ●

克珊忒
台地

伯勒斯城 ●

伊希斯
平原

金色
混杂地

厄俄斯

● 巴克赫伊森

● 滨海自由城

希腊平原

南极极冠
（干冰）

330　　　　　　300　　　　　　270　　　　　　240　　　　　　210　　　　　　180

献给丽莎

# 目　录

第　一　章

# 庆典之夜

FESTIVAL NIGHT

在我们到来之前，火星空空荡荡。这并不是说这里亘古不变。这颗行星曾经沉积、熔化、扰动、冷却，在遍布伤痕的地表留下许多巨大的地貌特征：陨击坑、峡谷、火山等。但这些变化都发生在无机物之中，没有意识的参与，也没有任何见证。没有任何人目睹这一切——除了居住在隔壁星球的我们。而我们也只是见证了它漫长历史中的最近一小段时光而已。我们是火星仅有的意识见证。

　　现如今每个人都熟知人类历史中关于火星的事：在史前人类时代，火星是天空中最重要的几颗行星之一。人们早早地就注意到了它红色的色调、忽明忽暗的亮度；它缓慢地运行在群星之间，有时候甚至会逆行。这些观察本身似乎就说明了一些情况。正因如此，所有古语言中代表火星的名词的发音都有奇怪的舌部重音，这件事也许就没那么令人惊讶了：尼尔加尔[1]、曼加拉[2]、奥卡库[3]、哈马基斯[4]——这些名字念起来仿佛比它们本身的语言更古老，仿佛是从冰河世纪甚至更古老的时代留存下来的化石语言一

---

1　尼尔加尔是古巴比伦神话中的战神，地位相当于罗马神话中的战神玛尔斯（火星的英文 Mars 即来源于此），亦即希腊神话中的战神阿瑞斯。（除特殊说明外，本书脚注均为译注）
2　曼加拉是梵文的音译，是印度教神话中的愤怒与进攻之神。在印度文学中，曼加拉是火星拟人化的名称。
3　奥卡库在南美印加帝国官方语言克丘亚语中指代火星。
4　哈马基斯是古埃及的神祇，在古埃及语中指代火星。

般。是的，几千年来火星一直在人类文明中占据神圣的地位，它的颜色令它拥有危险的力量，那红色象征着鲜血、愤怒、战争，以及心脏。

在此之后，第一台望远镜让我们得以近距离观察火星。我们看到了小小的橘色圆形平面，白色的极点和黑斑随着漫长的季节更替而不断扩散、收缩。再怎么改良望远镜技术，也无法令我们看到更多了，即使是传回地球的最清晰的图像也非常模糊，然而这种模糊性给了罗威尔[1]足够的灵感和想象空间，让他编织出一个故事，一个我们都非常熟知的故事——在一个即将死去的世界，一个英勇的民族竭尽全力建造运河来抵御沙漠致命的侵蚀。

那是一个好故事。然而不久后，随着水手号[2]和海盗号[3]发回火星的照片，一切都改变了。我们关于火星的知识拓展了好几个维度，和以前对火星的了解比起来，我们现在所掌握的知识简直是以前的几百万倍。在我们眼前展现的是一个全新的世界，一个未知的世界。

然而，火星似乎是个没有生命存在的世界。人们不断寻找着火星曾经存在或是现存的生命迹象：无论是微生物还是难逃一劫的建造"运河"的火星人，甚至是外星访客。如你们所知的那样，我们没有发现任何生命的迹象。于是自然而然地，一个个故事如雨后春笋般出现，填补了这个空白，正如罗威尔的时代、荷马的时代，甚至是人类蜗居在洞穴里或是奔驰在非洲大草原的时候。那一个个故事讲述了被我们的生物组织破坏的微化石；或是曾经在沙尘暴中显现却再也无法找到的古代遗迹；或是冒险的火星巨人；或是永远只能从眼角瞥到的行踪诡秘的"小红人"。那些故事全都试图在火星上创造生命，或是赋予火星生命。因为我们本质上仍是那种从冰河世纪幸存下来的动物，满怀好奇地仰望夜空，讲述一个个

---

1 罗威尔即帕西瓦尔·罗威尔（1855—1916），美国商人、作家、数学家、天文学家。曾将火星上的沟槽描述为人工运河。他在亚利桑那州创建了罗威尔天文台，从而促使冥王星在其去世 14 年后被发现。
2 美国国家航空航天局（NASA）在 1962—1973 年主导了一系列太空探索计划（"水手计划"），其中水手 3 号、4 号、6 号、7 号、8 号、9 号探测器以探索火星为目的。
3 美国国家航空航天局在 1975 年执行了一项火星探测计划（"海盗计划"），先后向火星发射了两架无人探测器：海盗 1 号和海盗 2 号。两架探测器都于 1976 年在火星表面成功着陆，为火星探测提供了大量宝贵资料。

故事。而火星也一如既往，作为一个巨大的符号、一个伟大的象征、一种强大的力量，自人类存在以来，亘古常在。

　　因此，我们来了。曾经，它是一种力量；现在，它只是一片土地。

# 1

"……因此，我们来了。然而人们没有意识到的是，当我们真正到达火星时，漫长的旅途令我们完全改变了：我们本来打算去做的事情变得无足轻重。这可和西部拓荒[1]时安营扎寨不一样——这是*一种全新的体验*。随着战神号[2]持续航行，地球离我们越来越远，最终变成一颗小蓝星，隐没于众星之中；从地球传来的声音也被大大延迟，仿佛是从上世纪传来的一般。我们只能自力更生，因此我们成了*全新的存在*。"

真是谎话连篇，弗兰克·查尔莫斯烦躁地想。他坐在一群高官政要中间，看着昔日好友约翰·布恩发表他惯常的"布恩式激励演讲"。这令查尔莫斯疲惫不堪。事实是，地球到火星的旅程从功能上来讲和一趟长途火车旅行没什么区别。他们不仅没有变成什么全新的存在，反倒变得更像他们自己本身的样子了。脱离了惯常的环境和习惯后，他们也只剩下组成他们自身的原始材料了。然而，约翰站起来，伸出一根手指指向观众说道："我们一路走来，是为了创造全新的世界。当我们到达时，我们身上属于地球的一切特征都已经淡去，一个全新的世界在等着我们！"是的，他是真的相信自己所说的这番话。他对火星的憧憬如同扭曲一切光线的滤镜，如同一种宗教般的信仰。哪怕是一场私人对话，他也会滔滔不绝地把这些毫无意义的话说上一遍，不管听者是不是在翻

---

1　西部拓荒指的是 18 世纪末到 20 世纪初美国东部居民向西部地区迁移和开疆扩土的西进运动。
2　战神号是本书中登陆火星的首批 100 人（首百）乘坐的太空飞船的名字，英文是 Ares，即希腊神话中的战神阿瑞斯。阿瑞斯是天神宙斯与天后赫拉之子，是奥林匹斯十二主神之一。

白眼。

查尔莫斯不再关注演讲，而是将目光投向这座崭新的城市。人们将这座城市命名为尼科西亚。这是人类在火星地表建造的第一个独立城镇，所有建筑都建设在一个由几近隐形的支架支撑的巨型透明帐篷内部。城镇位于塔尔西斯高原[1]上，诺克提斯沟网[2]以西。这个位置视野开阔，只有西边的视野被帕弗尼斯山宽广的山顶遮挡了一部分。人群中来过火星的人对这个选址兴奋不已：这里是一片平地，没有沟壑、台地和陨击坑，而且视野辽阔。真是太棒了！

观众中爆发出的一阵笑声将弗兰克的注意力拉回到了他的老友身上。约翰·布恩嗓音微哑，说话带有友好的中西部口音。他似乎正在轮流（有时甚至是同时）展现出放松、紧张、真诚、自嘲、谦逊、自信、严肃、幽默的情绪。简而言之，他是个完美的演说家。观众们全神贯注；这可是第一个登上火星的人在对他们讲话。从人们脸上的表情来看，他们简直就像是在见证耶稣用饼和鱼[3]为他们准备晚饭。事实上，约翰也几乎值得他们的崇拜，他对飞船施展了类似的神迹，将乘坐大型罐头盒子旅行的经历升华成了一场振奋人心、激情澎湃的旅程。"在火星上，我们要比以前更加关怀和照顾彼此。"约翰说道。查尔莫斯想，这句话的真正含义是，目前已经出现那种在鼠群数量过剩实验[4]中观察到的令人担忧的行为了。"火星是一个壮丽、奇异又危险的地方。"约翰说——言下之意是，火星是个到处都是氧化岩石的大冰球，而我们都暴露在每年约15雷姆[5]的辐射中。"通过努力，"约翰继续道，"我们可以创建新的社会秩序，开启人类历史的新篇章。"比如，灵长类优势种群中最新的变异亚种。

---

1 塔尔西斯高原是位于火星西半球赤道附近的一处辽阔的火山高原，包括三座大型盾状火山：阿尔西亚山、帕弗尼斯山、阿斯克劳山。高原西部边缘坐落着火星上最高的山峰、太阳系最高的火山——奥林波斯山。

2 诺克提斯沟网是位于水手号峡谷群和塔尔西斯高原之间的一片区域，地势崎岖，多深谷和陡峭的山谷，故得此名。

3 《圣经》中记载，耶稣曾施展神迹，用5个饼和2条鱼喂饱了5000人。

4 鼠群数量过剩实验指老鼠乌托邦实验，又称"25号宇宙实验"，由美国动物行为学家约翰·卡尔霍恩展开，该实验结果反映出有限空间带来的心理问题可能比任何其他环境因素都更致命。

5 雷姆（Rem）是辐射剂量当量的旧制单位，全称"人体伦琴当量"，用于表征生物体所受到的辐射强度，现已被希沃特（Sv）取代。

约翰以这句夸大其词的话结束了他的演讲，人群中也自然而然地爆发出了一阵雷鸣般的掌声。玛雅·妥特伏娜走上演讲台介绍弗兰克·查尔莫斯。弗兰克给她使了个眼色，示意自己现在没心情听她讲笑话。她看到了，然后说道："接下来的这位演讲者一直是我们这艘小火箭飞船的燃料。"——还真有人笑了——"他宏大的远见和充沛的精力是促使我们来到火星的契机，所以如果你有任何抱怨，请留给我们的下一位演讲者——欢迎我们的老朋友弗兰克·查尔莫斯。"

站到演讲台前，弗兰克震惊地发现这座城镇竟如此宏伟壮丽。整个城镇占据了一片狭长的三角形区域，人们此时聚集在城镇的最高点——位于西部山顶的公园。7条小路穿过公园向远处延伸，逐渐变成树木成行、芳草萋萋的宽阔大道。大道之间有一些形状不规则的低矮建筑，建筑的每个侧面都由不同颜色的光滑岩石筑成。这些建筑的大小和结构暗含着一种巴黎情调，就像是喝醉酒的野兽派画家在路边咖啡店看到的春天的巴黎一样。四五千米外的山坡下有3栋高耸的摩天大楼，标志着城市的边界，再往远处便是低矮的绿色农田。那3栋摩天大楼也是帐篷支架结构的一部分，其上是纵横交错的拱形网格线，每条线都是天空的颜色。帐篷的纤维材料是透明的，所以总体来看，人们仿佛站在天空之下。这真是太厉害了。尼科西亚一定会很受欢迎的。

弗兰克对观众坦陈了他对城市的感想，观众们热情地回应了他，纷纷表示赞同。很显然他获得了观众的认同。这群观众可真是善变，立场和观点的坚定程度和约翰差不多。弗兰克身材壮硕、肤色黝黑，他知道自己和约翰那种金发碧眼的优雅形象对比强烈，但他也知道自己身上有种独特的粗犷魅力。随着逐渐进入状态，他调动起个人魅力，开始运用起自己惯用的套话来。

这时，一道太阳光柱切开了云层，人们纷纷抬头仰望天空，脸庞沐浴在阳光中。弗兰克突然感觉胃里一紧。这里有这么多人，这么多陌生人！聚集在一起的人群令人恐惧（尽管他们是独立的个体）——一个个粉色肉团上湿漉漉的陶瓷般的眼睛都在盯着他看……通常，对着一群人讲话时，他只能捕捉到其中的几张脸，其余的不过是填充视线；但借由越过他肩膀的光线，所有人的脸都一齐冲进他的视线。这真的是太过了。一个火星城镇上竟有 5000 人。在山脚基地度过那么多年之后，这真是令人难以置信。

他很不明智地试图将这种感觉传达给观众。"看，"他说，"看看四周——我们出现在此地的不协调感是如此——突兀。"

他的话没有引起观众的共鸣。该怎么说？该如何表达"在岩石包围的世界中，只有他们是鲜活的，他们的脸庞如同纸灯笼般发着光亮"？该怎么说明"即使生物不过是自私的基因的载体，这依然在某种意义上，比空白的无机物构成的虚空万物要好很多"？

当然，这番话他不可能真正说出口，也许永远都不会说出口，至少肯定不会在演讲中提及。所以他重整旗鼓。"在荒芜的火星上，"他说，"人类的出现可以说是……嗯，非常伟大（'我们要比以前更加关怀和照顾彼此'，他回想起之前听到的这句话，觉得很讽刺）。这个星球，就它本身而言，是个又冷又致命的噩梦（因此壮丽而奇异）。所以我们不得不自力更生，我们也开始了重新整顿这里的过程（或者说是创建新的社会秩序）。"——对对对，他发现自己根本就是在重复约翰刚刚说过的那堆谎话！

荒谬。但谎言正是人们所希冀的。这就是政治。因此，在演讲结束时，他也收获了震耳的掌声和欢呼声。他有点烦躁地宣布到了吃饭时间，没给玛雅发表总结陈词的机会。不过说不定玛雅早就猜到他会这么做，所以根本没有费事准备结语。弗兰克·查尔莫斯总喜欢最后发言。

\*\*\*

人们聚在临时搭建的平台上，和名人们一起交流畅谈。能在一个地点聚集这么多登陆首百实属罕见，因而人们都围在他们周围，这其中包括约翰、玛雅、萨曼莎·霍伊尔、赛克斯·罗索尔和弗兰克。

弗兰克越过层层人群看向约翰和玛雅。他不认识围着他俩的那群地球人，这令他有些好奇。他好不容易穿过人群走到平台另一边，走近他们时，他看到玛雅和约翰对视了一下。"这片土地没有理由不受法律支配。"一位地球人说。

玛雅回复他说:"奥林波斯山真的会令你想起冒纳罗亚火山[1]吗?"

"当然。"地球人说,"盾状火山看上去全都一个样。"

弗兰克越过这个蠢货的头顶看向玛雅,然而她并未回应他的目光。约翰则装作根本没看见弗兰克。萨曼莎·霍伊尔正在低声向一个人解释着什么,对方点点头,视线无意间对上了弗兰克,然而萨曼莎继续用后背对着弗兰克。不过他关注的人只有约翰和玛雅。那两个人都装作一切正常的样子,虽然他们参与交谈的话题——无论那是什么——其实早已结束。

***

弗兰克离开了平台。人们成群结队地穿过公园,走向 7 条大道的交会点。那边已经布置好餐桌。查尔莫斯跟随着人群,走在一棵棵新移栽的美洲梧桐树下。棕黄色的树叶给傍晚的阳光加上了一层滤镜,整个公园仿佛是在水族馆底部一般。

在晚宴桌边,建筑工人们一杯接一杯地猛灌伏特加,吵吵闹闹的。他们还未意识到,随着建设完工,尼科西亚的英雄时代也结束了。恐怕对整个火星而言也是如此。

空气中充斥着互相交叠的对话。弗兰克沉浸在狂乱之中,游荡到了北部边缘。他停在了一座半人高的混凝土墙前面——这是城墙。在金属支架之上,混凝土墙的上方,竖立着 4 层透明的塑料膜。一个瑞士人正愉快地指着墙壁,向一群游客解释原理:

"外层压电塑料膜可以将风能转化为电能。中间两层是气凝胶隔断层。内层是吸收辐射的薄膜,会逐渐变紫,需要定期更换。这看着比玻璃还要清楚,对吧?"

游客们纷纷表示赞同。弗兰克伸手按住内层膜,膜伸展开来。他的手指没

---

1 冒纳罗亚火山是夏威夷海岛上的一座活火山,海拔 4170 米,是夏威夷火山群中最大的一座火山。

入其中，深至指关节。稍微有点凉。塑料上印着非常浅的白色字迹：伊希斯平原[1]聚合物。越过到肩膀高的梧桐，他可以看到山顶上的平台。约翰和玛雅，以及他们身边来自地球的崇拜者仍在那里热烈地讨论。谈经营这个星球的生意，决定火星的命运。

他呼吸一室，感觉到白齿正在互相咬紧。他按压帐篷壁的力道太大，甚至将手掌按进了最外层的膜里。这意味着他的愤怒产生的能量会被存储在城市的电网系统里。构成外层膜的聚合物非常特殊，碳原子和氢原子、氟原子连接的方式导致它能产生更强的电压，效果比石英还要好。不过，如果改变三种原子中的任意一种，一切就都改变了。比如，如果把氟原子换成氯原子，那得到的就是普通的保鲜膜。

弗兰克盯着自己被外膜包裹的手看了一会儿，接着又抬头去看另外那两个"元素"，他们俩仍粘在一起。但是如果没有他的话，他们俩什么都不是！

他愤怒地踏上了城镇里狭窄的小路。

＊＊＊

一群阿拉伯人像是岩石上的贻贝一样聚集在广场上，喝着咖啡。阿拉伯人在 10 年前才登陆火星，但他们很快就形成了一个足以参与议事的小团体。阿拉伯人很有钱，他们和瑞士人团结在一起，建设了好几个城镇，尼科西亚城就是其中之一。他们很喜欢火星上的生活。"这里的生活有点像鲁卜哈利沙漠[2]凉爽的日子。"一位沙特阿拉伯人说。这种相似导致阿拉伯语词汇迅速进入英语之中，因为阿拉伯语有更多描述这类地形的词汇：*阿卡巴*指通往火山顶上的最后一段陡坡，*巴地阿*指巨大的沙丘，*内夫德斯*指深沙层，*塞耶尔*指有上亿年历史的干枯河床……人们评论说，还不如干脆直接改说阿拉伯语得了。

---

1　伊希斯平原是位于火星上的一个巨大陨击坑内的平原，直径约 1500 千米，其名字来源于古埃及神话中掌管生命、生育的女神伊西斯。

2　鲁卜哈利沙漠是位于阿拉伯半岛的沙漠，面积约 65 万平方千米。其名称在阿拉伯语中意为"空旷的四分之一"，因为其面积约占阿拉伯半岛的四分之一。

弗兰克和阿拉伯人聊了一会儿。广场上的人们见到他都很高兴。"你好[1]！"他们对他说。他回复道："欢迎[2]！"黑色的小胡子下的牙齿白光一闪。和往常一样，只能看到男人。几个年轻人将他领到中央的桌子旁，那里坐着一群年长者，包括他的朋友扎耶克。扎耶克说："我们打算把这座广场命名为'哈杰尔·尔卡·梅示拔'，意思是'镇上的红色花岗岩广场'。"他指了指锈红色的石板路。弗兰克点点头，询问这是什么石头。他尽可能用阿拉伯语对话，锻炼自己的会话能力。他的努力得到了众人的认可，他们用愉快的欢笑作为回馈。之后，他在中央的桌子旁坐下，放松下来，感觉自己仿佛坐在大马士革或是开罗的街道上，陶醉在阿拉伯文化和昂贵的古龙水味道中。

他认真地观察交谈中的众人的面庞。毫无疑问，这对他而言是陌生的文化。他们不会因为身在火星而改变，他们是约翰的伟大愿景的反例。他们的思想和西方文化之间存在尖锐的冲突，比如政教分离在他们看来完全错误，因此他们连对政府根基的认知都完全无法与西方人达成一致。而且他们的文化尊崇父权制，据说女性甚至不能识字——都到火星了，却不能识字！这本身就是个信号。确实，弗兰克感觉这些人的外表也显露出大男子主义的特征，是那种压迫女人的男人才会有的气质。他们残忍地压迫女性，女性不得不竭尽全力反抗，压迫自己的儿子，儿子又去压迫他们的妻子，妻子再压迫她们的儿子，如此循环往复，每个人都陷入了无穷无尽的扭曲的爱和性仇恨的死亡旋涡。在这种意义上，他们都是疯子。

而这也正是弗兰克喜欢他们的原因。毫无疑问，他们作为一股新的势力，肯定可以为弗兰克所用。保护一个弱小的新邻居，从而削弱强大的老邻居，"济弱锄强"，正如马基雅弗利[3]所说。于是他喝着咖啡，循序渐进而又非常礼貌地开始转用英语和他们交流。语言上的转换让弗兰克不情不愿地承认对方在语

---

1　原文为阿拉伯语。
2　原文为阿拉伯语。
3　尼科洛·马基雅弗利（1469—1527），意大利政治思想家、历史学家，其思想常被概括为"马基雅弗利主义"。

言上更胜一筹，与此同时，他也意识到控制对话进程更容易了。

"你们觉得演讲怎么样？"他问，看向小咖啡杯底黑泥一般的咖啡残渣。

"约翰·布恩总是老生常谈。"扎耶克说，其他人都带着几分愤怒笑了，"他说我们会创造属于火星的本土文化，他真正的意思其实是，有些地球文化会被发扬光大，而另一些会备受打压。那些被视为落后的文化会受到孤立，走向灭亡。这简直就是凯末尔主义[1]。"

"他觉得火星上的每个人都应该成为美国人。"一个名叫奈吉姆的男人说。

"谁说不是呢？"扎耶克笑着反问，"反正这已经在地球上发生了。"

"不。"弗兰克说，"你们不要误会布恩。人们总说他很自私，但——"

"他就是很自私！"奈吉姆叫道，"他根本是住在一个全是镜子的大厅里！他以为我们每个人都是为了重现美国文化的昔日辉煌才来火星的。他以为只要是他提出的计划，我们每个人都会同意。"

扎耶克说："他根本不明白，每个人都有自己的观点。"

"不是的。"弗兰克说，"他只是觉得别人的观点不如他的有道理。"

他们都笑了，不过男人们的嘲笑声中夹杂着一丝苦涩。他们都相信，在他们到来之前，约翰曾经私下里向联合国提出反对，抗议联合国批准建立阿拉伯人定居点的决定。弗兰克煽动了这种观点，而这种观点也和真相相去不远——约翰不喜欢任何阻碍他的意识形态。他希望每个来到这里的人都是白纸一张。

不过，阿拉伯人认为约翰很有针对性地厌恶他们。年轻的瑟利姆·埃尔·哈耶尔刚要开口说话，弗兰克迅速瞥了他一眼以示警告。瑟利姆怔住了，生气地噘起嘴来。弗兰克说："唉，他也没那么糟糕。不过说实话，我的确听他说过，如果美国人和俄罗斯人能在登陆火星之后立刻宣布这颗行星属于他们就好了，就像以前的冒险家那样。"

---

1　凯末尔主义是土耳其革命家、民主运动领袖穆斯塔法·凯末尔·阿塔图尔克领导的改革衍生而来的，即寻求缔结一个现代、民主及世俗的国家。

大家都苦笑了一下。瑟利姆垂头丧气，好像深受打击。弗兰克耸耸肩，微笑着摊开手掌说："但这毫无意义！我的意思是，他又能做什么呢？"

扎耶克抬了抬眉毛。"见仁见智。"

***

弗兰克准备走了，站起身的一瞬间，他的眼神对上了瑟利姆固执的凝视。接着，他大步流星地走上一条边道。这是一条连接城市 7 条主要干道的狭窄小路。城镇上的许多小路都由鹅卵石和野草铺就，这条用的却是粗糙的金色混凝土。看到路面上出现了一条凹陷的门道，他减慢步速，隔着橱窗往里瞧。这是一间制作靴子的店铺，现在已经关门了。他模糊的影子映在一双笨重的漫步靴上。

见仁见智。是啊，很多人都低估了约翰·布恩——弗兰克自己也犯过很多次这样的错误。弗兰克回想起约翰在白宫时的样子——他神色坚定，不羁的金发随风飘扬；阳光透过椭圆形办公室[1]的窗户照亮了他的身影；他在屋内边挥手边踱步，面对总统侃侃而谈，同时思索该如何应对这位魅力十足的领袖。总统不断地点头，总统助手则一直注视着他。啊，弗兰克和约翰，他们俩那时候是多么风头十足啊！弗兰克提出想法，约翰负责游说，他们劲头十足、势不可当。但说真的，他们速度太快，早晚得脱轨。

橱窗里的漫步靴间映出瑟利姆·埃尔·哈耶尔的身影。

"是真的吗？"他质问道。

"什么是真的？"弗兰克不耐烦地问。

"约翰·布恩是个反阿拉伯主义者吗？"

"你觉得呢？"

"是他下令阻止了在火卫一[2]上建设清真寺的计划吗？"

---

1　椭圆形办公室位于白宫西翼，是美国总统的正式办公室。
2　火卫一（Phobos）是火星的两颗自然卫星中距离火星较近且较大的一颗，名称来源于希腊神话中的战神阿瑞斯与美神阿芙洛狄忒之子福波斯。

"他很有权势。"

年轻的沙特阿拉伯人的脸庞扭曲了。"身为火星上最有权势的人，他却还想要更多权力！他想当国王！"瑟利姆一手握拳，击中另一只手的掌心。他的身材比其他几位阿拉伯人都瘦，下颌很窄，胡子遮住了他的小嘴。

"很快就要到重新签订条约的时候了。"弗兰克说，"约翰的联盟肯定会绕开我。"他咬牙切齿地继续道，"我不知道他们的计划，我今晚会去打探消息。不过你也能想得到他们会持什么样的立场：肯定带有西方偏见。他可能会拒绝批准新的条约，除非条约中明确保证只有条约原本的签署方才能设立定居点。"瑟利姆闻言不寒而栗，弗兰克的语调更加凝重，"这是他想要的，而且他很有可能会得逞，因为他新建立的联盟令他拥有比以往更大的权力。这可能意味着未能签署条约的族群再也无法设立定居点。你们可能会变成客座科学家，甚至会被送回地球。"

橱窗上映出的瑟利姆的脸庞变得如同一副表现愤怒的面具。"战斗，战斗[1]！"他嘟囔着。很糟糕，非常糟糕。他的双手失控地扭动，嘴里喃喃自语，念叨着《古兰经》、加缪、波斯波利斯[2]、孔雀宝座[3]，前言不搭后语，一个劲儿地喋喋不休。

"多说无益。"弗兰克严厉地说，"最后还是要靠行动。"

这话令年轻的阿拉伯人怔了怔。"我不确定。"他沉默了一阵儿之后说。

弗兰克戳了下他的手臂，他浑身战栗了一下。"我们在讨论的可是你的人民。我们在讨论的可是这颗星球。"

瑟利姆抿住了嘴，嘴唇隐藏在他的大胡子下面。过了一会儿，他说道："没错。"

弗兰克没说话。他们一同看向橱窗，好像在挑选漫步靴。

---

1　原文为阿拉伯语。

2　波斯波利斯是古波斯帝国阿契美尼德王朝的首都，位于今伊朗境内。

3　孔雀宝座是印度莫卧儿帝国帝王的宝座，宝座上有两只孔雀造型的装饰，并镶嵌有许多名贵宝石。

终于，弗兰克抬起一只手。"我会再和约翰谈谈。"他小声说，"就在今晚。他明天就走了。我会试着跟他谈，跟他讲道理。我不知道这能起到什么作用，毕竟之前从未奏效过。但我仍然会试试。在此之后，我们应该碰个头。"

　　"好。"

　　"那就在公园里吧。最南边的那条路，11点左右见。"

　　瑟利姆点了点头。

　　弗兰克瞪了他一眼，瑟利姆被他的眼神吓呆了。"多说无益。"弗兰克撂下这句话，然后走开了。

***

　　下一条大道上人头攒动，人们纷纷聚集在半开放式的酒吧里，或是在贩卖北非蒸丸子和德国香肠的流动摊位附近。阿拉伯人和瑞士人。看上去真是个奇怪的组合，但他们相处得很融洽。

　　这个晚上，有几个瑞士人在一间公寓的门口发放面具。很显然他们在用庆祝狂欢日[1]——他们称之为"法斯纳特"——的方式庆祝这个"*城市节日*"。到处都是面具和音乐，一切社会规则的束缚都不存在了。他们仿佛回到了老家，仿佛正在经历巴塞尔、苏黎世、卢塞恩的那些疯狂的星期二晚上……弗兰克一时兴起，加入了庆祝的队伍。"每个睿智的灵魂周围总是会长出一副面具。"他对前面的两位年轻女士说。对方礼节性地点了点头，然后用粗嘎的瑞士德语继续之前的对话。瑞士德语是一种没有文字的方言，一种私密的暗号，甚至连德国人也无法听懂。瑞士文化是另一种难以被渗透的文化，从某种意义上来说，比阿拉伯文化更甚。这就是了，弗兰克想，他们相处融洽是因为双方都封闭保守，从未有过真正的交流。他笑了，笑得很大声，然后顺手拿了副面具。那是一副粘着红色水钻的黑色面具。他戴上了它。

　　一列戴着面具的狂欢者在大道上穿梭，他们全都喝醉了，摇摇晃晃的，几

---

1　"狂欢日"一词源自法语，直译为"油腻的星期二"，又称"忏悔星期二"，这一天一般会举行狂欢庆祝活动。

乎站不稳。大道岔路口通向一座小广场，广场中心的喷泉正在喷水，阳光将水面染上一层颜色。喷泉边有一支钢鼓[1]乐队正在敲出一首卡利普索小调[2]。人们聚集过来，伴着音乐跳起舞，随着低沉的咚咚声蹦来蹦去。100米高的上方，帐篷支架上的通风口正在向广场排放冰冷的空气，甚至有细小的雪花飘舞在空中，像小云母片一样闪闪发光。这时，烟火在帐篷顶部炸开，炫彩的火花穿过雪花落了下来。

＊＊＊

夕阳比一天中任何时刻都更加明显地提醒弗兰克，人们正身处外星球。光照的角度和红色的浓度都不太对劲，令几百万年来习惯了疏林草原的人类大脑感觉非常不安。这一晚尤甚，绚丽夺目的色彩特别令人不安。弗兰克在色彩下漫步，再次向城墙走去。城市的南面是一片平原，偶尔有几块货真价实的火星巨石，每块石头后面都拖着长长的黑影。他走到城市南门，停在巨大的混凝土拱门下。四下无人。在类似这样的节日里，城门一般都是锁住的，主要是为了防止喝醉的人不小心走出去受伤。不过弗兰克今天早上就从火警AI系统里得到了当日的紧急通行密码。他再次确认周围没人，便输入密码，然后匆忙闪到闭锁室里。他穿上漫步服和漫步靴，戴上头盔，穿过中层门和外层门。

外面冰冷刺骨，一如既往。隔着衣服，弗兰克能感受到漫步服发热单元的菱形模样。他走过混凝土地面，继而踏上了硬壳层[3]，鞋子发出嘎吱嘎吱的声音。松散的沙子在风中飘向东方。

他一脸严肃地看向四周，到处都是石头。这是个千疮百孔的星球，而陨石还在不断坠落。总有一天，某个城市会被陨石击中。他转身向后看，尼科西亚像是暮霭中的发光水族箱。如果陨石袭来的话，根本不会有预警，一切都会在

---

1　钢鼓是起源于加勒比地区的一种乐器，将金属油桶的一面打凹进去后产生不同大小的凹面，击打不同的面会发出不同的音调。

2　卡利普索小调是起源于加勒比地区的一种音乐形式，节奏韵律强，曲调轻松幽默，歌词俏皮讽刺。

3　硬壳层是在地表软土层之上形成的一层坚硬的土壤，厚度从几毫米到几厘米不等，甚至可达几米。研究火星土壤硬壳层有助于证实火星上是否曾存在液态水。

瞬间支离破碎：城墙、车辆、树木、人。阿兹特克人[1]相信世界会出于以下 4 种原因之一终结：地震、天火、洪水、从天而降的豹子。这里没有火。仔细想想，也不会有地震或洪水。那就只有豹子了。

帕弗尼斯山上方的天空在暮色中呈现出暗粉色。东边是尼科西亚农场，一长排低矮的温室从城市的边缘向山坡下延伸。从这个角度看去，农场比整个城镇的面积还要大，里面挤满了绿色的农作物。弗兰克迈着沉重的步伐来到农场中的一个闭锁室前，随后走了进去。

农场温室里非常热，温度比外面高了整整 60 华氏度，比城镇里也高上 15 华氏度左右。弗兰克不得不戴着头盔，因为温室里的空气是按照植物的需求而调配的，二氧化碳比例很大，氧气比例很小。他停在一个工作台前，摆弄抽屉里的小工具、杀虫剂贴片、手套和袋子。他选了 3 个杀虫剂贴片，放进塑料袋，然后小心地把塑料袋塞进漫步服的口袋里。这些小贴片都是精心设计过的，能为植物提供系统性防护，同时可以破坏害虫的生理结构。他一直都在研习杀虫剂的知识，了解到一种能对动物的生理组织产生致命效果的组合……

他拿了一把园艺剪刀，放进漫步服的另一个口袋里。狭窄的碎石小路带领他穿过一排排植物床，里面种满了大麦和小麦。他来到城市边缘附近，进入通往城镇的闭锁室。他摘掉头盔，脱下漫步服和靴子，把漫步服口袋里的东西转移到大衣口袋里，然后回到城里地势较低的地方。

阿拉伯人在这里修建了麦地那城区[2]，坚称这样的社区对城市的健康发展至关重要。在这儿，大道变窄，路与路之间布满了房屋和蜿蜒曲折的小巷，就像是从突尼斯或是阿尔及尔的地图上复制过来的，抑或根本是随机生成的。从一条大道上根本不可能看到另一条大道。透过犬牙交错的建筑望去，头顶的天空如同李树枝条一样狭窄。

---

1 阿兹特克是 14—16 世纪存在于墨西哥的文明。阿兹特克人是墨西哥人数最多的原住民。
2 麦地那（Medina）城区，在阿拉伯语中的意思是"城市、城镇"，是指城市里单独划分出来的具有独特历史文化的城区，常见于北非城市中。麦地那城区一般有围墙，内部有很多迷宫般的狭窄街道。

大部分巷子这时候都空空荡荡的，因为狂欢正在城市另一头举行。两只猫静悄悄地在建筑之间溜达，巡视着它们的新家。弗兰克掏出口袋里的剪刀，划开好几个塑料窗户膜，用阿拉伯字母划出"犹太人、犹太人、犹太人、犹太人、犹太人"。他继续向前走，同时从牙缝间吹出口哨声。街角咖啡厅如同灯火通明的洞穴，酒瓶叮叮当当的碰撞声如同矿工们的锤子在叮当作响。一个阿拉伯人坐在低矮的黑色音箱上，正在弹奏电吉他。

　　他找到了中央大道，沿着大道向高处走去。男孩们坐在椴树和梧桐树上，用瑞士德语互相大声对唱。其中一首小调的歌词是英语："约翰·布恩，来到月球，没有快车，来到火星！"几个组织松散的小乐队跌跌撞撞地穿过聚集的人群。几位装扮成美国啦啦队队员、留着胡子的男人娴熟地跳起了康康舞。小孩们敲起了小塑料鼓，鼓声非常响。幸好帐篷吸音，这里不会有陨石击中拱顶的那种回音，但即便如此，还是很吵。

　　在高处，大道汇集到梧桐树公园的所在地，约翰正站在那里，身旁聚集了一小群人。他看到弗兰克走来，便向他挥手。尽管戴着面具，他还是认出了弗兰克。首百对彼此就是这么熟悉。

　　"嘿，弗兰克，"约翰说，"你看着挺开心的。"

　　"是啊。"弗兰克透过面具说，"我喜欢这样的城市，你难道不喜欢吗？大家都融合在一起。你能看到火星上的文化是如此多种多样。"

　　约翰的笑容很敷衍。他的眼神飘移着扫过下方的大道。

　　弗兰克突然尖锐地说："这种地方对你的计划可真是个麻烦，不是吗？"

　　约翰转过头来盯着他看。周围的人都溜走了，很显然他们都感受到了对话中一触即发的紧张氛围。约翰对弗兰克说："我没有计划。"

　　"哦，得了吧！那你的演讲又是怎么回事？"

　　约翰耸耸肩说："是玛雅写的。"

　　这是个双重谎言：第一层是说这是玛雅写的；第二层是说约翰自己不相信演讲里的话。或许吧。虽然他们相处了这么多年，但和约翰说话简直像是在面对陌生人，面对工作场合里遇到的政客。"得了吧，约翰。"弗兰克绷不住了，"你明明相信你说的那一切，你知道的。但你该如何面对从这么多不同国家来的人呢？这么多种族仇恨、宗教狂热。你的联盟不可能在所有人面前树立权威。你不可能让火星完全归你管辖，约翰，这里已经不再是座科考站了，而且你也不可能制订条约来使这里成为科考站。"

"我们也没这个打算。"

"那你究竟为什么要把我排除在那些对话之外？！"

"我没有！"约翰看上去很受伤，"放轻松，弗兰克。我们肯定能搞定这一切，就像我们一直以来的那样。放松点。"

弗兰克盯着他的老朋友，不知所措。该相信什么？他一直不知道该如何评价约翰——他利用自己当跳板，却又对自己这么友好……他们一开始难道不是盟友吗？难道不是朋友吗？

弗兰克突然意识到，约翰正在找玛雅。"所以她在哪儿呢？"

"就在附近吧。"约翰简短地回答。

自从他们能平心静气地谈论玛雅以来，已经过了好几年了。而现在，约翰瞪了他一眼，好像在说这和他无关。好像这么多年来，每件对于约翰而言非常重要的事情，都已经变得和弗兰克无关了。

弗兰克离开了，没再说一句话。

***

天空呈现出深紫色，有一条条橙黄色的卷云带。弗兰克路过两个戴着白色半脸陶瓷面具的人。两人被手铐铐在一起，面具分别代表喜剧角色和悲剧角色。城市的街道渐渐暗下来，窗户中灯光闪耀，映照出狂欢的人群的剪影。一个个模糊的面具下，人们正瞪大眼睛寻找空气中紧张气氛的来源。人群中时不时传来一阵阵咣当咣当的声音，其中夹杂一声低沉的撕扯。

他不应该感到意外，他不应该。他对约翰了如指掌，但这一切自始至终都与他无关。他走进公园的树丛中，走到树叶有手掌那么大的梧桐树下。何时曾有过任何不同？他们共度过那么多时光，他们之间那么多年的友谊，根本没有任何意义。都是别有目的。

\*\*\*

他看了眼手表，将近晚上 11 点，快到他和瑟利姆约定见面的时间了。又一个会面。他已经习惯把生命中的每一天切割成 15 分钟一组，这让他从一个会议奔赴下一个会议，换上不同的面具，解决一个又一个危机，管理，操控，在永无尽头的忙乱中把事办成。今天是节日，是狂欢日，是*法斯纳特*！然而他和平常没什么两样。他已经不知道其他任何生活方式了。

他来到一个建筑工地，地上堆满了镁金属支架、砖块、沙土和用来铺地面的石料。这些东西就这么随便堆放，真是太不小心了。他往大衣口袋里塞了几块石块碎片，大小刚好方便握住。他站直身子，发现有人正从工地的另一边远远地观察他。那是个脸形瘦小、梳着黑色脏辫的小个子男人，此时正在目不转睛地盯着他看。男人的眼神令他感到非常不安。这个陌生人似乎已经看穿他的面具，看穿他的思想、他的计划，所以才会这么仔细地观察他。

弗兰克感到毛骨悚然，于是迅速返回了公园地势较低的边缘地带。当他确定已经甩掉了那个男人，周围也没有人之后，便开始向下城区扔石头和砖头，竭尽全力扔出去。他想象着其中一颗是照准刚刚那个陌生人扔去的，最好直接砸中他的脸！头顶的帐篷支架隐隐浮现，好似发生了掩星[1]现象。人们仿佛正站在开放空间里，享受着凉爽的夜风。空气循环系统今晚肯定在高效运转。周围响起玻璃碎掉的声音、欢呼声，中间夹杂着几声尖叫。真的很吵，大家都疯了。弗兰克扔出最后一块石头，目标是草坪对面的一扇亮着光的花玻璃窗，不过他扔偏了。他悄悄地走进树林里。

在南墙附近，他看到梧桐树下站着一个人，是瑟利姆，他正在不安地转着圈。"瑟利姆。"弗兰克小声叫着，微微冒汗。他把手伸进大衣口袋里，谨慎地

---

1 掩星指一个天体从另一个天体与观测者之间通过而产生的遮蔽现象。

感觉塑料袋里的东西，用手掌攥住那 3 个小贴片。混合用药的药效很强大，无论目的是治疗还是致死。他走上前，拥抱了一下这位年轻的阿拉伯人。贴片粘在瑟利姆穿的薄棉衬衫上，很快渗了进去。弗兰克退了几步。

现在瑟利姆只剩大约 6 小时了。"你和约翰聊了吗？"他问。

"我试着跟他讲道理，"弗兰克说，"但他根本不听。他骗了我。"假装痛苦其实非常容易，"我们做了 25 年的朋友，他却骗了我！"他一掌击向树干，掌心的贴片消失在黑暗中，他控制住了自己，"他的联盟会提议，所有火星定居点应该由最早签署第一份条约的国家来建立。"他说的很有可能发生，至少听上去很可信。

"他恨我们！"瑟利姆叫道。

"他恨一切阻碍他的东西。看到伊斯兰依然主导人们的生活、决定人们的思考方式，对此他无法忍受。"

瑟利姆浑身战栗。在黑暗中，他的眼白格外亮。"必须阻止他。"

弗兰克转过身子，靠在树上。"我……我不知道。"

"你自己说的，多说无益，要靠行动。"

弗兰克绕着树走了一圈，感觉有点眩晕。你可真是个蠢货，他心想。嘴皮子功夫意义非凡。除了只会耍嘴皮子，交流信息，我们一无是处！

他来到瑟利姆面前，问："那要怎么做？"

"靠这颗星球。这是我们的方式。"

"城门今晚会上锁。"

这话让他停了一下。他开始绞起手指。

弗兰克说："不过，通往农场的门是开着的。"

"可是农场外侧的门也会上锁。"

弗兰克耸耸肩，让他自己去想该怎么办。

很快，瑟利姆眨着眼说了声"啊"，然后就走了。

＊＊＊

弗兰克坐在树林间。地上是潮湿的棕色沙土，这是工程学的伟大作品。城市里的一切都是人工的，一切都是。

坐了一会儿后，他站了起来，穿过公园，看向人群。他心想，如果我能看到城市里的任何闪光点，那我就饶了他。然而，在一个开放空间，戴着面具的人群正在互相冲撞，扭打在一起。周围聚满了闻声而来、看热闹不嫌事儿大的旁观者。弗兰克回到建筑工地，拿了更多碎砖头。他把碎砖头一一扔出去。这时，有几个人看到了他，他不得不赶紧逃跑。他再次回到树林间，回到被帐篷覆盖的荒野里。甩掉追逐者让他的肾上腺素飙升。肾上腺素真不愧是最棒的兴奋剂。他疯狂地大笑。

他突然看到了玛雅，她独自站在山顶临时搭建的平台上。虽然那人戴着一副白色的面具，但肯定是她没错：身材比例、发型、站姿，都显示出这就是玛雅·妥特伏娜，确定无疑。登陆首百的小团体成员对他而言是仅有的一些活生生的人，剩下的都是鬼魂。弗兰克踏着坑坑洼洼的地面，匆忙奔向她。他握着大衣口袋深处的一块石头，心想，来吧，你这贱人。说点什么来拯救他！快说点什么能促使我跑过整个城市去救他的话！

她听到他的脚步声，转过身来。她戴着一副发着磷光的白色面具，上面装饰着蓝色的金属亮片，让人很难看到她的眼睛。

"你好，弗兰克。"她说，仿佛他完全没有戴面具似的。弗兰克差点直接转身逃跑，仅仅被认出来就几乎让他丢盔弃甲。

但他忍住了。他说："你好，玛雅。很美的夕阳，不是吗？"

"太壮观了。大自然真没有品位。本来不过是个市政就职仪式，结果搞得像是末日审判似的。"

他们站在路灯下，站在自己的影子上。她问道："你玩得开心吗？"

"很开心。你呢？"

"有点太过了。"

"这也是可以理解的，对吧？我们终于走出了洞穴，玛雅，我们终于来到了地表！而且这片地表太棒了！你也只有在塔尔西斯高原上才能纵览四周。"

"的确是个好地方。"她表示同意。

"这里会是座好城市。"弗兰克断言，"不过，你最近都住在哪里呢，玛雅？"

"山脚基地，和往常一样。弗兰克，你知道的。"

"你真的在山脚基地吗？我都有一年多没见到你了。"

"有这么久了吗？嗯，我前一阵儿一直在希腊平原[1]。你肯定听说了吧。"

"谁会告诉我啊？"

她摇了摇头，面具上的蓝色亮片闪闪发光。"拜托，弗兰克。"她转过身，仿佛在逃避这个问题背后的暗示。

弗兰克生气地绕过去，挡在了她面前。"在**战神号**上那次，"他听到自己的声音很紧，于是转了转脖子来松动自己的喉咙，以便继续说下去，"发生了什么，玛雅？到底发生了什么？"

她耸了耸肩，回避了他的凝视。她沉默了很久，然后看向他。"一时兴起。"她说。

◆

午夜的时候，钟声响了，人们将要迎来火星时间冻结。每晚在午夜 12：00：00 和 12：00：01 之间冻结多出来的 39 分 30 秒的时间，在这期间，所有时钟要么显示空白，要么静止不动。为了解决火星上的一天比 24 小时略多出一些的问题，首百决定采用这种方法。没想到这个解决方案还挺受欢迎的。每天晚上大家都

---

1  希腊平原是位于火星南半球高地上的一个巨大的撞击盆地，是火星上最大的撞击构造，一般认为是 39 亿年前一颗小行星撞击产生的。

可以享受一段额外的时光，不用在乎时钟上飞逝的数字，不必被永无休止、不断移动的秒针束缚——

而今晚，当钟声响起时，整个城市都沸腾了。近40分钟的额外时间，这肯定是整个庆典的高潮，每个人都凭直觉这么认为。烟火升天了，人们在欢呼。警报声划破噪声，然而欢呼声又盖过了警报声。弗兰克和玛雅看着烟火，听着噪声。

这时候，突然传来了非同寻常的噪声——绝望的呼喊和声嘶力竭的尖叫。"怎么回事？"玛雅问。

"估计是打架吧。"弗兰克说，竖起耳朵认真听，"大概是发生了什么一时兴起的事吧，我猜。"看到玛雅瞪着他，他迅速加了一句，"也许我们该去看看。"

喊叫声变得更大了。肯定是有麻烦了。他们走下去，穿过公园，加大步伐，直到迈起了火星步。公园此刻仿佛变大了，弗兰克一时之间有些害怕。

中央大道遍地垃圾。人们三五成群，非常有攻击性，在黑暗中横冲直撞。突然一个令人不寒而栗的警报声响起，意味着帐篷的某处破了。整条街上的窗户都碎了，碎玻璃掉落在路面上。有个男人平躺在草地上，身边的草丛染上了黑色的条痕。弗兰克抓住一个蜷缩在他旁边的女人的胳膊。"怎么回事？"他喊道。

女人哭着说："他们在打架！他们在打架！"

"谁？瑞士人？阿拉伯人？"

"陌生人，"她说，"外人。"她双目失焦地看向弗兰克，"快叫人来帮忙！"

弗兰克赶到玛雅身边，她正在和一群人说话。他们站在另一个倒下的人身边。"到底怎么回事？"他一边问，一边和她一起赶往市医院。

"发生了骚乱。"她说，"我不知道原因。"她嘴角紧绷、脸色苍白，和仍然遮盖住她眼睛的面具一样白。

弗兰克摘下面具随手一扔。街上到处都是碎玻璃。一个男人冲向他们。

"弗兰克！玛雅！"

是赛克斯·罗索尔。弗兰克从没见过这个小个子男人这么紧张的样子。"是约翰——他被袭击了！"

"什么？"他们同时惊讶地叫道。

"他试图阻止一场争斗，结果三四个男人跳到他身上。他们把他打倒在地，然后把他拖走了！"

"你们没阻止他们吗？"玛雅大喊。

"我们试了——我们一大群人都追出去了。但他们在麦地那城区里把我们甩掉了。"

玛雅看向弗兰克。

"到底怎么回事？！"他叫道，"他会被带到哪里去？"

"城门。"她说。

"但是夜里城门是锁着的吧？"

"也许有人有钥匙。"

他们跟她一起来到了麦地那城区。路灯被打碎了，地面上都是玻璃。他们跟随一名消防指挥官一起来到土耳其门。指挥官打开门，几个人鱼贯而入，以应对紧急事态的速度飞快穿上漫步服。然后他们步入深夜，在城市散发出的球形光下四处寻找。在午夜刺骨的寒冷中，弗兰克感到自己的脚踝在阵阵作痛。他甚至能精准地感觉到自己的肺部是如何工作的，两片肺叶仿佛是两个冰做的大圆球，被塞进他的胸口，冷却他疯狂跳动的心脏。

什么都没找到。他们返回城内，来到北边的城墙，穿过叙利亚门，再次去往星辰之下。还是没有任何发现。

他们过了很久才想起农场。这时候已经有 30 个人穿着漫步服了。他们跑到农场入口，穿过闭锁室，拥进农场通道，四散开来，在农作物中间穿梭寻找。

他们在萝卜田里找到了他。他脸上盖着夹克，形成了一个标准的紧急气囊；他肯定是在无意识间这么做的，因为当他们小心地把他的身体翻向一边后，发现他一只耳朵后面有个肿块。

"把他抬进去，"玛雅说，她的声音苦涩而沙哑，"快，快把他抬进去。"

4个人一起抬起了他。弗兰克小心地抬起他的头，手指和玛雅的交叠在一起。他们马不停蹄地飞奔而去，跌跌撞撞地穿过农场大门，回到城里。一个瑞士人带领他们赶到最近的医疗中心，那里已经挤满了绝望的人。他们把约翰抬到一把空椅子上。他失去意识的脸显得苍白而坚定。弗兰克摘下头盔，在人潮中挤出一条路来，冲进急救室对着医生和护士大喊大叫。他们一开始无视了他，后来终于有一名医生说："闭嘴。我这就过来。"这位医生来到走廊里，在护士的帮助下给约翰戴上生命监测仪，然后脸上带着惯有的心不在焉的表情，给约翰做了检查：摸了摸他的脖子、脸、额头、胸部，再用听诊器听……

玛雅对医生解释他们知道的一切。医生从墙上摘下一个氧气罐，盯着监控仪看。她的嘴角不安地扭曲着，几乎打了个结。玛雅坐在长椅的一端，满脸焦虑。她的面具早就不见了。

弗兰克在她身旁蹲下。

"我们可以继续抢救，"医生说，"但恐怕他已经没救了。缺氧太长时间了，你们懂的。"

"继续抢救。"玛雅说。

当然，他们也正是这样做的。其他医护人员终于赶到了，他们把他推进一间急诊室。弗兰克、玛雅、赛克斯、萨曼莎，以及好几个本地人一起坐在外面的大厅里。医生们进进出出，他们的脸上都展现出面对死亡时的那种空无一物的表情。那是一种保护性面具。一位医生走出来，摇了摇头说："他死了。在外面待太久了。"

弗兰克把头靠在墙上。

当莱茵霍尔德·梅斯纳尔[1]第一次独自登顶珠穆朗玛峰之后返程时，他严重缺水，极度疲惫，最后一段下山的路，他几乎是滚下来的。他瘫倒在绒布冰川[2]上。当他手脚并用，试图爬过冰川时，一位女性——也是他唯一的后援——找到了他。他在精神错乱之中看向她，问道："我的朋友们都去哪儿了？"

一片安静，只有火星上亘古不变、无法忽视的低沉嗡鸣和呼啸风声。

玛雅抬起一只手，搭在弗兰克的肩膀上。弗兰克差点躲开了。他喉头发紧，嗓子非常疼。"我很遗憾。"他艰难地说。

玛雅耸了耸肩，没有理会他的安慰。她皱起了眉头，脸上带着些医护人员的麻木。"反正，"她说，"你也没怎么喜欢过他。"

"确实。"他说，心里盘算着此时此刻坦诚相见应该是最好的做法。但他接着颤抖了一下，恨恨地说："你又怎么知道我喜欢什么，不喜欢什么？"

他抖掉了她的手，艰难地站起了身。她不知道，他俩没有一个人知道。他刚打算向急诊室走去，突然又改了主意。葬礼上有足够的时间面对他。他感到空虚，仿佛突然之间，所有一切美好的东西都消失了。

他离开了医疗中心。这种时候很难不感到忧伤。他走进意外安静下来的黑暗的城市里，来到挪得之地[3]。街道上灯光闪烁，仿佛天上的星辰坠落到了地面上。人们聚在一起，沉默地站在街边，都被这个消息震惊了。弗兰克·查尔莫斯在人们的注视下穿过人群，无意识地走向城里最高处的平台。他边走边对自己说："现在我们来看看我能对这个星球做什么。"

---

1  莱茵霍尔德·梅斯纳尔（1944—    ），意大利登山家、探险家，他完成了人类史上首次不用氧气补给独自成功登顶珠峰的壮举。
2  绒布冰川位于喜马拉雅山脉，起源于珠穆朗玛峰。
3  挪得之地（the Land of Nod），nod 在希伯来语里是"游荡"的词根，在挪得之地生活意味着会颠沛流离。

第 二 章

# 踏上征程

THE VOYAGE OUT

"反正他们迟早都要疯掉，为什么不干脆直接把疯子送去，解决这个难题得了？"米歇尔·杜瓦说。

　　他的玩笑话有一半是认真的。他一向认为，人员选择的标准中充斥着一大堆令人难以抉择的、进退两难的困境。

　　他的心理学家同行们一齐盯着他。"你能提出任何具体的改动意见吗？"他们之中的领导者查尔斯·约克问。

　　"也许我们应该跟他们一起去南极，在第一阶段内观察他们。这样我们可以了解到很多东西。"

　　"但我们的存在本身会对他们造成影响。我认为只派一个人去就可以了。"

　　于是，米歇尔·杜瓦被指派了过去。他和150多名入围最终选拔名单的候选人一起来到了麦克默多站[1]。一开始举行的会议很像是普通的国际学术会议，拥有各种学术背景的与会人员对此都非常熟悉。然而最大的不同之处在于，每个人都在参与一项长达数年的选拔，在此是最终一轮。那些被选中的人，可以登上火星。

　　于是，这些人在南极共同生活了一年多。在这段时间里，人们试着去熟悉各种装备、避难设施——类似的设备已经被运输飞

---

1　麦克默多站是美国于1956年建立的南极洲科考站。

船运送到火星上了；人们也试着去熟悉这里的自然环境——和火星一样寒冷严酷；同时人们也要熟悉彼此。大家居住在南极最大的无雪山谷——莱特谷的好几个集中定居点里。他们运营了一座生态农场，在定居点里度过了黑暗的南极冬季。他们每个人都学习了第二和第三专业，模拟了在战神号飞船上以及在火星上需要完成的各项任务。在这个过程中，每个人都要时时刻刻提醒自己，他们正在被观察、被评价、被评判。

这里的很多人根本不是宇航员[1]或航天员，大概只有十几个人是。很多宇航员没有入选最终选拔名单，还在强烈要求加入团队。但远征队的大部分成员的专长是在着陆之后才发挥作用的：医疗技能、电脑技能、机器人学、系统设计、建筑设计学、地质学、生态圈设计、基因工程学、生物学，以及各种各样的工程学，还有一些建筑工程方面的专业技能。这些能来南极的人都是各自科学和职业领域中的佼佼者，他们又花了相当长的时间来交叉学习并掌握第二和第三专业。

他们的言行举止都在被持续不断地观察、评价或评判。承受这种压力是非常必要的，这也是测试的一部分。米歇尔·杜瓦觉得这是个错误的决定，因为很容易在团队里散播压抑缄默和尔虞我诈的氛围，导致选拔委员会最看重的合作协调性完全无法发挥出来。这的确是委员会遇到的众多进退两难的困境中的一个。候选人一个个都讳莫如深，米歇尔也不怪他们；毕竟也没有更好的策略，这对每个人而言都是进退维谷：这种困境必然会导致沉默。候选人无法承担冒犯任何人或是抱怨太多事的后果；他们不敢冒险太过置身事外，也不能树敌。

于是，人们争先恐后地完成工作，展现自己的过人之处，同时又尽可能表现得正常，融入群体。他们老成稳重，拥有成熟丰富的经验；同时又年富力强，足以承担严苛的体力劳动。他们不断鞭策自己以达到完美，同时又放松自己与他人社交。他们疯狂地想要永远离开地球，同时又理智地掩饰自己本质上的疯狂，声称自己只是出于纯粹的理性追求和对科学的好奇，或诸如此类的东西才想

---

1　原文的 cosmonaut 一般专指苏联宇航员。

要这么做——这似乎是唯一能被接受的理由。于是自然而然地，每个人都声称自己是历史上最具有科学好奇心的人！当然，仅仅这样还是不够的。他们必须在某种程度上非常超脱，他们必须看破红尘、享受孤独，能够对曾经熟知的一切弃置不顾——但同时又要能与他人建立关系、善于交际，能够和在莱特谷新结识的朋友们打成一片，毕竟这些人可能会成为火星殖民地的居民。啊，真是没完没了的两难困境！他们一边超凡脱俗，一边融入世俗，甚至同时展现这两种截然不同的特质。这是个不可能完成的任务，但同时也是为了达成心底最渴望的目标而必须克服的障碍。这令他们感到焦虑、恐惧、怨恨、愤怒。要承受所有这一切的压力……

　　不过连这也是测试的一部分。米歇尔饶有兴趣地观察到了这一点。有些人失败了，以这样或那样的方式崩溃了。一位美国热力工程师渐渐自暴自弃，破坏了好几辆探测车，最后不得不被采取强制措施并驱逐出团队。两个俄罗斯人成了恋人，后来他们大吵一架，吵得特别凶。他们无法忍受看到对方，最终不得不双双退出。这场狗血爱情剧生动地揭示出浪漫关系出问题后会带来多么危险的后果，于是余下的人在这方面变得非常小心。不过浪漫关系依然在滋生，离开南极的时候，众人之中已经有 3 对佳人结了婚。这 6 个幸运的人自我感觉还算"安全"。不过大多数人还是把精力集中在准备登上火星这件事上，暂时不去考虑生活中的其他方面。如果真的发展出一些浪漫关系，当事人要么完全瞒着所有人发展地下恋情，要么仅仅瞒着选拔委员会。

　　米歇尔·杜瓦明白他所看到的只是冰山一角。他知道在南极发生了很多至关重要的事，完全在他的视线范围之外。人际关系在人群中逐渐建立、发展。有些时候，人际关系的开端已经决定了它未来的走向。在有限的白昼中，他们中间可能有某人离开了营地，徒步走向瞭望点；另一个人则跟了上去。在两人独处过程中发生的事情可能会在彼此心中留下永久的痕迹。但米歇尔永远无法知道这些。

　　之后，他们离开南极，最终人选也确定了。一共有 50 名男性、50 名女性：35 名美国人、35 名俄罗斯人，剩下的 30 人来自其他国家，由美、俄两大国家的成员分别邀请了 15 人。保证如此严格的公平均衡并非易事，但选拔委员会还是做到了。

幸运儿们飞到卡纳维拉尔角[1]或拜科努尔[2]，准备发射升空，进入轨道。此时此刻，他们彼此之间一方面了如指掌，另一方面又形同陌路。米歇尔想，他们属于一个团队，彼此建立了友谊，相互之间依据礼节、惯例、习俗和倾向的不同形成了独立的小团体。这些倾向之中有一种本能是隐藏：在参与事务的同时隐藏真正的自我。也许这就是村落生活、社会生活的真正含义。但米歇尔认为这很糟糕。从来没有人会为加入一个社区而不得不参与如此激烈的竞争，公共生活和私人生活如此极端地割裂也是前所未有且有违常理的。如今，众人的脑中被打上了一种潜在的竞争烙印。每个人都体会到了这种无时无刻不在的微妙感觉，认为自己终究只是独自一人。每个人都相信一旦发生危险，自己很可能会被其他人抛弃，被踢出团队。

至此，选拔委员会恰恰制造出了此前试图避免的种种麻烦。一些人意识到了这一点，于是，他们把能想到的最有能力的心理学家送上了飞船，让他加入了远征队。

于是，人们又派去了米歇尔·杜瓦。

---

1　卡纳维拉尔角位于美国佛罗里达州，是肯尼迪航天中心所在地。
2　拜科努尔航天发射场位于哈萨克斯坦西南部，由苏联主持修建，目前发射场土地由俄罗斯向哈萨克斯坦租借使用。

# 1

一开始的感觉如同胸口被狠狠推了一把,接着他们被紧紧地推到了座椅背上。一时之间,这种压力感如此熟悉:1倍的重力加速度。上了火星以后,这将是他们再也不会经历的重力。**战神号**此前一直在以每小时28000千米的速度环绕地球。加速的几分钟内,在火箭巨大推力的压迫下,他们的角膜被压迫,视野模糊,连呼吸都变得非常费力。当时速到达40000千米时,燃烧推进过程结束了。他们挣脱了地球的引力,开始环绕太阳前进。

开拓者们坐在防压力座椅上,眨着眼。他们的皮肤潮红发热,心脏如擂鼓般咚咚作响。俄罗斯分队的正式领导人玛雅·卡特丽娜·妥特伏娜环视四周。大家看上去都怔住了。当他们执着已久的渴望终于实现时,内心感受如何?这真的很难形容。在某种意义上,他们的生命结束了;然而某种东西、某种新的生命终于……终于开始了……他们的内心中同时充盈着如此之多的感情,很难不困惑迷茫;那是一种缠绵交织的感受,仿佛不同的情感互相干扰,抵消了一些,放大了另一些。玛雅微笑着解开安全带,坐起身来。她看到周围的人也都情不自禁地露出了笑容,只有赛克斯·罗索尔例外。赛克斯如猫头鹰一样面无表情,眨眼看向舱内电脑屏幕输出的内容。

众人因失重而在房间内自由飘浮着。这一天是2026年12月21日,他们刚才的移动速度创造了历史。他们上路了,开始了一段长达9个月的征程——又或许这场征程将一直持续到他们的生命结束。他们别无所依,只能自力更生。

负责驾驶*战神号*的人们将自己拉拽到了控制台旁，下令发射横向控制火箭。*战神号*开始旋转，逐渐稳定在每分钟 4 圈的转速上。开拓者们落到地板上，承受着 0.38 倍重力加速度的伪重力。这和他们即将在火星上承受的重力十分接近。多年的真人实验表明，这个重力加速度对人体比较健康，比失重状态好太多，因此旋转飞船从而创造伪重力，这点麻烦也是值得的。而且，玛雅想，这感觉真棒，有足够的引力令人轻易就能保持平衡，却不会感受到压力或阻力。这种状况正如他们此刻的心情一般。他们晃晃悠悠地走到环形舱 D 的宴会厅，兴高采烈，心神荡漾，飘然若仙。

众人在环形舱 D 的宴会厅里召开鸡尾酒会，庆祝成功启程。玛雅一边四处游荡，一边随意地喝着马克杯里的香槟。她有些许的不真实感，同时又极度兴奋，这令她想起了自己多年前的婚礼。希望这次的"婚姻"能比上次的好点，她心想，因为这次可是会持续到永远。宴会厅里到处都是欢声笑语。"这是一种数学上的对称，而非社会学上的。是一种美学的平衡。""我们希望能达到 10 亿分率的程度，但是这可不容易。"有人要为玛雅续杯，但她拒绝了。她感觉自己已经够兴奋了。而且，她还有工作要做。她是这个所谓的"村庄"的联合长官，负责维护各个团体之间的关系，这项工作注定会非常复杂。她在南极生活时养成的习惯，甚至在这欢庆胜利的巅峰时刻都在发挥作用：她观察着，倾听着，如同一名人类学家，如同一名间谍。

"心理医生说得有理。我们之中很快就会有 50 对情侣了。"

"而且他们已经知道谁和谁会是一对了。"

她看着人们笑得很开心。这群人聪明、健康，受教育程度极高——这会不会就是启蒙时代的人们一直在追寻的、经过科学设计的理性社会呢？阿卡狄、娜蒂娅、弗拉德、伊凡娜都在这儿。她太熟悉她所率领的俄罗斯分队了，因此不会产生太多幻想。他们很可能会像某个科技大学宿舍里住着的大学生一样，在交往中充斥着古怪的恶作剧和恶俗的桃色事件。不过唯一的区别是，相对那些事而言，他们都有点太老了：有几名男性早已秃顶；很多人，无论男女，已经长出了些许白发。这是一段漫长的旅程，他们的平均年龄是46岁，年龄最小的33岁（爱博子，来自日本的生物圈设计奇才），最大的58岁（弗拉德·坦义夫，诺贝尔生理学或医学奖得主）。

然而现在，青春的气息洋溢在他们脸上。阿卡狄·波格丹诺夫容光焕发，在他的红发、红胡子和红皮肤的映衬下更显得红光满面。在一团红色之中，他瞪大了湛蓝色的双眼，开心地大声宣布："我们终于自由了！终于自由了！我们所有的孩子也终于自由了！"珍妮特·布莱勒温为地球的电视台录制了几段采访后关上了摄像机，毕竟他们在宴会厅也无法和地球通信。阿卡狄高声歌唱，周围的人纷纷为他的美妙歌声祝酒。玛雅停下脚步加入他们。终于自由了，这真是难以置信，他们竟真的正在奔向火星！人们聚成一个个小圈子互相交谈着，很多人在他们所在的领域都是世界顶尖级人物：伊凡娜曾和他人一起共同获得诺贝尔化学奖；弗拉德是世界上最著名的生物医学专家之一；赛克斯是亚原子理论的最重要奠基人之一；爱博子在封闭生物圈生命支持系统设计方面成就斐然，无人能出其右。每个人都是才华横溢的杰出人才！

而她是他们的领导者之一，这令她有些惶恐。她在工程学和宇航学方面的能力比较普通，能登上飞船很可能是因为她的外交才能。至于被选为领导人，和其他几位联邦成员一起来统领涣散浮躁的俄罗斯分队——好吧，她可以接受。毕竟这项工作还算有趣，她也已经习惯了。而且她的外交能力很可能会成为舰艇上最重要的能力。毕竟，所有人都必须学会合作共处。这其中涉及精明、机智和意志力，能让他人完成你的命令的意志力！看着周围活力四射的人们，她笑了。舰上的每个人都在自己的领域得心应手，但有些人却精明过了头。她必须识别出这些人，找到并"调教"他们。她能否成为一名成功的领导者取决于此，说到底，她想，他们肯定还是会变成一个由科学精英领导的松散团队。在这样的社会结构里，最优秀、最具才华的人拥有真正的权力。当必须做出重大决定的时刻来临时，远征队的真正领导者会是那些最有才华的人——或者能影响这些最具有才华的人的人。

她环顾四周，看到了和她职位相当的美国分队的领导人——弗兰克·查尔莫斯。在南极时，玛雅没能和他熟识。他是个又高又壮、皮肤黝黑的男人，很健谈，很有活力，但很难被人看透。玛雅觉得他非常有吸引力。他们看待问题的方式一致吗？玛雅一直难以揣测明白。此刻，弗兰克在房间另一端和一群人聊着天。他用一种精明而神秘莫测的方式专心聆听对方的话，歪着头，随时准备插上一两句锐评。她必须再多了解了解他。不，不只如此，她必须和他相处融洽。

她穿过房间，停在他身侧，站到离他非常近的地方。他们的胳膊几乎碰到了。她将头歪向他，迅速用手指朝着所有人比画了一下，说："会很有趣的，你说呢？"

弗兰克瞥了她一眼。"如果一切顺利的话。"他说。

***

庆祝仪式和晚宴之后，玛雅难以入睡，便在**战神号**上游荡。船上每个人都有上过太空的经历，但没有人乘坐过像**战神号**这么巨大的飞船。飞船前端的尾部是豪华单间，类似船头斜桅的一个隔间，旋转方向和飞船相反，以保证这里静止不动。太阳能仪表盘、无线电天线，以及其他一些需要在无旋转状态下运行的设备被安放在这个隔间。它的顶端是一个由透明塑料围成的球形空间，大家很快将它命名为"气泡屋"。在这里，人们可以在无重力且无旋转的环境下尽情观赏群星，宏伟飞船的一部分也会出现在视野里。

玛雅进入气泡屋，飘到接近塑料墙的地方，好奇地回头望向飞船本身。**战神号**是由航天飞船外挂油箱组成的。在世纪之交，美国国家航空航天局和俄罗斯宇航局就已经开始将小型推动火箭固定在油箱上，以便将它们运送到轨道上。几十个油箱都是这么被送上轨道，继而被拖曳到工作站得以投入使用的。

通过改造这些油箱，人们建造了两座大型空间站、一座拉格朗日点[1]空间站、一座月球轨道空间站、第一艘探索火星的载人宇宙飞船，以及数十个去往火星的无人运输船。等到两个国家的宇航局同意合作建造战神号时，油箱的使用技术已经很成熟了，此时已有标准搭配单元、内部构造单元、推进系统等配套设施。建造这座巨型飞船一共花了不到两年的时间。

看上去就像是用儿童玩具套装搭建东西一样，将圆柱形的油箱两端相互连接，构成复杂的造型——而在建造战神号时，是首尾相连的圆柱体组成了 8 个六边形，人们称之为"环形舱"。这些环形舱排成一列，中部穿过由 5 个圆柱体组成的轮毂。环形舱则依靠窄辐条连接到这个轮毂上。最终，飞船的造型很像某种大型农业设备的一部分，比如联合收割机的机械臂，或是移动式洒水车。又或者，玛雅想，像是 8 个坑坑洼洼的甜甜圈穿在一根木棒上。总之是小孩会喜欢的东西。

8 个环形舱使用的油箱是美国制造的，5 个组成轮毂的油箱则是俄罗斯制造的。两种油箱的规格都是大约长 50 米，直径 10 米。玛雅漫无目的地飘到轮毂的油箱附近。她花了很长时间才来到这里，不过反正她也不着急。她在环形舱 G 前落了下来。这里有很多房间，大小不一，形状各异，有的房间甚至占据了整个油箱。她路过的某个房间的地板差不多在一半高的位置，所以其内部就像是狭长的昆塞特棚屋[2]。不过大多数油箱都被分割成了更小的房间。她听说一共分隔出了超过 500 个房间，所有内部空间加在一起足以匹敌一座大型的都市酒店。

但这样就够了吗？

---

1　拉格朗日点由法国天文学家拉格朗日于 1772 年提出。两个大质量天体环绕运行时，处于拉格朗日点的第三个小质量物体可以与另外两个天体的相对位置保持不变。文中指的是其中一个拉格朗日点（L5）。L4 和 L5 位于以两个天体连线为底的等边三角形上。

2　昆塞特棚屋是一种简易搭建的半圆柱体形棚屋，最初用于军事目的。

***

也许够了。在经历了南极训练之后，**战神号**上的生活显得更开阔、透气，也更错综复杂。每天早上大约 6 点，居住区的环形舱会从一片漆黑逐渐变成黎明的灰蒙蒙，然后在 6 点 30 分突然变亮，标志着"日出"时刻的到来。玛雅每天都准时醒来，一如既往。洗漱完毕后，她会来到位于环形舱 D 的厨房，热好早饭，然后把饭端到大餐厅，在桌子旁坐下。桌子两侧有盆栽的青柠树。蜂鸟、燕雀、唐纳雀、麻雀、鹦鹉等各种鸟时而在她脚下栖息，时而又从头顶掠过，躲避着从餐厅长长的拱顶天花板上垂下的藤本植物。天花板漆成了灰蓝色，令玛雅想起了圣彼得堡冬季的天空。她细嚼慢咽，看看鸟，听听周围的对话，在椅子上放松下来。真是一顿悠闲的早餐！在一辈子兢兢业业地辛勤工作之后，这样的早晨一开始令人有点不自在甚至惊慌，简直像是一种偷来的奢侈。就像娜蒂娅说的，仿佛每天都是周日。不过对于玛雅而言，周日的早晨从来都不轻松。在她小时候，每个周日早晨她都得打扫和母亲共同居住的一居室公寓。她母亲是一名医生。就像那个年代的大部分女性一样，这位母亲不得不疯狂工作才能勉强度日，购买食物、养育孩子、持有公寓、维持工作，同时做这么多事对一个人而言实在是太难了，于是她加入了众多女性的行列，愤怒地要求更好的待遇。那时候她们只能得到仅有普通工资一半的工作，却要包揽所有家务。不能再等了，不能再沉默地忍耐了。她们必须利用这个动荡不安的年代采取行动。"一切都可以摆上桌！"玛雅的妈妈会在做着仅能糊口的晚饭时强调，"除了食物！"

她们的确成功地利用了那个动荡的年代。苏联时期，女人们学会了互帮互助，自发组织形成了社群，她们是母亲、姐妹、女儿、祖母、女性朋友、同事，有时甚至是陌生人。在这个被世界固化的联邦里，她们扩大社群影响，跻身权力结构之中，在严格由男性主宰的寡头政府中赢得了一席之地。

受到女性社群深远影响的领域之一就是太空计划。玛雅的母亲对太空医疗研究略有涉猎。她一直认为，航天工程一定会需要大量女性，哪怕仅仅是为了提供女性的医疗实验数据。"他们不能因为出了一个瓦莲京娜·捷列什科娃[1]，就以此为借口不让其他女性进入这个行业！"她妈妈会如此这般大声疾呼。很显然，她是对的。玛雅在莫斯科大学学习了航空工程后，顺利加入了拜科努尔的一个航天项目。她完成得很不错，于是被派遣到*新世界空间站*上。在空间站时，她重新设计了空间站的内部构造，将之改造得能提高人体的运用效率。之后的一年，她作为空间站站长，主导了好几个紧急维修项目，因此名声大振。此后，她被委派到拜科努尔和莫斯科做一些行政方面的工作。渐渐地，她成功渗进了俄罗斯宇航局的政治局内部，以微妙的手段在男人们之间玩起权力游戏，和其中一个人结婚，随后又离婚。她从小人物起步，在宇航局平步青云，最终进入了最核心的小团体"双三头同盟"。

而现在，她在这里，悠闲地享用早餐。"真是太过文明了。"娜蒂娅肯定会这样嘲讽的。她是玛雅在*战神号*上最好的朋友。她个子矮小，身体浑圆，方脸，平头，头发花白，总之很没特点。玛雅知道自己很美，也多次利用过自己的美貌。她因此很喜欢平平无奇的娜蒂娅，因为这个朋友可以更加凸显出自己的魅力。娜蒂娅是一名工程师，动手能力很强，同时是研究在寒冷气候下如何建造建筑的专家。她们是 20 年前在拜科努尔相识的，后来一起在*新世界空间站*上生活过几个月。这么多年来，她们已经成了好姐妹，虽然长得不像，也经常吵架，但依然很亲密。

娜蒂娅环顾四周，说："俄罗斯和美国的宿舍安排在不同的环形舱可真是个糟糕的主意。我们白天和他们一起工作，晚上却要和熟悉的老面孔共度大部分时光。这样只会加大彼此之间的分歧。"

"也许我们应该提出建议，交换一半的宿舍。"

阿卡狄狼吞虎咽地吃完咖啡卷，从旁边的桌子探过身子来。"这还不够。"

---

1 瓦莲京娜·捷列什科娃（1937—  ），人类历史上第一位进入太空的女性宇航员。1963 年 6 月 16 日，她乘坐东方六号宇宙飞船独自进入太空。

他接过话头，就好像他一直都参与了谈话似的。他的红胡子每天都变得更浓密，上面沾了些食物碎屑。"我们应该把每隔一周的周日定为搬家日，给大家随机分配宿舍，这样大家能有更多机会彼此了解，同时也能防止小团体的形成，还可以减少占据房间的行为。"

"但是我喜欢拥有属于自己的房间的感觉。"娜蒂娅说。

阿卡狄又往嘴里塞了一个蛋卷，边咀嚼边冲着她笑。他能通过选拔委员会的测试真是个奇迹。

不过玛雅还是把交换宿舍的提议跟美国人说了。没人喜欢阿卡狄的提议，但他们觉得直接交换一半的宿舍是个不错的主意。商讨后，大家一起制订了换宿舍的计划。在一个周日的早晨，众人一起执行了这项计划。这之后，大家在用早餐时终于有些国际交流了。环形舱 D 的早餐桌上会出现弗兰克·查尔莫斯、约翰·布恩、赛克斯·罗索尔、玛丽·敦克尔、珍妮特·布莱勒温、拉雅·希门尼斯、米歇尔·杜瓦和厄休拉·科尔。

约翰·布恩是个习惯早起的人，到餐厅的时间甚至比玛雅还早。"这个空间又宽阔又透气，真的有种户外的感觉。"某天清晨，当玛雅走进餐厅的时候，约翰坐在桌旁对她说，"比环形舱 B 的餐厅好太多了。"

"秘诀是把镀层和白色塑料层给去掉。"玛雅回答说，她的英语相当好，而且进步飞快，"然后把天花板涂成真正的天空的样子。"

"你的意思是，不能涂成纯粹的蓝色？"

"没错。"

她觉得，约翰·布恩就是个典型的美国人：单纯、外向、直接，整个人都很放松。而这个典型的美国人是历史上最著名的人物之一。这是个无法避免的沉重事实，但约翰似乎从这种压力下逃脱了，或是在压力环绕的环境中找到了前进的方法。他有时专注于品尝蛋卷的味道，有时聚精会神地看着桌载屏幕上的新闻。他从不主动提及自己之前的征程，如果有人提起来的话，他会将之描述得和每个人都有过的飞行经历一样平淡无奇。然而事实绝非如此，只不过他轻松的态度将其淡化了。每天早上，他都坐在同一张餐桌前，因娜蒂娅的工程学冷笑话而开怀大笑，参与大家的闲聊。过了一阵儿后，他周围的气场变得很难摸透。

弗兰克·查尔莫斯更有趣一些。他总是很晚才到餐厅，一个人坐，注意力只集中在咖啡和桌载屏幕上。喝完两杯咖啡之后，他会操着一口蹩脚但尚能交流的俄语，和周围的人闲聊。为了方便美国人，环形舱 D 的餐厅里，早餐闲聊时人们已经逐渐都说英语了。战神号上的语言环境就如同俄罗斯套娃一样：全部 100 人都能说英语，往内一层是俄语，然后是英联邦语，再然后是各国语言。船上有 8 个人使用母语，在玛雅看来，他们像是孤儿一样可怜。而且对她来说，这几个人比起其他人，与地球的联系似乎更紧密，他们经常和家乡的人联系。船上的心理学家是其中之一，这显得有点奇怪。尽管掌握了两门语言，他还是坚持使用法语。

总之，英语是飞船上的通用语。玛雅一开始以为这会给美国人带来优势。不过她很快注意到，当美国人说话时，他们相当于站在舞台中央，而其他人则可以在需要的时候换成更私密的语言。

不过，弗兰克·查尔莫斯是例外。他能说 5 种语言，比飞船上的任何人都多。而且他也不怕说俄语，虽然说得很烂。他可以通过蹦单词来描述问题，然后聆听对方回答。他听得非常专注，不时哈哈大笑两声。玛雅认为，他是个在很多方面都与众不同的美国人。一开始他似乎拥有所有美国人的特质：身强体壮、声如洪钟、精力充沛、自信满满、躁动不安；一杯咖啡之后，他会变得很健谈，而且他总是很友好。不过，需要一段时间才能注意到，弗兰克的态度忽冷忽热，而且他在交谈中很少透露关于自己的任何私事。比如，尽管玛雅非常努力地旁敲侧击，但她没能了解到任何关于他过去的事情，这令她感到十分好奇。弗兰克一头黑发，脸庞黝黑，有一双淡褐色的眼睛——拥有壮汉的魅力——他的微笑很短暂，笑声尖锐，像玛雅的妈妈。他的眼神非常犀利，特别是注视着玛雅的时候，她猜测他是在评估她到底有什么本事可以当团队的领导者。他对她的态度就好像他们早就彼此熟识，这令玛雅感到非常不适，因为在南极时他们几乎没怎么交谈过。玛雅习惯于认为女性是盟友，男性虽然很有吸引力，但总会带来危险和麻烦。而一位被众人认定是她盟友的男性则会带来更多的麻烦和危险，还有……其他方面的暗示。

在她印象里只有一次，她透过外表真正看到了他的内心。那还是在南极的时候，在热力工程师精神崩溃被送走之后，上面传来消息，代替他的人将会是约翰·布恩。当听到这个消息时，每个人都既惊讶又兴奋，惊讶是因为约翰·布恩在之前的征程中肯定已经受到了过量的辐射。大厅里的众人都在交头接耳地讨论，这时，玛雅看到弗兰克走进大厅，有人上前告诉了他这个消息。他猛一转头，直勾勾地盯着告诉他消息的人。在一瞬间，玛雅看到了他脸上的一丝愤怒，但那情绪转瞬即逝，几乎像是下意识的反应。

这件事令玛雅开始密切关注弗兰克。他和约翰·布恩之间的关系的确很尴尬。他们的关系对于弗兰克而言当然很艰难：他是美国团队的正式领导人，甚至有"舰长[1]"的头衔；但约翰·布恩拥有金发碧眼的迷人外表和过去取得的辉煌成就，凭此天然获得了更大的权威——他看上去更像是真正的美国团队领导人，而弗兰克·查尔莫斯则像是一个过于活跃的执行官，完成约翰·布恩未曾明确说出的命令。这感觉肯定不舒服。

玛雅听说他们两人是旧友。但即便密切观察，她自己也找不出什么能证实这一点的证据。他们俩很少在公共场合交谈，私下里好像也没什么交流。所以当他们一同出现时，她会格外仔细地观察二人，甚至都没有意识到自己为什么会这么做——当时的情景令她自然而然地想要去这么做。如果是身处俄罗斯宇航局的话，在他们两人之间挑拨离间应该是个不错的战略，但在这里，她并没有这个打算。很多事情玛雅都没有深思熟虑。

不过，她还是认真观察了。有一天早晨，珍妮特·布莱勒温戴着她的摄像

---

1 原文为 captain，既可以指飞船的掌舵人，也指军队的军衔。

眼镜，走进环形舱 D 的餐厅用早餐。她是美国电视台的首席记者，经常在飞船上迂回穿梭，戴着摄像眼镜，一边四下张望，一边进行实况报道。她会收集一些飞船上发生的小故事，传送回地球总部。她传回的素材在总部——正如阿卡狄描述的那样——"会被嚼过了，再吐出来，喂给达成共识的小鸟们"。

这一点平平无奇。作为宇航员，媒体的曝光早就成了他们生活的一部分。在选拔过程中，他们可以说是被放在显微镜下仔细观察。不过现在，*战神号*上的众人成了史上最宏大、最广为人知的宇航项目的原始材料。几百万人都在盯着他们看，仿佛在追一部超级肥皂剧，这令他们之中的一部分人非常反感。所以当珍妮特戴着那副镜架上装有光学纤维的时髦眼镜在长桌的一端坐下时，周围传来了好几声抱怨。长桌的另一端，安·克雷伯恩和赛克斯·罗索尔正在争吵。

"搞明白那里有什么要花上好多年，赛克斯。至少要好几十年。火星上的陆地面积和地球上的一样大，而且火星有独特的地质特征和化学特性。我们必须彻底研究火星的土地，再开始改造。"

"从我们在那里着陆起就已经开始改造它了。"罗索尔轻描淡写地回应安的反对意见，仿佛那只是粘在他脸上的蜘蛛网一般，"决定要去火星就像是一句话的开始，而整句话是——

"*我来，我见，我征服*[1]。"

罗索尔耸了耸肩。"如果你想这么理解的话。"

"你才是懦夫，赛克斯。"安撇着嘴讥讽道。她肩膀很宽，有着一头狂野的棕发。她是一名抱持强烈观点的地质学家，在争论中常常咄咄逼人。"听着，*火星属于它自己*。你可以在地球上随意开展改变气候的游戏，地球也的确需要这方面的帮助。或者你也可以在金星上试试。但是你不能把有 30 亿年历史的火星地貌就这样完全抹平。"

---

1 "我来，我见，我征服"是恺撒大帝在打败本都王国的法尔纳克后写给罗马元老院的著名捷报。

罗索尔扫开了更多的蜘蛛网。"火星一片死寂。"他简单地回答,"而且,这个问题也不由我们决定。我们应该把这个问题的决定权留给上面的人。"

"我们不应该上交任何问题的决定权。"阿卡狄尖锐地回击。

珍妮特从一位发言人看向另一位发言人,把这些争论都记录了下来。安越来越生气,声音也越来越大。玛雅环顾四周,她看出来弗兰克不喜欢争吵的场面。但是如果他直接介入的话,他会暴露在数百万人面前,暴露出他不喜欢远征队成员在他面前争吵。于是,他选择看向桌子另一头,对上了约翰的视线。他们俩飞快地交换了一个表情。玛雅眨了眨眼,不禁怀疑自己看错了。

约翰说:"我上次到火星的时候,感觉那里就已经很像地球了。"

"但是那里的温度只有 200 开尔文[1]。"赛克斯说。

"没错,不过它看上去很像莫哈维沙漠[2],或是麦克默多干谷[3]。我第一次在火星上环顾四周时,发现自己会下意识地去寻找在麦克默多干谷里看到的那些被晒干的海豹尸体。"

他继续说了些诸如此类的话。珍妮特转向他,安也是。安一脸厌恶,拿起咖啡走开了。

之后,玛雅集中注意力,试图回忆起约翰和弗兰克之间交换的表情。那表情像是密码,或是某种同卵双胞胎发明出来的暗号。

***

几周过去了,每天都由一顿悠闲的早餐开启。上午非常繁忙,每个人都有自己的行程安排,有些人的更紧凑一些。弗兰克的行程安排得非常满,他很喜欢这样,疯狂地参与各项活动。不过必要的工作其实也没有多美妙:必须保证每个人都能全须全尾地活下来,保证飞船持续运行,持续为火星生活做准备。

---

1 开尔文是热力学温度单位,符号为 K,以绝对零度(0K)为最低温度。

2 莫哈维沙漠是美国西南部的一片沙漠,主要位于加利福尼亚州东南部和内华达州西南部,还有一部分延伸到亚利桑那州和犹他州。

3 麦克默多干谷虽然位于南极洲,却没有冰雪覆盖。干谷中气候干燥,年降水量极低。科学家们认为,这里的陆地环境与火星十分相似。

飞船的维护工作涵盖了大到复杂如程序设计和维修，小到如把物资搬出储藏室或是垃圾回收的方方面面。生态圈团队大部分时间都在农场度过。农场占据了环形舱 C、E 和 F，飞船上的每个人都有在农场工作的任务。大多数人都很喜欢在这里工作，有些人甚至在自由活动时间也会回到这里。根据医嘱，每个人都要每天在跑步机、楼梯机、跑步环或是负重设施上锻炼 3 小时。由于不同的个性，有人享受，有人忍受，有人则受不了这 3 小时时光。不过，即使是那些声称自己受不了的人，在完成锻炼之后，也会明显地（甚至可以度量出来地）更快乐一些。"β - 内啡肽是最好的解药。"米歇尔·杜瓦肯定会这么说。

"那真是太幸运了，毕竟我们也没有别的药。"阿卡狄会这么回答。

"哦，我们有咖啡因……"

"让我发困。"

"酒精……"

"让我头疼。"

"普鲁卡因[1]、达尔丰[2]、吗啡……"

"吗啡？"

"只可用于医疗。不能随便使用。"

阿卡狄笑了。"也许我应该生个病。"

工程师们，包括玛雅在内，很多人上午都在进行模拟训练。训练设置在环形舱 B 的辅助舰桥上，那里有最先进的电子图像合成设备。模拟非常逼真，光靠肉眼无法分辨模拟环境和真实环境。不过这并不意味着训练很有趣：船员们每周都会进行标准轨道交接模拟任务，外号是"重复模拟"，每个人都觉得这项任务无聊透顶。

不过有时比起其他任务，无聊的任务更受欢迎一些。阿卡狄是训练专家，

---

1　普鲁卡因是一种局部麻醉药。

2　达尔丰是一种阿片类止痛药。

他一意孤行的天赋让他设计出很多突发状况，那些模拟的突发状况常常困难重重，以至于每个受训人都可能会被"杀掉"。这样的状况相当令人不快，也让阿卡狄的"受害者"对他颇有微词。阿卡狄会把突发状况和重复模拟任务随机组合在一起，不过突发状况的频率会逐渐增加。训练人员已经"快到火星"了，这时突然红灯闪烁，有时还伴有警报声，大家再次陷入麻烦。有一次他们撞到了一个只有 50 克的微行星，防热盾[1] 被砸出了一个大口子。赛克斯计算过，飞船被超过 1 克的物质击中，这样的事大约航行 7000 年才可能发生一次，但他们还是被丢到这儿了，**紧急状况！**虽然他们还在嘲笑任务设置得不合理，但肾上腺素已经遍布全身。他们冲上轮毂，套上宇航服，要赶在撞上火星大气层、被热量烧焦前赶紧把洞补上。刚进行到一半，阿卡狄的声音从内部通信系统里传了出来："太慢了！我们所有人都死了。"

这还只是一次简单的模拟突发情况。其他的……就拿飞船举例吧。飞船配备了一套飞行控制系统，飞行员将指令输入飞行终端机后，电脑将自动转译指令，以推动飞船向预定目的地行进。这种做法是必需的，因为当飞船以高速接近一个类似火星的带有引力的物体时，飞行员无法单纯凭借感觉或直觉推断出怎样点火才能达到想要的效果。因此并没有人用驾驶飞机的方式来驾驶飞船。然而，阿卡狄经常在紧要关头把一整个巨大而冗余的系统彻底搞坏（据赛克斯说，这种情况发生的概率大约是百亿分之一）。受训人员不得不接管飞行系统，单纯靠机械原理来操控所有的推动火箭，看着显示屏上黑底橙色的火星画面迅速压迫到眼前。他们要么会飘到外太空，经历一场漫长的死亡；要么会撞击到火星地表，死得非常迅速。如果是后者，他们会体验到整个过程，以模拟时速120 千米的速度撞到火星表面。

又或者，需要解决的问题是机械故障：主火箭、稳定火箭、电脑硬件或软

---

1　航天器在以高速进入大气层时与空气产生剧烈摩擦，会产生高达几千摄氏度的高温。防热盾的作用是保护航天器不被热量破坏。

件、防热盾展开系统，所有这些系统在着陆过程中都必须完美无瑕地运行。这些系统是最容易出故障的——据赛克斯说，故障率大约为万分之一（虽然有些人质疑他的风险评估的方法）。于是受训人员会反复训练模拟这些状况。红色警报灯闪烁，人人怨气冲天，恳求换成"重复模拟"，虽然他们心里还是有点喜欢新挑战的。如果能在模拟训练中成功解决机械故障，大家会特别高兴，肯定会是一周内的"高光时刻"。有一次，约翰·布恩仅凭双手，操控唯一一台还在运作的主火箭完成了大气制动[1]，以精准到毫角秒的唯一可行的速度成功降落，真是难以置信。"瞎猫碰上死耗子了。"晚餐提及此事时，约翰大笑着说。

然而，阿卡狄设置的大部分难题都未能成功解决，这意味着所有人都会死。无论是不是模拟，每个人在经历过这些之后，很难不受影响，也难免会对制造这些难题的阿卡狄产生怨气。有一次，受训人员刚刚修好舰桥上所有的控制屏，就立刻被一颗小行星击中了。小行星削断了轮毂，把所有人都杀死了。还有一次，阿卡狄作为导航组的一员，犯了个"错误"，在应该降低飞船转速时提升了速度。"要被 6 个重力加速度钉在地板上了！"他假装惊恐地喊着。受训人员不得不在地板上爬了半小时，承受半吨重力的同时假装去修复这个错误。当他们成功之后，阿卡狄从地板上一跃而起，将他们从控制屏前推开。"你到底在干什么？"玛雅吼道。

"他疯了。"珍妮特说。

"他在*模拟*发疯。"娜蒂娅纠正她说，"我们必须想办法——"她边说边围着阿卡狄转圈，"解决一个在舰桥上突然发疯的人！"

毫无疑问这是对的。但他们看到阿卡狄翻了个白眼。而在他沉默地攻击他们的时候，无法看到他还保持着理智的任何迹象。5 个人合力才制伏了他，珍妮特和菲莉丝·波伊尔都被他的尖胳膊肘撞伤了。

---

1　大气制动是通过将飞船的最低点降低到星球的大气层之内，利用空气阻力来减速以降低轨道高度的航天操作。

"怎么样？"事后在餐桌上，他歪着肿起来的嘴笑着说，"如果真发生了怎么办？在飞行途中，每个人都承受着很大的压力，而着陆的过程肯定会是压力最大的时候。如果有人突然崩溃了该怎么办？"他转向赛克斯，笑得更厉害了，"这种情况发生的概率是多少呢，嗯？"接着他开始吟唱一首牙买加歌曲，带着斯拉夫和加勒比地区的混合口音，"释放压力，哦，释放压力，哦哦，你必须释放压力，哩哩哩！"

于是他们继续进行模拟训练，尽可能严肃地对待每一次突发状况模拟，即使是面对被火星人攻击、飞船组装时安错了引爆栓导致环形舱 H 脱离主体、火卫一突然脱离轨道等千奇百怪的情况也安之若素。在无厘头的事态下随机应变有时候会呈现出一种超现实的黑色幽默。阿卡狄会播放训练过程的录像作为饭后娱乐，有时候会引得船员们哈哈大笑。

不过那些合理的任务……持续不断地到来，日复一日。尽管他们努力解决，尽管他们遵循规则，努力寻找解决方案，但是这个画面一次又一次地重复着——红色星球超乎想象地以每小时 40000 千米的速度向他们冲来，直到充满整个显示屏。显示屏一下子变得全白，然后很小的黑字出现在屏幕上：*撞击*。

***

他们航行在霍曼转移轨道[1]上，向火星行进。这样虽然有点慢，但比较节能。在众多备选中选中这条路线的主要原因是，当飞船终于可以发射时，地球和火星的位置刚好比较合适。火星在地球黄道面[2]前方约 45 度的位置。在航程中，飞船会围绕太阳转半圈多一点，在大约 300 天后到达火星。博子管这叫他们的"母巢时间"。

地球上的心理学家认为，时不时地营造一些改变有利于身心健康。他们提

---

1 战神号采用的是一种名为"霍曼转移轨道"的变换轨道方法，该方法只需要两次发动机推进，相对节省燃料。此方法由德国物理学家瓦尔特·霍曼提出，因而得名。变换时，飞船需要从较低的轨道（又称轨道 1）瞬间加速，进入椭圆形的转移轨道（又称轨道 2）；再由转移轨道的近拱点抵达远拱点并再次瞬间加速，进入目标高轨道（又称轨道 3）。

2 地球绕太阳公转的轨道平面称为"黄道面"。

议可以在*战神号*上营造出四季的变化。因此，飞船上的昼夜长短、天气、环境色都有所变化。有些人认为着陆时应该是收获的季节，也就是秋天；另一些人则认为必须是春天。经过短暂讨论，飞船上所有人投票决定，将出发时的季节设定为早春，这样在航行过程中，他们经历的就是夏季而非冬季。而且等到达目的地时，飞船的颜色正好会变成和火星一样的、属于秋季的颜色，而不是他们早已远离的芳草的浅绿或花瓣的粉红。

所以，在最开始的几个月，大家完成上午的工作，离开农场或舰桥，又或者跌跌撞撞地离开阿卡狄我行我素地设置的残酷的模拟任务后，会走进春天里。墙壁上挂着淡绿色的平板，或是一整面杜鹃花、蓝花楹和樱花的照片。大农场温室内的大麦和芥菜花闪着耀眼的金色，甚至可以看到它们纤细的花瓣。森林生态区以及飞船上的 7 个公园里到处都是处于春季周期的乔木和灌木。玛雅非常喜欢春天开放的五彩缤纷的花。上午的工作完成后，她会在森林生态区里散步，这成了她每日锻炼的一部分。森林生态区地势高低起伏，树木繁多，枝叶茂密，甚至无法从屋子的一侧看到另一侧。在这里，她最常遇到的人是弗兰克·查尔莫斯。他短暂休息时一般都会来这里。他说自己喜欢春天的树叶，但他好像根本没有认真看树叶。他们一起散步，时而交谈，时而沉默，交谈的时候也不聊正事。弗兰克好像并不想讨论二人作为远征队领导者的工作，他对此漠不关心。玛雅觉得这有点奇怪，但她没有说出来。不过他们的工作也并非完全相同，这大概可以解释他的不情愿。玛雅的岗位比较"非正式"，也没有那么严格的上下级关系。俄罗斯宇航员之间的关系一直都是比较平等的，自宇航局时期起就有这样的传统；而美国的宇航项目则有着更深厚的军事传统，这一点从头衔上就能看出一二：玛雅仅仅被称作"俄罗斯分队协调官"，弗兰克则是"查尔莫斯上尉[1]"，这大概体现出了旧时海军的影响。

拥有权威对弗兰克究竟有利还是有害，他没说。有时候他会聊聊生态区，

---

1　此处原文亦为 captain，与前文呼应；弗兰克·查尔莫斯既是舰长，也有上尉的军衔。

或是一些很小的技术问题，或是地球传来的消息。但更多时候，他似乎就是想单纯地和她一起散步。于是，他们一起沉默地散步，走过高低起伏的狭窄小径，穿过茂密的松树、杨树和桦树林。仿佛他们之间早就亲密无间，仿佛他们是老朋友，仿佛他在非常害羞地（或是拐弯抹角地）追求她。

某天想起这一点时，玛雅意识到，*战神号*在出发时设置成春天也带来了个麻烦。所有人都身处这个与世隔绝的生态系统里，在春天里航向远方。周围的万物都在生长发芽、成熟开花，一片欣欣向荣、郁郁葱葱的景象。空气里弥漫着花香，白昼渐长，天气渐暖，每个人都换上了短袖短裤。100 只健康的动物，住在一个个小隔间里，一起吃饭、锻炼、洗澡、睡觉，必然会有性行为。

当然了，这也不是什么新鲜事。玛雅自己也曾经在太空里有过非常美妙的性经验。最难忘的经历发生在她第二次进驻*新世界*空间站的时候，她和格雷伊、耶利和伊凡娜尝试了失重状态下能想象到的各种姿势，花样还真挺多的。不过现在不一样了，他们都老了，而且被永远困在一起了。"在封闭系统里，*一切都不一样了*。"博子经常在各种场合里这么说。美国国家航空航天局的构想非常宏大，希望太空中的所有人都保持兄弟会般的关系。在美国国家航空航天局完成的长达 1348 页的鸿篇巨制《移居火星的人类关系》中，只有一页提及了性行为，而且是在明确反对。按照这部巨著的说法，船员们就像是同属于一个部落的人，内部结合是种敏感的禁忌。俄罗斯人听闻笑得前仰后合。美国人可真是老古板。"我们不是一个*部落*。"阿卡狄说，"我们是*整个世界*。"

总之，现在是春天。舰上有一些已婚的伴侣，其中几对经常会在公众场合搂搂抱抱。环形舱 E 有游泳池、桑拿房、按摩浴缸，混用时，使用人员要穿泳衣。这又是美国人的要求，不过穿不穿泳衣也没什么太大差别。自然而然地，事情就开始发生了。玛雅听娜蒂娅和伊凡娜说，夜深人静时，气泡屋成了情人的幽会佳地，很多宇航员和航天员显然都喜欢失重的感觉。公园和森林生态区里的隐蔽场所成了那些没有太多失重经验的人躲避他人的绝佳去处，毕竟公园的设计初衷，就是让人暂时拥有脱离尘世的感觉。而且每个人都有属于自己的隔音宿舍。因此，一对情侣如果想要发展一段关系，同时也想避免成为人们茶余饭后闲聊的焦点，完全可以非常隐蔽地做到。玛雅非常肯定，飞船上绝对有很多地下情侣。

她能感觉到，毫无疑问其他人也能感觉到。两个人的低声交谈，餐厅里突然变换的共同用餐对象，暗送秋波，相视而笑，身体交错时碰到一起的手、肩膀和手肘——啊，没错，到处都有爱意存在的痕迹。这也导致空气中弥漫着一种紧张的气氛，虽然的确令人兴奋，但兴奋和愉悦只占一小部分。在南极体会到的恐惧感又回来了；而且只有一小部分人有成为浪漫伴侣的潜在性，这令人们产生了"抢椅子"似的紧迫感。

对玛雅而言，还有更多问题。她和往常相比，更警惕俄罗斯男人了。在当前情形下，和她在一起意味着和上司交往。鉴于她自己曾经做过类似的事，深知个中体会，她对这样的关系充满猜忌。而且，也没有人……好吧，她的确觉得阿卡狄很有魅力，但她并不喜欢他，阿卡狄似乎也对她没什么兴趣；她以前就认识耶利，他只是个朋友；她对德米特里没感觉；弗拉德太老了；尤里不是她喜欢的类型；阿历克斯是阿卡狄的追随者，诸如此类。

至于美国人或其他国家的人——嗯，这又是另外的问题。跨文化交流，结果如何谁知道呢？所以她洁身自好。不过她会想这件事。偶尔在清晨刚醒来时，或是结束锻炼时，她会漂浮在欲海翻起的浪花里，历经洗刷，直至浪花将她推向床上或莲蓬头前。她备感孤独。

\*\*\*

某天上午，大家进行了某项残酷的突发状况模拟训练。他们几乎解决了问题，但最终还是失败了。在这之后，玛雅在森林生态区遇到了弗兰克·查尔莫斯。他们互相打了招呼，然后一同走进树林里，大约走了10米后停了下来。她穿着短裤和吊带，光着脚，因刚刚的模拟训练而满脸通红、大汗淋漓。弗兰克穿着短裤和T恤，光着脚，因刚做完农活而满头大汗、风尘仆仆。突然他发出了一贯的尖锐笑声，用两个手指尖碰触她的上臂。"你今天看上去很开心。"

他飞快地笑了一下。

他们各自领导了一半的远征队队员。他们之间是平等的。她抬起手碰了碰他的手，而这已足够点燃他们之间的火花。

他们离开小径，往一片茂密的松树林里走去，然后停下来接吻。距离她上次接吻已经过了太长时间，她感觉有点陌生。弗兰克被树根绊倒，低声笑了笑。这种短暂且隐秘的笑声令玛雅感到战栗，甚至恐惧。他们坐在松针上，滚到一起，像学生似的在树林间接吻。她笑了，她很喜欢这种一拍即合的方式，用这种方式她可以快速搞定一个男人，只要她想。

然后他们发生了关系。一时之间，她被激情左右。之后她放松下来，享受余韵。不过这之后的气氛不知为何变得有点尴尬，她不知道该说什么。她依然无法看透弗兰克，好像即使在欢爱时他也没有完全敞开心扉。更糟的是，她能感觉到，他所隐瞒的似乎是一种得意扬扬的胜利感，就好像他赢得了什么东西，而她输了。美国人身上还保有着清教徒的禁欲气质，总觉得性爱是错误的，是一种男人必须诱骗女人才能做成的事。她稍微收回了自己的思绪，对他脸上暗含的得意感到很厌恶。输赢什么的，真够幼稚的。

事实上，他们俩依然是联合长官，如果因为这件事变成一场零和博弈的话……

不过，他们友好地交流了很久，甚至在离开之前再次欢爱。但这次和第一次有所不同，她心不在焉。在欢爱中发现的事远远超出了理性思考的范畴。玛雅总能从对方身上感受到她无法分析甚至无法表达出来的事。对她能感受到的事，她要么喜欢，要么讨厌，而非感到疑惑。在第一次之后看着弗兰克的脸，她就非常肯定有什么事情不对劲。这令她非常不安。

不过她非常友好体贴。这种时候可不能做什么扫兴的事，否则没有人会原谅她的。他们穿好衣服站起来，走回环形舱 D，和其他人在餐厅共进晚餐。这时候远离彼此是非常理智的。然而几天后，她发现自己在回避他，找借口避免和他独处。她对此感到沮丧。这太尴尬了，她根本不想变成这样。她真希望可以不要有现在的这种感受。他们又独处了一两次，弗兰克主动邀请，玛雅便再次与他欢爱，心里希望这次会不一样，之前那次可能只是错觉，或者是因为心情不好才会那么想。然而每次都一样。弗兰克脸上总会有那种得意扬扬的讥笑，那种"我搞定你了"的表情。玛雅非常厌恶这一点，所谓的道德至上的禁欲清教徒，其实奉行双重标准，非常肮脏。

于是她越发努力地躲避他，以防陷入一开始的困境。很快，弗兰克也意识到了她的疏远。某天下午，他邀请玛雅去生态区散步，但她拒绝了，说自己很累。他的脸上闪过震惊的表情，但转瞬即逝，很快他又戴上了面具。玛雅感觉糟透了，但她甚至无法解释自己为什么拒绝他。

为了弥补这次不合理的拒绝，她尽可能在安全的场合对他非常友好、开诚布公。有一两次她委婉地向他暗示，他们之间发生的事对她而言仅仅是加深友谊的证明，她和其他人之间也曾经有过类似经历。所有这一切不得不在字里行间隐晦地传达，可语言也可能会让他误解，这很难说。他听明白后大受震撼，但之后他似乎很困惑。有一次刚散会后，她看到弗兰克眼神犀利地瞥了她一眼，之后又恢复了一贯的疏远和拘谨。但他从未因此而变得焦虑，也从未对此向她施压，或是找她来谈这件事。不过这也构成了问题的一部分，不是吗？他似乎并不想和她聊这方面的事。

说不定他也和其他女人发生了关系，那些美国女人，这很难说。他真的很孤僻。而这一点……很奇怪。

玛雅下决心结束这段恼人的风流韵事，无论她从中得到了多大的快乐。博子说得对，在封闭系统里，一切都不一样。然而对弗兰克而言有点惨（如果他真的会在意的话），因为他成了教会玛雅这一点的活生生的例子。不过最终她还是补偿了弗兰克，以成为他的好友的方式。为了修补二人之间的关系，她非常努力，以至于有一次，大约在一个月后，她都有点越界了，让弗兰克误以为她又在引诱他。他们俩和一群人一起深夜畅谈，玛雅坐在弗兰克身边。这之后他显然是误会了，一直跟着她走到了环形舱 D，进了浴室，用那种他们交往时充满魅力的亲密方式对她说话。玛雅对自己非常恼火，她不想显得水性杨花、反复无常，虽然此时此刻无论她怎么做都会把自己放在这种位置上。结果她只好随他去，仅仅因为这样做是最容易的，而且她内心中的一部分也的确想要做爱。她不安地放任了自己，也下定决心这是最后一次。她心想，这就当是送给他的分手礼物吧，希望他可以将他们之间发生的事情当作一段美好的回忆。她比以往更加富有激情，真心想要取悦他。就在愉悦达到顶点时，她望向他的脸，仿佛通过窗子望进了一个空空荡荡的房间。这是他们之间的最后一次。

＊＊＊

$\Delta v$，$v$ 表示速度，$\Delta$ 表示变化。在太空里，这个变量衡量的是从一个地方移动到另一个地方所需的速度变化量——也是对移动所需要能量的衡量。

万物恒动。从（正在移动的）地球表面将物质送入围绕地球的轨道，需要至少每秒 10 千米的 $\Delta v$。离开地球轨道飞向火星，则需要至少每秒 3.6 千米的 $\Delta v$。环绕火星，在火星表面着陆则需要每秒 1 千米的 $\Delta v$。最困难的部分是逃离地球，因为必须摆脱沉重的引力。在时空上爬陡坡需要巨大的作用力，以克服巨大的惯性来改变方向。

历史也有惯性。在四维空间里，粒子（或事件）具有方向性。数学家试图展示这一点，在图上画出了所谓的世界线[1]。在人类活动层面，一条条个人世界线交织纠缠在一起，从黑暗的史前时代一直沿着时间的方向伸展，形成了一条适配地球尺寸的缆绳，围绕着太阳在漫长而弯曲的轨道上旋转。这条交织纠缠的世界线形成的缆绳就是历史。看到它从哪里来，很明显就能看出它将往哪里去——通过简单的外推法[2]即可推断。需要多大的 $\Delta v$ 才能逃离历史，逃离如此强大的惯性，开辟出一条新的轨道呢？

最困难的部分是逃离地球。

---

1　世界线，物理学概念，指粒子在四维时空中的运动轨迹，因包含时间维度，故而有别于力学上的"轨道"或"路径"。
2　外推法是根据历史和现有资料分析事物的发展趋势和未来状况的一类预测方法的总称。

＊＊＊

*战神号*的造型符合现实世界的结构。地球和火星之间的真空带在玛雅看来仿佛是一长串的圆柱体，相互之间以 45 度的弯角接合在一起。围绕环形舱 C 有一条障碍赛跑道，每次跑到接合处，玛雅都要放慢脚步，绷紧腿部肌肉，以应对由呈 22.5 度弯角接缝造成的额外压力。跑过接缝处后，她忽然就能一眼望穿下一个圆柱体了。整个世界似乎都变得狭窄逼仄了。

与此相对的是，飞船内部的众人因此被衬托得更大了。人们渐渐摘下了在南极时戴上的面具。每当有人显露出以前从未展现过的特质时，观察到其变化的人都感觉更自由了。这种自由使得更多人主动展现出自己不为人知的特点。一个周日的早晨，舰上的十几位基督徒聚在一起，在气泡屋里庆祝复活节。地球上此时正是 4 月，不过*战神号*上已经是仲夏了。在复活节仪式结束后，一行人来到环形舱 D 的餐厅享用早午饭，包括尤里、拉雅、爱德华和玛丽这几位。玛雅、弗兰克、约翰、阿卡狄和赛克斯围坐在一张餐桌旁，喝着咖啡和茶。他们彼此之间或是和其他桌子上的人穿插着交谈。一开始只有玛雅和弗兰克听到了约翰对菲莉丝·波伊尔说的话。菲莉丝·波伊尔是地质学家，刚刚主持了复活节仪式。

"宇宙是一种超级存在，所有能量都是这个存在的思想，我理解这个想法。这是个很棒的概念。但是基督的故事……"约翰摇了摇头。

"你真的了解基督的故事吗？"菲莉丝问道。

"我在明尼苏达的一个马丁·路德教派的家庭里被抚养长大。"约翰不耐烦地回答说，"我参加了坚信礼[1]，被灌输了所有这一切。"

玛雅想，这大概是他不怕麻烦挑起这种讨论的原因。约翰脸上有一种不悦的表情，玛雅以前从未见过。她身体前倾，忽然开始全神贯注地听起了讨论。她瞄了一眼弗兰克，他正在凝视自己的咖啡杯，似乎陷入了遐想，但她非常肯

---

1　坚信礼是基督教的一种礼仪。

定他正在听。

约翰说："你肯定知道福音书都是在事件发生的几十年后写就的，写书的人从未见过基督本人。而且其他福音书还揭露了另一位基督。在公元 3 世纪时，这些福音书通过政治手段从《圣经》里被移除了。所以，基督其实是个文学形象，是个政治构建出来的角色。关于他本人我们一无所知。"

菲莉丝摇了摇头："你说得不对。"

"但这就是真的。"约翰反驳道。他的话引得坐在旁边桌子边的赛克斯和阿卡狄看了过来。"看，这些东西都是有历史背景的。你会发现，一神论在早期游牧社会里非常常见。人们越是依赖牧羊，就越有可能信仰一位牧羊人的神。两者之间具有完全相关性，你如果仔细观察，就能轻易看出这一点。而且这位神总是男性，因为这些游牧社会都是父权制的。考古学、人类学——社会学中的宗教分支，已经将这些问题都研究得非常透彻了——宗教是如何产生的，以及需要它来达成什么目的。"

菲莉丝对他的论述回以微笑。"我不知道该说什么，约翰。毕竟这和历史无关。这关乎信仰。"

"你相信基督的奇迹吗？"

"奇迹本身并不重要。教堂和教义也不重要。重要的是耶稣本人。"

"但他只是一个文学构建的形象。"约翰固执地重复道，"就像是夏洛克·福尔摩斯，或是独行侠[1]。而且你也没回答我关于奇迹的问题。"

菲莉丝耸了耸肩。"我认为宇宙本身和其中所有一切存在都是奇迹。你能否认这一点吗？"

"当然。"约翰说，"宇宙本身就存在于这里，并非什么奇迹。我认为的奇迹是那种明显违背已知物理规律的行为。"

"比如旅行到其他星球？"

---

1　独行侠是一个虚构人物，曾是一位戴着面具的得州骑警，最早出现在 1933 年的电台广播剧中。

"不。比如起死回生。"

"医生每天都在做这件事。"

"医生从未这么做过。"

菲莉丝看上去有点不知所措。"我不知道该怎么和你说，约翰。我有点惊讶。我们并非无所不知，假装无所不知只会显示出我们的自大。宇宙的起源很神秘，起个名字叫'大爆炸'，就自认为有了个解释——这是很糟糕的逻辑，很糟糕的思维方式。在你的理性科学思维之外还有广阔的意识领域，一个比科学更重要的领域。对上帝的信仰就在其中。我认为一个人要么有信仰，要么没有。"她站起身，"我希望你能拥有。"她离开了屋子。

一片沉默之后，约翰叹了口气。"不好意思，大伙儿。有时候我就是忍不住。"

"每当有科学家声称自己是基督徒的时候，"赛克斯说，"我都默认这仅仅是一种艺术声明。"

"他们都属于'如果这么想的话也不错'教会。"弗兰克说。他依然在盯着自己的杯子。

赛克斯说："他们觉得咱们缺失了老一辈人拥有的生命中很重要的心灵维度。他们试图通过同样的方式再次获得它。"他用他独有的方式，像猫头鹰似的眨了眨眼，仿佛定义了问题就已经解决了问题。

"但是这带来了太多荒谬事！"约翰喊道。

"你就是没有信仰。"弗兰克在旁边煽风点火。

约翰无视了他。"实验室里的人都非常固执——你们该去看看菲莉丝是如何质问她的同事根据数据得出的结论的！突然之间他们都开始运用各种各样的辩论技巧，逃避问题、质疑资格、模糊思维等。就好像他们完全变成了不同的人。"

"你就是没有信仰！"弗兰克重复道。

"那我希望我永远不会有！拥有信仰后简直像是被锤子砸中了头！"

约翰站起身，将餐盘放回厨房。其他人在沉默中面面相觑。玛雅想，他经历的坚信礼肯定非常糟糕吧。很显然其他人也和她一样，第一次了解到他们这位随和的英雄的这一面。谁能猜到接下来他们还会对约翰或是其他任何人有什么了解呢？

约翰和菲莉丝之间的争论很快就在船员之间传开了。玛雅不知道是谁在散布这件事——约翰和菲莉丝都不像是会谈论此事的人。然后她看到弗兰克和博子走在一起，弗兰克跟她说了些什么，她大笑起来。路过他们时，她听到博子说："你得承认菲莉丝有几句说的是对的——对于某些事为何会发生，我们一无所知。"

看来是弗兰克埋下了菲莉丝与约翰不和的种子。而且不容忽视的是，基督教仍是美国内部的一股主要势力，在美国以外的很多地方也是如此。如果消息传回地球，人们听说约翰·布恩反对基督教，那他一定会有麻烦。这对弗兰克而言并非坏事。飞船上的每个人都在地球有一定的媒体曝光度，但如果仔细收看新闻和专题报道就会发现，有些人明显得到了比其他人多的曝光，因此也显得更有权势。通过结盟，他们也的确变得更有权势了。这些人当中有弗拉德和厄休拉（玛雅怀疑现在他们两人的关系已经超越了友情）、弗兰克和赛克斯——他们在选拔之前就已经广为人知了，当然他们都没有约翰名气大。所以，任何人在地球方面受到的负面评价，都会影响其在*战神号*上的地位。无论如何，这似乎就是弗兰克的处事原则。

＊＊＊

众人仿佛被关在一个没有出口甚至没有阳台的酒店内部。酒店生活的压抑感越来越强烈。他们已经被关了 4 个月，但旅程还没有过半。无论是精心设计的环境，还是每天紧锣密鼓的日程，都无法令行程加速。

某天早晨，第二飞行团队正在进行阿卡狄的突发模拟训练，突然，好几个屏幕上同时闪起了红灯。

"太阳监测仪探测到了太阳耀斑。"拉雅说。

阿卡狄赶紧站起来。"这不是我干的！"他边喊边探过身子，去看离他最近的屏幕。他抬起头，看到同事们向他投来的疑惑的目光，笑了。"不好意思朋友们，狼真的来了。"

休斯敦发来的紧急消息证实了他的话。有可能连这个也是阿卡狄伪造出来的，不过他迅速奔向了最近的辐条。其他人毫无办法，无论是不是真的，所有人必须听从指示。

实际上，大家早就在训练中模拟应对过很多次太阳耀斑造成的突发状况了。每个人都肩负任务，不少任务要在短时间内完成。于是众人在环形舱里跑来跑去，咒骂着自己的霉运，同时尽量避免挡道。应对危机很复杂，得完成很多任务，且无法自动化。珍妮特一边将装满植物的托盘架拽到大棚里，一边喊道："这是不是阿卡狄的模拟训练？"

"他说不是！"

"该死。"

*战神号*离开地球，正是太阳黑子 11 年活跃周期的低潮期。选择此时出发正是为了降低遭遇太阳耀斑的概率，然而它还是发生了。在第一波辐射到来前，众人只有大约半小时应对。这之后 1 小时内，他们就会遇上真正的麻烦。

太空里的紧急事件有可能像爆炸那样明显，也可能像某个方程式那样难以察觉。不过是否明显与其危险程度毫无关系。船员们永远无法感知接近他们的亚原子风暴，尽管这是可能发生的最糟糕的状况之一，每个人对此都心知肚明。大家在环形舱内穿梭着，尽快完成自己负责的危机应对任务：植物必须被遮蔽或是移到安全区域；鸡、猪、迷你牛、鸟以及其他动物必须被赶回各自的避难所里；种子和冷冻胚胎必须被收集起来，随身携带；敏感电子设备必须被装到箱子里或随身携带。大家完成这些紧急任务后，便以最快的速度爬过辐条，冲进中轴，通过管道飘到位于飞船尾部的风暴避难所里。

博子和她率领的生态圈团队是最后到达的。他们在第一声警报响起整整 27 分钟后才咣咣咣地撞开舱门，猛冲进失重空间。每个人都满脸通红，上气不接下气。"开始了吗？"

"还没有。"

大家取出用尼龙贴粘着的个人用放射量测定器，将之固定在衣服上。剩下的船员们飘在这个半圆柱体的房间里，大口大口地呼吸着，同时对一些擦伤和扭伤进行紧急处理。玛雅下令报数。当听到100且没有任何遗漏的数字时，她松了一口气。

房间里感觉很挤。这100人已经好几个星期没有聚集在同一个地方了；即使是最大的房间，似乎也不够大。这个房间占据了轮毂中部的一个油箱，环绕在它一周的4个油箱里都是水。船员们所在的油箱被纵向分成了两半，他们对面的半圆柱体里填满了重金属。半圆柱体平坦的截面就是"地板"，镶嵌进了油箱内部的转轴上，以和飞船相反的方向转动，来抵消飞船的旋转；同时保证另外一半圆柱体始终遮蔽在船员们和太阳之间。

总之，众人飘浮在一个相对不旋转的空间里，但油箱侧面弯曲的天花板还是以惯常的每分钟4圈的转速围绕他们旋转。这真是一幕奇怪的景象，再加上失重感，导致有些人看上去似乎正在沉思着，其实是晕船的前兆。这些眩晕的可怜人聚集在避难所后方的厕所附近。为了减轻视觉上的不适，其他人都踩在地板上，辐射因此会从他们的脚下传来，其中的绝大多数是会被重金属散射的伽马射线。玛雅有一股必须把膝盖并紧的冲动。人们要么飘在空中，要么穿上尼龙搭扣鞋，在地板上走路。他们低声交谈，本能地寻找自己的邻居、工作伙伴、朋友。所有对话都是窃窃私语，气氛仿佛鸡尾酒会上突然被告知开胃菜被污染了一般。

约翰·布恩嘶啦嘶啦[1]地走到房间前方的电脑终端处。阿卡狄和阿历克斯正在这里监测飞船的状况。约翰输入了一行命令，外部辐射数据突然出现在了房间里最大的屏幕上。"让我们看看飞船正在遭受多大的辐射。"他轻快地说。

---

1　这里是指穿着尼龙搭扣鞋，抬脚时鞋底的搭扣被拉扯开而发出的声音。

周围哀声一片。"我们必须看吗？"厄休拉喊道。

"无论如何，我们还是知道为好。"约翰说，"而且我想知道这个避难所起了多大作用。锈鹰号上的避难所起到的作用也就和你去看牙医时围的那个铅围嘴差不多。"

玛雅笑了。约翰很少提起，但他本人接受过的辐射比这里的任何人都要多——至今大约 160 雷姆。正好有人问了他这个问题。在地球上，一个人每年大约会吸收 1/5 雷姆的辐射；绕地球环行时仍处于地球磁层的保护范围，每年的吸收量会达到约 35 雷姆。约翰接受了太多的辐射，这不知怎么就给了他在此时此刻任意查看外部辐射数据的权利。

那些对此感兴趣的人——大约有 60 个——挤在他身后盯着屏幕看。其余的人则走到了油箱后方，和那些犯了晕动病的人聚在一起。他们都是不想知道自己正在接受多少辐射的人。仅仅是想到这个问题，某些人就头皮发麻。

紧接着，耀斑完全爆发了。外部辐射探测器的数值远超太阳风正常值，紧接着数字瞬间飙升。好几个旁观的人同时倒吸了一口凉气，其中还夹杂几声震惊的喊叫。

"看看避难所的保护层阻止了多少辐射。"约翰边说边检查自己衣服上别着的放射量测定器，"我这里显示只有 0.3 雷姆。"

0.3 雷姆已经相当于好几个人看一辈子牙医受到的 X 射线辐射量总和了，不过风暴避难所外的辐射量早已达到了 70 雷姆的致死量，所以他们可以说得上逃过一劫。不过，想想那些正在穿过飞船其他部分的辐射量吧！数不清的粒子正在渗透飞船，和水原子以及他们收纳好的金属原子相互碰撞。亿万粒子在原子之间飞行游荡，再穿过人们身体内的原子，来无影去无踪，如同鬼魂一般。还有几千个粒子可能正在撞击他们的血肉之躯。大部分碰撞是无害的——但在几千个里面，完全可能有一两个（或三个？）粒子撞上某条染色体，使其错误地打结——完蛋了，肿瘤形成了。一开始，可能只是像个遗传之书本身的拼写错误。几十年后，除非受害者的 DNA 幸运地完成了自我修复，否则肿瘤不可避免地会增大，或多或少罢了。辐射对生命的影响也开始现形，很明显有别的东西在体内开花结果了——癌。最常见的是得白血病，而其最可能的结果，就是死亡。

所以，真的很难平静地面对仪器上显示的数字。1.4658雷姆，1.7861雷姆，1.9004雷姆。"像是里程表。"约翰平静地看着自己的测定器说。他双手握住一根栏杆，将身体前后拉扯，好像在进行等长运动[1]。弗兰克看到后问："约翰，你究竟在搞什么？"

"躲避啊！"约翰说，他看到弗兰克皱了皱眉，便笑了，"你懂的——移动中的目标很难被打中！"

大家都因为他的动作笑了。看到正在面对的危险在屏幕上被如此精确地显示成数字、绘制成图表，大家都开始感觉没那么绝望了。这一点也不符合逻辑，但命名的能力可以让每个人都或多或少成了科学家。这是一群职业是科学家的科学家，其中还有很多宇航员，每个人都受训过，都明白可能会遇上这样的风暴。这些思维习惯慢慢地主导了他们的想法，紧急事件带来的惊慌失措随之消退了一些。他们逐渐接受了事态。

阿卡狄走到一台终端机前，播放了贝多芬的交响曲《田园》。他选择了第三乐章，描绘的是一场乡间舞会被突如其来的暴风雨打断的场景。他调高音量。众人纷纷飘到半圆柱形的空间内，听着贝多芬奏的"狂风暴雨"，突然间，他们感觉乐曲描绘的仿佛正是此时此刻经历的无声的太阳风和倾灌在身上的粒子雨。简直一模一样！弦乐器和木管乐器在疾风中失控般地尖声作响，却又同时演奏出了美妙的旋律——玛雅激动得脊椎一阵战栗。她从未这么认真地听过这首名曲。她崇拜（也有点恐惧）地看向阿卡狄，他正在开心地跳舞，为自己完美的选曲带来的效果而欣喜若狂地大笑，仿佛一大团红色的打着结的蓬松绒毛在风中飘荡。随着交响曲中的暴风雨进入高潮，辐射指数难以置信地没有跟

---

1 等长运动，又称"等长性肌肉收缩运动"，在这种运动中肌肉的长度和关节的角度不会变化，因而得名。

着提升；而当乐章中的风暴逐渐平息，似乎众人正在经历的风暴也要停止了。雷声渐息，最后一阵风呼啸而过。圆号发出一声长鸣，雨雾天晴。

人们开始聊起别的事情，谈论当天突然被打断的各项事务，或趁这个机会聊些有的没的。大约半小时后，某个对话的声音变得非常大。玛雅没听到对话是怎么开始的，但阿卡狄突然大声地用英语吼道："我认为我们应该无视任何地球给我们制订的计划！"

其他对话都戛然而止了，所有人都转头看向他。他一跃而起，飘浮在房间旋转的天花板上，在这里他可以环视所有人，像个疯狂的幽灵似的跟大家说话。

"我认为我们应该制订新的计划。"他说，"我认为我们应该现在就做。一切都应该推倒重建，新的计划里应该展示出我们自己的想法，应该囊括各个方面，甚至包括我们将要修建的第一批定居点。"

"为什么要自找麻烦？"玛雅问，她对他哗众取宠的做法非常厌恶，"现有的设计已经很不错了。"阿卡狄真的很烦人，他总要占据舞台中央的位置，而人们总要看向玛雅，仿佛她要对阿卡狄的所作所为负责，仿佛必须由她去阻止阿卡狄骚扰众人。

"建筑是一个社会的模板。"阿卡狄说。

"建筑只是提供房间而已。"赛克斯·罗索尔指出。

"但房间的样式足以表明占据这些房间的社会组织是什么样的。"阿卡狄环视四周，凝视着众人，迫使他们参与争论，"建筑的布局显示出了设计者设想的其内部应当起的作用。我们在航行刚开始时已经看到这一点了，那时俄罗斯人和美国人分别居住在环形舱 D 和 B。你看，按照他们的设想，我们应该是两个独立的团队，在火星上也本应如此。建筑传达了价值，建筑本身有一定的'语法'，而房间则是'句子'。我不想让华盛顿或是莫斯科的人决定我该怎么生活，我已经受够了那种日子。"

"为什么你不喜欢第一批定居点的设计？"约翰好奇地问。

"因为房间是长方形的。"阿卡狄说，这引起了一阵哄笑，但他继续说道，"长方形，符合传统的设计！工作区和生活区隔开，仿佛工作并非生活的一部分。大部分生活区被划分成一个个单间，等级分明，领导得到的房间更大。"

"这难道不是为了方便他们办公吗？"赛克斯说。

"不，关键绝非工作。房间大小只取决于官职大小。要我说的话，这是非常典型的美国职场的传统思维模式。"

人群中传来几声抱怨。菲莉丝说："我们真的要扯上政治吗，阿卡狄？"

"政治"这个词一出口，聚集在一起的听众立即四散开来。玛丽·敦克尔和其他几个人推搡着离开人群，向房间另一端走去。

"任何事都关乎政治。"阿卡狄朝着他们的后背说，"我们的征程更是如此。我们要创立新的社会，除了政治，还有什么能帮助我们呢？"

"我们是去建立一个科考站。"赛克斯说，"没必要牵扯太多政治吧。"

"上次我去火星的时候肯定是没牵扯到的。"约翰说。他若有所思地看向阿卡狄。

"肯定牵扯了。"阿卡狄说，"只不过之前更简单。当时所有的队员都是美国人，而且你参与的是短期任务，做的都是上级要求你完成的工作。但现在我们是一个国际性团队，是要去建立永久定居点。完全是两码事。"

渐渐地，人们纷纷从空中飘向对话的中心，想听得更清晰些。拉雅·希门尼斯说："我对政治不感兴趣。"玛丽·敦克尔表示同意，在房间的另一头喊道："我来这里是为了躲避很多东西，政治就是其中之一！"

好几个俄罗斯人同时回应道："你这种观点也是一种政治立场！"诸如此类。阿历克斯喊道："你们美国人想终结政治和历史，这样你们就可以一直生活在一个由你们主导的世界里了！"

几个美国人试图反驳，但阿历克斯的声音盖过了他们："这是真的！整个世界在过去的30年里发生了天翻地覆的变化，每个国家都在审视自己的职责，做出巨大改变来解决问题——每个国家，除了美国。你们已经成了世界上最保守、最反动的国家。"

赛克斯说："那些国家不得不改变，是因为它们之前故步自封、贫困潦倒。美国的系统比较有弹性，所以不需要这么剧烈的变化。我说美国方式更好，是因为它更平缓、更顺滑。它计划得更好。"

这个说法让阿历克斯顿了一下。在他停下来思索的时候，一直怀着莫大兴趣观察阿卡狄的约翰·布恩说："说回定居点。要由你来设计的话，你会怎么做？"

阿卡狄说："我还没想好——我们必须亲眼看到我们为建造定居点选的地方，在那里走一走，好好讨论一下。你们看，我倡议的是一个过程。不过大体上，我认为工作区和生活区应该尽可能地混在一起。我们的工作可不是朝九晚五地挣工资——工作将会成为我们的艺术创造、我们的整个人生。我们的工作成果将会共享给彼此，无须购买。而且新系统中不应该存在任何等级制度的苗头。我甚至不信任我们现在的领导系统。"他礼节性地向玛雅点了点头，"现在我们所有人都肩负同等的责任，我们的建筑应该显示出这一点。圆形设计是最好的——虽然建造起来很困难，但是保暖性很好。网格拱顶是个比较好的折中选择——不但容易建造，还可以象征我们之间的平等关系。至于内部，最好大部分都是开放式的。当然，每个人都应该有自己的房间，可以沿着边缘建造一圈，面朝内部的大片公共区域——"他拿起鼠标，在一台终端机的屏幕上画起了草图，"就这样。这就是用建筑语法表达的'所有人都平等'。怎么样？"

"我们已经有好多预制好的小单元房了。"约翰说，"不知道能不能用得上。"

"如果我们想用的话，肯定能用上。"

"但这真的有必要吗？我是说，很明显咱们这里已经人人平等了。"

"真的明显吗？"阿卡狄尖锐地说，环视着四周，"如果弗兰克和玛雅下达命令，我们可以无视吗？如果休斯敦和拜科努尔下达命令，我们可以无视吗？"

"我觉得可以。"约翰温和地说。

弗兰克闻言瞪了他一眼。对话演变成了几个更小范围的讨论，很多人都有话要说，然而阿卡狄再次打断了他们。

"我们都是被各自的政府送来这里的，而*所有的*政府都有缺陷，大部分甚至糟糕透顶。这就是为什么纵观历史，到处都是一团糟。而现在，我们只能靠自己了。就我个人而言，我绝不打算墨守成规，重蹈地球的覆辙。我们可是第一个火星远征队！我们是科学家！我们的工作就是创新，发展新思想，创造新世界！"

人群中再次爆发了激烈的讨论，这次声音更大了。玛雅转过身低声咒骂阿卡狄，因越来越愤怒的众人而惴惴不安。她看到约翰·布恩微笑着。他蹬了一下地面，向阿卡狄飞过去，靠撞到对方停下来，然后和他握了握手。握手的动作使得双方在空中摆动起来，好像在跳某种奇怪的舞蹈。约翰·布恩支持的姿态立刻让众人重新开始思考，玛雅能从人们惊讶的表情上发觉这一点。约翰声名远扬的同时还因处事低调、谦逊温和而为人称道，如果连他都赞同阿卡狄的想法，那就确实是另一回事了。

"该死的，阿卡狄，"约翰说，"先是那些疯狂的突发状况模拟，现在又是这个——你可真是个疯狂的人，真是的！你究竟是怎么让他们允许你登船的？"

我也想问，玛雅想。

"靠撒谎。"阿卡狄说。

所有人都笑了，甚至弗兰克也笑了，还面带惊讶之色。"我当然得撒谎了！"阿卡狄叫道，他咧开嘴大笑，大红胡子被分成了两半，"否则我又有什么办法能来这里呢？我想登上火星，做我想做的事，但选拔委员会想选的是唯命是从的人。你们都懂的！"他向下指着众人喊道，"你们都撒了谎，你们心里一清二楚！"

弗兰克笑得更大声了。赛克斯依然保持着巴斯特·基顿[1]式的面瘫脸，他举起一根手指，说："修订版明尼苏达多相人格测试。"众人纷纷附和，发出讥笑声。所有人都做了这项测试，这套问卷被广泛应用于测试被试的心理健康，为众多专家认可。测试的内容是对 556 条陈述进行表态，逐条表示同意或不同意。根据作答结果，每个人都会生成一幅心理画像。然而测试结果的衡量表却是根据 20 世纪 30 年代明尼苏达州 2600 名已婚中产阶级白人农民的回答来制订的。尽管经过多次修订，但因最早的测试样本造成的那些无处不在的偏差依然根深蒂固——至少有些人是这么认为的。"明尼苏达！"阿卡狄大叫，翻了个白眼，"农民！明尼苏达的农民！我跟你们实话实说吧，我每道题都撒了谎！每道题的回答都和我的真实想法完全相反，只有这样做评分系统才会认为我是个正常人！"

他的这番话引来了一阵阵热烈的欢呼声。"真见鬼。"约翰说，"我就是明尼苏达人，连我也不得不在测试中撒谎。"

欢呼声更大了。玛雅注意到，弗兰克笑得满脸通红，上气不接下气，用手按着肚子，一边点头一边哈哈大笑，根本停不下来。她从没见过他笑成这样。

赛克斯说："所以是这个测试逼你撒了谎。"

"什么意思，你没有？"阿卡狄逼问他，"你难道没有撒谎吗？"

"嗯，没有。"赛克斯眨着眼睛，仿佛他以前从未有过这个想法，"我每道题都是如实回答的。"

众人笑得更大声了。赛克斯对他们的反应感到非常惊讶，反倒显得自己更好笑了。

有人喊道："你呢，米歇尔？你要怎么为自己辩解？"

米歇尔·杜瓦摊开手。"你们大概低估了这项测试的复杂性，其中一部分问

---

1 巴斯特·基顿（1895—1966），美国默片时代著名演员，因其在电影作品中标志性的我行我素、不苟言笑的喜剧表演而获得了"冷面笑匠"的绰号。

题就是在测你有多诚实。"

这句话引来了众人狂风暴雨般的问题，俨然是一场关于方法论的狂轰滥炸。对比参照物是什么？如何证实被试做了证伪？反复测试会怎样？如何根据数据排除其他可能的解释？测试陈述中用到的"*任何*"一词究竟如何能被科学统计？显然这里的很多人都认为心理学是伪科学，而且很多人都对必须付出巨大努力才能登船这件事心怀怨恨。长达数年的竞争和选拔损害了他们。大家发现彼此都对此事有同样的经历和看法，因此更滔滔不绝地讨论起来。由阿卡狄政治言论挑起的紧张氛围烟消云散了。

也许，玛雅想，阿卡狄是故意用一个话题来缓和另一个话题的。如果真的是这样，那他的手腕得高明点。不过阿卡狄的确是个聪明人。她又仔细回想了一遍，其实是约翰·布恩转换的话题。他飞到天花板附近去"解救"阿卡狄，阿卡狄也抓住了机会。他俩都是聪明人。看来他们很可能已经私下谋划过。也许，他们正在成立另一个领导团队，由一名美国人和一名俄罗斯人主导。必须对此做点什么了。

她对米歇尔说："我们每个人都承认自己说了谎，这是不是很糟糕？"

米歇尔耸耸肩。"能开诚布公地一起讨论非常好。现在我们都意识到，我们比我们自己想的还要相似。这样一来，就不会有人觉得自己是撒了弥天大谎才得以登船的了。"

"你呢？"阿卡狄问，"你是不是一直在扮演着最理性、最客观公正的心理学家的角色？你是不是把你奇奇怪怪的想法都藏起来了？其实我们都迫不及待地想要了解你的怪奇想法，并且肯定会爱上它们的。"

米歇尔微微笑了一下。"你可真是怪奇想法的专家，阿卡狄。"

有几个一直在看着显示屏的人突然喊了起来——辐射值开始回落了。过了一会儿，数值终于降到了只比平常稍高一点的水平。

有人把《田园》调回了圆号一吹雨霁天晴的那段。这部交响曲的最后一个乐章，"暴风雨过后快乐和感激的心情"[1]从音响系统里传来，众人纷纷离开避难所，像微风中的蒲公英一样在飞船内散开。古老而优美的乡村旋律传遍了战神号，让这艘飞船散发着一股布鲁克纳[2]的气质。在这样的背景音乐下，人们发现加固过的飞船系统完好无损。农场和生态区的加厚墙给植被提供了一定的保护。尽管有大面积死亡的植物，但储备的种子完好无损。飞船上的动物大概也无法食用了，但估计可以生下健康的下一代。唯一的伤亡是环形舱 D 的餐厅里没来得及抓住的鸟，地板上散落着好几只鸟的尸体。

至于船员们，在避难所的保护下，他们仅接受了 6 雷姆的辐射。仅 3 小时就接受了这么多辐射的确很糟糕，不过情况本来可能会更糟的。飞船外侧受到的辐射量高达 140 雷姆，足以致死。

＊＊＊

整整 6 个月，众人都待在"酒店"内部，没有任何外出散步的机会。飞船内现在是夏末时节，白昼非常长。墙壁和天花板上到处都是绿色植被。每个人都光着脚。在机械设备和通风设施的嗡鸣下，交谈声几不可闻。飞船显得空空荡荡的，很大一部分闲置了，船员们都安顿下来静静等待。一些人在环形舱 B 和 D 的大厅里三五成群地聊着天。有些人一看到玛雅走近，就立即停止交谈，这自然令她深感困扰。她难以入睡，也难以醒来。工作令她心神不宁：毕竟，所有的工程师都仅仅是在待命，而那些模拟训练简直快要令人无法忍受。她很难感受到时间的流逝。她比以前更常跌倒。她去找弗拉德看了看，弗拉德建议她多补充水分，多跑步、游泳。

博子建议她在农场里多待待。她尝试了一下，花上好几小时拔除野草、采摘果实、修剪树枝、施肥浇水、与人交谈、坐在长椅上望着树叶发呆。农场占的空间是飞船上最大的，椭圆形的房顶上装有一排排明亮的太阳板。多层种植

---

1 《田园》第五乐章的标题。
2 安东·布鲁克纳（1824—1896），奥地利作曲家。

架上挤满了农作物，很多都是太阳耀斑席卷之后才种的。农场的空间不够大，仅凭这里种植的农作物是无法喂饱全部船员的。博子讨厌这样，并很努力地改善现状。她把好几间腾空了的储物室都改成了农场。多层种植架的托盘里长满了矮种小麦、水稻、大豆和大麦。托盘上方挂了好多排水培蔬菜，以及一些巨大的装满了绿藻和黄藻的透明罐子，它们的作用是调节这里的气体交换。

有些日子，玛雅只是无所事事地看着农业团队在农场里工作。博子和她的助手岩雄总是对生态圈生命保障系统进行永无止境的修补工作，以达到其封闭度的最大化。还有一群人也会定期来帮忙：拉尔、拉雅、吉恩、叶芙根妮娅、安德莉亚、罗杰、艾伦、鲍勃和泰莎。封闭的成功与否可以用 $K$ 来衡量，$K$ 表示封闭度本身。于是，对于每个回收的物质而言，有：

$$K = I - \frac{e}{E}$$

其中，$E$ 表示系统消耗率；$e$ 表示（未完成的）封闭率；而 $I$ 是一个常量，博子在她职业生涯的早年已经计算出了一个准确的数值。$K = I - 1$ 的目标是无法实现的，但如何尽可能地接近这个值是每一位农业生物学家最喜欢研究的课题。更重要的是，这也关系到众人最终在火星上的生存状况。相关的讨论可以持续数日，其复杂程度呈螺旋式上升，以至于没人能真正理解。事实上，农业团队已经着手进行真正的工作了。玛雅非常嫉妒他们，她已经受够模拟训练了！

在玛雅看来，博子是个谜。她冷漠超脱而又严肃认真，似乎永远忙于工作。她的团队也一直围着她转，就好像她是某个国度的女王，和飞船上其他任何事物都毫无关系。玛雅不喜欢这样，但她也改变不了什么。而且博子处事态度中的某些东西让她显得不那么具有威胁性。农场的确是个独立的地方，这里的工作人员处于一个独立的小社会里，事实就是如此。不管怎样，玛雅有机会利用农业团队来制衡阿卡狄和约翰，所以她并没有很担心他们形成的独立"国度"。实际上，她比过去更融入他们了。有时候她会在工作告一段落后跟他们一起去轮毂，玩他们发明的游戏——"跳管道"。沿着轮毂有一个可以跳进去的管道，构成它的所有圆柱体之间的接合处都被扩张成和圆柱体本身一样的宽度，因而形成了一个非常平滑的管道。管道周围有栏杆，方便船员们沿着管道快速前后移动。在跳管道游戏里，参赛者要站在风暴避难所的舱门口跳进管道，一路飞到气泡屋的舱门前，全程 500 米都不能触碰管道壁或栏杆。由于科里奥利力[1]的存在，飞完全程几乎不可能，飞到半程就能算赢了。但是有一天，博子要去气泡屋检查实验农作物。她正好路过，和大家打完招呼之后，便在避难所舱门上蹲下，纵身跳进管道，只见她慢慢地飘过了整条管道，边飞边旋转身体，最终伸出一只手，碰到气泡屋舱门，停了下来。

所有参与游戏的人都沉默地抬头沿管道望上去，一脸震惊。

"嘿！"拉雅对博子喊道，"你怎么做到的？"

"做到什么？"

大家给她解释了一遍游戏规则。她笑了。玛雅突然意识到她肯定早就知道规则。"所以你是怎么做到的？"拉雅又问了一遍。

"跳直一点！"博子说完，消失在了气泡屋一边。

当天吃晚饭时，这个故事在饭桌上流传开来。弗兰克对博子说："说不定你就是撞大运了。"

博子笑了。"不如咱俩各跳 20 次，看看谁能赢。"

"好啊。"

"咱们赌什么？"

"当然是赌钱。"

博子摇了摇头。"你真的觉得钱在这里还有什么意义吗？"

---

1  科里奥利力由法国物理学家加斯帕尔 - 古斯塔夫·科里奥利在 1835 年提出。简言之，科里奥利力是一种惯性力，若物体在匀速转动的参考系中做相对运动，那么对于转动参考系中的观察者而言，物体除了受到离心力的作用，还受到一种不同于离心力的惯性力（科里奥利力）的作用，将会导致物体相对于转动参考系产生偏移。

几天之后，玛雅和弗兰克、约翰一起飘浮在气泡屋的拱顶下。三人看向前方的火星，现在的火星呈凸月形，看上去像是个 10 美分硬币大小的圆球。

"最近有好多争论。"约翰很随意地说，"我听说阿历克斯和玛丽真的打起来了。米歇尔说这一点也不意外，但还是……"

"也许我们这里有太多位领导了。"玛雅说。

"也许你该当唯一的领导。"弗兰克嘲讽道。

"太多管理岗？"约翰说。

弗兰克摇了摇头。"不是这个问题。"

"不是？船上可是有很多明星呢。"

"想要超越他人的欲望和想要领导他人的欲望是不一样的。有时候我感觉这两种想法完全相反。"

"那我把这个判断留给你吧，船长。"约翰笑着看向一脸阴沉的弗兰克。玛雅想，约翰可能是他们之中唯一轻松的人了。

"心理学家早就看出了问题。"弗兰克继续说，"问题已经明显到甚至连心理学家都能轻易看出了。他们用了哈佛方法。"

"哈佛方法。"约翰重复了一遍，回味这个词。

"很久之前，哈佛大学的管理者发现，如果他们只接收成绩全 A 的高中生，那么在第一学年里得到 D 和 F 评分的学生就会闷闷不乐，无法接受，继而在哈佛园里大闹一番，更有甚者哭闹着要开枪自尽。"

"不应该这样。"约翰说。

玛雅翻了个白眼。"你们俩去的肯定是专科学校吧？"

"管理人员发现，避免这些不愉快的秘诀是，录取一些成绩平庸但是在其他方面异于常人的学生——"

"比如有胆量拿着平庸的成绩单去申请哈佛的学生？"

"这些学生以前成绩垫底，所以能上哈佛就会乐开花。"

"你是怎么知道这件事的？"玛雅问。

弗兰克笑了。"我就是进入哈佛的平庸的学生之一。"

"我们这艘飞船上可没有平庸的人。"约翰说。

弗兰克看上去有点犹豫。"我们的飞船上的确有很多杰出的科学家，但他们都没有兴趣来管理事务。很多人都觉得无聊。行政工作，你懂的。他们很高兴能把这件事交给咱们这样的人。"

"贝塔男[1]。"约翰说，嘲讽着弗兰克以及他对社会生物学的兴趣，"优秀的绵羊。"这是他们互相打趣的方式。

"你错了。"玛雅对弗兰克说。

"可能吧。总之，他们是同心同德的政体[2]，至少可以追随领导者。"他的语气听上去好像对此很失望。

约翰要去舰桥执行别的任务，所以先行一步离开了。

弗兰克飘到玛雅身旁，玛雅紧张地转过身。他们好一阵子都没讨论过彼此之间短暂的风流韵事了。其实倒也不必提起，即使是隐晦地提起也没有必要。她想过如果这件事被提起时她该这么说：自己偶尔会这样和她喜欢的男人共度春宵。她会说那只是一时兴起。

然而，弗兰克只是指着天空中的那个红点说："我在想我们为什么要去那里。"

玛雅耸了耸肩。他想说的大概不是*我们*为什么要去，而是*我*为什么要去。"每个人都有自己的理由。"她说。

弗兰克瞥了她一眼。"说得可真对啊。"

---

1 贝塔男 / 雄性、阿尔法男 / 雄性，最初是动物行为学领域研究动物社群内部权力结构关系的用语，后被广泛应用于人类社会。阿尔法男通常指某一群体中居于主导地位、具有权威性和优先权的男性，贝塔男则指地位居于阿尔法男之下的男性。

2 原文 body politics 直译为身体政治，指的是将一个政治社群比喻成一个人的身体。在这种比喻中，君主通常被比喻成头部，其他阶层也和身体其他部位各有对应。

玛雅无视了他话里的讽刺。"也许是我们的基因在起作用。"她说，"也许是本能地觉得地球上的一切都开始变糟了，想要加快突变的速度，诸如此类。"

"所以是基因想要重新开始。"

"对。"

"自私的基因理论。智力只是用来帮助繁殖的工具。"

"大概吧。"

"但这趟旅程本身也会对成功繁殖造成威胁。"弗兰克说，"外面可不安全。"

"可是地球上同样不安全。垃圾、辐射、人心叵测……"

弗兰克摇了摇头。"不。我不认为基因是自私的。自私栖居在别处。"他伸出食指，戳了一下她的胸口——力道很重地按在胸骨上。反作用力令他飘回地板上。在这个过程中，他一直看着玛雅，然后将手按到了自己的胸口处。"晚安，玛雅。"

＊＊＊

一两周后的某天，玛雅去农场里收卷心菜。她走过一排种满卷心菜的托盘中间的过道。周围没有人，她独享整个空间。卷心菜看上去像是一排排大脑，在明亮的午后阳光里勃发着思想。

突然，她瞄到了有什么东西在移动，赶紧看向侧面。在房间对面，透过一个水藻瓶子，她看到了一张脸。玻璃瓶扭曲了眼前的景象：那是一张棕皮肤的男人的脸。男人看向一旁，没有注意到她，似乎在和谁聊天。她看不到聊天对象是谁。男人移动了身体，脸变得清晰了，而且被玻璃瓶中部放大了。她突然明白过来自己为什么会这么认真地看着他，为什么胃部突然揪紧了：因为她从未见过这个人。

他转过身看向她。他们的目光隔着两层球形玻璃相遇了。他是个陌生人，脸颊消瘦，眼睛很大。

那团棕色消失了。玛雅犹豫了一下，不敢上前去追他。但紧接着，她鼓起勇气跑过整个房间，越过两个管道接合处，进入下一个圆柱体内。里面空无一人。她又接连跑过 3 个圆柱体才停了下来。她站在原地，望着番茄藤蔓，呼吸非常沉重。她大汗淋漓，却感觉很冷。一个陌生人。这不可能。但是她的确看到他了！她集中注意力回忆，试图想起那张脸。也许他是……不，他不是 100 人中的任何一人，她心知肚明。人脸识别是大脑最厉害的能力，其准确度令人难以置信。而且，那人一遇上她的目光就跑了。

难道是一个偷渡者？不可能啊！他藏在哪里？在什么地方生活？太阳耀斑爆发时他是怎么活下来的？

难道说，她已经开始产生幻觉了？真的已经这么严重了吗？

她往自己的房间走去，感觉恶心反胃。环形舱 D 的走廊虽然有照明系统，却不知为何有些昏暗。她后颈发麻。当门出现在眼前时，她立马冲进了自己的安全小屋里。但她的房间也不过只有一张床、一张茶几、一把椅子、一个柜子和一些架子。她在屋里坐了 1 小时，又坐了 2 小时。但在屋里她无事可做。没有答案，没有吸引她注意力的东西，没有逃离的方法。

# 2

　　玛雅发觉自己无法告诉其他人她看到了什么。这一点比这件事本身更令她感到恐惧，更凸显出了这件事的荒谬。人们会觉得她疯了。除此之外还能有什么解释呢？那个人吃什么，躲在哪儿？不可能的。如果真有这么个人，那他肯定会被很多人发现的。根本就不可能。可是那张脸……

　　有一天晚上，当她再次在梦里看到那张脸时，她惊醒了，浑身冒冷汗。太空崩溃的症状之一就是产生幻觉，她清楚地知道这一点。长时间待在环地轨道上会相当频繁地引发幻觉，此前已有几十例报告。一开始人们会产生幻听，在持续不断的排风扇和机械噪声中听到说话声。另外一种常见的症状就是眼前凭空出现同事的身影。更糟的情况是看到和自己长得一模一样的人，就好像空间里突然到处都是镜子。产生这种现象的原因可能是缺乏感官刺激；战神号里的环境，旅途的漫长，视野外的地球，还有一群聪明的（以及如某些人所说的，发奋的）船员，都被认为可能有潜在危害。这也是船上的房间规格各异、色彩丰富的主要原因之一，设置季节变化和昼夜变化也源于此。尽管如此，她还是产生了幻觉，看到了不可能出现的东西。

　　现在，当她在船上走动时，她注意到船员们似乎形成了一个个小而私密的团体，之间鲜有交流。农业团队大部分时间都在农场里工作，队员们一起坐在地板上吃饭，一起在一排排植物之间睡觉（有流言称是"睡"在一起）。医疗团队在环形舱 B 有套间、办公室和实验室，他们大部分时间都在那里，忙于各种实验、观察，以及和地球方面咨询交流。飞行团队在准备火星轨道插入任务，每天都要进行好几次模拟。剩下的人……非常分散，很难找到。她走在环形舱里时，发现房间比往常更空。环形舱 D 的餐厅再也不会满员了。在观察三五成群的用餐者时，她发现人们常常陷入争吵，但又会很快安静下来。都是些私下里的口角，可到底在吵什么呢？

玛雅在饭桌上说得更少了，更多的是去倾听。听人们在聊什么，就能了解一个社会的很多方面。在这一群人里，话题几乎总是关于科学的。工作时间外的话题也全都和工作相关：生物学、工程学、地质学、药学，各种各样。聊起这些真是没完没了。

她注意到，当参与对话的人数在 4 以下时，话题就会转换。工作的话题之间会穿插一些闲话（或者完全被其取代）。闲话的内容总是关于社会动态里最重要的两种形式：性和政治。人们放低声音，交头接耳，然后闲话就传开了。关于性关系的流言越来越普遍，隐秘且复杂，而且具有破坏性。有一些闲话，比如珍妮特·布莱勒温、玛丽·敦克尔和阿历克斯·扎林的三角恋很不幸地变得尽人皆知，成为飞船上最热的话题。而另一些八卦则非常隐秘，谈及时大家都放低声音，伴随着好奇的、有针对性的、探究的目光。当珍妮特·布莱勒温和罗杰·卡尔金斯一同走进餐厅时，弗兰克低声对约翰说了一句，弦外之音仿佛就是要让玛雅听到一样："珍妮特觉得我们都是一群随机交配的人。"玛雅无视了他。每当他用这种讥讽的语气说话时，她都会无视。事后她查了"随机交配"这个词在社会生物学词典里的意思，指的是在一个群体中每个男性或女性都有和另一性别的成员交合的机会。

第二天，她好奇地看着珍妮特。她此前完全没想到珍妮特会抱持这种想法。珍妮特很友好，听别人说话时，身体会倾向对方，注意力十分集中；她还会迅速地笑一下。但是……唉，飞船的设计保障了船员的隐私。毫无疑问，这里发生了很多不为人知的事。

人人都有秘密，难道不会有一个人，或者一群人，秘密结社，组成策划阴谋的小团体吗？

"你最近有没有注意到什么奇怪的事？"某天吃过早餐后，在和娜蒂娅闲聊的尾声，玛雅问。

娜蒂娅耸耸肩。"大家都很无聊。我觉得也到了无聊的时候了。"

也许这就是一切的原因。

娜蒂娅问："你听说博子和阿卡狄的事了吗？"

围绕博子总是有很多流言。玛雅对此深感不安与厌恶。唯一的亚裔女性当然会成为这类事件的焦点——龙女、神秘的东方人……在众人科学理性的表面下竟隐藏着如此根深蒂固的迷信。任何事都会发生，任何事都有可能。

比如通过玻璃瓶看到一张脸。

她胃里一紧。萨沙·叶甫列莫夫听到娜蒂娅的问话，从隔壁桌探过身子询问博子是不是在开发自己的男性后宫。这真是无稽之谈，不过玛雅对于博子和阿卡狄以某种方式联合的消息备感忧虑，她不明白为什么。阿卡狄旗帜鲜明地宣扬要从地球的控制下独立，博子从未谈论过这些，但从她的行动来看，她难道不是已经带领整个农业团队进入了一种别人无法渗透的精神壁垒了吗？

但接着萨沙小声说，博子打算让自己的几颗卵子和战神号上所有男性的精子结合，然后冷冻胚胎，等到达火星后开始孕育。玛雅听到后，只得迅速把餐盘整理好，离席奔向洗碗机。她感到一阵头晕目眩。大家都变得奇怪而陌生了。

***

随着新月形的红色星球增大到 25 美分硬币那么大，氛围越发紧张了，仿佛一场暴风雨即将在 1 小时后来临。空气中充满了灰尘、防腐油和静电。仿佛战争之神真的就在那个血红色的小点上等着他们。战神号内部墙壁上的绿色如今染上了黄色和棕色的斑点，午后的光线大部分来自钠灯带来的暗淡的棕黄色。

人们会在气泡屋里待很长时间，凝视曾经只有约翰看到过的景象。健身房的器械使用频率非常高，大家对模拟训练重新燃起了热情。珍妮特围着环形舱转了一圈，把记录着他们小世界变化的视频影像发回地球，然后把眼镜扔到桌子上，宣布自己不再是记者了。"听我说，我受够当一个局外人了。"她说，"每当我走进屋子里，所有人都立刻闭上嘴，或者开始准备各自的官方发言，好像我是通敌的间谍似的！"

"你的确是。"阿卡狄说，然后给了她一个大大的拥抱。

一开始没有人自告奋勇去代替她进行报道。休斯敦方面发来消息询问，继而是严肃批评，然后是隐晦威胁。如今众人即将到达火星，因此受到了更多的媒体关注，等到着陆时引发的讨论肯定会像"超新星爆发"一般——地面控制中心是这么形容的。他们提醒远征队，媒体集中爆发的报道最终会使太空项目受益，远征队必须摄制并宣传自己的行动，以激励公众继续支持以后的火星任务。远征队本身也要依赖后续的这些太空任务。宣传航程中的故事也是众人的职责之一！

弗兰克凑到屏幕前，建议地面控制中心直接从监控摄像头的录像里剪辑伪造出新闻报道需要的影像资料。听到这个回答，休斯敦地面控制中心的负责人黑斯廷斯肉眼可见地勃然大怒。但是正如阿卡狄所说——他总是微笑着把这个问题的边界扩大到一切事务上："他们又能怎么办呢？"

玛雅摇了摇头。她知道，远征队正在向控制中心发出糟糕的信号，还暴露出了之前的录像报道中故意隐瞒的状况：远征队已经分裂成了好几个敌对的小团体。这也会显示出玛雅的失职，她没能控制好远征队里一半的俄罗斯人。她打算请娜蒂娅帮忙接管报道工作，但菲莉丝和她几个住在环形舱 B 的朋友自告奋勇想要接管。玛雅笑看着阿卡狄脸上的表情，顺水推舟地将这项工作安排给了菲莉丝他们。阿卡狄假装不在乎。玛雅很生气，用俄语对他说："你心里一清二楚你错过了一个好机会！一个塑造我们所处现实的好机会！"

"不是我们的现实，玛雅。是他们的现实。而且我根本不在乎他们怎么想。"

玛雅和弗兰克开始协商着陆过程中的各项事务。在某种程度上，这取决于船员们各自的专长，不过有些领域很多人都比较擅长，所以还是得做些决定的。阿卡狄此前的挑衅至少起到了一个作用：地面控制中心在飞船起飞前安排的计划已经成临时备选计划了。事实上，似乎没有任何人愿意承认玛雅或是弗兰克的权威。而当众人得知他们当前的工作内容后，形势变得越发紧张了。

地面控制中心在飞船起飞前安排的计划是，在水手号峡谷群[1]北侧延伸出来的俄斐深谷[2]以北的平原地区建立基地。所有的农业团队成员和大部分的工程师与医疗人员将在基地驻扎——一共 60 人。其余人员将分散开去执行辅助任务，时不时地返回基地。最大型的辅助任务是将战神号拆解后的一部分停靠在火卫一上，逐渐将这颗火星的卫星改造成空间站。另一项小些的任务是离开基地，向北前往火星的北极极冠，建造开采系统，将大量的冰块运回基地。第三小的任务是去往星球各处进行一系列地质勘探——绝对非常吸引人的一项任务。每个执行任务的小分队将在最长为一年的时间里维持半自治的状态，因此人员安排非常重要，尤其是现在所有人都深刻体会到了一整年是多么漫长。

阿卡狄和他的朋友们——阿历克斯、罗杰、萨曼莎、爱德华、珍妮特、塔缇安娜、埃琳娜——要求执行火卫一的任务。菲莉丝和玛丽听说后立刻来找玛雅和弗兰克抗议。"很显然他们打算占领火卫一，谁知道他们会在上面做什么！"

玛雅点点头，她知道弗兰克也不喜欢阿卡狄的提议。但问题是，除了他们，没人愿意待在火卫一上，甚至菲莉丝和玛丽也没有积极表示要代替阿卡狄小队，所以目前还不清楚该怎么驳回阿卡狄的申请。

当安·克雷伯恩将她的小分队名单在众人中传阅并申请执行勘探任务时，

---

1 水手号峡谷群是迄今为止发现的太阳系最大、最长的峡谷群，位于塔尔西斯山脉东侧，长 3000 多千米，最深处约 8 千米，是一个复杂的峡谷系统。

2 俄斐深谷的名字来源于《圣经》中提到的一个地名，相传所罗门王派远征队去俄斐带回了黄金。

争议声更大了。很多人都想加入勘探队。有几个没有进入名单的人说，无论安如何决定，他们都要参与勘探任务。

争论越发频繁而激烈。几乎所有人都宣布自己要去执行某项任务，把自己放在能做出最终决定的位置上。玛雅感觉自己已经失去了对俄罗斯分队的所有控制。她越来越生阿卡狄的气。在某次组会上，她讥讽地建议说，不如干脆让电脑来分配任务好了。这个主意当即被拒绝了，众人无视了她的权威。她摊开手说："那我们怎么办？"

没有人知道。

她和弗兰克私下协商。"我们来试试，让他们以为是他们自己的决定。"说着他对她狡黠一笑。玛雅意识到，他很乐于看到她在组会上的挫败。他们之间的尴尬韵事再次萦绕在她心头，她暗骂自己真够笨的。小型政治局真是危险……

弗兰克给每个人都发了调查问卷，在舰桥上展示了问卷结果，列出每个人的第一、第二、第三志愿。地质勘探非常受欢迎，待在火卫一上则相反。大家早就知道这一点。列出的志愿单显示出矛盾冲突其实比想象中少。"有人抱怨说阿卡狄打算占领火卫一，"弗兰克在下一次的公共会议上说，"但是除了他和他的朋友们，没有人想做这项工作。每个人都想待在火星。"

阿卡狄说："鉴于这项工作这么艰难，我们实际上得有额外的补偿。"

"补偿什么的可真不像是你会说出来的话，阿卡狄。"弗兰克流利对答。

阿卡狄笑了笑，坐了回去。

菲莉丝并不开心。"火卫一是地球和火星的纽带，就像是环地轨道上的空间站一样。从一个星球到达另一个星球必须经过空间站。空间站就像是海军战略家常说的咽喉点。"

"我保证肯定不会去掐你的脖子的。"阿卡狄对她说。

弗兰克忍无可忍。"我们都会是同一个村子的居民！我们做的任意一件事都会影响所有人！从你为人处世的方式来看，时不时地与你隔离对我们而言有利无弊。就我个人而言，完全不介意让阿卡狄离开我的视野范围几个月。"

阿卡狄鞠了个躬。"火卫一，我们来了！"

然而菲莉丝、玛丽以及支持她们的人仍然不满意。他们花了很长时间和休斯敦协商。无论何时玛雅走进环形舱B，交谈就会突然中止。所有的视线都紧跟着她，充满怀疑——就好像是俄罗斯人就自动归入了阿卡狄一伙儿似的！她咒骂这些人的愚蠢，更咒骂阿卡狄。都是他，导致了这一切。

但归根到底，很难判断出到底有什么事在发生，因为他们100人分散在突然显得如此庞大的飞船里。到处都是兴趣小组，兴趣所在是政治——他们真的是四分五裂。一共只有100人，然而这个社群依然太过庞大以至于难以弥合！而她和弗兰克对此毫无办法。

＊＊＊

某天夜里，玛雅再次梦见了在农场里看到的那张脸。她惊醒过来，浑身发抖，再也无法入睡。突然所有的一切似乎都失控了。他们所有人都身处一个个小罐子连成的环里，正在穿越真空，而她要指挥这艘疯狂的大船！真是太荒谬了！

她离开自己的房间，爬入环形舱D的辐条管道，进入了轮毂。她凭借栏杆来到了气泡屋，没有玩跳管道的游戏。

现在是凌晨4点。气泡屋内部就像是空无一人的天文馆：安安静静，空空荡荡，成百上千的星星挤在黑色的拱顶半球里。火星高悬在头顶正上方，呈凸形，几乎已经很圆了，看上去像是一块石头做的橘子被扔进了一堆星星里。四座巨大的火山看上去像是几个痘印，甚至可以肉眼辨认出水手号峡谷群中长长的裂谷。她飘在下方，伸开四肢，微微转动身体，试着去理解火星，试着去感受她交织的情绪中某些特别的东西。她眨了眨眼，球形的小泪滴飘了出去，飘进了群星之中。

这时，锁上的门打开了。约翰·布恩飘了进来，看到她之后，抓住门把手停了下来。"啊，不好意思。你介意我也待在这里吗？"

"不介意。"玛雅吸了下鼻子，揉了揉眼睛，"你怎么这个时间醒了？"

"我习惯早起。你呢？"

"做了噩梦。"

"梦见什么了？"

"我不记得了。"她说，但脑中浮现出那张脸。

他推了一把墙壁，飘过她身边，来到拱顶边缘。"我从来都不记得自己做的梦。"

"从来都不记得？"

"嗯，很少记得。如果我做梦做到一半突然被吵醒，而且我有时间回想，那我可能会记得，但也只能记住一小会儿，很快就忘了。"

"这很正常。但如果你从来都不记得一点梦的话，不是个好兆头。"

"真的吗？这意味着什么？"

"意味着极度压抑，如果我没记错的话。"她已经飘到了拱顶的另一侧。她推了一把墙壁，飞了过来，停在约翰旁边。"不过这可能是弗洛伊德的解释。"

"换句话说，这和燃素学说[1]差不多可靠。"

她大笑。"没错。"

他们一起看向火星，互相给对方指出火星上的地貌特征，交谈着。玛雅边听他说话，边看着他。真是个枯燥无味而又天真烂漫的好皮囊，可真不是她的菜。一开始，她以为他兴高采烈的态度是出于他的愚蠢。但随着旅程推进，她明白他绝非愚蠢。

"对于到了火星我们该做什么，最近有很多争论，你怎么看？"她指着眼前的红石头，问道。

"我不知道。"

"我觉得菲莉丝说的观点都很有道理。"

---

1 燃素学说是 17 世纪的一种化学假说，已被证明是错误的。

他耸耸肩。"我觉得那些都不重要。"

"什么意思？"

"争论中唯一重要的是，我们是如何看待争论的人的。X 要求 a，Y 要求 b。他们都有论据来支持他们的论点，说得出很多有道理的观点。但当旁观者回忆起争论时，重要的仅是 X 相信 a 而 Y 相信 b。人们会根据自己对 X 和 Y 的看法来做出他们的判断。"

"但我们是科学家！我们受过这么多科学训练，要尊重事实证据。"

约翰点了点头。"没错。事实上，鉴于我喜欢你，我姑且就承认你说的这个论点是正确的吧。"

她大笑着推开了他。他们沿着气泡屋翻滚着远离了彼此。

＊＊＊

玛雅对自己感到惊讶。她停在了地板上，转身看向约翰。他在拱顶的另一侧突然急停，然后落到地板上。他笑着看向她，抓住一根栏杆，再次腾空而起，穿过球形空间冲她飞过来。

玛雅立刻明白了他的意图，推了一把去迎他。她完全忘记了自己已经下定决心避免此类事情再次发生。他们两个直直地向对方飞去，为避免在空中撞上而抓住彼此，在半空中旋转，就好像在跳舞一般。他们旋转着，手紧紧地握在一起，慢慢盘旋上升，飞向拱顶。这的确是一段舞蹈，而且有明确的收尾，将在他们想结束的时候结束：哟！玛雅脉搏狂跳，呼吸慌乱。他们一边旋转，一边收紧肱二头肌，互相拽着彼此，像航天器对接那样缓慢靠近，最终吻上彼此。

约翰笑着推了她一下，让她飞到拱顶上，自己则降落到地板上。他爬向舱门，把门锁上了。

玛雅松开头发，摇晃脑袋，让头发飘散在头部周围，遮住了脸。她更用力地甩头，大声笑着。她并不认为自己即将经历一场惊天动地的恋爱，她感觉这只是简简单单的快乐。这种简单的感觉真是……她突然强烈地感受到一股涌动的欲望，于是将自己推向约翰。她在空中缓缓地翻了个跟头，一边旋转一边解开套头衫。她的心如擂鼓般怦怦作响，所有的血液都涌到了皮肤表层，甚至让她在脱衣时感到一阵如解冻般的刺痛。她撞进约翰怀里，着急地拉拽他的一只袖子，结果又远离了他。他们错误地估计了角度和动量，在屋子里飞来弹去，同时脱光了衣服。最后他们用大脚趾轻轻一推，飞入彼此怀中，旋转着、拥抱着、飘浮着，在周围悬空的衣服中拥吻在一起。

***

在接下来的日子里，玛雅和约翰再次相会。他们没有试图保密，所以很快大家都知道他们在一起了。很多人似乎对这样的事态发展感到大吃一惊。有一天早晨，玛雅走进餐厅，注意到坐在角落里的弗兰克迅速瞥了她一眼。那眼神令她浑身发冷，让她回想起某段时间、某件事情，以及他脸上的某种表情，某种她已经不太能回想起来的表情。

不过大多数人好像都乐见其成，毕竟他俩算是"门当户对"，来自远征队的两股势力联合在一起，展现出了双方之间的和谐。而且这件事似乎催生了更多的情侣：要么是那些之前就在一起的，现在终于敢光明正大地对外宣布了；要么是受到最近太过浓郁的浪漫气氛影响，突然如雨后春笋般出现了。弗拉德和厄休拉，德米特里和埃琳娜，拉尔和玛琳娜。到处都涌现出新的情侣，导致单身的人开始对此神经质般地开起玩笑。但玛雅感觉，人们交谈时声音中的紧张感变少了，争论也变少了，欢声笑语变多了。

某天晚上，玛雅躺在床上胡思乱想（思考要不要溜去约翰的房间）。她琢磨着会不会这才是他们在一起的原因：并非出于爱——她仍然不爱他，对他的感觉顶多是友谊之情；一些强烈但并非因他本人而起的欲望驱使着她——事实上，只是因为他们的结合非常有用。对她而言非常有用——她很快转变思路，将注意力集中在这段关系对远征队整体能起的作用上。没错，这就是政治。这就像是某种封建政治联姻，或是一出关于春天与新生的古老喜剧。而且她不得不承认，感觉上也的确是这样的。就好像她是在执行某种比自己内心的欲望更强烈、更迫切的命令，是在遵从某种更强大力量的支配。也许这种强大的力量正源自火星。这种感觉倒也不算太坏。

至于她可以因此而获得更多的影响力，以和阿卡狄、弗兰克、博子等人抗衡……唉，她尽量不去思考这一点。这是玛雅的天赋之一。

\* \* \*

黄色、红色、橘色的小花遍布墙壁。火星如今和从地球上看到的月亮一样大了。是时候收获此次旅途的成果了。再过一周，远征队就会到达火星。

关于尚未决定的着陆任务，众人之间仍有很多矛盾。玛雅发现如今和弗兰克共事变得越来越难了。弗兰克表现得并不明显，但玛雅猛然发觉，他并不是因他们无法控制局面而不悦，因为大多数的困难都是阿卡狄造成的，所以看上去几乎都是她的问题，而不是他的。好几次她和弗兰克开完会就跑去找约翰，希望能得到一些帮助。然而约翰不仅对争论置身事外，甚至还支持弗兰克的每一项提议。他私底下给玛雅的建议还算明智，但问题是，他喜欢阿卡狄，不喜欢菲莉丝，所以他常常建议玛雅支持阿卡狄，完全没意识到这样做会削弱玛雅在其他俄罗斯队员心里的权威。不过她也从未向他指明这一点。无论他们是不是恋人，她仍有一些事不愿与他谈，或者说不愿与任何人谈。

不过某天晚上，在约翰的房间里，玛雅精神紧张，躺在那里无法入眠，为各种各样的事务担心。她说："你觉得船上有可能藏着某个偷渡者吗？"

"嗯……我不知道。"他有点惊讶地说，"你为什么这么问？"

她艰难地吞咽了一下，告诉了他自己透过水藻瓶看到那张脸的事。

他坐起身，盯着她。"你确定那不是……"

"不是我们之中的任何一个人。"

他摸了摸下巴。"嗯……我猜他可能得到了某个船员的帮助……"

"博子。"玛雅猜测道，"我是指，不仅因为她是博子，也因为这件事发生在农场，还有其他所有事情。这也能解释他的食物来源，而且那里有很多地方可以藏。太阳风暴发生的时候，他可能和动物一起躲进了避难所。"

"他们都遭受了大量辐射！"

"但他可以藏在供水系统后面。一个小型单人避难所也不是很难设置。"

约翰还是不太能相信。"那他要藏一整年！"

"这是艘大飞船。其实还是有可能的，对不对？"

"呃……大概吧。嗯，我猜是有可能的。但是为什么要这么做呢？"

玛雅耸耸肩。"我不知道。可能有人想上船，但没通过选拔。可能有人认识一个朋友，或是认识一群朋友……"

"我们很多人都有想登船的朋友，但这也不意味着……"

"我知道，我知道。"

他们聊了将近 1 小时，讨论可能的原因，讨论能让人偷渡上船的方法，讨论怎么藏身于此，诸如此类。玛雅突然意识到，她感觉好多了。实际上，她的心情开朗多了。约翰相信她！他并没有觉得她疯了！玛雅感到一阵轻松愉快，张开双臂抱住了他。"能和你聊这件事真是太好了！"

他笑了。"我们是朋友，玛雅。你应该早点跟我聊的。"

"是啊。"

***

气泡屋本来是个观看降落火星全程的绝佳地点，但远征队将采用大气制动的方法来减速，而气泡屋就位于他们部署好的防热盾的内部，于是没有风景可看了。

大气制动帮大家省下了携带巨量燃料来减速的麻烦，但这是一项极其精细的操作，因此也很危险。误差要控制在 1 毫角秒之内。在火星轨道插入开始的几天前，导航团队几乎每小时都在微调航向。随着飞船越来越接近火星，飞船自身的旋转也停止了。甚至，环形舱里也恢复了失重状态，令大家都备感不适。玛雅突然清晰地意识到，这并非另一次模拟。走廊中呼啸而过的空气将她吹到空中，她从高处、从崭新而陌生的角度观察周围的一切，蓦地，一切都变得十分真实。

她断断续续地睡觉，在这里睡 1 小时，在那里睡 3 小时。每次醒来，她发现自己飘在睡袋里，一时都会陷入混乱，以为自己还在*新世界空间站*上。接着她会回过神，肾上腺素也会让她清醒过来。她凭借栏杆飘过环形舱的大厅，推开墙上的平板，现在其上显示着棕色、金色和古铜色。在舰桥上，她会询问玛丽、拉尔、玛琳娜，或是其他导航团队的成员。一切都按部就班。飞船接近火星的速度非常快，仿佛能在屏幕上看出它在变大。

如果偏差达到 30 千米，他们就将与火星失之交臂。这个距离约等于已经航行过的旅程长度的十万分之一。"没问题的。"玛丽边说边迅速瞥了阿卡狄一眼。目前他们还在"重复模拟任务"模拟过的范畴内，希望阿卡狄的那些疯狂的突发状况不要出现。

其他没有参与导航的船员们正在为封舱做万全的准备，以迎接 2.5 倍重力加速度带来的扭转力和冲击力。有些人穿上宇航服走出飞船，在舱外部署次级防热盾之类的防护装置。尽管有很多事情要做，感觉仍度日如年。

***

轨道插入将在半夜进行，于是这一夜，所有灯都开着，也没有人上床睡觉。每个人都各就各位——一些人有任务，大多数人只是在等待。玛雅坐在舰桥的座椅上，看着屏幕和监视器，心想一切看上去都和拜科努尔的模拟训练完全一样。他们真的能进入环绕火星的轨道吗？

可以的。*战神号*以每小时 40000 千米的速度撞击火星稀薄的大气层，立刻产生了剧烈的震动。玛雅的座椅急剧地晃动着。不知从哪里传来一个微弱又低沉的声音，飞船仿佛穿过了一个爆炸了的熔炉——看上去也很像，因为突然所有屏幕都爆发出剧烈的橙粉色光芒。压缩空气被防热盾弹开，强烈的光芒覆盖了所有外置摄像头，以至于整个舰桥都被染成了火星的颜色。重力随之猛烈地袭来，玛雅感到肋骨被严重挤压，甚至无法呼吸。她的视野变模糊了。太疼了！

飞船费力地穿过稀薄的空气，速度和高度都经过严密计算，使其处于空气动力学中的转捩[1]状态。这是一种介于自由分子流和连续流之间的状态。自由分子流是更适合航行的状态，此状态下撞上防热盾的空气会被推到一旁，由此出现的真空大体上也会被扩散的分子填充。但他们的速度太快，无法保持此状态。飞船只能勉强避免连续流带来的巨大的热量；此状态下，空气作为波流作用的一部分，会给防热盾和飞船让路。大家竭尽全力，以最大可能实现飞船减速，使其慢到能够进入自由分子流和连续流之间的转捩状态。这也意味着整个过程会非常颠簸，因此也很危险。如果飞船正好撞上火星大气中的高气压区域，热量、震动或重力可能导致某些敏感装置突然失灵，那么大家就会在被重力压到座椅上的瞬间，一头撞进阿卡狄设置的那些噩梦中的一个：每个人都不得不承受重达 400 磅[2]的重力——阿卡狄在模拟训练中一直没能很好地模拟这个状态。此时此刻，玛雅沉重地想到，最易遭受危险、最岌岌可危的时刻，恰恰也是他们最无助、最无能为力的时刻。

不过，命里有时终须有。火星平流层气象很稳定，他们依然处在"重复模拟任务"的范畴之内。现实中，轰隆作响、剧烈震动、令人喘不上气的 8 分钟过去了，玛雅却感觉这是她度过的最漫长的时间。传感器显示主防热盾的温度已经升到了 600 开尔文。

接着，震动突然停止了，轰隆隆的声音也消失了。飞船脱离了大气层，滑行了 1/4 个火星圆周，时速降低至 20000 千米。防热盾的温度上升到 710 开尔文，几乎接近极限了。不过这方法奏效了。一切都静止了。众人飘浮起来，再次进入失重状态，不过被座椅上的安全带勒住了。感觉起来，移动像是完全停止了，他们仿佛都飘浮在绝对的安静之中。

船员们颤抖着解开安全带，像鬼魂一般飘在房间内的冷空气中。他们耳朵里传来微弱的低鸣，显得这里更安静了。大家高声交谈，相互握手。玛雅感到

---

1　转捩是指层流边界层变得不稳定并向湍流边界层过渡的过程。

2　1 磅约等于 0.45 千克。——编者注

一阵眩晕,没听懂人们在对她说什么:不是因为听不见,而是没有在听。

***

在度过了失重的 12 小时之后,飞船的新航线带领他们前往距离火星 35000 千米的近火点。他们点燃主火箭以获取短暂的推力,将时速提升了 100 千米左右。在此之后,飞船再次被拉向火星,画出一条椭圆曲线,把他们带到距离火星地表不超过 500 千米的地方。众人进入了环火轨道。

沿着椭圆轨道环绕火星一圈的时间是一天。在接下来的两个月里,计算机会控制燃料消耗,逐渐将航线调整到火卫一的轨道内侧。不过在此之前,在战神号运行到接近远火点的时候,着陆团队会先一步降落到火星地表上。

大家将防热盾收回,调整到储存姿态,然后纷纷走进气泡屋,观察四周。

经过近火点时,火星占据了大部分天空,就好像大家正在乘坐喷气式飞机飞越火星。人们可以看到水手号峡谷群的幽深,也能感受到 4 座巨型火山惊人的高度:它们宽广的顶峰早就出现在了地平线上,周围的地面过了很久才映入眼帘。火星表面到处都是陨击坑,其圆形的内部呈鲜明的沙橘色,周围的地面颜色稍浅一点。大概是灰尘吧。山脉低矮崎岖、连绵不绝,颜色比周围地面的颜色更深,呈现一种锈色,上面带有些黑色的影子。但无论是亮色还是暗色,都和周围环境里无处不在的锈铁色、橘色、红色相差无几。这就是每一个山峰、陨击坑、峡谷、沙丘的颜色,甚至连遍布尘埃的扭曲的大气层也是如此。从高空中看去,这颗星球的颜色尽收眼底。红火星!震撼心神,销魂勾魄。每个人都感受到了。

***

工作了很长时间之后,至少船员们现在是真的在工作了。飞船需要部分解体。主体部分最终要停留在接近火卫一的轨道上,作为备用的紧急返回飞船。轮毂外的 20 个油箱将被拆解下来,作为着陆飞行器,每个油箱可以搭乘 5 名船员。一旦油箱分离并准备妥当,第一支着陆小队就会立刻出发,所以大家都在夜以继日地轮流工作,长时间地穿着宇航服进行操作。大家回到餐厅,一个个都又累又饿，吵吵闹闹的，说话声非常大。旅途带来的倦怠和无聊被遗忘了。某天晚上，玛雅飘进盥洗室，为睡觉做准备。她感觉肌肉僵硬、浑身疲倦，她已经好几个月都没有这种感觉了。娜蒂娅、萨沙和耶利·祖度夫在她附近聊天。听着舒适流畅的俄语，她突然意识到，每个人都很开心——大家终于迎来了期待中的最后时刻。他们在过去的半辈子里一直在内心中期待着，这个梦想甚至可以追溯到童年时期——现在，火星突然就如儿童笔下的蜡笔画那样在他们脚下徐徐展开，慢慢变大又变小，变大又变小，像悠悠球一样来回摆动，展现出无穷的可能——它是一块白板[1]，一块红色的无字写字板。一切都有可能，一切都可能发生——在这种意义上，在过去的几天里，众人是完全自由的。不受过去的影响，没有未来的紧迫，在温暖的空气中因失重而飘浮，像幽灵一样，即将进入现实世界。玛雅望向镜子，看到自己被牙刷扭曲的笑脸，她伸手握住栏杆保持住姿势。她意识到，大家可能再也不会像现在这么开心了。美好的不是幸福本身，而是对幸福的许诺；期待中的世界常常比真实的世界更富饶。但是这次又有谁能说得准呢？说不定这次他们真的能开创黄金时代。

她松开栏杆，将牙膏吐到一个废水袋里，向后飘回走廊。无论如何，他们实现目标了。至少他们赢得尝试的机会了。

\*\*\*

分解**战神号**的工作令不少人都感觉有点别扭。这就好像是——像约翰形容的那样——拆除一个小镇，把所有的房子丢向四面八方，而且这是大家唯一的小镇。在火星巨大眼睛的注视下，所有的分歧都变得更紧张了。现在是至关重要的时刻，没有多少时间了。人们无论在公开场合或是私下里都争论不休。现在有这么多的小团体，每个团体都有自己的"议会"……之前短暂的幸福时刻去哪儿了？玛雅将现状大部分归咎于阿卡狄，是他打开了潘多拉魔盒。如果不

---

1　白板在哲学中代表一种认知论观点，即指个体没有与生俱来的心智，如同一块白板，所有的知识都来源于感官和经验。

是他和他的那番演讲，农业团队会这么紧密地团结在博子周围吗？医疗团队会如此讳莫如深吗？她觉得不会。

她和弗兰克努力地消除分歧，引导大家求同存异，让众人感觉他们依然属于同一个团队。他们长时间地开了一个又一个会，调和菲莉丝和阿卡狄、安和赛克斯、休斯敦和拜科努尔之间的矛盾。在此过程中，两位领导人之间发展出的关系，比他们之前在生态区里发展出的关系还要复杂，当然之前的关系也构成了如今复杂关系的一部分。弗兰克不时展露出的嘲讽和怨恨让玛雅明白，原来那件事给弗兰克带来的困扰比她当时想象的大得多。但是现在也于事无补了。

最终火卫一的任务还是交给了阿卡狄和他的朋友们，主要原因是没有其他人愿意做。所有想参加地质勘探的人都得到了一个可勘探的地理位置。菲莉丝、玛丽和剩下的"休斯敦团队"成员得到保证，基地的建造会依照当时在休斯敦制订的计划进行。他们打算在基地工作，同时也是为了监督。"行吧，行吧。"弗兰克在某次会议上吼道，"我们都要登上火星了，难道真要争论我们要在火星上做什么吗？"

"这就是生活。"阿卡狄开心地说，"无论是否在火星上，生活都要继续。"

弗兰克咬紧牙关。"我到这里来就是为了躲避这种事的！"

阿卡狄摇了摇头。"显然你躲不开的！这就是你的生活，弗兰克。要是没有这些事，你该怎么活？"

＊＊＊

登陆不久前的某天晚上，所有首百聚集在一起共进晚宴。大多数食物都来自农场，有意大利面、沙拉、面包。当然，红酒是从储藏室拿出来的，是专门为特殊场合准备的。

在大家把草莓当甜点吃的时候，阿卡狄飘到半空中，提议大家干杯："为我们即将创造的新世界！"

人群中同时传来一阵抱怨声和欢呼声，事到如今大家都知道他是什么意思了。菲莉丝扔了个草莓，说："听着，阿卡狄，我们要建立的是一座科考站。你所谓'创造新世界'的想法根本与此无关，也许再过 50 年或者 100 年会有点关系。但现在，我们要建立的是类似在南极那样的科考站。"

"说得对。"阿卡狄说，"但实际上南极的科考站也充满政治。大部分南极科考站建立的原因是，建设科考站的国家可以凭此参与《南极条约》的修订。如今，科考站都受到法律约束，受到条约限制，而这些法律和条约设立的过程都是颇具政治意味的！所以你看，你不能把头埋进沙子里大叫'我是个科学家，我是个科学家'。"他把手放到前额，做出了嘲讽傲慢自负者[1]的宇宙通用姿势，"不。当你这么说的时候，你其实只是在说：'我不想思考复杂的系统！'这可不是一个真正的科学家该说出口的话，对吧？"

"南极洲受条约约束，是因为除了在科考站里，没有任何人在那儿生活。"玛雅生气地说。这是他们最后的晚餐，他们最后的自由时刻，结果却被这种争吵破坏了。

"说得对。"阿卡狄说，"但是看看结果吧。在南极，没有谁能拥有土地。没有一个国家或组织可以开采这片大陆上的自然资源，除非得到其他所有国家的同意。没有人可以宣称拥有这些资源，也不能将其带走或贩卖给他人以谋得利益，并让他人使用这些资源。你难道看不出这和世界其他地方的运行方式有根本性的不同吗？这是世界上最后一片受管理、可以设置法律的地域。它表现出当所有政府齐心协力一起工作时，结果是非常公平的。这片土地从未被一个国家占领，甚至没有历史。直截了当地说吧，这是地球上为创造公平财产法所做出的最好努力！你明白了吗？整个世界都该以这样的方式运行，如果我们能把它从历史的束缚中释放出来的话！"

赛克斯·罗索尔和善地眨了眨眼，说："但是阿卡狄，管辖火星的条约本来

---

1 原文双关。作者使用了 "prima donna" 一词，既有 "（歌剧团）首席女歌手" 之义，也有 "妄自尊大的人" 的意思。

就是基于旧版的《南极条约》设立的，那你到底在反对什么？《外层空间条约》[1]规定了没有一个国家可以宣称占领火星的土地，禁止在火星上进行任何军事行动，所有的火星基地必须随时接受任何国家的检查。而且任何火星资源都不能成为某个国家的财产——联合国应该会建立一个国际管理体制来监督管理任何资源开采行为。如果有任何打擦边球的情况发生——我认为基本不可能会发生，那么火星就将变成地球上所有国家的共同财产。"他一只手掌心向上，"你所鼓吹的不是已经实现了吗？"

"这只是个开始。"阿卡狄说，"但是那个条约中也有一些你没提及的条款。比如，火星上的基地属于建造它的国家。按照这条法律的规定，那我们即将建立的是美国和俄罗斯的单独基地。这会让我们又退回到地球法律和地球历史的噩梦中。美国和俄罗斯的商业集团将有权开采火星，只要取得的商业利益会以随便什么方式分享给所有签署条约的国家。其中一部分可能还会支付给联合国，说白了，这和贿赂没什么差别。我认为我们一秒都不能承认这些规章制度！"

一阵沉默。

安·克雷伯恩说："条约还说我们必须采取措施防止破坏行星环境，我记得是这么写的，在条款第七项。在我看来，这是在明确禁止火星地球化，我们很多人却在谈论这件已经写得明明白白的事。"

"要我说，我们也该无视这条规定。"阿卡狄想都没想，"我们自身的利益要求我们必须无视！"

这个观点比他提出的其他观点更受欢迎一些，好几个人都表示同意。

"而且如果你愿意无视其中一项，"阿卡狄指出，"那你也应该愿意无视其他条款，对吧？"

---

1 《外层空间条约》是《关于各国探索和利用包括月球和其他天体在内外层空间活动的原则条约》的简称，1966 年于联合国大会通过，1967 年开放签署并生效，无限期有效。该条约规定了各国从事航天活动应遵守的 10 项基本原则，有"太空宪法"之称。

一阵尴尬的沉默。

"所有改变都将不可避免地发生。"赛克斯·罗索尔耸耸肩说,"登上火星已经从进化的角度彻底改变了我们。"

阿卡狄猛地摇了摇头,这使得他在桌子上方的空气里微微转了转身。"不,不,不,不!历史不是进化!这是个错误的比喻!进化取决于环境和概率,要花上数百万年的时间。但历史取决于环境和选择,在人的一生中就能经历,有时甚至是几年、几个月、几天之内的事情!历史是用进废退的!如果我们选择在火星上建立某些制度,它们就会存在!如果我们选择另一些制度,那*另外那些*就会存在!"他双手一挥,把所有人,包括坐在桌旁的人和飘在藤蔓附近的人都囊括了,"要我说,我们应该自己做选择,而不是把我们的命运交到地球上的人手里,交给那些早就'死'掉了的人。我是认真的。"

菲莉丝尖锐地反驳道:"你想要建立某种自治乌托邦,这是不可能的。我还以为你能从俄罗斯历史里学到点关于这个的东西呢。"

"我当然学到了。"阿卡狄说,"我现在就是在学以致用。"

"倡导一场莫名其妙的革命?挑起危机?让所有人都惴惴不安、彼此攻击?"

很多人点头表示同意,但阿卡狄挥了挥手表示不屑。"飞船已经开到这里了,对于你们在这次旅程中遇到的问题,我拒绝接受你们的责难。我只是说了我的想法,这是我的权利。如果我让你们之中的任何人感到不适,那是你们的问题。那是因为你们不喜欢我话中的内涵,但是又找不到能反驳我的依据。"

"我们之中有些人根本听不懂你在说什么!"玛丽喊道。

"那我只说这个吧!"阿卡狄盯着她愤怒的双眼说,"我们来到火星上,将在这里过一辈子。我们不仅要在这里建造房屋、生产食物,甚至连喝的水和呼吸的空气都要靠自己来创造——这个星球上没有以上任何东西。我们之所以能这么做,是因为拥有科学技术,能在分子层面上操控并改造物质。这是非常卓越的能力,想想看吧!尽管我们这里的一些人能够接受改造行星的整个物理环境，却无法接受改变我们自己、改变我们的生活方式，哪怕一点点。身为21世纪身处火星的科学家，却生活在基于17世纪的意识形态创造出的19世纪的社会系统中。太荒谬了，太疯狂了，太……太……"他双手抓住脑袋，拉扯着自己的头发，大吼道，"这是*反科学*！所以我才说，我们即将在火星上改变很多东西，而我们自己和我们的社会系统必须包含在内。我们要改变的不仅是火星，更是我们自己！"

***

没人胆敢提出反驳，阿卡狄火力全开，根本无法阻止。不少人都被他的话挑动了神经，需要时间来思考。剩下的人只是很不爽，但不愿在晚宴上继续争论下去，毕竟这本该是一场庆祝成功的晚宴。还不如翻个白眼，继续干杯喝酒更省力气。"为了火星！为火星干杯！"但当大家在吃完甜点四散飘开后，菲莉丝用鄙夷的语气说："我们的首要任务是活下来。看看他挑起的纷争，我们的希望能有多大？"

米歇尔·杜瓦试图安抚她。"大部分的争吵都是旅行造成的。一旦到了火星，我们肯定能齐心协力。而且我们拥有比*战神号*所携带的更多的物资——那些无人航天器已经运送了很多装备和食物，火星和火星的卫星上到处都是，全都是为我们准备的。唯一的限制只有我们自己的耐力。这场旅途也是其中一部分——是前期准备，或一次测试。如果我们在这部分就失败了，那根本就轮不到我们到火星上去尝试。"

"我说的就是这个意思！"菲莉丝说，"我们在旅途这部分就失败了！"

赛克斯站在一旁，看上去很无聊。他推开人群向厨房飞去。大厅里到处都是三五成群吵吵闹闹的人，一些谈话的语气非常激烈。很显然，很多人都对阿卡狄很愤怒，而剩下的人则在生自己的气，觉得犯不上理会阿卡狄这样的人。

玛雅跟着赛克斯进入厨房。他清洗着自己的餐盘，叹了口气说："大家都太情绪化了。有时候我感觉自己被困在了一场永无止境的戏剧表演里，名字是

《禁闭》[1]。"

"是那个人们没法从一个小房间里逃出去的故事吗？"

他点了点头。"他人即地狱。我希望我们不要证实这个理论。"

***

几天后，着陆团队准备就绪。他们会在 5 天的时间内着陆，只有执行火卫一任务的团队会待在*战神号*剩下的部分上，将它引导到对接火卫一的位置上。阿卡狄、阿历克斯、德米特里、罗杰、萨曼莎、爱德华、珍妮特、拉尔、玛琳娜、塔缇安娜和埃琳娜等人与众人告别。他们承诺，一旦火卫一空间站建成就会立刻赶往火星，然后继续忙手头的任务去了。

着陆前夜，玛雅无法入睡。最终她放弃尝试，穿过一个个房间和走廊来到轮毂。由于失眠和肾上腺素，每个物体的边缘都变得很尖锐，飞船上熟悉的一切都发生了变化，一堆摞好的箱子，某个变成了死胡同的管道，仿佛这里已经不是*战神号*了。她最后一次环视飞船，释放心中的情绪。接着她穿过几道紧锁的舱门，找到了她被指派搭乘的着陆飞船。干脆在这里等着吧。她爬进宇航服里，仿佛又在经历一次模拟任务，在真正的时刻来临前她已经做过多次了。她不知道自己是否能从这种虚假感中逃离，不知道到达火星后能否终结这种感觉。如果可以的话，光是为了这一点，上火星也值了：她终于可以感受到**真实**了！她坐进了座椅。

度过无眠的几小时后，赛克斯、弗拉德、娜蒂娅和安也来到了这里。玛雅的同伴们都坐了下来，系好安全带，一起进行最后的检查。扣上锁扣，开始倒计时。着陆飞船的火箭点燃，着陆飞船飘离*战神号*，火箭再次被点燃，冲着火星坠去。飞船冲击到大气层顶部，单层梯形玻璃窗外迸发出和火星颜色一致的光芒。玛雅在剧烈震动的机舱内直直地向上盯着它看。她并不开心，还紧张不

---

1 《禁闭》是法国存在主义哲学家让 - 保罗·萨特创作的戏剧，又译作《没有出口》《密室》《间隔》，剧中台词"他人即地狱"成为萨特最广为人知的名言之一。

安，内心中在向后看而非向前，心里惦记着那些还在**战神号**上的人。她感觉他们失败了，仿佛他们 5 人是在一片混乱之中脱离了大部队。仿佛协调众人团结一致的最好机会已经错过了，而他们没能做到。仿佛她在刷牙时感受到的那一瞬间的快乐，就真的是转瞬即逝。总之，她失败了。大家即将走上各自的道路，因所持信念不同而四分五裂。即使被迫共同生活了两年，他们仍然和任何其他人类团体一样，不过是一群陌生人的集合。覆水难收。

第 三 章

# 严峻考验

THE CRUCIBLE

火星和太阳系其他部分一样，都是在约 50 亿年前形成的。这相当于 1.5 亿代的人类世代。岩石在太空中爆炸，彼此碰撞，然后互相融合，这一切全都源于某种神秘力量——我们称其为重力。在同样神秘的纵横交织的内部力量作用下，当石堆足够大时，它会塌向中心，直到压力产生的热量熔化岩石本身。火星很小但很重，核心的主要成分是镍、铁。由于体积足够小，内部冷却得比地球内部快，核心和地壳不再以不同的速度转动，所以火星实际上没有磁场，也没有发电机 [1]。不过在最终冷却前，熔化的火星核和火星幔形成的一股内流向外喷射，在一侧形成了异常巨大的突起，巨大的推力使得地壳壁形成了一块像大洲那么大的隆起，高达 11 千米：是青藏高原与其周围地势差的 3 倍。隆起形成了更多的地貌：辐射状的裂谷系统覆盖了整个半球，其中有最大的峡谷群——水手号峡谷群，其长度覆盖从美国东海岸到西海岸全程。隆起也产生了很多火山，包括 3 座横跨赤道的火山：阿斯克劳山、帕弗尼斯山和阿尔西亚山。在它们的西北方坐落着太阳系中最高的火山——奥林波斯山，它的高度是珠穆朗玛峰的 3 倍，体积是地球上最大的火山——冒纳罗亚火山的 100 倍。

---

1　发电机理论是一个关于天体磁场的假说，该假说认为，天体内核有着温度极高的液态金属，它们在活动时产生电流，从而形成磁场。

塔尔西斯突出部是火星地貌最重要的成因。另一个重要成因是陨石坠落。在诺亚纪[1]时期，也就是三四十亿年前，数百万的陨石频繁地高速坠击到火星上，其中几千颗是微行星，有韦加环形山[2]或是火卫一那么大。陨石造成的其中一个地貌是希腊平原。它的直径约 2000 千米，是太阳系最大的可见陨击坑。更有甚者，代达利亚高原似乎是直径达 4500 千米的陨击遗留物。这些陨击坑都已经非常大了，但也有一些火星地质学家认为整个火星的北半球都是一个古代撞击盆地。

这些剧烈的陨石撞击产生了难以想象的灾难性的爆炸，爆炸造成的喷发[3]甚至到达了地球、月球和特洛伊群小行星[4]上。有些火星地质学家认为塔尔西斯突出部是由造成希腊平原的陨石撞击引起的，还有人认为火卫一和火卫二[5]都源于陨石撞击造成的喷发。这些都是比较大的影响。更小的陨石每天都在坠落，以至于火星上最古老的地面上充满了陨击坑。新的陨击坑盖在旧的上面，没有一片土地是完好无损的。每次陨石撞击产生的爆炸都带来了足以熔化岩石的热量：元素从基岩上挣脱，燃烧变成了高温气体、液体和新的矿物。这些物质以及火星核释放出的气体形成了大气层和很多的水。当时有风云雨雪、冰川、溪流、河流、湖泊，各种水体冲刷大地，留下了确凿无疑的痕迹——泄洪渠道、溪流河床、河岸，各种各样的水文特征在火星的大地上留下了"象形文字"。

但这一切都消失了。火星太小了，而且距离太阳太远了。大气凝结，落回地面。二氧化碳升华，形成了一个新的稀薄的大气层。氧气则被禁锢在岩石中，将整个星球都染成红色。液态水凝固了，经过漫长的时间，渗入了几千千米厚

---

1 诺亚纪是火星上的一个地质系统和早期地质年代，时间大约在 46 亿—35 亿年前，这一阶段的特点是陨石和小行星撞击频率非常高。
2 韦加环形山是月球正面东南部的一座古老的陨击坑残迹，直径约 73.5 千米。
3 喷发在行星地质学上指陨击坑形成过程中弹出的碎片。
4 特洛伊群小行星是与木星共用轨道，围绕太阳运行的一大群小行星。
5 火卫二是火星的两颗自然卫星中距离火星较远且较小的一颗，名字来源于希腊神话中战神阿瑞斯与美神阿芙洛狄忒之子得摩斯。

的被陨石撞坏的岩石层下方。最终，这层表岩屑[1]被冰层渗透，最深处的地层温度高到足以融化冰，所以火星的地下有海。水往低处走，所以这些含水层渐渐下沉，慢慢渗透，直到遇到阻碍，比如基岩或冻土，汇集到一起。有时候这些堤坝会承受非常大的自流水的压力，继而偶然地，有陨石坠落或是火山形成，这些堤坝会突然决堤，然后这一整片地下海都会被喷射到地表，形成巨大的洪水——大约是密西西比河流量的 10000 倍。最终，喷到地表的水会凝固，在永不停歇的干燥风的作用下升华，然后在冬季的大雾中降落在火星的两极。极冠越来越厚，其自身的重量将冰不断地压向地下，这导致地面的可见冰成了世界上最大的两块地下永久冻土层的"冰山一角"，而地下的部分则分别是可见极冠体积的 10 倍、100 倍。在赤道附近，新的含水层通过火星核释气从下方获得注流，而部分旧含水层也得到了更多水分。

这个缓慢的循环正在接近第二轮。但随着火星的冷却，一切正在变得越来越慢，如同一座逐渐停摆的钟表。这颗星球渐渐成为我们现在看到的样子。然而改变从未停止。永不停歇的风雕蚀着大地，尘埃越来越细小。火星古怪的轨道运行方式导致南北半球每隔 51000 年就会进行一次暖寒冬交换，干冰极冠和水冰极冠也会在两极之间反转。每当发生这种摆锤般的突然反转时，大地上就会形成一层新的沙土。新的沙丘以特定角度嵌入旧沙层，在极点附近的沙子形成一个纵横交错的网格，仿佛是纳瓦霍沙画[2]中的几何图案一样，用条带和斑纹连接整个世界顶部。

自成图案的彩色沙砾，凹凸不平的波形峡谷峭壁，耸入云霄的火山，碎石形成的混乱的地形，无穷无尽的陨击坑，象征这颗行星起源的环形纹章……这一切都非常美丽，也非常严酷：这里简朴、简陋、简约、安静、坚忍，遍地岩石，

---

1　表岩屑指的是覆盖在固体岩石上的基层松散的物质，包括尘埃、土壤、破碎的岩石等物质。

2　纳瓦霍人是美国西南部的原住民，是北美洲地区现存最大的美洲原住民族群。创作纳瓦霍沙画被认为是一种祭祀或演出形式，艺术家将不同颜色的沙子撒在布料上，同时加入石膏、红砂岩、黑色木炭、花粉、树皮等"自然涂料"，绘制出人物、动物、花卉等形象。

一成不变，庄严肃穆。这就是描述自然无机物存在的视觉语言。

无机物。不是动物，也不是植物，也不是病毒。这些本可以存在，却并未存在。没有任何从黏土或硫黄温泉里自发产生的生物，没有飘出太空的孢子，也没有上帝之触。无论生命是如何产生的（我们对此尚无定论），它都没有发生在火星上。火星一直转动着，作为世界的他者，作为一颗充满活力的大石球。

然后，有一天……

# 1

　　她双脚坚实地踏上地面，这并不困难。在**战神号**上的 9 个月里，她已经习惯了这样的重力，再加上宇航服的重量，和在地球上行走没有什么区别，至少和她印象里的一样。天空一片粉色，带着些沙褐色的阴影，色彩比任何照片都更加丰富、精妙。"看天空。"安说，"快看天空。"玛雅正在和别人交谈，赛克斯和弗拉德像是旋转的雕塑似的转过身，娜德札达·弗兰切·车尔尼雪夫斯基[1]走了几步，感受靴子嘎吱嘎吱地踩过地面。周围是几厘米厚的硬质沙地，走上去时会产生龟裂。地质学家将这种地形称为"硬壳层"或是"钙结壳"[2]。她的脚印周围遍布细微的辐射状裂痕。

　　她从着陆飞船向外走出了一段距离。地表是很深的橘色和铁锈色，四周遍布同样颜色的岩石，有些岩石带有红色、黑色或黄色的斑块。东面有好几艘运输飞船，形状大小不一，飞船顶"刺穿"了东侧的地平线。所有飞船都染上了一层和地表一样的橘红色。这是个奇异而震撼的景象，就好像他们跌跌撞撞地来到了一个被长期遗弃的外星太空港似的。拜科努尔的一部分再过 100 万年可能会变成这样。

　　她走到最近的一艘运输飞船附近。运输飞船是一个像小房子那么大的运载集装箱，组装在加了 4 条腿的运载火箭上，看上去仿佛已经在这里好几十年

---

1　娜德札达·弗兰切·车尔尼雪夫斯基是娜蒂娅的全名。
2　钙结壳是一种沉积岩，是由碳酸钙黏合其他物质（如砾石、沙土、黏土、泥沙等）自然形成的硬质水泥。

了。太阳正当空，光线太过耀眼，即使透过面罩也无法直视。由于偏光镜和其他滤光器的存在，很难准确判断，但在她看来，这里的阳光和她印象中地球上的阳光非常相似，是明亮的冬日阳光。

她环视四周，试着把一切都印在脑海中。大家站在稍微有点起伏的平原上，周围都是半埋在尘土中的边缘锋利的小碎石。西边的地平线上有一座很小的台地，可能是陨击坑的边缘，很难判断。安正在向那边走去，已经走到一半了，但背影仍然很大。地平线比通常印象中的更近，娜蒂娅停下来仔细观察着。她感觉自己很快就会习惯，再也不会注意到地平线如此之近了。很显然这里和地球不一样，异常近的地平线，她现在可以清晰地看到这一点了。众人此刻身处一个体积比地球小的行星上。

她集中精力回忆地球的重力，想着如果是在地球上的话，一切都会变得更加艰难。她曾穿过森林，越过冻原，走在冬天结冰的河上……而现在只需要一步一个脚印。这里的地面非常平，但是需要在无处不在的岩石之间找到一条可通过的道路。据她所知，地球上没有任何地方像这里一样，如此大量而均匀地遍布着岩石。跳起来试试！她这样做了，然后笑出了声。即使穿着宇航服，她也能感觉到自己变轻了。她和以前一样强壮，但现在称起来只有 30 千克。而称重达 40 千克的宇航服……嗯，这的确让她有点难以保持平衡，让她感觉自己是空心的。的确是这样：身体中央的重力消失了，重量转移到了皮肤和肌肉的外侧而非内侧。当然，这是宇航服导致的。在简易住所里的感觉大概和在**战神号**上一样。但身着宇航服站在外面，她感觉自己是个空心的女人。她想象着这样的画面，突然可以更轻快地移动了。她跳过一个大石块，落到地上，转了个身，跳起舞来！接着她纵身一跃飞到空中，跳着舞，落到一块表面很平的石头上——小心——她跌落在地，双手和一只膝盖着地，手套插入了硬壳层。硬壳层像是沙滩上结块的沙子，只不过更硬，也更容易碎，像是硬泥，而且很冷！手套不像鞋底那样可以发热，而且触碰地面的时候也没有足够的隔离层。这感觉就像是直接用手去触碰冰块，哎哟！现在的温度大约是 215 开尔文，她回忆着，或者说是零下 90 摄氏度；比南极更冷，比西伯利亚最冷的时候还冷。她的手指都麻了。看来需要更好的手套才能工作，要有和鞋底一样的发热功能才行。这样的手套更厚，但也更不灵活。她需要活动活动手指的肌肉来恢复知觉。

她一直在笑。她站起来，走向另一艘运输飞船，哼唱着《皇家花园蓝调》。她爬上运输飞船的机械腿，掸去表层结块的红土，露出金属集装箱侧面铭刻的说明。约翰·迪尔与沃尔沃联合制造火星推土机，联氨[1]动力，热防护，半自动，完全可编程，附有部件和替换零件。

她的脸上展露出大大的微笑。这里有反铲挖掘机、前端装载机、推土机、拖拉机、平地机、翻斗车，各种各样的建筑设备和材料一应俱全；空气采集机过滤并收集大气中的化学物质；小型工厂可以将这些化学物质转变成其他化学物质；还有工厂可以将这些化学物质合成在一起。这里简直就是个杂货铺，人们需要的一切都可以在这里找到，所有东西都散落在平原上的数十个集装箱里。她从一艘运输船飞跳到另一艘，顺手拿了些货物。有一些运输飞船显然受到了严重的冲击；有一些运输飞船的"蜘蛛腿"坏掉了，跌落在地；还有一些主体部分裂开了，其中一个甚至被压瘪成了一堆碎盒子，半埋在土里。不过这些都给她提供了另一种机会，抢救、维修，这是她最喜欢的游戏之一！她大声笑着，有点扬扬得意。这时她注意到手腕终端机的通信灯正在闪烁，她调到公共频道，玛雅、弗拉德、赛克斯同时开口说话，把她吓了一跳。"安去哪儿了？你们两个姑娘赶紧过来。嘿，娜蒂娅，快来帮我们搞定这个该死的简易住所，我们连大门都打不开！"

她笑了。

\*\*\*

简易住所和其他物资一样散布在各处，着陆地附近就有一个，而且大家知

---

道这一个还能工作。几天前在轨道上时他们就已经开启了它的电源，并且做了完整的检查。不幸的是，最外层的密闭舱门并不在检查范围内，结果它卡住了。娜蒂娅微笑着跑去维修。简易住所看上去像是个废弃的房车，然而却有着非常显眼的空间站的密闭舱门，这景象有点奇怪。娜蒂娅输入了紧急开启密码，同时向外拉门，只花了 1 分钟就把门打开了。大概是因为环境寒冷，门不均匀地收缩，才卡住了。他们肯定还会遇到很多类似这样的小问题。

她和弗拉德一起走进闭锁室，然后走进简易住所。这里看上去还是很像房车，但配备了最先进的厨房设施。所有灯都开着，空气很暖和，循环也很畅通。控制面板看上去像是核电站的面板。

其他人陆续进来了。娜蒂娅走过一排小房间，穿过一道道门。她突然有种奇怪的感觉：似乎有点不对劲。灯都开着，有一些还在闪烁，走廊最远处的一道门正在微微地晃动。

显然是通风设备导致的晃动。而且简易住所着陆时的冲击很可能也造成了物品的微移。她摇了摇头，将这种感觉置之脑后，然后走回门口去迎接其他人。

***

所有人都成功着陆并且走过了遍布岩石的平原（他们走走停停、跌跌撞撞，然后快速奔跑，远眺地平线，缓缓绕行，再继续向前走）。大家进入 3 个正常运转的简易住所，脱下宇航服并收好。他们检查了住所内部，吃了点饭，在此过程中一直在交谈。这时候，夜幕降临了。他们继续在住所里工作，几乎整夜都在聊天。大家都太兴奋了，难以入睡。大部分人都在黎明来临前断断续续地睡了一小会儿。黎明时分，每个人都起床，穿上漫步服，再次外出巡视四周，查看集装箱上的说明，检查机械能否运作。等到饿得受不了了，就赶紧回来挤在一起迅速吃个便饭，很快夜幕又降临了！

接连几天都是这样，时间飞逝。娜蒂娅被手腕终端机的哔哔声叫醒，她迅速吃完早饭，从简易住所的小窗户向东方看：黎明给天空染上了一层梅子色，几分钟后迅速变成了一系列不同深浅的玫红色，然后呈现出白天的深橘粉色。阳光洒进她和同事们居住的简易住所里，洒在折叠床垫上。他们每天白天把床垫叠好放在墙边，晚上再摊开睡觉。墙壁本身是米色的，也被黎明染上了一层淡淡的橙色。厨房和客厅非常小，4个厕所大概也就和柜子一般大。随着房间变亮，安会醒来，使用其中一间厕所。此时约翰已经在厨房里了，他非常安静地走动着。简易住所的居住环境比起**战神号**的更拥挤、更没有隐私，他们之中有些人很难适应，每天晚上玛雅都在抱怨在人群中她无法入睡，但她此刻像小女孩一般嘴巴微张，睡得正香。她一般最后一个起床，在众人吵吵嚷嚷、忙忙碌碌的清晨活动中打着盹。

接着，太阳划开了地平线。娜蒂娅此时已经吃完了牛奶泡麦片。牛奶是用奶粉和从空气采集机中收集到的水混合而成的（味道和普通牛奶完全一样）。她准备穿上漫步服去外面工作了。

漫步服是专为在火星表面作业设计的，不像宇航服那样需要加压。它用一种弹力网兜住身体，并施加和地球大气一样的压力。这样可以防止皮肤因暴露在火星稀薄的大气而造成严重的瘀伤扩散，而且可以让穿戴者更自由灵活地行动，不必受到加压宇航服那样的限制。当零件出现故障时，漫步服和宇航服相比有一个非常明显的优势：因为漫步服只有头盔是密闭的，所以如果你不小心在膝盖或是手肘处开了个洞，最多只会受到严重瘀伤和皮肤冻伤，至少不会在几分钟之内就窒息而死。

不过，穿上漫步服本身就是一项锻炼。娜蒂娅穿着长长的底裤，艰难地套上外裤，然后是外套，再将上身和下身两部分之间的拉锁拉紧。接下来，她套上一双厚重的发热靴，把靴子顶部的密封环和漫步服脚踝处的密封环一起锁紧；又套上手套，锁好手腕的密封环；再戴上一个标准硬质头盔，将其和漫步服脖子附近的密封环锁紧；最后背上一个氧气背包，将背包的气管连接到头盔上。她深呼吸了几下，品尝着吹到脸上的冰凉的氧氮混合气体。她看到漫步服的手腕终端机上显示所有的密封处都完全密闭，于是跟上约翰和萨曼莎，一起进入闭锁室。他们关上内侧的门，闭锁室的空气被吸回住所内。约翰打开外门，三人走向外面。

每天早上从住所走出来，踏上这个遍布岩石的星球，总是令人激动兴奋。清晨的阳光照耀着地面上的万物，向西留下一道道长长的影子，各种各样的小山丘和山谷都变得非常明显。这里经常会有南风吹来，松散的微尘在地表蜿蜒曲折地移动，因此有时岩石看上去也好像在爬动似的。即使是最强的风，伸出双手也很难感受到。他们尚未经历过沙尘暴，如果是每小时 500 千米的风速，肯定会让人有所感受的；而每小时 20 千米的风速，他们几乎什么都感觉不到。

娜蒂娅和萨曼莎走到一辆小火星车旁爬了上去。这辆车是之前从集装箱里搬出来的。娜蒂娅开着火星车向西跨过平原，来到 1 千米外的一个地方。前一天他们在这里发现了一辆拖拉机。清晨的冷空气从菱形的空隙中透过漫步服，这是因为漫步服的材料是由呈"X"形的发热纤维编织成的。这感觉有点怪，不过她在西伯利亚有过很多次比这更冷的经历，所以她并无怨言。

她们来到一艘大型运输飞船附近，下了车。娜蒂娅拿起一个电钻和飞利浦螺丝钻头，从运输船上方开始拆卸集装箱。集装箱内的拖拉机是奔驰制造的。她将钻头捅进一颗螺丝钉里，按动电钮，看着螺丝被转出来。她收好这颗螺丝钉，移到下一颗，笑了。她小时候曾经无数次像这样跑到冰天雪地里，用冻得发白发麻的双手与冻紧的或豁了口的螺丝钉做斗争……而现在，嗞嗞嗞，一颗钉子就拧出来了。而且穿着漫步服比在西伯利亚时暖和多了，也比在太空里自由很多。漫步服和硬质的薄潜水服差不多，不太会限制行动。在日常工作范围内，红色岩石遍布四周，景象有些怪异。公共频道上，交谈声此起彼伏："嘿，我找到那堆太阳能板了！""你觉得自己很厉害？你猜我找到了什么？我刚找到了该死的核反应堆。"是的，这是火星上的一个很棒的早晨。

叠放的集装箱壁形成了一个坡道，以便让拖拉机从运输船上直接开下来。坡道看上去不够结实，但这又是因为不熟悉火星的重力才会有这种感觉。娜蒂娅一爬上拖拉机就赶紧打开了热力系统。她钻进驾驶室，输入一串命令，开启了自动驾驶。她觉得最好还是让这个东西自己开下斜坡，她和萨曼莎在一旁看着，以防斜坡在寒冷的环境中变得比想象中更脆，或者在其他方面没想象中那么可靠。她感觉自己还是难以以火星的重力来进行思考，难以相信设计这些设备时已经把火星的重力考量在内了。坡道看着实在是太不结实了！

不过拖拉机非常顺利地开下来，停在了地面上。这辆深蓝色的拖拉机长达 8 米，由钢丝网包裹的轮胎比人还要高。她们不得不爬上一架小梯子才能进入驾驶室。起重部件已经被固定在前端的底座上，可以很轻易地把货物装到拖拉机上：绞车、沙袋、好几箱备用零件，还有集装箱壁。当这些都装好后，拖拉机看上去像是架头重脚轻的重型蒸汽汽笛风琴，不过火星的重力使得一切都只取决于平衡。拖拉机本身动力十足，有 600 马力；轴距很宽，轮子有履带那么宽。联氨发动机的加速能力比柴油发动机还差，不过就算挂的是一挡，它也势不可当。她们启动拖拉机，缓慢地向房车集中地开去——就这样，娜德札达·车尔尼雪夫斯基开着一辆梅赛德斯－奔驰横跨火星！她跟随萨曼莎的指示到达分类广场，感觉自己像个女王。

上午就这样过去了。她们回到简易住所，脱下头盔和氧气背包，穿着漫步服和靴子赶紧吃口饭。一上午到处跑来跑去，早就饿得不行了。

午餐后，她们返回梅赛德斯－奔驰里，用拖拉机将一个波音空气采集机拉到了简易住所的东侧某块空地上，众人将在此建立各种工厂。空气采集机是一个大型的圆柱形金属容器，有点像波音 737 机身，不过它有 8 组巨大的着陆装置，火箭发动机笔直地固定在其侧面，两个喷气发动机分别固定在前部和后部。大约两年前，5 个这样的采集机被投递到这片区域。从那时起，喷气发动机就一直在吸收稀薄的空气，将空气吸进其内部一系列的分离装置，将混合的空气分离成不同的气体。这些气体被压缩存储在大罐子中，以供使用。现在，每个波音空气采集机里都储存了 5000 升水冰、3000 升液氧、3000 升液氮、500 升氩气和 400 升二氧化碳。

将这些大家伙从碎石上拖到简易住所周围的大存储罐附近可不是什么容易

的事，但是必须做。只有把采集机里的气体倒进存储罐，才能再次进行气体收集。当天下午，另一个小组腾空了其中一个采集机，将其打开再次投入工作。喷气发动机低沉的轰隆声响遍了各处，甚至戴着头盔或是待在简易住所里都能听到。

娜蒂娅和萨曼莎的采集机比较难搞。整整一个下午，她们仅仅将它成功拖动了 100 米。一路上她们不得不使用推土机将凹凸不平的地面推平。日落之前，她们穿过闭锁室回到简易住所，双手又冷又疼，身体非常疲惫。她们脱下遍布尘土的内衣，直奔厨房，快饿晕了。弗拉德估计大家每天都要燃烧约 6000 卡的热量。她们做好饭，狼吞虎咽地吃下泡发了的意大利面，餐盘差点烫伤半冻住的手指。吃完饭后，她们才有时间去女更衣室用海绵和热水清洁身体，换上干净的连体衣。"保持衣物干净会是个难题。灰尘甚至能进入腕部的锁扣，更别提腰部的拉锁了，简直就是个敞开的洞。""是啊，这些细碎的灰尘是微米级的！我们肯定会有比脏衣服更糟糕的麻烦，我跟你讲。灰尘会进入任何东西里，肺、血液、大脑……"

"这就是火星上的生活。"这句话已经成了一句口头禅，每当遇到问题——特别是棘手的问题时，大家就会这么说。

有几天的晚餐过后，距离夕阳完全落下还有几小时的时间，闲不住的娜蒂娅会再次外出。她经常会在当天拖回来的集装箱附近闲逛。没过多久她就成功地收集并组装了一个属于自己的个人工具箱。她感觉自己就像糖果店里的孩子。长年在西伯利亚电力行业工作的经历让她对优秀的工具怀有敬意，她以前经常苦于没有称手的工具。在雅库特北部，一切都要修建在永久冻土上。地面在夏天会有不均匀的下陷，在冬天会被冰埋住。建筑材料部件来自世界各地：重型机械来自瑞士和瑞典，钻头来自美国，反应堆来自乌克兰，还有部分捡来的苏联时期的古旧物品，有一些还不错，有一些质量非常差。所有这一切都无法互相匹配——有一些甚至是以英寸为单位制造的——于是娜蒂娅所在的团队总是被迫临时调整，在冰层里修建油井，组装一个曾使切尔诺贝利像瑞士表一样精确运行的核反应堆。每个绝望的日子里，都得凭借各种各样的工具才能完成工作，而这些工具的糟糕程度能让铁匠哭出声来。

现在，她走在红宝石般的夕阳薄暮下，收藏的老爵士乐曲从简易住所的音响传到头盔的耳机里。她一动不动地站在工具箱前，选择她想要的工具。她把这些工具带回她在存储仓库里征用的一个小房间里。她吹着口哨，一边哼唱着"金·奥利弗和他的克里奥尔爵士乐队"[1]的歌曲，一边把这些工具加入她的工具箱中。工具箱里目前已经有以下物品：内六角扳手套组、几个普通钳子、1个电钻、几个普通夹子、1个弓锯、气动扳手套组、1对抗寒弹力绳、各种各样的锉刀和刨子、活动扳手套组、1个卷边机、5把锤子、几把止血钳、3台液压千斤顶、1个风箱、好几组螺丝刀（含不同型号的手钻和替换钻头）、便携式压缩气罐、1盒塑料炸药和锥形炸药、卷尺、巨大的瑞士军刀、铁丝剪、火钳、镊子、3台台钳、1把剥线钳、X-acto牌工具刀、1把鹤嘴锄、一堆木槌、管道夹、1组铣刀、1个放大镜、各种各样的胶布、铅锤和铰刀、缝纫套组、剪刀、筛子、车床、各种大小的水平仪、尖嘴钳、锁定钳、丝锥和板牙套组、3把铲子、1台压缩机、1台发电机、1套切割焊接组合工具、1辆手推车……诸如此类。

这还只是机械装备和木工工具。在仓库的其他地方还堆放了一大堆研究实验器材和地质工具，还有很多电脑、无线电设备、望远镜和摄像器材；生态圈团队在仓库里存放了很多建设农场的设备、废品回收设施、气体交换装置，基本上就是他们需要的整套基础设施；医疗团队大部分的仓库储存物都是医疗所、研究实验室和基因工程设施的供应品。

"你知道这是什么吗？"某天晚上，娜蒂娅在巡视自己的仓库时，对赛克斯·罗索尔说，"这其实是一整个小镇，被拆得四分五裂，堆放在这里。"

---

1　金·奥利弗（1881—1938），美国爵士短号演奏家、作曲家，曾经以"金·奥利弗和他的克里奥尔爵士乐队"为乐队名进行演出。

"而且是个非常繁荣的小镇。"

"没错，是个大学城。好几个科学学科的院系都名列前茅。"

"但是依然四分五裂。"

"对。不过我还有点喜欢现在这样。"

日落时，众人必须回到简易住所。在暮霭中，她跌跌撞撞地回到闭锁室，进入住所。她在床上吃了顿分量很少的冷餐，听着周围人的交谈。大部分交谈的内容都是关于当天的工作和第二天的工作安排。按说弗兰克和玛雅该给大家安排工作，不过其实任务都是自行安排的，大家互相之间经常讨价还价，临时决定。博子对此非常擅长，这还挺令人意外的。之前她在飞船上非常沉默寡言，但现在，她需要自己团队之外的帮手。每天晚上，她都会一个人一个人地劝说，专心致志，循循善诱，因此她经常能找到足够的人手第二天去农场工作。娜蒂娅不太理解，他们有 5 年份的脱水食物和罐装食品，味道对她来讲还可以，毕竟她这辈子大部分时间吃的东西比这些差多了，而且她早就不在乎食物的味道如何了，她完全可以吃稻草，或者像拖拉机一样直接加油。不过他们的确需要农场来种竹子，娜蒂娅打算把竹子用作建筑材料，用以建设永久定居点。她希望可以尽快破土动工。这一切都环环相扣，他们的工作任务相互关联，每一项都彼此相关。所以，当博子在她身边轻轻坐下时，她说："好的，好的，我 8 点到。但是基地没建好，你也没法建设永久农场。所以明天你要来帮我，可以吧？"

"不，不。"博子笑着说，"后天吧，行不行？"

在争夺劳动力的竞争中，博子的主要对手是赛克斯·罗索尔的团队，他们正在建设所有的工厂。弗拉德、厄休拉以及生物医学团队成员也非常迫切地想要赶紧把实验室架设好，投入运行。这 3 个团队似乎愿意永远住在房车集中地里，只要他们自己的项目可以继续进行。幸运的是，还是有很多人对他们的项目没那么执着，比如玛雅、约翰和其他一些宇航员，他们更关注的是尽早搬到更大的、有更好保护措施的住所里。所以，娜蒂娅的项目能得到这些人的帮助。

娜蒂娅吃完饭后，将餐盘拿回厨房，用棉球进行清理，然后走回卧室，坐到了安·克雷伯恩、西蒙·弗雷泽以及其他一些地质学家旁边。安看上去快睡着了，她每天上午都会外出调查地形，走了很长的路，也坐火星车；下午她则在基地里卖力工作，试图补回上午外出的工时。在娜蒂娅看来，她似乎格外紧张，好像对于登上火星这件事没有一般人想象中那么高兴。她不愿意去帮忙建设工厂，也不愿意帮博子；实际上，她经常来帮娜蒂娅，因为娜蒂娅的工作只是建设住所，所以可能不像那些更有野心的团队那样会对火星造成很大的影响。也许是这个原因，也许不是，安什么都没说。她是个挺难读懂的人，比较情绪化——不是像玛雅那种夸张的俄罗斯式的情绪化，而是更微妙、更幽暗，娜蒂娅思忖着，类似于贝西·史密斯[1]的风格。

周围的人吃完饭一边收拾餐盘一边聊天，一边清点货物清单一边聊天，一边洗衣服一边聊天，直到大多数人展开自己的床铺，聊天声渐渐变小，然后众人都沉沉睡去。"这就像是宇宙刚形成的那一秒。"赛克斯·罗索尔观察着，疲倦地揉了揉脸，"一切都挤在一起，彼此之间没有区分。一大堆热粒子横冲直撞。"

---

1　贝西·史密斯（1894—1937），美国 20 世纪初期活跃的蓝调女歌唱家，对爵士乐发展产生了重大影响，被誉为"蓝调天后"。

# 2

　　这样的日子只是其中的一天，或者说每一天都是这样的，一天又一天。天气没什么值得说的变化，除了偶尔会飘过一缕云，或者下午可能风特别大。总的来说，每一天都差不多。一切任务的耗时都比预想中更长。仅仅是穿上漫步服、走出简易住所就够无聊了；所有设备还都需要暖机；设备虽然都是按照统一标准制造的，但由于是不同国家制造的，在尺寸和功能上依然会有难以避免的不匹配的状况发生；尘埃（"那不叫尘埃！"安会抱怨道，"这就像是把尘埃叫作沙砾！要叫微尘，这东西是微尘！"）进入了一切东西内部；在刺骨的寒冷中进行体力劳动总是令人疲倦，工程比预期进度慢了很多，大家都受了不少轻伤。而且，突然冒出了一大堆工作要做，有一些完全出乎意料。比如，人们花了大约一个月的时间（本来估算的时间是 10 天）才把所有运输飞船上的货物全部打开，一一检查，运送到相应的储备仓库中——而这只是真正开展工作的起点。

　　这些零七八碎的事情处理完成后，人们终于可以开始认真建设了。娜蒂娅终于可以大干一场了。她在**战神号**上的时候一直无所事事，那段时间对她而言就像在冬眠。而建造东西是她最大的本事，是她的天赋所在，她在西伯利亚的学校里接受了严苛的训练。很快，她就成了整个基地最会排查并解决问题的人，约翰叫她"万事通"。几乎每一项工作大家都能从她的帮助中受益。她每天都在东奔西跑，回答问题，给出建议，在这个永不停歇的工作天堂里，她容光焕发。这么多工作！这么多事情要做！每天晚上的工作计划会议上，博子故技重施，于是农场建成了：3 排平行的温室大棚，和地球上的商用温室差不多，只是小一些，墙壁也更厚，以防大棚像派对上的气球一样炸开。虽然内部气压只有 300 毫巴[1]，几乎不能种植农作物，但内外的压力差还是非常大。如果大棚有某处没有封好，或是比较脆弱，温室就会爆炸。不过娜蒂娅非常擅长在寒冷的气候中密封建筑，于是博子每隔一天就会惊慌失措地叫她来帮忙。

材料科学家需要帮助来让工厂运作起来。架设核反应堆的团队想让娜蒂娅来监督他们的每一步工作；他们非常恐慌，害怕犯错，吓得什么都不敢动。另外一边，阿卡狄从火卫一传来无线电消息，试图说服大家。他坚信人们并不需要这么危险的科技，只靠风力发电就足以提供所需的一切能源了。他和菲莉丝就此问题吵得很厉害。博子用一句日语中常说的话打断了阿卡狄，"仕方がない"，意思是*别无选择*[2]。也许风车能够转化足够的电能，就像阿卡狄主张的那样，但他们没有风车，他们有的是一座里科弗[3]核反应堆，由美国海军制造，质量上乘。没有人愿意自己动手去架设一套风力发电系统，他们实在是没有时间。"*别无选择*"，这句话也成了人们的口头禅。

于是每天早晨，切尔诺贝利（当然是阿卡狄起的名字）的建设团队央求娜蒂娅前来监督他们的工作。他们被分配到基地的最东边，如果去那里的话，最好待上一整天。但医疗团队也想让她来帮忙修建一间诊所和几间室内实验室，他们把几个被扔掉的运输集装箱改装成了临时棚子，打算在这里开始建设。于是娜蒂娅只能在切尔诺贝利待上半天，中午赶回来吃口饭，下午去帮助医疗团队。每天晚上她都疲惫不堪，昏睡过去。

有几个晚上，她会在睡前和火卫一上的阿卡狄长聊。他的团队遇到了些麻烦，队员不习惯这颗卫星上的微重力，他也需要她的建议。"如果我们能让重力再大一点就好了，至少能生活，至少能让我们睡着！"阿卡狄说。

---

1　毫巴是表示压强的单位，不属于国际单位制，1 毫巴 =1 百帕。
2　这句日文更接近"没办法""无可奈何"的意思。
3　里科弗即海曼·里科弗（1900—1986），美国海军上将，被称为"核动力海军之父"。

"在地面上修建一条环形轨道,"娜蒂娅打着盹儿说,"把战神号的一个油箱改装成火车,让火车在环形轨道上跑。登上火车,让火车一直加速再加速,直到重力加速度大到你们不会飘到天花板上。"

短暂地停顿之后,阿卡狄疯狂地咯咯大笑:"娜德札达·弗兰切,我爱你,我爱你!"

"你爱的是重力。"

鉴于她一直忙于这么多指导性工作,建设永久定居点的工程进展非常缓慢。一个星期里可能只有一天,娜蒂娅才有机会爬进奔驰的开放式驾驶舱,将它轰隆隆地开过开裂的大地,来到她之前已经开挖的地基坑里。现在这个坑有10米宽、50米长、4米深,已经达到了她预期的深度。坑底的成分和地表一样:黏土、微尘、各种大小的石头。到处都是表岩屑。在她用推土机工作时,地质学家们在大坑周围跳进跳出,采集样本,环顾四周;连安都受不了他们这么翻腾土地了。不过没有任何地质学家能忍得住刚翻开的土地的诱惑。娜蒂娅一边工作,一边旁听地质团队的通信频道,他们发现表岩屑大概会一直延伸到基岩层。这可真是太糟糕了。表岩屑在娜蒂娅看来可算不上是什么好地基。不过至少它含水量很低,不足0.1%,意味着至少他们不会面临地基下陷太深的问题,这可是在西伯利亚建造房屋时最大的噩梦之一。

把地基坑里的表岩屑挖好之后,她准备用硅酸盐水泥来建造地基,这是用现有材料能制造出的最好的水泥了。水泥必须铺设2米厚,否则会开裂,别无选择,而且厚水泥还能被当作隔离层。她必须包裹住水泥加热,因为水泥在13摄氏度以下是不会凝固的,这就意味着……整个过程都很慢,非常慢,一切都非常慢。

她开着推土机向前顶上坑壁,打算把地基坑推得更长。推土机牢牢抓住地面,轰的一声,自重使得推土铲切进表岩屑,成功地犁入土中。"真强啊!"娜蒂娅充满感慨地对推土机说。

"娜蒂娅爱上推土机了。"玛雅的声音从频道里传来。

"至少我知道我爱的是谁。"娜蒂娅无声地说。上周好几个晚上她都和玛雅一起待在工具棚里，听玛雅喋喋不休地讲着她和约翰之间的问题，玛雅觉得自己其实在很多方面都和弗兰克更合得来，她不知道自己真实的感受，她觉得弗兰克肯定很恨她，诸如此类。娜蒂娅一边清理工具，一边"啊，哦，嗯"地回应她，试图掩饰自己对此毫不关心。她真的已经厌倦倾听玛雅的问题了，她更愿意聊聊建筑材料，或者其他任何话题。

切尔诺贝利的人打来电话，打断了她的推土工程。"娜蒂娅，怎么才能让这么厚的水泥在这么冷的环境下凝固啊？"

"加热。"

"我们已经在加热了！"

"继续加热。"

"哦！"他们已经快完成了，娜蒂娅估算着。里科弗核反应堆基本是预组装的，只要再把各个部分安装好即可：调整铁质容器，把水灌进管子里（为此他们几乎用光了储存水），把各种线路连好，用沙袋在设施周围垒一圈，最后拉下控制杆。在此之后，他们就会有 300 千瓦的电力，这样就可以一劳永逸地终结每晚关于第二天谁能得到发电机的争论了。

赛克斯打来电话，一个萨巴捷[1]反应机堵住了，而且机器的外壳取不下来。娜蒂娅停下推土机，走向约翰和玛雅，取了一辆火星车，开到工厂区来帮他们排查问题。"我是来找炼金术士的。"她说。

"你注意到没有，这些机器反映出了制造其行业的特色。"看着她抵达并走向反应机开始工作，赛克斯对她说，"如果是汽车公司制造的，那肯定耗电少，很可靠。如果是航空航天工业制造的，那肯定耗能极高，而且每天都要坏两次。"

---

1 指法国化学家保罗·萨巴捷。1897 年，他和让 - 巴蒂斯特·森登斯等人发现，高温高压下以镍触媒催化，氢气和二氧化碳会生成甲烷和水。后来这一发现被命名为"萨巴捷反应"。

"而且联合出品的附件产品设计得都很差。"娜蒂娅说。

"没错。"

"化学设备都非常脆弱。"斯宾塞·杰克逊添了一句。

"没错。尤其是在遍布灰尘的环境中。"

波音空气采集机只是大型工厂作业的第一步：空气被导入大型箱型拖车里，压缩后，会经过化学工程技术的扩展、加工、重组等一系列处理。这些化学工程技术包括除湿、液化、分馏、电解、电合成、萨巴捷法、拉希格法[1]、奥斯特瓦尔德法[2]……渐渐地，化工厂生产制造的化学物越来越复杂，从一个工厂流向下一个工厂。错综复杂的工厂结构看上去就像是一堆房车挤在一个以颜色区分的油箱、管道、电线组成的网络之中。

斯宾塞目前最喜欢的产品是镁。镁的产量很大，按他说的，每立方米表岩屑可以提炼出25千克的镁。而且在火星的重力下，镁变得非常轻，一大块镁感觉就像是一块塑料。"纯的镁太易碎了，"斯宾塞说，"但只要我们混入一点其他金属，就会得到非常轻而且非常结实的镁合金。"

"火星钢铁。"娜蒂娅说。

"比钢铁更好。"

所以，他们在炼金，不过使用的机器都非常脆弱。娜蒂娅找出了萨巴捷反应机的问题，开始修理一个坏掉的真空泵。如此大型的工厂，用到了这么多泵，真令人惊叹；似乎整个工厂都是由一个又一个的泵疯狂组装起来的，而这些泵的特质又导致它们非常容易被微尘堵住然后坏掉。

2小时后，萨巴捷反应机修好了。在返回房车集中地的路上，娜蒂娅看见了第一座建好的温室。植物已经开始生长了，新长出的农作物从花床的黑土中钻出。绿色在这个一片红色的世界中格外显眼，看到绿色令人感觉很舒服。她

---

1 以德国化学家弗里德里希·拉希格命名的化学反应，此处应该指的是可以生产联氨的奥林·拉希格法。
2 德国化学家威廉·奥斯特瓦尔德（Wilhelm Ostwald）发现的一个用于生产硝酸的化学方法。原文为 Oswald，似为笔误。

听说竹子每天都能长好几厘米，而农作物已经有将近 5 米高了。显而易见，他们需要更多土壤。炼金术士们正在用波音空气采集机提取出的氮气来合成氨水肥料。博子渴望得到这些肥料，因为表岩屑对于农业而言简直就是噩梦，含盐量太高，遍布过氧化物，极度干燥，完全没有任何生物量。他们必须像制造镁条一样制造出土壤来。

娜蒂娅走进简易住所，站着吃完了午餐，然后又回到外面，来到永久定居点的建设工地。在她离开的这段时间里，地基坑的底部已经被完全铲平了。她站在大坑边上向内看。定居点将会采用她非常喜欢的设计，一种她在南极和战神号上时都一直在进行的建筑设计。她设计了一排有半圆柱形拱顶的房屋，墙壁是共享的。一开始，房屋建设在地基坑内部时，会被半埋在土里；等到最终完成时，房屋会被盖在 10 米高的装满表岩屑的沙袋下。这么设计一方面是为了阻挡辐射，另一方面是因为他们打算把房屋加压到 450 毫巴，这样可以防止爆炸。外墙用手头的材料就完全可以满足需求：硅酸盐水泥和砖块都是就地取材，偶尔加上些塑料衬里来保障密封。

不幸的是，烧砖的团队遇到了麻烦，他们打电话给娜蒂娅。娜蒂娅的耐心快要耗尽了，她抱怨道："我们历经千辛万苦才来到火星，结果你跟我说你没法烧砖？"

"倒也不是没法烧砖，"吉恩说，"只是我不喜欢这种砖。"烧砖厂将从表岩屑里提取出的硫和黏土混合到一起，倒入砖块的模具中烧制到硫开始聚合，等砖块冷却后再在机器的另一个部分中压缩。最终生产出的黑红色砖块具有一定的抗拉强度 [1]，理论上来说完全可以用于建造半圆柱形拱顶，但吉恩并不高兴。"我可不想让头顶上悬着这么重的房顶。"他说，"如果房顶上多放了一袋沙袋怎么办？如果突然发生火星地震怎么办？我不喜欢这么建。"

娜蒂娅想了一会儿，说："往土里加尼龙。"

---

1　抗拉强度指在外力作用下，材料抵抗破坏的能力，也叫极限拉伸强度。

"什么？"

"去运送物资的运输飞船附近找一找降落伞，把它们撕得粉碎，然后加进黏土里。这样可以增大抗拉强度。"

"太对了。"吉恩停顿了一会儿说道，"真是好主意！你觉得在哪里能找到降落伞呢？"

"在东边吧。"

于是，地质学家终于有活儿了，他们也能参与基地的建设了。安、西蒙、菲莉丝、萨沙、伊戈尔开着长距离火星车去往基地东部，远远越过了切尔诺贝利团队所在地。他们在这片区域里寻找降落伞，顺便进行地质勘探。接下来的一周里他们找到了大约 40 个降落伞，每个降落伞都有几百千克的尼龙可以用。

有一天他们回来时特别兴奋，因为他们到达了恒河坑链[1]，那是在东南方 100 千米的平原上的一系列大坑。"太奇怪了。"伊戈尔说，"直到你走到最边缘才能看见这一串大坑。它们就像是巨大的漏斗，直径大约 10 千米，好几千米深，一排有八九个，一个比一个小，一个比一个浅。太神奇了。这些坑大概是热喀斯特地貌[2]，但太大了，难以置信。"

萨沙说："能一下看到这么远感觉真棒，毕竟地平线这么近。"

"它们就是热喀斯特地貌。"安说。但地质团队向下钻时没有发现水。这一点变得越来越令人担忧，无论他们钻得多深，迄今为止也没有在地层中发现水。这迫使他们不得不依靠空气采集机来供应水。

娜蒂娅耸了耸肩。空气采集机还挺坚固的。她想要好好思考怎么做她的拱顶。新改良过的砖块已经生产出来了，她开启了几台机器人，开始自动搭建外墙和房顶。砖厂把砖块放在自动小车上，堆得满满的，小车像是个玩具火星车

---

1　坑链是指天体表面排成一列的多个坑。一般被认为是某一天体受潮汐力作用后分裂为多个小天体，仍维持原轨道不变，并逐一撞击在另一天体上所致。另一种成因常见于火星上，可能是火山断裂带地堑形成的沉陷坑。

2　热喀斯特地貌，也称"热融地貌"，指地表因地下冰融化而造成的地面收缩、下沉、滑塌过程，多发生在冻土区，是冻土退化的表征之一。

似的一路开过平原，把砖块运送到起重机上；起重机一块一块拿起砖块，放到由另一台机器铺好的冷砂浆上。这个系统运作得天衣无缝，很快瓶颈就变成了砖块的生产速度。如果娜蒂娅对机器人能有更多信任的话，她的心情可能会更好一些。现在一切都不错，但多年来在*新世界空间站*上操控机器人的经验令她对此保持警惕。如果一切都很完美的话，机器人可以很优秀地完成工作，但没有任何事是完美的，所以给机器人编写决策代码是非常困难的。这些决策代码要么太过小心谨慎，导致机器人每分钟都要停下来呆立不动；要么太过自由大胆，导致机器人会做出难以置信的愚蠢举动，把一个错误重复一千遍，或是把一个小问题无限放大，最终铸成大错，就像玛雅的感情生活那样。你往机器人里面输入什么样的程序就会得到什么样的结果，但就算是最优秀的机器人，也还是没有脑子的傻瓜。

＊＊＊

一天晚上，玛雅在娜蒂娅的工具间外拦住了她，让她把通信转到私人频道。"米歇尔真没用，"她抱怨道，"我现在真的很苦恼，可他只是盯着我，仿佛要舔我一口似的！你是我唯一信任的人，娜蒂娅。昨天我告诉弗兰克，我觉得约翰试图削弱他在休斯敦的权威，我让他不要告诉任何人这件事，但第二天约翰就来问我为什么我认为他阻碍了弗兰克。根本没有人愿意保守秘密！"

娜蒂娅点点头，翻了个白眼。最后她说道："抱歉，玛雅，我必须去找博子了，他们发现大棚有漏洞，但是找不到在哪儿。"她用自己的面罩轻轻碰了一下玛雅的——代表亲脸颊，然后她把通信转到公共频道，走开了。真是够了。相比之下，和博子交谈真是有趣太多了。那才是真正的对话，聊的都是现实世界里遇到的现实问题。博子几乎每天都来找娜蒂娅帮忙，娜蒂娅也很乐意帮她，因为博子很聪明，而且自从着陆以来，娜蒂娅的能力在她心目中的评价显然提升了。她们尊重彼此的专业技能，建立了深厚的友谊。能只聊正事真是太好了。密封胶、密闭技术、热力工程、偏光镜、农场和人类之间的交互接口（博子总是提前筹划接下来的好几步），这些话题令娜蒂娅感觉非常放松，尤其是在听完玛雅的感情话题之后。玛雅总是在喋喋不休地讲述谁喜欢她，谁不喜欢她，她对这件事怎么看，对那件事怎么看，当天又有谁伤了她的感情……唉。博子举止得当，不过有时候她说的话令娜蒂娅不知道该如何回复，比如"火星会告诉我们它想要的是什么，到时候我们只能照它说的做"。听到这种话该怎么往下接？不过，看到娜蒂娅无所适从地耸肩的动作，博子只会愉快地大笑。

夜里，无处不在的交谈依然在继续，有的慷慨激昂，有的全神贯注，有的自然大方。德米特里和萨曼莎相信他们很快就可以将基因编辑后的微生物投放到表岩屑中并使之成功存活，但必须先获得联合国的批准。娜蒂娅感觉这个主意有点令人担忧：这让工厂区的化学工程显得非常简单直白，就好像那里的工作仅仅是烧砖而已，比不上萨曼莎提议的这种充满危险的创造。但炼金术士们实际上一直很有创造力，他们几乎每天都会把新材料的样本带回房车集中地：硫酸、为拱顶砂浆调配的氯氧镁水泥、硝酸铵炸药、可用作火星车燃料的氰氨化钙、多硫化物橡胶、硅基酸、乳化剂；从盐里提取的微量元素，装满了好几个试管；最近的是透明玻璃。最后这种材料可谓一项意想不到的创举，因为之前生产出来的都是黑玻璃。从铁中剥离硅酸盐原料这一步至关重要。某天晚上，他们坐在房车里，互相传看几片弯曲的小玻璃片。玻璃里面有很多气泡和杂质，就像是 17 世纪生产的。

＊＊＊

当第一个房屋被埋到地基坑里并加压后，娜蒂娅走进房屋，摘下头盔，呼吸空气。房屋内部被加压到 450 毫巴，和头盔内部以及房车集中地内部的气压一样，这里的空气是氧气、氮气、氩气的混合气体，室温被加热到 15 摄氏度，感觉很不错。

房屋内部被分成了两层，竹子做的隔板安装在距离地面 2.5 米的砖墙槽里。分割开的圆柱体油箱形成了很棒的绿色天顶，下方悬挂着霓虹灯灯管用以照明。一侧的墙壁上是镁和竹子制作的楼梯，穿过一个洞可以到达上层。娜蒂娅爬到上层巡视。切开的竹竿被制成了很平滑的绿色地板。天花板是砖块垒出来的，很圆，很低。上层可以隔出卧室和卫生间，客厅和厨房可以安排在下层。玛雅和西蒙已经在墙上布置了一些壁挂，是用捡回来的降落伞的尼龙做的。屋子里没有窗户，所有的采光都靠霓虹灯。娜蒂娅很不喜欢这一点，所以在她正在设计的大型定居点的图纸中，几乎每个房间都会有窗户。但凡事有先后。目前看来，这些没有窗户的房子是他们能建造的最好的房子了，比房车集中地好太多了。

　　娜蒂娅返回楼梯，边向下走边用手指触碰砖块和砂浆。质地很粗糙，但摸起来很温暖，是由其下层的发热单元供暖的。地板下也有发热单元。她脱下鞋和袜子，尽情享受通过脚下粗糙砖块传来的热量。真是个好房间，而且很舒适。想想吧，他们可是一路来到火星，在这里用砖块和竹子建造了家园。她回想起很多年前她在克里特岛上参观的地下遗迹，是在一个叫作阿普特拉的地方，里面是古罗马时期的地下储水室，有着半圆柱形拱顶，由砖块制成，埋在一个山坡下。那些储水室几乎和这些房屋差不多大。储水室的建造目的尚不明确，有人说是用来存储橄榄油的，如果是真的，那可真是相当多油。即使处在多地震地区，这些地窖在建成后的 2000 年里仍完好无损。娜蒂娅穿回鞋袜，想到这里不禁笑了。从今天算起的 2000 年后，人类的后代会走进这个房子里参观——如果那时候这房子还存在的话，毫无疑问，那时这里已经成了博物馆——这可是人类在火星上建造的第一个房屋！而且是娜蒂娅建造的。突然之间，她因激动而感到一阵战栗，仿佛感受到未来之眼在注视着她。他们就像是洞穴中的克罗马农人[1]，他们的生活必将受到后世考古学家的钻研，人们会像她一样反复研究琢磨，但永远没法真正理解真相。

---

1　克罗马农人是智人的一支，生活在距今约 1 万—4 万年的旧石器时代晚期，1868 年被发现于法国南部克罗马农附近的山洞中。

时光飞逝，很多任务都完成了。娜蒂娅对时间失去了概念，她总是在忙。拱顶房屋的内部建设非常复杂，机器人帮不上什么忙：铺设管道、供热、气体交换、锁和厨房设备的安装等。她的团队有一切需要的固定设施和工具，穿着裤子和运动衫就能上手工作，但依然要花费相当长的时间。工作、工作、工作，日复一日！

某天傍晚日落之前，娜蒂娅疲惫不堪地走过新翻开的土地，回到房车集中地，感觉又累又饿，不过极度放松。这并非说在一天结束后，收工时就可以放松警惕：她曾经有一天晚上不小心在手套背面撕开了个 1 厘米的洞。外面的严寒并不可怕，大概零下 50 摄氏度，远比不上西伯利亚寒冷的冬天——但是低气压立刻在她的皮肤上吸出一块瘀青，继而瘀青开始冻结。伤口变得很小，但同时也减缓了痊愈的速度。总之，必须多加小心。但在结束了一天的建设工作之后，她疲惫的肌肉感觉如此舒畅，锈红色的阳光以低矮的角度斜照过岩石遍布的平原。突然之间，她感觉自己很幸福。刚好此刻，阿卡狄从火卫一上联络她，她开心地跟他打招呼："我感觉我的心情就像一首路易斯·阿姆斯特朗[1]1947 年创作的单曲一样。"

"为什么是 1947 年的？"他问。

"嗯，那年是他听上去最快乐的一年。在他大部分的创作生涯中，他的音调都有着锋利的锐气，很优美；但 1947 年的曲子更加优美，因为有着放松的、流动的快乐，你在他之前和之后的音乐里都听不到。"

"看来那年他过得不错喽？"

"当然了！相当棒的一年！在经过长达 20 年惨淡的大型乐队的时光后，他回归了小乐队，比如'热门五人'，他小时候就以这个乐队为目标，而那年他

---

1　路易斯·阿姆斯特朗（1901—1971），美国著名爵士乐音乐家，被称为"爵士乐之父"。

加入了。熟悉的老歌，还有一些熟悉的面孔——而且，你知道吗？所有的一切都比当初还好，录音技术、资金、观众、乐队、他自己的影响力……要我说，那感觉肯定像是喝了不老泉的泉水。"

"你可要给我发点曲子过来。"阿卡狄说，他试着唱了起来，"我无法给你任何东西，除了我的爱，宝贝！"火卫一马上就要出现在地平线上，他打电话来就是想问候一下。"所以现在就是你的1947年。"他说完后结束了通话。

娜蒂娅把工具收好，用正确的音调唱了一遍那首歌。她知道阿卡狄说得很对，她经历了一些事，就像是阿姆斯特朗在1947年经历的一样——虽然历尽千辛万苦，但她年轻时在西伯利亚的时光是她最幸福的时光，真的是这样。之后她忍受了长达20年的"大型乐队"的时光：成为宇航员、体验官僚主义、参与模拟任务、在舱内生活——经历了所有这一切，她才能来到这里。现在她再次来到开阔的室外，仅凭双手建造房屋，操控大型机械，每天解决100个问题，这简直就像是在西伯利亚的日子，而且比那时候更好——就像是"书包嘴"[1]的回归！

所以，当博子走上前说"娜蒂娅，这个活动扳手卡在这个位置了"的时候，娜蒂娅对她唱道："这是我现在唯一能想到的事，宝贝！"接着接过扳手，狠狠砸在桌面上，像是在使用锤子一样；然后娜蒂娅扭动调节螺纹，给博子展示扳手已经修好了。看到博子的表情，她哈哈大笑。"这就是工程师的解决方法。"她解释道，然后哼唱着走进闭锁室，心想，博子真是个有趣的人，能在大脑中设计好所有人赖以生存的生态系统，却没法直接砸好一颗钉子。

那天晚上，她和赛克斯聊了聊白天的工作，和斯宾塞聊了聊玻璃。在交谈中，她一头倒在床铺上，把头靠在枕头上，感觉舒服极了。脑中回响着《没有在胡来》[2]结尾精彩的合唱部分，她陷入了沉睡。

---

1 书包嘴是阿姆斯特朗的绰号。
2 《没有在胡来》（*Ain't Misbehavin'*，原文作 *Ain't Misbehaving*）是一首1929年的经典摇摆爵士歌曲，包括路易斯·阿姆斯特朗在内的多位爵士音乐家都曾翻唱过这首歌曲。

# 3

随着时间流逝，一切都在改变。没有什么能长久，岩石不行，快乐也不行。"你知道吗？现在已经是 Ls=170 度了。"某天晚上菲莉丝说，"我们是不是在 Ls=7 度的时候着陆的？"

这意味着大家已经在火星上待了半个火星年了。菲莉丝用的是行星科学家设计的火星历，在远征队里这套历法比地球历法更常用。火星的一年有 669 个火星日，为了能明确得知今天是哪一天，就要采用 Ls 历法系统。这套系统的运行方式为：在火星北半球春分这一天，将太阳和火星之间的连线角度设为 0 度，然后把一年分成 360 度，于是对于北半球而言，Ls 在 0～90 度是春天，90～180 度是夏天，180～270 度是秋天，270～360 度（或者说又回到了 0 度）是冬天。

但由于火星轨道的离心率，这种简单的状况又被复杂化了。相对于地球标准而言，火星轨道离心率极大，火星在近日点和远日点与太阳的距离相差约 4300 万千米，在近日点比远日点可以多获得 45% 的阳光。这种波动使得南北半球的季节非常不平均。近日点发生在每年的 Ls=250 度的时候，此时是南半球的晚春，因此南半球的春夏季比北半球的春夏季热得多，最高温度可以相差 30 摄氏度。南半球的秋冬季时，由于火星实际上在接近远日点，因此也会比北半球冷上许多，这也导致南极极冠大部分都是二氧化碳干冰，而北极极冠则大部分是水冰。

因此，南半球的气候较为极端，北半球则比较温和。轨道离心率还造成了一个值得一提的后果：火星在接近太阳时运行得更快，因此近日点的季节比远日点的季节更短一些。比如，北半球的秋季只有 143 天，而春季有 194 天。春季比秋季多了 51 天！有人认为单凭这一点就该在北半球定居。

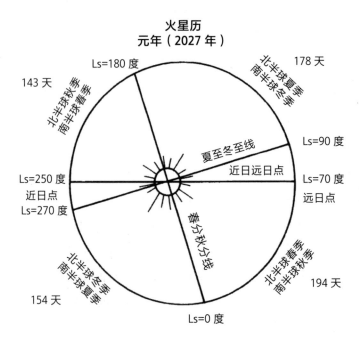

火星历
元年（2027 年）

Ls=180 度
143 天
178 天
北半球秋季
南半球春季
北半球夏季
南半球冬季
Ls=90 度
夏至冬至线
近日远日点
Ls=70 度
远日点
Ls=250 度
近日点
Ls=270 度
春分秋分线
北半球冬季
南半球夏季
北半球春季
南半球秋季
154 天
194 天
Ls=0 度

1 个火星年共有 669 个火星日
共有 24 个月
其中 21 个月有 28 天
剩下 3 个月（每隔 8 个月）有 27 天

总之，大家现在在北半球，夏天已经快过去了。白昼每天都在一点点变短，人们的工作还在继续。基地附近的区域变得乱糟糟的，车辙纵横交错。大家铺设了一条通往切尔诺贝利的水泥路，基地本身也变大了好多，从房车集中地向地平线各个方向扩散：向东是炼金术士的工厂区和通往切尔诺贝利的路，向北是永久定居点，向西是仓库区和农场，向南是生物医学中心。

＊＊＊

　　终于，每个人都搬进了永久定居点的房屋里。和在房车集中地时相比，在这里夜间会议更简短也更有规律。娜蒂娅不再忙于帮助各个团队解决问题。有些人她好长时间才会见到一次。地质勘探团队一直待在实验室里——菲莉丝未来的小组成员，甚至包括安。有一天晚上，安跳到娜蒂娅旁边的自己床上，邀请娜蒂娅一起去探索赫柏斯深谷，大约在西南方向 130 千米的地方。很显然，安想给她展示一些基地之外的东西，但娜蒂娅婉拒了。"我有太多活儿要干了，你知道的。"她看到安眼中的失望，补了一句，"下次吧。"

　　于是娜蒂娅又回到了之前的工作中，装修居室内部，还有一边侧翼的外部。阿卡狄建议可以先建一排房子，再建三排，围成一个正方形。娜蒂娅打算采纳这个建议。阿卡狄指出，这样排列后，正方形围出的中间区域也可以用房顶覆盖住。"那些镁做的大梁可以在这里派上用场。"娜蒂娅说，"如果我们能造出更坚固的玻璃板的话……"

　　他们已经建成了正方形两条边上的房屋，总共 12 间居室。这时候安和她的团队从赫柏斯深谷返回了。当晚，大家聚在一起观看他们拍摄的录像。屏幕上探险队的火星车正驶过遍布岩石的平原，这时画面前方突然出现一条裂缝，横跨整个画面，就好像他们正在接近世界的尽头。1 米来高的奇怪的小峭壁挡住了火星车，一位探险队员走出火星车，画面跳转到固定在他头盔上的摄像头那边。

　　很突兀地，画面直接从悬崖边缘开始展示 180 度全景。这个峡谷远远大过恒河坑链的那一串沉陷坑，给人带来巨大的视觉冲击，一时超出所能承受的范围。峡谷远处的崖壁在远远的地平线处将将能看到。其实四下张望可以将崖壁尽收眼底，因为赫柏斯深谷是一个几近封闭的峡谷，是一处 200 千米长、100 千米宽的椭圆形凹陷区域。安的团队在下午时来到了北侧边缘，东侧弯曲的崖壁在夕阳的照射下清晰可见，西侧的崖壁则只是一团黑暗的阴影。峡谷的底部几乎是平的，中央有个凹陷。"如果你能在峡谷上浮起一个拱顶，"安说，"那你会得到一片非常不错的封闭谷地。"

"那可得是个魔法拱顶才行，安。"赛克斯说，"得有大约 10000 平方千米。"

"嗯，但这会成为很不错的世外桃源。而且这样一来我们就不用破坏这颗行星的其他地方了。"

"拱顶的重量会把峡谷的崖壁压塌的。"

"所以我才说要把拱顶浮起来。"

赛克斯摇了摇头。

"这和你说的太空电梯一样离谱。"

"我真想在你拍摄这个视频的位置盖个房子住进去。"娜蒂娅打断道，"景色太棒了！"

"等你在塔尔西斯突出部其中一座火山上起过床之后再说吧，"安怒气冲冲地说，"那景色才叫壮观呢。"

类似这样的小争吵最近常常发生。这让娜蒂娅回想起在**战神号**上最后几个月并不愉快的时光。阿卡狄曾和他的团队从火卫一上发来了视频，并配有他的评论："斯蒂克尼陨石[1] 几乎将火卫一撞得四分五裂，而且它是球粒陨石，含水量约 20%。在冲击中水分受热蒸发，注入地缝中，凝固后形成了冰脉。"这真是令人激动的发现，然而却引发了两位顶级地质学家安和菲莉丝之间的争吵，她们争论这到底是不是火卫一地层中的冰的真正成因。菲莉丝甚至建议把水从火卫一上运送下来，然而即使储备的水资源已经快见底了，对供水量的需求日益上升，这也是非常不靠谱的建议。切尔诺贝利核电站要使用大量的水，农业团队要在生态圈里建设一片沼泽，娜蒂娅想在其中一间拱顶房屋内修建游泳中心，包括一个到大腿深的游泳池、三个按摩浴缸和一间桑拿房。每天晚上都有人询问娜蒂娅游泳中心进展如何，因为大家都受够了用海绵擦洗身体，还完全

---

1 斯蒂克尼陨击坑是火卫一上最大的陨击坑，直径达 9 千米，占据了火卫一表面相当大的面积。

擦不干净灰尘，而且水总是冷的。大家都想泡澡，在古老的水生的海豚一样的脑子里，在大脑深层，原始而疯狂的欲望促使他们想要返回水中。

总之，他们需要更多的水。但地层扫描仪没有发现地下有含冰、含水层的迹象，安觉得这一片区域可能根本没有水。于是人们不得不继续依赖空气采集机，或者继续挖掘表岩屑并运送到土壤水分蒸馏机中。但娜蒂娅不想过度使用蒸馏机，因为蒸馏机是法国、匈牙利、中国联合制造的，如果用得太狠肯定会出问题。

但这就是火星上的生活。这里非常干燥。*别无选择*。

"总是有选择的。"菲莉丝回复道，这就是为什么她建议把火卫一的冰通过着陆飞船运送到火星上。但安觉得这主意太过离谱，会浪费很多能源。于是她俩再次争吵起来。

＊＊＊

二人的争吵令娜蒂娅十分不爽，因为她本来心情非常好。她不明白有什么好吵的，而且别人没有和她一样的想法也令她很苦恼。为什么群体之间的氛围这么变化无常？大家身处火星，这里的每个季节都是地球的 2 倍长，每一天都多出近 40 分钟，为什么大家不能放轻松些呢？娜蒂娅感觉尽管她忙个不停，但总还是有时间做事的。每天多出来的 39 分 30 秒显然是这种感觉的最重要的原因。人类的昼夜节律和生物钟是经过数百万年的进化才逐渐形成的，而现在突然多出了几十分钟，日复一日，夜复一夜，肯定会产生影响。娜蒂娅非常确定，虽然每天都在忙碌工作，每晚都筋疲力尽、倒头就睡，但醒来时她总感觉休息得很充分。数字时钟在午夜时分 12:00:00 时骤然冻结，不再前进，未标记的时间一秒、一秒、一秒地流逝，有时候感觉真是相当长的一段时间；然后数字突然跳到 12:00:01，时间恢复流逝。总之，火星上的时间流逝真的很特别。娜蒂娅经常在睡梦中度过这段冻结的时间，大部分人也是如此。但如果博子没有睡的话，她会在时间冻结时吟唱一段歌曲。她和农业团队以及其他许多人一起，每周六晚上都聚会，在时间冻结中一起吟唱那段旋律——歌词是日语，娜蒂娅一直不明白歌词的内容，但她有时会跟着一起哼唱，坐在那里欣赏着拱顶房屋，享受和朋友们一起度过的时光。

某个周六晚上，当她坐在那里昏昏欲睡时，玛雅走过来靠在她肩膀上和她搭话。玛雅的脸庞非常精致，总是打扮得很得体，即使穿着所有人每天都穿的连体衣，也依然显得很*优雅*。不过她此刻看上去有点心烦意乱。"娜蒂娅，求你帮我个忙，求你了。"

"怎么了？"

"我需要你帮我给弗兰克传个话。"

"你为什么不自己说？"

"我不能让约翰看见我在和弗兰克说话！我必须告诉他一个消息，求你了，娜德札达·弗兰切，你是我唯一能求助的人了。"

娜蒂娅皱了皱鼻子，不太乐意。

"*求你了，拜托。*"

比起和玛雅交谈，娜蒂娅真的更想和安、萨曼莎或是阿卡狄聊天。要是阿卡狄能从火卫一上下到火星来该多好啊！

但玛雅是她的朋友，而且她无法对玛雅绝望的神情视而不见。

"你要跟他说什么？"

"告诉他我今晚会在储物区和他见面。"玛雅非常迫切地说，"午夜见面，好好谈谈。"

娜蒂娅长叹了一声。不久后她找到弗兰克，传达了这个消息。弗兰克点了点头，没有直视她。弗兰克的脸色尴尬，表情阴森，还有点不爽。

几天后，娜蒂娅和玛雅一起在最后一间需要加压的房屋里打扫石砖地板。娜蒂娅难以克制自己的好奇心，打破了对此种话题一贯的沉默，询问玛雅到底怎么回事。"唉，就是约翰和弗兰克之间的关系。"玛雅抱怨道，"他俩总是互相竞争，剑拔弩张。他们亲如兄弟，但又相互嫉妒。约翰先登上了火星，又得到许可再次来到这里，弗兰克觉得这不公平。弗兰克在华盛顿做了好多工作才筹集到足够的资金建设火星定居点，他觉得约翰侵占了他的劳动成果。至于现在，唉！约翰和我处得不错，我喜欢他，和他在一起挺轻松的。轻松，但可能有点……我说不上来，也不能说是无聊吧，但没有激情。他喜欢四处游荡，和农业团队混在一起。他就是不太爱说话！而弗兰克呢，我俩可以聊到地老天荒。也许我们其实是在争论不休，但至少我们在沟通！而且你知道的，我们刚开始在**战神号**上有过一段短暂的关系，后来没有成，但他总觉得我们本可以处下去的。"

"他为什么会这么想？"娜蒂娅嘟囔了一句。

"于是他不停地跟我讲，让我和约翰分手，和他复合。约翰怀疑他要横刀夺爱，结果他们之间互相嫉妒。我只好居中调停，让他们不要针锋相对。就是这样。"

娜蒂娅决定坚持自己的原则，以后再也不询问这件事了。但现在她已经被卷入其中了。玛雅不断来找她，让她帮忙给弗兰克传话。"我不是个传话筒！"娜蒂娅抗议道，但她还是照做了。有一两次她给弗兰克传话时，和弗兰克聊了很长时间，话题当然是围绕着玛雅：她是个怎样的人，她的行为方式背后的原因。"听我说，"娜蒂娅对他说，"我没法代表玛雅。我不知道她为什么做出这些事，你必须自己去问她。但我可以告诉你，她深受旧时代的莫斯科苏联文化的影响，她的母亲和祖母都上了大学。男人对于玛雅的祖母而言都是敌人，对她的母亲也是如此，这就是个**俄罗斯套娃**。玛雅的母亲曾经对她说：'女人是根，而男人只是树叶。'那是一种充满了怀疑、操控和恐惧的氛围。玛雅正是出身于此。与此同时，我们还有一种**亲密无间**的传统。在这种亲密的友谊中，你能了解到你朋友生活中的每个细枝末节，你们在某种意义上侵入彼此的生活。当然这种关系不可能持续，早晚要终结，而大多数时候都不会有好结局。"

弗兰克边听这段描述边点头，对其中的某些观点表示认同。娜蒂娅叹了口气，继续说道："这就是当友谊走向爱情时会发生的事，爱情只会放大彼此之间的矛盾，特别是当爱情的内部深藏着恐惧的时候。"

弗兰克——人高马大，皮肤黝黑，帅气十足，身强力壮，精力充沛，还是一位美国政治家，如今却被困在一个神神道道的俄罗斯美人的股掌之间。他礼貌地点点头对她表示感谢，看上去非常沮丧。这完全可以理解。

***

娜蒂娅努力无视这一切。但是生活中另外的部分也出现了状况。弗拉德之前从未限制过大家一天花多少时间在户外，但他现在说："我们必须大部分时间都待在山脚下的房屋内，必须多做点实验。户外工作必须限制在太阳角度比较低的清晨和黄昏，各控制在 1 小时内。"

"让我一整天都待在室内，我肯定受不了。"安说，其他人也纷纷附议。

"我们有很多工作要在户外完成。"弗兰克指出。

"大部分户外工作都可以远程操作，"弗拉德说，"而且也应该这么做。我们现在就相当于暴露在一个核爆炸现场 10 千米内——"

"那又怎样？"安说，"战士们必须——"

"每半年就暴露一次。"弗拉德把话补充完，盯着她，"所以你会这么做吗？"

即使是安也无话可说。这里没有臭氧层，没有磁场，人们在这里受到的辐射量几乎和在行星间穿梭时一样糟糕，大约每年 10 雷姆。

于是弗兰克和玛雅命令大家更谨慎地安排户外活动。山脚下还有一大堆的室内工作：要完成最后一排的房屋建设，可能还要在拱顶房屋的地板下挖出几间地窖，这样可以有更多空间来躲避辐射。很多台拖拉机都装有支持从室内基站远程操控的设备，它们内置的决策算法可以处理细节问题，操作员只需要监控屏幕即可，所以在室内远程操控一切是可行的。但没有人喜欢这样的生活，甚至连大部分时间都愿意在室内工作的赛克斯·罗索尔也有些困惑不安。在晚上，好多人开始争论要不要立即执行火星地球化项目，这个极具争议的话题再次成了热点。

"这不是我们能决定的。"弗兰克尖锐地说，"要联合国来做决定。而且这是个长期计划，至少要花几世纪的时间。不要浪费时间讨论这个了！"

安说："你说得对，但我也不想把大好时光浪费在洞穴里。我们应该按照我们想要的方式生活。我们都很老了，没必要太担心辐射了。"

于是争论再次展开了。无休无止的争论让娜蒂娅感觉自己好像从身处的这颗美好的岩石星球上飘浮起来，回到了战神号上紧张而失重的生活。人们针锋相对、怨气冲天、据理力争，直到终于厌倦或疲倦了才去睡觉。后来只要争论一开始，娜蒂娅就立刻离开房间，去找博子聊一些脚踏实地的事情。但是这些争论真的很难避免，她也很难不去思考这些问题。

某天晚上，玛雅哭着来找她。永久定居点有房间可以进行私人谈话，于是娜蒂娅和玛雅一起走到了联排拱顶房屋的东北角，这里的房屋还在进行室内装修。两人并肩坐在一起，娜蒂娅颤抖着倾听玛雅的话，偶尔将手臂绕过她的肩膀给她一个拥抱。"听我说，"娜蒂娅听她讲了一会儿之后说，"你为什么不干脆决定呢？总不能让他们两个因为你一直水火不容吧？"

"我已经决定了！我爱的是约翰，一直都是约翰。但现在他看见我和弗兰克在一起，以为我背叛了他。他可真是小肚鸡肠！他们就像是亲兄弟一样，各个方面都要互相竞争，而这次的竞争就是个错误！"

娜蒂娅抵抗住了诱惑，没有询问细节。其实她根本不想听，但她还是坐在这里听着。

这时候，约翰出现在她们面前。娜蒂娅站起身打算离开，而他似乎根本没注意到。"听我说，"他对玛雅说，"对不起，但我真的忍不住。一切都结束了。"

"没有结束。"玛雅说，她立刻冷静下来了，"我爱你。"

约翰的笑容中带着一丝遗憾。"对，我也爱你。但我想要一切都变得简单些。"

"挺简单的！"

"不，不是的。我是说，你可以同时和多个人坠入爱河。这种情况可能发生在任何人身上，这很自然。但你只能对一个人忠诚。我想……我想要彼此忠诚的关系。我忠于对方，对方也忠于我。这很简单，但……"

他摇了摇头，没找到合适的词。他走回东侧的那排房屋，在一扇门后消失了。

"美国佬。"玛雅恶狠狠地说，"幼稚到家了！"接着她站起身，追了过去。

但很快玛雅就回来了。约翰躲进了客厅里的一群人中间，不愿离开。"我累了。"娜蒂娅说，但玛雅根本不听，她变得越来越不安。她们俩又聊了1个小时，翻来覆去地聊。最终娜蒂娅同意去找约翰，请他来和玛雅把话说清楚。娜蒂娅忧伤地走过一间间房屋，无视砖墙上彩色的尼龙壁挂。她简直就是个没人会注意到的传话筒。他们就不能让机器人来当传话筒吗？她找到约翰，约翰为之前无视她而向她道歉："我刚刚很生气，对不起。我想着反正你最后也会听说这一切。"

娜蒂娅耸了耸肩。"没关系。但是听我说，你必须和她谈谈。这就是和玛雅相处的方式。要一直、一直、一直聊。如果你们约定好要开展一段关系，那你们要一路谈到关系确立，再一路谈到关系终结。相信我，如果你不想最终狼狈不堪的话，照我说的做。"

这话他听进去了。他清醒过来，去找玛雅了。娜蒂娅上床睡觉了。

＊＊＊

第二天，娜蒂娅在一条地基坑的沟壑里工作到很晚。这是她当天的第三项工作，在进行第二项工作时她遇到了麻烦，当时萨曼莎打算用推土机的推土刀运一批土。她在驾驶推土机转弯时不慎让推土机前端朝下翻倒在地。连接推土刀的轴承戳出外壳，液压液洒了一地，甚至还没来得及在地上摊开就被冻住了。她们不得不在拖拉机后侧气动部分的底部架设千斤顶，将整个推土刀部件卸下来，再利用千斤顶把推土机降下来。每一步操作都痛苦至极。

这项工作刚完成，娜蒂娅又被叫去帮助操作一台山特维克[1]钻孔机。这台钻孔机被用来在大岩石上进行套管钻孔，以便铺设一条从炼金术士的工厂连到永

---

1　山特维克是瑞典一家重工业集团。

久定居点的水管。风动凿岩机的钻头显然被完全冻住了，就如同大部分没入树干的箭矢一般。娜蒂娅站在一边低头看向机身。"怎样才能在不破坏机器的前提下把钻头拿出来呢？"斯宾塞问。

"打碎岩体。"娜蒂娅疲倦地说。她走到远处，开来一辆拖拉机，拖拉机后面连着一台反铲挖掘机。她把拖拉机开过来，用挖掘机挖到岩石顶部，然后下车将一个小型阿莱德液压凿岩机固定到反铲挖掘机上。她刚把器械架设在岩石顶，凿岩机突然抽动，甩出了钻头，连带着把岩石也向外拽。她的左手外侧被狠狠地甩向阿莱德凿岩机的底部。

她条件反射式地立刻抽回手，疼痛从胳膊迅速延伸到胸部，这半侧的身体火辣辣地疼，视野范围内一片空白。有喊叫声在耳边响起："怎么回事？发生了什么？"她肯定发出了尖叫。"救命！"她声嘶力竭地叫道。她坐在那里，受伤的手仍被挤压在岩石和凿岩机之间。她用尽全力一脚踹上拖拉机的前轮，感觉到凿岩机将她的骨头压向岩石。她仰面瘫倒在地，终于抽出了手。疼痛剧烈，她感觉胃里一阵恶心，差点晕倒。她用没受伤的手撑住膝盖，看到自己受伤的手鲜血直流，手套被撕裂，小拇指已经不见了。她呻吟一声，弓起腰，蜷起手，将手指按在地面上，强忍这阵疼痛。手就快冻坏了，可仍血流不止……要多久？"快冻上啊，该死，快冻上！"她喊道。她摇摇头甩开眼泪，强迫自己盯着手看。鲜血淋漓，冒着热气。她猛力将手按在地面上，尽可能地在自己承受疼痛的范围内用最大的力道。很快就没那么疼了。很快她的手就会麻木，她必须小心不要让整只手都冻住！她很害怕，随时准备将手撤回到大腿上。这时人们终于赶到了，他们抬起她，她昏了过去。

\*\*\*

这之后她落下了残疾。九指娜蒂娅，阿卡狄在电话里这么叫她。他给她发去叶夫图申科[1]的诗，内容是哀悼路易斯·阿姆斯特朗之死："做你过去一直在

---

1　叶夫根尼·叶夫图申科（1932—2017），俄罗斯诗人、小说家、散文家、剧作家，同时也是编剧和演员。

做的事 / 继续演奏。"

"你怎么找到这首诗的？"娜蒂娅问他，"我无法想象你会读叶夫图申科的诗。"

"我当然会读他的作品了，他比麦戈纳格尔[1]强太多了！呃……其实我是在一本关于阿姆斯特朗的书里找到这首诗的。我听从你的建议，在工作时会听他的歌；最近，晚上也会读一些关于他的书。"

"我真希望你能下到这里来。"娜蒂娅说。

弗拉德完成了娜蒂娅的手术。他告诉她，一切都会没事的。"切口很干净。无名指有些受损，可能会变得像小指似的。不过无名指本来也没什么作用。最重要的两根手指还是会像之前一样强壮。"

每个人都来慰问她。不过她还是和阿卡狄聊的时间最长，在她独处的深夜，在火卫一从西方升起到在东方落下的 4 个半小时内。他几乎每晚都打来电话，后来越来越频繁。

很快她就可以下地四处走动了。她的手上打了石膏，但石膏非常薄。她外出去帮忙解决问题或是给出建议，寄希望于此来保持头脑运转。米歇尔·杜瓦完全没来找过她，她对此感觉很奇怪。心理医生不就是要在这种时候派上用场吗？她难以抑制自己的沮丧之情：她需要用双手来完成工作，她的工作需要亲自动手。石膏很碍事，她已经用自己工具箱里的剪刀剪掉了手腕附近的部分。但每次外出时，她都要把两只手和石膏放进一个盒子里，因此她能做的工作非常有限。这真的令人非常沮丧。

周六晚上，她坐进刚注满水的按摩浴缸里，时不时地抿一口质量很差的葡萄酒，环顾着周围的人。他们都穿着泳衣，要么在泳池里戏水，要么在浴缸里泡澡。她当然不是唯一受伤的人，在这么多个月的体力劳动中，大家或多或少都受过伤：几乎每个人都有冻疮，斑斑点点的黑色疮疤最终会脱落，露出粉色

---

1　威廉·麦戈纳格尔（1825—1902），苏格兰诗人，被认为是"最糟糕的诗人"。

的新皮肤，在泳池的热水中丑陋而显眼。还有其他几个人也打着石膏，手部、腕部、手臂，甚至是腿部，全都是骨折或扭伤。实话实说，至今还没有人受到致命伤死去已经很幸运了。

这么多人，这么多具肉体，但没有一个属于她。大家对彼此都熟悉得像家人，她想。大家都是彼此的医生，同吃同睡，一起换衣服，一起泡澡。一群普通的人类，在他们占据的一成不变的世界里格外显眼。但大部分时间里，他们与其说是活力满满，不如说更多地安于现状。中年人的身体。娜蒂娅自己像是个圆滚滚的南瓜。她身材丰满、肌肉发达，是个身体很结实的矮个子女性，又方又圆。而且她单身。这些天来，她最亲密的朋友就是耳边的一个声音、屏幕上的一张脸。等他从火卫一下来的时候……唉，很难说。他在**战神号**上交过好多女朋友，珍妮特·布莱勒温为了和他在一起特地去了火卫一……

人们在泳池里较浅的地方再次开始争吵。又高又瘦的安正俯身对身材矮小、性格温和的赛克斯·罗索尔疾言厉色地说着什么。和往常一样，赛克斯似乎根本没在听。如果他不多加注意的话，某天她可能真的会动手。整个团队的氛围竟然能再次改变，这太奇怪了。而对团队的观感也在改变。她永远没法弥合矛盾。团队的本质就是个内部七零八落的东西，它有自己的生命，它和组成团队的每个人的性格完全不同。这肯定让作为心理医生的米歇尔几乎难以开展工作。不过大家对米歇尔的了解也非常有限，他是娜蒂娅见过的最安静、最低调的心理医生了。这毫无疑问是个优点，尤其是身处这群不相信心理医生的人中间。但她还是觉得，在事故发生之后他根本没来见她这一点很奇怪。

＊＊＊

某天晚上，娜蒂娅离开餐厅，沿着正在挖掘的隧道散步。隧道将连通拱顶房屋和农场。在隧道尽头，她看见了玛雅和弗兰克，他们正在吵架。通过隧道传来的并非他们谈话的内容，而是他们的真情实感。弗兰克的脸因愤怒而扭曲，玛雅心烦意乱，转身背对着他，泪流满面。接着玛雅又转过身去对他大吼："**根本不是这样！**"然后没头没脑地跑向娜蒂娅的方向。她嘴角扭曲，弗兰克则满脸痛苦。玛雅看到娜蒂娅站在一边，但直接跑过了她身边。

娜蒂娅非常震惊。她转身走回居住区，走上镁质楼梯，进入 2 号房屋的客厅，打开电视收看从地球传来的 24 小时新闻节目。她平时基本不这么做。过了一会儿，她调低音量，盯着头顶的拱形房顶的砖块看。玛雅进来了，开始对娜蒂娅解释，她和弗兰克之间什么都没有，都是弗兰克自己瞎想；他不愿意放弃，即使他俩从一开始就根本没有什么；她只想要约翰，约翰和弗兰克现在闹得这么僵不是她的错，都是因为弗兰克不理智的欲望。这根本不是她的错，她却感觉很内疚，因为这两个人曾经是那么亲密的朋友，亲如手足。

娜蒂娅小心翼翼地表现出很耐心的样子听她讲，偶尔回一两句"嗯，嗯""确实如此"之类的。后来玛雅躺倒在地，哭个不停。娜蒂娅坐在椅子边缘盯着她看，思考玛雅说的话有多少是真的，琢磨玛雅和弗兰克吵架的真正原因。她甚至在想自己是不是个非常糟糕的朋友，居然如此不信任玛雅。但是不知为何，这整件事给人的感觉就好像玛雅在隐瞒什么，在幕后操控着一切。就是这样：她在隧道尽头看到的这两个人，脸上心烦意乱的表情完全是一对处于亲密关系中的情侣吵架时才会有的。所以，玛雅的解释几乎是一派胡言。娜蒂娅说了些安慰她的话，然后就上床睡觉了。娜蒂娅心想，你已经用你的这些游戏占用我太多的时间、精力和注意力了，而且你的这些破事还害我失去了一根手指，你这浑蛋！

\*\*\*

这是新的一年，北半球漫长的春天快要过去了，然而大家仍然没有充足的水源。于是安提议成立远征队去北极极冠，在那儿建立自动蒸馏工厂，规划好沿途路线，以便火星车自动驾驶。"跟我们一起来吧。"她对娜蒂娅说，"你一直都没机会去探索这颗行星。你只待在这里到切尔诺贝利之间的地方，实在是太闭塞了。你错过了赫柏斯深谷、恒河坑链，你留在这里也没什么新的项目可以做。说真的，娜蒂娅，我不敢相信你怎么成了这么个'死宅'。你到底为什么要来火星啊？"

"为什么？"

"对，为什么？在这里有两类工作要做，一类是探索火星，另一类是为探索火星提供生命保障。结果你沉浸于生命保障的工作，完全忘了我们一开始究竟为什么要来这里！"

"嗯……可是我喜欢做这些工作。"娜蒂娅不自在地说。

"行吧，至少试着从中获得点什么吧！真见鬼，你完全可以待在地球上当个水管工！你根本不需要一路来到这么远的地方只为了驾驶该死的推土机！你到底打算在这里宅多久？难道还要继续安装厕所？给拖拉机编程？"

"好吧，好吧。"娜蒂娅想到玛雅和其他麻烦事，说道，反正拱顶房屋组成的四边形也快完成了，"我的确应该休个假。"

# 4

　　远征队乘坐 3 辆大型长距离火星车出发了，成员包括娜蒂娅和 5 名地质学家：安、西蒙·弗雷泽、乔治·伯科维克、菲莉丝·波伊尔、爱德华·佩林。乔治和爱德华是菲莉丝在美国国家航空航天局工作时结识的朋友，他们非常支持她提倡的"应用地质研究"，这意味着要对稀有金属进行勘探。西蒙是安的沉默的盟友，尽心尽责地进行纯粹的科学研究，不问世事。娜蒂娅对这些人际关系非常了解，尽管和每个人独处的时间都不长，除了安。不过话说回来，她完全有能力——指出基地里的每个人都忠于哪个组织。

　　远征队的每一辆火星车都由两个四轮独立仓组成，彼此之间由活动支架连接，看上去有点像巨型蚂蚁。这些火星车是由劳斯莱斯和多国合资的航空航天工业公司联合制造的，外表是非常美丽的海绿色。前侧独立仓是居住单元，四面都有着色玻璃窗；后侧独立仓是油箱以及好几个黑色的可旋转式太阳能板。8 个由钢丝网包裹的轮子高 2.5 米，非常宽。

　　众人向北穿过卢娜高原，一路上用绿色信号发射器标出经过的路线，每隔几千米就设置一个。他们在第一辆车前端安装铲雪机部件或小型起重机，用以清理路面上任何可能阻碍自动驾驶火星车的石块。他们实际上就是在铺设一条马路。不过在卢娜高原上，很少会用到移石设备。火星车以近乎全速的每小时 30 千米的速度向东北方行驶，接连好几天都笔直前进。他们往东北方向开是为了躲开滕比台地和玛莱奥提斯附近的峡谷系统，而这条路会带领他们沿着卢娜高原驶向克律塞平原上长长的斜坡。这两片区域都和基地附近的地形相差无几，颠簸不平，遍布小石块。因为他们是在向下坡走，所以视野范围比之前广。娜蒂娅很享受漫无边际地驰骋的感觉，看着新的荒野地形渐渐出现在地平线上，有小山丘、洼地、巨大的孤立岩石，还有偶尔出现的除陨击坑外的低矮圆形台地。

他们来到北半球地势比较低矮的平原后，便掉转方向，笔直向北穿越浩瀚的阿西达利亚平原，一连开了好几天。车辙的痕迹向后方延伸，仿佛是除草机刚割过草坪留下的痕迹。信号发射器在乱石中间明亮而突兀地亮着。菲莉丝、爱德华和乔治正在商量进行一些次要任务——调查卫星图片上显示出的佩列皮奥尔金陨击坑附近的几处稀有金属露头[1]。安不耐烦地提醒他们不要忘记真正的任务是什么。看到安在野外时也和在基地时一样冷漠且精神紧绷，娜蒂娅感觉很难过。每当火星车停下时，安总是独自一人在外面漫步；而当大家聚在一号火星车里一起用餐时，她也很沉默孤僻。有时候，娜蒂娅试图让她打破沉默："安，为什么这些石头会分布得这么离散啊？"

"陨石撞击造成的。"

"那陨击坑在哪儿？"

"大部分都在南边。"

"那石头是怎么跑到这里来的？"

"飞过来的，所以才这么小。只有小石头才会溅射到这么远的地方。"

"但我记得你之前说过，北半球的平原相对而言年代更新，而那些大陨击坑则更老。"

"对。你在这里看到的岩石都来自年代较晚的陨石。陨石撞击形成的松动岩石的总量远比我们能看到的多得多，这就是逐渐形成的表岩屑。表岩屑层有1千米深。"

"难以置信。"娜蒂娅说，"我是指，难以想象会有这么多陨石。"

---

1　露头指地下岩体、地层和矿床等露出地表的部分。

安点了点头。"这是数十亿年来积累的。这就是这里和地球的区别,这里的土地从数百万年到数十亿年不等,差别非常大,很难想象。只有亲眼看看才能帮助我们理解这种差别。"

当在阿西达利亚平原上的旅程过半时,他们开始遇到一些又长又直的峡谷。峡谷壁非常陡峭,谷底很平坦。乔治不止一次评论说,这些峡谷很像那些传说中"运河"干枯的河床。这些峡谷的地质学专业名称是*沟群*,而且经常集中在一起。即使是最小的沟群,火星车也无法逾越,所以当遇到沟群时,只能沿着它的边缘向一侧开,直到沟群的底部上升或是谷壁合拢,他们才能继续向北驶过平原。

前方地平线方向的视野有时可以达到 20 千米,有时可以达到 30 千米。陨击坑越来越少,他们路过的陨击坑周围都有一圈低矮的小丘,从边缘向四周辐射——这是溅射陨击坑。陨石撞击永久冻土层后,撞击的热量导致冻土化成一摊热泥,最终形成了这样的陨击坑。和娜蒂娅同行的地质学家们花了一天的时间,激动地围着呈辐射状的小丘转圈。菲莉丝指出,这些小丘可以清晰地指示出古代的水文状况,就像石化木的纹理可以揭示出树木的品种一样。从她的话里,娜蒂娅听出这是另一个她和安有分歧的地方:菲莉丝相信火星在过去曾经有很长一段时间都很湿润,而安则相信短暂湿润的理论或是类似观点。科学可以有很多用途,娜蒂娅想,甚至可以成为用来攻击其他科学家的武器。

继续向北,在大约北纬 54 度附近,他们驶入了一片奇形怪状的热喀斯特地貌中,其间有一大片坑坑洼洼、连绵不断的小丘,中间有好多陡峭侧壁的椭圆形坑洞,这种地貌的学名叫*阿拉斯*[1]。这些阿拉斯比地球表面的阿拉斯要大上100 倍,大部分都有两三千米宽,约 60 米深。这是很确定的永久冻土层的标志,地质学家都同意这一点。季节性的冻结和融化形成了这种洼陷地形。"这

---

[1] 阿拉斯地貌指热喀斯特过程形成的洼地,由大面积冻土层反复融化、冰冻形成。冻土中的冰融化后会形成浅湖,但当冻土中的冰最终耗尽后,湖水会消失,只留下干枯的洼地。

么大的坑洼表明过去这里土层中的含水量一定很高。"菲莉丝说。"但也可能是火星漫长的时间作用的另一个例证，"安反驳道，"含冰量很少的土壤，经过极其漫长的时间，最终沉降成这种坑洼地形。"

菲莉丝愤怒了，她建议大家尝试从地层中收集水，安也恼怒地表示同意。于是她们在洼地之间找到一个缓坡，在那里安装了一个永久冻土水分收集器。娜蒂娅主导了这项工作，她感觉好受多了，这趟旅行中她一直没什么事可干，可把她憋坏了。这项工作整整持续了一天：她用领头的火星车上的小挖掘机挖了一个 10 米长的壕沟，把组合收集器在壕沟里一一排开，收集器由一个带有许多孔洞的不锈钢管连接，里面填满了砾石。她检查了沿着管道和过滤器布置的长条形的电子发热单元，然后把黏土和岩石填回挖开的壕沟里。

组合收集器较低的一端是水槽和泵，装有隔离层的输水管道将水导向蓄水罐。发热单元通过电池供能，太阳能板可以给电池充电。如果有足够多的水蓄满蓄水罐，水泵会停止工作，螺线管的阀门会打开，将水沿着输水管导回收集器里，之后发热单元也会自动关闭。

"快好了。"娜蒂娅在天色将暗时说。她正在将输水管固定在最后一根镁柱上。她的双手异常冰冷，残疾的那只手一阵阵地抽痛。"赶紧开始做饭吧。"她说，"我这边马上就完事了。"输水管外面必须包裹一层白色的厚厚的聚氨酯泡沫塑料，然后把它塞进更大的保护管里面。如此简单的管道系统居然要配备这么复杂的隔离层，真令人惊叹。

六角螺母、垫圈、开口销，用扳手使劲拧紧。娜蒂娅沿着管道线走，边走边查看接合处是否妥善固定。一切都严丝合缝。她把工具拖回一号火星车上，回头检阅今天的工作成果：一个蓄水罐，柱子旁的几根短管，地上的一个盒子，一长段被翻起的土堆成的小山包一直延伸向上，看上去有点粗糙，不过和这片遍地坑洼的土地非常相衬。"等我们往回走的时候就有新鲜的水喝了。"她说。

一行人向北开了超过 2000 千米，终于来到了北方荒原。这是一片位于北纬 60～70 度的古代陨石熔岩平原。安和其他几名地质学家每天早上都要花上好几小时研究这片荒原上裸露的深色岩石并收集标本，之后会在向北行驶的路上一起讨论他们的发现。安如今全情投入工作，似乎开心一些了。一天晚上，西蒙提到，火卫一正从南面低矮的小丘上方掠过，再开一天的车，他们就会将它甩到地平线之下了。这显示出这颗小卫星的轨道有多么低，他们现在仅仅是在北纬 69 度而已！火卫一距离火星赤道差不多只有 5000 千米。娜蒂娅笑着挥手向它告别，她仍可以通过刚发射的火星同步通信卫星和阿卡狄通话。

　　3 天后，裸露岩石区不见了，岩石被一波又一波的黑沙覆盖，仿佛让人置身海边。他们到达了北方大沙丘地带，这个区域围绕火星北半球转了一整圈，夹在北方荒原和北极极冠之间。在他们设计的横穿路线上，这条沙丘带大约有 800 千米宽。沙子是石墨色的，间或带点紫色和粉色，在看够了南方满眼红色的岩石后，这对于眼睛是很好的休息。沙丘呈南北向延伸，平行的波峰偶尔会交叠或融合到一起。沙子很紧实，火星车驶过沙丘很容易，唯一要做的就是选择一个大沙丘，然后沿着它西侧的斜坡前进。

　　不过，在行驶了几天之后，沙丘变得更大了，成为安所谓的"新月形沙丘"。这些新月形沙丘看着就像是冻结的巨浪，约 100 米高、1 千米宽，新月形的两翼可达数千米长。和火星上其他地貌一样，这些沙丘比地球上撒哈拉沙漠和戈壁沙漠的相同地貌大了 100 倍。远征队在沙丘的迎风坡行驶，保持在一条水平的路线上，沿着这些巨大波浪的等高线，从一个浪头走到另一个浪头。火星车就仿佛小船一般，在瞬间冻结的狂风巨浪的海面上缓慢前进。

　　有一天，在这个石化的坡面上，二号火星车抛锚了。控制面板的红灯显示问题出在连接独立仓的活动支架上；后方的独立仓向左侧倾斜，导致左侧的轮子陷进了沙子里。娜蒂娅穿上漫步服，走到后面查看。她揭开支架和独立仓底盘接合处的防尘罩，发现那里的螺栓全都坏掉了。

"这可要花上一阵子了。"娜蒂娅说，"你们不如去周围看看吧。"

很快菲莉丝和乔治就穿好漫步服走了出来，西蒙、安、爱德华紧跟其后。菲莉丝和乔治从三号火星车上拿了个信号发射器，放置在"道路"右侧 3 米外的位置。娜蒂娅忙着修理坏掉的支架，动作尽可能轻缓。这是个异常寒冷的下午，大约有零下 70 摄氏度，凛冽的寒风甚至能钻进骨头缝里。

螺栓头卡在独立仓那头拿不下来，她只好拿了一把钻，开始钻新的洞。她边干活边哼着爵士歌曲《阿拉伯教长》。安、爱德华、西蒙在一旁讨论沙子。娜蒂娅想，这种感觉真好啊，能看到不是红色的土地，能看到安如此全神贯注于工作，能有点活可以自己动手去做。

此时已经是 Ls=84 度了，他们马上就要进入北极圈了。北半球夏至日还有两周就到了，白昼在一天天变长。娜蒂娅和乔治一直工作到晚上。菲莉丝热好了晚饭，饭后娜蒂娅回到外面继续工作。一片棕色的雾霭中，太阳红彤彤的。几近日落，太阳看上去又小又圆，因为没有足够的大气折射使之变大变平坦。娜蒂娅完成了工作，收好工具，打开一号火星车外侧的门，这时安的声音传入耳中："嗨，娜蒂娅，你已经准备回去了吗？"

娜蒂娅抬头看。安正在西边沙丘的山坡上向她招手，黑色的剪影在血色的天空下分外显眼。

"我是这么打算的。"娜蒂娅说。

"来这边一下吧。我想让你看看今天的日落，肯定会很美。来吧，也就 1 分钟的时间。你不会后悔的。西边还有些云彩呢。"

娜蒂娅叹了口气，关上了外门。

沙丘东侧的坡很陡峭，娜蒂娅小心翼翼地踩着安留下的脚印向上走。大部分情况下沙子都很紧实。沙丘顶附近的地势变得更陡了，她俯下身，将手指抠进沙子里，手脚并用地爬上了宽广的圆形顶峰，终于能站直身体环视四周了。

只有最高的几个新月形沙丘还在夕阳的照射中，除此之外整个世界都是黑色的，被一道道弯刀状的灰蓝色阴影切开。地平线大约在 5 千米外。安蹲在地上，手里抓着一把沙子。

"这沙子是什么构成的？"娜蒂娅问。

"某种黑色的固体矿物粒子。"

娜蒂娅哼了一声。"这我也能告诉你。"

"在我们来到这里之前你肯定说不出来。这有可能是盐和微尘的聚集物，但其实是岩石碎屑。"

"为什么这么黑？"

"因为是火山岩。地球上的沙子的成分大部分是石英，因为有很多花岗岩。但火星上没有多少花岗岩。这些结晶颗粒很可能是火山硅酸盐。黑曜岩、燧石，或是某种石榴石。很漂亮，不是吗？"

安又捧起一把沙子给娜蒂娅看，表情严肃认真。娜蒂娅透过头盔看向黑色的沙子。"很漂亮。"她说。

她们站起来，一起看向夕阳。两人长长的影子向东边的地平线方向延伸。天空一片暗红，昏暗模糊，只有西边的夕阳尚存一丝微弱的光。安提到的那片云彩现在是一道明亮的黄色光带，高悬于天空。沙子里有什么东西在夕阳的照射下反射出光，沙丘呈现清晰的紫色。太阳现在成了个金色的小纽扣，其上方的夜空中有两颗闪亮的星星，是金星和地球。

"它们最近每晚都在接近彼此。"安温柔地说，"等相合的时候肯定会非常明亮。"

太阳碰到了地平线，新月形沙丘渐渐隐没在阴影中。小纽扣似的太阳坠入西方黑色的地平线下。这时候的天空一片褐红，高高的云层很像是一大片粉色的无茎蝇子草。星星从四面八方出现在夜空里，褐红色的天空很快变成清晰的深紫色，新月形沙丘也染上了一层电光色，仿佛流动的新月形暮光遍布在黑暗的平原上。娜蒂娅突然感到神经系统里传来一阵电流，顺着脊椎一直传到皮肤表面。她脸颊刺痛，骨头缝里都在颤抖。看到如此震撼的美景真的会让人战栗！对美产生的物理反应令人震惊，这种震撼的快感仿佛是某种性爱一般。而眼前的这种美景是如此奇异、如此陌生。娜蒂娅此前从未真正看到它，从未真正感受它，而如今她终于感受到了。她此前一直把这里的生活当成是高配版的西伯利亚，一直把这里和西伯利亚做类比，试图将她过去的经历套用到这里。但此时此刻，她站在高高的紫色天空下，站在一片石化的黑色海洋中，所有事物都是全新的、陌生的：她此前经历的一切绝对无法和眼前所见相提并论。突然之间，她经历过的一切都在脑海里烟消云散了。她在原地打转，像小孩子似的想把自己给转晕，脑袋里什么都不想。重力通过皮肤向内渗透，她不再感到空虚了；恰恰相反，她感到格外充实、充盈、协调。心中的一块沉重的块垒，像陀螺似的旋转起来了。

＊＊＊

她们用靴子后跟制动滑降，从沙丘的陡坡滑了下来。滑到底后，娜蒂娅激动地抱了安一下："安，我真不知道该怎么感谢你。"透过着色面罩，她看到安在微笑。真是难得一见。

这之后，对于娜蒂娅而言，世界变得不一样了。她当然明白其实变化来源于她自己，来源于她现在在用一种新的方式去留意、去看。但周围的景色似乎也配合着这种新感受，不断地给她带来新刺激。就在第二天，他们离开了黑色沙丘地带，继续行驶进入一片被地质学家称为"层状地貌"的区域。这片区域上的平坦的沙子在冬季会被极冠形成的固体二氧化碳的边缘所覆盖。现在是仲夏，沙子都显露出来了，周围所有地形都呈现出曲线的形状。他们开过蜿蜒曲折的台地之间那宽阔而平坦的黄沙，台地的侧壁精细而密集地分了很多层，好像是被切了很多层的木头，在精细的打磨下显示出美妙的纹路。小队的所有人都从未见过任何与此相似的地形地貌，于是他们花了好几个早晨钻探收集样本。他们迈着轻盈的火星步在四周散步，滔滔不绝地讨论着。娜蒂娅和大家一样兴奋。安向她解释说，每到冬天，霜冻就会在地表形成一片薄层。风蚀作用使得谷壁一层层受到侵蚀，循环往复，最终导致谷壁形成了上百条狭窄的地层。"这里的地形地貌就好像等高线地形图似的。"西蒙说。

众人每天白天都继续前进，晚上则在紫色暮霭之中外出。这种紫色暮霭一般持续到半夜才消退。他们在地上钻探，尽可能往深处钻，取出夹带冰和沙子的样本。某天晚上，娜蒂娅和安一起爬上一系列平行的台地，娜蒂娅心不在焉地听着安解释近日点和远日点造成的岁差现象。她向后望去，旱谷在夜空中闪耀着柠檬和杏子颜色的光，上方覆盖着淡绿色的云，完全模仿出了曲线板[1]的模样。"看！"她感叹道。

安回头看到景色，停下来静静欣赏。她们望着一条条低矮的云带从头上飘过。

最终，从火星车传来的吃晚餐的声音把她们召唤了回去。她们沿着阶梯状沙丘往前走，娜蒂娅**明确地**知道自己已经改变了。要么是自己改变了，要么是随着一路向北，这个行星变得越来越奇异美丽。抑或二者皆是。

———————————————◆———————————————

众人驶过黄沙形成的平坦台地。沙子很硬、很细，台地上没有岩石，所以火星车可以全速前进，只不过偶尔需要上坡或者下坡。有时候台地之间的光滑坡地会给他们带来麻烦，有一两次他们不得不后退才能找到可以前进的路，不过一般而言，他们总能很轻松地找到一条向北的路。

在层状地形上行驶的第四天，台地两侧弯曲的平顶峭壁开始收拢，他们顺着一条裂谷爬上了更高的平台。出现在地平线上的是一座白色的山，呈巨大的圆球形状，就像是白色的艾尔斯岩石[2]。一座白色的山——是冰！一整座冰山，100 米高，1 千米宽——而且当他们绕过这座山的时候，发现冰山还在向北延

---

1 曲线板，也称"云形尺"，用于绘制曲线。
2 艾尔斯岩石位于澳大利亚中部，是一块巨型单体岩石，长约 3 千米，高 300 余米，当地原住民称其为"乌鲁鲁"。

伸，一直延伸到北方地平线。这只是冰山一角，可能是北极极冠伸出的一条冰舌[1]。另外两辆火星车上的人都在欢呼，在喧闹和混乱中，娜蒂娅只能听清菲莉丝的话，她在喊着："水！水！"

真的是水。虽然大家早就知道这里有水，但看到这么大的一座白色冰山还是令人感到极度震撼，事实上，这是他们整个 5000 千米的旅途中看到的最高的山。整整一天，他们都在试着去习惯：他们停下火星车，东看西看，互相交谈，下车钻探采样，触摸它，用不同的方式攀爬它。和之前沙子形成的层状地形一样，冰山也是平行阶梯状的，一条条的灰尘线间距 1 厘米左右，灰尘线之间的冰坑坑洼洼的，非常粗糙。在这种大气压下，冰几乎在任何温度下都能升华，留下凹陷破损的几厘米深的侧面，其下则是密实而坚硬的冰。

"这里真的有好多水。"大家一个接一个地发出了这样的感慨。水，在火星的表面……

第二天，冰山出现在他们右侧的地平线上。在这一整天的行驶过程中，冰山一直在右侧，仿佛一堵冰墙。然后眼前的景象开始展现出这里的水量之巨大，特别是在行驶过程中，冰墙不断变高，约达 300 米，像是一道白色的高山山脊一般，挡在了他们和东侧的平坦峡谷之间。接着，西北侧的地平线上又出现了一座白山，是另一座刺穿地平线的高山的山顶，山的底部还未出现在视野里。这座冰山耸立在他们西侧约 30 千米外的地方。

他们正处在北极深谷。这是一座切入北极极冠的约 500 千米的风蚀峡谷，跨度是极点到极冠边缘之间距离的一半多。峡谷地面是平坦的沙地，像混凝土一样坚固，踩上去有些嘎吱作响，因为覆盖着一层二氧化碳冰霜。峡谷两侧的冰墙非常高，但不是垂直的，而是以小于 45 度的角度向后倾斜。和层状地形的山丘一样，冰墙也是层状的，每一层都在风蚀和升华的作用下变得坑洼不平。这两种作用在数万年的时间里在北极极冠上雕琢出了这一整个峡谷。

---

1　冰舌指冰川向外延伸的细长狭窄的条状冰，一般由冰川上的冰沿着地表或冰面向雪线以下缓慢移动而形成。

探险队没有开到峡谷的尽头，而是选择越过西侧的冰墙，他们的目标是一处信号发射器，那里有之前投递的一批破冰设备。峡谷中段的沙丘低矮、形状规则，火星车行驶在连绵起伏的地表，上上下下。当开到一座小沙丘的顶点时，他们注意到了投递点，大约在距离西北侧冰墙底部不到 2 千米的地方：着陆运输舱的支架上有好几个浅绿色的厚重集装箱，在这个由白色、褐色和粉色组成的世界里显得格外诡异。"太扎眼了！"安感叹道，不过菲莉丝和乔治都在欢呼。

漫长的下午，阴影下西侧的冰墙呈现出各种各样的淡色：纯水冰是透明的淡蓝色；大部分山体是半透明的象牙色，又被大量尘埃染上了淡淡的粉色和黄色；一块块不规则的干冰是明亮的纯白色。干冰和水冰的对比非常鲜明，以至于很难看清山壁真正的轮廓。而且由于透视关系，也很难看出山到底有多高；似乎根本看不到头，至少比平原的海拔高出 300 ~ 500 米。

"这里真是有好多水啊！"娜蒂娅感叹道。

"地下还有更多。"菲莉丝说，"我们的钻探结果表明极冠实际上扩展到了比我们看到的更靠南的纬度，就埋在层状地形下面。"

"所以我们有好多好多的水，比我们需要的还多！"

安不开心地撇了撇嘴。

\*\*\*

破冰设备的投递点成了开采冰块的营地：北极深谷西侧墙，位于经度 41 度、北纬 83 度的位置。火卫二刚刚跟着火卫一一起出现在地平线上，他们要等返回到北纬 82 度以南才会再次看到火卫二。夏季傍晚的 1 小时笼罩在紫色的暮光中，剩下的时间里太阳在空中移动，与地平线的角度不超过 20 度。他们 6 人长时间在户外工作，将掘冰机搬到冰墙旁设置好。掘冰机的主要部件是全断面机械隧道掘进机，和火星车差不多大。掘进机切入冰墙中，挖出直径有 1.5 米的圆柱冰块。掘进机启动后发出低沉的轰鸣声，如果头盔或手触碰到冰会更响。过了一阵儿，白色的圆柱冰块被扔进料斗，再由小叉车运送到蒸馏机里。在这里冰块被加热融化成水，将其上覆盖的大量的灰尘分离出去；接着水再次被冷冻成 1 米见方的冰块，以便堆放在火星车上储藏。之后，自动运输火星车可以完美地执行任务：自动行驶到制冰点，将冰块装到车上，然后运回基地。这样一来，基地就可以得到稳定的水源供应，供水量甚至能远超使用量。爱德华估算，可见极冠大约有四五千万立方千米的水量，不过他的计算中有很大的猜测成分。

大家花了好几天时间测试掘冰机，并布置一排太阳能板来为之供能。在晚饭后漫长的夜晚，安会去攀爬冰墙，表面上看似乎是为了采集更多的钻探样本，但娜蒂娅知道她只是想躲避菲莉丝、爱德华和乔治。她打算爬到冰墙最高处，爬到极冠顶上环视四周，采集钻探最新形成的冰层。于是某一天，当掘冰机通过了所有的例行测试之后，安、娜蒂娅和西蒙一起在黎明时分——刚过凌晨 2 点——出发，在刺骨寒风中向上攀爬。他们的影子如同巨型蜘蛛一般在身后爬行。陡峭的冰墙大约倾斜了 30 度，时而有冰块坠落。他们顺着冰墙上粗糙的层状结构慢慢向上爬。

清晨 7 点，坡度变缓，他们终于来到了极冠表面。北面是一望无际的冰原，一直延伸到 30 千米开外的地平线上。向南可以越过层状地形的扭曲地貌看到更远的地方，这是娜蒂娅在火星上看到的最远的景象。

台地上的冰层和下方的沙子形成的层状结构非常相似，脏粉色的尘埃像等高线一样围成几圈。北极深谷的另一侧冰壁在东边，从他们所在的角度看过去几乎是垂直的。冰壁很长、很高，巨大无比。"这么多水！"娜蒂娅再次感慨，"绝对远超我们需要的水量。"

"这也说不定。"安心不在焉地说，她正在将一个小型钻探机的支架固定在冰面上，她深色的面罩转向娜蒂娅，"如果支持火星地球化的人大行其道的话，那么这些冰就会像炎热清晨的露水一般消失不见，全都升华到天空中，化为漂亮的云彩。"

"这很糟糕吗？"娜蒂娅问。

161

安盯着她。透过着色的面罩，她的眼睛看上去像是铜铃一般。

当天晚上吃晚餐时，安说："我们真应该去一趟北极点。"

菲莉丝摇了摇头说："我们的食物和空气都不够。"

"打电话叫他们投递。"

爱德华摇了摇头说："极冠上有很多小峡谷，几乎和北极深谷一样深。"

"并非如此。"安说，"我们完全可以开过去。那些崎岖的峡谷从太空里看去似乎很夸张，但这是水冰和干冰的反照率不同造成的。实际上极冠跟地平线的角度不会超过6度。这里真的只不过就是一大片的层状地形而已。"

乔治问道："首先，我们要怎样才能到达极点呢？"

"我们可以沿着一条延伸到沙地上的冰舌向上开。这些冰舌就像是通向山峦的坡道，我们开上去之后，就可以一路开到极点去！"

"我们去极点干什么？"菲莉丝说，"也就是看到更多冰而已，和这里没太大区别，反而会受到更多辐射。"

"而且，"乔治添了一句，"我们还要留着食物和空气，在返程的时候检查之前路过的一些地点。"

所以这就是他们的观点。安愤怒地看着他们。"我才是地质勘探队的负责人。"她尖锐地说。这话也许没错，但她真是个糟糕的政治家，尤其是在和菲莉丝的对比下，后者在休斯敦和华盛顿都有不少朋友。

"但是没有任何地质勘探任务要求我们必须去极点。"菲莉丝微笑着说，"极点的冰和这里的完全一样。你只不过是自己想去而已。"

"那又怎样？"安说，"就当是我自己想去吧！关于极点，还是有很多科学问题有待回答。那里的冰的成分是否和其他地方的一样，冰里有多少灰尘——我们一路上都可以收集到宝贵的数据。"

"但我们来这里是为了收集水，不是闲逛的。"

"我们不是在闲逛！"安愤怒道，"我们收集水的目的是给继续探索提供支持，我们探索的目的并不仅仅是收集水！你不能本末倒置！真是难以置信有这么多人都抱持这种本末倒置的想法！"

娜蒂娅说："我们听听基地的人怎么说吧。他们可能需要我们回去帮忙，或者他们没法投递物资。这些都说不好。"

安抱怨道："这样一来我们最终会落到要等联合国批准的境地，我敢打赌。"

她猜得没错。弗兰克和玛雅都不喜欢她的主意；约翰虽对此感兴趣，但没有明确表态。阿卡狄听到消息后表示支持，并且表示如果需要的话，他可以从火卫一投递物资，不过鉴于火卫一的轨道距离太远，这根本不现实。玛雅联系了休斯敦和拜科努尔的地面控制中心，争论范围扩大了。休斯敦控制中心的黑斯廷斯反对这个提议，但拜科努尔和很多科学团体都表示赞同。

最终安接过电话，她的声音显得唐突无礼又傲慢自大，但其实，她的表情有些惶恐："我是地质勘探队的负责人，我认为我们应该这样做。要收集极冠原本状态的原始数据，没有比现在更好的机会了。这是个非常脆弱的系统，任何大气成分的改变都会带来巨大影响。而且你们的确打算改造火星，对吧？赛克斯，你一直在制造那些发热用的风车对吧？"

赛克斯本来一直没有参与讨论，结果他不得不加入通话。"没错。"当问题重复了一遍后，他回答说。他和博子想出了个主意：制造一些小型风车，通过飞艇投递到火星各处。永不停歇的西风会推动风车，风力会在风车底部的线圈里转化成热能，继而直接释放到大气中。赛克斯已经设计了一个自动化工厂来制造这些风车，他希望可以制造几千个。弗拉德指出获得热量的代价是风速会降低：你不可能无中生有，制造出永动机。赛克斯立刻反驳说，这也是这项计划能带来的额外好处，因为火星上的风时不时会导致全球性沙尘暴，进而导致严重后果。"用风力交换热能，很划算。"

"所以，你们要制造100万个风车。"安说道，"这还只是开始。你还说过要把黑土洒满极冠，对不对，赛克斯？"

"这样做可以最快地让大气变稠密。"

"如果你成功的话，"安说，"极冠就完蛋了。这些冰会蒸发殆尽，然后我们又会问：'极冠是什么样子？'但我们已经无从得知了。"

"你们有足够的物资和时间吗？"约翰问。

"我们可以给你们投递物资。"阿卡狄再次强调。

"还有4个月夏天才会结束。"安说。

"你只是想去极点而已！"弗兰克说，重复了菲莉丝的话。

"那又怎样？"安回复说，"你们跑到这里来玩办公室政治，而我则打算好好看看这个地方。"

娜蒂娅眉头紧皱。这句话结束了通话。弗兰克肯定会很生气。这可不是个好主意。安，安……

第二天，地面控制中心发来消息，他们认为，极冠的样本必须在未被干扰的原生状态下采集。基地里没人反对，不过弗兰克没有参加电话会议。西蒙和娜蒂娅欢呼道："我们要去北极点了！"

菲莉丝摇了摇头。"我不理解。乔治、爱德华和我会留在这里作为后援，确保掘冰机正常工作。"

***

安、娜蒂娅和西蒙登上三号火星车，从北极深谷往回开，然后掉头向西开。在那儿，其中一座冰山的极冠延伸出来，细细长长的，形成一个完美的坡道。火星车巨大的履带如同机动雪橇上的雪链，碾过极冠上一块块裸露的沙尘、坚硬的低矮冰山、亮白色的干冰霜冻，以及普通的水冰形成的层状地形。很多个浅浅的峡谷从极点向外以顺时针旋转，有的峡谷非常宽阔。驶过这些峡谷时，会经过一段颠簸的下行坡道，坡道向地平线左右两侧弯曲，覆盖着明亮的干冰。这段路持续了20千米，接着目力所及范围内全都变成了一片明亮的白色。这时，他们眼前出现了一道上升的斜坡，由熟悉的脏红色水冰构成，上面有一道道轮廓线。在他们横穿谷底之后，世界被分成了两半：后面的白色世界和前方的脏粉色世界。驶上朝南的坡道时，他们发现这里的水冰和其他地方的相比更加坑洼不平。不过正如安指出的，每到冬天，1米深的干冰会覆盖在永冻极冠上，挤压由夏天升华形成的精细结构，所以这些坑洼每年都会被填补上。火星车的大轮子干脆利落地碾压过这些冰层。

越过曲谷，他们发现了一处平滑的白色平原，平原向各个方向延伸。他们路过了一座低矮的圆形山，这大概是相对较新的一次陨石撞击留下的痕迹；撞击之后水冰又沉积在了陨击坑内。他们停下来钻探采样。娜蒂娅不得不限制安和西蒙每天只能钻探采集4个样本，以便节省时间并防止火星车过载。他们也不单单钻探采集样本，沿途他们经常会碰到黑色的单体岩石，这些岩石就像马格里特[1]的雕塑一样静立在冰原上。是陨石。他们收集了很多较小的陨石，从较大的陨石上采集样本，还有一次甚至路过了一颗和火星车一样大的陨石。这些大部分都是铁镍陨石，或是石质的球粒陨石。安一边从一颗陨石上切割采样，一边对娜蒂娅说："你知道吗，人们曾经在地球上发现过从火星来的陨石。相反的情况也会发生，不过非常少见。如果要摆脱地球引力场将岩石从地球溅射到火星上，需要很大的撞击和很快的加速度——至少每秒15千米的$\Delta v$。我听说从地球引力场溅射出的物质中大约有2%会落到火星上。不过这需要极大的撞击，类似造成白垩纪－第三纪灭绝事件[2]的那种陨石撞击。如果在这里发现了尤卡坦半岛[3]的一部分，肯定会很奇怪，不是吗？"

"但那是6600万年前的事了。"娜蒂娅说，"如果有，也早就被埋在冰层下了。"

"的确。"走回火星车的路上，安说，"如果极冠融化了，我们肯定会找到一些的。我们会在沙漠上发现能塞满一整个博物馆的陨石。"

---

1  马格里特即勒内·马格里特（1898—1967），比利时超现实主义艺术家。
2  白垩纪－第三纪灭绝事件，俗称"恐龙大灭绝"，是发生于约6600万年前的大规模物种灭绝事件。这个说法是旧称，由于国际地层委员会不再承认第三纪是正式地质年代名称，以古近纪与新近纪取代，因此此事件被更名为白垩纪－古近纪灭绝事件。
3  尤卡坦半岛位于墨西哥，其地表下的希克苏鲁伯陨击坑常被认为是造成白垩纪－古近纪灭绝事件的原因。

***

他们穿过更多曲谷，火星车再次成为一艘小船，落入跌宕起伏的波浪之间。不过这次他们遇到的是目前为止最大的波浪，波峰之间的距离有 40 千米。他们根据时间安排日程，从晚上 10 点到凌晨 5 点停在小山或是被埋的陨击坑边上，这样可以在停留期间看到不错的风景。他们用双层偏振片给窗户着色，用于遮光，以便在夜里获得睡眠。

某天早上他们吱吱呀呀地压过地面，安打开无线电，开始联系火星同步卫星。"找到极点也不容易。"安一边工作一边说，"早期的地球探险者在北极附近遇到了非常大的困难：他们总是在夏季去北极，看不到星星，也没有卫星可以联系。"

"那他们是怎么做的呢？"娜蒂娅好奇地问。

安想了想，笑了。"我也不知道。我猜导航结果也不太好。大概是用航位推算法[1]吧。"

娜蒂娅对这个问题很感兴趣，开始在草稿本上计算起来。几何一直都不是她的强项，但在仲夏的北极点，太阳会围着地平线画出一个完美的圆，不高不低。如果你的位置接近北极点，而时间也接近夏至，那么你就可以用一个六分仪来根据时间测算太阳相对于地平线的高度……是这样吗？

"就在这里。"安说。

"什么？"

他们停下火星车，环视四周。白色的平原连绵起伏延伸到地平线外，除了几条很宽的红色等高线斑带，毫无特色。这些等高线并没有围着他们形成一圈圈的同心圆，他们似乎也并非在任何东西的顶点。

"究竟在哪里？"娜蒂娅问。

---

1　航位推算法是一种利用现在物体位置及速度推定其未来位置的方法，最初用于车辆、船舶等的行驶和航行定位中，随着技术的发展，现已可应用于行人导航。

"嗯，就在北边一点。"安依旧笑着说，"1千米左右。可能是那边。"她指向右边，"我们去到那边再联系一遍卫星，稍微借助一下 GPS。肯定很快就能精准定位了。误差也就在 1 米内。"

"多花一点时间，就可以把误差控制在 1 米之内！"西蒙激动地说，"来一击即中吧！"

他们继续向前行驶了 1 分钟，联系无线电，向右转；再次行驶，又联系了一遍无线电。最终安宣布他们到达了北极点，至少足够接近了。西蒙操作电脑继续进行计算。他们穿上漫步服，外出转悠了一会儿，确保每个人都踏上了北极点。安和西蒙钻探采样。娜蒂娅一直在走，以火星车为中心向外转圈。眼前是一片略带些红色的白色平原，地平线约在 4 千米以外，太近了。这一切都发生得太快了，就像那日在黑沙丘的落日里，带给她的那般异界一样的感受——观感极近的地平线、梦幻般的重力、这么大却又有尽头的世界……而现如今，她正站在这颗星球的北极点。现在是 Ls=92 度，几乎最接近夏至的时候。如果她面朝太阳，站着一动不动，太阳会在一天内维持同样的高度，围着她绕圈；甚至一整周都是这样！这太奇怪了。她正在像陀螺一样原地旋转。如果她长时间保持静止不动，能感受到火星的运转吗？

她的偏振面板减弱了冰面上的阳光，将其化为一道五彩斑斓的光弧。这里并没有很冷。她可以感受到微风吹过她高举的手掌。一道优美的红色沉积斑带横跨地平线，仿佛是一条经线。她因自己的这个联想笑了。太阳周围有非常淡的光晕。光晕很大，晕弧的最下方恰好接触到地平线。极冠的冰升华到大气中，成为悬浮在高空中的冰晶，反射阳光，形成了光晕。她开心地笑着，在火星的北极点留下自己的靴印。

当晚，他们调整偏光器，独立仓的窗户上反射出滤光后周围的白色平原。娜蒂娅坐在那里，把空餐盘放在腿上，正在小口喝咖啡。电子表显示的数字从 11:59:59 变到 00:00:00，然后停止了。凝滞的时间突显出火星车内的安静。西蒙睡着了，安坐在驾驶位上盯着外面看，她的晚饭只吃了一半。除了通风机的嗡鸣声，再没有别的声音。"感谢你带我们来这里。"娜蒂娅说，"真的很棒。"

"总该有人来欣赏这里的一切。"安说。当她生气或愤恨的时候，她的声音会变得很平、很冷淡，就好像她只是在陈述事实。"这里不会存在多久了。"

"你确定吗，安？这里的冰层有 5 千米厚，你之前是这么说的吧？你真的觉得，仅仅覆盖上黑沙就会导致这些冰完全消失吗？"

安耸了耸肩。"这个问题取决于我们会把这里变得多温暖，以及这颗星球上总共有多少水，还有当我们加热大气之后，表岩屑中蕴含的水会有多少渗透到地表。除非真的发生，否则我们无法预测所有这些情况。不过我认为，鉴于极冠是最主要的裸露水体，它也一定是对变化最敏感的。可能在大部分永久冻土的温度升高到融点 50 摄氏度之前，这里的冰就几乎全部升华了。"

"全部？"

"嗯，的确每个冬天都有一些水会沉积成冰。但如果从全火星的角度考虑，还是没有那么多水。这是个干旱的世界，大气极度干燥，这使得南极像一个热带丛林，你还记得那里是怎么把我们吸干的吗？如果温度升得足够高，冰层会以非常快的速度升华。整个极冠都会升华到大气中，然后被吹到南边，在夜间冻结。最终冰会重新分布，大体上均匀覆盖整个火星，形成约 1 厘米厚的霜冻。"她皱了皱眉头，"应该比 1 厘米还要薄，因为大部分水汽会停留在空气中。"

"但是如果温度继续升高，霜冻会融化，然后会形成雨水，这样我们就有了河流和湖泊，不是吗？"

"那得气压足够高才行。液态平面水取决于气压和温度。如果温度和气压都升高，那几十年后这里的冰层就会融化殆尽，只剩下沙地。"

"那我们就能在这里找到一大堆陨石了。"娜蒂娅说，试图让安开心起来。

然而这没有奏效。安噘起嘴，盯着窗外，摇了摇头。她的神色很冷。这并非完全因为火星，肯定还有其他原因导致她内心深处的紧张和愤怒。她的忧郁就像是贝西·史密斯的歌曲，让人不忍心看。当玛雅难过的时候，就像是埃拉·菲茨杰拉德[1]演唱的蓝调歌曲，你知道都是演出来的，充沛的感情就那样倾泻而出。但当安难过的时候，真的让人不忍心看。

她端起装着千层面的盘子，回过身子把盘子塞进微波炉。在她身后，白色的荒原在黑暗的夜空下发着微光，整个世界如同照片底片一样。电子表的数字突然跳到了 00:00:01。

＊＊＊

4 天后，他们从冰层上下来了。他们沿着原路返回，回到菲莉丝、乔治、爱德华停留的地方。3 名旅行者将火星车开到坡上停下来，这时，地平线上出现了一座建筑。在峡谷地表平坦的沉积物上矗立着一座古典希腊神庙，周围有 6 根白色大理石多立克柱[2]，上方是一个圆形的平顶。

"搞什么鬼？"

走近后，他们看到立柱都是用掘进机挖出来的冰柱做成的，一根根叠在一起。充作房顶的那块冰碟是很粗糙地凿出来的。

"是乔治的主意。"菲莉丝通过无线电告诉他们。

"我发现我们制造出来的冰柱和古希腊神庙的大理石柱大小差不多，"乔治说，显然对自己的杰作很自豪，"这之后就很显而易见了。掘进机运作良好，我们有很多空闲时间来搞这个。"

"看上去很棒！"西蒙说。的确很棒。一座外星纪念碑，如梦似幻的神圣雕塑，在漫长的黄昏下闪着光，如同血肉之躯一般，仿佛有鲜血在冰下流淌。"供奉战神阿瑞斯的神庙。"

"还是供奉海神吧。"乔治说，"我们可不想让阿瑞斯太过频繁地光顾这里，我可不想。"

"尤其是考虑到基地那群人。"安说。

---

1 埃拉·菲茨杰拉德（1917—1996），美国最重要的爵士乐歌手之一，被誉为"爵士乐第一夫人"。
2 多立克柱是希腊古典建筑的三种柱式中的一种，也是出现最早的一种。

＊＊＊

大家沿着原路往南开，信号发射器出现在前方的道路上，和混凝土铺就的高速公路一样清晰。都不用安说出来，回程路上的信号发射器极大地改变了旅途的感觉：他们不再是探索无人踏足的土地，这片土地的本质已经改变了。几道平行的车辙将大地划成左、右两半，地面上绿色的小圆罐在尘雾中幽幽地发着光，标记着"道路"。这里再也不是荒野了。这就是修路的目的。已经可以让一号火星车来自动驾驶了，大家也经常这样做。

他们以每小时 30 千米的速度缓慢前进，一路上无事可做，只能看着被分割成两半的景色，或是偶尔闲聊两句。早上，他们针对弗兰克·查尔莫斯展开了激烈的讨论——安坚持认为他是个绝对的马基雅弗利主义者，菲莉丝坚信他并不比其他掌权者差，而娜蒂娅回忆起她和弗兰克谈及玛雅的对话，深知他本人比这两种形象更复杂。不过安的直言不讳令她感到震惊。菲莉丝继续说起弗兰克是如何在过去几个月的旅途中把他们所有人都团结到一起的。娜蒂娅盯着安，试图用眼神告诉她，她找错听众了。菲莉丝之后肯定会把她说的话在外面乱传，这非常明显。但安一向不太注意别人的眼神。

突然，火星车刹了车，缓缓停了下来。之前没人一直盯着路看，于是所有人都奔向前挡风玻璃。

他们眼前出现了一块平坦的"大白板"，覆盖了前方约 100 米的道路。"这是什么？"乔治喊道。

"是咱们的永久冻土层抽水泵。"娜蒂娅指出，"肯定是坏掉了。"

"或者是工作得太有效率了！"西蒙说，"这是水冰！"

大家把火星车切换到手动模式，向前靠近。溢出的水冰如白色的熔岩覆盖了道路。他们挣扎着穿上漫步服，走出独立仓，走到漫溢的水冰边缘。

"属于我们的溜冰场。"娜蒂娅说着走向水泵，她揭开隔离层向内看去，"啊哈——隔离层出现了一段空隙——水在这里凝结，堵塞了旋塞，将它固定到了开启的位置。我猜，水压肯定很大。水一直向外流，直到冰层冻结得太厚，彻底堵住了开口。用锤子敲一下这里，可能会产生小型间歇泉。"

她从独立仓下方的工具橱里拿出了一把鹤嘴锄。"小心！"她一锄子敲下去，正砸中那团厚厚的白色水冰，那里正好是水泵连接水槽输入管的地方。一股大水柱迸发而出，蹿了 1 米高。"哇！"水柱哗哗地砸向地面平坦的白色冰层，散发出很多蒸汽，不过几秒内就凝结了，在冰层上形成了一大片白色的裂片。"看啊！"漏洞冻住了，水流停止了，蒸汽也随风消逝了。

"看水凝结得有多快！"

"这就像是那些溅射陨击坑一样。"娜蒂娅笑着评论道。水流喷射而出，疯狂散发蒸汽，又立刻凝结，这可真是个奇观。

娜蒂娅敲开旋塞附近的冰。安和菲莉丝在一旁争论着永久冻土的迁移，这个纬度的水含量，诸如此类。在外人看来，她们早该厌恶和彼此争论了，但她们真的很讨厌对方，因此根本无法停止争论。毫无疑问，这一定是她们一起参加的最后一次旅行。娜蒂娅自己也不太乐意以后和菲莉丝、乔治、爱德华一起旅行了，他们太自大，而且总是形成自己的小团体。不过安也已经被好几个人疏远了，如果再不小心一点的话，她恐怕再也找不到任何愿意和她一起旅行的人了。比如，弗兰克——那天晚上安针对他发表了很冒犯的评价，她告诉菲莉丝和其他人弗兰克有多烂，真是令人难以置信。

如果她疏远了除了西蒙·弗雷泽的每个人，她就聊不了天了，因为西蒙是首百中最沉默寡言的。他在整个旅途中说过的话不超过 20 句。这实在太奇怪了，就好像他是个聋哑人似的。不过也许他和安独处的时候会交谈，谁知道呢。

娜蒂娅把旋塞扳到关闭的位置，然后把整个水泵都关上了。"我们在这么靠北的地方必须用更厚的隔离层。"她一边自言自语地说着，一边把工具收回火星车上。她受够了这些争吵，焦急地想要回到基地，继续自己本来的工作。她想和阿卡狄聊天，他不需要费心就能逗她开心。同样地，她也总能令阿卡狄开心。

众人采集了几块漫溢出的冰块作为样品，并且设置了 4 个信号发射器来给自动驾驶火星车引路绕过冰层。"不过这些冰可能会升华消失，对不对？"娜蒂娅问。

安沉浸在自己的思绪中，没有听到这个问题。"这里有这么多水。"她自言自语，听上去很担心。

"你可算说对了，没错，这里就是有很多水。"菲莉丝感叹道，"现在我们是不是该去看看之前在玛莱奥提斯沟群北侧发现的那些沉积物呢？"

＊＊＊

随着他们逐渐接近基地，安变得越发沉默寡言、自我封闭。她像戴着面具一样面无表情。某天傍晚时分，娜蒂娅和她一起修理信号发射器时，问道："你怎么了？"

"我不想回去。"安说，她跪在一块单体岩石旁，正在进行切片，"我不想结束这场旅行，我想要一直旅行，走下峡谷，走上火山边缘，走进混乱，走进环绕希腊平原的群山。我不想停下。"

她叹了口气。"但是……我是团队的一员。我必须和大家一起爬回小破屋子里。"

"真的有这么糟糕吗？"娜蒂娅问，回忆着漂亮的拱顶小屋、蒸汽按摩浴缸和冰镇伏特加。

"你知道的！每天 24 个半小时都窝在那堆半地下的小房间里，玛雅和弗兰克整天都在玩政治阴谋，阿卡狄和菲莉丝针锋相对，任何事情都能吵起来，这一点我现在很理解了，相信我。乔治只会抱怨，约翰不切实际，博子沉迷在自己的小王国里——弗拉德也是，赛克斯也是……要我说，真是个糟糕的团队！"

"他们也没有那么糟糕。既不比别人差，也不比别人好。你只能融入。你不可能成天待在这里独处。"

"的确不能，但当我待在基地里时，我这个人仿佛根本不存在似的。还不如在飞船上呢！"

"不对，不对。"娜蒂娅说，"你忘了。"她朝着安正在进行切片的石头踢了一脚，安惊讶地抬起头，"你还能踢石头，看到没？我们都在这里，安。我们都站在火星上。每天你都可以外出，四处奔波。而且以你的职位，你想外出多少次就可以外出多少次。"

安别开了目光，说道："有时候就是感觉还不够。"

娜蒂娅盯着她："听我说，安，真正令我们不得不在地下工作的原因是辐射。你的话的真正含义是你想让辐射消失。这意味着我们必须将大气变稠密，这就意味着要进行火星地球化。"

"我明白。"她的声音很紧，突然之间那种谨慎的陈述事实的声调消失不见了，"你难道看不出我其实*明白*吗？"她站起身挥舞着锤子，"但这是不对的！我望着这片土地，我、我*爱它*！我总想站在大地上，想踏遍每一寸土地，想研究它，在上面生活，了解它。但当我这样做的时候，我就改变了它——我破坏了它本来的样子，破坏了我爱的它的样子。我们开拓出这条道路，但每当我看到它的时候，我的心就在痛！而基地在我看来就如同一个敞开的矿坑，建造在从开天辟地起就从未被人踏足的沙漠中央。太丑陋了，太……我不想对火星其他地方做同样的事，娜蒂娅，我不想。我宁可去死。让火星保持原样，让它保持荒芜苍茫，让辐射继续存在吧。这也不过就是个概率问题而已，如果它把我得癌症的概率提升到10%，那我还有90%的概率安然无恙！"

"对你而言也许没事，"娜蒂娅说，"或者说对任何个体而言都问题不大。但对于一个整体，对于所有在这里生活的生物而言，辐射会造成基因损伤，你明白的。日积月累，辐射终将会给我们造成缺陷。所以，你得明白，你不能只想着自己。"

"我是团队的一员。"安闷闷地说。

"没错，你的确是。"

"我明白的。"安叹了口气，"我们都这么说。我们会继续改造这里，将这里变得更安全。铺设道路，建造城市。创造新的天空，创造新的土壤。直到这里变得像西伯利亚或是西北领土。等到火星完全消失后，我们会站在这里，思忖为什么我们感到如此空虚，为什么当我们看向这片大地时，除了自己的脸再也看不到任何东西。"

# 5

在远征的第 62 天，南方地平线上出现了一缕缕烟雾，棕、灰、白、黑，各色烟雾上升交织在一起，浓烟滚滚，形成平顶蘑菇云的形状，向东方飘去。"到家了，到家了。"菲莉丝开心地说。

去程时形成的小径半埋在尘埃里，将他们引向浓烟中：他们穿过运输飞船着陆区，穿过地面上纵横交错的踩出来的道路，穿过淡红色的沙地，路过沟壑和小丘、土坑和土堆，最终来到了永久定居点的大土堆旁。如今永久定居点已经成了一座圆形的堡垒，其上是银色的镁质大梁。眼前这幅景象激起了娜蒂娅的兴趣，随着他们继续向前行驶，她很难不注意到各种各样的东西：钢架，木箱，拖拉机，起重机，成堆的零件，垃圾堆，风车，太阳能板，水塔，通向东方、西方和南方的混凝土路，空气采集机，炼金术士们居住的低矮建筑，大烟囱正在排放她之前看到的浓烟，还有成堆的玻璃，堆成圆锥形小山的灰色沙砾，水泥工厂旁好几堆未经处理的表岩屑，还有几小堆表岩屑分散在各个地方。这里失序、丑陋又肩负重任，像车里雅宾斯克州或者是类似乌拉尔山脉附近的重工业城市，或是雅库特的油田。他们在这片满目疮痍的大地上行驶了足足 5 千米，一路上娜蒂娅都不敢去看安。安非常安静地坐在她身旁，浑身都散发出厌恶和憎恨的气息。娜蒂娅也很震惊，看到这些改变也感到难以置信。如果在这趟旅途开始前看到这些景象，她不会感觉有什么异样，甚至会很兴奋。但她现在有点愕然，而且还担心安会做出暴力行为，特别是假如菲莉丝再说点火上浇油的话。不过菲莉丝倒是一言不发。大家将火星车开到北侧车库外的房车集中地，停了下来。远征结束了。

大家陆续将火星车挨着车库墙停好，然后爬出车门。熟悉的面孔聚集过来，玛雅、弗兰克、米歇尔、赛克斯、约翰、厄休拉、斯宾塞、博子和其他人，大家像是兄弟姐妹一般。但人太多了，令娜蒂娅难以承受，像是被触碰的秋牡丹一样枯萎了，开不了口说话。她想要抓住某种感觉，但那感觉转瞬即逝。她四下环顾，寻找安和西蒙，但他们俩被另一群人堵住了，看上去很茫然。安默默忍受着，仿佛戴着一副面具。

菲莉丝替他们讲了讲探险故事。"很棒，景色真的很美，太阳一直晒着。那里真的有水冰，我们看到了好多好多水，极冠就像地球的北极似的……"

"你们找到磷了吗？"博子问。能见到博子真是太好了。她担心她的植物会缺磷。安告诉博子，她在阿西达利亚平原的陨击坑附近的轻物质里发现了堆积的硫酸盐，于是她们一起去看样本了。娜蒂娅和大家一起，顺着地下通道的水泥墙走进永久定居点。她盼望着洗个真正的热水澡，吃些新鲜的蔬菜。她心不在焉地听着玛雅给她讲最近的新闻。她回家了。

＊＊＊

娜蒂娅再次投入工作，和之前一样，工作源源不断、多种多样，有无穷无尽的事情要做。时间总是不够用，因为尽管有些工作比娜蒂娅预想中占用的时间更少，机器人完全可以胜任，但剩下的工作还是会占用很多时间。而且虽然有些工作在技术上让娜蒂娅觉得很有趣，但没有什么能给她带来和建设拱顶房屋一样的乐趣。

如果众人想让拱顶下的中央广场派上用场，那他们必须打好地基，从下向上分别铺设砾石、混凝土、砾石、纤维玻璃、表岩屑，最后是处理过的土壤。拱顶本身需要用处理过的双层厚玻璃制成，这样才能承受压力，抵挡紫外线和一部分宇宙辐射。当这一切都建成后，这里会成为10000平方米的中央花园，的确是令人很满意的雅致方案。不过随着各方面的建筑工作逐渐展开，娜蒂娅感到头晕目眩、精神紧张。玛雅和弗兰克再也不在公众场合谈公事了，这意味着他们之间的私人关系肯定很糟糕。而且弗兰克似乎也不想和约翰交谈，真令人遗憾。萨沙和耶利分手了，引发了一场两人朋友之间的战争。博子的小分队——岩雄、保尔、艾伦、拉雅、吉恩、叶芙根妮娅以及其余的人，可能是为了避开这些事，每天都在中庭或温室工作，比以前更与世隔绝。弗拉德、厄休拉以及其余医疗团队成员全心全意投入研究，除治疗工作，什么事情都不管，令弗兰克非常愤怒。而基因工程团队则把所有时间都花在由房车改造的实验室里。

即使如此，米歇尔依然表现得仿佛一切都很正常，就好像他根本不是探险队里的心理学专家似的。他大部分时间都在看法语电视节目。当娜蒂娅问起弗兰克和约翰之间的关系时，米歇尔只是茫然地看着她。

众人已经在火星上待了 420 天了。属于他们的宇宙的最开始几秒钟过去了。他们再也不聚集在一起计划明天的工作或是讨论他们正在做的事了。"太忙了。"当娜蒂娅问起时，每个人都这么回答，"嗯，描述起来太复杂了，你明白的，肯定会把你讲睡着的。至少对我来说肯定会。"诸如此类。

时不时地，娜蒂娅的脑中会浮现出黑暗的沙丘、洁白的冰原、夕阳映照出的人物剪影。她一阵战栗，然后长叹一声。安策划了另一趟旅行，已经出发了，这次是向南去往水手号峡谷群的最北端，去见证更加难以想象的奇迹。但无论娜蒂娅是否想一起去峡谷，基地都需要她。玛雅抱怨安总是不在基地。"很显然她和西蒙策划了一些东西，他们总是在外面度蜜月，而我们则在这里当苦力。"这就是玛雅看问题的方式，这就是能让玛雅和电话里的安听起来一样开心的方式。不过身处峡谷中，单是这一点就足以令安开心了。如果她和西蒙之间发生点什么的话，那也是她愉悦心情的自然延续。娜蒂娅希望这是真的，她知道西蒙爱着安，她也感受到了安内心深处巨大的孤独，安亟须和他人交往。如果她能再次加入他们该多好！

但是娜蒂娅还有工作要做。她继续工作，指挥施工地点附近的人。她进入工地，因为糟糕的施工质量而愤怒地斥责她的朋友们。她受伤的手在旅途过程中恢复了一些力量，她可以再次驾驶拖拉机和推土机了。她长时间地驾驶机械，但一切都不一样了。

* * *

在 Ls=208 度时，阿卡狄首次从火卫一下到火星上。娜蒂娅去往新建成的太空港，站在宽广的满布尘埃的水泥路旁迎接他们的到来。她时不时地左右换脚小跳着。焦黄色的水泥已经被之前的多次着陆染上了黄色和黑色的斑痕。阿卡狄的分离舱出现在粉色的天空中，一开始是个小白点，之后变成一道黄色的火焰，像是向内喷射的燃气灶。最终它变成一个附有火箭的半球，下方有着陆腿，在一排火焰喷射中缓缓降落，异常精准地完美着陆在中心点上。阿卡狄一直在改进降落着陆程序，显然效果显著。

20 分钟后，他从着陆舱里爬出来，站在最高的阶梯上，四下环顾。他自信满满地走下阶梯，刚踩到地面上就立刻试探性地小跳起来，走了几步，然后伸开手臂转了个圈。娜蒂娅突然回忆起刚来到这里时那种空荡荡的感觉。这时阿卡狄摔倒了。娜蒂娅赶紧跑过去。阿卡狄看见她，想要站直身子迎接她，结果反倒再次被粗糙的硅酸盐水泥绊倒了。娜蒂娅把他扶起来，他们跌跌撞撞地拥抱在一起。阿卡狄穿着宽大的宇航服，娜蒂娅穿着漫步服。透过面罩，他那张胡子拉碴的脸显得格外真实，视频通信让娜蒂娅忘记了三维世界和其他让真实世界变得鲜活的细节。阿卡狄轻轻地用面罩碰了一下娜蒂娅的面罩，笑得嘴都合不拢了。娜蒂娅也笑得很开心。

他指着自己的手腕终端机，调到了他们的私人频道 4424，她也照做了。

"欢迎来到火星。"

阿历克斯、珍妮特、罗杰是和阿卡狄一起来的。他们走出着陆舱，爬进一辆 T 型货运车的开放式车厢，娜蒂娅把他们载回了基地。一开始走的是铺设好的宽敞道路，之后她走了个捷径，路过炼金术士营地。她给他们介绍路过的每一座建筑，这时她意识到他们应该早就认出这些建筑了。她突然感到很紧张，想起自己从极点的旅途返回后的那种感觉。车停在车库门口，她领着众人进了门。又是一场家庭大团聚。

当天晚些时候，娜蒂娅带着阿卡狄参观拱顶房屋围成的大厅，从一扇门走进另一扇门，从一个房间走进另一个房间。整整24个房间都参观了一遍后，他们来到了中庭。透过玻璃板，天空呈现出一种红宝石般的颜色，镁柱像是磨损的银子一样散发着模糊暗淡的光芒。

"怎么样？"娜蒂娅终于开口，无法阻止自己发问，"你觉得如何？"

阿卡狄笑着拥抱了她。他仍然穿着宇航服，摘掉头盔之后，他的身体藏在宽大的宇航服里，令他的脸显得很小。他看上去臃肿而笨重，娜蒂娅想让他把宇航服脱了。

"嗯，有的不错，有的不咋样。而且为什么这么丑？为什么看上去这么单调？"

娜蒂娅耸了耸肩，有点生气。"我们一直都很忙。"

"我们在火卫一上也很忙，但是你应该去亲自看看！我们把含铂金条的镍板都一一摆出来，在上面刻出重复的花纹，这样机器人可以在夜里布置好这些板子，就像是埃舍尔[1]的复制品那样，面对面的镜子反复反射、无限后退，像是从地球传来的景象，你真该看看！你可以在某些房间里放上蜡烛，就像天上的群星，或是闪着火光的房子。每一间房屋都是一件艺术品，你等着瞧吧！"

"我非常期待。"娜蒂娅摇了摇头，笑着看向他。

当天晚上，大家共进晚餐，地点是在居住点4个连通的小房间形成的大房间里。他们吃了鸡肉、素汉堡和很大份的沙拉。大家都在彼此交谈，令人回想起**战神号**上最美好的时光，甚至是在南极的时光。

阿卡狄站起来跟他们讲述火卫一的工作进展。"我很荣幸终于能来到山脚基地。"火卫一上的人们已经快要将斯蒂克尼陨击坑罩住了，他告诉大家，他们在陨击坑下方遍布裂隙的角砾岩中钻掘出狭长的通道，一路顺着冰脉的走

---

1　埃舍尔即莫里茨·埃舍尔（1898—1972），荷兰著名版画艺术家，创作了众多视错觉艺术作品。

势，贯穿整个火卫一。"如果不是因为重力太小，火卫一本该是个不错的地方。"阿卡狄总结说，"但这个问题我们没法解决。大部分自由活动的时间，我们都待在娜蒂娅提议建造的重力火车上，但那里太挤了。而且几乎所有工作都在斯蒂克尼陨击坑及其下方展开。我们长时间处于失重状态，花了很多时间来锻炼身体，即使如此，我们还是变得羸弱无力，甚至连火星的重力都令我感到疲倦——我现在已经有点晕乎乎的了。"

"你总是晕乎乎的！"

"总之我们必须轮班去火卫一，或者让机器人去那里工作。我们打算让火卫一上的所有人都下到火星来。我们已经完成了工作，在那里建成了一座可以正常运行的太空站，以供后人使用。现在我们想要下来领取我们的奖赏！"他举起了酒杯。

弗兰克和玛雅皱起了眉头。没有人想去火卫一，休斯敦和拜科努尔却想要在那里长期安排人手。玛雅脸上的表情非常像她在*战神号*上经常摆出的样子，就好像在说"一切都是阿卡狄的错"。阿卡狄看到后，忍不住哈哈大笑。

第二天，娜蒂娅和其他几个人带领阿卡狄去仔细参观山脚基地及其周边设施。整个参观过程中，阿卡狄都瞪着双眼不断点头，那表情让人也很想对他点头。他边走边说着"是啊，但是，是啊，但是"，一条接一条地详细评价，连娜蒂娅都有点受不了他了。但很难否认的是，山脚基地确实建得有些简陋，像是被人甩到了地平线的各个方向，以至于看上去就像是整个星球地表的延伸。

"给砖块着色很容易。"阿卡狄说，"加点熔炼镁时提取的氧化镁就可以得到纯白色的砖块。加点博施反应产生的碳就可以得到黑色的砖块。可以通过改变氧化铁的含量来得到不同色度的红色，就连令人惊叹的猩红色都能做出来。想要得到黄色，可以加点硫黄。绿色和蓝色肯定也可以得到，但怎么做我不知道，斯宾塞可能知道，也许是加点硫黄的某种聚合物吧，我真的不知道。但我觉得鲜艳的绿色在这一片通红的地方肯定非常棒。在天空的映照下可能会有点发黑，但它仍是绿色，非常养眼。"

"用这些五颜六色的砖块，可以修建出马赛克的砖墙，肯定非常美。每个人都可以拥有属于自己的墙面或房屋，可以砌成他们想要的任何样子。炼金术士营地的那些工厂看上去简直就是简易厕所或是废弃的沙丁鱼罐头。在周围砌上砖墙也有助于隔离，所以这么做是有很充分的科学理由的。但同时，说真的，让砖墙变得好看一点也很重要，让这里变得像家也很重要。我此前已经在只关心实用性的国家生活太久了。比起实用性，我们还应该关心其他价值，对不对？"

"无论我们怎么美化这些建筑，"玛雅尖锐地指出，"它们周围的土地还是会被掀开的。"

"这可不一定！看，等建设完工后，我们很有可能可以将地面恢复到原来的状态，然后再将地面上松动的岩石散布在四周，营造出此地原本的平原效果。由于沙尘暴带来的细沙微尘很快就会堆积，即便人们走在人行道上、车辆行驶在道路上，也很快就会恢复成土地原本的样貌。其间散落着一些五彩缤纷的马赛克建筑，玻璃拱顶下满是绿色，还有黄色砖块铺设的道路，诸如此类。我们当然要这么做！这事关我们的精气神！我的意思并不是早就该这么做，建设基础设施的时候肯定是一团乱，但现在我们已经准备好了，是时候创造建筑艺术、展现精神文化了。"

他挥动双手，突然停下，瞪大双眼，看向周围的人。他们都透过面罩投来怀疑的目光。"嗯，这总归是个好主意，不是吗？"

是啊，娜蒂娅想。她兴奋地环视四周，试着在脑中描绘出这幅场景。也许这样的处理能让她找回工作的乐趣？也许这会让安感觉不同？她不确定。

"阿卡狄又在出主意了。"晚上玛雅走进泳池时，看上去很不悦，"我们可真是太需要他的主意了。"

"但是他提出的都是好主意。"娜蒂娅说。她走出泳池，冲了个澡，穿上工作服。

夜里，她再次和阿卡狄碰头，带他来到山脚基地西北角的房间里。这里的房间还未装修，所以她可以给他展示结构上的细节。

"很精妙。"他边说边用手抚过砖块，"说真的，娜蒂娅，整个山脚基地非常壮观。我可以在每个角落都看到你的手艺。"

娜蒂娅闻言非常开心。她走到一个屏幕前，调出她设计的一个更大的定居点蓝图。3排拱顶房屋排列在很深的地下壕沟中，壕沟对侧的壁面安装了很多面镜子，可以将阳光反射到房间里……阿卡狄笑着点头，指着屏幕，问了问题，并给出建议："可以在壁面和房屋之间设立开放式拱廊，每层都比下一层往后错开一点距离，这样每个房间都可以有纵观拱廊的露台……"

"嗯，这应该可以做到……"他们点着屏幕，边说边改动建筑蓝图。

之后他们走进拱顶下的中庭，站在一簇簇高高的黑竹下。这些植物仍种在花盆里，因为土地还需要处理。四周安静而黑暗。

"我们说不定可以把这里再沉下去一层。"阿卡狄温柔地说，"在拱顶房间上加装门窗，让屋子里更敞亮一些。"

娜蒂娅点点头。"我们想过这个方案，也打算这么做，但从闭锁室把这么多土运出去实在是太慢了。"她看向他，"话说回来，我们之间又如何呢，阿卡狄？目前为止你聊的只有基础设施建设。我本来以为美化建筑物在你的任务列表上是处于很靠后的位置的。"

阿卡狄笑了。"嗯，也许任务表上靠前的任务都已经完成了。"

"什么？阿卡狄·波格丹诺夫居然说出了这种话？"

"唉，你明白的——我不是为了抱怨才抱怨，九指女士。这里事务运行的方式和我在旅程中号召的差不多。都这么接近我设想中的状态了，如果我再抱怨的话实在是太蠢了。"

"我必须承认你真的令我很意外。"

"哦？还是回想一下你们过去一年在这里共同工作的经历吧。"

"半年。"

他笑了。"半年。整整半年，我们事实上没有任何领导人。晚上开会时每个人都有机会发声，大家一起决定最需要优先完成的任务是什么。本来就该是这样的。没有人把时间浪费在讨价还价上，因为也没有市场。这里的一切都平等地属于所有人。没有人会剥夺我们拥有的资源，因为除了我们也没有人会买。一直以来这里都是一个集体社会，一个民主团体。人人为我，我为人人。"

娜蒂娅叹了口气。"都变了，阿卡狄。已经不是那样了。其实一切都在不断变化，任何事都无法长久。"

"为什么这么说？"他喊道，"只要我们决定坚持就能长久。"

她怀疑地看了他一眼。"你知道没有那么简单。"

"对，没错。没有那么简单。但这是我们能控制的！"

"也许吧。"她叹了口气，想起了玛雅和弗兰克，想起了菲莉丝、赛克斯和安，"实在是有太多争吵了。"

她摇了摇头，揉了揉手上的伤口，缺失手指的地方隐隐作痛。她突然感到非常沮丧。掩星的光芒透过头顶长长的竹叶照射下来，竹叶仿佛一簇簇巨型杆菌。他们走在一排排种着庄稼的架子中间。阿卡狄拉过娜蒂娅残疾的手，仔细查看她的伤口，直到她感觉不舒服，试图抽回手。他停下来，亲吻了无名指根部裸露的指关节。

"你的双手非常强壮，九指女士。"

"在事故发生之前我就很强壮了。"她说着，握紧拳头并抬高。

"总有一天弗拉德会帮助你，让你重新长出一根新手指。"他说着，抓住她的拳头，将其展开，然后拉着她的手继续往前走，"这里让我想起了塞瓦斯托波尔[1]的植物园。"

"嗯。"娜蒂娅说。其实她没有认真听。她的心思都在他们交握的手和交缠的手指上。他的双手也很强壮。她是个头发花白、又矮又壮的俄罗斯女性，51岁，是少了一根手指的建筑工人。能感受到另一具身体的温暖真是太美好了。

---

1 塞瓦斯托波尔是位于克里米亚半岛西南岸的港口都市。

实在是太久没有这种感受了。她的手像海绵一样吸收着这感觉，直到她因激动而感到刺痛。她感到温暖而完整。这感觉对他而言肯定也很奇怪吧，她猜测着，然后放弃继续思考。"我真高兴你在这里。"她说。

＊＊＊

阿卡狄来到山脚基地这件事就像是暴风雨前的平静。他提醒大家去思考自己在做什么，思考他们直接入住来不及仔细研究的定居点。在这样的新压力的作用下，有些人变得敏感警觉，有些人变得激进好斗。所有长期以来一直存在的争论都变得更激烈了，这其中自然包括关于火星地球化的争论。

如今对于这个话题的争论已经不止一两次，而是变成了一个持续不断的过程。这个话题反复被提起，在人们一起外出工作、用餐、入睡前的闲聊过程中都会被提及。任何事情都会引发这个话题：当看到切尔诺贝利升起的缕缕白烟时，当自动驾驶的火星车满载着极地的水冰到达基地时，当云朵出现在黎明的天空时……当看到这些或是其他类似景象时，人们会说"这肯定会在系统中增加不少 BTU[1]"，或是"这些气体会对温室很有益吧"。随之而来的肯定是一场相关的技术讨论。有时话题会在晚上被带回山脚基地里，从技术讨论变成哲学探讨，甚至还会演变成漫长而激烈的争论。

这种争论当然不仅限于火星上的众人之间。休斯敦、拜科努尔、莫斯科、华盛顿、位于纽约的联合国火星事务办公室都纷纷发表意见书。世界各地的政府机构、新闻编辑室、企业董事会、大学校园都在发表着各自的意见，甚至连各个酒吧和家庭聚会中也都在讨论这个话题。在地球的争论中，很多人都开始用远征队队员的名字来作为各种不同观点的简称，所以当收看地球新闻时，远征队队员们会听到人们说他们支持克雷伯恩的观点，或是赞同"罗索尔计划"。这再次提醒众人，他们在地球上非常有名，就像是电视连续剧中的角色一样，这让他们感觉很别扭、很不安。在经历过着陆后铺天盖地的特别报道和采访之

---

1　BTU 是传统的英制能量、热量单位。

后，他们忙于每天的工作生活，几乎忘记了持续进行的视频报道。不过视频摄像头一直在拍摄并将视频传回地球，地球上也有很多人是这个节目的粉丝。

总之，几乎每个人都有自己的观点。民意调查显示大多数人都支持"罗索尔计划"，这是赛克斯提议的"用一切方式尽快将火星地球化"这个计划的非正式名称。不过少数支持安提议的维持火星原貌计划的人态度更加激进、信仰更加坚定，坚信应该立刻效法《南极条约》，更有甚者要把所有的地球环境保护法应用到火星上。同时，不少民意调查结果明确显示，很多人都被博子和她的农业项目所吸引，还有不少人都自称波格丹诺夫主义者。阿卡狄从火卫一往地球发送了很多视频。这些视频都很棒，展示出建筑工程之壮观。地球上新建的很多旅馆和商业建筑都竞相模仿火卫一建筑的特征，甚至产生了名为"波格丹诺夫主义"的建筑运动。另外，还有人着眼于阿卡狄在社会经济改革方面提出的意见，想借此打造新的世界秩序。

然而火星地球化仍是所有这些争论的焦点，远征队队员之间的争论被放大在更大尺度的公共舞台上。有些人的反应是躲避摄像头和采访。"我来这里就是为了躲避这些东西的。"博子的助手岩雄说，好几个人都表示同意。剩下的大部分人根本不关心这件事。只有少数几个人很喜欢谈论，比如菲莉丝，她每周固定参与一档电视节目，该节目在世界各地的基督教电视台和商业分析频道播放。然而无论他们面对这个争论采取何种态度，根据民意调查和对谈采访，很显然大部分地球居民和火星居民都认为火星的地球化势在必行。问题不是是否会执行，而是何时以及多大程度执行。现今远征队队员中几乎所有人都抱持一致的观点。只有极少数的人站在安这一边，西蒙肯定是其中之一，也许还有厄休拉和萨沙，可能还有博子；也许约翰也支持她，但他总是一副置身事外的样子；娜蒂娅也有可能。地球上还有很多支持"红队"的人，但他们很大程度上只是将这种立场当作一种理论，一种审美上的判断。支持这种观点的最强有力的论点就是火星生命存在的可能性。因此，安在和地球的通信中最经常提起的也是这个论点。"如果*真的*有火星生命，"安说，"剧烈变化的气候肯定会导致火星生命灭绝。在火星生命的状况还不清楚的时候，我们不应该扰乱火星上的自然环境。这不科学，不，比这更糟，这简直就是不道德的！"

很多人都同意这一点，包括很多地球科学家团体，他们对监督远征队的联合国火星事务办公室有影响。但赛克斯每次听到这个论点时都不屑一顾。"火星表面上完全没有生命迹象，无论是过去还是现在。"他温和地说，"如果真的有生命存在的话，肯定也在地底，我猜大概在火山核心附近吧。即使地下有生命迹象，我们有可能找上 1 万年也找不到，而且也无法排除生命不在地底的可能性，总有我们无法触及的地方。所以，如果要等到我们确定火星没有生命，"这是温和派常见的观点，"那意味着我们要等到地老天荒。地球化的过程无法立刻危及这么渺茫的可能性。"

"当然会危及。"安反驳说，"也许不会立刻危及，但最终永久冻土会融化，整个水圈的水体会大挪移，而且温暖的水体、地球的生命、细菌、病毒、水藻都会污染水体。这个过程可能会花上一些时间，但肯定会发生。我们不能冒这个险。"

赛克斯耸了耸肩，说："第一，你说的只是假设中的生命，其存在的可能性极低。第二，你说的那个过程长达数个世纪。到那时候我们应该已经能定位并保护它们了。"

"但我们可能没法找到它们。"

"所以，仅仅因为这些我们永远无法真正找到的、存在概率极低的生命，我们就要停止一切行动？"

安耸了耸肩。"我们必须这么做，除非你认为只要我们找不到，就可以随便摧毁灭绝这颗星球上的生命。别忘了，火星生命是我们最关注的课题，这可能会暗示宇宙孕育生命的频率，这么重要的课题再怎么强调也不为过。寻找生命是我们来这里的最重要的目的之一！"

"是吗？"赛克斯说，"同时，我们这些确定存在的生命正暴露在异常高的辐射中。如果我们不做点什么来减轻辐射的话，我们可能无法再待在这里了。

我们需要更稠密的大气层来减轻辐射。"

这话并没有回复安提出的论点，而是转换了话题。不过这也是个很有影响力的论点。数百万地球人都想上火星，前往"新前线"，在这里冒险。无论真假，移居火星的等待名单早已写满了人名。但没人想要生活在会诱发基因突变的辐射中，于是把火星改造得对人类更安全的实际考量在大部分人心中也比保护死寂的原始地貌、保护很多科学家都认为不存在的假想的火星生命更重要。

于是，即便存在强烈反对的声音，火星地球化看来仍势在必行。联合国火星事务办公室成立了下属的委员会专门研究这个问题。在地球上这件事已经达成了广泛共识：改造火星是移居火星的过程中无法避免的一个环节，是自然而然要做的事，是清晰可见的必然。

但是在火星上，这个问题还在开放讨论中，而且也更加紧迫。是否改造火星，如今已不再是一个哲学讨论，而是成了每天都会遇到的问题：寒冷、有毒的空气和每天都在接受的辐射。在那些支持火星地球化的人中，很大一部分都围绕在赛克斯周围。这群人不仅想要改造火星，还想要尽快执行。在实际操作层面上"尽快执行"意味着什么，没有人能说得清。对于将火星地表改造成"人类能存活的地表"所需的时间，估算结果从一个世纪到 1 万年不等。其中两个极端分别是菲莉丝认为的 30 年和岩雄认为的 10 万年。菲莉丝说："上帝给我们这颗星球，让我们依照自己的想象来塑造它，来建造一个新的伊甸园。"西蒙则说："如果永久冻土全都融化，我们会生活在塌陷的地面上，很多人都会因此死亡。"争论扩大延伸到更多的议题中：盐含量、过氧化物含量、辐射量、地形地貌、经过基因编辑的微生物可能产生的致命突变，诸如此类。

"我们可以试着通过建模来预测，"赛克斯说，"但实际上我们永远无法建立足够精准的模型。整个系统太大了，有太多变量，其中很多变量我们都尚未获知。但我们在改造火星的过程中获得的知识可以帮助我们控制地球上的气候，避免引发全球变暖或是阻止未来冰河世纪的到来。这是一个实验，一个庞大的实验，而且会是一个一直持续的实验，没有任何肯定的、已知的结果。科学就是这样。"

人们纷纷点头表示赞同。

阿卡狄总是从政治的角度思考问题。"如果不进行火星地球化，我们就永远无法自给自足。"他指出，"只有进行地球化，我们才能真正拥有这颗星球，才能有物质基础来支持我们独立。"

人们闻言纷纷翻起白眼。不过这也意味着从某种层面上说赛克斯和阿卡狄在这个问题上是盟友，这可是个强有力的联盟。就这样，争论此起彼伏、反反复复、永无尽头。

如今山脚基地几近竣工，成为一个功能运行良好、几乎自给自足的小村子。人们可以进行一些长远计划，也必须决定接下来该做些什么了。大部分人都提议进行火星地球化。大家提议了很多相关的项目来启动地球化，每个提议人都是该项目的负责人。这是地球化项目非常吸引人的原因：每个学科都可以在这项大胆创新的计划中发挥一技之长，因此这种做法获得了广泛的支持。炼金术士们讨论着如何用物理和机械的方法加热整个系统，气候学家争论着该如何影响天气，生物圈团队讨论着该如何测试生态系统理论。生物工程学家早就开始研究新的微生物了，他们移动、剪切、重组水藻、产甲烷菌和地衣的基因，试着创造出可以适应当下火星地表或地底的微生物。有一天他们邀请阿卡狄去参观他们的工作，娜蒂娅也跟着一起去了。

他们有一些存放在火星罐里的基因工程微生物原型，最大的位于之前房车集中地的简易住所内。他们将车门打开，把表岩屑铲进去，再把这个房间封住。他们就在集中地进行远程操作，待在旁边的房车内观察结果。测量仪器显示出各种数值，视频显示出很多个培养皿都繁殖出了微生物。阿卡狄仔细查看每一个屏幕，然而屏幕上并没有太多可看的：之前的房间被塑料隔板覆盖着，里面灌满了红土，机械臂从底部向墙壁延伸。一部分土壤上有明显可见的微生物生长的痕迹，是带着点蓝色的金雀花。

"这是我们目前最成功的结果。"弗拉德说，"但仍然微好氧。"他们选择了好几个极端特征，包括抗寒、抗旱、抗紫外线辐射、耐高盐、需氧量极低、可以栖息在岩石或贫瘠的土壤里等。虽然没有任何地球生物拥有以上全部特征，且只拥有其中一种特征的生物，其繁殖速度通常很慢，不过生物工程学家们开展了一项被弗拉德命名为"混合配对"的项目。最近他们创造出了一种蓝绿藻的变种。"准确来讲，它没有成长得很好，但这么说吧，它至少没有很快死掉。"他们将之命名为"Areophyte primares"，并起了个俗名——山脚基地水藻。他们打算实地试种这种水藻，并已经准备了一份提交给火星事务办公室的实验计划。

娜蒂娅明显看得出来，阿卡狄离开房车集中地时非常兴奋。当晚，他在吃晚饭时对大家说："我们应该自己做决定，如果大家都支持的话，我们就应该对水藻进行实地实验。"

玛雅和弗兰克闻言非常生气，显然剩下的大多数人也对这个提议感觉不安。玛雅坚持要求换个话题，于是餐桌上的话题尴尬地转换了。第二天，玛雅和弗兰克来找娜蒂娅，要和她谈谈阿卡狄的问题。两位领导人在前一天深夜已经试过和他摆事实讲道理了。"他对着我们哈哈大笑！"玛雅喊道，"和他讲道理根本没用！"

"他的提议都非常危险。"弗兰克说，"如果我们公然违背联合国的命令，那么可以想见，联合国会让我们卷铺盖滚回老家去，换上来一群更遵纪守法的人。我的意思是，对火星环境造成生物污染本身就是违法行为，我们无权藐视法律。这是国际条约。这是人类在当下处理这颗星球的问题的方式。"

"你难道不能和他谈谈吗？"玛雅问。

"我可以跟他谈谈，"娜蒂娅说，"但我不敢保证能有效果。"

"拜托了，娜蒂娅，试一试吧。我们的麻烦已经够多了。"

"我会试试的。"

于是当天晚上，她去找阿卡狄。他们走在切尔诺贝利通往山脚基地的路上。她主动提起这个话题，建议他更耐心一点。"联合国早晚会同意你的提议的。"

他停下来，抬起她那只残疾的手。"你觉得我们还有多长时间？"他边说，边指着正在西沉的夕阳，"你建议我们等多久？等到我们的孙辈出生吗？还是曾孙辈？抑或曾曾孙辈？让他们像盲眼的洞穴鱼一样过活吗？"

"得了吧。"娜蒂娅说，把手抽了出来，"扯什么洞穴鱼。"

阿卡狄笑了。"不过，这仍然是个严肃的问题。我们的时间有限，最好能看到一些改变。"

"即使如此，为什么不能等一年呢？"

"一个地球年还是火星年？"

"火星年。可以观察四季变化、收集数据，给联合国一些时间来转变态度。"

"我们不需要收集数据，我们早就收集了好多年的数据了。"

"你和安谈过了吗？"

"没有……嗯，算是谈过了吧。但她不同意。"

"很多人不同意。我是说，也许他们最终会同意，但你必须说服他们。你不能不顾反对意见一意孤行，否则你就和你一直批评的那些住在地球老家的人一样糟糕。"

阿卡狄叹了口气。"是啊，是啊。"

"难道你不承认吗？"

"你这个可恶的自由派。"

"我不知道这是什么意思。"

"意思是你总是心肠太软，根本没有办法做任何事。"

他们现在在山脚基地视野范围内的一片低矮山丘附近，山脚基地看上去像是方形的陨击坑，喷发物溅射在四周。娜蒂娅指着基地，说："这是我的功绩，你这该死的激进派。"她用手肘狠狠地撞了一下他的胸部，"你憎恨自由主义，因为自由主义总是行得通。"

他哼了一声。

"自由主义真的有效！通过日积月累、不断改进，就能真正起效，而且不需要庆祝胜利的烟花，不会有夸张剧烈的变动，也不会令人民群众受伤。它没有你所谓的性感的革命及其带来的伤痛和仇恨。自由主义就是奏效。"

"啊，娜蒂娅。"他揽住她的肩膀，二人肩并肩向基地走去，"地球是个完美的自由世界。但一半的地球人在挨饿，过去一直如此，未来也会是这样。真是很自由啊。"

***

不过，看上去娜蒂娅似乎对他产生了影响。阿卡狄不再独断专行，不再要求将新创造出的基因工程生物种到火星地表。除了美化工程，他不再在其他方面强行进行政治宣传。他长时间地待在炼金术士营地里，试图制作出彩色砖块和彩色玻璃。

娜蒂娅在大部分日子里和阿卡狄一起在早餐前游泳，然后和约翰、玛雅在由一整个拱顶房间改造成的浅泳池里占据一条泳道，利落地游上一两千米。约翰在短距离游泳比赛中领先，玛雅在长距离比赛中领先，娜蒂娅受到她残疾的手的影响，在各项比赛中都落后。他们几人像一列海豚似的在浪涛中穿梭，透过泳镜看向天蓝色的池底。"这里的重力加速度非常适合蝶泳。"看着他们仿佛飞出水面的蝴蝶，约翰笑着评论道。游泳之后的早餐吃得很愉快，之后的时间就是处理日常工作。在白天，娜蒂娅很少有机会遇到阿卡狄，一般要到晚餐时才会再见到他，有时甚至更晚。

赛克斯、斯宾塞、拉雅完成了工厂的设置工作，可以开始建造赛克斯设计的发热风车了。他们向联合国火星事务办公室申请许可，打算把1000个风车投放到赤道地区，测试发热效果。所有风车排放到大气中的热量加在一起估计也只有切尔诺贝利排放的2倍而已。他们甚至不知道是否能区分出究竟是发热风车还是季节波动导致的热量增加。不过赛克斯说，只有尝试后才能知道。

关于火星地球化的讨论再次甚器尘上。安突然采取激进的行动——她发了很长的消息给联合国火星事务办公室执行委员会、执行委员国的火星事务办公室，甚至还发给了联合国大会。这些消息获得了极大的关注，大到最严肃的政策制定方，小到把这件事当作是红色星球连续剧最新一集的八卦小报和电视媒体，全在关注。

安是在私下传送消息的，所以远征队队员们也是通过收看地球电视台的摘要才看到的。接下来的几天，人们的反应各不相同：政府之间的辩论，华盛顿2万人大集会，无穷无尽的社评，科学家的各种评论。这些激烈的反应令人感到震惊，有的人感觉自己被安从背后捅了一刀，比如菲莉丝，她简直怒不可遏。

"而且，这根本没道理。"赛克斯边说，边飞快眨着眼，"切尔诺贝利早已向大气中释放了很多热量，和这些风车即将产生的热量差不多。她从没有抱怨过切尔诺贝利。"

"不对，她抱怨了。"娜蒂娅说，"只是她的提议没有得到足够的票数支持。"

联合国火星事务办公室召开听证会，一群材料科学家在晚饭后质询安。大部分人都见证了这场对抗。战场在山脚基地的主餐厅，那儿有4个普通房间那么大；其中的隔断墙已被移走，换成了承重柱。这是个很大的房间，里面放置了很多把椅子，周围还有不少盆栽以及来自战神号的鸟的后代。最近刚安好的窗户高挂在北墙上，通过窗户可以看到中庭底层的农作物。这是个很大的空间，大约一半的远征队队员都聚集在这里吃晚餐。这时候，听证会开始了。

"你为什么不和我们商量商量呢？"斯宾塞问安。

安怒目而视，逼迫着斯宾塞移开了视线。"我为什么要和你们商量？"她说着把目光转向了赛克斯，"你们所有人的想法都显而易见，我们早就反反复复讨论过很多遍了，我说的话对你们根本起不到任何作用。你们躲在小洞穴里做着你们的小实验，就好像待在地下室里摆弄化学入门玩具的小孩一样，对门外的整个世界都视而不见、听而不闻。这个世界的地貌比起地球的相同地貌庞大百倍、古老千倍。太阳系起源的证据散落在各处，还有无数记载这颗行星完整历史的证据，在过去数十亿年里几乎都被完整地保留了下来。然而你们打算毁了这一切，还不肯坦率地承认这一点。我们完全可以生活在这颗星球上，以这颗星球为研究对象，同时不去改变它——我们完全可以这么做。这样做甚至不会对我们自身造成什么伤害和不便。所有那些关于辐射的讨论都是胡说八道，你们心知肚明。辐射的程度完全没有高到不得不如此大范围地改变整个行星的环境。你们想这么做仅仅是因为你们认为可以这么做。你们想要试试看——就好像这颗星球是一个巨大的儿童游乐场里的沙坑，你们可以在上面盖城堡。一个巨大的火星罐子！你们会竭尽全力给自己找借口，但这是自我欺骗，这不是科学。"

安因为长篇大论的激烈演说而脸色通红。娜蒂娅从未见她像此时此刻这样怒火中烧。她平时一贯戴着某种就事论事的面具，以掩盖自己苦涩而愤怒的感情，然而此刻这个面具早已四分五裂。她怒不可遏，浑身都在颤抖，几乎无法继续开口说话。整个房间陷入一片死寂。"要我说，这不是科学，这是儿戏！为了这个游戏，你们打算毁掉这颗星球的历史记录，毁掉极冠，使液体溢出河道、峡谷底部——毁掉完美而纯粹的地貌，而*一切都可能毫无意义*！"

整个房间像舞台布景一样静如止水，只有通风机在嗡嗡作响。人们警惕地对视。西蒙朝着安走了一步，张开双手。但安瞪了他一眼，他定在当场，尴尬得恨不得脱光衣服跑进冰天雪地里。他满脸通红，坐了回去。

赛克斯·罗索尔站起身来。他和平常一样面无表情，可能脸稍微有点红，不过依然是那个个子矮矮的、像猫头鹰一样温和的人。他的声音冷静而干涩，语气仿佛是在讲解热动力学的教学重点，或是在列举元素周期表。

"火星之美存在于人类的意识之中。"他用陈述事实般的干巴巴的语调说，每个人都惊愕地盯着他，"如果没有人类的存在，这里就是一大堆原子的集合而已，和宇宙中任何随机物质团没有任何区别。是我们理解了它，是我们赋予了它意义。想想吧，我们那么多个世纪以来一直仰望夜空，看着这颗星球穿梭在群星之间。那么多个夜晚，我们通过望远镜观测它，盯着这个小圆盘，试图通过反照率的变化看到这里的运河。那么多本愚蠢的科幻小说描绘了火星上即将死去的文明中的美女与野兽。那么多的科学家钻研数据，让我们有机会来到这里。所有这一切才是赋予火星之美的源泉，而非那些玄武岩或氧化物。"

他停顿了一会儿，环视四周众人。娜蒂娅艰难地吞了一下口水。听到这些话从赛克斯·罗索尔口中说出，这感觉实在是太过奇怪了，而且用的还是他一贯的仿佛在分析图表的干巴巴的语调，真是太怪了！

"既然我们已经来了，"他继续说，"那么我们就不该躲在几米深的洞穴里研究岩石。那的确也是科学研究，没错，而且是非常必要的科研项目。但科学不止于此。科学属于更广泛的人类创新的一部分，而这种创新包括前往其他星球，适应其他星球，让其他星球适应我们。科学就是创造。这里没有生命，搜寻地外文明计划持续了 50 年没有任何发现的事实，显示出在这里生命是多么稀有，智慧生物就更稀有了。而宇宙的全部意义、宇宙之美，都蕴含在智慧生物的意识之中。我们是宇宙自身的意识，我们的使命就是将意识传播出去，开枝散叶，四处探索，去往任何我们可以居住的地方生活。将宇宙的意识全都放在一颗星球上实在是太危险了，这样随时都有灭绝的可能。所以，现在我们在两颗星球上了，如果把月球也算上，那就是三颗。我们可以改变这颗星球，让它更加安全宜居。改变它并不会毁灭它。的确，追溯它的历史可能会变得更难，但它的美丽不会消失。如果湖泊、森林、冰川出现在这里，这些地貌又怎么会抹杀掉火星之美呢？我不这么认为。我认为地球化只会增强火星的美感，而它能带来生命这种终极之美。生命并不会推倒塔尔西斯山脉、填平水手号峡谷群。火星会一直永远如此，迥异于地球，更寒冷、更荒芜。但它可以在维持特征的同时也属于我们，它也的确会如此。这就是人类意识的特点：有志者事竟成。我们可以将火星地球化，像建造一座大教堂一样改造它，将它塑造成人类在宇宙中的纪念碑。我们有能力这样做，所以我们就会做成。所以——"他抬起手，仿佛对图表显示的数据支持的分析结果表示满意——就好像他——检查元素周期表，发现正确无比，"我们不如开始吧。"

他看向安，所有人的目光也跟随他看向安。安嘴角紧绷，垂头丧气。她知道自己输了。

她耸了耸肩，仿佛是在把一件斗篷的兜帽抖开覆盖全身。她仿佛穿上了一身厚重的铠甲，将自己从众人之中完全隔离开了。她用一种平时生气时会用的死气沉沉的语气说："我认为你对意识的评价过高而对岩石的评价过低了。我们不是宇宙之主。我们只是宇宙的一小部分。我们也许是它的意识，但身为宇宙的意识也不意味着要把世间万物都变成我们自己的镜像。相反，它意味着要尽可能融入其中，全心全意地崇拜宇宙的伟大。"她直直地对上赛克斯温和的视线，最后的一腔怒火喷涌而出，"你甚至都没见过火星真正的样子。"

然后她离开了房间。

***

珍妮特一直开着摄像机，整个过程都被录下来了。菲莉丝将录像发回地球。一周后，联合国火星事务办公室下属的环境改造委员会批准了投放发热风车的提议。

提议计划用飞船运载并投放风车。阿卡狄立刻要求成为其中一名驾驶员，作为他在火卫一上辛勤工作的回报。对于阿卡狄要从山脚基地消失一两个月这件事，玛雅和弗兰克欣然同意，立刻将他指派到一艘飞船上。他会随着盛行风向东飘行，下降到指定地点，在陨击坑外围以及沟槽里投放风车，这两种地点的风都很强。阿卡狄一路欢呼雀跃地跑到娜蒂娅的房间，将这个好消息告诉她。

"听上去不错。"她说。

"想来吗？"他问。

"当然。"她说，失去的手指一阵刺痛。

# *6*

    他们的飞艇是行星级别型号中最大的，由德国腓特烈·纳赫·艾因摩尔公司制造，在 2029 年发射，最近才刚刚运达火星。飞艇名为箭头号，翼长 120 米，身长 100 米，高 40 米；内部构架极轻，翼尖和吊舱下方都有涡轮螺旋桨发动机，发动机的动力由太阳能充电的小塑料发动机提供，太阳能板排列在气囊顶部。铅笔形状的吊舱延伸到几乎和气囊底部一样长，但吊舱内部比娜蒂娅想象中的小，因为大部分空间都被风车占据了。出发时，吊舱内的自由空间也就和驾驶舱差不多大，两张窄小的床，一间小厨房，一间更小的卫生间，由爬行空间连通，很挤。但吊舱两侧都装有窗户，虽然风车挡住了不少窗户，但舱内依然有足够的光线，而且视野良好。

    起飞过程非常慢。阿卡狄拨动驾驶室的拨扭，释放了 3 个系留塔[1]上延伸出来的缆绳，涡轮螺旋桨发动机非常努力地运转，然而大气的浓度只有 12 毫巴。驾驶舱以慢动作上下颠簸，内部框架都略微弯曲了，每次颠簸都离地面更高一点。这对于习惯了火箭发射起飞的人而言十分滑稽。

    "让我们在走之前来 360 度观赏一下山脚基地吧。"高度达到 50 米后，阿卡狄说。他倾斜机身，缓慢地盘旋了一个大圈，和娜蒂娅一起从一侧的窗户往外看。小径、坑洞、成堆的表岩屑，一切都呈深红色，在尘埃遍布的橘红色表面上更显鲜明——就好像一只巨龙伸出巨爪，一次又一次地反复抓向地面，直

---

1 系留塔是固定停泊飞艇用的建筑。

至抓出鲜血。山脚基地位于"伤口"正中心，看上去很漂亮，像一块方形的深红色吊坠挂在闪亮的玻璃银色珠宝上，拱顶下还能看到一丝绿色。从山脚基地向外延伸的道路东到切尔诺贝利，北至太空发射台。那边还有一长排温室大棚、简易住所……

"炼金术士营地仍然带有乌拉尔地区的特点，"阿卡狄说，"我们真该做点什么来改变了。"他操控飞艇停止盘旋，向东顺风移动，"我是不是应该飞到切尔诺贝利上方，借助上升气流？"

"不如让我们来看看在不靠其他外力时这飞艇能做到什么吧。"娜蒂娅说。她感觉轻飘飘的，就好像气球里的氢气充进了她的身体里似的。景色非常壮观，地平线大约在 100 千米以外，整个地表的轮廓清晰可见：卢娜高原上精雕细琢的峰和谷，以及东方更明显的山峰和连通地形的峡谷。"哇，这趟旅行一定会非常棒！"

"肯定的。"

这趟旅行的确无与伦比，他们此前从未从这个角度俯视过火星大地。但在火星的天空中飞行也绝非易事，因为大气非常稀薄。他们已经做好了万全准备：飞艇非常大且非常轻，气囊里充满氢气，在火星的大气中氢气不会燃烧，而且比周围的气体更轻，跟在地球上的情况完全不同。除了氢气，还配备了最先进的超轻材料，以保证他们有足够的升力用吊舱运送风车。但由于搭载了装满风车的吊舱，飞艇的行进速度极其缓慢，像是在做慢动作。

总之，他们随风飘动。在风力推动下向东南方前进，花了一整天的时间跨越高低起伏的卢娜高原。一两小时内，他们就可以在南方地平线附近看到青春深谷了。那是一条深长的峡谷，仿佛一座巨大的矿坑。远处的东方，土地变得有点黄，地面上的碎石变少了，底部基岩的褶皱更多了。那里也有很多陨击坑，大大小小，有的边界清晰，有的已被尘土掩埋。这里是克珊忒台地，和南半球的台地在地形上很相似。它插入北方，夹在克律塞平原和伊希斯平原之间。如果盛行的西风一直吹拂的话，他们会在克珊忒台地上盘旋几日。

飞艇以每小时 10 千米的速度缓慢前进，大部分时间都保持在 100 米的高度，视野里的地平线大约在 50 千米外。他们有足够的时间端详任何想看的目标，不过除了一连串的陨击坑，克珊忒台地也没有太多别的景观可看。

下午时，娜蒂娅将飞艇机身前倾，转向迎着风，一直降低高度直到离地 10 米以内，然后抛下锚。飞艇上扬，猛拉紧绳子，像是一个巨大的风筝似的拉扯着锚。娜蒂娅和阿卡狄跌跌撞撞地走到吊舱尾部，来到阿卡狄称为"投弹舱"的位置。娜蒂娅举起风车，将其挂在舱内的绞车钩子上。风车很小，是一个镁质小盒子，4 个彼此垂直的叶片连在从盒子顶端伸出的中轴上，重量大约是 5 千克。他们关上舱门，抽光舱内的空气，然后打开了底门。阿卡狄操控锚机，通过底部窗户观察位置。风车像铅锤一样坠落到地上，砸进坚硬的沙子里，嵌入一个很小的无名陨击坑南侧。他放开锚机的钩子，将钩子盘回舱内，然后关闭了底部的投弹舱门。

他们返回驾驶舱，向下查看风车是否正常运作。风车立在那里，一个小小的方盒，位于陨击坑外围的斜坡上，有点歪，4 个宽大的彼此垂直的叶片欢快地旋转着，看上去很像儿童气象学入门玩具里的风速计。发热单元是位于基座内一侧的一团裸露的金属线圈，会像电磁炉一样产生热量。在强劲风力的推动下，发热单元的温度可达 200 摄氏度，还算不错，尤其是考虑到环境温度。不过……"需要很多个发热风车才能真正对整体环境产生影响。"娜蒂娅评论道。

"没错，但每一个小风车都会提供帮助。在某种意义上这是免费的热量。产生热量的风力和为生产风车的工厂供电的太阳能都是免费的。我觉得这是个很棒的主意。"

当天下午，他们再次停下飞艇，投放了另一架风车，然后在一个刚形成不久的陨击坑的背风处抛锚过夜。他们在小厨房里用微波炉热了晚饭，然后躺倒在窄小的行军床里。随风颠簸的感觉非常奇怪，像是一艘停泊的小船，被锚链拉紧，然后又悬浮在空中，如此这般，反反复复。不过习惯之后感觉非常放松，娜蒂娅很快就睡着了。

第二天，他们在黎明前就醒了，起锚，收起缆绳，沐浴着阳光启动发动机向上升。在100米的空中他们观察到，随着晨昏线渐渐移动，阴影下的地貌变成一片青铜色，明亮的日光紧随其后，照亮了一大片杂乱无章的鲜艳岩石，同时拉伸出长长的影子。晨风从船头的右侧向左侧吹拂，他们被吹得向东北方的克律塞平原偏移。飞艇发动机的螺旋桨正在全速运转，发出嗡鸣声。接着，下方的大地被越甩越远，他们穿过了众多溢出河道中的第一条，它位于沙尔巴塔纳峡谷内一座蜿蜒曲折的无名峡谷中。这个"S"形的小旱谷毫无疑问是水蚀作用形成的。当天晚些时候，他们飘过沙尔巴塔纳峡谷更深更宽的地方，水蚀现象更明显了：泪滴形岛屿、弯曲的河道、冲积平原、河道疤地……到处都有迹象表明这里曾经有过一场大洪水，洪水创造出巨大的峡谷，在这些巨型峡谷的对比下，箭头号简直就像是一只小蝴蝶。

溢出河道形成的峡谷和峡谷之间的高地让娜蒂娅想起美国西部牛仔片，起伏的群山、台地、孤峰，就像是纪念碑峡谷[1]。不同之处是，这里的地形尺寸巨大，他们飘行了4天还是没到尽头。他们路过了那条未命名的河道，然后经过了沙尔巴塔纳深谷、西穆德峡谷群、蒂乌峡谷群、阿瑞斯峡谷。这些峡谷都是由巨大的洪水造成的。洪水冲出地表，汹涌澎湃，泛滥数月，流速是密西西比河的1万倍。娜蒂娅和阿卡狄望着脚下的峡谷，聊着这些事。如此巨大的洪水真的很难想象。如今这些巨大而空洞的峡谷中再无洪水，只有寒风吹过。不过峡谷的导风效果很好，受益于此，阿卡狄和娜蒂娅每天都能降落到峡谷中投放很多个风车。

经过阿瑞斯峡谷东侧，他们再次回到了遍布陨击坑的克珊忒台地。地表又到处都是陨石留下的累累伤痕：大大小小、新旧交替的陨击坑密密麻麻地散落着，旧的陨击坑边缘被新陨击坑覆盖，大陨击坑内部又被三五个小陨击坑击穿，既有好像昨天刚产生的新陨击坑，又有只有在黎明和黄昏时分才能勉强看

---

1　纪念碑峡谷位于美国科罗拉多高原，是一个由砂岩形成的巨型孤峰群。

清楚的掩埋在古老高原上的老陨击坑。他们路过了斯基亚帕雷利陨击坑，那是一座巨大的古老陨击坑，直径有 100 千米。当他们飞到中心的隆起时，四周的陨击坑壁挡住了地平线，视野范围内的整个世界都是这座完美的环形山。

在此之后持续刮了几天的南风。他们瞥见了卡西尼陨击坑，又一个古老而巨大的陨击坑。他们又路过了几百个小陨击坑，每天都放置好几个风车。这趟旅行让他们对这颗星球的大小有了更直观的感受，这项任务也变得有点滑稽了，就好像他们正在飞掠南极，试图通过设置一大堆野营炉来融化冰层。"想要产生改变，需要投放上百万个风车才行。"在某次投放完风车后向上爬升的过程中，娜蒂娅说。

"没错。"阿卡狄说，"赛克斯的确想投放上百万个。他设置了自动化组装生产线，可以一直生产风车，但最大的问题是如何投放。而且，这也仅仅是他宏大构想的一部分。"他指着卡西尼陨击坑深深刻入西北方的最后一道弧沟说，"赛克斯想要打出几个类似这样的洞。他想要捕获土星的冰质小卫星或是处于小行星带的小行星——只要他找得到，然后将它们砸向火星，生成陨击坑，其间释放的热量就可以融化永久冻土，形成绿洲。"

"但会是干涸的绿洲，对不对？大部分冰在进入大气层的过程中就会升华，剩下的在撞击时也会消失。"

"不错，但增加空气中的水蒸气对我们也有益。"

"但它不会简单地蒸发，而是会被打碎成原子。"

"的确有一些会还原成原子，但氢原子和氧原子对我们都很有用。"

"所以费了这么大劲就是为了从土星弄点氢原子和氧原子？得了吧，这里也有很多啊！可以直接打碎冰块获得这两种原子。"

"嗯，这也只是他的众多设想之一。"

"我已经等不及听听安会对此说什么了。"她叹了口气，想了想说，"我认为，我们应该做的是，通过火星大气层摩擦冰质小行星，就像是用大气制动来给它减速一样。摩擦产生的热量足以让冰升华，但温度又不会高到将其撕裂成原子。这样我们既可以获得水蒸气，同时又不会让小行星直接撞击到地表，产生相当于100颗氢弹同时爆炸的巨大冲击。"

阿卡狄点点头。"好主意！你应该告诉赛克斯。"

"你告诉他吧。"

卡西尼陨击坑东部的地貌更加蜿蜒曲折。这里有这颗行星上最古老的地表，诺亚纪时，倾盆大雨一般的陨石接连轰炸地表，火星如同熊熊燃烧的地狱一般，从如今的地貌可以看出当年的痕迹。这里简直就像是被巨人踏出的无人区。凝视这片区域给人一种空虚的无力感，一种宇宙级别的震撼。

他们继续飘行，向东，向东北，向东南，向南方，向东北，向西，向东，向东，终于到达克珊忒台地的尽头，开始向下进入大瑟提斯平原的大斜坡。这是一个熔岩平原，和克珊忒台地相比陨击坑少了很多。斜坡一直向下，最终进入一个地表平坦的平原——伊希斯平原，火星上地势最低的地点之一，也是整个北半球最重要的地方，在南半球高地的映衬下，它显得格外平滑、平坦、地势低矮，而且范围非常广。火星上真的有很多陆地。

某天早上，他们乘着飞艇向上飘，看到东方地平线附近耸立着3座山峰。他们来到了埃律西昂，火星上除塔尔西斯山脉之外的一块"隆起大陆"。埃律西昂和塔尔西斯山脉相比要小得多，但仍是一块又高又大的陆地，有1000千米长，比周围地表高出10千米左右。和塔尔西斯山脉相比，它周围有很多破碎的地块，以及因地势抬升导致的裂缝系统。他们飞过这些裂缝系统最西侧的赫菲斯托斯堑沟群，看到了难以置信的景象：5座又长又深的平行峡谷，如同嵌入基岩的巨兽爪痕。埃律西昂若隐若现，形状像马鞍；埃律西昂山和赫卡忒山丘在山脊的两端高耸着，比周围高出近5千米，真的是很壮观的景色。埃律西昂的一切地貌尺寸都很大，比娜蒂娅和阿卡狄在飞艇上一路看到的任何地貌都要大。他们俩都被震撼得几分钟说不出话来。他们坐在椅子里，注视着这些地貌一一向他们飘来。终于有人再次开口，听上去就像是在自言自语。"看上去好像喀喇昆仑山脉，"阿卡狄说，"像沙漠形态的喜马拉雅。不过这些地貌看上去都很简单。这些火山看上去像富士山。也许有一天人们会徒步来这里朝圣。"

娜蒂娅说:"这些地貌都这么大了,很难想象塔尔西斯的火山是什么样的,是不是得有这些火山的 2 倍大?"

"至少 2 倍大。它看上去真的很像富士山,你觉得呢?"

"我觉得不像。它没有富士山那么陡。为什么这么说?你见过富士山吗?"

"没有。"

过了一阵子,阿卡狄说:"我们最好绕过这整个地貌。我不知道我们有没有足够的浮力可以越过这些山峰。"

于是他们掉转方向,尽可能地转向南方,风向也很自然地配合,帮助他们顺着风歪歪扭扭地绕过了这片大陆。箭头号向东南方飘去,进入了一片名为刻耳柏洛斯的崎岖不平的多山区域。第二天他们可以根据埃律西昂的目视位置来判断行程进度。埃律西昂缓缓地从他们左侧经过。时间逝去,山峦映入了侧面的窗户里,缓慢移动的速度能让他们看清楚这个世界有多大。火星上的陆地面积和地球的陆地面积一样大——每个人都这么说,但这只是个说法而已。不过,环绕埃律西昂花费的时间如此之长,或许也能证明这个说法有些道理。

＊＊＊

日升月落。飞艇行驶在清晨寒冷的空气中,越过混乱的红色大地,进入黄昏之中,在半空中的锚点附近上下颠簸。某天晚上,鉴于飞艇上的风车已经少了很多,他俩决定整理吊舱,将两张小床并排移到右侧的窗户底下。他们未经商量不约而同地做了这件事,就好像这是吊舱内有空间之后最显而易见应该做的事,就好像他们早就达成一致了似的。他俩在颠簸的吊舱里来回走动,重新摆放货物,时不时地像一路上一样撞到彼此。不过现在他们似乎是故意的,带着些挑逗的意味,明示出他们一路上都在盘算的事。意外的接触逐渐变成前戏,阿卡狄终于忍不住哈哈大笑,给了娜蒂娅一个狂野的拥抱。娜蒂娅用肩膀把他撞倒在刚拼好的双人床上。他们俩像少年似的吻在一起，发生了该发生的一切。之后，在通红的黎明之前，在漆黑的星夜里，他们跟随着飞艇在停泊处上下颠簸。他们并排躺着聊天，相拥在一起时明显有种飘飘然的感觉，比乘坐火车或轮船更浪漫。"我们是从朋友开始的，"阿卡狄说，"这一点导致我们的关系不同寻常，你觉得呢？"他用一只手指戳了戳她，"我爱你。"好像在用舌头测试这句话似的。娜蒂娅明白，他并不常说这句话，很显然这句话对他而言意义重大，就像是一种承诺。思想对他而言至关重要！"我也爱你。"她说。

早晨，阿卡狄光着身子，蹑手蹑脚地在吊舱里走来走去，他的红发在晨光照射下和其他所有东西一样呈现出古铜色。娜蒂娅躺在床上看着他，感到幸福安宁。她不得不提醒自己，这种飘飘然的感觉大概是源于火星的重力。但这感觉真的很快乐。

***

某天睡前，娜蒂娅好奇地问："为什么是我？"

"嗯？"阿卡狄都快睡着了。

"我说，为什么是我？我是指，阿卡狄·波格丹诺夫，你可以爱上这里的任何一个女人，她们也都会爱上你。如果你愿意，你可以和玛雅在一起。"

阿卡狄哼了一声。"我可以和玛雅在一起？！我的天啊！我可以拥有和玛雅·卡特丽娜在一起的快乐！就像弗兰克和约翰一样！"他又哼了一声。他俩都大笑起来。"我怎么会错过这种快乐的机会呢！我可真是个笨蛋！"他咯咯地笑着，娜蒂娅捶了他一拳。

"好了好了。那其他人呢？那些相貌姣好的，比如珍妮特、厄休拉、萨曼莎。"

"得了吧。"他用手肘撑起身体，盯着她说，"你真的不知道什么才是美吗？"

"我当然知道了。"娜蒂娅执拗地说。

阿卡狄没理会她的回答，继续说道："美是力量和优雅，是正确的行动，是担负合适的职责，是智慧，是责任，而且很多时候，"他微笑着按了按她的小肚子，"要有曲线。"

"我可真是个有曲线的人。"娜蒂娅说着拨开了他的手。

他探过身子想咬她，但她躲开了。

"你真的很美，娜蒂娅·弗兰切。按照以上这些标准，你就是火星皇后。"

"火星公主。"她思考着，心不在焉地纠正道。

"嗯，没错，娜蒂娅·弗兰切·车尔尼雪夫斯基，九指火星公主。"

"你可真不是个传统的男人。"

"当然不是了！"他大笑道，"我也从未声称自己是！当然除非是在应付某些选拔委员会成员的时候。传统的男人！哈哈哈哈哈！那些传统的男人会和玛雅在一起。那是他们的奖赏。"他笑得发狂。

＊＊＊

某天早上，他们越过了刻耳柏洛斯最后一片断裂的山丘群，飘向锈红色的亚马孙平原。阿卡狄操纵飞艇降低高度，准备在古老的刻耳柏洛斯的两座小丘之间架设风车。锚机的挂钩搭扣出了点问题，风车刚降到距离地面一半的高度，搭扣就打开了。风车重重地砸到地面上，底座着地。从飞艇上看似乎问题不大，但当娜蒂娅全副武装通过吊索降落到地面查看时，她发现底座的热能板被砸飞了。

而在热能板后面有一坨暗绿色的东西，其中夹杂着点蓝色，在盒子里显得黑乎乎的。她小心翼翼地用螺丝刀戳了戳那坨东西。"见鬼！"她说。

"怎么了？"阿卡狄在飞艇上问。

她没理他，刮了点那坨绿色物质，放进她平时放螺丝和螺母的袋子里。

她抓住吊索，命令道："拉我上去。"

"出什么事了？"阿卡狄问。

"先拉我上去。"

等娜蒂娅上来后，阿卡狄关上了投弹舱门。娜蒂娅把自己从吊索上卸下来，他赶紧迎上去，问道："怎么回事？"

娜蒂娅摘掉了头盔。"你心知肚明，你个浑蛋！"她朝他挥了一拳，阿卡狄赶紧躲开，一下子撞到了成堆的风车上。"哎哟！"他叫道。风车的叶片硌到了他的背。"喂！出什么问题了，娜蒂娅？"

她从漫步服里掏出那个小袋子，朝着他挥舞着，嚷道："这就是问题！你怎么能这么做？你怎么能对我撒谎？你个浑蛋，你到底知不知道这会给我们带来多大麻烦？他们会来到这里，把我们全都送回地球的！"

阿卡狄双目圆睁，揉着下巴。"我不会对你撒谎的，娜蒂娅。"他真诚地说，"我从不对我的朋友撒谎。让我看看。"

娜蒂娅盯着他，他盯了回来，伸胳膊去够那个小袋子，瞳孔周围的眼白清晰可见。阿卡狄耸了耸肩，娜蒂娅皱了皱眉。

"你真的不知道？"她质问道。

"知道什么？"

娜蒂娅不认为他能装出一副一无所知的样子，这不是他的风格。想通了这一点，她意识到事情变得更加奇怪了。"有一些风车里藏着小型水藻养殖场。"

"什么？"

"我们一直都在四处投放这些该死的风车，"她说，"上面满载着弗拉德的新型水藻或是地衣，也许是什么其他见鬼的玩意儿。看！"她把小袋子放到厨房的小餐桌上，打开袋子，用螺丝刀刮了一点出来。一小团疙疙瘩瘩的夹带蓝色的地衣，很像古早的通俗小说里描绘的火星生命形式。

他们盯着它。

"我可真是倒了大霉了。"阿卡狄说。他探着身子，直到眼睛距离桌上的那团物质只有 1 厘米。

"你发誓你真的不知道？"娜蒂娅继续质问他。

"我发誓。我不会瞒着你这么做的，娜蒂娅。你了解我的。"

她长出了一口气。"唉——显然,咱们的朋友们瞒着咱们这么做了。"

他直起身体,点了点头。"没错。"他陷入沉思,努力思索。他走到一堆风车前,将其中一个举了起来。"地衣在哪里?"

"在热能板后面。"

他们用娜蒂娅的工具打开了风车的底座。热能板后面果然又出现了一个山脚基地水藻的种群。娜蒂娅沿着热能板边缘戳了戳,发现了两个小合页,将热能板的顶端连接在底座壁内部。"看,这里设计得可以打开。"

"但谁来打开它呢?"阿卡狄说。

"无线电?"

"那我可真要完蛋了。"阿卡狄站起身,在狭窄的走廊里反复踱步,"我是说——"

"咱们目前为止已经进行了多少次飞艇投放旅行了?10 次?20 次?每次都在投放这些东西?"

阿卡狄大笑起来。他疯狂地大笑,头歪向后方,红色的胡子被分成了两半,笑到不得不揉肚子才停了下来。"啊哈哈哈哈哈哈!"

娜蒂娅一点也不觉得这事有趣,但她看到阿卡狄的样子还是禁不住笑了。"这一点也不好笑!"她抗议道,"我们麻烦大了!"

"也许吧。"他说。

"肯定的!而且这都是你的错!简易住所里的某些愚蠢的生物学家把你那堆主张无政府主义的夸夸其谈当真了!"

"呃……"他说,"至少这说明他们支持这个观点,那群浑蛋。我是说——"他走回厨房餐桌旁,盯着那团蓝色物质,"你觉得这究竟是什么人做的?我们的朋友里有几个人参与其中呢?而且他们到底为什么不告诉我?"

这一点最令他愤愤不平,她看得出来。实际上他越想越生气,因为这些水藻的存在表明,众人之中存在着一个绕开联合国火星事务委员会的监管私自行事的小团体,*却没有邀请阿卡狄参与其中*,尽管他是首先提出摆脱联合国监管这个主意的人，并且一直对此大声疾呼。这意味着什么？难道有些人支持他的观点，却不信任他本人？难道是在一个极具竞争的项目中有很多无法达成一致观点的人？

他们俩完全无法猜透。最终他们起锚，继续向亚马孙平原飞去。他们飞过了一个名叫佩蒂特的中型陨击坑。阿卡狄认为这里是个放置风车的好地点，但娜蒂娅撇了撇嘴。他们飞走了，一路上都在分析讨论这件事。生物工程实验室的一些人肯定参与其中，也许是大部分人，也许是所有人。嫌疑人还可能有赛克斯，是他设计了风车，所以他肯定也参与了。博子一直非常拥护投放风车的主意，但他俩没一个能猜透原因——很难判断她是否同意在风车里暗藏水藻，因为她对自己的观点太守口如瓶了。总之，她有可能会同意。

他们一边聊着，一边把坏掉的风车完全拆开。热能板被设计成储存水藻的小隔层的门板，当门板被打开时，水藻会被释放到被热能板稍微加热的环境中。每个风车就这样成了超小型绿洲，如果水藻能在热能板的帮助下存活下来，然后传播到热能板热量范围之外的地方，那就非常好。如果不行的话，那估计这种水藻在火星上也活不下来。热能板存在的目的就是给水藻准备一场美好的送别会，仅此而已，至少设计者是这么想的。"我们成了苹果佬约翰尼[1]了。"阿卡狄说。

"什么约翰尼？"

"美国民间传奇人物。"他跟她讲了讲约翰尼的故事。

"啊，行吧。那接下来是不是保罗·班扬[2]就要来找我们的麻烦了？"

"哈，不可能的。巨人可比保罗·班扬大多了，相信我。"

"巨人？"

"你知道的，我说的是那些地貌特征的名字。巨人足迹、巨人浴池、巨人

1　苹果佬约翰尼指的是约翰·查普曼，美国西进运动中的传奇人物，在宾夕法尼亚等地种植苹果并生产苹果酒。

2　保罗·班扬是美国民间传说中的巨人樵夫。

高尔夫球场，诸如此类。"

"哦。"

"总之，我不觉得我们会有什么麻烦。我们对此根本一无所知。"

"你觉得这话有人信吗？"

"有道理。这群**浑蛋**，他们可真是摆了我一道。"

显而易见，不是他们用外星生命污染了火星，而是他被蒙在鼓里，这一点最令他不爽。人总是这样，狂妄自大，自以为是。而阿卡狄更甚，他拥有自己的小团体，甚至不止于此：除了朋友，还有赞同他的人，或多或少追随他的人。譬如执行火卫一项目的整个团队，以及很多在山脚基地的程序员。如果自己人对他有所隐瞒，的确很糟糕；但如果另有其他秘密团体暗中策划，那显然更糟糕，因为这意味着他们之间会互相干扰，甚至产生竞争。

至少从表面上看他是这么想的。他对此没有多说，也没有明确表示，但他的真实想法体现在他的轻声抱怨中，表现在他突然脱口而出的咒骂中，尽管这些咒骂被他戏谑的态度冲淡了，但其弦外之音非常真实。他似乎没想好对此究竟是该高兴还是生气，娜蒂娅后来发现他是又喜又气。这就是阿卡狄，总是自由地、最大限度地感受一切，不太关注内部的一致性。但这次她不太确定自己是否认同他高兴或生气的理由，她有点恼怒地跟他讲了自己的想法。

"喂，拜托！"他叫道，"这根本一开始就是我的主意，他们究竟为什么要瞒着我？"

"因为他们知道我会跟你一起来。如果他们告诉你，你就不得不告诉我。如果你告诉了我，我就会阻止这件事！"

阿卡狄闻言疯狂大笑。"他们可真是考虑周到啊！"

"该死的。"

生物工程学家们、赛克斯，以及炼金术士营地的人一起制造了这些东西。很可能还有通信部的某个人——总之肯定有不少人知道这件事。

"博子知道吗？"阿卡狄问。

他们猜不出来。他们对博子所持的观点不够了解，无法准确推测出她会怎么想。娜蒂娅非常确定她应该参与其中，但无法解释原因。"我猜，"她边想边说，"我感觉博子周围总是围着一群人，包括整个农业团队和其他几个人。他们尊重她、追随她，甚至连安在某种程度上也是这样，尽管当安听到这件事的时候一定会气死的！唉！总之，我就是感觉博子知道所有正在开展的秘密工作，尤其是和生态系统有关的。毕竟，生物工程学家们和她一起工作的时间最长，而且对他们很多人而言，博子就像是导师，他们对她近乎崇拜。他们在黏合这些水藻的时候很可能得到了她的指点！"

"嗯……"

"所以他们很可能也得到了她对这件事的赞成，或者说应允。"

阿卡狄点点头说："我明白你的意思了。"

他们接连不断地讨论着，掰开了揉碎了分析每一个细节。他们飞掠过的那些平坦而平静的土地，如今在娜蒂娅的眼中变得不一样了。种子已经播种下去，土地即将变得肥沃，将会不可避免地发生改变。他们聊了聊赛克斯火星地球化项目中的其他部分：环火星轨道上反射日光、照亮晨昏线的巨大镜子、散布到极冠的碳、空气动力加热、冰质小行星等。看来这些都会发生。关于这些问题的辩论已经被避重就轻地绕开了，一切已成定论。他们即将改变火星的面貌。

◆

在有了重大发现后的第二天晚上，他们正在陨击坑背风处的停泊地做晚饭的时候，收到了来自山脚基地的电话，是通过其中一个通信卫星打来的。"嘿，你们俩！"约翰·布恩跟他们打招呼，"我们有麻烦了！"

"你们有麻烦了？"娜蒂娅问。

"怎么回事？你们那边出问题了？"

"没有，没有。"

"那还好。因为事实上，是你们那边有麻烦了，我可不希望你们同时处理两个麻烦！克拉里塔斯堑沟群附近的区域产生了沙尘暴，且正在不断变大，以高速向北行进。我们认为一两天后就会到达你们所在的区域。"

"这么早就有沙尘暴了？"阿卡狄问。

"不早了，现在是 Ls=240 度了，已经到了沙尘暴季，南半球正是春季。总而言之，沙尘暴已经形成了，而且正在向你们所在的方向行进。"

约翰发来了一张沙尘暴的卫星照片。阿卡狄和娜蒂娅凑到屏幕前仔细查看。塔尔西斯南侧区域被一团混乱的黄色云雾笼罩着。

"我们最好赶紧起程回家。"研究过那张照片后，娜蒂娅说。

"夜里出发？"

"我们可以今晚用电池给螺旋桨供电，明天早上再充电。这之后我们估计就接收不到多少日光了，除非我们能飞到沙尘暴上方。"

他们和约翰商量了一下，又和安聊了聊。然后，他们拔锚起航。风将他们吹向东，继而向东北，沿着这个方向他们将会从奥林波斯山的南侧通过。这之后他们希望能绕道塔尔西斯高原的北侧，高原可以在短时间内为他们提供保护，以免遭遇沙尘暴。

夜间飞行的声音似乎大一些。狂风刮过飞艇的帆布，发出忽高忽低的呼啸声，相较之下，飞艇发动机的声音竟显得微不足道。他们坐在驾驶舱内，只有仪表散发着暗绿色的光。他们在低声交谈中飞过下方的黑色大地。距离山脚基地还有 3000 千米，飞行时间约 300 小时。如果他们日夜兼程，大约要花上 12天。但如果沙尘暴按照正常速度增大的话，那他们就会早早地遭遇上沙尘暴。在此之后……很难判断沙尘暴会往哪个方向移动。如果没有日光的话，螺旋桨会用光电池里的电，这样一来——"我们能不能靠风力飘浮，"娜蒂娅说，"只在偶尔需要调整方向的时候再开启螺旋桨？"

"也许可以。但飞艇原本就被设计成要靠螺旋桨来上升。"

"也是。"娜蒂娅煮好了咖啡，将咖啡杯端到驾驶舱里。他们坐下来，喝了咖啡，看向黑色的风景，看向绿色的小雷达屏幕。"说不定我们必须把所有不必要的东西都扔下去，尤其是那堆该死的风车。"

"这些都是压舱物，留着等我们需要浮力的时候再扔吧。"

漫漫长夜，他们轮流掌舵。娜蒂娅很不安稳地睡了1小时，她返回驾驶舱时，看到地平线外出现了一大片塔尔西斯高原的黑色地貌。三座火山中的两座，阿斯克劳山和帕弗尼斯山，看上去就像是被遮掩的小土堆，仿佛位于世界的边缘。左侧屹立在地平线之上的奥林波斯山看起来巨大无比。穿梭在这三座山之间，他们简直就像是在某个巨型峡谷中飞行似的。视野范围内的景色在雷达屏幕上呈绿色格子线里的微缩轮廓。

黎明前1小时，又一座巨大的火山在他们身后拔地而起。整个南方的地平线都在抬升，他们注视着天边低矮的星星消失不见，猎户座沉入黑暗。沙尘暴要来了。

破晓时分，沙尘暴来了。东方的天空被铺天盖地的红色掩盖，沙尘冲他们滚滚而来，将世界拉入一片锈色的黑暗。狂风的速度越来越快，扫过吊舱的窗户，发出被压抑的咆哮声，接着是一声巨大的怒号。从窗户看出去，几米之外，黄色的沙尘旋转着，好似一张木星的近景照。风变得更狂躁了，飞艇的支架来回扭曲着，吊舱也随之忽上忽下。

他们很幸运，因为他们本来就打算向北飞。阿卡狄说："希望风能把我们吹到塔尔西斯北侧。"

娜蒂娅沉默地点了点头。昨晚的飞行之后，他们还没找到机会给电池充电，而在没有日光的条件下，发动机可能无法运行多久了。"博子告诉过我，沙尘暴时，地表能接收到的阳光只有平时的15%。"她说，"高处的阳光应该更多一些。我们能充上一些电，但充电过程会很慢。很可能一整天充上的电只能让我们晚上使用一小会儿螺旋桨。"她在电脑上飞快地敲敲打打进行计算。阿卡狄面部表情中的某些东西——并非恐惧，甚至也不是焦虑，而是一抹好奇的微笑——令她意识到他们正处在多么危险的境地。如果不能使用螺旋桨，他们就无法控制飞行方向，甚至可能无法滞空。没错，他们是可以降落到地上，试着抛锚停泊，但他们只有几周的食物储备了，而类似这样的沙尘暴常常会持续两三个月的时间。

"那是阿斯克劳山。"阿卡狄指着雷达屏幕说，"这图像不错。"他笑了，"恐怕我们这次无法更清晰地看到阿斯克劳山的景色了。太可惜了，我一直很期待亲眼看到这座山！你还记得埃律西昂吗？"

"嗯，嗯。"娜蒂娅回答。她正忙于模拟计算电池的效率。这几天的日光几乎是最接近近日点的状态，这也是沙尘暴形成的首要原因。仪表显示阳光总量的约 20% 照射到了他们所在的水平面上（从她肉眼看来感觉像是 30% 或 40%），所以他们有可能在一半的时间里开启螺旋桨，那就能帮上大忙。在不启动螺旋桨的情况下，他们的移动速度大约是每小时 12 千米，而且高度一直在降低，不过这也有可能是因为地表高度一直在抬升。开启螺旋桨的话，他们可以保持在稳定的高度，还能调整 1~2 度的方向。

"你觉得沙尘有多厚？"

"多厚？"

"嗯，就是每立方米有多少克沙尘。你用无线电联系安或者博子问问吧。"

她转身去查看飞艇上还有什么可以用来驱动螺旋桨的东西。联氨——用来驱动投弹舱的真空泵，真空泵的发动机也许可以连到螺旋桨上。还有一些包含在应急设备里、处于闲置状态的太阳能电板。要是她能把这些弄出去，就可以利用它们收集起来的额外日照给螺旋桨供能。而且，在这样的沙尘中，光会从四面八方来，其中就有可能是指向下方的。她一边在设备间里四处翻找电线、变压器和各种工具，一边告诉了阿卡狄这个主意。阿卡狄以他独有的方式疯狂大笑。"好主意，娜蒂娅！真是个好主意！"

"如果能成的话……"她在工具箱里东翻西找，可惜这个工具箱比她平时用的小得多。吊舱里的光线阴森恐怖，灯散发的暗淡黄光随着一阵阵狂风忽明忽暗。侧窗的景色一开始十分清晰，雷暴云一般的浓厚的黄色云朵飞掠而过，之后变得一片模糊。沙尘在所有窗户表面掠过，就像令人不适的屏保图案。在仅有 12 毫巴的气压下，阵阵狂风仍将飞艇晃得上下颠簸。驾驶舱内，阿卡狄咒骂着自动驾驶完全没起作用。"那就重新调整！"娜蒂娅冲他喊了一句，接着她想起在**战神号**上阿卡狄那些变态的模拟任务，大笑着喊道，"突发模拟！突发模拟！"听到阿卡狄的咒骂，她又笑了，继续手头的工作。阿卡狄大喊着传递安的消息：沙尘极细，平均粒径约为 2.5 微米，总的柱质量大约为每平方厘米 1～3 克，从柱的顶部到底部分布相当均匀。这消息还算不错，这些灰尘平铺到地面上会形成非常薄的一层，这和他们在山脚基地周围看到的最早的投递运输飞船附近的细沙差不多。

娜蒂娅用电线重新串联了好几个太阳能电板，然后跌跌撞撞地跑进驾驶室。"安说地面附近的风速是最慢的。"阿卡狄说。

"很好。我们必须降落到地面上，然后把这些风车安装到飞艇外侧。"

于是下午的时候，他们在毫无视野的情况下降落到地面并抛下锚。锚在地面拖动，直到牢牢地嵌入地里。这里的风速比较慢，但即使如此，娜蒂娅从吊索上下来时依然很危险。她在急速流动的黄沙中慢慢下降，在绳索上来回晃动……终于，大地出现在她的脚下！她踏上地面，拽着吊索停了下来。她把自己从绳索上解开后，立刻就被风吹得东倒西歪。这里的风沙虽然较薄，但仍能感受到一阵阵的风吹过，熟悉而强烈的空心感又回来了。能见度随着阵阵沙尘忽高忽低，飞掠而过的沙尘速度太快，让人头晕目眩——如果是在地球上，这么高速的风肯定会直接将人从地面上卷起来扔到空中，就像龙卷风中的稻草那样。

但在这里，还是可以勉强站住的。阿卡狄用锚机沿着锚上的缆绳缓缓将飞艇降下来，飞艇浮过娜蒂娅的头顶，如同一个巨大的绿色屋顶，显得特别暗。她抽出电线，连接到翼尖的涡轮螺旋桨上，将电线固定到飞艇上，接到飞艇内部。她动作飞快，尽量减少暴露在沙尘中的时间。她来到在风中飘忽不定的箭头号的下方，艰难地在吊舱底部钻洞，然后将 10 个太阳能电板用螺丝固定住。在她把电线固定在吊舱的塑料机体上时，整个飞艇突然快速下坠，她不得不以脸着地的方式迅速趴下，四肢展开呈"大"字形贴在冰冷的地面上，电钻硌到了她的胃部。"该死！"她叫道。"怎么了？"阿卡狄通过内部通信问道。"没什么。"她说着，跳起来以更快的速度继续固定电线。"见鬼的东西——这感觉简直像是在蹦床上工作！"她快要完成了，这时风再次变强，她不得不爬到投弹舱下方。她的呼吸急促而刺耳。

"该死的飞艇，差点压死我！"她回到舱内，一边摘下头盔，一边冲阿卡狄叫道。阿卡狄去起锚的时候，娜蒂娅摇摇晃晃地在吊舱内部四处走动，捡起他们不再需要的东西，将这些东西全都放在投弹舱内：一盏台灯、一个床垫、大部分厨房用品和餐具、一些书，以及所有岩石标本。她开心地一股脑儿把这些东西都扔掉了，心想，如果哪天有旅行者来到这堆东西面前，一定会备感疑惑到底发生了什么。

为了起锚，他们不得不将两个螺旋桨的转速都开到最大。成功起锚后，他们扶摇直上，如同秋天的树叶一样在风中飞舞。螺旋桨一直保持全速，这样才能尽快升到足够的高度。在奥林波斯山和塔尔西斯高原之间有好几个小火山，阿卡狄希望在飞过它们时能与之保持几百米的距离。雷达屏幕显示阿斯克劳山已经远在他们身后了。飞艇向北航行足够远之后，就可以转向东方。他们试着找出一条沿着塔尔西斯北侧的航道，最终降落到山脚基地附近。

但随着时间流逝，他们发现风正沿着塔尔西斯的北坡刮来，正好横切飞艇的方向，即使螺旋桨全力向东南方加速，结果也只是在向东北方前进。在他们竭尽全力和狂风对抗时，可怜的箭头号如同滑翔伞似的忽上忽下，他们也随之反反复复地上下颠簸，就好像吊舱真连着一个蹦床似的。但无论如何努力，他们依然无法成功操控飞艇向预想的方向前进。

黑夜再次降临。飞艇向东北方偏离得更远了。按照这个势头，他们会错过山脚基地，到达几百千米外的地方。错过了山脚基地，前方将是一片荒芜，没有定居点，没有避难所。飞艇会被风吹过阿西达利亚平原，向北去到北方荒原，到达那片空无一物的黑色沙丘之海。而且，他们没有足够的食物和水，无法再次环绕星球，回来再试一次。

娜蒂娅的嘴和眼睛里进了好多沙尘。她走到厨房热饭，非常疲惫，一闻到饭香，顿时感觉自己饿极了；同时她也很渴，水循环系统是靠联氨运转的。

想到水，她的脑海中浮现出一幅前往北极点途中的景象：裂开的永久冻土水分收集器，喷洒出白色的水冰。这是怎么联想到一起的？

她艰难地走回驾驶舱，每走一步都要扶一下墙。她和阿卡狄一起吃了一顿混着沙尘的饭，边吃边思考着。阿卡狄盯着雷达屏幕，一言不发，神情严峻。

"听我说，"娜蒂娅说，"如果我们能接收到在通往北极深谷的路上投放的信号发射器的信号，那我们就可以依据信号降落在发射器附近。如此一来，基地就可以派出一辆自动驾驶火星车来接我们。沙尘暴不会影响自动驾驶火星车，这些车的运行也不需要视野。我们可以把箭头号拴在那里，驾驶火星车回家。"

阿卡狄看着她，咽下嘴里的饭。"好主意。"他说。

***

但前提是他们真的能接收到路边的信号发射器的信号才行。阿卡狄打开无线电，呼叫山脚基地。沙尘暴引起的静电如同灰尘一样密布，通信信号质量很差，但双方还是成功沟通了。一整晚他们都在和基地里的大家一起商量，讨论信号发射器的频率和波段，以及沙尘暴会如何掩盖信号发射器本身就已经很微弱的信号，诸如此类。信号发射器是用来为附近地面上的火星车提供信号的，所以如何接收到信号是个难题。山脚基地也许可以定位到飞艇的位置，并为飞艇指引降落的方向，飞艇上的雷达地图也可以大致定位，但这两种方法都不够精准。如果飞艇没有准确地降落到道路上，那要在沙尘暴之中找到这条道路几乎是不可能的。只要偏离 10 千米以上，道路就会消失在地平线外，那他们就完蛋了。如果他们能按照发射器的信号降落飞艇，那一切就会非常顺利。

无论如何，山脚基地派出了一辆火星车，沿着北向的道路前进。火星车将会到达飞艇预计在 5 天后经过的道路附近的区域。而依据飞艇现在的速度，他们将会在约 4 天后到达道路附近。

在一切安排妥当之后，阿卡狄和娜蒂娅轮流守完了这一夜。娜蒂娅睡得很不安稳，大部分时间都躺在床上，感受着狂风产生的颠簸。窗外一片漆黑，就好像拉了窗帘似的。狂风的呼啸声像是瓦斯炉的气流声，偶尔又如同女妖的号叫。娜蒂娅梦见他俩正处在一个满是火焰恶魔的巨大的熔炉里，她满身大汗地惊醒了，走到驾驶舱去和阿卡狄换班。吊舱里弥漫着汗水、灰尘以及燃烧过的联氨的味道。尽管采用了微米级的密封垫，吊舱里所有物品的表面上还是覆盖了一层肉眼可见的白膜。她抬手划过淡蓝色的塑料隔板，盯着手指划过的痕迹看，难以置信。

在灰暗的白天和无星的黑夜里，他们走来走去，忙个不停。根据雷达图像，他们猜测飞艇正经过费先科夫陨击坑。这么看来飞艇依然正在被往东北方向推，想抵抗沙尘暴南下返回山脚基地是绝无可能了。北极之路是他们唯一的希望。娜蒂娅在休班时忙于寻找可以扔掉的东西，或是从吊舱支架上卸掉她认为是非必要的部分。建造这艘飞船的工程师肯定会对此大摇其头。但德国人总是把东西弄得太过复杂，而且没有一个地球人真正了解火星的重力。于是她东拆西卸，直到吊舱里的东西几乎只剩下支架。每次通过投弹舱扔东西都会带进一小团灰尘，但她觉得这样做是值得的。飞艇需要浮力，她改造的太阳能电板系统没能给电池充进足够的电，而她早就已经把没有和艇身连接在一起的那些都扔掉了。即使没扔，她也不可能再去飞艇下方安装太阳能电板了。之前的意外事件依然让她胆战心惊。她只好继续不断拆卸，如果能爬到气囊上的话，她甚至打算拆掉一部分飞艇本身的支架。

当她忙着做这些的时候，阿卡狄蹑手蹑脚地在吊舱里走来走去，为她打气。他赤裸着身子，满身灰尘，从头到脚全都红了，简直成了红色的化身。他唱着歌，盯着雷达屏幕，狼吞虎咽地吃饭，计划着飞艇的航线。虽然计划根本赶不上变化。娜蒂娅很难不被他的兴奋所感染。她和他一起在遇到强风时大呼小叫，感受着尘埃狂野地在血液中飞舞。

紧张而漫长的 3 天在暗橘色的狂风中过去了。第四天午后，他们将无线电接收器调到最大音量，仔细聆听信号发射器所在频率发出的噼啪作响的静电声。集中精神聆听白噪声令娜蒂娅昏昏欲睡，尤其是他们最近都严重缺觉。阿卡狄说话的时候，娜蒂娅几乎快睡着了，突然，她噌的一下从椅子上跳了起来。

"听到没？"他问道。她仔细听了听，摇了摇头。"就是这个，哔的一声。"

她听到了一声哔。"是这个吗？"

"我觉得就是这个。我会尽快降落飞艇，把几个气囊的气放空。"

阿卡狄操纵控制台上的键盘，飞艇向前倾倒，开始急速降落。测高仪的数字迅速下降。雷达显示下方的地面基本是平坦的。哔的声音越来越大，在没有指向性接收器的情况下，这是他们判断自己是在接近还是远离的唯一手段。哔——哔——哔——她在筋疲力尽的状况下很难判断声音究竟是变大还是变小了，似乎每一声的音量都不一样，只取决于她集中了多少注意力。

"变弱了。"阿卡狄突然说，"你觉得呢？"

"我听不出来。"

"变弱了。"他改变螺旋桨的状态。在马达的轰鸣声中，信号声听上去肯定更弱了。阿卡狄操控飞艇转向迎风方向，飞艇剧烈地颠簸起来。他努力将飞艇稳住，阻止了下落的势头。然而机翼的转动和飞艇的颠簸之间总是有时间差，实际上他们几乎正处于一场勉强控制住的失事事故中。信号声还在变弱，但似乎变弱的速度减慢了。

当测高仪显示高度已经够低时，他们抛了锚。在一阵紧张的飘移后，锚卡住了，飞艇停了下来。他们扔下所有的锚，将箭头号沿着缆绳拉向地面。娜蒂娅全副武装，爬上吊索，用锚机降落下来。她下到地面上，在巧克力色的黎明中行走，被没有规律的大风吹得东倒西歪。她这辈子都没有这么疲惫过，顶着风前进真的太难了，她不得不来回调整行进方向。她通过内部通信系统听信号发射器的声音。脚下的大地似乎在反弹，很难保持平衡。哔的声音非常清晰。"我们应该多通过头盔里的内部通信系统听听，"她跟阿卡狄说，"这听得清楚多了。"

一阵狂风把她掀翻在地。她站起身缓缓移动，在身后放开一根尼龙绳，根据哔的音量调整方向。偶尔能看清的时候，她可以看到大地在脚下流动，在密布沙尘的风中能见度大约只有1米。接着一阵劲风开阔了视野，棕色的大团尘土飞掠而过，一波接一波，以惊人的速度飞过。拍打着她的风和她印象中在地球上遇到的最强劲的风差不多，甚至更强。单单保持平衡都成了一项艰巨而痛苦的任务，持续消耗着她的体力。

她走进一阵遮天蔽日的浓密沙尘中，差点撞上一个信号发射器。发射器屹立在沙尘中，像是一根很粗的栅栏支柱。"嘿！"她叫道。

"怎么了？"

"没事！我撞到了发射器，吓了一跳。"

"你找到了！"

"没错。"疲倦感从头到脚涌过她的全身。她坐了一会儿就站起来了——地上太凉了。她断掉的那截手指仿佛都在隐隐作痛了。

她拉紧尼龙绳，在遮天蔽日的沙尘中返回飞艇，感觉自己就像是古代神话中的人物，只凭着一根绳子走出了迷宫。

\*\*\*

在他们乘坐火星车穿越沙尘向南行进的旅途中，无线电传来消息，联合国火星事务办公室刚刚批准并筹款准备建立3个新的定居点。每一个定居点都能容纳500人，定居点的居民将会来自第一批100人之外的国家。

地球化小组委员会提议了一批火星地球化措施，联合国大会已经批准，其中包括在火星的土地上散播由海藻、细菌、地衣改造的基因工程微生物。

　　阿卡狄听到消息后笑了足足有 30 秒。"那群浑蛋！那群走狗屎运的浑蛋！他们就这么躲过了一劫。"

第　四　章

# 思乡之情

HOMESICK

某个冬日的清晨，阳光遍洒在水手号峡谷群间，照亮峡谷北侧一大片宏伟壮观的谷壁。在明亮的阳光中，一整天都能看到每个岩脉和露头上都覆盖着一层斑斑驳驳的黑色地衣。

　　你看，生命总是能适应环境，只需要几项基本需求：一些燃料、一些能量。生命总是能用极其精妙的方式在各种各样的非地球环境中满足这样的需求。某些地球生物一直生活在低于冰点或高于沸点的环境中，有些生物生活在高辐射区域或盐度极高的区域，有些生活在固体岩石或一片漆黑之中，有些生活在极端缺水或无氧的环境中。生命以各种各样超出我们想象的不可思议的方式适应了所有这些极端环境。于是从地底的基岩到高空的大气，生命渗透到地球的各个角落，形成了一整个宏大的生物圈。

　　所有这些适应环境的能力都烙印在基因中，通过基因得以存续。如果基因自发突变，生物也将随之改变。如果基因被改造，生物亦将随之改变。生物工程学家利用这两种改变方式，不仅发展出了重组基因片段的方式，同时也延续更传统的人工选择的方式。微生物被接种在培养皿里，成长速度最快的种群（或者是那些展现出最需要的特性的种群）会被单独挑选出来，再次在培养皿里培育。为了加快突变率，可以引入一些突变原。就这样，人们可以连续快速培育出一代代微生物（如每天可以培育出 10 个世代）。如此循环往复，直到拥有人们想要的特性的微生物出现。

人工选择是我们拥有的最强大的生物工程技术。

　　不过，最新的技术更容易受到关注。基因工程微生物技术在首百抵达火星的 50 年前才刚刚出现。但 50 年对于现代科学而言是很长的时间了。质粒接合近些年来发展成了非常复杂精密的科学技术。限制性内切酶[1]和连接酶[2]的排列组合形式多样，数量庞大。人们具备了将一长串 DNA 精准排列的能力。关于基因组的知识储备量巨大，而且以指数方式增长。利用好所有这一切，新式生物科技可以对任何性状进行调用、促进、复制、触发式自毁（阻止过度成功繁殖）等操作。人们可以利用生物科技在生命体内找到具备某种亟需的性状特征的 DNA 序列，将这些 DNA 信息剪切下来，粘贴到质粒环上；然后用含有新型质粒的丙三醇冲洗细胞并将之悬停。丙三醇悬浮在两个电极之间，然后被给予约 2000 伏的短暂电击，丙三醇中的质粒被注射到细胞中，成了！就像是弗兰肯斯坦的怪物一样，咔的一下，新的生命体诞生了，而且还拥有新的能力。

　　于是火星上诞生了快速生长的地衣、抗辐射的海藻、极度抗寒的菌类、可以摄入盐分释放氧气的盐生细菌、适应副极地气候的苔藓。一整个包含各式各样的新生命的生态系统，全都部分地适应了火星地表，散布在大地上跃跃欲试。有些物种灭绝了：自然选择；有些物种繁荣昌盛：适者生存；还有些物种野蛮繁殖，消灭了其他的生命体，但它们释放出的化学物质激活了自毁基因，导致种群数量急剧下降，化学物质含量也随之降低。

　　总之，生命适应着各种各样的自然环境。同时，自然环境也被生命改变。这正是生命的其中一种定义：生命体和环境相互作用、相互影响，就好像它们是同一个生态系统的两种表现形式，它们是属于同一个共同体的两部分。

　　于是，空气里有了更多氧气和氮气；黑色的绒毛出现在极地的冰上，出现在凹凸不平的岩石表面；淡绿色的斑痕出现在地表上；朦胧的霜雾出现在空中；

---

1　限制性内切酶是一种能识别特定 DNA 序列并对其进行切割反应的酶。
2　连接酶是一种催化两个分子连接成一个分子的反应的酶。

微生物如同无数只小鼹鼠一般深深掘入表岩屑深处，将亚硝酸盐变为氮气，将氧化物变为氧气。

一开始这个过程几乎不可见，而且非常缓慢。一阵寒流或是太阳风暴就会导致大量生物灭绝，一夜之间整个物种就全部死绝。不过死去的生物成了其他生物的食物；对于幸存下来的生物而言，环境变得没那么艰难了。而这整个过程的势头也在不断增强。细菌可以快速繁殖，在适合的环境下一天之内就可以翻好几倍，其繁殖速度的数学上限极高。虽然自然环境的限制——特别是在火星上——导致实际的繁殖速度远远达不到数学上限，但是新的生命体——气生生物——快速繁殖，时而突变，再迎来永恒的死亡。而新的生命以它们的祖先形成的堆肥为食，再次繁殖。这些生命体就如此这般，活着然后死掉。此后的土壤和空气就与这数百万代的短暂生命出现前的状况完全不同了。

就这样，某个清晨，太阳升起，穿过飘荡游移的云层，洒下长长的光柱，照亮了整个水手号峡谷群。在峡谷北侧的崖壁上，每个水平表面都呈现出黑色、黄色、橄榄色、灰色、绿色，表面坑坑洼洼的，全是地衣。一层层地衣沿着竖直的岩壁下垂，石壁如以往一样坚硬、通红、遍布裂缝，而现如今又加了几分斑驳的杂色，就像是镶上了花边。

# 1

米歇尔·杜瓦梦到了家乡。他在滨海自由城的海浪中游泳，8月温暖的海水托着他忽上忽下。此时正临近黄昏，微风阵阵，海水是一片波澜起伏的白铜色，阳光在水面上跳跃。波浪对于地中海而言很大，碎浪在海面上翻滚，在风的推动下快速切出一道道不均匀的浪线，他一时之间也随之乘风破浪。下一刻，他极速下坠，跌入泡沫和沙子之中，然后又一跃而起，冲入金闪闪的阳光，嘴里全是海水的咸味，双眼刺痛。大黑鸬鹚在浪头盘旋，以笨拙的姿势、刁钻的角度向上疾飞、急停，然后一猛子扎入他周围的海水里。它们在冲刺时半张着翅膀，直到冲击水面的前一刻都在不断调整方向，然后跃出水面，满足地吞咽着小鱼。就在离他几米远的地方，一只鸬鹚冲入水中，侧影在阳光的照射下如同一架斯图卡俯冲式轰炸机或一只翼龙。他冷暖交织，沉浸在咸湿的海水中，上下颠簸。他被海水迷了眼，于是眨了眨眼睛。一波如钻石般晶莹的碎浪翻滚着，撞碎成一片奶油色。

他的电话响了。

的确是他的电话响了。是厄休拉和菲莉丝。她们告诉他，玛雅又情绪失控了，伤心欲绝。他从床上爬起来，穿上内衣，走进卫生间。海浪连成一线向后退去。玛雅，又抑郁了。上次见到她时，她正在兴头上，甚至可以说是兴高采烈。那是什么时候来着，一周前？不过玛雅就是这样，疯疯癫癫的。但她是以俄罗斯人特有的方式疯癫，这也就意味着，她拥有不可忽视的权力。母国俄罗斯！宗教信仰和共产主义都试图根除盘踞于此的母权制度，然而结果却是一波对男子气概造成严重打击的辛辣讽刺的浪潮，整整一个国家都是态度轻蔑的鲁萨尔卡 [1]、雅加婆婆 [2] 或一天工作 20 小时的女超人。她们生活在由母亲、女儿、外祖母、外孙女组成的几乎是单性繁殖的文化里，然而还是被自己和男人之间的关系搞得精疲力竭，绝望地寻找着消失的父亲和完美的伴侣。哪怕仅仅是个能承担他该尽责任的男人也好啊！她们寻找着伟大的爱情，但更多时候则是尽量不去毁灭爱情。真是太疯狂了！

　　虽然草率地下判断很危险，但玛雅是个典型的例子。她非常情绪化、易怒、轻佻、聪明、魅力十足、心机深沉、情感热烈——而现在，她像是一大团忧郁的雾气弥漫在他的办公室里。她眼睛通红、布满血丝，整个人憔悴不堪。厄休拉和菲莉丝对米歇尔点点头，小声感谢他愿意这么早起来帮忙，然后离开了。米歇尔打开百叶窗，光线从中央拱顶照射进来。他再次看清玛雅真的是一个很美丽的女人，一头狂野而闪亮的长发，深邃而锐利的双眼，魅力逼人。看到她如此惶恐不安的样子令人心里很难受，米歇尔从未习惯这一点。她现在的样子和她平时活力四射的样子之间的对比太强烈了——她平时总是会用手指戳到你的胳膊上，用坚定的语气喋喋不休地谈起一个个迷人的想法……

　　然而现在，她万分绝望，俯靠在桌子上，用粗哑的嗓音讲述她和约翰交往的最新进展，之后又是她和弗兰克的关系。很显然，玛雅因为约翰拒绝帮她促成一项计划而怒火中烧。这项计划打算游说几个俄罗斯跨国公司来承担在希腊平原建设定居点的费用。希腊平原是火星地势最低的地方之一，因而会成为逐渐开始显露出来的大气变化的最先受益地。那里的最低点低于基准面约 4 千米，大气厚度是最高的火山顶的 10 倍、基准面的 3 倍。那里会成为第一个适合人类生存的地方，是很理想的定居点。

　　但很显然约翰更希望由联合国火星事务办公室和各国政府来决定。而这仅

---

1　鲁萨尔卡是斯拉夫神话中一种栖息在水中的女妖。传说鲁萨尔卡一看到英俊男子，就会用歌声和舞蹈将其吸引迷惑至水里杀死。
2　雅加婆婆，又译作"芭芭雅嘎"，是斯拉夫神话中邪恶而神秘的女巫。

仅是逐渐开始阻碍他们的私生活的诸多政治分歧之一。他们现在经常因为各种事情吵架，而且都是些之前从未产生过分歧的琐事。

米歇尔看着她，差点脱口而出：约翰就是想让你激怒他。他不知道约翰会对此作何评价。玛雅揉了揉眼睛，把前额靠在他的办公桌上，露出修长的脖颈和宽阔的肩膀。在大部分山脚基地人面前，她绝不会显露出如此心烦意乱的样子。这是属于他俩之间的亲密，她只会在他面前这样做，就好像她在他面前是赤身裸体的。大多数人都不懂，其实真正的亲密关系并非因性关系而形成，性关系可以产生在完全陌生的人之间，但亲密关系是由漫长的交谈形成的，尤其是关于“生命中最重要的事”的交谈。不过话说回来，玛雅裸体时一定也很美，她的身材比例非常均衡。米歇尔回忆着她在泳池游泳时的身姿。她穿着一身蓝色的泳衣，高开衩到髋骨上方，在泳池里自由地仰泳。他脑中浮现出地中海的画面：他浮在滨海自由城的海水中，世间万物都随着落日余晖而漂浮起来。他看向沙滩，不少男人和女人在漫步，他们除了新型三角泳衣外不着片缕。古铜色皮肤的女人两两成对在阳光下散步，仿佛舞者一般；一群海豚在他和沙滩之间的海域中跃出水面，优雅的黑色身体圆润得跟女人一样。

但是现在，玛雅开始谈论起弗兰克。弗兰克仿佛有第六感似的，总能第一时间察觉到约翰和玛雅之间的争吵（仅靠第六感可能都不够）。每当他有所察觉时就会立刻来找玛雅，和她一起散步，聊他对于火星的看法。弗兰克的观点很先进、很有野心，令人心潮澎湃，而约翰的观点则完全没有这些特质。“最近弗兰克特别活跃，比约翰强多了，我也搞不清楚为什么。”

“因为他赞同你的观点。”米歇尔说。

玛雅耸了耸肩。“也许我就是这个意思吧。可我们真的是有机会在这里创建一个新的文明啊。约翰却这么……”她长叹一口气，“我还是爱他，我真的爱他，但……”

她讲起他俩的过去，他们的浪漫关系是如何将整个远征队从无政府主义倾向中（或者至少是倦怠感中）挽救出来的。她讲起约翰随和靠谱的性格对她而言是多么如沐春风。她可以信任他、依赖他。她非常钦佩他获得的声誉，她觉得自己与约翰的联结将在整个人类的历史上永远留下浓墨重彩的一笔。不过现如今她意识到，自己本身就会青史留名——整个远征队的首百都会青史留名。她的声音变大、语速变快，情绪也变得更加激动了。"现在在这一点上，我不需要约翰了，我只需要他给我带来的感受。但现在我们在任何事上都无法达成一致，而且我们太不一样了。弗兰克呢，他一直小心翼翼，非常克制，我们几乎在任何事上的观点都非常一致。对此我表现得太过激动，结果又不小心给了他错误的暗示。他又来了。昨天在泳池里他——他抓住我，我是说，他双手抓住我的胳膊——"她紧紧地抱住双臂，"要求我为了他离开约翰，而我绝不会这样做。他浑身都在颤抖，我告诉他我不能这么做，我也在浑身颤抖。"之后没多久她几乎到了崩溃的边缘，于是她和约翰大吵一架。她主动挑衅，把约翰气着了。约翰夺门而出，跳上一辆火星车，奔向娜蒂娅的拱廊，和建筑工人们一起过了一夜。弗兰克又来找她谈话，当她终于（差不多）把他安抚好后，弗兰克告诉她自己要去星球另一边的欧洲定居点定居。他明明是整个远征队的主心骨！"他绝对会去的，他不是虚张声势的人。弗兰克一直在自学德语，语言对他而言从来就不是问题。"

　　米歇尔试图集中注意力听她说话，但这太难了，因为他太了解这一切了。一个星期之后，一切又都会有所不同。他们三人之间的三角关系在不知不觉中变化着，别人很难持续关注。他自己的麻烦又有谁来管？他的麻烦更复杂、更深刻，但从没有人来倾听他的烦恼。他在窗户前踱步，用惯常的问题和评论安抚她。中庭的绿植令人心旷神怡，很像法国的阿尔勒或是滨海自由城的田园风景。他突然觉得这里很像阿维尼翁教皇宫附近种满柏树的狭小广场，广场附近的室外餐桌在夏日夕阳的照耀下呈现出的颜色和火星的颜色一模一样。橄榄的味道，红酒的味道……

　　"咱们一起散散步吧。"他说。这是心理咨询的标准流程。他们穿过中庭，走进厨房，米歇尔终于有机会吃点东西了。他狼吞虎咽的时候都没想起来自己没吃早饭。这应该被称为"饮食健忘症"，他边思忖边绕过大厅来到闭锁室。

他们穿上漫步服。玛雅进入单独的更衣室，换上内衣。检查完装备之后，他们一起进入闭锁室减压，然后打开外侧大门，步入户外。

菱形状针织物中透出寒冷。他们沿着环绕山脚基地的步行道走了一会儿，参观了专用仓库及其中金字塔形的大盐堆。"你觉得咱们能找到利用这些盐的机会吗？"他问道。

"赛克斯正在努力。"

玛雅时不时地聊起约翰和弗兰克。米歇尔问了一些心理咨询师会问的固定问题，玛雅也以玛雅的方式回答了问题。他们的声音直接传入彼此耳中，这是内部通信系统带来的亲密感。

他们来到地衣农场。米歇尔停下来看向一排排托盘，恣意盯着托盘里鲜活的色彩。上面是黑雪水藻，下面是几层很厚的地衣垫。和地衣共生的水藻是一种蓝绿藻，弗拉德不久前才刚刚成功将其单独种植。红色地衣看上去长得不太好，有点多余。这里还有黄色地衣、橄榄色地衣，和战舰的颜色一模一样。片状的白色和青绿色地衣——生命的绿色！绿色在眼中鲜活地跳动，如同奇迹般绽放的沙漠之花。他听说博子在看到如此生意盎然的景象后说"这就是*蔚力蒂塔斯*"——拉丁语里"绿色生命力"的意思。这个词最早是由中世纪女性基督教神秘学家希尔德加德[1]创造的。*蔚力蒂塔斯*，如今适应了这里的环境，在北半球的低地里缓慢扩散开来。南半球的夏天更是生机勃勃。有一天气温到达了285 开尔文，比历史记录高了12 开尔文。"整个火星都在改变。"他们走过平原时玛雅评论道。"是啊，"米歇尔说，忍不住添了一句，"距离达到适宜人类居住的温度只剩300 年了。"

玛雅笑了，她感觉好点了。很快她就会恢复正常，至少她正在通往快乐的过程中。玛雅的情绪波动很大。米歇尔最近正在研究首百的性格中"稳定—变动"的特征，玛雅的性格代表了"变动"的极端情况。

---

1 希尔德加德·冯·宾根（1098—1179），中世纪德国神学家、神秘学家、作家。

"咱们开车出去，看看拱廊吧。"她说。米歇尔表示同意，同时思考着如果他们遇到约翰该怎么办。他们来到停车场选了一辆吉普车。米歇尔边开吉普车边听玛雅说话。当声音从身体中剥离，直接通过头盔内部的耳麦传入耳中，对话会有所不同吗？感觉就像大家一直都在讲电话，即便就坐在通话对象身边。或者——说不好这是好是坏——就像大家都在进行心灵感应似的。

水泥路非常平坦，米歇尔驾驶着吉普车，以每小时 60 千米的最高速度行驶。稀薄的空气急速吹过他的面罩。这么多二氧化碳，赛克斯非常想从空气中将其去除，他需要比地衣更强大的空气净化系统。他需要森林，需要大型多层盐生雨林，在树木、叶子、木屑、泥炭中固定大量的碳。他需要深达百米的泥炭沼泽、高达百米的雨林。他也表达了这些需求。但只要听到他的声音，安就会立刻展现出不满。

15 分钟的路程结束后，他们到达了娜蒂娅主持建设的拱廊。这里仍在建设中，到处都很混乱，看上去很像最早期的山脚基地，不过规模更大。人们从沟壑里挖出了一大堆酒红色的碎石，沿着东西向铺开，像巨人的墓地。

他们站在巨大沟壑的一端。沟壑有 30 米深、30 米宽、1000 米长。沟壑的南侧是一面玻璃墙，北侧覆盖着一排排过滤镜，由壁挂式独立生态墙、火星罐和栽培箱交替组成。这些物品五颜六色地组合在一起，就像是一块由过去和未来绘制成的编织壁毯。大多数栽培箱中种植的是云杉，以及其他在地球北纬 60 度范围内生长的森林树木。换句话说，这里就像娜蒂娅·车尔尼雪夫斯基在西伯利亚的老家。这会不会表明，娜蒂娅和米歇尔一样患上了思乡病？他能否劝说娜蒂娅在这里复制地中海呢？

娜蒂娅正开着推土机工作。她有自己特有的*蔚力蒂塔斯*。她停下手头的工作，走过来和他们短暂地聊了聊。工程进展得不错，她平静地告诉他们。能用从地球上运送来的自动机械完成这么多工作真令人震惊。中庭已经建造完成，这里种了各种各样的树，包括一种只有 30 米高的矮化红杉树，几乎和拱廊一样高。中庭后方，3 排山脚基地样式的拱顶房屋已经建设好，隔离层也已经铺设完成。这些住宅只需要一天的时间进行密封、加热和加压，此后在屋内工作就可以不用穿着漫步服了。3 层楼摞在一起，一层比一层小，让米歇尔想起了加尔桥[1]。当然了，鉴于这里的建筑风格基本都是罗马式的，所以这并不意外。但相比于罗马式建筑，这里的拱顶更宽、更短，在重力允许的范围内更容易通风。

娜蒂娅继续去工作了。她真是个冷静的人，性格稳重，和"变动"的特质正相反。她低调、隐秘、内向。她和她的好朋友玛雅简直就是两个极端，要是玛雅能在她周围多待待就好了。娜蒂娅是天平的另一端，可以稳住玛雅，让她找回平衡，为她做榜样。在这次见面交谈中，玛雅就从娜蒂娅那里获得了一丝冷静。而当娜蒂娅重新工作后，玛雅也保持了某种程度上的冷静。"等我们搬进这里后，我会很想念山脚基地的。"她说，"你呢？"

"我不会。"米歇尔说，"这里的阳光充足多了。"新建住宅的全部 3 层楼都会面向高大的大厅，在阳面还有错落排列的宽阔阳台。尽管朝北的建筑比山脚基地埋入土中更深，但沟壑对面的趋光滤镜可以从早到晚都将光线反射到房间内。"搬进这里我会很开心。我们一开始就该住到这么宽敞的地方。"

"但是这里的空间不只属于我们，还会有新人来的。"

"没错。但这也会在某种意义上给我们带来新空间。"

她若有所思。"约翰和弗兰克就得离开了。"

"没错，而且这算不上是一件坏事。"他告诉她，在更广阔的社会里，山脚基地形成的闭塞小村落的氛围将会逐渐消散，这会给人们带来更好的看待问题的角度。米歇尔犹豫着停顿了一下，没想好该怎么表达。当交谈的双方拥有不同的母语，且都在用第二语言交流时，委婉的表达很危险，因为实在太容易引起误解了。"你必须接受这个想法：也许你根本不想从约翰和弗兰克之中做选择。事实上，你可能两者都想要。这在首百这群人中才算得上是绯闻，但在更

---

1 加尔桥位于法国加尔省，是古罗马时期修建的输水系统，由 3 层拱桥构成。

广阔的世界里、更长久的时间里……"

"博子有 10 个男人围着她转！"她生气地叫道。

"没错，你也是。你也一样。而在更广阔的世界里，没人会知道，没人会在意。"

他继续安慰她，告诉她，她很强大，（用弗兰克的话说）她是这群人里的阿尔法女性。她否认这一点，结果逼得米歇尔不得不继续赞赏她，直到她满意为止。他这才能提议往回走了。

"等这里来了新人——首百以外的人，你难道不会觉得很震惊吗？"她边开车边转头对他说，差点把车开到路外。

"大概会吧。"已经有一些人降落在北方荒原和阿西达利亚平原了。这些人传来的录像让大家大感震惊，能清晰地从表情上看出这一点，就像是从外太空降临了外星人似的。不过迄今为止只有安和西蒙跟这些人真正见过面，他们在诺克提斯沟网北部遇到了一辆火星探索车。"安说那感觉像是有人从电视里走出来似的。"

"我的生活一直都是这种感觉。"玛雅沮丧地说。

米歇尔抬了抬眉毛。这样的回答一点也不玛雅式。"什么意思？"

"唉，你懂的。我常常觉得这里就像是一个巨大的模拟程序。你不觉得吗？"

"不。"他想了想，"我不这么认为。"事实上，他感觉这一切都太真实了——刺骨的严寒穿过火星车的座位刺入他的肌肤——无处可逃的真实、无处可逃的寒冷。可能作为俄罗斯人她无法感受到，但这里真的总是非常寒冷。甚至在仲夏的中午，烈日当空，在沙色的天空上如同开着门的熔炉一样灼烧着，这里的温度最高也只能达到 260 开尔文，也就是零下 15 摄氏度，冷到足以穿透漫步服的弹力网，每移动一步都能感受到呈菱形状的疼痛。随着他们接近山脚基地，米歇尔感觉严寒穿过织物钻进皮肤，制氧机吹出的寒冷氧气通过管子长驱直入肺部。他瞥了一眼遍布尘沙的地平线和漫天黄沙的天空，自言自语地说："我是一条菱背响尾蛇，嗖嗖地滑过遍布冷石和干尘的赤红沙漠。有一天我会蜕皮，就如同凤凰浴火重生，成为阳光下的某种新生物，在沙滩上赤身裸体地行走，在温暖的盐水里戏水……"

回到山脚基地后，他切换成自己脑子里的心理咨询模式，询问玛雅是否感觉好一些了。玛雅用自己的面罩轻触他的面罩，快速而热情地直视了他一眼，仿佛一个吻。"你清楚的，我肯定是好多了。"她的声音传入他耳中，他点了点头。"那我再去外面走走。"他说。他没有说出口的是——"那我呢？什么事情能让我感觉好一点呢？"他竭尽全力迈开双腿，走开了。围绕基地的这片荒凉的平原看上去如同一片历经浩劫之后的废土，像是一个噩梦般的世界。即便如此，他还是不想返回充满人造灯光、加热后的空气，以及精心安排的色彩的狭窄基地里。那些颜色大多是他亲自选择的，应用了最前沿的色彩情绪理论。他现在切身体会到，这种理论根本就是基于某些无法应用在此地的假设形成的。这些颜色全都错了，或者更糟的是，这些颜色全都无关紧要。"这些该死的墙纸。"

这句话在他的脑海中成形，催动着他的嘴唇。该死的墙纸。该死的墙纸。反正他们迟早都要疯掉……很显然，远征队里只安排一名心理医生是一项重大失误。地球上的每一位心理医生自己也会接受心理咨询，这是这份工作的一部分，是不可避免的。但他自己的心理医生远在尼斯，他们之间的通话每次至多15分钟，转瞬即逝。米歇尔跟他谈了，但对方根本帮不上忙。他无法真正理解米歇尔，他生活在温暖的蓝色星球上，他可以外出，（米歇尔猜测）他精神状况良好。而米歇尔就像是一位身处地狱监狱中的临终关怀医生，而这位医生自己还病了。

他一直以来都无法适应。人们各不相同、气质各异。正在走向闭锁室门的玛雅，气质就和他完全不同，这令她能够轻松自如地适应这里。说实话，他觉得玛雅在任何情况下都根本不会去关注她周围的情况。然而在其他一些地方，他和她很相似。这肯定和"稳定—变动"指数有关，特别是在情绪方面，他们都是变动类型的。不过本质上他们的性格仍然非常不同，"稳定—变动"指数需要和另一组性格标签——外向和内向结合到一起。这是他最近这一年最重要的发现，也成为他反思自己、反思自己的任务时的理论基础。

在走向炼金术士营地的路上，他把早上发生的这些事概括到新的性格心理学系统里。"外向—内向"是所有心理学理论里最被广泛研究的性格特点，不同文化下的大量证据都证实了这种概念具有相当的客观性。这当然不是一种简单的二元对立，不是将一个人简单地贴上内向或外向的标签，而是将其放到天平上，根据各种各样的性格特质来衡量：善于交际、冲动、善变、健谈、外向、有活力、兴奋、乐观等。这种衡量实验进行过很多次，统计学上可以确定，这些特质的确会一起出现，其概率远远超过随机标准。所以，这种概念是真实的，非常真实！事实上，生理学研究揭示出外向的人在静息态时大脑皮质唤醒程度较低，而内向的人则较高。米歇尔一开始觉得这个结论有点过时，但他回想起来，大脑皮质会抑制大脑下半区的活动，所以大脑皮质唤醒程度低可以让外向的人做出较多无拘无束的行为，而大脑皮质唤醒程度高则意味着更多的约束，从而导致人变得内向。这也就解释了为什么饮用酒精饮料（酒精会抑制大脑皮质的活动）可以导致人们变得精神兴奋、放纵自我。

所以，所有关于"外向—内向"的性格的研究，所有那些关于人类性格的描述，都可以归结于脑干中的一块名为"上行网状激活系统"的区域，这块区域决定着大脑皮质的唤醒程度。所有这一切都是由生理决定的。"世上没有名为命运之物"——拉尔夫·沃尔多·爱默生，在他6岁的儿子夭折一年后写道。但生理就是命运。

米歇尔的系统中还有更多元素，毕竟命运并非简单的是非选择。他最近开始研究温格[1]的自主神经系统平衡指数。这套系统用7个不同的参数来判断一个人的自主神经是由交感神经还是副交感神经控制的。交感神经负责回应外部刺

---

1  温格可能指的是美国心理学家马里昂·温格。

激，并作用于生物体使其运转，所以主要由交感神经控制的个体更容易激动、兴奋；副交感神经则会让被激活的生物体习惯外部刺激，使其恢复到稳定平衡的状态，所以主要由副交感神经控制的个体更安静平和。达菲[1]建议将这两种类型的人称为"变动"和"稳定"。这种分类法没有"外向—内向"分类法那么广为人知，但它建立在坚实的经验主义证据之上，而且对理解各种各样的性格特征也非常有帮助。

但这两套系统都不能展现出被研究对象的所有性格特征。这些系统里的用词都太过泛泛，不过是将几类与性格特点相关的词汇组合起来，对于实际临床诊断没有太多价值，尤其这两套系统在现实人群中都呈现出正态分布。

但如果将这两套系统结合起来，事情就开始变得非常有意思了。

这可不是个简单的活儿，米歇尔花了很长时间在电脑屏幕上画出一个又一个草图，试图将两套系统结合到一起。他用 $x$ 和 $y$ 坐标轴来代表这两套系统，并设置出坐标格刻度，但这些结合方式都没解释出什么。接着他按照格雷马斯[2]语义符号矩阵的起始点将这 4 个词语移动并排列。格雷马斯的符号矩阵系统是一套源于炼金术的构造系统，它认为没有任何简单直接的逻辑辩证法可以真正揭示出一大堆相关概念的复杂性，所以人们必须认识到某物的反义物与其矛盾物之间的真正区别：某个概念的"非 $X$"与"反 $X$"也许并不相同，这一点很容易就能看出来。第一阶段通常用 4 个符号 $S$、$-S$、$\bar{S}$、$-\bar{S}$ 来表示，由此组成矩阵：

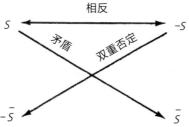

1 达菲可能指的是美国心理生理学家伊丽莎白·达菲。
2 阿尔吉达斯·朱利安·格雷马斯（1917—1992），立陶宛语言科学家，长期旅居法国，他最著名的哲学成就是提出了"格雷马斯符号矩阵"。

由此看来，-$S$ 只是简单的"非 $S$"，$\bar{S}$ 则是更强烈的"反 $S$"，而 -$\bar{S}$ 在米歇尔看来要么是否定的否定，要么是初始否定的对立抵消物，或者两种否定的联合物。在实际中，这项事物常常是个谜，或是公案[1]，但有时候它会更清晰明确一些，使得这个概念单元更加完善地呈现出来，比如格雷马斯举出的其中一个例子：

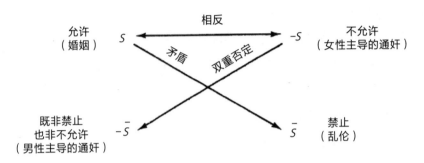

这套复杂的系统设计中的下一步，是将第一步构建出的事物以直角再次构成一个新的矩阵，这些新的组合常常可以反映出表面下隐含的结构关系，如下图所示：

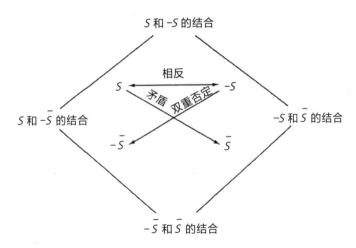

---

1 公案是禅宗术语，指禅宗祖师的一段言行或是一个小故事、对话或问题，用来触发禅修者的思考与体悟。

米歇尔盯着这张图，将外向、内向、变动、稳定放到原始的矩阵四角后，开始考虑它们的组合。这时，一切都清晰地显现出来了，就像万花筒被误转了一下，却突然显示出玫瑰的图案。一切都变得非常合理：有非常激动的外向者，也有情绪相对较平稳的外向者；有非常情绪化的内向者，也有不太情绪化的内向者。他立刻就能想到远征队里这4种类型的人都是谁。

当思考该怎么给这些新的组合命名的时候，他不禁笑出了声。难以置信！他居然用了整整一个世纪以来的心理学概念、一部分最前沿的心理生理学研究成果，以及一整套复杂的语义学分析结构，结果只是对早已存在的古代体液学说进行了二次创造，这实在是太讽刺了。但结果就是这样了，这就是最终的结果。这张图上北向的组合——外向加稳定——很显然就是希波克拉底、盖伦[1]、亚里士多德、特里斯墨吉斯忒斯[2]、冯特[3]、荣格所说的血液质（开朗）；西向的组合——外向加变动——就是胆汁质（易怒）；东向的组合——内向加稳定——就是黏液质（冷静）；南向的组合——内向加变动——当然就是黑胆汁质（忧郁）的定义！对，没错，一切都完美地对应上了！当然，盖伦对于4种性格的生理学解释是错误的，黑胆汁、胆汁、血液和黏液现在被上行网状激活系统和自主神经系统所取代，但人类性格的本质依然没有任何改变！生理学知识的力量和第一位古希腊生理学家的逻辑分析能力非常强大，甚至超越了此后所有世代的人，那些后世的学者常常被无用的知识蒙蔽。而这些古早的性格分类学说经受住了考验，一再被验证，流传千古。

---

1　克劳迪亚斯·盖伦（129—199），古罗马医学家、哲学家。
2　赫耳墨斯·特里斯墨吉斯忒斯（Hermes Trismegistus）的意思是"三重伟大的赫耳墨斯"，是希腊神话中的赫耳墨斯和埃及神托特的结合。原文作 Trimestigus，疑似笔误。
3　威廉·冯特（1832—1920），德国心理学家、生理学家、哲学家。

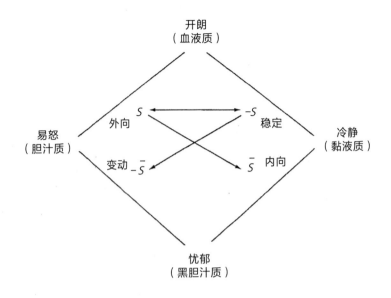

米歇尔来到了炼金术士营地。他努力将注意力转移到营地上。在这里，人们利用神秘的知识将碳炼成钻石，然后通过精准的手法轻松地给所有窗户玻璃都镀上一层单分子钻石层，以抵御腐蚀性的沙尘。一座高大的白盐金字塔（金字塔，古代最伟大的形状之一），表面也镀上了几层纯钻石层。而单分子钻石镀层工程也只是这些低矮的建筑里进行的成百上千的炼金术操作之一。

最近这些年，这些建筑都染上了一丝穆斯林色彩，白色的砖墙上展示着一个又一个方程，看上去仿佛是由黑笔书写的流畅马赛克书法。米歇尔遇到了赛克斯，他正站在写着终端速度公式的砖厂墙旁边。米歇尔切换到公共频道，问道："你能把铅变成金子吗？"

赛克斯好奇地歪了歪头。"为什么不能呢？"他说，"两种金属都由元素构成。但肯定很难。让我想想。"

赛克斯弗兰奇·罗索尔。完美的黏液质人。

将4种性格映射到语义符号矩阵真正有用的地方在于，它立刻显示出这些性格之间的基础结构关系。这可以帮助米歇尔从新的角度看清人与人之间的吸引和排斥关系。玛雅是变动加外向型的，很显然属于胆汁质，弗兰克也是，而且他们两人都是领导者，彼此吸引。但两个胆汁质人的关系总会包含变化无常、互相排斥的成分，就好像他们都在彼此身上看到了自己最厌恶的地方。

所以，玛雅爱上了约翰，后者显然是血液质人，和玛雅一样外向，但情绪上更稳定，甚至是沉稳。大部分时间里，他都能给她带来内心的平静，如同现实世界的锚点——尽管他有时候有点烦人。而约翰为什么会被玛雅吸引呢？大概是那种难以预测的感觉，给他平淡无奇的幸福生活带来了很多刺激。对啊，为什么不呢？人又不能和自己的名声相依为命。尽管有些人还是想尝试这么做。

没错，首百里有很多人属于血液质，这大概是远征队队员选拔标准中心理方面的首选类型。阿卡狄、厄休拉、菲莉丝、斯宾塞、耶利……没错。而稳定也是在选拔中优先被选择的特质，所以他们之中自然也有很多黏液质人：娜蒂娅、赛克斯、西蒙，也许博子也是——没人了解她这个事实本身也佐证了这个结论；还有弗拉德、乔治、阿历克斯。

黏液质人和黑胆汁质人天生合不来，二者都很内向，而且都很容易回避问题，变动者的那种不确定性很容易让稳定者不满，所以他们干脆互相躲避对方，就像赛克斯和安那样。他们之中没有太多黑胆汁质人。安算是一个，大概是她的大脑结构决定了她的命运，而且她还有着很悲惨的童年经历。她爱上火星的原因和米歇尔憎恨火星的原因是一样的：因为它死了。安爱上了死亡。

有几名炼金术士也属于黑胆汁质。而且，很不幸，米歇尔自己也是。大概一共 5 个人吧。无论是从"内向—外向"还是"稳定—变动"的坐标轴来看，他们都不是择优录用标准里的首选项，从选拔委员会的角度来看，内向和变动都不是首选。只有聪明到能够瞒住选拔委员会、隐藏自己本质的人才能悄悄溜进来。这些有能力压抑自己性格的人，用华丽浮夸的面具掩盖了内心所有疯狂的矛盾。也许只有具备某种特质的人才可以被选入远征队，而在这种特质背后，却有着各种各样的"人"。是这样的吗？选拔委员会提出了不可能完成的任务，记住这点很重要。他们想要稳定者，但他们也想要那种激情而疯狂地想要前往火星，甚至可以为达到这个目标而投入数年的人。

这合理吗？他们想要外向者，但他们也想要聪颖过人且能全身心投入孤独的长期科研事业中的科学家。这合理吗？不！一点也不。这个荒谬的列表还可以继续往下延长。他们制造出一个又一个悖论，也难怪登陆首百会蒙骗他们，会憎恨他们！他战战兢兢地回忆起在**战神号**上遭遇太阳风暴的时候：当时他们都意识到船上的所有人都不得不说很多谎，隐瞒了很多事，于是他们全都转过身，带着压抑许久的愤怒盯着他看，就仿佛这一切都是他的错，仿佛他代表了所有心理学家，仿佛是他一个人精心设计了所有评判标准、安排了测试、下了选拔决定。他在那一刻感到无比恐惧，无比孤独！他太过震惊、恐慌，以致思考得不够快，没来得及对大家坦白其实他也说了谎。他当然说谎了，比他们所有人说的都多！

但他为什么要说谎呢？为什么？

这是他无法想通的事。忧郁症的表现之一是记忆缺失，对过去发生过的事产生极度的不真实感，就好像未曾发生过……他是忧郁者：避世，无法控制自己的情绪，很容易沮丧抑郁。他根本就不该被选中执行这个任务，现在他根本记不起来他究竟为什么那么努力地想要被选中。那段记忆已经随风飘散了，可能是被那些夹杂在想去火星的欲望缝隙中的酸楚苦痛而支离破碎的生活片段淹没了。那些片段如此细微又如此宝贵：广场的夜晚，海滩上的夏日，沉醉在温柔乡里的夜晚，阿维尼翁的橄榄树，如绿色火焰般的柏树。

他发现自己在不知不觉之中已经离开了炼金术士营地，来到了大盐堆金字塔的底部。他慢慢登上 400 级台阶，小心翼翼地把脚放到蓝色防滑垫上。他每登上一级，观察山脚基地平原的视野就更开阔一点；但无论多开阔，四周仍是同样干枯贫瘠、遍布石堆。从金字塔顶的白色方亭向外看去，可以看到切尔诺贝利和太空港。除此之外，一无所有。他究竟为什么要来这个地方？究竟为什么要拼尽全力，牺牲生活、家人、家乡、闲暇、娱乐，来到这么个地方？他摇了摇头。他现在唯一能记起的是，这是他一直以来的渴望，这是他生活的全部意义所在。这仅仅是一时的冲动，还是他人生的目标，该如何判断其中的区别？月光洒在桂花林中，地面上斑斑点点，东北方吹向地中海的风快速而温柔地摩擦着树叶，带来一阵暖流。他躺在地上，张开双臂。群星闪耀的夜空下，树叶在微风的吹拂下反复闪现着银色和灰色。其中一颗红色星星的亮光稳定而微弱，他努力地在被风吹拂的树叶间找到了它，盯着它看。那时他只有 8 岁！天啊，为什么是他们？*没有任何解释，没有任何东西可以解释为什么是他们。*就像没什么能解释为什么人类会画出拉斯科洞窟壁画，为什么人类要建造耸入云霄的石质大教堂，珊瑚虫又是怎么聚集在一起形成珊瑚礁的，这些通通都无法解释。

他的童年很普通，经常搬家，没能交到很好的朋友。他进入巴黎大学攻读心理学，毕业论文是研究国际空间站成员的抑郁症。之后他参与了阿丽亚娜运载火箭[1]项目，继而进入了俄罗斯宇航局。在此过程中他结了婚，又离了婚——妻子弗朗索瓦丝说他总是"心不在焉"。那些和她在阿维尼翁共度的夜晚，那些在滨海自由城度过的日子，在地球上最美的地方生活的经历，都被他一心向往火星的迷雾遮盖住了！太荒唐了！不，比这更糟，应该说简直是太愚蠢了。这简直是他的想象力、记忆力，甚至是智力的失败：他没有看明白自己所拥有的东西，也没能预料到他会得到什么。所以，现在他就在为之前的错误付出代价，他就像是在极地的夜晚和 99 个陌生人一起被困在一块浮冰上，而这其中没有任何一个人能说流利的法语。只有 3 个人能试着说说，而弗兰克的法语说了还不如不说，听着就像是有人在用斧头劈砍攻击这门语言。

---

1 阿丽亚娜系列运载火箭是欧洲空间局研制的帮助欧洲各国及其他国家完成太空发射任务的火箭系统，在德、法、英三国协商后，于 1973 年由法国提出该计划。

缺失母语环境迫使他开始收看家乡的电视节目，但这只会加剧他的痛苦。不过他还是录了自己的独白，发给母亲和姐姐，这样她们就可以给他回复。他反反复复地回放家人的回复视频，比起看自己的亲戚，他更多的是在注视背景布。他甚至偶尔会和记者进行实时采访对谈，在对话的间隙不耐烦地等待。这些采访让他了解到他在法国非常出名，家喻户晓。他谨慎且循规蹈矩地回答所有问题，戴上米歇尔·杜瓦的人格面具，运行米歇尔模式。有时候，当他想听法语的时候，他会把远征队队员预约的心理咨询取消掉，让他们说英语去吧！但这类事会让他受到弗兰克的严厉指责和玛雅的密切关注。他是不是过劳了？当然不是，只有 99 个人需要他来维护心理健康。同时他在脑海里想象自己漫步在普罗旺斯郁郁葱葱的街道上，陡峭的山坡上遍布酒庄、农舍、损毁的塔楼和僧院，到处都是一片生机勃勃的景象，比眼前现实里的这片荒石遍地的荒原美上无数倍，也更有人味——

他来到了电视娱乐室。他沉浸在思绪中，不知不觉已经走回基地了。但他记不清自己是怎么回来的，他以为自己还站在大金字塔的塔顶。结果一眨眼，他就已经来到了电视娱乐室（所有的避难所[1] 都有电视娱乐室）。他正在看一段视频影像，拍的是水手号峡谷群中一条被地衣覆盖的峡谷壁。

他打了个哆嗦。又发生了。他一恍神，时间就已经跳过了一大段。在此之前这样的情况已经发生过几十次了。他不是沉浸在思绪中，而是被思绪掩埋，在现实世界中死去了。他环顾这个房间，身体不住地颤抖着。现在是 Ls=5 度，北半球春季的开始，大峡谷北侧的谷壁正沐浴在阳光下。反正他们迟早都要疯掉……

一眨眼就是 Ls=157 度了，Ls=152 度的日子就这样在模糊不清的思乡之情中飞逝而去。在滨海自由城，弗朗索瓦丝有一座海边庄园，在庭院里，他沐浴在阳光里，看着下方屋顶的瓦片、赤陶立柱和小游泳池，青绿色的池水在下方

---

1 原文为 asylum，也有精神病院的意思。

钻蓝色的地中海的映衬下格外鲜艳。池旁挺立着一棵柏树，像一团绿色的火焰笼罩在池子上方，随着微风摇曳，将芳香吹拂到他脸上。远处可以看到半岛绿色的岬角——

然而事实是，他此刻身处山脚基地——通常被称作壕沟，或是娜蒂娅的拱廊。他坐在上层露台上，看向一棵矮化红杉树。红杉树后面的玻璃墙和镜子上涂了折射率渐变层，可以将光线从源头引导到科多尔区。塔缇安娜·杜洛瓦被起重机砸死了，原因是机器人不小心撞翻了起重机。娜蒂娅悲痛欲绝。但悲伤总会流逝，米歇尔坐在她身旁时想，就像雨水淋过鸭子。再过一阵儿，娜蒂娅就会没事的。在此之前没什么能帮上她的。他们该不会以为他是个巫师吧？又或者是祭司？如果这是真的，他早就治好自己、治好这个世界，或者更好，飞过太空回到家乡了。试想如果他突然出现在昂蒂布的海滩上，对大家说"大家好，我是米歇尔，我回来了"，这难道不会引起轰动吗？

接着来到了 Ls=190 度，他成了一只趴在加尔桥上的蜥蜴，就趴在河道上方狭长的方形石板上。石板的长边和峡谷方向一致。他尾部附近菱形网格的皮肤已经脱落，炙热的艳阳沿着菱形的斜线烤得他新生的皮肤发痛。然而事实是，他正在山脚基地的中庭里。弗兰克已经走了，去和登陆阿耳古瑞盆地的日本人一起生活了。玛雅和约翰对于他们的房间，以及该在哪里设置联合国火星事务办公室的驻火总部争论不休。比以往更加迷人的玛雅，跟随米歇尔一起穿过中庭，试图寻求他的帮助。他和玛琳娜·托卡勒瓦早在几乎一整个火星年之前就不住在一起了——她说他总是"心不在焉"。现在看着玛雅，米歇尔不自觉地把她想象成恋爱对象。这简直太疯狂了，她一路睡过好多俄罗斯宇航局的领导和宇航员，才得以顺利在系统中步步高升；她表里不一、愤愤不平、不可预测。现在她利用性来伤害人，性对她而言不外乎某种外交手段，和她在这方面扯上关系绝对不理智，会被卷入她肉体和情感的旋涡。为什么不干脆直接把疯子送上火星……

现在是 Ls=241 度了。他走过莱博镇蜂窝状的石灰岩矮墙，看着一处中世纪隐居所的残垣断壁。日暮时分，光线呈现出一种奇异的火星橙色，石灰岩反着光，整个村庄和下方雾蒙蒙的平原向外延伸到地中海白铜色的海岸线上，看上去如梦似幻……然而这的确是个梦，他醒过来，发现自己身处山脚基地。菲莉丝和爱德华刚从一次探险中返回。菲莉丝笑着给他们展示一块黄油般的石块。"峡谷里到处都是这种石头，"她笑着说，"像拳头这么大的金色石块。"

接着，他走在通往车库的通道里。远征队的心理医生自己正在经历幻觉，以及一段段的意识空白和记忆空白。医生，快治好自己！但他做不到。他疯狂地思念家乡。思乡，必须有个更好的词语来形容这种感情，必须有个科学的标签来对其下定义，让其他人也能共情，感受到这种情感的真实。但他自己早已体会到了思乡的真实感受，他太过思念普罗旺斯，有时候甚至无法呼吸。他感觉，像娜蒂娅受伤的手似的，自己身体的一部分被割裂了，但不存在的神经依然在阵阵发痛。

……这样反倒给他们省了很多麻烦吗？

时光流逝，米歇尔模式继续运转。但他就是个空壳，内里一片虚无，只剩下小脑内的一些小矮人在远程控制他行动。

Ls＝266度的第二天夜晚，他上床睡觉。尽管他一直无所事事，却疲惫不堪、精疲力竭。然而他躺在黑暗的房间里，无法入睡。他思绪万千，痛苦地思考着。他非常清楚自己病得有多严重。他希望自己能不再掩饰，承认自己病了，然后将自己送入精神病院。回家吧。他几乎记不清前几周发生的任何事情——又或许比几周的时间还长？他不确定。他开始啜泣。

这时门咔嗒一声被推开了，一束狭长的灯光从走廊里直射进来。外面空无一人。

"谁？"他努力克制住自己，隐藏住哭腔，"是谁？"

回答直接传进了他的耳朵，像是用了头盔内部通信系统。"跟我来。"是一个男人的声音。

米歇尔猛地向后仰，撞到了墙上。他抬眼盯着一个黑影看。

"我们需要你的帮助。"那个身影低语道。他想往墙上靠，那人的一只手却抓住他的肩膀。"你也需要我们。"男人的声音里有一丝隐含的笑意。米歇尔意识到自己以前根本没听过这个声音。

恐惧将他推入新世界。突然之间，他可以看清一切了，就好像这位不速之客的触碰让他的瞳孔像相机光圈一样张开了。这是一个身形苗条、皮肤黝黑的男人。一个陌生人。他的惊讶战胜恐惧，他迫使自己站起身，恍恍惚惚地在昏暗的灯光下移动。他踢到了拖鞋。在陌生人的催促下，他走进走廊。这么多年来他首次感受到火星的重力是多么小。走廊突然亮起灰色的光，虽然他知道其实只有地板上的小夜灯亮着。不过当一个人感到恐惧时，这么暗的光也足够他看清楚了。不速之客留着黑色短脏辫，让他的头显得有点尖。他个子不高，身材较瘦，脸很窄。他是个陌生人，毫无疑问。大概是从南半球的某个新定居点过来的入侵者吧，米歇尔想。但男人领着他在山脚基地里穿梭，游刃有余，静默无声，始终没再碰他一下。事实上，整个山脚基地都是一片寂静，好像一部黑白默片。他瞥了一眼手腕终端机，一片空白。正好是时间冻结的时段。他想问男人是谁，但寂静如此沉重，他无法开口。他无声地说出这句话，男人转过头，越过他的肩膀看着他。他的眼白清晰可见，虹膜周围泛着光，鼻孔大张。"我是偷渡者。"他微笑着低声说。他的虎牙褪色了，米歇尔突然看清楚那是石头做的。嘴里有用火星石头做成的牙。他握住米歇尔的胳膊，往农场的闭锁室走。"外面需要戴头盔。"米歇尔低声说着，停下了脚步。

"今晚不用。"男人打开了闭锁室的门，尽管另一侧的门也开着，却没有任何空气涌进来。他们走进农场，穿梭在一排排层层叠叠的绿植中，空气很甜美。博子肯定会很生气的，米歇尔想。

他的向导不见了。米歇尔看到前面有动静，接着听到一阵轻快的笑声，听上去好像是个孩子。米歇尔突然意识到，孩子的缺失正是远征队里普遍存在的空虚感的成因。人们可以建造建筑、种植植物，但没有孩子，这种空虚感始终萦绕在他们的生活中。他极度恐惧，但还是继续向农场的中心走去。这里暖和又湿润，空气中充满湿土、肥料和绿叶的味道。光线在几千片叶子的表面跳跃着，就好像是星星从夜空坠落，穿过透明的天花板，聚集在他周围。一排排玉米沙沙作响。吸入的空气仿佛白兰地一般令人沉醉。狭长的稻田后面传来细碎的脚步声。水稻甚至在黑暗中都呈现出深邃的黑绿色。稻田中出现了几张小脸，他们开心地笑着，个头儿只到他的膝盖。他刚转过头去看，他们就消失了。血液涌上他的脸和双手，他浑身发烫，退了3步，停下来，迅速转过身。两个光着身子的小女孩沿着过道向他走来，黑发、黑皮肤，3岁左右。她们极具东方特色的眼睛在幽暗中闪闪发光。她们表情严肃，抓住他的手，带着他转了个身。他任她们带着向过道深处走去。他低头看了看一个女孩，然后又看了看另一个。如此看来，有些人决定主动采取措施对抗空虚感。随着他们继续往前走，其他光着身子的小孩从灌木丛里冒了出来，聚集到他们身边。他们有男有女，有些人的肤色比那两个女孩的稍深，有些人则稍浅，大部分都是一样的肤色，所有人都一样大。10多个孩子跟着米歇尔一起来到了农场的中心，围着他来来回回乱跑。农场这个大迷宫的中心是一小片空地，现在这里有十几个成年人，全都赤裸着身体，围成一圈坐着。孩子们跑向大人，拥抱他们，坐到他们的膝盖上。随着星光和树叶的反光，米歇尔的瞳孔睁得更大了。他认出了农业团队的成员：岩雄、拉尔、艾伦、拉雅、吉恩、叶芙根妮娅，农业团队的成员都在这里，除了博子。

米歇尔犹豫了一下，接着脱下拖鞋和衣服，把衣服放到拖鞋上，坐到圆圈的缺口处。他不知道自己误入了什么活动，但这不重要。好几个人都冲他点头以示欢迎。他左、右两边坐着的是艾伦和叶芙根妮娅，她们握住了他的手臂。突然，孩子们站起来，一起沿着一条过道嘻嘻哈哈吵闹着跑走了。他们很快就回来了，紧密地簇拥在博子周围。博子走到圆圈中间，她赤裸的身体在黑暗中模糊不清。她慢慢地绕着圆圈走着，孩子们跟在她身后。她边走边伸出双臂，将一小撮泥土撒到每个人伸出的手掌里。随着她越走越近，米歇尔盯着她光彩照人的肌肤，和艾伦、叶芙根妮娅一起伸出了双手。有一次，在滨海自由城夜晚的海滩上，一群非裔女人在粼光闪闪的海浪中从他眼前漂过，白色的海浪拍打在她们闪着油亮黑光的肌肤上——

他手掌里的泥土很温暖，有铁锈的味道。"这是我们的身体。"博子说。她走到圆圈的另一边，给每个孩子的手中都撒了一些泥土，让他们回去和大人坐在一起。她坐在米歇尔对面，开始用日语吟唱。叶芙根妮娅俯过身来，对着他的耳朵低声翻译着，或者更准确地说，是解释。他们正在举行火显教仪式，这是他们在博子的指导和激励下一起创造出的仪式。这是一种地理景观信仰，认为在火星这个物理空间里到处都弥漫着"神灵"[1]——一种蕴含在大地里的精神能量。"神灵"最常显现在某些超凡脱俗的景观物体中，石柱、独立喷发物、绝壁、异常光滑的陨击坑内部、巨型火山宽广的环形顶部等。远征队队员用地球上的相似词语来指代火星"神灵"的强力显灵，就是博子口中的"蔚力蒂塔斯"，绿色生命力。他们知道，这个荒芜的世界是神圣的。神灵，蔚力蒂塔斯，是这些神圣的力量的组合，才让人类以某种有意义的方式存在于此。

当米歇尔听到叶芙根妮娅低语出"组合"这个词的时候，所有这些词汇立刻落入语义符号矩阵：神灵和蔚力蒂塔斯，火星和地球，憎恨和喜爱，心不在焉和迫切渴求。接着万花筒转对了方向，所有矩阵在他脑海中折叠，所有的锑坍缩成了一朵美丽的玫瑰。那是火显教的核心，神灵和蔚力蒂塔斯一起弥散，两者同时全红又全绿。他的嘴微张，皮肤发热。他不知道该怎么解释，也不想去解释。他热血沸腾。

博子停止吟唱，将手放到嘴边，开始服用手里的土。其他人也跟着这么做。米歇尔抬起手放到嘴边时顿住了。要吃下这么多土！他伸出舌头，将一半土舔进嘴里。当泥土触碰到上颚时，他的脊背感受到一阵电流。他在嘴里反复翻腾这团饱含沙粒的土，直到它变成软泥。味道有点咸，带点铁锈味，

---

1　原文是 kami，即日文的"神"。

还有一股难闻的臭鸡蛋和化学物质的味道。他艰难地咽了下去，有点噎到。他把手里剩下的那团土也吞了下去。围成一圈参加庆祝仪式的人边吃土边发出一些不规则的哼唱声，从一个元音哼到另一个元音，A——O——AH——I——E——U——每个元音都拖到 1 分钟那么久，每个声音都分成两三个部分，头调莫名地和谐。在众人的哼唱声中，博子开始吟唱。大家纷纷站起身，米歇尔也赶忙站起来。他们一起走到圆圈的中心，叶芙根妮娅和艾伦挽着米歇尔的手臂，拉他一起。然后他们都挤在博子身边，一大群紧紧挨在一起的身体。米歇尔感受到前后左右都有温暖的皮肤摩擦着他的身体。这是我们的身体。好多人在闭着眼睛接吻。他们缓慢的移动转化成新的姿势，一边移动一边扭曲着身体以保持最大限度的身体接触。泥土在胃里很沉重，他感觉头晕目眩又热血沸腾，皮肤像是紧绷的气球，一触即破。头顶的星星数量多得难以想象，每颗星都有自己的颜色，绿色、红色、蓝色、黄色，看上去像是跃动的火花。

他是一只凤凰。博子挤到他怀里，他从火焰中心升起，准备浴火重生。她拥抱他重获新生的身体，将他使劲按进自己怀里。她很高，很健壮。她双眼直视他。他感到她的胸部摩擦着自己的肋骨，她的耻骨硌着他的大腿。她亲吻他，他尝到了泥土的味道。他剩下的对于这种事情的记忆本可以让他产生生理上的冲动，但在此时此刻，他太过震惊，太过激动。

博子仰起头，再次盯着他看。他呼呼地大口喘着气，空气完全进入又完全退出双肺。她用英语正式而温和地说："我们邀请你加入火星教。在这个仪式中，我们一起庆祝火星的本体。欢迎你的到来。我们崇拜这个世界。我们打算在这里创建属于我们的世界，那将会是一个具有火星特色的美丽的地方，一个我们在地球上从未见过的世界。我们在南方建立了一个隐秘庇护所，现在我们要启程去往那里了。

"我们了解你，我们爱你。我们知道我们可以受益于你的帮助，我们知道你也会受益于我们的帮助。我们想创建的正是你所渴求的，正是你在此地缺失的。但一切都会是全新的形式。因为我们再也不会回去了。我们必须向前走。我们必须找到属于我们自己的道路。我们今晚就启程。我们希望你可以跟我们一起走。"

米歇尔说:"好。"

第　五　章

# 坠入历史

FALLING INTO HISTORY

静静的实验室里充斥着低鸣声。办公桌、会议桌和实验台上堆着一堆东西，白墙上贴满了各种各样的图表、海报、剪裁的卡通画，在明亮的人造灯光下微微颤动。和普通的实验室一样，这里还算干净，只是有点混乱。角落里唯一的窗户是黑的，反射出室内的样子，外面正是深夜。整个建筑内空荡荡的。

两个穿着实验服的男人站在一个实验台前面，探着身子盯着电脑屏幕看。矮个子男人用食指敲了敲屏幕底下的键盘，屏幕上的画面变化了。黑色的底色上出现扭曲的绿色螺旋，呈曲线蠕动着，很立体，就好像屏幕是个盒子。这是电子显微镜下的图像，实际视野其实只有几微米。

"你看，这是基因序列的一种质粒修复。"矮个子科学家说，"可以看到初始链的断裂处。更替序列合成出来后，当足够多的更替序列被引入细胞内部，断裂处就成了粘贴点，更替序列就这样黏合到原序列上。"

"你是通过转化[1]引入的吗？还是电穿孔[2]？"

"转化。在待转化细胞中注入一种活化分子，修复链会进行接合转化。"

---

1　转化指细胞通过摄取外源遗传物质发生遗传学改变的过程。
2　电穿孔指将细胞暴露在高强度的电场脉冲中，使细胞膜上形成微孔，从而将 DNA 导入的方法。

"这是活体实验？"

"没错。"

低低的口哨声传来。"所以，你能修复任何小东西，包括细胞分裂中产生的错误？"

"没错。"

两个人盯着屏幕上的画面，螺旋结构像是刚长出的葡萄藤在微风中摆动。

"你有证据吗？"

"弗拉德给你看过隔壁屋里的那些老鼠了吗？"

"嗯。"

"那些老鼠都已经 15 岁了。"

又一声口哨。

他们走进隔壁的老鼠屋，在机械的嗡鸣声中低声交谈着。高个子男人好奇地盯着笼子看，几个毛球在木屑堆下呼吸着。他们离开时把两个屋子的灯都关上了。实验室里电子显微镜的屏幕画面闪了闪，照亮了第一实验室，划出一道绿光。科学家们走到窗户旁低声交谈。他们向外看去。天空是一片紫色，黎明即将到来。星星突然闪烁了一下，很显眼。地平线外矗立着一片巨大的黑色阴影，那是庞大的盾状火山——奥林波斯山，太阳系最大的山峰。

高个子科学家摇了摇头。"这会改变一切。你知道的。"

"我知道。"

# 1

从钻井的底部向上看，天空像是一枚明亮的粉色硬币。钻井是圆形的，直径 1 千米，深 7 千米。不过从井底往上看，钻井显得更窄、更深。透视在人的眼睛里可以玩出很多花样。

比如，这只在粉色圆点的天空中向下飞行的"鸟"，就看上去非常大。当然，这不是鸟。"嘿。"约翰说。钻井主管闻言看向他。钻井主管是个圆脸的日本人，名叫冈仓越。透过他们两人的面罩，约翰可以看到他紧张的微笑。他的一颗牙已经褪色了。

冈仓向上看了一眼。"有东西落下来了！"他快速说道，"快跑！"

他们转身跑过钻井的地面。约翰很快发现，尽管大部分松散的石块都已经从斑斑点点的黑色玄武岩上扫开了，但这里没有进行任何将地面压平整的工作。随着他加速前进，小陨击坑和陡坡变得越来越碍事。两人飞跃而起的瞬间，幼年形成的本能再次发挥作用，让他们每一步都踩得极其用力。他一不小心踩到了不平整的地面，猛地一晃稳住身体，接着立刻掉转方向狂跑，直到脚底绊了一下，失去平衡，摔倒在碎石上。他立刻伸出双手保护住面罩。他看到冈仓也摔倒了，心里略感安慰。幸好让他们摔倒的重力也让他们有足够的时间逃跑：坠落的物体尚未落地。他们站起身，继续向前跑。冈仓又跌倒了。约翰回头看了一眼，看到一团明亮的金属光芒撞到了石头上，一声巨响，像是爆炸。银色碎片飞溅，有一些冲着他们的方向飞来。他停下脚步，四下巡视观察空中是否还有其他喷射物。周围一片寂静。

一个巨大的水压汽缸从天而降，翻了好几个跟头，掉到他们左侧，两人都吓了一跳。他完全没注意到这东西是从哪儿来的。

这之后，一片寂静。他们呆站了1分钟，接着约翰动了起来，尽管他出了好多汗。两人身着加压服，钻井底部是火星上最热的地方，温度高达49摄氏度，而加压服的隔离层是为防寒设计的。他本打算去扶冈仓一把，但他停下了，猜测冈仓更愿意自己站起来，而不想欠他人情[1]——如果他理解的"人情"是对的。"咱们去看看吧。"他说。

冈仓站起身，他们一起走到玄武岩旁边。钻井很久之前就钻进了坚固的基岩，大约在深入岩石圈20%的位置。钻井底部热到令人窒息，仿佛加压服根本没有隔离层似的。约翰的氧气输送管将清凉的氧气吹到他脸上，吹进他的肺里。在黑暗的钻井壁的对比下，头顶粉色的天空格外明亮。阳光照亮了钻井壁的一小部分圆锥形地带。仲夏的时候，阳光也许可以直射到井底——不，不对，他们现在在南回归线以南。井底永远处在黑暗中。

他们走近刚刚的事故现场。那是个自动翻斗车，本来是沿着围绕钻井的小路行驶来运送石块的。卡车残骸碎片和大石块混杂在一起，有一些溅射到离撞击现场100米远的地方。100米外就不太能看到残骸了。之前从他们身边飞掠而过的汽缸肯定是被压力加了速。

一堆镁条、铝条、钢条纠缠在一起，混乱不堪。镁条和铝条已经部分熔化了。"你觉得它是从矿顶一路掉下来的吗？"约翰问。

冈仓没有回答。约翰看向他，但冈仓刻意回避了他的目光。可能是吓坏了吧。约翰说道："从我看见这玩意儿到它掉到地面上，中间隔了足足有30秒。"

大约3米每二次方秒，时间上足够令其达到终端速度了。所以，它被以约每小时200千米的速度击中了。说真的，不算太糟。如果是在地球上的话，只需要不到一半的时间就会落地，很可能砸中他们。天啊，如果他没有正好抬头

---

1　原文为giri（日语汉字写作"義理"），有"情面、情分、人情"等含义。

看了一眼的话，他们俩就交待在这里了。他快速估算了一下，这么想来他看见的时候车子已经掉落到钻井一半的位置了，那时候车子就已经坠落一段时间了。

约翰缓慢地走到钻井壁和废墟中间。卡车右侧着地，左侧虽然变形了，但尚能看出来原先的模样。冈仓沿着废墟堆向上爬了几步，指向左前轮后方的一块黑色区域。约翰跟着他爬上来，用右手手套指尖的部位扒掉金属部分。黑色物质像煤烟一样剥落了。是硝酸铵爆炸的痕迹。卡车的主体部分扭曲得像被锤子砸弯了。"好大的冲击力。"约翰说。

"没错。"冈仓说着，清了清嗓子。他的确被吓到了。呃……第一个踏上火星的人差点就死在他的眼皮底下，连他自己也差点把命搭进去，不过谁知道这两件事哪件更令他害怕呢？"足以让卡车离开道路。"

"嗯，就像我说过的，最近有报告说出现了蓄意破坏事件。"

冈仓皱紧眉头，隔着面罩也能看到。"但是是谁呢？为什么要这么做？"

"我不知道。你的队伍里有没有人出现心理问题？"

"没有。"冈仓很谨慎地回答，脸上的表情淡淡的。任何一个超过5人的小组里肯定会有人有一些心理问题，而冈仓所在的这个工业小镇有500人。

"这是我看到的第6起蓄意破坏事件了。"约翰说，"不过之前从没这么近距离接触过。"他笑了笑，回想起粉色天空上像鸟一样的小点，"有人可以轻易地将炸弹提前安装到卡车上，然后再用定时装置或是测高仪来引爆炸弹。"

"你指的是红党？"冈仓好像松了一口气，"我们听说过他们，但这实在是……"他耸了耸肩，"太疯狂了。"

"没错。"约翰小心翼翼地从废墟上爬下来。他们走过钻井底部，走向他们下来时乘坐的车。冈仓正在另一个频道上和地面的人通话。

约翰停在矿井中央，最后一次环视四周。钻井的规模令人震撼：昏暗的光线和垂直的轮廓线让他想起大教堂，但所有的大教堂和这个巨大的矿坑比起来简直成了玩偶小屋。超现实的规模尺度令他震惊，他感觉自己抬头抬了太长时间。

他们沿着墙壁内凿开的路向上开去，到达第一台电梯处，下车进入电梯梯厢。电梯向上运行。接着他们从梯厢出来，沿着墙内的小路到达下一台电梯的底部，如此反复 7 次。周围的光线逐渐变亮，像是普通的日光。他能看到钻井对面的墙壁内凿开了两条螺旋小路，像是巨大的螺丝洞上的两条螺线。钻井底部消失在黑暗中，他甚至已经看不到刚刚的卡车了。

最后两台电梯载着他们穿过了表岩屑。先是像碎裂的基岩一样的巨型表岩屑，之后是真正的表岩屑，岩石、砾石、冰块全都隐藏在平滑又弯曲得如大坝一般的混凝土隔断后面。"大坝"倾斜的角度非常大，所以最后的电梯走过的实际上是一段齿轨铁路。他们用曲柄启动发动机，爬上这个巨大的漏斗——巨人澡堂的下水道，冈仓在下来的时候这么说过——"终于回到地表，进入阳光地带"。

约翰从齿轨火车上下来，向下看去。表岩屑隔断看上去像是非常平滑的陨击坑内壁，有两条小路螺旋向下，但这个陨击坑看不到底。一个莫霍钻井[1]。他能看清钻井内一小部分，但墙壁被阴影覆盖，只有螺旋向下的小路反着光，像悬浮在半空中的楼梯，向下穿过虚空通向行星的核心。

3 辆巨大的翻斗车缓慢地开过最后一段路，车斗里装满了黑色巨砾。冈仓说，目前翻斗车需要花上 5 小时才能从钻井底部开回地表。和大部分项目一样，制造和运转都不怎么需要监督。工业小镇的居民需要做的只有编程、部署、维护、检修。现在又加了一项：安保。

这个小镇叫森泽尼纳，散布在陶玛西亚堑沟群最深的峡谷底部。离莫霍钻井最近的是工业园区，大部分挖掘设备都是在这里生产的。挖掘出的岩石中所含的微量金属也在这里被提取出来。约翰和冈仓走进边哨站，脱下加压服，换上铜色的工作服，走进透明的步行管道里。这些管道连通了小镇上所有的建

---

1 莫霍面全称是"莫霍洛维契奇界面"，是地壳与地幔的分界面，莫霍钻井是钻到了莫霍界面的钻井。

筑。虽然管道里阳光很充足，但还是很冷。管道中的每个行人穿的衣服外面都有一层铜色的箔层，这是日本最新研制的防辐射产品。铜色的生物在透明的管道内移动，在约翰看来，就像是个巨大的蚂蚁窝。上升热气流在头顶遇冷凝结，形成一道云，像是从阀门喷出的蒸汽一般，继而被强风吹开，形成一段又长又平的"飞机云"。

小镇的生活区在峡谷东南侧的谷壁附近。悬崖上一大片方形区域安上了玻璃，玻璃后面是一个又大又高的开放大厅，后面是5层高的阶梯公寓楼。

他们穿过大厅，冈仓带领约翰走进位于第5层的市政厅。一小群神情紧张的人吵吵闹闹地聚集在这里，对着冈仓以及其他人说个不停。他们全都穿过办公室走到阳台上。约翰紧盯着冈仓，冈仓正在用日语解释发生了什么。有几个人看上去很紧张，大部分人都不愿意和约翰对视。刚刚发生的这件事会欠"人情"吗？一定要确保他们在公共场合不会感到难堪或尴尬，这一点很重要。对日本人而言，羞耻感很要命。冈仓已经开始显得窘迫了，他好像已经认定这件事都是他自己的错误。

"听我说，外来者和本地人一样可以轻易搞破坏。"约翰大胆地说。他给之后的安保工作提出了一些建议。"钻井边缘本身就是个完美的屏障。你们可以在周围设置警报系统，再在边哨站安排些人手，让他们盯着警报系统和电梯。挺浪费时间的，但我觉得必须这么做。"

冈仓犹犹豫豫地问约翰，有没有任何有关制造蓄意破坏的人员的消息。他耸了耸肩。"不好意思，我一无所知。我猜，可能是反对莫霍钻井的人吧。"

"但是很多钻井都已经打完了啊。"有人说。

"我知道。我猜这只是个象征性的破坏行为。"他笑了笑，"但如果卡车砸中了谁，这可就是个糟糕的象征了。"

他们都认真地点了点头。约翰真希望自己能具备弗兰克的语言天赋，可以帮助他更好地和这些人交流。这些人都太难看透了，很难揣摩出他们的想法。

他们问他是不是需要躺下来歇一歇。

"我没事的。"他说，"卡车没有砸到我俩。咱们肯定要查清楚这件事，但今天还是按原计划继续吧。"

于是冈仓和几个人一起领着他参观了小镇。他开心地参观了实验室、会议室、休息室和餐厅。他不断地对人点头，和他们握手、打招呼，直到确信自己已经见过森泽尼纳一半以上的人了。大部分人尚未听说钻井里发生的事，所有人见到他都很高兴，激动地和他握手，与他交谈，给他展示某些东西，有些人单纯是看到他就非常兴奋。他所到之处皆是如此，这让他想起了在第一次和第二次火星旅途之间的那些年，他像金鱼缸里的鱼一样被众人围观，那令他非常不快。

但他还是做了他该做的。先是 1 小时的实际工作，然后是 4 小时作为"第一个登上火星的人"的工作，和平时的工作内容差不多。随着天色渐暗，整个小镇的居民都聚在一起宴请他，欢迎他的到来。他舒舒服服且很有耐心地饰演着他的角色。这意味着要转换成轻松愉快的心情，这在今晚可不容易。实际上他不得不歇了一会儿，返回自己房间的浴室里，吞下一粒胶囊。这是位于阿刻戎堑沟群的弗拉德的医疗团队研制的药，名叫欧米根啡肽，是一种混合了所有已发现的大脑自然形成的内啡肽和阿片类化学物质的合成药物，一种远超约翰预期的令人心旷神怡的药物。

他返回宴会现场，感觉轻松多了，甚至还有点容光焕发。他可是刚刚死里逃生！像野人一样狂奔才幸免于难。多来点内啡肽也无可厚非。他轻松地从一张餐桌走向另一张餐桌，边走边问问题。这样才能取悦大家，这才是他们期待中的与约翰·布恩的会面带来的节庆般的感觉。约翰也很乐意给大家带来这种感觉，这种工作才让他能够容忍作为名人的各种麻烦。当他问问题时，人们争先恐后地回答，像溪流中的三文鱼一样。这场面真的很怪，就好像人们正在努力从他们当前感受到的不对等关系中寻求平衡似的。这种不对等体现在他们对他了如指掌，而他对他们一无所知。所以，在适当的鼓励下——大部分情况下只是一句适当的提示，他们就会脱口而出，说出自己最劲爆的个人信息，就像是在做目击证人，在做证词陈述，在坦白罪行。

于是，他一整晚都在了解森泽尼纳（"这个词的意思是，我们做了什么"，这句话伴着会心一笑）生活的方方面面。之后他被领回到自己的大客房里。房间里装饰了很多簇竹子，一片小竹林围绕在床周围。等其他人都走了之后，他将自己的对讲机连到电话上，打给赛克斯·罗索尔。

＊＊＊

　　罗索尔现在正在弗拉德的新总部里。那是一个位于奥林波斯山北侧的阿刻戎堑沟群的研究中心，建在一条细窄的山脊上。赛克斯最近一直待在那里，像大学生一样认真学习基因工程。他最近深信，生物科技是火星地球化的关键，所以他下定决心自学这门技术，打算学习到能主动为这项计划做出贡献的程度，尽管他此前受到的一直是物理方面的训练。现代生物学还是一坨糨糊，好多物理学家都瞧不起这门学科。不过阿刻戎总部的人都说赛克斯学得很快，约翰也相信这一点。赛克斯比较低调，不太提起自己的学习进度，但很显然他已经钻进去了。他经常聊起他的计划。"这是关键。"他会这么说，"我们需要把水和氮从地下提取出来，把二氧化碳从空气中提取出来，二者都需要足够的生物量。"所以，他通宵达旦、废寝忘食地泡在实验室里。

　　赛克斯面无表情地听着约翰的报告。约翰想，赛克斯的样子就像是对科学家的滑稽模仿，甚至连实验服都穿上了。看到他标志性的眨眼动作，约翰想起了在某个派对上从赛克斯的助手那里听来的引得众人哈哈大笑的故事：有一次某个秘密实验失败了，几百只小白鼠被注射了增强智力的注射剂，都变成了天才。它们开始反抗，从笼子里跑出来，捕获了负责实验的科学家，将他绑住，然后用它们刚刚发明出的方法，将所有这些老鼠的意识都注入科学家的身体里——这个科学家就是赛克斯弗兰奇——身着白袍，眨着眼睛，抽搐着身体，充满好奇心，泡在实验室里。他的脑子就像是几百只高智商老鼠的脑子的结合体。"而且连名字也是用一种植物的名字起的[1]，和实验室里的小白鼠一样，这是

---

[1]　赛克斯的全名赛克斯弗兰奇（Saxifrage）是虎耳草的意思。

它们开的小玩笑，对不对？"

这故事很有道理。约翰笑着完成了他的报告，赛克斯侧过头好奇地看着他。"你觉得那辆卡车是用来杀死你的？"

"我不知道。"

"那里的人看上去怎么样？"

"都吓坏了。"

"你觉得他们与这起事件有关吗？"

约翰耸了耸肩。"我觉得没有。他们可能只是担心接下来会发生什么。"

赛克斯甩了甩手。"类似这样的蓄意破坏行为对钻井计划不会造成任何影响。"他淡淡地说。

"我知道。"

"你觉得是谁做的，约翰？"

"我不知道。"

"可能是安，你觉得呢？她是不是成了又一个先知，就像博子或是阿卡狄那样，拥有某种计划和众多追随者之类的？"

"你也有一项计划和众多追随者。"约翰提醒他。

"但我可没有指使我的追随者去搞破坏、去杀人。"

"有些人觉得你的所作所为就是在破坏火星。而且地球化的过程中肯定会有人意外死亡。"

"你什么意思？"

"我就是在提醒你。我想让你理解为什么有人会这么做。"

"所以你认为是安干的？"

"也可能是阿卡狄或博子，又或者是来自某个新定居点的我们根本不认识的人。现在火星上有这么多人，而且已经形成了很多派系。"

"我知道。"赛克斯走到厨房台面旁边，倒掉了咖啡杯里的旧咖啡。过了一会儿，他终于开口说："我希望你能找出来是谁干的。到你该去的地方，去和安聊聊，和她讲讲道理。"他的声音里有一丝悲伤，"我甚至再也无法和她讲话了。"

约翰盯着他看，没想到会看到他显露出内心情感。赛克斯以为他沉默是由于不情愿，于是继续说道："我知道你不愿意这么做，但每个人都愿意和你谈。你基本上是这里唯一一具备这项优势的人了。我知道你在做莫霍钻井的工作，但你可以让你的团队去做，这样你就可以继续访问那些钻井小镇，对事件展开调查。这里真的没有别人可以负责这件事，根本没有真正的警察可以维护治安。当然如果类似事件不断发生，联合国火星事务办公室应该会提供某种治安协助。"

"或是多国联合会。"约翰说。他回想当时的景象，从天而降的卡车……"好吧。无论如何，我会去找安谈谈。这之后我们应该聚集在一起，谈谈所有地球化项目的安保问题。如果我们能阻止之后可能发生的破坏事件，那就能避免联合国火星事务办公室的介入。"

"谢谢你，约翰。"

约翰走到套房的阳台上。大厅里有很多北海道松树，冰冷的空气里有树脂冷硬的味道。铜色的身影在下方的树桩之间走动着。他思考着新的状况。10 年来，他一直在为赛克斯的地球化项目忙前忙后，负责莫霍钻井计划，进行公关宣传，诸如此类。他挺喜欢这些工作的，但他并未在这项计划的科学最前沿工作，所以他并未融入决策圈。他知道很多人认为他不过就是个有名无实的领导者，是个在地球赚流量的名人，是个撞了一次大运的太空狂人，之后就一直靠着那段经历赚取好处。他对这些说法毫不在意，因为总有小人心理阴暗，还想把别人拉到和他们一样低的水准上。这都无所谓，因为在判断他的这件事上，他们大错特错。他的权力的确很可观，不过可能只有他能看到全貌，它由无穷无尽的面谈组成，他可以通过这些会面对别人的选择施加影响。毕竟权力并不在于职衔。权力在于远见、说服力、便宜行事、名声、影响力。即便是所谓的"名义上的领袖"站在台前，也可以指引方向。

尽管如此，这项新任务仍有些细节需要认真思考。他已经感受到了，这项任务肯定会麻烦重重，充满艰难险阻，甚至可能很危险……更重要的是，也很有挑战性。一项新的挑战，不错，他很喜欢。他回到套房里，回到床上。（约翰·布恩曾睡在这张床上！）他意识到，现在他不仅是第一个登上火星的人，而且是火星上的第一个侦探。想到这一点，他开心地笑了，最后一点残留在体内的欧米根啡肽让他红光满面。

***

安·克雷伯恩正在阿耳古瑞盆地周围的群山里进行地质勘探。约翰可以乘坐滑翔机，从森泽尼纳飞到那里去找她。于是第二天一早，他乘坐直升气球来到系留塔，登上一直停泊在小镇上空的飞艇。他兴奋地看着下方的陶玛西亚堑沟群，视野随着飞艇升高越来越广阔。他进入挂在飞艇下方的一架滑翔机的驾驶舱。系好安全带后，他把滑翔机从飞艇上解开。滑翔机像石头一样直直下坠，冲入莫霍钻井的热气流中，上升气流将滑翔机猛地甩到高空。他努力控制住滑翔机，倾斜轻薄的机体，驶入上升气流中，和狂风战斗的同时高呼出声，这感觉像是坐在肥皂泡上飞跃过篝火似的！

在5千米的高度，由莫霍钻井释放的热气流形成的云变平，向东方延展开来。约翰打着转向东南方俯冲，习惯着滑翔机的操作。他必须小心谨慎地乘风而行才能到达阿耳古瑞盆地。

他朝着昏黄灼热的太阳飞去。风划过机翼，声音很大，像在恸哭。下方的大地是一片凹凸不平的深橘色，在地平线处则呈现出很浅的橘黄色。南面的高地上到处都是斑斑点点，密集的陨击坑形成粗糙、原始得如月球表面一般的地貌。约翰很喜欢飞掠这片大地，他心不在焉地驾驶着滑翔机，注意力全都集中在下方的大地上。如此轻松地在空中飞行，感受风吹过身体，注视着大地，放空大脑，这种体验弥足珍贵。今年是2047年（他更常想到的是"火星纪元10年"），他已经64岁了。在过去差不多30年的时间里，他一直是世界上最著名的人。而此时，独自飞行时的他最开心。

1 小时过去了，他开始思考自己的新任务。他必须记住不要被拿着放大镜、观察烟灰、手握手枪的传统侦探形象先入为主。即使他正在飞行，也可以开展一些工作。他打电话给赛克斯，问他是否能在不引起注意的情况下将 AI 接入联合国火星事务办公室的计算机，查看移居记录和星际旅行记录。赛克斯调查一番之后说可以做到，于是约翰给他发过去一大堆问题，然后继续向前飞行。1 小时的时间里，约翰路过了一大堆陨击坑，这时宝琳[1]的红灯快速闪烁，表明正在下载原始数据。约翰让 AI 对数据进行各种各样的分析，完成后，他认真研究屏幕上显示的数据。移动模式数据很复杂，但他希望和蓄意破坏事件匹配后能找到一些线索。当然，肯定有些人的移动数据没有被记录下来，比如隐秘庇护所的人，谁知道博子和她的人对整个地球化项目持有什么样的观点呢，但这些数据还是值得一看。

　　涅瑞伊德山脉从前方地平线上跃入眼帘。火星基本没有什么地壳运动，所以隆起的山脉很罕见。现存的山脉大多是大型陨击坑边缘，冲击力极强的撞击弹出的喷发物溅射出两三圈同心圆，每个圆都有好几千米宽，崎岖不平。希腊平原和阿耳古瑞盆地是火星上最大的盆地，所以也拥有最广阔的山脉。除此之外唯一的大型山脉是位于埃律西昂的佛勒格拉山脉，很可能是造成盆地的撞击形成的残留物，之后又被埃律西昂火山喷发的岩浆或是北方海洋淹没。关于这一点有很多针锋相对的争论，在这种问题上约翰相信安有绝对权威，但她从未对这个问题发表过看法。

　　涅瑞伊德山脉构成了阿耳古瑞盆地的北侧边缘，但安和她的团队现在正在调查其南侧边缘的查瑞腾山脉。约翰调整航向向北，在下午时，他开始飞掠阿耳古瑞盆地宽广的平原地带。与遍布陨击坑的崎岖高地相比，盆地的地表看上去非常平滑，一大片黄色平原被高耸扭曲的山脊包围。从他所在的高空俯视，可以看到约呈 90 度的环形边缘，这景象足以让他感受到当初形成阿耳古瑞盆

---

1　AI 的名字。

地的撞击有多么剧烈。高空的视野和景色极佳。一路上飞艇飞过数以千计的陨击坑，让约翰大致了解了陨击坑的大小，但阿耳古瑞盆地的规模完全令其他陨击坑望尘莫及。一个相当大的名叫伽勒的陨击坑也不过就是阿耳古瑞盆地边缘山脊上的小麻点。肯定有一整个世界都撞击到这里了，或者至少是一个巨大的小行星。

在盆地东南方弯曲的边缘内，查瑞腾山脚下的地面上，他注意到了白色细线画出的降落跑道。在一片荒芜中，人造设施太显眼了，充满规律的图案就像灯塔似的。热气流从被阳光烤热的山上腾腾升起，他控制滑翔机下降到其中一股热气流中，在颠簸中降低高度。滑翔机的机翼肉眼可见地震动着，之后终于稳定下来。"像一块石头或一颗小行星一样坠落。"约翰笑着想，然后他拉动操纵杆，在最后一刻夸张地调整着，尽最大努力做到精准降落。他深知自己"优秀飞行员"的名声在外，所以必须在每个可能的场合展示并加深人们对这一标签的印象。毕竟这也是工作的一部分……

不过，跑道边的拖车内只有两个人，而且她们根本没有看到他降落，她们正在拖车里收看地球新闻呢。看到他走进内层闭锁室后，她们抬头看了看，才赶紧站起来迎接他。二人告诉他，安和一个小分队的人一起去某个峡谷勘探了，峡谷距离这里不到 2 小时的车程。约翰和她们一起吃了午饭。这是两个英国女人，有北方口音，身材健壮，很有魅力。饭后他开走了一辆火星车，跟随车痕从一道峡谷裂隙进入查瑞腾山。在蜿蜒曲折的平底旱谷里向上攀升了 1 小时后，他到达了一辆移动拖车和三辆火星车旁边。这幅景象看上去就像是莫哈维沙漠[1]中的一个干燥的移动餐吧。

拖车里没人。营地周围有很多脚印，都去往不同方向。思考了一阵之后，约翰爬上营地西边的一个小圆丘，坐了下来。他躺在石头上睡着了，直到寒冷的空气渗透了漫步服。他坐起来，含了一片欧米根啡肽，注视着山峦的黑影逐

---

1　莫哈维沙漠是位于美国西南部的一片沙漠，横跨加利福尼亚州、内华达州、犹他州、亚利桑那州。

渐东移。他回忆着森泽尼纳发生的事,在脑中仔细审视事件发生前后的那几小时,当时人们脸上的表情是怎样的?他们都说了些什么?想起那辆从天而降的卡车,他心惊胆战。

铜色的身影从西边小丘间的缝隙中出现。他站起来,走下圆丘,和众人在拖车附近相遇。

"你怎么会在这里?"安在首百的公共频道上问。

"我想要跟你谈谈。"

她咕哝一声,关掉了通信。

拖车在他来之前就已经挺挤的了。他们在拖车客厅里挤在一起坐下,摩肩接踵。西蒙·弗雷泽在小厨房里一边加热酱料一边烧水,准备下意大利面。拖车唯一的窗户朝向东方,他们边吃边看着山峦的影子渐渐延伸到大盆地里。约翰带了一瓶半升的乌托邦白兰地,饭后,在大家的欢呼声中他开了瓶。众人一起小口浅尝着白兰地,他一边洗着碗("让我来,我想要洗碗。"),一边询问他们考察进展得如何。这些人正在寻找古冰川时期的遗迹,如果能找到的话,可以作为一种理论模型的有力证据,这种理论认为在火星早期历史上大洋曾经覆盖海拔较低的地区。

"但是安,"约翰边听他们说边想,"安会想要找到古海洋存在过的证据吗?这种理论模型会为地球化项目带来道德支持,暗示这项计划只是在复原火星早期的状态而已。"所以她可能并不想找到这样的证据。这种倾向会妨碍她的工作吗?嗯,肯定的。即使不是意识层面的,也会是潜意识层面的。毕竟,意识只是环绕大热核的一层很薄的岩石圈而已。侦探一定要记住这一点。

不过拖车里的人似乎都认为他们找不到任何冰川作用的遗迹。他们都是很优秀的火星学家。这里有一些海拔较高的盆地很像冰斗[1],有一些落差很大的典

---

1  冰斗是一种由山地冰川侵蚀、寒冻风化形成的三面环山的洼地。

型的 U 形冰川峡谷，还有一些很像是冰川拔蚀作用[1]形成的拱顶和岩壁结构。这些地貌特征早就出现在了卫星照片上，伴有一两点明亮的亮光，有些人认为是冰川抛光[2]后的岩石的反光。然而真正来到此地考察后，所有这些猜测全都落空了。他们没有找到任何冰川抛光后的岩石，即使在最能避免风蚀作用的 U 形谷里也没有。没有冰碛[3]，无论是侧端冰碛还是终端冰碛都没有。没有拔蚀，也没有那种即使在冰川堆积高度最高时冰原岛峰[4]也会从中耸立而出的过渡线。一无所有。这就是他们所说的"空中火星学"的又一例证，这可以追溯到早期还使用卫星照片，甚至望远镜的时候。很多糟糕的假说都是用同样的方式构想出来的，这些假说现在需要经由严谨的实地火星学来验证。很多假说都被地表数据击溃，用他们的说法是"被扔进了运河里"。

然而，冰川理论及其包含的海洋模型，比其他理论更加坚挺，更难被推翻。首先，几乎所有的行星形成理论都指出，在释气过程中肯定会产生大量的水，这些水总要以某种形式存在。其次，约翰想，如果海洋理论模型是真的的话，很多人都会觉得更开心一些，从而不用纠结于地球化的道德问题。至于反对地球化的人嘛……不，他对于安的团队没能发现任何证据一点也不惊讶。借着白兰地的酒劲，以及被安不友善的态度挑起的怒火，他在厨房里说："如果冰川存在的话，离现在最近的也要追溯到，嗯，10 亿年前了吧？我猜这么长时间肯定早就将任何可能的地表特征磨平了，无论是冰川抛光岩、冰碛还是冰原岛峰。只剩下我们所能看到的粗糙的地貌了，对吧？"

安之前一直很沉默，但此时她开口说道："这些地貌并非只有冰川作用才能形成。在火星范围内，所有这些地貌特征都很常见，因为它们全都是由从天而降的陨石形成的。所有能形成地貌的作用都能在火星上的某处找到，所谓的

---

1  冰川拔蚀是一种冰川对冰床的侵蚀现象，冰床底部的基岩因反复冻融而松动，若松动的岩石与冰川冻结在一起，冰川运动时，就会将岩块拔蚀带走。
2  冰川抛光指冰川在运动过程中不断滑动摩擦周围的岩石，从而导致周围岩石抛光的现象。
3  冰碛是冰川运动时搬运和夹杂的岩石碎屑、泥、沙屑等物质的总称。
4  冰原岛峰是指在环绕的冰川中突出且未被陆冰覆盖的山顶。

怪诞只是因为看问题的角度不同而已。"她之前回绝了白兰地酒已经出乎约翰意料，而现在她盯着地板，脸色很难看。

"但U形谷绝对是特殊的。"约翰说。

"不，U形谷也不特殊。"

"问题在于海洋理论不太能被证伪。"西蒙安静地说，"你可以遍寻任何证据证实它——我们也的确是在找——但这些证据也不能证伪它。"

收拾好厨房后，约翰邀请安一起在夕阳下散步。她犹豫着，不太情愿，但晚饭后散步是她每天的固定仪式，每个人都知道。她皱了皱眉头，瞥了他一眼，只好答应。

出门后，他把她带到之前睡午觉的小山坡上。李子紫色的天空笼罩在周围高低起伏的黑色山峰上，星星如潮水般突然涌现，眨眼之间就冒出了几百个。约翰站在安身旁，安望向远方。如此参差不齐的天际线在地球上肯定会是个独特的景色。她比他高一点，看上去憔悴且消瘦。约翰挺喜欢她的，但无论她曾经是否也对他有好感——他们在过去的年头里曾经有过很精彩的交谈——那种感情都随着他选择和赛克斯共事而烟消云散了。她难看的脸色似乎在说：他完全可以做任何他想做的事，却偏偏选择了地球化。

唉，这也没错。约翰在她面前抬起手，伸出食指。她按了一下手腕终端机，她的呼吸声突然出现在约翰的耳朵里。"到底要谈什么事？"她问，眼睛根本没看他。

"关于蓄意破坏的事。"他说。

"我猜到了。我猜罗索尔肯定认为是我谋划的。"

"倒也不是这样——"

"他以为我傻吗？难道在他看来，我会认为搞点这样那样的小破坏就能阻止你们这群男孩玩你们的游戏？"

"呃……也不算是小破坏了。到现在为止已经有6起严重破坏事件，这些事件都有可能造成人员伤亡。"

"把反光镜从轨道里撞飞能杀人？"

"如果有人当时正在维护镜子的话。"

她哼了一声。"还有什么事件？"

"一辆卡车从莫霍钻井的小路上翻倒了，差点砸到我。"他听到她倒吸了一口冷气，"这已经是第3辆被破坏的卡车了。那面反光镜被撞得打了个转，而上面正有一名维护人员。她不得不花了1个多小时，徒手攀岩才回到空间站。她差点就命丧黄泉了。接着埃律西昂的莫霍钻井里发生了爆炸，就在全部人员撤离后的1分钟之内。另外，所有山脚基地的地衣都被某种病毒杀死了，整个实验室不得不关闭。"

安耸了耸肩，说："基因工程制造出来的微生物不就是这样吗？这很可能就是个意外。在我看来这种意外的发生频率已经很低了。"

"那不是意外。"

"都是捕风捉影而已。罗索尔以为我傻吗？"

"你知道的，他没有这么想。但这一切事关平衡。地球化项目受到很多来自地球的资金支持，任何一丁点的负面消息就可能让大多数出资方撤回资金。"

"也许吧。"安说，"但你真该仔细听听你说的这些话。你和阿卡狄，可能还有博子，大肆宣扬所谓的全新的火星社会。罗索尔、弗兰克和菲莉丝却一直在引进地球资金，很快一切就会脱离你们的控制。一切都毫不意外地会变成一笔交易，你们的那些计划和想法都将会落空。"

"我比较相信我们都想在这里获得相似的东西。"约翰说，"我们都想要在一个好地方做一份好工作。我们只是在方法的选择上有分歧，仅此而已。如果我们能够协调彼此的工作，团结一心——"

"我们想要的完全不一样！"安说，"你们想要改变火星，而我不想。就这么简单。"

"嗯……"面对她的怒火，约翰哑口无言。他们慢慢地绕着山丘散步，像是在跳舞，复杂的舞步似乎在模仿他们之间的谈话，时而面对面，时而背对背，但她的声音一直萦绕在他耳边，反之亦然。他喜欢这种散步交谈，喜欢通过通信器直接传入耳中的交谈；他也经常采用这种方式，因为萦绕在耳边的声音显得那么有说服力，有魅力，如催眠一般。"可事实并非如此简单。我的意思是，你应该去帮助和你理念相近的人，反对那些和你理念相悖的人。"

"我就是这么做的。"

"所以我才来问，你对这些蓄意破坏者有多少了解。这很合理，对吧？"

"我对他们一无所知。但我祝他们好运。"

"当面祝福？"

"什么意思？"

"我查了你过去几年的移动轨迹，你总是在破坏事件发生地周围出现，一般是在事件发生约一个月前。你几周前刚好路过森泽尼纳，之后才来到这里，没错吧？"

他听着她的呼吸。她很生气。"拿我当替罪羊。"她嘟囔着，剩下的话他没听清。

"谁？"

她转身背对着他。"约翰，这种事你该去问郊狼。"

"郊狼？"

她笑了一声。"你难道没听说过他？传说他游荡在火星大地上，甚至不用穿漫步服。他行踪诡秘，神出鬼没，甚至一个夜晚能出现在火星的两端。据说他从很早以前就认识巨人。而且他是博子的好朋友，也是地球化的头号敌人。"

"你见过他吗？"

她没回答。

几乎1分钟的沉默里，他们只能听见彼此的呼吸声。约翰打破了沉默："听我说，这样下去会有人丧命的，而且是无辜的人。"

"当永久冻土融化、脚下的大地塌陷后，无辜的人的确会死掉。这并不是我造成的。我只是在做我分内的事，记录在我们到来之前这里已有的一切。"

"是。但你是所有人里最著名的红党，安。这些人肯定会联系你。我希望你能阻止他们，这样能挽救一些生命。"

她转过身子面对他。她的头盔面罩反射出西边的天际线，紫色的天空，黑色的大地，两种颜色的边界线参差不齐。"你们停止改变这颗星球，才能挽救生命。那才是我想要的。如果必要的话，我会不择手段，包括杀死你。"

＊＊＊

这之后也没什么可聊的了。在返回拖车的路上，他试着换个话题。"你觉得博子和她那群人发生什么了？"

"他们失踪了。"

约翰翻了个白眼。"她没跟你说过她的计划吗？"

"没有。她和你联系过吗？"

"没有。我不知道除她那群人她还会和谁联系。你知道他们去了哪里吗？"

"不知道。"

"你知道他们为什么离开吗？"

"可能就是想离开我们去创造一些新的东西，那些你和阿卡狄说的东西，他们是真的想要去实现。"

约翰摇了摇头。"如果他们真的去做了，也只是为了 20 个人。而我是为了所有人。"

"也许他们比你更现实。"

"也许吧。咱们等着瞧吧。达成目的并非只有一种方法，安，你必须接受这一点。"

她没回答。

他们走进拖车时，其他人都在盯着他俩。安怒气冲冲地走进厨房，她的表现让大家更好奇了。约翰坐在沙发的扶手上，询问大家更多问题，关于他们的工作，关于阿耳古瑞以及整个南半球地下水水位的问题。大盆地的海拔很低，水分在形成盆地的陨石撞击中全部消失了。总体看来，这颗星球的水分大部分都从北半球渗出。这又是经典的未解之谜的一部分：没人能解释为什么火星的南半球和北半球如此不同。这是火星学里**最关键**的问题，解决了这个问题，就可以解决所有关于火星地貌的谜题，就像板块构造理论被构建起来后，地质学里各种各样的问题都迎刃而解一样。事实上，的确有些人试图再次运用板块构造理论来解释火星之谜，假设古地壳错开后，原本的北半球板块滑到了南半球板块上方，于是北半球形成了新的地层；随着行星冷却、地壳运动停止，地层就冻结在原地了。安认为这个理论荒谬至极。在她看来，北半球就是最大的撞击盆地，是诺亚纪发生的最剧烈的陨石撞击的成果。在几乎同时期，类似规模的撞击可能也发生在地球上，撞击出的物质形成了月球。拖车里的火星学家们从各个角度讨论了这个问题，约翰在一旁听着，偶尔问一两个中立的问题。

大家打开电视收看地球新闻，又观看了一部短片，是关于最近在南极洲进行的矿井和油井钻探的介绍。

"这都是我们干的好事。"安从厨房里说，"人们此前成功阻止了在南极挖矿钻井的行为，从国际地球物理年 [1] 和第一份《南极条约》签订到现在已经将近 100 年了。但当火星地球化开始后，一切都分崩离析了。地球的石油资源已经快枯竭了，而南半球的国家都很穷，一个充满石油、天然气、矿物的富饶之地就在它们旁边，却被北半球的有钱国家当成国家公园一样供着。紧接着南半球的国家看到，这些有钱的北半球国家又开始祸害火星了，他们说，去他的，凭什么你们可以毁掉一整个星球，而我们还要保护隔壁这座满载我们急需的资源的大冰山？得了吧！于是他们撕毁了《南极条约》，开始钻井，没有任何国家出面制止。于是地球的最后一片净土也消失了。"

她走过来，坐在屏幕前，把脸贴在盛着热气腾腾的热可可的马克杯上。"如果你想听的话，还有更多。"她气势汹汹地对约翰说。西蒙同情地看了他一眼，其他人紧盯着他俩，惊恐地看着两个地球首百之间爆发的冲突。真是个天

---

[1] 国际地球物理年是从 1957 年 7 月 1 日持续到 1958 年 12 月 31 日的一项跨国科学计划。

大的笑话！约翰差点没忍住笑出来，他站起身打算也去倒一杯热可可，但他突然倾身向前亲了安的额头一下。安呆若木鸡，约翰继续走向厨房。"我们都想要从火星获得不同的东西，"他说，完全忘了自己刚刚在小山丘顶上说过完全相反的话，"但现在我们都在这里，人数也不多，这里就是我们的地盘。我们要在这里创造出我们想要的东西，正如阿卡狄描绘的那样。现在你不喜欢赛克斯或菲莉丝的想法，他们也不喜欢你的想法，而弗兰克不喜欢任何人的想法。每年都会有越来越多立场不同的人来到这里，虽然他们根本不了解情况。所以，大家可能会撕破脸。事实上，这些蓄意破坏设备的事件表明，场面已经开始变得难看了。你能想象山脚基地发生这些事吗？"

"博子的小团体一直都在薅山脚基地的羊毛。"安说，"所以他们才不得不连夜出逃玩失踪。"

"嗯，也许吧。但他们没有威胁别人的生命。"钻井中掉落卡车的画面再次出现在他脑海中，一闪而过，鲜活生动。他喝了一口热可可，烫到了嘴。"哎哟！总之，每当我因此而感到沮丧时，我就会试着提醒自己，这都是很正常的事。人们之间的争吵总是不可避免，但至少现在我们争吵的问题是关于火星的。我是说，我们再也不会因为身为美国人、日本人、俄罗斯人或是阿拉伯人而争吵，或是为了某种宗教、种族或是性别之类的争吵了。如今人们争吵的本质是他们想要在火星实现某种现实而非另一种。这才是最重要的。所以，我们已经达成一半的共识了。"看到安垂着眼盯着地板，他皱了皱眉头，"你明白我的意思了吗？"

她瞥了他一眼。"另一半才是最重要的。"

"好吧，也许是这样。你在太多事情上都太想当然了，但人就是这样。你必须认识到，你也在对我们施加影响，安。你改变了人们对于我们在这里执行的任务的看法。唉，赛克斯和其他好几个人之前一直在说要尽快实现地球化——引导一大堆小行星撞击火星，用氢弹引爆火山什么的——真是不择手段！现在这些计划全都被取消了，多亏了你和你的支持者。关于如何进行地球化，以及将地球化进展到什么程度，整个局面都被改变了。我认为，双方最终可以达成妥协，我们可以拥有辐射保护、生物圈，以及能让人自由呼吸的空气，或者至少不会令人即死的空气——同时还大致保持火星和我们到来之前差不多的样子。"安翻了个白眼，他继续说道，"没人说要把这里变成热带丛林，即使能做到，人们也没这么想过！火星会一直很冷，塔尔西斯高原会一直耸立，在太空中也能看到。事实上，这个星球的大部分地方我们根本不会碰，这至少有一部分是你的功劳。"

"但谁又能保证你们在完成第一步之后不会想要继续呢？"

"也许有人会想继续，但至少我会去阻止他们。我会的！我可能不站在你这边，但我理解你的出发点。每当我飞过这些高原时，就像我今天做的这样，我都更热爱这片大地。人们也许想要改变这颗星球，但其实，这颗星球也在改变他们。人们拥有的'属于我们的地盘'的感觉、美学上的景色的概念，所有这些都会随着时间改变。你知道吗？人们第一次看到大峡谷时觉得它太丑了，因为它不像阿尔卑斯山。经过很长时间，人们才真正意识到了它的美。"

"但他们还是把大部分峡谷都给淹了。"安阴郁地说。

"是啊，是啊。但谁知道我们的孩子会觉得什么东西是美的呢？肯定会是基于他们自己的认知，而这片大地会是他们唯一了解的地方。所以，我们地球化了这颗星球，而这颗星球则火星化了我们。"

"火星化。"安说，罕见的笑容从她脸上一闪而过。看到她的笑容，约翰感觉自己脸红了。他已经好多年都没看到过安这样的笑容了。他爱安，喜欢看她笑。

"我喜欢这个词。"安说，伸出手指指着他，"我会监督你的，约翰·布恩！我会记得你今晚说的话！"

"我也是。"他说。

***

那晚剩下的时间里气氛比较轻松。第二天，西蒙把约翰送到简易机场的一辆火星车旁。约翰打算开着这辆车北上。西蒙平时送别他时，也就是微笑着握手致意，最多不过是说一句"很高兴你能来"，但今天他突然说："我很感激你昨晚对安说的话。我觉得你的话让她开心点了。特别是你提到孩子时说的那些话。她怀孕了，你知道吧？"

"什么？"约翰摇了摇头，"她没告诉我。你、你是孩子的父亲吗？"

"我是。"西蒙笑了。

"她多大岁数了，60 岁？"

"是啊，的确有点勉强，但也不是不可能。把 15 年前冷冻的卵子受精后植入体内。看看会怎么样吧。有传言说博子这些日子里一直在怀孕生育，像孵化器一样不断地生孩子，同样位置的剖宫产刀口一次又一次地被切开。"

"关于博子的传言太多了，全都是编出来的故事。"

"嗯，但是我们是从一个了解她的人那里听来的。"

"郊狼？"约翰尖锐地问。

西蒙抬了抬眉毛。"真没想到安居然跟你提起了他。"

约翰咕哝了一声，感觉很烦躁。毫无疑问，他的名气太大，导致他错过了很多小道消息。"我很庆幸她跟我提起了这个人。总之——"他伸出右手，和西蒙握手。他们紧紧地握住对方的手掌，紧密得就像他们自从老早的宇航员时代就建立起的关系一样。"恭喜你。请照顾好她。"

西蒙耸了耸肩。"你了解安的。她总是我行我素。"

＊＊＊

于是，约翰从阿耳古瑞盆地向北开了 3 天，享受无边的荒原和孤独。每天下午他都会花上几小时翻查行星记录，跟踪追查人们的移动轨迹，寻找与蓄意破坏事件之间的相关性。第四天一早，他到了位于阿耳古瑞以北约 1500 千米的水手号峡谷群。他驶入一条南北向的布满信号发射器的道路。顺着这条路，他爬上一个小坡，来到了梅拉斯深谷南缘。他走下火星车，极目远眺。

他从没到过水手号峡谷群中的这个部分。在水手号峡谷群横贯公路完工以前，很难到这儿。地形很艰险，毫无疑问：梅拉斯悬崖从边缘到峡谷底部落差有3千米，所以站在边缘可以拥有滑翔机俯视一般的视野。峡谷另一侧的崖壁从这里刚好能看到，它的边缘稍稍露出地平线。两座悬崖之间是梅拉斯深谷宽广的主体，是水手号峡谷群的心脏地带。他可以根据远处悬崖间的空隙识别出每个罅隙都通向哪些峡谷：西边是尤斯深谷，北边是坎多尔深谷，东边是科普莱特斯深谷。

约翰沿着崎岖的峡谷边缘走了1个多小时，将头盔上的双目望远镜拉到面罩前，长时间地观看，极目远眺欣赏火星上最壮观的峡谷，感受着这片红土地带给他的狂喜。他扔了几块石头，看着石块消失在视野外。他自言自语，还唱起了歌，甚至一蹦一跳地跳起笨拙的舞蹈。返回火星车后，他感觉精力充沛。他沿着边缘开了一小段路，来到了悬崖之路的起始点。

在这里，横贯公路变成了一条单车道的混凝土路，沿着一块巨石的脊线从南缘盘旋到峡谷底部。这个特殊的地貌叫日内瓦尖坡。它直指北方，几乎垂直于悬崖，直接连通坎多尔深谷。它如此完美地满足了人们的需求，仿佛是修路人专门为修建公路铺设的。

不过它是个陡坡，公路不得不盘山而下，以保证坡度不会太大。从坡顶上可以将这一切尽收眼底，上千个发卡弯沿着脊线蜿蜒曲折向下，像是一条缝在橘黄色地毯上的黄线。

约翰小心翼翼地开上这条奇迹之路，把方向盘左转，右转，左转，再右转，一次又一次，直到他不得不停下来歇一歇胳膊，借机回头看看身后的南侧崖壁。崖壁的确很陡，被严重侵蚀的沟壑形成了某种分形图案。他又开了半小时，发卡弯忽左忽右，一个接一个，直到公路终于从平缓的石坡上向下延伸，最终左右延展融汇到峡谷底部。公路底部停着好几辆车。

原来是瑞士团队。他们一直在修建这条公路，最近刚刚完工。约翰和他们一起过了夜。这里一共有80人，大多数都很年轻，而且已婚。这些人说德语、意大利语、法语。为了和他沟通，他们也说起了英语，不过夹杂着好几种不同的口音。他们带着孩子，带着猫，还带着一个移动温室，温室里种满了各种药草和蔬菜。很快他们就会像吉卜赛人那样离开此地，由好几辆土方工程车组成一个车队，向西一路开到峡谷尽头，在那里修建一条穿过诺克提斯沟网通往塔尔西斯高原东侧崖壁的公路。在此之后会有别的公路要修，也许是一条位于塔尔西斯突出部之上、阿尔西亚山和帕弗尼斯山之间部分的公路，也许是一条向北通向厄科瞭望点的公路。他们还不确定，约翰感觉他们也并不在乎要去哪儿。他们打算余生都用来四处旅行并修建公路，所以接下来会去哪里对他们而言并不重要。他们就像是永远在路上的吉卜赛人。

他们让每个孩子都和约翰握了手。晚饭后，约翰发表了一段简短的讲话，和往常一样东拉西扯地聊了聊在火星上的新生活。"看到你们这群人在这里时，我真的很开心，因为这是一种新的生活方式，我们有机会得以在这里创造全新的社会——技术方面的革新必将带来社会层面的变革。我不确定全新的社会该是什么样的，毕竟这是最难的部分，但我知道我们必须创造一个全新的社会，我想你们和其他所有在实地作业的小团队会一起依靠经验来搞定这件事。看到你们，有助于我更好地去思考这件事。"他的确受到了启发，不过他的实地考察能力一向不太好。所以，他只好努力地即兴发挥，尽量联系当下的情景进行演说，随机从他的脑海中搜出一两个观点表达出来。下面的观众专心致志地听着他的话，眼睛在灯光的照射下闪闪发光。

不久后，他和几个人围着一盏灯坐成一圈，一起秉烛夜谈。年轻的瑞士人问他关于第一次上火星的事和山脚基地最初几年的事，显然这两个话题对于他们而言都被赋予了一层神话般的色彩。他向他们讲述了某种程度上的真实情况，逗得他们频频发笑。他也问了他们关于瑞士的问题，瑞士的体制是怎样的，他们对此有何看法，他们为何愿意来火星而不是留在瑞士。一个金发女人听到他的问题后笑了。"你听说过博根吗？"她问道。约翰摇摇头。"他是我们圣诞节传说中的人物。圣诞节时，圣诞老人会去拜访每个家庭，他有个助手，叫博根，穿着斗篷长袍，拎着个大口袋。圣诞老人问家长，孩子在过去一年里表现如何，家长要把记事簿展示给他看，上面记录了孩子的表现。如果孩子很乖，圣诞老人就会送给他们礼物。如果家长说孩子这一年很淘气，博根就会把孩子扔进他的大口袋里带走，孩子就消失不见了。"

"什么！"约翰大喊。

"这就是大人们给我们讲的故事。这就是瑞士。这就是我现在会在火星的原因。"

"所以博根把你带到这里来了？"

他们都哈哈大笑，那个女人也笑了。"是啊，我一直都很淘气。"她的语气变得有点严肃了，"但我们以后不会在这里继续讲述博根的故事了。"

他们问他怎么看待红党和绿党之间的纷争，他耸了耸肩，分别从安和赛克斯的角度总结了一番他们各自的观点。

"我认为他们的观点都不对。"众人之中的一人说。他叫尤根，是个工程师，也是这里的领导之一。他看上去像个市长，又像个吉卜赛国王。他发色深，脸庞消瘦，面色严肃。"双方都说自己是为了自然。当然了，他们必须这样说。红党说火星本来的样子就是自然。但这不是自然，因为这里一片死寂，只有石头。绿党就会这么说。然后绿党说要把大自然带给火星，通过地球化来实现。但这也不是自然，这只是一种文化。他们想创造的只是一片花园，一件艺术作品。所以，这两种方式都无法产生自然。恐怕在火星上就没有什么自然。"

"有意思！"约翰说，"我必须把这个观点告诉安，听听她对此有何评价。不过……"他想了想，"那你要管这个叫什么？管你正在做的事叫什么？"

尤根耸耸肩，笑了。"不叫什么。火星就是火星。"

也许瑞士人就是这样的，约翰想。他在旅途中遇到了越来越多的瑞士人，他们似乎都是这样的：脚踏实地，只顾着动手干活，不太操心什么理论学说，做自己感觉对的事。

之后，他们又喝了好几瓶葡萄酒，接着他问他们有没有听说过郊狼。他们笑了。一个人说："他是在你之前来到火星的人，对吧？"众人听到这话全都大笑起来。"这只是个传说，"其中一人解释道，"就像是火星上的运河、巨人，或者圣诞老人。"

第二天，约翰继续驾车向北行驶，穿越梅拉斯深谷时，他希望（他以前也这么想过）行星上的每个人都是瑞士人，或是至少在某些方面像瑞士人。他们对于国家的爱似乎是通过过上某种形式的生活表达出来的：理智、公正、繁荣、科学。为了过上这样的生活，他们可以在任何地方工作。对他们而言，过上怎样的生活才是最重要的，而旗帜、信条、口号什么的都不重要，甚至连他们在地球上拥有的那片遍布小石块的土地也不重要。这些瑞士修路团队队员已经是火星人了，他们把生活方式带到了这里，把负担留在了地球。

他叹了口气，边吃午饭边驾驶着火星车沿着信号发射器指引的小路一路向北。当然，一切并非如此简单。修路团队的成员都是常年出门在外的瑞士人，或多或少算是吉卜赛人。他们是那种大部时间都不在瑞士的瑞士人。这样的人很多，但他们常常由于这种生活方式受到排斥，因为他们与众不同。待在老家的瑞士人依然十分重视瑞士国家的主体性，依然武装到牙齿，依然愿意为任何给他们带来财富的人当马仔，依然不愿意加入联合国[1]。尽管如此，鉴于联合国火星事务办公室对于火星事务仍有一定程度的影响，瑞士人对于约翰而言更有趣了，就如同模范一般。他们拥有参与世界大事却又独善其身的能力，拥有权力却又忍住不去使用，国家虽小却又拥有自我掌控权，武装到牙齿却又从不参与战争，这难道不就是约翰理想中的火星社会的样子吗？他感觉自己需要从他们身上学习一些东西，以便为假想中的未来的火星国家做准备。

他大部分独处的时间都在思考这个假想中的国家的事。他对此非常着迷。但除了一些模糊的概念，他想不出更具体的方案。他对此非常失望。所以，他现在满脑子都是瑞士的体制以及瑞士能教给他的东西，他试着条分缕析："宝

---

1　本书成书于 1992 年，瑞士已于 2002 年加入联合国。

琳，帮我查查介绍瑞士政府的科普文章。"

火星车跟随信号发射器自动前进，约翰则阅读着屏幕上的文章。他非常失望地发现瑞士的政府系统也没有什么明显的独特之处。7 名由议会选举产生的委员组成联邦委员会，拥有最高行政权。没有极具个人魅力的总统，约翰内心中的一部分不喜欢这一点。议会由联邦院和国民院组成，除了选举联邦委员，似乎没有太多作用。公民可以通过直接提案和直接投票的方式行使权利，这种方式是从 19 世纪的加利福尼亚州学来的。至于联邦系统，每个行政区都具有高度自治权，这一点也削弱了议会的权力。但行政区的地方权力随着世代的延续被逐渐削弱了，联邦政府逐渐夺走了越来越多的权力。这些全都加在一起会是什么样呢？"宝琳，调出我起草的宪章。"他在刚刚动笔的文稿上加了几条注释：联邦议会、直接提案、削弱议会、地方自治，特别是在文化方面。这都是值得仔细思考的问题。需要更多的数据支持才能提出决策。将想法写下来会有帮助的。

他继续向前开着车，内心里回忆着修路团队的冷静，以及他们奇怪地融合了工程学和神秘主义的个性。他们热情地接待了他，约翰对此非常感激，他并非总能得到这样的待遇。比如，在阿拉伯和以色列定居点，人们接待他时非常敷衍，也许是因为他被视为反宗教人士，也许是因为弗兰克一直在散播针对他的谣言。他发现有几个阿拉伯车队的人相信是他下令禁止在火卫一上修建清真寺，他对此表示否认，并称自己从未听过这个计划；在此过程中他们一直狠狠地盯着他。他很确定这一切都是弗兰克搞的鬼。珍妮特和其他人告诉他，弗兰克一直在背后算计他。所以没错，的确有一些团队对他冷冰冰的：阿拉伯人、以色列人、核反应堆团队、某些多国联合会的主管……都是些有着自身利益考量、有自己发展计划的团体，他们对他的宏大视野不感兴趣。不幸的是，这样的人很多。

他从自己的遐想中返回现实，环顾四周，惊讶地发现梅拉斯深谷的腹部和北半球平原的某处完全一样。峡谷在这里有 200 千米宽，行星的曲度非常高，峡谷高达 3 千米的南崖和北崖完全隐藏在地平线下。直到第二天早上，北侧的地平线才抬升到之前 2 倍的高度，下层是峡谷底部，上层是巨大的北侧崖壁。地平线被切开了，是连接梅拉斯和坎多尔的两座南北向短峡谷造成的。也只有在开阔的峡谷平原上行驶，才能拥有想象中身处水手号峡谷群底部时会有的视野：两侧巨大的崖壁极具压迫感，深棕色的石壁上无穷无尽的冲沟和隆起形成四分五裂的分形图案。崖壁底部陈列着远古岩崩造成的巨大溅射石堆和残破的化石河滩。

在这片空地上，瑞士人修建的道路上遍布绿色的信号发射器，在台地和旱谷之间蜿蜒曲折，看上去就像纪念碑峡谷被搬到了这个是美国大峡谷[1]2 倍深、5 倍宽的峡谷里似的。眼前的景观太令人惊奇，约翰无法思考任何事情。他第一次关上宝琳，开了一整天车。

在横向空地以北，他开进了坎多尔深谷的大洼地里，这里就像彩绘沙漠[2]的巨型复制版。到处都是巨型沉积层、紫色和黄色的沉积物组成的斑带、橘黄色的沙丘、红色的漂砾、粉色的沙子、靛蓝色的冲沟。真是一个充满梦幻色彩的地貌景观，五彩斑斓的颜色令人眼花缭乱，难以分清眼前看到的到底是什么东西，无法看清到底有多大、到底有多远。巨大的台地似乎要堵住他的去路，但走近一看，其实是远处悬崖弯曲的地层。信号发射器旁边的"小石块"，结果竟是一个需要半天车程走完的巨型台地。在阳光照射下，所有的颜色都熠熠生辉，整个火星的色彩都展现在此处，从淡黄色到深紫色，各个颜色都有，生动鲜活得仿佛正在石块上燃烧。坎多尔深谷！他肯定要找时间回来好好探索一番。

第二天，他沿着平缓的俄斐深谷北侧的道路向上走，这条路是瑞士团队在去年修建完成的。他一路向上，根本没看到什么特殊的边缘，就已经从峡谷里

---

1　美国大峡谷位于美国亚利桑那州西北部，由科罗拉多河经过数百万年以上的冲蚀而形成，色彩斑斓，峭壁险峻，1979 年被列入世界遗产名录。

2　彩绘沙漠是位于美国亚利桑那州北部的地理景观，由彩色的地层小丘组成。

开出来了，路过有拱顶的恒河坑链，接着回到了熟悉的平原上。宽阔的道路通向切尔诺贝利和山脚基地。继续向西开了一天后，他终于到达了厄科瞭望点，赛克斯地球化项目的新总部。这趟旅程花了一星期的时间，全程 2500 千米。

◆

赛克斯·罗索尔从阿刻戎回来了，正好在家。他现在手握大权，这点毫无疑问。早在 10 年前，他就已经被联合国火星事务办公室任命为地球化项目的首席科学官。毫无疑问，大权在握的 10 年对他影响深刻。他游说联合国和多国联合会发放资金补助，建设了一个全新的小镇作为地球化项目的总部。他将这个小镇建在山脚基地正西 500 千米的地方，就在厄科深谷东侧悬崖边缘处。厄科深谷是火星上最深最狭长的峡谷之一，其东侧崖壁甚至比梅拉斯深谷的南侧崖壁还要高。小镇所在的悬崖部分是一个垂直的玄武岩峭壁，有 4 千米高。

从悬崖顶上看，几乎看不出新建城镇的痕迹，悬崖边缘后面的大地几乎看不到人工建筑，只有随处可见的一个又一个混凝土碉堡，以及北方里科弗核反应堆升起的一缕青烟。约翰下了火星车，走进峭壁边缘的某个碉堡里，然后进入碉堡内的一个巨大的电梯，这时这个城镇的尺度才开始真正显现出来。电梯下降了 50 层，他走出电梯，发现了另外一整排电梯，可以将他继续带往更下层，直达厄科深谷谷底。假设一层高 10 米，那么这面峭壁能容得下 400 层楼。实际上大部分空间尚未被利用，大部分建造好的房屋都集中在最高的 20 层里。比如，赛克斯的办公室就在接近顶层的位置。

他的会客室是一个开放的大间，西侧是一片落地窗。约翰进来寻找赛克斯时，时间是上午，窗户玻璃清晰透明，可以看到下方的峡谷谷底一半区域都笼罩在阴影里：厄科深谷西崖较低的部分被阳光照亮；再远一些的是塔尔西斯突出部的巨坡，向南方延伸，越来越高；稍近一点，大概一半远的是塔尔西斯山丘；而左侧耸立出地平线的是阿斯克劳山的紫色山头，它是几座巨型火山里最北的那座。

赛克斯不在会客室里，约翰猜他从没仔细观察过窗外的景色。他在隔壁的实验室里，越来越像一只实验室的老鼠，耸着肩膀，抽动着络腮胡子，扫视着地板，用 AI 一般的声音说着话。他领着约翰穿过一连串的实验室，边走边探身瞥一眼屏幕和缓慢打印出的图纸，心不在焉地和约翰说着话，头也不回。他们路过的屋子里堆满了计算机、打印机、屏幕、书籍、成堆的纸卷、磁盘、气质联用仪、孵化器、通风柜、摆放成套设备的长实验桌、整套图书馆百科全书。每张晃晃悠悠的台面上都摆满了盆栽，大部分花盆里都是些认不出来的小鼓包或全副武装的多肉植物，诸如此类。一眼看过去就好像某种致命霉菌传播开来，感染得到处都是似的。"你的实验室挺乱的。"约翰说。

"整个火星都是实验室。"赛克斯答道。

约翰笑了笑，将一盆适应亚北极气候的明黄色仙人掌从台面上移开，自己坐了上去。据说赛克斯一直待在这些实验室里，从不离开一步。"你今天在模拟什么呢？"

"大气。"

果然。这是让赛克斯非常头疼的问题。人们在火星上释放的热量使大气变稠密，但同时那些禁锢二氧化碳的计划又使大气变稀薄。大气中化学成分的毒性在逐渐变弱，与此同时，大气的温室效应也在变弱，于是气温变低，整个过程又减缓了。负反馈和正反馈抵消，处处皆是如此。到目前为止，还没有任何人能让这些复杂的因素达到平衡，形成一个既让赛克斯满意又有意义的大气改造计划，于是他不得不采用他惯常的解决方法——自己上。

他在成排的设备器材之间的小过道里走来走去，边走边把挡路的椅子移开。"二氧化碳真是太多了。以前建模的人敷衍了事。我觉得我必须让机器人把整个南极极冠都送去萨巴捷反应工厂当原料。经过我们处理之后，二氧化碳不会再升华，我们就可以释放氧气，还可以用其中的碳制成砖头。到时候就会有一大堆的碳砖，多到我们都用不完。也许可以在白色金字塔旁边建一座黑色金字塔。"

"那肯定挺漂亮的。"

"嗯。"克雷计算机和两台全新的席勒计算机在他身后发出嗡鸣声，他单调的宣叙调配合着固定的低音。这些超级计算机持续不断地计算着一组又一组的环境条件，赛克斯介绍说，尽管每次的结果都不尽相同，也尚未产生什么令人兴奋的结果。外面的空气又冷又有毒的状态看来要持续一段时间了。

赛克斯走向走廊深处，约翰跟着他走进另一间屋子。这间看上去还是实验室，但角落里有一张床和一台冰箱。杂乱无章堆放的书旁放满了郁郁葱葱的盆栽，奇异的更新世植物看上去像户外的空气一样致命。约翰坐在唯一的空椅子上。赛克斯站在一旁，盯着一堆贝壳。约翰说起了他和安的会面。

"你觉得她参与其中了吗？"赛克斯问。

"我觉得她可能知道是谁干的。她提到了一个外号叫'郊狼'的人。"

"哦，没错。"赛克斯飞快地瞥了约翰一眼——更准确地说，是瞥了他的脚一眼，"她是想祸水东引，让我们去追寻一个传说中的人物。据说这个人和我们一起登上了战神号，是博子把他藏起来的。"

约翰非常惊讶于赛克斯居然听说过郊狼这个人。过了一会儿，他才想明白赛克斯的话里更令他不安的是什么：某天晚上玛雅曾经跟他说，她看到了一张脸，一张陌生的脸。战神号上的旅程让玛雅心神不宁，所以他没太在意她说的话。但现在……

赛克斯边走边打开灯，时不时地看看屏幕，自言自语地说着一些与安全维护相关的话。他打开冰箱门，约翰瞄到冰箱里有很多长着毛刺的东西，要么是赛克斯把实验品放在了冰箱里，要么是他的零食被剧毒的霉菌完全侵袭了。约翰说道："我大概能猜到为什么大部分蓄意破坏都针对莫霍钻井了，因为这是最容易破坏的项目。"

赛克斯歪了歪头，问道："是吗？"

"想想看吧。你的小风车到处都是，根本拿它们毫无办法。"

"有人在破坏这些风车，我们接到了报告。"

"有多少报告？十几起？而风车有多少个？成千上万吧。它们根本毫无作用，赛克斯，它们就是垃圾。这是你最糟糕的主意。"而这个计划差点令他的地球化项目遭受致命一击：赛克斯在某些风车里藏了水藻培养皿，所有的水藻显然都死了；但如果水藻没死，有人能够证明赛克斯就是传播水藻的幕后黑手，他肯定会被免职。赛克斯所谓的"理性的行为方式"就是个幌子，偷藏水藻这件事就是一个例证。

赛克斯皱了皱鼻子。"这些风车一年能产生几太瓦的电。"

"所以破坏其中几个也不会产生什么影响。至于其他项目，黑雪水藻已经覆盖在北极极冠上，无法被移除。晨昏镜也被送入了轨道，将它们摧毁并非易事。"

"有人就成功将毕达哥拉斯镜摧毁了。"

"没错，但我们知道是谁干的，一整个安保团队都在追踪她。"

"但这样也许并不能找到任何指向其他人的线索。他们的计划也许就是每行动一次牺牲一个人，我对此毫不惊讶。"

"也许吧，但我们只要在人员筛查方面做出一些简单的变化，就可以防止有人私自将工具带上飞船。"

"他们可以使用那里已有的工具。"赛克斯摇了摇头，"轨道镜很脆弱。"

"好吧，的确比其他一些项目更容易受到攻击。"

"每平方厘米的镜子每天能增加 30 卡的热量。"赛克斯说，"很多时候甚至更多。"几乎所有从地球来的运输船都配备了太阳帆，当它们到达火星引力范围里时，太阳帆会被连接到停泊在火星同步卫星轨道上的一大堆更早之前到达的太阳帆系统里，程序会指引它们旋转，以便将光芒反射到终端机上，在每天清晨和黄昏增加一点点热量。这整套方案都是由赛克斯的办公室协调安排的，他对此非常骄傲。

"我们会加强对所有维护团队成员的保护。"约翰说。

"很好。要在反射镜和莫霍钻井项目上都增加安保。"

"没错，但这还不够。"

赛克斯轻蔑地哼了一声。"你什么意思？"

"问题在于，与地球化项目相关的设施并非唯一的潜在攻击目标。我是说，在他们看来，核反应堆也是地球化项目的一部分。核反应堆提供了很多能量来支持你的项目，它们像熔炉一样制造热量。如果其中一个遭到破坏，会引发各种各样的核辐射。和现实麻烦相比，这会引发更大的政治麻烦。"

赛克斯眉头紧皱，眉间的皱纹几乎快到发际线了。约翰摊开手掌说："这不是我的错。但事情就是这样。"

赛克斯说："AI，记下来，加强核反应堆的安保。"

"已记录。"其中一台席勒计算机回答道，声音听上去和赛克斯很像。

"其实这还不是最糟糕的。"约翰说。赛克斯的嘴角抽动了一下，愤怒地盯着地板，"要注意生物工程实验室。"

赛克斯的嘴紧紧地抿成一条直线。

"这里每天都在创造新的生命体。"约翰继续说，"很可能创造出某种可以杀死这个星球上其他一切东西的生命体。"

赛克斯眨眨眼。"希望这些人之中没人像你一样思考问题。"

"我只是在试着像他们一样思考问题。"

"AI，记下来，加强生物实验室的安保。"

"当然了，弗拉德、厄休拉以及他们的小团体已经将自毁基因注入他们制造出的所有东西了。"约翰说，"但他们这么做是为了防止某种生命体过度繁殖，或是防止突变事故发生。如果有人能巧妙地将某种东西培育到过度繁殖而不触发自毁基因，那我们就有大麻烦了。"

"我明白。"

"所以说，实验室、反应堆、莫霍钻井、反射镜是防护重点。可能还有我们没顾及的安全死角。"

赛克斯翻了个白眼。"我很高兴你想到了这些。我会去找赫尔穆特谈一谈，反正我本来也要去找他。下一次联合国火星事务办公室会议上可能要批准菲莉丝提出的太空电梯项目。如果获得了批准，就能大幅度减少地球化项目的成本。"

"我们肯定可以削减成本的，但初期投入必然是巨大的。"

赛克斯耸了耸肩。"将一颗阿莫尔型小行星[1]推入轨道，在其上建设机器人工厂，然后把工作自动化。成本没有你想象的那么高。"

约翰翻了个白眼。"赛克斯，是谁在为所有这一切买单？"

赛克斯歪歪头，眨眨眼。"太阳。"

约翰站起身，突然感觉很饿。"那就是太阳说了算。记住这一点。"

\*\*\*

火星视讯每晚都会播放 6 小时的节目，都是由本地的业余民众拍摄的，内容五花八门，约翰只要有机会就会看。他去厨房做了一大盆绿色沙拉，然后回到住宿层的大玻璃屋，边吃边看这个节目，时不时地瞄一眼窗外阿斯克劳山边壮丽的落日。那天晚上，前 10 分钟的节目是一名公共卫生工程师拍摄的，她在北极深谷的废物处理厂工作。她的声音激情澎湃，但讲解得十分无聊："好处在于我们可以用某种物质尽情地污染这里，譬如氧气、臭氧、氮气、氩气、水蒸气、某些生物——在地球老家时我们可没有这样的容错度。我们持续挖掘这里已有的物质，直到我们将其释放出来。"地球老家，约翰想，这人肯定是新来的。她的节目结束之后，播放的是一场空手道比赛，既优美又好笑。然后是 20 分钟的俄罗斯舞台剧《哈姆雷特》，演员身着压力服，在第勒纳山的莫霍钻井底部演出。约翰觉得这表演有点胡闹，但在看到其中一幕后改变了观点：哈姆雷特看到克劳狄斯跪在地上祷告，这时镜头上抬，将莫霍钻井当作大教堂的墙壁，一路向上掠过克劳狄斯，照到上方遥不可及的阳光，寓意着克劳狄斯永远无法得到宽恕。

---

1　阿莫尔型小行星是近地小行星的一个子类，这一类小行星基本不会对地球产生威胁。

约翰关掉电视，乘坐电梯回到宿舍。他上床休息，回想着刚刚的电视节目。像芭蕾舞一样的空手道。新来的人依然都是工程师、建筑工人和各领域的科学家，但他们似乎不像首百那样一心一意，这可能是件好事。他们有科学的思维方式和世界观，他们很实际、很理性，一切从经验出发。希望地球上的选拔流程依然能筛掉那些狂热分子，把那些具有旅居瑞士人特性的人送上来，这样的人明智、脚踏实地，但也很开明，可以形成新的归属感和信仰。至少他是这么希望的。如今他知道这个想法有点幼稚。只要看看首百，就能意识到科学家也会像普通人一样狂热，抑或更甚，大概是他们接受的教育太专注于某一个方面了。博子的团队消失不见了……不知道在哪个满是岩石的荒原上游荡，这群幸运的浑蛋……他睡着了。

约翰在厄科瞭望点继续工作了几天后，接到了赫尔穆特·布朗斯基从伯勒斯陨击坑打来的电话。他想和约翰商量一下关于从地球新来的这些人的事。约翰决定坐火车去伯勒斯，和赫尔穆特面谈。

出发的前一晚，他去实验室找赛克斯。走进实验室时，赛克斯用他一贯的毫无起伏的语调说："我们发现了一颗成分中 90% 都是冰的阿莫尔型小行星，其轨道在 3 年后会到达火星附近。这就是我一直在找的东西。"他的计划是将一个机器人控制的大型驱动装置安装在冰质小行星上，将小行星推送到环绕火星的大气制动轨道上，然后在大气中将其烧掉。这样既可以遵从联合国火星事务办公室协议中的条款，避免直接撞击引起的大规模破坏，同时也能给大气中增加大量的水分、氢原子和氧原子，用最急需的气体增加大气稠密度。"这样可以将大气压提升 50 毫巴。"

"怎么可能！"在他们到达前，火星的大气压大约为 7～10 毫巴（作为参考，地球海平面的平均气压是 1013 毫巴）。他们到目前为止的所有努力仅仅是将平均气压提升了大约 50 毫巴。"一颗冰球能将大气压翻倍？"

"数据模拟结果显示是这样的。当然了，本来气压水平就很低，翻倍也没有增加多少。"

"但这已经是很棒的结果了，赛克斯。而且这个计划很难被人为破坏。"

赛克斯并不想被人提醒这一点。他稍微皱了皱眉，溜走了。

约翰看到赛克斯胆小怕事的样子不禁笑了。他也向门口走去，但这时，他突然停下来，上下打量着大厅。空荡荡的。赛克斯的办公室里没有监控摄像头。他蹑手蹑脚地走回去，想到自己这副偷偷摸摸的样子不禁笑了。他看了看赛克斯桌上堆得乱七八糟的文件。从哪儿开始找呢？估计他的个人 AI 里肯定有一些有趣的东西，但 AI 大概只会回应赛克斯的声音，而且肯定会记录下其他人的查询请求。他轻轻地打开书桌上的一个抽屉，空的。书桌的所有抽屉都是空的。他差点大笑出声，但还是忍住了。实验台上摆着一沓信，他翻了翻，大部分都是阿刻戎的生物学家寄来的。最下面是一张没有签名也没有发信人地址和发信编码的信件，赛克斯的打印机没有打出任何约翰能看出来的识别码。消息本身很简短：

"一、我们用自毁基因来控制增殖。二、现在地表有很多热源，我们的排气不会被发现。三、我们达成共识，我们只是想离开这里，自给自足，不受干扰。我确信你现在已经理解了。"

约翰盯着这张纸看了 1 分钟，然后抬起头环顾四周，空无一人。他再次看了一眼这张纸，随后将它放回原处，悄无声息地走出赛克斯的办公室，回到客房里。"赛克斯，"他的语气中满是赞叹，"你这该死的骗子！"

***

通向伯勒斯的火车有 30 节狭长的货车车厢，大部分都是载货的，两节载人的车厢在火车的最前端。火车在超导磁轨道上快速而平稳地前进着，景色美得惊人。约翰此前驾驶火星车进行了缓慢而艰难的长途跋涉，相比之下这样的旅行简直难以置信。唯一能做的就是用欧米根啡肽淹没大脑的快感中心，好好享受，欣赏类似超音速飞行引起的景色飞移。

铁轨设置的位置平行于北纬 10 度，最终的计划是环绕火星一圈，但到目前为止，只有厄科到伯勒斯之间的铁轨完成了。伯勒斯现在是北半球最大的城镇。这里最初的定居点是一个美国财团修建的，位于伊希斯平原的高处，采用法国主导的生态城市的设计。这里是北方平原陷入南方高地形成的巨型沟槽地带。沟槽的侧面和前方与行星的曲度对冲，使得城镇周围的景色很像是地球的地平线。随着火车沿着沟槽飞驰，约翰能看到 60 千米外黑色平原上散落的台地。

伯勒斯的建筑几乎都依靠在崖壁上。在一个弯曲的古老水道中聚集的 5 个低矮台地的侧面嵌入了人工住宅。台地垂直侧面的很大一部分布满了长方形的反光镜，仿佛是一座后现代的摩天大楼侧倒着嵌入了山体里。这景象的确令人惊叹，山脚基地，甚至厄科瞭望点都比不上这里，它们的景色虽美，但无法被看到。伯勒斯玻璃覆盖的台地、仿佛在渴求水源的古水道、可以远眺群山的视野，这些特色结合在一起，令这座新兴城镇迅速获得了"火星最美城市"的称号。

城镇西部的火车站在一座被挖空的台地内部，是一间 60 米高的玻璃大厅。约翰下了火车，步入大厅，穿过人群，一直仰着头东瞅瞅西瞧瞧，简直像是刚进城的乡巴佬。这里的乘务人员穿着蓝色的工作服，勘探队员穿着绿色的漫步服，联合国火星事务办公室的官员们穿着西服，建筑工人们穿着五颜六色的工作服，就像是运动服一样。联合国火星事务办公室总部在 3 年前定址于此，此后这里开始大兴土木。很难说火车站里究竟是官员更多还是建筑工人更多。

在大厅的尽头，约翰找到了地铁站入口，乘坐一小段地铁后，他来到了联合国火星事务办公室总部。在地铁车厢里，他和几个认出他的人握了手，体会到了以前那种被困在金鱼缸里展示的感觉。他又回到了陌生人群里，回到了城里。

当天晚上他和赫尔穆特·布朗斯基共进晚餐。他们之前已经见过好几次，约翰对他印象深刻。他是一位积极参与政治的德国百万富翁，个儿高，很壮，金发，红脸，外表非常精致，穿着昂贵的灰色西装。他接受联合国火星事务办公室的派驻任务时被任命为欧洲经济共同体[1]的财政部长。他用优雅的英式英语

---

1  欧盟的前身。——编者注

和约翰讲起最近的消息，同时在说话的间隙用娴熟的动作握着餐具，快速吃着土豆烤牛肉。"我们打算把一项在埃律西昂进行勘探的项目授权给多国联合会的阿默斯科财团。他们会负责运送装备过来。"

"但是，赫尔穆特，"约翰说，"这难道不会违反《火星条约》吗？"

赫尔穆特握着叉子做了个大幅度的手势。咱俩都是掌控世界的人，他的眼神似乎在这么暗示，咱们都懂这种事情。"条约早就过时了，每个参与进来的人都这么认为。但条约原定的修订时间是 10 年后。与此同时，我们必须期待能对条约的某些方面进行修改。所以，我们才会在现在做出一定的让步。我们没有任何理由耽搁，如果凡事都要提交联合国大会，那就太麻烦了。"

"但第一次就把特许权让给了南非老牌军火商，联合国大会肯定不会高兴的！"

赫尔穆特耸了耸肩。"阿默斯科和它起源的那家公司已经没有多大联系了，只是个名字而已。当南非变为阿扎尼亚[1]时，这家公司将总部搬到了澳大利亚，之后又搬到了新加坡。当然现在它不只是一家航空航天公司。它是一家货真价实的多国联合公司，是新兴巨头，拥有自己的银行，拥有旧财富 500 强列表里 50 家企业的控制权。"

"50 家？"

"是的。阿默斯科已经算是多国联合会里最小的一个财团了，因此我们才选择了它。但它的经济体量和所有国家相比能排到第 21 位。以前的跨国公司逐渐合并成为多国联合会，所以你看，它们的确获得了很大权力，能影响联合国大会。当我们让出一项特许权时，二三十个国家都能从中获利，打开它们通往火星的大门。对于其他国家而言，这也可以作为一项先例。所以，我们这边的压力就会减轻。"

---

1　在罗马时期或更早之前，阿扎尼亚是指从肯尼亚延伸到坦桑尼亚以南的东南非海岸的一部分。在本书中，南非于 2061 年成为阿扎尼亚。

"嗯……"约翰想了想，"告诉我，是谁去和多国联合会商谈的？"

"我们好几个人一起参与的。"

赫尔穆特继续进餐，淡然地无视了约翰的凝视。

约翰噘起嘴，看向一旁。他突然意识到，面前这个和他交谈的男人尽管是公职人员，却认为自己在火星上的影响力比他大得多。赫尔穆特油光满面，（谁给他剪的头发？）态度友好，他向后靠在椅子上，给他们两人都点了餐后酒。他的助理，也是当晚的服务员，赶紧小跑着来提供服务。

"我好像还从没在火星上享受过被人侍候用餐的待遇呢。"约翰说。

赫尔穆特冷静地对上他的凝视，脸色似乎变阴沉了。约翰差点笑出来了。联合国火星事务办公室的代表想显示出强硬的威胁态度，权力的代表形式太过复杂，约翰的小气象站心态根本无法理解。但约翰根据过去的经验发现，只要搬出"火星第一人"的架子，几分钟就能击溃这样的态度。于是他开始谈笑风生，啜着酒，讲述他的冒险经历，时不时地提两句只有首百才知晓的秘密，向那位助手兼服务员表明他才是这张餐桌上的掌控者。总之，就是表现出漠不关心、知晓一切、傲慢自大的态度。等他们吃完了甜点冰激凌、喝完了白兰地之后，赫尔穆特开始高谈阔论、声响如雷，很显然他变得紧张并戒备起来。

公职人员。约翰不禁笑了。

但他很好奇他们这场会面的终极目的究竟是什么。会面进行到这里，他还没想明白。也许赫尔穆特想要近距离观察一下当其中一位首百听到了让出特许权后会做出什么反应——由此来判断其他人的反应？如果是这样的话，那可够蠢的，想推测出首百的观点，调查其中 80 个人都不够。不过他这种想法也不算完全不对。约翰很习惯被当成很多组织的代表和象征，被当成吉祥物。真是浪费时间。

他思考着自己是否也能从这次夜晚的会面里打探出一些消息，于是当他们一起往客房走时，他问道："你听说过郊狼吗？"

"一种动物？"

他笑了，言止于此。进房间后他躺在床上，打开电视看火星视讯，反复思考着。睡前刷牙时，他看着镜子里的自己，面露怒容。他大幅度挥了挥牙刷。"哈，"他用夸张的方式模仿着赫尔穆特轻微的口音，"在商言商，你懂的！商场如战场！"

***

翌日，他在第一个会之前有几小时空闲时间，所以他一直在和宝琳交谈，想查查赫尔穆特·布朗斯基在过去的 6 个月里都在做什么。宝琳有权限查看联合国火星事务办公室的外交文件吗？赫尔穆特去过森泽尼纳或其他任何破坏事件发生的地点吗？当宝琳搜索时，约翰吞下一片欧米根啡肽来解酒，思考着还有什么好办法能查到关于赫尔穆特的记录。联合国火星事务办公室最近已成为火星上的绝对权威机构，至少法律文书上是这么写的。而实际上，昨晚的状况已经表明，联合国在国家军队和多国联合会的资金面前一如既往地不堪一击。除非听命于它们，否则根本没辙。联合国不但无力抵抗，可能甚至都不会去尝试抵抗，因为它就是它们的工具。所以，国家政府和多国联合会的主管们，*他们究竟想要什么呢？* 如果蓄意破坏事件不断发生，这会成为他们将自己的安保团队送过来的理由吗？这会让他们获得更大的控制权吗？

约翰发出恶心作呕的声音。目前为止他进行的调查的唯一结果就是越来越长的嫌疑人列表。宝琳说："打扰一下，约翰。"然后将信息显示到屏幕上。它找到的外交文件使用了一种最新的无法被破解的加密方式，必须解密后才能查看。至于赫尔穆特的移动轨迹，倒是非常容易追查。他在 10 周前去过毕达哥拉斯，就是那个被撞出轨道的反光镜空间站。他在约翰去的 2 周前去了森泽尼纳，但森泽尼纳没有任何人提到他来过。

最近他刚从一个位于布雷德伯里点的矿场回来。两天后，约翰将出发前往那里。

***

布雷德伯里点位于伯勒斯往北约 800 千米，在尼罗瑟提斯桌山群最东侧延伸出的区域。桌山群是一系列的长台地，就像是南方高地形成的岛屿耸立在浅浅的北方平原上。最近的发现表明，尼罗瑟提斯的岛屿台地是一片富含金属矿物的区域，有铜、银、锌、金和铂等金属的沉积物。类似这样的矿石聚集地在南方高地和北方低地的冲击地——名为"大断崖"的地方——多处都有发现。有些火星学家甚至将整个断崖地区都标注为金属富含区，像棒球的球线一样环绕行星箍了一圈。这又使得著名的南北差别谜案变得更加难解。当然这个发现得到了远超其应得分量的关注。联合国火星事务办公室的科学家一直在进行持续不断的挖掘和火星研究。约翰在查看新来的人的履历时发现了这件事，所有的努力都是为了寻找线索来定位这些金属沉积物。但即使在地球上，矿物形成的地质原理仍未研究透彻，这就是为什么地质勘探仍然在很大程度上靠运气，而在火星上则更神秘莫测。最近在大断崖的成果几乎都是意外发现，也是在此之后这片区域才成为勘探的重点区域。

布雷德伯里复合岩体的发现加速了寻找进程，其大小和地球上最大的复合岩体差不多，大约相当于阿扎尼亚的布什维尔德复合岩体。所以，尼罗瑟提斯迎来了淘金热。赫尔穆特·布朗斯基也去过这个地方。

这里是个刚开始建设的小而实用的地方，建有一座里科弗核反应堆和几座精炼厂，台地被掏空的内部则是居住区。矿区位于台地之间的低地内。约翰开到居住区内，把车停在车库旁，穿过闭锁室。一群热情友好的人欢迎了他，将他领到一间有着落地窗的房间里。

他们说，布雷德伯里大约有 300 人，都是联合国火星事务办公室的员工，全都接受了多国联合会希拉尔科集团的培训。他们带领约翰进行简短的参观。他们中有前南非人、澳大利亚人和美国人，都很热情地想和他握手。大约 3/4 都是男人，皮肤白皙，衣着整洁，看上去更像是实验室的科研人员，而非提到"矿工"这个词时约翰能想到的五大三粗的形象。大多数人都是两年合同工，每个人都在计算着自己还有多长时间的工期，有人按周算，有人按天算。他们基本上远程操控矿场作业。当约翰提出下到一个矿场去看看时，他们都很惊讶。"那就是个洞。"一个人说。约翰无辜地盯着他们，犹豫了一阵后，他们迅速组成了一个护卫队来给他领路。

众人花了 2 小时才穿好漫步服，走出闭锁室。他们开到一个矿场的边缘处，沿着一条坡道向下，来到了一个直径约 2 千米的椭圆形阶梯状大坑里。众人下车，和约翰一起四处观望。周围有很多自动推土机、翻斗车和其他重型机械。他的 4 名护卫全都紧张地盯着周围，约翰猜他们在戒备着哪个庞然大物会突然失控。他盯着他们，饶有兴趣地看着他们紧张害怕的样子。他突然意识到，在火星上执行任务的确非常艰难，这里是一个西伯利亚、沙特阿拉伯内陆地区、冬天的南极点以及*新世界空间站*的地狱般的结合体。

又或许，他们只是觉得待在约翰周围很危险。这倒是提醒了他。大家毫无疑问都听说了卡车掉落事件，也许就是因为这个吧。但说不定还有其他一些原因，会不会这些人知道一些他不知道的事？约翰思考了一阵，发现自己也开始瞪大眼睛四下戒备。他一直把卡车掉落当作意外，或者是只会发生一次的事件。但他自己的移动轨迹非常容易被跟踪，每个人都知道他在哪儿。就像人们常说的那样，每次在户外时，你和死亡之间只隔着漫步服。而在矿坑里有这么多庞然巨物……

不过，众人平安返回，并没有发生意外。当晚大家一起吃了晚餐，为他的到来开了欢迎会，大家都喝多了，吃了好多欧米根啡肽，到处都是吵闹的聊天声。一群年轻力壮的工程师发现，约翰·布恩原来是这么一个有趣的、适合派对的人，大家对此都非常高兴。这在新来的人里是很常见的反应，尤其是小伙子们。约翰和他们聊得非常开心，在闲聊中偶尔穿插一两句话打探消息，他感觉没人注意到他的意图。他们没听说过郊狼，这一点很有趣，不过他们听说过巨人和隐秘庇护所。显然郊狼并非某种尽人皆知的传说，而是只有很少一部分人才知道的秘密。以约翰目前了解到的情报来看，只有某几个首百知道。

不过，矿工们的确接待了不寻常的访客。一个阿拉伯车队曾经路过，正在沿着北方荒原的边界行进。而且这些阿拉伯人声称，他们遇到了一些来自"失落庇护所"的人。

"有意思。"约翰说。在他看来，博子或是她的团队里的人都不太可能自报家门，但谁又说得准呢。他可以去查查看，毕竟他在布雷德伯里点也没什么别的事可做了。他发现，在犯罪发生前，没有多少侦探工作可以做。所以，他继续观察了几天矿场的工作，没能从中获得什么信息。唯一的感受就是又体会到了工程量有多大，自动化重型机械有多强力。"你们打算怎么处置这些挖出来的金属？"在参观完居住区以西 25 千米的另一座巨型矿坑后，他问道，"运回地球的成本比金属本身的价值高多了，不是吗？"

工程主管笑了。他是一个脸形瘦削的黑发男人。他说："我们会存着这些金属，等到它们变得更值钱，或者等太空电梯建好。"

"你相信太空电梯能建成？"

"当然了，材料都有了！用钻石螺旋加固的石墨缆绳，几乎都能在地球上造了，在这里只会更容易。"

约翰摇了摇头。那天下午他们开了 1 小时返回居住区，路过了好几个未经开采的矿坑和废料堆。居住区所在的台地另一边，精炼厂升起袅袅青烟。他已经习惯看到人们开垦土地、建设家园，但眼前这些……他惊叹于 100 个人就能做到这些。虽然应用了一些科技，和赛克斯在厄科瞭望点沿着整个崖壁建设垂直城镇一样的科技，与快速建成新城镇使用的同样的科技，但这样大规模的金属挖掘开采，却完全是在满足地球方面贪得无厌的需求……

第二天他告诉工程主管，至少在接下来的两个月里一定要加强安保工作。然后他驶上了阿拉伯车队经过的风蚀小路，跟随他们向东北方而去了。

***

原来弗兰克·查尔莫斯在和这个阿拉伯车队一起旅行。不过弗兰克没观察到任何博子团队的人曾经来访的迹象，而阿拉伯人也否认和布雷德伯里点的人讲过遇到了来自"失落庇护所"的人。看来这是个假线索，又或许是弗兰克在帮阿拉伯人销毁这个线索，如果是这样的话，约翰又有什么办法查明真相呢？尽管阿拉伯人刚刚来到火星上不久，但毫无疑问，他们已经成了弗兰克的盟友。弗兰克和他们同吃同住，说着同一种语言。现在自然而然地，他成了约翰和阿拉伯人之间的中间人。约翰没办法进行独立调查，只能靠宝琳来搜索信息。其实，即使不在车队里，宝琳也可以进行调查。

然而，约翰还是和他们一起旅行了一段时间。他们一起来到巨大的沙海，在这里进行了一些火星学研究和初步勘探。弗兰克只在这里待了很短的时间，和一个埃及朋友聊了几句。他太忙了，没法在同一个地方停留太长时间。他那类似于美国国务卿的身份让他不得不和约翰一样到处出差，他们俩也经常遇到彼此。弗兰克努力保持住了他美国分队领导人的位置，维持了 3 届任期，尽管这是个内阁职位。这可不容易，尤其是考虑到他目前距离华盛顿非常远。他现在也负责引进位于美国的多国联合会的投资。这项工作令他疯狂加班、充满干劲。他就像约翰看到的工作中的赛克斯一样，总是在移动中，总是在挥舞着手，仿佛在指挥配合着他演讲的音乐一般。现在的他就像一位打了鸡血的商会会长。"我们必须在多国联合会和德国人搬空一切之前赶紧宣布我们占领了大断崖，有太多工作要做了！"这是他最常说的口头禅。他经常从随身携带的小讲台[1]中调出火星模型，指着它说："看看你的这些莫霍钻井吧，我上周刚去过。北极点 1 个，南北纬 60 度共 3 个，赤道上 4 个，南极点附近 4 个，所有的钻井都在火山高地的西侧，可以捕捉到它们的上升气流，真是太美了。"他转动火星仪，上面用蓝点标注了莫霍钻井的位置。火星仪飞快转动，蓝点一瞬间模糊成了几条蓝线。"看到你终于开始做点对火星有用的事情了，还是不错的。"

"终于。"

"听我说，希腊平原上有新住宅工厂。人们在那里制造简易住宅，效率快到可以容纳每个 Ls=90 度时到达的 3000 名新移民，再加上往返的摆渡飞船，

---

1　原文为 lectern，意为讲台，在这里应指的是一类可以存储书籍并保留阅读进度的工具，类似于电子书。——编者注

但这也只是勉强满足需求。"他看到了约翰的表情后迅速说，"这些都能产生热量，约翰，而且比起金钱和人力更有助于地球化，仔细想想吧。"

"但你有没有想过最终会有什么结果？"约翰问。

"什么意思？"

"你懂的，人和设备全都涌向这里，而地球上的一切正在分崩离析。"

"地球上的一切总归要分崩离析的。你最好习惯这一点。"

"你说得对，但谁能决定什么人能来这里？谁说了算？"

听到约翰这么天真的问题，弗兰克面部扭曲了。约翰瞥了一眼立刻就读懂了他混合着厌恶、不耐烦和饶有兴趣的情绪。约翰内心中的一部分很高兴，因为他即刻就明白了。他对他这位老朋友了如指掌，比对自己的家人更了解。这张黝黑的脸，这怒视他的浅色双眼，他是如此熟悉，仿佛弗兰克是他亲密无间的双胞胎兄弟一般。另一方面，他因弗兰克居高临下的态度而非常恼怒。"人们会想要知道的，弗兰克。不仅是我，不仅是阿卡狄，大家都想要知道。你不能耸耸肩对此避而不谈，表现得好像这是个愚蠢的问题，假装没什么值得做决定的。"

"这事归联合国管。"弗兰克突兀地说，"地球那边有100亿人，而我们只有1万人，1000000∶1。如果你想改变这样的悬殊比例，你应该成为联合国火星事务办公室的代表。他们在设置这个职位时，我就建议过你，但你就是耸耸肩对此避而不谈。你对此毫不在乎。你本可以做出一番成就，但现在你成了什么？赛克斯的公关助理？"

"还负责发展、安保和地球事务，以及莫霍钻井。"

"鸵鸟！"弗兰克咄咄逼人，"只会把头埋在洞里的鸵鸟！算了吧，咱们去吃饭吧。"

约翰表示同意，于是他们前往阿拉伯车队中最大的火星车里用餐。晚餐有浇汁羊肉和莳萝味酸奶，味道很好、很特别。但约翰还是对弗兰克轻蔑的态度耿耿于怀，他的态度一直这么差。他们之间存在已久的矛盾仍然很尖锐，就算摆出"火星第一人"的架子，对弗兰克冷嘲热讽的傲慢态度也毫无作用。

所以，当第二天玛雅·妥特伏娜意外地出现在这里时，约翰给了她一个长长的拥抱。她正在向西去往阿刻戎的路上。晚餐结束后，他已经确定玛雅会去他的火星车里和他一起过夜。他是通过她的注意力、大笑的方式以及特殊的眼神看出来的。他们站起来去品尝水果冰激凌，装作不经意地碰到胳膊。这些属于他们的调情暗号，经年累月地在彼此之间形成。车队的人兴奋地和她闲聊，显然都觉得她很有魅力……而弗兰克只能在一边旁观，故作镇定地和他的埃及朋友用阿拉伯语交谈。

当夜，约翰和玛雅在火星车上共度春宵。约翰俯视她白皙的身体，心想，他真是受够了当弗兰克的政治权力盟友了！弗兰克那张故作镇定的脸早已表明了一切，他仍然激烈地渴求着玛雅，欲火熊熊燃烧。弗兰克和当夜车队里的大多数男人一样，希望此时此刻能处在约翰的位置上。的确在过去，弗兰克和玛雅有过那么一两次肌肤之亲，但那时约翰不在。不，今夜就要让弗兰克知道，什么才是真正的权力。

心中萦绕着这些杂念，约翰过了一阵儿才真正将注意力转移到玛雅身上。他们上次一起共度春宵已经是差不多 5 年前的事了，在此期间，他有过好几名伴侣，也听说玛雅在希腊平原居住时和一名工程师在一起了。旧情复燃的感觉有点奇怪，他们太过熟悉彼此，却又不了解彼此。在昏暗的灯光下，她的脸庞模糊不清。他们情同手足，却又形如陌路……某些东西、某种情愫让他将自己暴露无遗，世间一切外物都消失不见了，所有的那些钩心斗角、尔虞我诈都消失了。她脸上的某种表情，那种完整的感觉，那种将自己完全暴露、毫无保留的感觉，除她以外他想不出还有谁会如此全情投入。

于是旧情复燃。一开始二人有些迟疑，并没有感受到那种激情。但在安静地交谈了 1 小时之后，他们开始亲吻彼此，滚到一起。激情突然被点燃，他们都欲火焚身。是玛雅点燃了他的欲火，约翰不得不承认这一点。她强迫他集中注意力。性爱对她而言并非某种运动（对于约翰则是如此），而是一种伟大的激情，一种超然的存在状态。她激情上来的时候总是如狼似虎，总是会让约翰感到惊喜；她唤醒他，让他达到和她一样的激情。欧米根啡肽与此相比根本不值一提。他怎么会忘了这种体验呢？他为什么要四处游荡远离她而去，仿佛她并非不可替代？他紧紧地抱住她，他们水乳交融，气喘吁吁，玛雅带领着他超越极限。这是属于他们彼此的仪式。

在此之后，他们闲聊着，他突然感觉自己更喜欢她了。他一开始只是想激怒弗兰克，的确如此，他那时对她毫不关心。但现在，躺在她身边，他深刻地感受到自己在过去 5 年内有多么思念她，没有她的生活又是多么苍白平淡。他真的好想念她！全新的感觉总是令他惊喜，他总以为自己太老了，不会再有新的感受了；总以为自己已经不会再改变了。接着某件事发生了，改变了他，带给了他惊喜。（回想这么多年的经历）而这件事往往是和玛雅见面……

不过，她仍是那个玛雅·妥特伏娜：反复无常，总有自己的计划和想法，总是以自我为中心。她完全不知道约翰在这些沙丘地做什么，她也根本想不起来问一问。如果他不小心惹怒了她，她一定会生气，还会狠狠给他肋骨一击。他可以从她撩人的肩膀看出来，可以从她蹑手蹑脚走进浴室的方式看出来。不过这都不是新鲜事，他早就从在山脚基地的第一年了解到这些了，真是时光飞逝。而他对玛雅了如指掌这件事本身就令他相当愉悦——甚至连她的敏感易怒都令人愉悦！弗兰克的轻蔑态度也是一样。是啊，他老了，对他而言，他们都是家人。他差点笑出声，差点说出一些激怒她的话，但最终忍住了。心知肚明就好了，不用真的触怒她。天啊！想到这一点，他大笑出声。玛雅听到他的笑声也微笑以对，回到床上，推了他胸口一下。"又在嘲笑我了！是因为我屁股太胖，是不是？"

"它非常完美。"她又推了他一下，显然觉得他在敷衍。他们扭打在一起，继而扭打变成了交缠，肌肤相亲。在漫长而慵懒的过程中的某个时刻，他发现自己的内心正在想着：我爱你，狂野的玛雅，我真的爱你。这是非常不妙的想法，是非常危险的想法。他可不敢冒着风险说出来。但这种感觉是真实的。

几天之后，玛雅准备出发去阿刻戎了，她邀请约翰一起去。约翰很高兴，说道："我可能过几个月再去吧。"

"不，不行。"她面色严肃，"早点来，我希望你能早点来找我。"

他表示同意后，她笑得像是个有秘密的女孩。"你不会后悔的。"她亲了他一下，出发向南走，去往伯勒斯，准备乘坐赶向西边的火车。

她走后，约翰也没有什么机会能从阿拉伯人这里得到情报了。他已经惹怒了弗兰克，而阿拉伯人和他们的这位朋友同仇敌忾。失落庇护所？那是什么？

他叹口气，放弃了，决定离开。出发前夜，他给自己的火星车补货（阿拉伯人一丝不苟地帮他装补给）。他思考着自己截至目前对蓄意破坏事件的调查成果。目前为止，夏洛克·福尔摩斯尚未遇到危险，这很确定。糟糕的是，现在火星上有他完全无法融入渗透的一整个社会。这些人究竟在想什么？当晚他完成补给并阅读完宝琳给出的信息，然后再次加入阿拉伯人的队伍，尽可能地近距离观察他们，一整夜都在问问题……他知道问题是通往人们心灵的钥匙，比说风趣幽默的漂亮话要有用万倍，但此时此刻没有起到任何作用。郊狼？是某种野生的犬类吗？

第二天一早，他一脸困惑地离开了车队，沿着沙丘之海南部的边缘向西开去。开往阿刻戎去见玛雅的路途十分遥远，有 5000 千米，路上全是连绵不断的沙丘。但比起去伯勒斯坐火车，他更愿意开车。他需要时间思考。而且现在这也已经成了一种习惯：长距离开车或乘坐滑翔机，漂泊无定，缓缓地走过这片大地。他已经在路上漂泊了好几年，在北半球纵横交错地旅行，长途跋涉去南半球，检查莫霍钻井，帮赛克斯、赫尔穆特或弗兰克的忙，帮阿卡狄检查一些东西，或者为各种各样的场合剪彩：新建好的城镇、水井、气象站、矿井、莫霍钻井。他总是在说话，要么是公开演讲，要么是私下对话，和陌生人聊，和老朋友聊，和新认识的朋友聊，说话速度几乎和弗兰克一样快。他这么努力全都是为了启发星球上的人们忘掉过去，共同创建一个新的社会，打造一个专门为火星设计的科学的系统，能满足星球上的人们的要求，还要公平、公正、理性。共同创建一个新的火星社会！

然而年复一年，事情似乎不太可能朝他想象的方向发展了。类似布雷德伯里点这样的地方显示出事情的变化能有多快，而像阿拉伯人这样的人也印证了这样的印象。事态已经脱离他的控制，更糟的是，可能已完全脱离任何人的控制。一切都毫无计划。他转向西方，开启自动驾驶，随着沙丘的地形上上下下，周围空无一物。他开始沉思，试图理解历史究竟是什么以及其是如何运作的。他在日复一日的驾车中思考着，感觉历史就像是一个永远在地平线外的不可见的庞然巨物，只能感受到它的影响。这就是当你没有仔细查看时会发生的事——无数不可知的失控事件控制了一切。毕竟，他可是从一开始就在这里的！他就是一切的开始，是第一个踏上这片大地的人。然后他又排除万难回到了这里，帮着大家一起白手起家，自己动手丰衣足食！然而现在，尽管他经历了这么多，但这一切都开始离他远去。思考这个事实令他紧张不安、失去自信，有时还会突然陷入愤怒和沮丧之中。想想吧，火星的发展不仅正在加速脱离他的掌控，甚至已经超出了他的理解能力范围——这简直不可接受，他必须做出反抗！

然而，该怎么做呢？是不是需要某种社交方面的计划……很显然他们必须制订这样的计划。目前这种漫无目的的胡搞，早已违背了最初《火星条约》刚签订时人们提出的那些临时计划……没有计划的社会，这就是目前为止的历史；而到目前为止的历史就是个噩梦，是一个囊括了所有应该避免的负面例子的手册。不。他们需要一个计划。他们本来有机会在这里拥有全新的开始，他们需要远见卓识。赫尔穆特是个油滑的公职人员；弗兰克只会愤世嫉俗地接受现状，他默默接受了违背《火星条约》的行为，就好像此时正处于淘金热时期——弗兰克错了，一如既往地大错特错！

但约翰的热忱似乎也放错了地方。他一直在默默地构建自己的理论，就是如果他再多看看这片大地，再多走访几个定居点，再多和几个人聊聊，他就能（不用太费事地）*理解它*——然后他对于这片大地的整体理解就能自然而然地从他流向每一个人，传播给每一个新来的人，继而改变现状。如今他很确定，这种想法非常天真。这颗星球上已经有太多人，他不可能和每个人都建立连接，成为他们的梦想与希望的代言人。不仅如此，大部分新来的人似乎与首百一样，各怀目的。不过，这话也不全对，还是有一些科学家来到这里，以及一些像是四处漂泊的瑞士修路团队那样的人。但他并没有也不可能像了解首百那样了解新来的人。首百这个小团体塑造了他，真真正正地塑造了他的观点、想法，教导了他。首百是他的家人，他信任他们。而他也需要他们的帮助，尤其是现在。也许这才是他突然对玛雅产生全新的强烈感情的原因。也许这就是他对博子非常恼怒的原因——他想要找她谈谈，他需要她的帮助！然而博子却抛弃了他们。

＊＊＊

弗拉德和厄休拉将生物科技实验室搬到了阿刻戎堑沟群的一处鱼鳍般的山脊上。那里地势高耸而狭长，好像是被水淹没的巨型潜水艇的指挥塔。他们在山脊高处凿墙开洞，打造出连接峭壁的通道和房间，有的房间有 1 千米宽，两侧都是玻璃墙。朝南的落地窗可以看到约 600 千米外的奥林波斯山，朝北的落地窗可以看到阿耳卡狄亚平原淡色的沙地。

约翰沿着一条宽阔的小路开到了鱼鳍山脊的底部，将车对接到车库的密闭门上。他注意到定居点南边狭长峡谷的地面上坑坑洼洼的，就像是融化的红糖一样。

"那是一层新品种的孢子植物。"约翰问起时，弗拉德回答说，"是一种蓝菌和佛罗里达平台菌的共生品种。这种平台菌可以进入深层，将岩石里的硫酸盐转换为硫化物，然后硫化物可以供养一种微藻类变种。上层是单纤维生物，固着在沙子和黏土上形成巨大的树突结构，就像是有着长长的细菌根系系统的小型森林。这些根系看上去会一直穿透表岩屑到达基岩层，在此过程中逐渐融化永久冻土层。"

"你们已经释放了这种细菌？"

"是的。我们需要想办法打破永久冻土层，对吧？"

"有方法防止它传播到整个星球的各个角落吗？"

"嗯，它有自毁基因序列，以防侵袭其他生物，但如果它能保持住自己的生态位……"

"哇。"

"我们觉得，这和最早覆盖地球大陆表面的最初生命形式差不多。我们只是增强了它繁殖的速度以及它的根系系统。有趣的点在于，尽管它能给地下升温，但一开始它会给大气降温。因为它会增强岩石的化学风化作用，而这些化学反应会吸收空气中的二氧化碳，从而导致大气压下降。"

玛雅走过来加入他们的对话，顺便给了约翰一个大大的拥抱。她说："但化学反应难道不会以与吸收二氧化碳相同的速率释放氧气，从而保持气压吗？"

弗拉德耸了耸肩。"也许吧，我们等着瞧。"

约翰笑了。"赛克斯是个有长远打算的人。他肯定会很高兴的。"

"哦，是的。他批准了散播细菌的提议。等春天的时候他会来这里调查研究。"

他们在山脊高处接近山顶的大厅里用了晚餐。天窗直通向山顶上的温室，南、北两侧全都是玻璃墙，东、西两侧的墙则被竹丛覆盖。阿刻戎的所有居民都聚集在这里共进晚餐，以很多方式保持着山脚基地的传统。约翰和玛雅所在的餐桌讨论的话题范围很广，但经常会回到眼下的工作上，讨论如何解决在准备散播的基因工程微生物中植入保护措施带来的种种问题。阿刻戎团队自发在所有基因工程微生物中植入了双重自毁基因，现在这种做法已经成为联合国法律法规的一部分。"这样的规定肯定对合法的基因工程微生物有利。"弗拉德说，"但如果有某些傻瓜自作主张，那我们可能会有大麻烦。"

晚餐后，厄休拉对约翰和玛雅说："既然你们都来了，那应该去做一下体检。你们都好久没做了。"

约翰不想去，他非常厌恶体检和各种医学检查。但厄休拉苦口婆心地劝说，他最终答应了。几天后，他前往厄休拉的诊所，做了比平常体检更多的一系列诊断检查。很多检查都是由发出让人非常放松的声音的成像机和计算机完成的。他在机器的指挥下做出各种各样的动作，根本不知道这么做的目的是什么，但还是照做了。这就是现代医学。在此之后，他被厄休拉熟练地左戳戳右碰碰，到处轻拍。等一切结束后，他盖着张白单子平躺着，厄休拉站在他旁边，边看报告边心不在焉地哼着歌。

"你的结果看着挺好的。"几分钟后她说，"有一些常见的重力引起的问题，不过都能治。"

"太好了。"约翰说，感觉轻松多了。这就是体检，任何新消息都是坏消息，每个人都希望没有新消息。没有新消息就相当于胜利，每次都是如此，总之没消息就是好消息。他身上没有任何新情况，太好了！

"所以你想要进行治疗吗？"厄休拉问道。她背对着他，说得非常随意。

"什么治疗？"

"一种长寿疗法，实验性治疗手段。类似预防性接种，可以增强 DNA，修复断裂的 DNA 链，将细胞分裂的准确度提高到一定程度。"

约翰叹了口气。"这意味着什么？"

"哎，你知道的。普通的衰老大多数是由细胞分裂错误引起的。在更新换代——根据细胞种类不同可能是几百到上万代——之后，细胞繁殖的错误率开始上升，一切都在衰弱，免疫系统首当其冲，接着是其他器官组织。最终总会有什么东西出错，或是免疫系统被某种疾病击溃，这就意味着终结了。"

"你是说你可以防止出现这些错误？"

"至少能减缓出错的速度，并且修复那些已经断裂的 DNA。其实分裂错误就是由 DNA 链的断裂引起的，所以我们想要增强 DNA 链。为了做到这一点，我们需要读取你的基因组，然后构建出可以修复断链的自动修复基因库——"

"自动修复？"

她叹了口气。"所有美国人都不相信这一点。总之，我们将自动修复的基因库注入细胞里，它们会固着到原始的 DNA 上，防止原始 DNA 断裂。"她边说边画了 2 条和 4 条螺旋，不可避免地开始说起生物科技术语。约翰只能大概了解这个理论，显然它起源于基因组项目以及基因异常修复领域，其应用方法来源于癌症治疗和基因工程微生物科技。阿刻戎团队结合了这些方法以及其他很多不同的科技，厄休拉解释道。总之结果就是，他们会给他注射一点点他自己的基因组，然后这段新注入的基因组会侵入他身体里除牙齿、皮肤、骨骼和头发外的每一个细胞。在此之后，他就会拥有几乎完美无缺的 DNA 链，已经经过修复和增强，让之后的细胞分裂更加准确。

"有多准确？"他问，试着理解这一切都意味着什么。

"嗯，大概和你 10 岁的时候差不多吧。"

"你开玩笑的吧？"

"没有没有。我们都亲身尝试了，在今年 Ls=10 度的时候做的。根据目前的经验，这项治疗肯定起作用了。"

"那永远都会保持这样吗？"

"没有什么东西能持续到永远，约翰。"

"那能保持多久？"

"不清楚。咱们就是实验对象，看看最终能活多久就能知道了。看上去咱们应该可以在分裂错误率再次升高时再做一次这个治疗。如果能成功的话，意味着你能活上很长一段时间了。"

"到底有多长？"他坚持不懈地问道。

"我们也不知道。肯定比现在的寿命长，很有可能会长很多。"

约翰盯着她。看到约翰脸上的表情，她笑了。他下巴都要惊掉了，看上去肯定很蠢，但这也是情理之中的吧？这简直……简直是……

万千思绪在脑中盘旋，他艰难地捕捉住一些想法。"你把这项治疗手段都告诉谁了？"他问。

"呃……我们已经问过所有首百是否有意接受治疗了，是在他们来进行体检的时候问的。阿刻戎的所有人都已经接受了这项治疗。关键在于，我们所做的仅仅是把已有的手段结合起来，所以即使我们不做，很快也会有其他人这么做的。我们正在写论文准备发表，但我们肯定会把文章先送到世界卫生组织进行审核的。要考虑到政治后果，对吧？"

"嗯……"约翰思考着。火星上发明出了长寿药，这消息要是传回泱泱人口几十亿的地球……我的天啊，他想。"这项治疗昂贵吗？"

"不算特别贵。读取基因组是最贵的部分，因为非常耗时。但流程就是这样的，耗费的都是计算机的时间。地球上的每个人都可以进行这项治疗，但那里的人口问题已经很严峻了。地球必须实施非常严格的人口控制措施，否则马尔萨斯灾难[1]很快就会成为现实了。我们认为最好还是把决定权交给那里的政府机构。"

"但消息肯定会传开的。"

"真的吗？政府可能会试图阻止消息传开。说不定甚至会使用更激进的手段全面阻止消息传播，我不清楚。"

"哇。但是你们这群人……你们就这么直接做了治疗？"

"是啊。"她耸耸肩，"所以你怎么想？要做吗？"

"让我想想。"

***

他在鱼鳍山脊的顶峰上散步，狭长的温室依山而建，上上下下的，里面满是竹子和庄稼。下午的阳光非常刺眼，向西边走时，即使头盔上有偏光镜也不得不用东西遮着眼睛。往回向东走时，他能看到熔岩的断坡，延伸向奥林波斯山。他已经66岁了，出生于1982年，现在地球上是哪年了？2048年？已经

---

1 指人口呈指数级增长时，食品供应或其他资源呈线性增长。最终大量人口会因为粮食增长的速度跟不上人口增长的速度而死亡。

是火星年 11 年了，他在高辐射中度过了漫长的 11 个年头。其中他在太空中度过了 35 个月，包括 3 趟穿梭在地球和火星之间的旅行，此纪录依然无人打破。仅仅在这些航行过程中他就已经接受了 195 雷姆的辐射，而且他有低血压，高密度脂蛋白和低密度脂蛋白的比例失衡；他的肩膀游泳的时候很疼，还经常容易累。他老了。他所剩的时日也不算多了，想到这一点感觉挺不舒服的。他非常信任阿刻戎团队，仔细想想，这群人每天就围着自己的这片小地盘打转，工作、吃饭、踢球、游泳，全神贯注，心情愉悦。不是 10 岁孩子的那种感觉，绝对不是，但到处都充满幸福的氛围。他们不仅身强体健，而且心理健康。他大笑出声，走回阿刻戎找到厄休拉。当她看到约翰时，她也笑了。"这并不是艰难的选择，对不对？"

"没错。"他和她一起笑了，"我想了想，我能有什么顾虑呢？"

***

于是，他同意接受治疗。阿刻戎团队已经有他的基因组信息了，但合成修复链，将其附着到质粒上，克隆出几百万个，这个过程需要几天时间。厄休拉让他 3 天后再来。

当他回到客房时，玛雅已经在屋里了。他感觉她很惊慌，紧张地在屋里走来走去，从衣柜走到洗手台边，又走到窗户旁，东摸摸西看看，就好像她之前从未见过这样的房间似的。弗拉德在玛雅体检结束后和她说了这个治疗手段，就像厄休拉也告诉了约翰那样。"永生瘟疫！"她感叹道，干笑了一声，"你相信吗？"

"长寿瘟疫。"他纠正她。"不，我不能相信。真的不能。"他感觉有点头晕目眩，看出来玛雅没听到他的回答。她的焦虑不安也传染给了约翰。他们热了汤，一起茫然地喝下了。弗拉德之前让玛雅来阿刻戎，向她暗示了这件事，这就是她坚持要求约翰陪她一起来这里的原因。当她把这件事告诉他的时候，他感受到自己对她汹涌澎湃的爱意。他站在她身边洗着碗，看她边说话边用手比画着。他感觉自己和她非常亲密，就好像他们非常了解彼此的想法，好像经过这么多年后，面对这么奇怪的事态发展，他们之间并不需要语言交流，仅仅相互陪伴就够了。当夜，在温暖昏暗的床笫上，她用沙哑的嗓音低语："来两次吧。*趁着我们还是原来的自己……*"

\*\*\*

3 天后他们一起接受了这项治疗。约翰平躺在小房间里的一把医疗椅上，盯着手背的点滴。静脉注射，和他之前打过的点滴没什么区别。但这次他感觉胳膊里有一种异样的灼热流进他的胸膛，然后向下涌向他的双腿。这是真的，还是他幻想出来的？他一时之间感觉非常古怪，就好像他自己的灵魂穿过了他的身体。之后他只感受到燥热。"我怎么感觉这么热啊？没问题吗？"他不安地问厄休拉。

"一开始的感觉就像是发烧。"她说，"然后我们会给你轻微电击，将质粒推入你的细胞里。这之后当新的修复链固着到旧链上时，你不会觉得热，而是会感觉冷。事实上，很多人都会觉得特别冷。"

1 小时后，一大袋点滴已经流入他的身体。他还是觉得热，而且膀胱很胀。他们让他起身去了趟卫生间。他回来后，被固定在了一张又像沙发又像电椅的椅子上。他并不觉得难受，宇航员的训练经历令他习惯了各种各样的设备。电击持续了约 10 秒，他浑身上下都感受到一阵难受的痒。厄休拉和其他几个人将他从设备上解开。厄休拉的眼睛闪闪发亮，她轻吻了他一下，然后再次警告过一阵子后他就会感觉很冷，而且寒冷感会持续好几天。他们建议，可以在桑拿房或按摩浴缸里度过这段时间。

\*\*\*

于是，他和玛雅坐在桑拿房的角落里，周身被温暖的蒸汽包围着。他们看着一个个到访者，赤身裸体走进来，浑身通红走出去。约翰觉得这就像是他们俩身上正在发生的事：进来时是 66 岁的身体，出去时变得像 10 岁那么年轻。他真的感觉难以置信。他难以思考，脑中一片空白，晕头转向。如果脑细胞也能被增强，是不是说明他的大脑本来就是堵住的？他向来都是个脑子反应很慢的人。可能对于这件事他也像往常一样反应很慢。他非常努力地思考这件事，思考它意味着什么。这是真的吗？他们真的能将死亡延后几年，甚至几十年？

他们离开桑拿房去吃饭，饭后一起去山顶的温室散步，边走边看向北边的沙丘和南边混乱的熔岩。北边的景色让玛雅想起山脚基地早期的样子，只不过那些卢娜高原上散落的碎石变成了阿耳卡狄亚平原上被风吹出各种图案的沙丘。她的记忆仿佛自动清理了对那段时间的感知，将它们重组以呈现出图案，给它们染上了暗淡的褐色、红色以及饱和的柠檬黄色。古铜色的回忆。约翰好奇地盯着她。距离住在房车那样的简易住所的日子已经过去 11 个火星年了。在大部分时间里，他们两人一直是恋人，其间出于外界原因，或者更常见的，因为他们本身无法共处，也有一些（对双方都好的）分分合合。但只要时机合适，他们总会再续前缘。最终结果是，他们对彼此熟悉得像是一对几乎没有分别过的老夫老妻，甚至更好。因为感情稳定的情侣很可能就变得不再关注彼此，而他们俩一直分分合合，经常争吵、和好，所以他们一直都在重新认识彼此。约翰说出了他的感受，他们一起聊了聊。能聊聊这个话题挺开心的。"我们不得不对彼此保持关注。"玛雅认真地说。她点点头，面露满意之色，确信大都是她的功劳。对，他们的确对彼此很关注，从未变得麻木不仁。他们坐在浴室里或是走在山顶上时，都同意这种对彼此的关注弥补了他们分开的时间；甚至不仅仅是弥补，没错，毫无疑问，他们比那些老夫老妻更了解彼此。

他们继续聊着天，试图将他们的过去和如今面临的奇异新未来拼接到一起，焦虑地希冀两者之间并非存在不可逾越的鸿沟。在接受治疗的两天后的晚上，他们赤身裸体地坐在桑拿房里，皮肤被蒸得发红，大汗淋漓，可身上还是感觉很冷。约翰看向身旁的玛雅，她像是一块磐石那样真实。他感觉到如同静脉注射般的暖流流过他的全身。他在接受治疗后吃得很少。他感觉身下淡黄和深黄的瓷砖开始震动，像是从内部被点燃了一般。每一滴落在瓷砖上的水滴都在闪闪发光，像是溅射到四周的小闪电。玛雅的身体在这些闪闪发光的瓷砖上伸展开来，如同粉色的蜡烛一般在他眼前跳动。他感受到强烈的身处此时此地的*存在感*——赛克斯称之为"个体性"。约翰曾经问起他的宗教信仰，赛克斯说："我信仰*存在感*，信仰此时此地，信仰每时每刻存在的独立个体。这就是为什么我想知道这是什么、这是什么，这又是什么。"现在回想起赛克斯奇怪的话和他奇怪的信仰，约翰终于理解了他，因为他此时此刻就在身临其境地体会*存在感*，就好像那是他手里的一块小石头，仿佛他的整个生命都是为了此时此刻而存在。瓷砖和稠密的热气令他阵阵跳动，仿佛他正在死去，即将迎来新生。没错，如果厄休拉和弗拉德说得没错，这的确是新生。他身旁的玛雅·妥特伏娜的身体也正在迎来新生，他对她的身体甚至比对自己的更熟悉。他对她的了解不仅限于此时此刻，而是贯穿始终，他仍能清晰地记起第一次在*战神号*的气泡屋里，她向他飘来，周围晦暗不明的群星点缀在黑天鹅绒一般的太空里的场景。从那之后，她的每一点变化他都尽收眼底，她从他记忆中的形象变成现在他身边的样子，这样的变化令他感到阵阵眩晕，似乎时间都消解融化了，她的血肉之躯发生变化，萎缩，皱纹变多——她老了。他们都老了，腐朽了，身体变沉重了。这就是自然规律。令人惊奇的是还有多少东西留下，他们在多大程度上依然是他们自己。他想起了一句诗，出自斯科特远征队[1]在南极罗斯站附近的墓志铭。远征队一路翻山越岭，一起迎接死亡，在一块大木头十字架上刻下了这句话："逝去的很多，然而留下的也很多……"类似这样的话。他记不清了。的确，太多已经逝去，毕竟已经过去太长时间了。不过这里的人们辛勤工作，吃得好喝得好。也许是因为火星的重力比地球更温和，显而易见的事实是，玛雅·妥特伏娜仍然是个光彩照人的女人。她身强体壮，那美妙的脸庞、灰色的湿发、丰满的胸部依然吸引着他的目光。她稍微移动一下就呈现出完全不同的形象，他却又那么熟悉每一个姿势……*他自己*的胸膛、手臂、肋骨、腰腹都曾与她的身体有过亲密接触。无论如何，她是他最亲密的人。一位粉红佳

---

1 斯科特远征队指由英国探险家罗伯特·斯科特（1868—1912）率领的前往南极洲的考察队伍。他曾带领两支探险队前往南极。在第二次探险中，他和团队希望率先抵达地理上的南极点，然而在到达时却发现由挪威探险家罗尔德·阿蒙森率领的探险队于34天前率先抵达。斯科特一行于回程途中全部罹难。

人，同时也是这片荒凉苍茫大地上生命的象征。如果 66 岁是这样的，如果治疗只是让他们保持现状，维持几年的时间，或者（难以置信地）维持几十年呢？几十年？啊，这真是令人震惊。太难琢磨了，他不得不停止思考，否则大脑就要爆炸了。但这可能吗？真的可能吗？像所有恋人一样迫切地期待能够携手共度漫漫人生路，能够再多一点时间在一起，能够延伸生命的长度，充分地体会爱与生命……玛雅也产生了同样的感觉。她看上去心情非常好。她蒙眬的双眼看向他，脸上挂着他非常熟悉的勾人微笑。她抬起一条腿压在另一条腿的膝盖上，并非在诱惑他，只是为了舒服而已，就好像只有她自己一人时那样放松自在……是啊，心情好的玛雅真是无人能及，没人能像她这样感染周围的人。他因为她性格中的这一点而感觉一阵心潮澎湃，就像感官也接受了注射。他用手搭在她的肩膀捏了捏，*情欲之爱是神圣之爱盛宴中的调味料*。他像往常那样脱口而出，对她说出他从未说过的话："我们结婚吧！"玛雅笑了，他也跟着笑了，然后继续说道，"不，不，我是认真的。我们结婚吧。"执子之手与子偕老，两人共享这天赐的额外时光，一起迎来人生的冒险，生几个孩子，看着孩子有了孩子，看着孙辈有了孩子，再看着曾孙辈也有了孩子。天啊！谁知道这个治疗效果会持续多久呢？他们也许会见证一整代后辈茁壮成长，他们也许会成为一族之长，成为火星上的亚当和夏娃！他的每句话都引得玛雅开怀大笑，她的眼中闪烁着激动喜悦之情。通往心灵的窗口显示出她的心情特别好。她观察着他，感受着他。他能感受到她的凝视之力拉扯着他。他的每一句荒唐滑稽的话都让她笑得很开心。她对他说："是这样，没错，就是这样。"然后紧紧地拥抱了他。"哦，约翰，"她说，"你知道该怎么逗我开心。你是我拥有过的最棒的男人。"她亲吻了他。他感觉尽管桑拿房很热，但从*神圣之爱*转换到*情欲之爱*轻而易举。而且现在两者合二为一，无法区分，一股混合在一起的爱潮汹涌奔腾。"所以你会和我结婚，然后一起做这些事？"他锁上桑拿房的门，他们交缠在一起。"差不多。"她说，眼睛闪闪发光，脸上红通通的，挂着迷人的笑容。

# 2

当你的寿命又延长了 200 年时，你的行为方式肯定会和以为自己的寿命只剩 20 年时不一样。

他们几乎立刻就证实了这一点。约翰整个冬天都待在阿刻戎，就在二氧化碳雾盖边缘，每个冬天北极都会向外散发二氧化碳雾气。约翰跟着玛琳娜·托卡勒瓦和她的实验团队一起研究火星植物。他这么做也是听从了赛克斯的建议，反正他也不着急离开。赛克斯似乎已经忘记了要去寻找蓄意破坏者的事情，约翰因此有些怀疑。他在空闲时仍然在通过宝琳进行调查，集中查看他在来阿刻戎之前就在调查的区域；他调取旅行记录，查看所有到访过蓄意破坏发生地的人的雇佣记录。很可能有不少人都牵涉其中，所以个人的旅行记录也许不能说明太多问题。但每个来到火星上的人都是被某个组织派来的，所以可以查查是哪个组织将人派往相关地点，他希望借此来获取一些线索。这项工作非常烦琐，他不得不依靠宝琳，不仅需要它调取数据，更是要向它寻求建议。他忧心忡忡。

剩下的时间里他致力于研究火星植物学的分支，可能要等到几十年后才能取得成就。有何不可呢？反正他有的是时间，见证工作成果也会十分美妙。他目睹玛琳娜团队设计出一种新的树种，他和他们一起在实验室里研究，清洗实验仪器和玻璃容器。这种新的树种设计得可以作为多层森林的树冠层，他们希望可以在北方荒原的沙丘上进行种植。它是基于某种红杉树的基因组设计出来的，但他们想要比红杉树更大的树，也许要 200 米高，底部的树干要达到 50 米粗。这种树的树皮大部分时间都会结霜，其阔叶大到可能看上去像是感染了烟草病毒，却可以吸收基准程度的 UV 辐射，不让其伤害到紫色的底部。一开始约翰觉得这种树太大了，但玛琳娜指出，这样它们才能吸收大量的二氧化碳，将碳固定住，并将氧气释放到大气里。它们应该会形成一道独特的风景——起码他们是这么想的。正在测试的多个相互竞争的样品只有 10 米高，等到胜出者长到其成熟的高度还要再过 20 年。到目前为止，所有的样品在火星罐里都无法存活。大气条件需要发生剧烈的变化才能让它们在室外存活。玛琳娜团队的实验研究已经领先于目前大气的状况。

其他人也是如此。这似乎是治疗的结果，乍一看似乎很合理。更长时间的实验，更长时间的调查（约翰痛苦地呻吟了一声），更长时间的思考。

不过，也有很多东西没有改变。约翰感觉自己还是和以前一样，唯一的区别是他即使不吃欧米根啡肽也会偶尔听到嗡鸣声，仿佛刚刚游完好几千米的泳，或是进行了一下午的长距离滑雪运动，又或是，没错，仿佛是吃了一粒欧米根啡肽。现在再吃欧米根啡肽完全是多此一举。一切都欣欣向荣。当他在山顶上散步时，视野里的整个世界都变得明亮起来了：静止不动的推土机，如绞刑架一般的起重机——他可以一直盯着任何东西看上好几分钟。玛雅离开这里，去了希腊平原，不过这不重要。他们之间的关系又回到了从前，像过山车般起起落落。他们经常吵架，她脾气很大，不过这一切似乎都不重要了，一切都飘浮在光亮之中，他对她的感觉没有改变，反之亦然。他时不时地仍会对她感到怦然心动。他隔几个月就会见她，和她视频通话。这种分别对他而言并非全无益处。

这个冬天很不错。他学习了很多关于火星植物学和生物工程学的知识。很多个夜晚，用过晚餐后，他要么单独，要么一次几个地询问阿刻戎的人，他们对于火星终极社会有着怎样的构想，这样的社会该如何运作。在阿刻戎，这个话题经常直接涉及生态问题，以及由此衍生出的经济学分支。这些对他们而言比政治更重要，比玛琳娜口中所谓的"应该采用的决策机制"更重要。玛琳娜和弗拉德对此话题格外感兴趣，弄出了一套他们称为"生态经济学"的公式，在约翰听来像是"声太大经济学"。他喜欢听他们解释这些公式，他也问了很多问题，学习了很多新概念，比如环境承载力、共存、反适应、生态调节机制、生态效率。"这是唯一真正能衡量我们对系统贡献的标准。"弗拉德说，"如果燃烧我们的身体并用热量计测量，你会发现我们的每克体重都包含 6 ~ 7 千卡的热量，当然我们为了维持生命必须摄入很多能量。我们释放出的能量很难衡量，因为没有捕食者捕食我们，不能套用传统的生态效率公式。所以，需要计算我们能凭借自己的能力创出多少能量并留传给后代，诸如此类。而且大部分情况下这些都是间接的，于是自然而然地，我们需要猜测和主观判断。如果你不主动给一些非物质的东西赋值，那电工、管道工、核电站工人以及其他的基础建设工人就会一直被认为是对社会贡献最大的人，而艺术家之类的职业则会被认为没有任何贡献。"

"我听着觉得挺对的。"约翰开玩笑说，但弗拉德和玛琳娜没理他。

"总之，经济学基本上就是：人们武断地——或是单凭自己的偏好——给一些无法用数值衡量的事物赋值。然后假装他们没有瞎编数字，但事实上他们就是这样做了。经济学在某种意义上就像是占星术，二者唯一的区别就是经济学能为当前的权力结构提供合法性和正当性，所以很多位高权重的人都是经济学虔诚的信徒。"

"最好还是集中注意力关注我们在这里做的事吧。"玛琳娜插嘴说，"基础公式很简单，生态效率就等于你摄入的能量除以你产出的能量，然后乘以 100% 得到一个百分比。将能量从被捕食者传递到捕食者的过程中，平均生态效率大约是 10%，比较好的情况下可以达到 20%。大多数食物链顶端的捕食者都在 5% 的水平。"

"这就是为什么老虎的捕猎范围要有数百平方千米，"弗拉德说，"强盗资本家 [1] 的效率不怎么样。"

---

1　原文为 robber baron，指 19 世纪末靠残酷剥削发家致富的资本家。——编者注

"所以，老虎没有捕食者不是因为它们很厉害，而是因为根本不值得去捕食它们。"约翰说。

"没错！"

"问题是计算数值。"玛琳娜说，"我们必须简单直接地给各种各样的活动赋上类似能量这样的数值，然后再考虑下一步。"

"可是我们聊的是经济学啊！"约翰说。

"这就是经济学，你还不明白吗？这就是我们的生态经济学！可以这么说，每个人都要凭自己对人类生态的贡献程度来谋生。每个人都可以通过努力减少消耗的能量来提升生态效率。"约翰说。

德米特里走进实验室，说："各尽所能，各取所需，按需分配！"

"不，这不一样。"弗拉德说，"它的意思是，一分钱一分货！"

"这话也没错，"约翰说，"但这和现有的经济学有什么不同？"

他们听到这话都嗤笑起来，玛琳娜坚持解释道："这都是幽灵般的工作！很多地球上的工作都被安上了非常不现实的价值！整个多国联合会主管团队所做的工作完全可以被电脑取代，各种各样寄生虫般的工作。从生态计算的角度来看，他们对系统没有任何价值。广告营销从业者、证券经纪人，所有只是单纯通过操纵金钱来挣钱的职业——不仅是浪费资源，更是有害，因为所有有意义的金钱的价值都被这种人为操纵而扭曲了。"她面露厌恶之色，摆了摆手。

"嗯，"弗拉德说，"我们可以说他们的生态效率非常低，他们通过这套系统来捕食，而他们没有任何捕食者，所以他们要么站在食物链顶端，要么本身是寄生者，看你怎么下定义。广告营销人员、与金钱交易打交道的人，还有某种程度上操控法律的人、某些政客……"

"但所有这些都是主观判断！"约翰感叹道，"你要怎么把类似能量那样的数值赋予各式各样的工作？"

"嗯，我们尽自己最大的可能，把对人类社会产生的益处量化，以此来衡量它们对系统的回馈和贡献。如果能用食物、水、避难所、衣物、医疗物资、教育、闲暇时间来衡量呢？我们反复聊起过这些，通常每个阿刻戎的人都会给我们提供一个他们心目中的数值，然后我们会取平均值。来，我来展示给你看……"

他们整夜聚在电脑屏幕前仔细研究。约翰问了一些问题，同时接通宝琳，对屏幕录像，给对话录音。他们给他详细讲解公式，对着流程图戳戳点点，中间休息一下喝喝咖啡，将咖啡带到山顶，在温室大棚里散步，激烈地争论着管道系统、歌剧、模拟程序等各种东西中包含的人类价值该如何用能量来衡量。某天下午，快日落时，他们正在山顶上。约翰之前一直盯着手腕终端机上显示的公式，现在他抬起头，盯着通往奥林波斯山的长长的斜坡。

天色更暗了。他意识到这可能是双日食：头顶的火卫一如此之近，掠过太阳时挡住了它的 1/3，而火卫二又挡住了太阳的 1/9。这两颗卫星在一个月里有好几次会同时掠过太阳，这时阴影就会笼罩大地，天色暗得仿佛是一张胶片迷住了眼睛，或是你心中产生了一个糟糕的想法。

不过这不是日食。奥林波斯山已经从视野中消失了，南方地平线上的高地是一长条模糊不清的青铜色。"看，"他指着那边对他们说，"沙尘暴。"他们已经 10 年没有遭遇全球性的沙尘暴了。约翰在手腕终端机上调出气象卫星图。沙尘暴的起点接近位于森泽尼纳的陶玛西亚莫霍钻井。他给赛克斯打了视频电话。赛克斯颇有深意地眨了眨眼，平稳地叙述着他的震惊。

"沙尘暴边缘风速将近每小时 660 千米，"赛克斯说，"刷新了火星上的纪录……如此看来这会是一场规模非常大的沙尘暴。我本来以为沙尘起点区域内蕴含孢子植物的土壤会抑制沙尘，甚至阻止沙尘的发生。显然我们的模型出了一些问题。"

"好吧，赛克斯，很遗憾模型出了错，但我们会没事的。我必须挂了，因为沙尘暴正在向我们席卷而来，我想好好看看。"

"祝你玩得愉快。"赛克斯面无表情地说。约翰挂了电话。弗拉德和厄休拉嘲讽了赛克斯所谓的"模型"。通过生物科技解冻的土壤区与其他冻土区之间的温度差会变得比以往任何时候都大，因此这两个区域之间的风也会更猛烈。当风终于掀起了松动的微尘时，一切就失控了。整个过程显而易见。

"木已成舟。"约翰说。他笑着继续往温室深处走去。他想亲自见证沙尘暴的降临。科学家就是这样，像猫一样充满好奇心。

沙尘暴的锋面沿着奥林波斯山北面长长的熔岩斜坡席卷而来。从约翰一开始看见到现在，能见度已经降低了一半。现在沙尘暴气势磅礴，像巧克力牛奶形成的波浪，巨浪滔天，有上万米高，浪边有一些青铜色的泡沫飞溅出来，在粉色的天空里洒下巨大而弯曲的横幅。"哇！"约翰叫道，"它来了！它来了！"突然之间，阿刻戎鱼鳍山脊的顶峰与下方狭长的峡谷之间的距离似乎变得非常远了，鱼鳍山脊的底部像龙背一样穿透下方的熔岩层耸立而出。这里像是与世隔绝的荒蛮之地，直面奔涌而至的沙尘暴。这里地势太高，太暴露了。约翰笑了，紧紧地贴在温室朝南的窗户上，向下、向外、向周围看，大喊着："哇！哇！快看啊！哇！"

一瞬间，周围万物都被淹没了，灰尘飞掠而过，四周一片黑暗，周围都是尖锐的高频风声。对阿刻戎山脊的第一波冲击引起一阵剧烈的紊流，飞速的气旋和龙卷风出现又消失，垂直的，水平的，以各种角度在山脊几个陡峭的冲沟里成形又消散。持续的尖锐风声中夹杂了几声轰响，是沙尘暴冲击到山脊后沙尘四散坠落的声音。紧接着如梦幻般，一眨眼的工夫，狂风突然变得平静缓和。沙尘擦过约翰的脸，他提心吊胆，温室仿佛正在飞速分崩离析似的。显然目前看上去似乎正是如此，山脊出现了剧烈的上升气流。他后退一步，看到裹挟着沙尘的气流向上飞去，继而转向北方。在温室的这个侧面，可以看到几千米外，接着狂风夹带沙尘再次砸向地面。源源不断的沙尘冲击到地面上，引发持续不断的"沙尘炸弹"。"哇！"

他的眼睛很干，嘴上也沾了不少沙尘。很多微尘直径不到 1 微米，穿透竹叶的淡淡光泽是不是这些微尘？不，这只是沙尘暴造成的奇异光学现象。但最终，到处都会是沙尘，任何密闭系统都不能阻挡沙尘侵入。

弗拉德和厄休拉担心温室没办法挺过狂风，便敦促温室里的所有人赶紧下楼。在下楼的路上，约翰再次和赛克斯通了话。赛克斯的嘴咬得比以往更紧了。这场沙尘暴会让他们失去很多接受日照的机会，他淡淡地说。赤道表面温度一直比基准数值高18摄氏度，但陶玛西亚附近的温度已经下降了6摄氏度，而且在沙尘暴中还会持续下降。最后他加了一句在约翰看来可以说是极度悲观的话："莫霍钻井附近的热流会让沙尘飞扬得比以往更高，所以这场沙尘暴很有可能会持续相当长时间。"

"放轻松，赛克斯。"约翰建议道，"我觉得它会比往常更短。别这么悲观。"

之后，当沙尘暴持续到下一个火星年时，赛克斯笑着提醒约翰他当初的判断是错误的。

***

沙尘暴期间，火星上正式规定，旅行只能乘坐火车，且通行道路仅限于几条常用的两边都设置了信号发射器的路段。不过当情况变得明朗，沙尘暴看上去不会致人死亡后，那年夏天，约翰无视了这些约束，恢复了他的旅行。他确保自己的火星车补给充足，并安排了一辆备用火星车紧跟着他，还在车上安装了强力无线电发射器。有了这些装备，加上让宝琳来当司机，在他看来足以在北半球随意游荡。火星车很少出故障，因为主控系统配备了非常完善的内部监测系统。两台火星车同时发生故障的情况几乎闻所未闻，只发生过一例因为这种情况造成的人员伤亡事件。所以，他告别了阿刻戎团队，独自出发了。

在沙尘暴里开车就像是在深夜里开车，只不过更有意思。沙尘随着一阵阵狂风飞舞，他只能在沙尘飞掠的间隙里看到一小片转瞬即逝的晦暗不明的区域。大地如画轴般卷起，世间万物似乎都在向南移动。接着一阵狂风吹来一大团沙尘，再次拍打车窗。在最猛烈的狂风中，即使减震系统正常工作，火星车依旧剧烈地颠簸。沙尘的确渗入了万物，无孔不入。

出发后的第四天，他转向正南方向，开始沿着塔尔西斯突出部的西北坡向上走。这里是大断崖，但并非绝壁，而是一条陡坡，不过在沙尘暴造成的黑暗中难以辨识。他开了一天多才到达塔尔西斯突出部的高处，这里比阿刻戎的垂直高度高了 5 千米。

他停在一座矿井边上，此地位于彼得陨击坑附近，在坦塔罗斯堑沟群的上端。很明显，很久之前塔尔西斯突出部释放出的熔岩流覆盖了阿尔巴山口，之后隆起冲破熔岩层，形成了坦塔罗斯峡谷。一些熔岩甚至冲破了矿工称为"梅伦斯基礁岩带"的富含铂族金属的镁铁质火成岩入侵岩体。这里的矿工是真正的阿扎尼亚人，但他们自认为是阿非利坎人[1]，他们彼此之间说的也是阿非利坎语。几个白人男性欢迎了身上带着浓重的上帝、同胞[2]和长途旅行味道的约翰。他们给这一片他们工作的峡谷起名为新奥兰治自由邦和新比勒陀利亚。他们和布雷德伯里点的矿工们一样，都从属于阿默斯科财团。"没错。"执行主管兴奋地说，他有着新西兰口音，腮帮子很鼓，双下巴，鹰钩鼻，脸上挂着大大的、僵硬的笑容，看上去神色紧张，"我们发现了铁、铜、银、锰、铝、金、铂、钛、铬，你能想到的，应有尽有。硫化物、氧化物、硅酸盐、天然金属，应有尽有。大断崖什么都有。"矿井已经运作大约 1 个火星年了，峡谷底部有露天矿，一片居住区半埋在两个最大的峡谷之间的台地里，看着像是透明的蛋壳。里面绿树成荫，天花板是由橘色瓷砖拼接而成的。

约翰和他们一起待了几天，态度友好地询问了很多问题。他不止一次回想起阿刻戎团队提起的生态经济学，于是问他们要怎么把这些贵重且沉重的金属运回地球。这些金属的潜在利润根本不足以弥补运输它们所需的能量成本吧？

他们的回答和布雷德伯里点的人一模一样："需要太空电梯才能回本。"

他们的主管说道："有太空电梯，我们就能进入地球市场。没有太空电梯，我们就只能待在火星。"

"待在火星也不一定是坏事。"约翰说。但他们不理解他的话。约翰试图向

---

1 阿非利坎人主要分布在南非和纳米比亚，多数为荷兰移民的后裔。
2 原文为德语。

他们解释，但他们只是一脸茫然地看着他，礼貌地点点头，不安地想要逃避政治话题。阿非利坎人都很擅长逃避谈论政治。当约翰意识到这一点时，他发现他可以用提起政治话题来给自己赢得一些私人时间。某天晚上他通过手腕终端机和玛雅交流时，他解释说，这就如同往屋子里扔了一颗催泪弹。这甚至让他得以在某天下午进入矿井运营中心闲逛，将宝琳连到数据库上复制她能找到的任何信息。宝琳没发现矿井运营中有任何疑点，不过她的确标记出一段与阿默斯科总部的通信记录，本地工作团队想要一支由 100 人组成的安保队，新加坡批准了。

约翰吹了个口哨。"联合国火星事务办公室怎么说？"按说安保事务完全是他们的管辖领域，他们也时常会通过私人安保需求，但 100 人？约翰让宝琳去查查联合国火星事务办公室关于这一议题的公文，然后自己离开这里，去和阿非利坎人吃晚饭了。

太空电梯的话题再次被提起，大家都认为它是必要的。"如果我们不建太空电梯的话，他们就会绕过我们，直接奔向小行星带，那里完全不用担心重力井[1]的问题，对吧？"

虽然吃下了 500 微克的欧米根啡肽，约翰仍然心情很差。"告诉我，"他过了一会儿突然说，"有女人在这里工作吗？"

他们呆呆地盯着他看。这些人可真保守。

第二天，他离开了，向帕弗尼斯山开去，心里记着要去看一看太空电梯的建设。

\*\*\*

他沿着塔尔西斯漫长的山坡向上，没能看见那座血色的陡峭的阿斯克劳山，它和其他东西一样，隐没在沙尘暴中了。现如今的旅行就是待在一些狭窄的房间里上下颠簸。他从西侧绕过阿斯克劳山，然后加大马力冲上了位于阿斯

---

1　天体物理学中的一个概念，指因大型天体的质量引起其附近时空弯曲所产生的引力场。

克劳山和帕弗尼斯山中间的塔尔西斯山顶。在这里，之前的双边信号路变成了真正的混凝土路，不过路面上有很多沙尘。混凝土路终于可以以更陡的角度向上延伸，将他直直地领向帕弗尼斯山北坡了。这条路如此之长，火星车简直就像是被发射进入太空的火箭，行进缓慢而漫无目的。

帕弗尼斯陨击坑，正如阿非利坎人告诉他的那样，位于赤道上。它的陷落火山口[1]周围一圈圆边仿佛是一颗圆球正落在赤道线上，这使得帕弗尼斯山南缘成为绝佳的太空电梯接入点。这里比基准面高 27 千米。菲莉丝已经安排好在南缘附近建立初步的居住区。她已经全身心投入太空电梯的建设，是这个项目的主要组织者之一。

她所在的居住区是在陷落火山口边墙挖出的一片区域，风格类似厄科瞭望点。好几层房间的窗户都可以瞭望整个陷落火山口，不过要等到沙尘消退之后。墙上放大的照片显示陷落火山口最终会成为一个环形的洼地，边缘的崖壁达 5 千米深，在底部形成一小段阶梯状地形。之前这个陷落火山口经常崩塌，不过崩塌的地点几乎都是同一处。它是唯一如此规律崩塌的巨型火山，其他 3 座火山的陷落火山口都像是一连串互相叠在一起的圆圈，每个圆圈都有不一样的深度。

新的居住区现在还没有名字，是由联合国火星事务办公室修建的，但设备和人员都是由多国联合会最大财团之一的实践集团提供的。现在已经修建完成的房间里挤满了实践集团的高管，以及承包了太空电梯项目的多国联合会公司的其他高管，包括美国运通、欧洛克、美妙会社以及三菱。菲莉丝负责协调他们的工作，显然她已经成了赫尔穆特·布朗斯基手下负责运营的助理。

赫尔穆特也在这里。约翰和他以及菲莉丝打了招呼，他们给他介绍认识了一些在这里访问的顾问。之后，赫尔穆特把他领到了一间层高很高的布满落地窗的大房间里。窗外一片片饱含沙尘的深橘色云笼罩在陷落火山口上，仿佛整

---

1　陷落火山口也称为"破火山口"，通常是火山锥顶部因失去地下熔岩的支撑，崩塌形成。

个屋子都升到了空中，笼罩在一片昏暗闪烁的光团里。

屋子里唯一的装饰是一个直径 1 米的火星仪，被放置在一个蓝色的半腰高的塑料底座上。从火星仪上，特别是代表帕弗尼斯山的小突起上，延伸出一根约 5 米长的银线。线的尽头是一个小黑点。火星仪在底座上旋转，大约 1 分钟转一圈，银线和线头的黑点也跟着旋转，一直悬在帕弗尼斯山上空。

屋里大概有 8 个人围着这个展示品。"所有一切都是按比例制作的，"菲莉丝说，"火星同步卫星距离火星的质心是 20435 千米，火星赤道半径是 3386 千米，所以从火星地表到火星同步卫星的距离是 17049 千米，将这个数值加倍，然后加上半径的长度，就得到了 37484 千米。我们在远端会设置一个镇重石，所以实际的缆绳不需要这么长。缆绳的直径约 10 米，重量约 60 亿吨。制作缆绳的材料需要在终端镇重点挖掘，镇重点一开始会是一颗 135 亿吨重的小行星，等到缆绳建设完成后，最终适合的镇重石重量是 75 亿吨左右。这样的话小行星不会很大，半径 2 千米左右即可。我们已经找出了 6 颗将会与火星轨道交叉的小行星，全都满足这个要求。缆绳会由机器人来生产，方法是采集和处理小行星上的球粒陨石中的碳。然后，在最终建设阶段，缆绳会被精准操控移动到指定接入点，这里。"她夸张地指着房间的地板，"那时，缆绳已经进入火星同步轨道，底部几乎不用接触，它自身会因行星和缆绳上半部分的重力与镇重石的离心力拉扯而悬空。"

"火卫一怎么办？"约翰问。

"火卫一在更下面的位置。缆绳要通过振荡来避开它，设计者称之为'克拉克振荡'。这不成问题。缆绳也要通过振荡来避开火卫二，不过因为火卫二的轨道更斜，所以这种情况不会经常发生。"

"等缆绳进入固定位置之后呢？"赫尔穆特问，脸上洋溢着喜悦之情。

"缆绳上会悬挂几百个电梯轿厢，货物会通过平衡重量系统被运送到轨道中。和往常一样，由地球运向火星的物资也会很多，所以升力的能量需求会很小，可以用缆绳自身的旋转作为弹弓；而从镇重小行星上出发运往地球的货物可以借助火星的旋转作为推力，无需额外的能量即可获得很高的出发速度。这是个清洁、有效、绝妙而便宜的方法，既可以用于将货物抬升到太空里，也可以用于将其加速推向地球。而且鉴于最近在火星上发现的地球上越来越稀缺的战略性金属资源，成本如此低的升力和推力系统简直是无价之宝。它创造了一种此前从经济上来看无法成功的交换可能性，这会成为火星经济至关重要的组成部分，这会是火星工业的基石。而且修建起来也并不特别昂贵。一旦含碳小行星被推送到指定的轨道，自动化核能缆绳工厂开始运转，工厂就会像织网的蜘蛛一样吐出缆绳。这之后除了等着也没什么可以做的。缆绳工厂按照设计每年可以生产超 3000 千米的缆绳——这意味着我们必须立刻开始。不过一旦开始生产，就只需要 10 ~ 11 年。等待的时间肯定是值得的。"

约翰盯着菲莉丝看，像往常一样钦佩她的热忱。她就像是一名见证奇迹的皈依者，一位布道坛上的传道士，胸有成竹，自信满满。她描述的东西简直就像是一个奇迹般地能悬在半空中挂住东西的钩子，就像是杰克与魔豆或是飞升上天堂的故事，其中肯定有某种程度的奇迹成分。"说真的，我们没有太多选择。"菲莉丝说，"这可以让我们脱离自身的重力井，将其带来的物理和经济问题都解决。这非常重要，没有太空电梯，我们就会被忽略，就像是 19 世纪的澳大利亚一样，距离太远，无法成为世界经济体系的重要组成部分。人们会忽略我们，直接开采小行星，因为小行星也富含矿物资源，而且没有重力限制。如果没有太空电梯，我们就会落后，成为一潭死水。"

*别无选择。*约翰讽刺地想。菲莉丝瞥了约翰一眼，好像他大声说出来了似的。"我们绝不能袖手旁观。"她说，"而且，我们的太空电梯可以作为实验性原型给地球提供参考。那些参与修建火星太空电梯的多国联合会的人可以从中学习经验，从而在竞标修建更大的地球太空电梯的项目中夺得先机。地球太空电梯的项目一定会在此后立项的。"

她继续讲了好久，介绍这个项目的方方面面，用她的才华完美地回答了主管们的各种问题。她的讲话收获了很多笑声。她满面红光，眼里闪着光。约翰几乎能看到她红褐色头发开始冒出火苗，在沙尘暴光线的反衬下，仿佛一顶珠宝制成的帽子。主管和负责项目的科学家在她的注视下也都容光焕发，他们感到自己要做的事情很伟大，也明白这一点。地球的确已经快要耗尽好几种金属了，而这些金属在火星上都有发现。这些金属肯定值钱，非常值钱。而他们将要建设一座桥，每1盎司的金属都要通过这座桥，所以拥有这座桥的一部分的他们也必将发大财，也许比其他任何人得到的财富都要多。怪不得菲莉丝和那些人如此狂热。

晚餐前，约翰站在卫生间里，没看镜子里的自己，直接拿出两片欧米根啡肽吞了下去。他真是受够菲莉丝了。嗑药让他感觉好点了。说白了，菲莉丝也只是这场游戏的一部分而已。当他坐到餐桌旁时，他感觉心情非常好。"好吧，"他想，"这群人有他们自己的魔豆和金矿。"不过他还不清楚他们是否能将太空电梯建成带来的财富据为己有——实际上很可能不会。所以，他们这副自鸣得意的土豪样其实有点傻，而且令人不爽，于是他不顾他们热烈的讨论，突然笑了，打断另一个人，发问道："你们难道不觉得，像太空电梯这样的东西不可能成为私有财产吗？"

"我们也没打算将之据为己有。"菲莉丝脸上挂着聪明的微笑。

"但你期待自己会因为建设太空电梯而获得财富，继而期待会得到进一步的特许权。你期待可以通过这样的风险项目获得利润，风险投资不就是这么运作的吗？"

"是啊，没错。"菲莉丝说，看上去因为他如此直白地挑明这件事而感到被冒犯了，"每个在火星上的人都可以从中获利，本质就是这样的。"

"而你，可以从每个百分点里再抽取一个百分点。"就像是食物链顶端的捕食者，或者说是整条食物链上的寄生者……"你以为修建金门大桥的建筑工人变得很有钱了吗？多国联合会因为修建金门大桥获得利润从而成为一方霸主了吗？没有。这是个公共项目，对不对？建筑工人都是雇佣劳动者，他们的工作获取的报酬都是按照标准工资水平支付的。难道你觉得《火星条约》里没有对基础设施建设制定类似的规章吗？要不要赌一赌？我确信会有这样的规定的。"

"但《火星条约》在 9 年后就会进行修订。"菲莉丝指出，她的眼中闪烁着光芒。

约翰笑了。"的确没错！但你肯定想不到，据我观察，各地的火星居民都支持修改后的条约对地球方面的投资和获利进行更严格的限制。你完全没上心观察。你要记住的是，这是一套从零开始建设的经济系统，其原则需要具有科学严谨性。我们只有有限的运输能力，为了创造出一个可持续发展的社会，我们必须关注这一点。你不能直接将原材料从这里送往地球——那样的殖民时代已经结束了，你必须记住这一点。"看到紧紧盯着他的愤怒的目光，他又笑了。那些眼神简直就像是眼角膜上长出了瞄准器，打算一枪崩了他似的。

他回到房间，又想起那些眼神。这时他才意识到，也许不该在当时那个场景下过分刺激那帮人。当时美国运通公司的人把手腕终端机抬到了嘴边，记下了这一点，他的肢体语言显然是想被注意到。"这个约翰·布恩可真是个麻烦！"他小声说道，全程一直盯着约翰，他也想让约翰看到他。啊，又一个嫌疑犯。那晚，约翰过了好久才睡着。

＊＊＊

第二天，他离开帕弗尼斯山，向东下到塔尔西斯高原上，打算开 7000 千米直奔希腊平原去见玛雅。在大沙暴里，这样的旅程备感孤独。在黑暗中，他只能偶尔看一两眼在滚滚黄沙中隐现的南部高地，伴随着变幻莫测的风声。玛雅听说他要来很高兴，他此前还从未去过希腊平原，那里有很多人都非常期待和他会面。那里的人们在"低点"的北边发现了一片很大的含水层，所以他们计划将水从含水层里抽到地表，在"低点"形成一片湖泊。湖泊表面结的冰可以一直升华到大气里，而水可以持续不断地从含水层里获得补充。这样可持续的方式既能使大气变湿润，又能作为水库和热库为沿着湖岸修建一圈的拱顶农场提供便利。玛雅听到这些计划非常激动。

约翰这趟为了去见玛雅的长途旅行是在迷茫中度过的。他看着一个又一个陨击坑在沙尘暴中隐现。某天晚上,他在一个中国人定居点停下了。这里的人基本上不讲英文,他们住在很像房车的方盒子里。他不得不用 AI 翻译软件来和他们交流,才让所有人整晚都在哈哈大笑。两天后,他在一个日本大型大气挖掘工厂停留了一天。工厂位于两个陨击坑之间的高地上。这里的人说流利的英语,可全都很沮丧,因为沙尘暴导致所有空气挖掘机全都陷入了停滞状态。技术工人苦笑着,给他展示了为了能让泵继续工作而搭建的一套噩梦般复杂的过滤系统——结果全是徒劳。

他从日本工厂向东走了 3 天,在一个陡峭的圆形台地顶上遇到了苏菲派[1]信徒的驿站。这个台地曾经是一个陨击坑的底部,但它在冲击中经历了质变,变得坚硬,抵抗住了在极其漫长的时间里逐渐侵蚀周围软土的风化作用。如今它屹立在平原上,成了一个厚实的圆形地标,其遍布沟槽的侧壁有 1 千米高。约翰沿着一条蜿蜒曲折的坡道来到台地顶部的驿站。

在高处,他发现台地位于一个沙尘暴的永久静止点上,此处从黑云中渗出的阳光比他在其他任何地方看到的都要多,甚至超过了帕弗尼斯山边缘处。能见度和其他地方一样低,但周围的一切颜色都异常明亮。黎明是紫色和巧克力色的,白昼是一片飞掠而过的鲜活的棕色、黄色、橘色和锈色,偶尔还有一缕缕青铜色的阳光穿透云层射下来。

这是个好地方,而且这里的人们比他迄今为止遇到的任何一个阿拉伯团体都要热情好客。这些人告诉他,他们是最近几个登上火星的阿拉伯团体之一。伊斯兰科学家群体里苏菲派人数众多,所以将他们作为一个小团体送上火星的提议并没有遭到太多反对。他们之中的一个名叫杜·厄尔南的小个子黑人对他说:"在这样一个黄沙漫天的日子里,很高兴能看到你,一位伟大的*塔里卜*,能够追随自己的*塔里卡*来到此地拜访我们。"

"塔里卜?"约翰说,"塔里卡?"

---

1 苏菲派泛指追求禁欲生活和在宗教中具有神秘主义倾向的穆斯林。

"*塔里卜*就是探求真理的人，*塔里卡*指的是此人的道路，他在探求真理的过程中所选择的特殊的道路。"

"我明白了！"约翰说。他仍然因他们友好的态度而感到很惊讶。

杜带他从车库走到了一栋让火星车围了一圈的低矮黑色建筑物里。这些火星车大概是为了集中供能才围成这样的。建筑物很像是这个台地本身的造型，它的窗户是磨砂玻璃。杜说建筑所用的黑色石头是超石英[1]，一种由于陨石撞击而形成的高密度硅酸盐矿石。陨石撞击时造成的瞬间压力超过每平方厘米 100 万千克。而窗户是焦石英[2]制成的，同样是由撞击形成的一种压缩玻璃。

建筑里有大约 20 人，有男有女，所有人都和约翰打了招呼。女人没戴头巾，行为举止和男人一样。约翰再次感到惊讶，这也提醒他，苏菲派和一般的阿拉伯人很不一样。他坐下来和他们一起喝了咖啡，然后又开始问问题。这些人告诉他，他们是卡达里特[3]苏菲派信徒，是受到古代希腊哲学和现代存在主义影响的泛神论者，通过现代科学和*鲁雅特阿尔卡比*——心之眼——来成为拥有终极真相的神。"有 4 段神秘旅程，"杜跟他说，"第一个始于灵知，终于*法拿*，即从任何不同寻常的事物中脱离。第二个由*法拿*开始，由*巴卡*承接，即忍耐。到这个阶段你的旅程才始于真实，经历真实，通往真实，你自己也是真理的一部分，一个哈克。在此之后，你才能到达精神宇宙的中心，和其他同样经过这趟旅程的人一起。"

"我猜我还没开始第一段旅程呢。"约翰说，"我什么都不懂。"

他能看出来，他们对他的回答很满意。"你现在就可以开始你的旅程。"他们说，然后给他倒了更多咖啡，"你随时可以开始。"他们很友好，也很支持他，令他也敞开心怀和他们聊了起来。他给他们讲了自己去帕弗尼斯山的旅行，制造巨大的电梯缆绳的计划。"世上没有毫无根基的异想天开。"杜说。约

---

1　超石英，又称"重石英"，是一种二氧化硅同质多形体矿物。

2　焦石英是一种非晶质矿物，多形成于陨石撞击、雷击闪电或火山活动。

3　卡达里特是一种神学派别，认为人有绝对的自由意志，因此应该承担行为带来的后果。

翰聊起了上次在北方荒原上和阿拉伯人的会面，提到了当时弗兰克全程跟随着他们。杜隐晦地说："对正义的沉溺诱使人走向不义。"

其中一个女人笑着说："查尔莫斯就是你的*纳弗斯*。"

"什么意思？"约翰问。

他们都笑了。杜摇了摇头，说："他不是你的*纳弗斯*。一个人的*纳弗斯*是邪恶版本的自己，之前有人认为它就活在人的胸口。"

"就像是某种人体器官之类的？"

"就像是真实的生物。比如穆罕默德·本·乌兰曾经说过，那感觉就像是从他的喉咙里跳出来一只年轻的狐狸，当他踢它时，它却变得更大。那就是他的*纳弗斯*。"

"就是你的阴暗面的另一种说法。"挑起这个话题的女人解释说。

"好吧。"约翰说，"那也许弗兰克的确是吧。又或许弗兰克的*纳弗斯*经常被踢。"他们听到他的话都笑了。

下午晚些时候，阳光穿过沙尘，光线非常强，照亮了流云。驿站仿佛位于一个巨大心脏的心室里，一阵阵狂风如心跳般咚、咚、咚、咚地响着。人们透过焦石英窗户向外看，呼唤着彼此，迅速穿上装备，走入深红色的荒野世界里。他们邀请约翰一起来。他笑了笑，也穿戴好装备，同时偷偷吞下了一粒欧米根啡肽。

他们一出去就沿着崎岖的台地边缘走了一圈，看向一阵阵流云和下方阴影里的平原，偶尔给约翰指一指能看见的地标。之后，他们聚集在驿站附近开始吟唱，约翰在一边静静听着。好几个人都帮他把阿拉伯语和波斯语翻译成英文。"不去拥有，也不被拥有。将脑中的东西放下，将心中的东西献上。这边是一个世界，那边也是一个世界，而我们则位于两个世界的夹缝里。"

另一个声音唱道："爱在我灵魂的琴弦上激荡，使我从头到脚都沐浴在爱中。"

他们开始跳转舞。看着他们，约翰突然意识到，这些人是通过旋转修行的托钵僧。他们随着公共频道里传出的鼓点节奏跳到空中，双臂大开，以某种缓慢而神秘的方式跳跃着、旋转着。当接触地面后，他们立刻跳起来，再次旋转，一圈一圈又一圈。托钵僧们在诺亚纪曾是陨石冲击底的高耸的圆形台地上，在大沙尘暴中旋转着。在闪烁的血色光线里，这场景看上去如此美妙，约翰不禁站起身来也加入了旋转的队伍。他破坏了他们的对称性，有时候甚至撞上其他舞者，但没人在意。他发现小跳一下非常有用，可以对抗强风，保持平衡；而一阵烈风可以将你掀翻。他笑了。有些舞者边跳边唱，吟唱声从公共频道传来：惯常的四分音长的尖鸣，停顿中是一些吼叫声和沉重而有节奏的呼吸声，以及一些短语"*阿那厄尔哈克，阿那厄尔哈克*"。"意思是'我是神，我是神'。"有人翻译道。转舞是为了催眠，约翰知道有一些穆斯林教派会通过自我鞭笞来达到相同的目的。旋转更好一些，他跳着舞，加入了公共频道的吟唱，将自己急促的呼吸声一并混入其中，含混不清地嘟嘟囔囔。然后他不假思索地开始在吟唱里加入各种语言中火星的名字，跟随着吟唱的节奏咕哝着："阿鲁卡西拉、阿瑞斯、奥卡库、巴拉姆、哈马基斯、哈拉德、火星、卡塞、马阿迪姆、玛雅、马莫尔斯、曼加拉、尼尔加尔、沙尔巴塔努、西穆德、提尔。"他很多年前就背下了这个火星名字表，用来在聚会上要宝。他惊讶地发现这张名字表是非常完美的吟唱词，这些词脱口而出的方式帮助他在旋转中掌握了平衡。其他舞者都在笑他，但是非常善意的笑，他们听上去都很开心。他感觉晕乎乎的，整个身体都在嗡鸣。他重复了这串名字很多次，转而一遍又一遍地重复火星的阿拉伯语名："阿鲁卡西拉，阿鲁卡西拉，阿鲁卡西拉。"之后他想起有人帮他翻译的那句话，于是念道，"阿那厄尔哈克，阿鲁卡西拉。阿那厄尔哈克，阿鲁卡西拉。"我是神，我是火星，我是神……其他人迅速加入进来，和他一起吟唱，将之变成了一首狂野之歌。在转动的面罩后他看到他们欢乐的笑脸。他们都是非常优秀的转舞舞者，他们伸出的手指划过红尘，形成阿拉贝斯克舞姿[1]。他们边转着圈边用手指尖拍他、指引着他，甚至直接推着他，将他笨拙的旋转融入他们编织出的图案里。他喊出火星的名字，他们跟着他重复，形成对唱的形式。他们吟唱着这些名字，阿拉伯语、梵语、印加语，各种语言里火星的名字，使其混合成各种各样的音节，形成一种优美但令人不寒而栗的复音音乐。火星的名字诞生时，各种语言的语音系统发音还很怪异，但名字着实富含力量，唱出这些名字时，他能感受到。"我将活上1000年。"他想。

他最终停下来休息，坐在一旁观看，这时他开始感到头晕恶心。整个世界都在旋转，他的中耳里的那个东西毫无疑问仍然像轮盘里的小球一样转个不停呢。眼前的景象突突地跳动，很难说是由于旋转的沙尘还是他自身的原因。无论如何，他瞪大眼睛仔细看着。旋转的托钵僧，在火星上？好吧，在穆斯林眼里他们都是某种程度上的异类，而且拥有在伊斯兰世界里少见的统一教派理念，甚至还是科学家。所以，也许他们就是他通向伊斯兰世界的道路，是他的塔里卡，他们的托钵僧仪式也许可以转变成为火显教仪式，正如他的吟唱那样。他站起身，跟跟跄跄的。突然之间，他顿悟了，其实并不需要从头开始创造一切，而是将之前就有的好东西排列组合在一起，就可以创造新东西。"爱在我灵魂的琴弦上激荡……"他太晕了。其他人都对着他笑，支持着他。他用惯常的方式跟他们说话，期待他们可以理解自己。"我感觉很恶心。我觉得我快要吐了。但你们必须告诉我，为什么我们不能把那些地球上带来的伤痛和负担都抛诸脑后？为什么我们不能一起创造一个新的宗教？崇拜阿鲁卡西拉，崇拜曼加拉，崇拜卡塞！"

他们继续笑着，将他抬进避难所里。"我是认真的。"眼前的世界不断旋转，他在眩晕中坚持说道，"我想让你们这群人来创造新宗教，我想让你们的

---

1　阿拉贝斯克舞姿是芭蕾舞的基本舞姿之一，一条腿直立或微屈，另一条腿向后伸直与支撑腿形成直角。——编者注

舞蹈成为新宗教的一部分,很显然应该由你们来构思这个宗教,你们也已经在这么做了。"因为吐在头盔里会变得很危险,所以他们只是对着他笑,并推搡着让他赶紧进入碎石搭建的居住点。在里面他忍不住吐了。一个女人在旁边扶着他的头,说话像唱歌似的,带着次大陆口音。"国王让他门下的贤者们给他一样东西,可以让他在悲伤时快乐,在快乐时悲伤。他们商讨一番后,带回来了一枚戒指,上面雕刻着这样一句话,'这也会过去'。"

"直接进入循环了。"约翰说。他平躺着,还是感觉头晕眼花。这也太糟糕了,尤其是很努力地躺平不动时。"但你想在这里得到什么?你为什么来到火星?你必须告诉我你想在这里得到什么。"他们带他来到公共区域,摆好杯子和一壶香茶。他仍然感觉自己在旋转,而且焦石英窗户外飞掠而过的沙尘让他感觉更糟了。

约翰身旁的一位年长女性拿起茶壶给他倒满茶。她放下茶壶,指了指说:"现在你来给我倒茶。"约翰颤颤巍巍地照做了。茶壶围着房间转了一圈。每个人都给其他人倒了茶。

"我们的每顿饭都是这么开始的。"年长女性说,"这个小动作象征着我们是一体的。我们研习了古老的文化传统,都是在你们的全球市场网络遍布各地之前的文化传统。在那些古老的时代里,有许多各式各样的交易。有些交易基于馈赠[1]。我们每个人都有天赋,你看,这些天赋是宇宙无偿赋予我们的。而我们每个人在活着的时候也一直在回馈某种东西。"

"就像是生态效率公式那样。"约翰说。

"也许吧。无论如何,所有文明都建立在馈赠的概念上,比如马来西亚、美国西北部以及很多地方的原始文明。在阿拉伯半岛,我们赠予水和咖啡,提供食物和避难所。而无论你被赠予了什么,你都不该占有它,而是应适时赠予他人,希望能得到一些东西作为回报。你努力工作是为了比起接受能够给予更

---

1　此处原文 gift 双关,gift 既有"礼物"之意,亦有"天赋"之意。——编者注

多。我们认为这可以作为虔诚经济学的基础。"

"这和弗拉德与厄休拉说的一模一样！"

"也许吧。"

茶对他很有效。过了一会儿，他终于找回了平衡感。大家又一起聊了聊其他的事，关于大沙尘暴，关于他们居住的这个巨大而坚硬的台地。夜深时，他问他们是否听说过郊狼，他们表示都没听说过，但听说过他们称为"隐藏人物"的生物的故事，据说这个干瘪的生物是某个古老的火星人种族的最后幸存者，在星球上游荡，帮助其他处在危险之中的游荡者、火星车和定居点。据说去年有人曾经在北极深谷的水站附近见过它，那时那里发生了冰崩并因此停电了。

"它不是巨人？"约翰说。

"不，不是。巨人身形巨大。隐藏人物和我们一样。它的同类是巨人的臣民。"

"我明白了。"

但其实他不明白，一点也不。如果巨人代表火星，那也许隐藏人物的故事是受到了博子的启发。这很难说。他需要一个民俗学家，或是一个神话学者，得有个人来告诉他，这些故事都是怎么起源的。但他眼前只有这些正怪异地笑着的苏菲派信徒，他们本身就是故事中的人物，是他在这片新土地上的同胞。他不禁笑了。他们和他一起笑着，将他送到床边。"我们一起来念一首波斯诗人鲁米·贾拉尔·阿德丁的诗作为睡前晚祷吧。"年长女性对他说，然后开始吟诵——

"我作为矿物死去，成为一棵植物，

我作为植物死去，作为动物复活。

我作为动物死去，而我曾是人类。

我为什么要恐惧？我死后又有何可失去？

然而我仍要作为人类死去，

和受祝福的天使们一起在天空中翱翔。

而当我献出我天使般的灵魂，

我将成为无法想象的存在。"

"睡个好觉，"她对他说，而他已经昏昏欲睡，"这就是我们的道路。"

翌日他浑身酸痛，僵硬地爬上火星车，他决定一出发就赶紧吃几片欧米根啡肽。年长女人为他送别。他用自己的面罩亲昵地碰了她一下。

"无论是这个世界还是那个世界，"她说，"你的爱最终会带领我们走向终点。"

# 3

　　约翰沿着信号路又在棕黄色的大风中走了好几天，穿越了珍珠湾南侧崎岖的大地。他希望有机会能再次开回这里来好好看一看，因为在沙尘暴里除了漫天飞舞的"巧克力粉"，什么都看不见；极少能看到穿过云层的金色光柱。在巴克赫伊森陨击坑附近，他停在了一个名叫特纳井的新建定居点。这里的人打井打到了一个含水层，其低点的流体静压力足以让自流泉通过一系列的涡轮机来发电。释放出的水可以浇到模具里，上冻，然后由机器人运输到南半球各处缺水的定居点。玛丽·敦克尔在这里工作。她带领约翰参观水井、发电厂和冰库。"刚开始探索时的钻孔过程其实非常吓人。当钻头钻入含水层的液体部分时，水突然迸发出来，四处破坏，我们根本不知道能否控制住自喷井。"

　　"如果没控制住会怎么样？"

　　"我也不知道。下面的含水层水量充足。如果自喷井破坏了旁边的岩层，那有可能会冲击出像克律塞平原的大河道那么大的沟槽。"

　　"有这么大的水量？"

　　"谁知道呢？有可能的。"

　　"哇！"

　　"我也是这么说的！现在安已经开始调查是否有方法用地震测试中收集到的回声来探测含水层的水压。但总还有人想要释放出一两个含水层的水吧？这些人在网上留下了这样的信息。如果赛克斯是其中之一，我一点也不惊讶。大量的水和冰，升华到空气中，他一定很高兴吧？"

"但类似古代河流那样的洪水会像坠落的小行星一样对地形地貌造成巨大破坏吧。"

"哦，洪水比小行星更具破坏性！这种混乱的洪水顺坡而下，火星地表会被破坏得惨不忍睹。地球上最相似的地形是华盛顿州东部的河道疤地，你听说过吗？大约在18000年前，那里曾经有一个名叫密苏拉湖的巨大湖泊覆盖了蒙大拿州的大部分区域，湖水都是冰河时期的冰雪融水，周围是一圈冰体形成的大坝。某个时刻，冰坝突然崩溃，湖水灾难般地倾泻而出，大约2万亿立方米的水，在几天之内漫过哥伦比亚高原，汇入太平洋。"

"哇！"

"在倾泻的过程中，洪水的流量达到了亚马孙河的100倍，冲刷蚀刻玄武岩，形成的河道足足有200米深。"

"200米！"

"没错。然而这和克律塞平原上的河道相比根本不值一提！那片区域上的联通河道——"

"可以切割出200米深的基岩？"

"是啊，没错，这可不是普通的侵蚀作用。在这么大的洪水里，水压波动非常大，有很多溶解气体从岩石中析出，这些气泡破裂时会产生巨大的压力。如此大压力的冲击可以破坏一切东西。"

"所以比小行星撞击的后果还要糟糕。"

"没错。除非你说的是一颗特别大的小行星。但也有些人觉得我们需要这样的小行星撞击，对不对？"

"真有这种人？"

"你肯定知道有人是这么想的。假如真有这个打算，洪水总还是要好一点。如果将其中一股洪水引导到希腊平原，就会产生一片海。而且补充水源的速度，比表面冰的升华速度更快。"

"*引导*一股洪水？"约翰感叹道。

"也是啦，这大概无法做到。但如果你在合适的位置找到了一个含水层，那就不用引导了。你应该去查查赛克斯派出的地下水勘探小队最近去哪里了，也许你就会明白个中玄机。"

"但联合国火星事务办公室对此肯定会加以禁止的。"

"赛克斯什么时候在乎过这个？"

约翰笑了。"哦，现在他需要在乎了。他们给了他太多东西，他再也不能无视他们了。他们用金钱和权力俘虏了他。"

"也许吧。"

***

当天凌晨 3:30，其中一个井的井口处发生了小规模爆炸，警铃声把所有人都从睡梦中吵醒了。人们衣冠不整、跌跌撞撞地跑进矿道里，看到一个自喷井直直地向正上方夜空的沙尘中喷射，白色的水柱在混乱而摇曳的探照灯照射下显得支离破碎。从沙尘云雾里落下的水很快结成冰块，形成保龄球那么大的冰雹，下风向的矿井接连不断地被这些冰雹炮弹击中。不一会儿，冰球已经积了有膝盖那么深。

鉴于前一晚的讨论，约翰在看到这个状况后格外警觉，他四下跑动寻找玛丽。周围是水井迸发的噪声和持续不断的沙尘暴声，玛丽只得冲着约翰的耳朵喊道："清空这片区域，我要在井边引爆炸药来止住水流！"说完便急急忙忙地跑开了，身上还穿着白色的睡衣。约翰把围观的众人往回赶，让他们穿过通道回休息站。玛丽回到闭锁室里和大家会合，气喘吁吁的，摆弄着手腕终端机。水井方向传来一声低沉的轰鸣。"来吧，咱们去看看。"她说。他们一起穿过闭锁室，跑过通道，奔向可以俯瞰水井的窗户。钻孔的残骸在散落一地的白色冰球之中，四周一片死寂。"好！封住了！"玛丽喊道。

他们轻轻地欢呼了一声。有些人跑去井区，想看看还有什么能做的。"做得好！"约翰对玛丽说。

"自从第一次事故发生后，我阅读了很多介绍如何封井的文章。"玛丽仍然上气不接下气，"我们把一切都设置好了，但一直没机会用上，没有试过这些方法是否管用。当然了，谁都不知道到底会怎样。"

约翰说："闭锁室里有监控吗？"

"有。"

"很好。"

约翰跑去查看录像。他将宝琳接入工作站的系统里，问了些问题，然后盯着屏幕上显示出的一行行信息。当夜在时间冻结后再没有人进入过闭锁室。他呼叫了头顶的气象卫星，赛克斯给过他卫星接入码，所以他得以查看雷达红外系统，还扫描了巴克赫伊森附近的区域。周围除几台老旧的风车加热器以外没有其他机械。信号发射器显示，自从他昨天来到这里，再没人走过这条路了。

约翰垂头丧气地坐在宝琳面前，头脑发昏、萎靡不振。他想不出来还能查什么。从他查过的信息来看，当夜没有人出去搞破坏。也许爆炸是在几天前就安排好的，但鉴于水井每天都在运作，想要爆炸装置不被发现肯定很难。他慢慢站起身，去找玛丽。在玛丽的帮助下，他找到昨天最后在井口工作的几个人，和他们聊了聊。当天晚上 8 点之前都没有出现任何破坏迹象。那之后所有人都去了"约翰·布恩派对"，闭锁室没有人使用，所以真的没有机会搞破坏。

他回到床上，依然思考着。"哦，对了，宝琳，查查赛克斯的记录。再给我一份去年所有地下水勘探活动的记录。"

***

他继续前进，沿着前方看不见的道路去往希腊平原。他在拉贝陨击坑附近遇到了娜蒂娅，她正在监管附近建设中的一种新型拱顶建筑。这将是迄今为止火星上最大的拱顶建筑，利用变稠密的大气和轻型建筑材料，在重力和压力之间建立平衡，使得加压后的拱顶变得几乎没有重量。建筑框架是用增强后的气凝胶大梁制成的，这是炼金术士们最新的成果。气凝胶很轻又很坚固，娜蒂娅激动地介绍可能用得到气凝胶的地方。她认为，陨击坑拱顶的概念已经成为过去，现在可以在小镇周围轻而易举地支起气凝胶支柱，避开岩石区，让所有人都聚集在这样的大透明帐篷下面。

她和约翰边说着这些，边沿着拉贝陨击坑的内部一起散步。陨击坑内部现在是一个巨大的建筑工地。整个陨击坑边缘上将会密密麻麻地建起很多用天窗采光的房间，拱顶内部会建一个农场，其产出可以供养 3 万人。像房子那么大的推土机在昏暗的沙尘中嗡嗡作响，50 米开外就难以看清了。这些重型机械要么在自动工作，要么是通过远程操控来工作，远程操控人员的视野范围很小，所以徒步走到机械附近会比较危险。约翰紧张地跟随着娜蒂娅，回想起布雷德伯里点的矿工们是多么小心翼翼——在那里他们还能看到周围发生了什么！他不禁嘲笑娜蒂娅神经大条。当大地在脚底颤动时，他们只是停下来环顾四周，准备赶紧跳开躲避任何朝着他们开过来的巨型机械。这次参观可谓惊心动魄。娜蒂娅抱怨着沙尘，很多机器都因此坏掉了。大沙尘暴已经持续了 4 个月，是很多年来时间最长的一次，而且目前仍然没有停止的迹象。温度骤降，人们不得不吃起罐头食品和干货，偶尔能吃上的沙拉或蔬菜都是在人工光线下生长的。沙尘无处不在。就在他们聊着的时候，约翰都能感觉到沙子粘上了他的嘴唇。他的眼睛很干涩，凹陷在眼窝里。头疼变得非常常见，还有鼻窦炎、咽喉痛、支气管炎、哮喘、肺炎和频繁冻伤。电脑也变得难以信赖，很多硬件都坏掉了，AI 系统要么问题频出，要么反应迟钝。"即使是正午时分，拉贝也仿佛被一座砖罩罩起来了一样，"娜蒂娅说，"日落则像是煤矿里燃烧的火焰。"她讨厌这样的生活。

约翰换了个话题："对于太空电梯，你怎么看？"

"一个很大的项目。"

"我问的是它的**效益**，娜蒂娅，它能否起作用？"

"谁知道呢？你根本没法预测这种东西，对吧？"

"它会成为策略上的瓶颈，就像当时我们讨论谁来建设火卫一空间站时菲莉丝形容的那样。她会自己制造瓶颈。这要动员很多力量。"

"阿卡狄也是这么说的。但我不明白为什么它不能被当作公共资源，就像自然资源那样。"

"你是个乐观主义者。"

"阿卡狄也这么说。"她耸了耸肩,"我只是试着去理性思考。"

"我也是。"

"我知道。有时候我感觉只有咱俩是这样的。"

"阿卡狄呢?"

她笑了。

"但你俩是一对儿啊!"

"是啊,是啊,就像你和玛雅一样。"

"哎哟,一针见血。"

娜蒂娅短促地笑了一下。"我试着让阿卡狄去思考。我也只能做到这儿了。一个月后,我们会在阿刻戎见面并接受治疗。玛雅跟我说一起治疗感觉很好。"

"是的,我很推荐。"约翰笑着说。

"治疗怎么样?"

"总比没有好,对吧?"

她咯咯笑了。脚下的大地突然发出怒吼声,他们僵了一下,立刻转头四下环顾,在昏暗中寻找阴影。一个如山般移动着的黑色庞然巨物在他们右侧出现。他们赶紧跑向另一边,跌跌撞撞地逃过遍地的碎石和残骸。约翰怀疑这可能又是一次袭击,娜蒂娅在公共频道里责骂着远程操控人员,骂他们怎么没通过红外线来监测他俩的位置。"好好盯着你们的屏幕看,你们这群懒人!"

地面停止了震动。黑色巨物停止了移动。他们小心翼翼地上前探查,一辆巨大的翻斗车嵌在轨道上。这是火星的乌托邦平原机械厂生产的:由机器人生产出的机器人,而且大得像一栋办公大楼。

约翰抬眼盯着它,汗水从前额落下。他们安全了。他的脉搏渐渐平缓下来。"像这样的怪物在这颗星球上到处都是。"他惊叹地对娜蒂娅说,"切割、推平、挖掘、填充、建造。不久就会有一些机械被送到随便哪颗直径 2 千米的小行星上来建造电厂，然后利用小行星自身作为燃料，将其推入火星的轨道。在这之后，其他机械也会着陆小行星，开始以岩石为材料制作大约 37000 千米长的缆绳！想想这个规模吧，娜蒂娅！太大了！"

"是啊，的确很大。"

"真是难以想象，完全超乎我们人类的理解范围。如此大规模的远程操控，就像是某种精神上的操控。任何能想象出来的事情都能被执行！"他们缓慢地绕过眼前的黑色巨物——其实也就是个翻斗车，和太空电梯比起来简直不值一提。然而约翰想，即使是这辆卡车也是了不起的东西。"肌肉和大脑通过机械元件变得如此巨大、强壮，简直让人难以理解。也许根本就不可能理解。也许这就是你的天赋，也是赛克斯的天赋：展现没人意识到的人类拥有的力量。我指的是钻过岩石层的钻孔，反射日光照亮的晨昏线的镜子，嵌在台地里和悬崖侧壁上的城市，现如今又是一根穿过火卫一和火卫二的长长的缆绳，长到同时在火星轨道里又能接触到火星表面！真是难以想象！"

"并非不可能。"娜蒂娅说。

"对。当然了，现在我们在各个地方都能看到我们的力量有多大，我们差点就被其中一股力量推倒在地，而它就是在做自己的工作而已！眼见为实。甚至不用想象，我们就能见证我们拥有的力量。也许这就是为什么最近一切都变得如此陌生，每个人都开始讨论所有权、主权、争斗和主张。人们仿佛神话里奥林波斯山上的众神一样争论不休，因为如今我们就像众神一样，拥有无尽的力量。"

"说不定甚至更多。"娜蒂娅说。

***

约翰驾车开上了赫勒斯滂山脉，这是一条围绕希腊盆地的曲折山脉。不知怎么回事，某天晚上，当他睡着的时候，他的火星车偏离了信号发射器导航的道路。他醒了之后，在沙尘的间隙看到自己身处一条狭窄的山谷，周围都是被沟壑切割的较小的峭壁。似乎一直沿着谷底走就能回到大路上，所以他开始越野。没过多久，谷底出现了一道道较浅的横向地堑，如同干枯的运河一样。宝琳不得不经常停下来，转向，尝试自动寻路系统推荐的另一条路，但一道又一道地堑总是不断出现在眼前。约翰有点不耐烦，试图亲自驾驶火星车，结果反倒更糟了。在一片迷茫的大地上，自动驾驶才是正道。

他慢慢地接近谷口，地图上显示信号路在这儿向下通向一片很宽敞的山谷。于是当晚他停下来，不再担忧了，坐在电视机前吃了顿饭。火星视讯正在播放诺克提斯沟网小队建造的风蚀琴首演。这个风蚀琴是一座小型建筑，上面遍布缝隙，根据风吹过的角度和强度，这些缝隙会发出哨声、鸣响和嘎吱声。在这场首演中，经年累月刮过诺克提斯的下坡风被沙尘暴导致的一波波猛烈下降风增幅，由此产生了变化无常的音乐，就像是创作出来的一样；哀叹声、怒吼声、刺耳的尖叫声，或是偶尔出现的和声，感觉像是某种思维的产物，某种外星人思维的产物，总之根本不像是随机产生出来的。"一件几乎是随机生成的风蚀艺术品。"一名电视评论员解说道。

这之后是地球新闻。一位日内瓦的官员泄露了长寿疗法的消息，一天之内这个消息就传遍了整个地球。联合国大会正在就此事进行激烈的辩论。很多代表都要求将长寿疗法列为基本人权，由联合国予以保障，由发达国家提供资金，将资金立即投入专门的资金池，以保证每个人都能平等地享受这项权利。与此同时，另一些报道显示：有一些宗教领导人站出来反对这项治疗，其中包括教皇本人；同时还发生了大规模暴乱，暴乱者对一些医疗中心进行了破坏。各国政府都陷入了动荡。每个出现在屏幕上的人都显得惶惶不安或是愤愤不平，大声疾呼要求改变。人们脸上混杂着不平等、憎恨和痛苦的情绪令约翰感到非常难受，他没法继续看下去了。他睡着了，但睡得很不好。

他梦见了弗兰克，这时，一个声音吵醒了他。有人在敲他的前挡风玻璃。此时已经是午夜时分。他的头还晕乎乎的，但还是立刻将门锁锁上了。他坐直身体，纳闷自己什么时候产生了这样的条件反射。他什么时候学会遇事立马锁门的？他摸了摸下巴，打开通信器调到公共频道。"喂，谁在那儿？"

"火星人。"

是个男人的声音。他的英语带有某种口音，但约翰不知道是哪里的口音。

"我们想谈谈。"那个声音说。

约翰站起身，透过前挡风玻璃向外看。现在是深夜，再加上沙尘暴，根本什么都看不清。但他感觉自己看到了黑暗中的人影，就在下方。

"我们只想谈谈。"那声音说。

如果这些人想杀死他，他们早就可以在他睡着的时候撞开火星车。而且他不相信有人想要害他。根本没理由这么做！

于是他让他们进来了。

一共 5 个人，都是男人。他们的漫步服很脏，磨损得很严重，用各种材料缝缝补补。他们的头盔上没有任何识别标识，涂漆也都被刮掉了。他们摘下头盔时，约翰发现其中一个是亚洲人，很年轻，看上去也就 18 岁。这个年轻人走上前坐到了驾驶席上，探着身子越过方向盘，端详仪表盘。另一个人也摘下头盔，是个棕色皮肤的小个子男人，脸很瘦，留着长长的脏辫。他在约翰的床对面的软长凳上坐下来，等着其他 3 人摘下头盔。剩下 3 人摘掉头盔后蹲了下来，紧盯着约翰。他从未见过他们之中的任何一个人。

瘦脸男人说："我们想让你减缓迁入移民的速度。"他是刚才在车外说话的人。现在听来，他有点加勒比口音。他的声音很低，几乎像在低声耳语，约翰很难不配合他一起低语。

"或者干脆停止移民。"驾驶席上的年轻人说。

"闭嘴，加清。"瘦脸男人说这话的时候眼睛依然紧盯着约翰的脸，"有太多人要上火星了。你对此心知肚明。他们都不是火星人，他们不关心这里发生的事情。他们很快就会压垮我们，很快就会压垮你。你想把他们变为火星人，我们知道，但他们来得太快，根本来不及。唯一能做的就是减少移民。"

"或者干脆不让移民来火星。"

男人翻了个白眼，在约翰看来他似乎在表示不屑。年轻人就是这么幼稚，他的表情似乎在说。

"我没有话语权——"

约翰刚开口，男人就打断了他：

"你可以支持这个想法。你有权力，而且你站在我们这边。"

"你是博子的人吗？"

年轻人用舌头弹了上颌一下。瘦脸男人什么都没说。4张脸紧盯着他，剩下那个则毅然决然地看向窗外。

约翰说："是不是你们在莫霍钻井搞的破坏？"

"我们想让你阻止移民来火星。"

"而我想让你们停止搞破坏。越搞破坏，来的人越多。我是指警察。"

男人看着他。"为什么你会觉得我们能联系上破坏者？"

"去找他们吧。三更半夜闯入他们中间。"

男人笑了。"眼不见，心不烦。"

"那可不一定。"

他们肯定是博子的人。根据奥卡姆剃刀准则[1]，不可能有另一个秘密团体。不过或许会有，也说不定。约翰感觉头有点晕，怀疑他们是不是在空气里释放了某种有毒喷雾，给他下了毒。他真的感觉有点怪，似乎一切都非常超现实，如梦似幻，离奇荒诞。狂风猛击着火星车，发出一阵急促的风蚀音乐，一段拖得很长的鸣响。他的大脑沉重而迟钝，他很想打哈欠。"是这样没错了，"他想，"我还在梦里，非常努力地想要醒过来。"

"你们为什么要躲躲藏藏的？"他听到自己问。

"我们正在建设火星。和你一样。我们站在你这一边。"

"那你们应该帮忙。"他试着去思考，"对于太空电梯，你们怎么看？"

---

[1] 奥卡姆剃刀准则由英格兰逻辑学家、圣方济各会修士威廉·奥卡姆（约1285—1349）提出，概括起来就是"如无必要，勿增实体"。——编者注

"不关心。"那小子又弹了一下舌头，"那不重要。重要的是人。"

"电梯会带来许许多多的人。"

男人思考着。"只要减缓移民速度，它就建不成。"

又一段长时间的沉默，中间偶尔传来一阵阵怪异的风声。甚至没法建成？他们认为人们真的会把它建造出来？或许他们指的是资金方面的问题？

"我会好好研究的。"约翰说。年轻人转过身瞪着他，约翰则抬起手先发制人地说道："我会尽我所能的。"他的手举在自己眼前，一个巨大的粉红色的东西，"言尽于此。如果我承诺了任何结果，那我就是在撒谎。我明白你们的想法。我会尽我所能。"他又艰难地想了想，"你们应该站出来，帮助我们。我们需要更多帮助。"

"每个人都有自己的道路。"男人安静地说，"我们要走了。我们会密切关注你的行动的。"

"帮我传话给博子，我想和她谈谈。"

5个男人紧盯着他，年轻人神情紧张、怒气冲冲。

瘦脸男人快速笑了一下。"如果见到她，我会转达的。"

其中一个蹲着的人手里握着一个轻薄透明的蓝色物质，是个气溶胶海绵，在暗夜流光里很难看清楚。他握着东西的手攥成了拳头。他们果然要给他下药。他猛冲过去，打了个措手不及。他抓住年轻人的脖子，但顿时倒地不起、浑身麻痹。

当他站起来时，那5个人已经不见了。他头很疼，栽倒在床上，继续睡，睡得很不安稳。梦里弗兰克居然又出现了，他跟弗兰克讲了刚刚的会面。"你真蠢。"弗兰克说，"你什么都不明白。"

他再次醒来时已经是早上了，挡风玻璃外昏暗的焦黄色世界仍在打着转。过去的这个月里，风速似乎降低了，但很难确定。有一些形状短暂地出现在沙尘的云雾中，接着立刻淹没在混乱之中，也可能是在感知被剥夺的情况下形成的幻觉。这场沙尘暴绝对剥夺了人们的感知能力，让人患上了幽闭恐惧症。他吃了几片欧米根啡肽，穿戴整齐，走到车外，四下走动，呼吸着沙尘，蹲下身寻找访客留下的痕迹。他们仿佛穿过基岩消失了。艰难的秘密会面，他思索着，他的火星车偏离了路线，又是在深夜里，他们是怎么找到他的？

如果他们一直在跟踪他的话……

回到车里，他联系了卫星。雷达和红外线图像显示这里只有他的火星车，此外空无一物。红外线肯定可以检测出步行者，所以按说他们肯定在附近有个避难所。在这片重峦叠嶂的山里很容易隐藏。他调出自己制作的追踪博子的地图，以自己所在位置为圆心画了个粗糙的圆，南、北两方都延伸进了山区。他的这张博子地图上已经有好几个圆圈了，但地面人员从未认真彻底搜查过其中任何一个地点，估计他们根本就不会去搜查，因为大多数地点的地形都极其复杂混乱，地面崎岖不平，而且都有怀俄明州或得克萨斯州那么大。"这是个很大的世界。"他咕哝道。

他在车里走来走去，盯着地板看。接着他想起了自己在丧失意识前做的最后一件事。他低头检查自己的指甲，发现了一小片皮肤组织粘在那里。有了。他从高压灭菌器里拿了一个样品皿，小心翼翼地将皮肤组织放入玻璃皿。火星车上不可能配备基因检测技术，但任何一个大型实验室应该都能辨认出这个年轻人的身份，前提是他的基因被记录在案了。就算没有记录，这也是有用信息。而且说不定厄休拉和弗拉德可以通过分析其基因血统来查出这个人的真实身份，不过约翰对此并不确定。

◆

下午时，约翰重新找到信号路，在翌日晚些时候沿路下到了希腊平原。约翰在这里遇到了赛克斯，他来参加一个关于新湖泊的会议，不过会议的议题很快变成了人造灯光下的农业。隔日早上，约翰和他一起在建筑之间的透明通道里散步，周围是变化无常的朦胧的黄色，太阳在东方的云层里挂着，散发出橘

346

黄色的光芒。

"我觉得我见过郊狼了。"约翰说。

"你见过了？他告诉你博子在哪儿了吗？"

"没有。"

赛克斯耸了耸肩。他晚上有个推不掉的演讲，所以他现在显得有点心不在焉。约翰决定等一会儿再和他聊。当晚，他和湖区居民一起参加了赛克斯的演讲。赛克斯向大家保证说，大气厚度、地表和永久冻土层的微型细菌数量正在快速增长，达到了理论最大值——具体而言，是2%——在几十年内他们必须开始考虑户外耕种时会遇到的问题。听到这个好消息后，大家并没有鼓掌，因为每个人都由于大沙尘暴导致的各种各样的问题而忧心忡忡，而且似乎他们都认为沙尘暴是赛克斯的错误计算导致的。其中一个人怒气冲冲地指出，地表日照度仍然仅是正常水平的25%，而且沙尘暴没有任何要停止的迹象。周围的温度降低了，人们的怒火升高了。所有新来的人还从未清晰地看到过几米外的世界，厌烦、倦怠到紧张性抑郁等心理问题非常泛滥。

赛克斯只是浅浅地耸了耸肩，无视了所有质疑。"这会是最后一场全球性沙尘暴。"他说，"此后，沙尘暴就会像是某种英雄时代一样，一去不复返了。趁着还有机会赶紧享受吧。"

这话没几个人赞同。但赛克斯没有注意到这一点。

几天后，安和西蒙带着他们的儿子彼得来到了定居点，彼得已经3岁了。根据约翰听到的消息，他是火星上出生的第33个孩子。在首百之后来到火星的人似乎都很愿意生孩子。约翰一边和男孩玩，一边和安以及西蒙聊着近况，交换着各种关于大沙尘暴的天方夜谭。约翰以为安肯定很乐意看到这场沙尘暴以及它对地球化进程造成的打击，这场沙尘暴就像是行星自身的过敏反应：温度暴跌到基准线以下，鲁莽的实验者用那些堵住的小破机器挣扎着做实验……但她并没有很开心，反倒像往常一样恼怒。"一个地下水勘探团队在代达利亚高原火山口钻探时发现样品里包含一种单细胞微生物，和你们在北部释放的蓝藻非常不同。火山口几乎完全被包围在基岩里，距离任何微生物释放点都很远。他们把样品送到阿刻戎去分析，弗拉德研究之后发现它似乎是他们释放的某种细菌的变异株，很可能是被钻探设备注入岩石污染了。"安指着约翰的胸口说，"'很可能是地球的。'弗拉德是这么说的。*很可能是地球的！*"

"*很可恁（能）是地球！*"她儿子学安的语调学得非常像。

"没错，很可能是。"约翰说。

"但我们永远没法知道！他们会就这一点吵上几个世纪，甚至专门发行一本研究这个问题的刊物，但我们永远不会知道真相！"

"如果难以确定的话，那很可能是从地球上带来的。"约翰说，对男孩笑了笑，"由地球上的生命体独立进化的东西很快就会现出原形的。"

"可能吧。"安说，（她的口音听上去更像是"可恁吧"）"但比如太空孢子理论认为的'万物都有共同的源头'，又或者是从一个星球喷发到另一个星球上的石块深处埋藏着一些微生物。"

"这不太可能吧？"

"我们不知道。今后可能也不会知道了。"

约翰很难理解她的担忧。"说不定是维京海盗般的移居者带来的。"他说，"的确，我们在对火星的探索过程中没有采用特别有效的消毒手段，但这也没办法。与此同时，我们还有更迫切的问题要解决。"比如眼下的这场有史以来比任何记录都长的沙尘暴，比如新涌入的移民只把火星当作居住地，归属感极低，比如即将到来的难以达成共识的对《火星条约》的修订，比如很多人都憎恶的地球化项目；再加上地球老家的形势越发紧张，还有针对约翰·布恩本人的一次（或两次）袭击。

"好吧，好吧。"安说，"但这些都是政治问题，我们永远无法摆脱。而我们现在讨论的是科学问题，我本来希望能得到答案，但现在我得不到了，没有任何人能得到答案了。"

约翰耸了耸肩。"我们永远无法回答这个问题，安。无论如何都不行。这属于那种注定让人无法回答的问题。你难道不知道吗？"

"可怜是地球。"

***

几天后，一个火箭着陆在小小的湖区太空港附近，一小组地球人在沙尘里出现，走路时一蹦一跳的，显然还没习惯火星的重力。他们自称是联合国火星事务办公室派来调查蓄意破坏和与之相关的事件的调查员。一共有 10 个人，8 个是干净利落的年轻男人，像从电视里走出来似的，还有 2 个很有魅力的女人。大多数人都出身于美国联邦调查局。他们的领导者是一个高个子棕发男人，名叫山姆·休斯顿。他邀请约翰进行面谈，约翰礼貌地答应了。

翌日早餐后，他们会面了——来了 6 个调查员，2 个女性都在。约翰毫不迟疑地回答了每个问题，不过他本能地只说了他认为他们已经知道的事实。为了显得真诚和愿意合作，他又多说了一点。他们的态度彬彬有礼，但在整个问询过程中，一旦他反问他们一些问题，他们就会缄默不语。他们似乎对火星目前的情况知之甚少，反而问了不少早年山脚基地发生的事，以及博子失踪那段时间的事。他们很显然知道那段时间的事，以及媒体眼中的首百明星之间错综复杂的人际关系。他们问了他很多问题，关于玛雅、菲莉丝、阿卡狄、娜蒂娅、阿刻戎团队、赛克斯……这些年轻的地球人对这几位非常熟悉，是他们在电视上的常客。不过他们的认知似乎只局限于拍摄下来并传回地球的视频，除此之外的一切他们知之甚少。约翰思绪万千，思考着地球人是不是都这样。毕竟，他们还能从哪儿获得关于首百们的信息呢？

面谈的结尾，其中一个姓张的人问约翰还有什么要补充的。约翰隐瞒了郊狼午夜来访的事以及其他很多事。他说："我想不出来别的了！"

张点点头。山姆·休斯顿说："希望你能把你的 AI 关于此事的调查研究的访问权限交给我们，我们对此会非常感激。"

"不好意思。"约翰深表歉意地说，"我不能把我的 AI 权限给别人。"

"你安装了自毁锁？"休斯顿惊讶地问。

"没有。我只是不想分享权限。那些都是我的私人记录。"

约翰盯着他的眼睛，看着他在下属面前尴尬地扭动了一下。

"我们，嗯，我们可以从联合国火星事务办公室申请搜查令，希望你能配合。"

"我对此深表怀疑。即使你能拿到搜查令，我也不会允许你查看的。"

约翰看着他，差点大笑出声。又是"第一个登上火星的人"的招牌可以派上用场的时候。他们拿他毫无办法，强迫他会引起太大麻烦，不值得这么做。他站起身，用他故意装出来的傲慢自大的态度环视一遍在场的所有人。"如果有什么我能帮上忙的，请随时告诉我。"

他离开了房间。"宝琳，连上这个建筑的通信中心，把他们发出去的任何消息都复制一份。"他呼叫了赫尔穆特，同时提醒自己他的通话可能也正在被监听。他轻描淡写地问了些问题，很简短，好像只是在检查这些人的资格似的。没错，联合国火星事务办公室的确派出了一个小队。他们隶属于一个特遣部队，部队成员是在过去 6 个月里召集的，负责调查并解决火星上的特殊状况。

火星上来了警察，另外还有一名侦探。嗯，这也是意料之中。但无论如何，这都是个麻烦。在这些人的密切监视下，他做不了太多事情，尤其是在他们还因为他不给出宝琳的访问权限而对他产生怀疑的情况下。况且在希腊平原也没什么太多可做的。这里之前没有发生过蓄意破坏事件，现在似乎也不会发生。玛雅很冷漠，她不想被他的问题打扰到，她自己已经有足够多的问题要解决了，比如含水层项目的技术问题。"你大概是他们眼中的头号嫌疑人。"她不耐烦地说，"这些事情总是发生在你身上，陶玛西亚的卡车，巴克赫伊森的水井，现在你又不给他们你的 AI 权限。你直接把权限给他们不就完了？"

"因为我不喜欢他们。"约翰盯着她说。他和玛雅的关系又恢复了，但也并非完全如旧。他们兴致高昂地恢复了他们之间的惯例，就好像是在剧场里扮演吸睛的角色，他们知道他们有很多时间，知道什么是真实的，知道他们之间关系的基础是什么。所以，从这个角度来讲，他们的关系更好了。不过，从表面上看，他们演的还是那老一套的闹剧。玛雅拒绝理解，最终约翰只好放弃。之后他花上好几天时间来复盘。他去了湖区的实验室，对从他指甲里刮出的皮肤样品进行培养、复制、读取。行星记录里没有发现符合的基因组数据，所以他把信息发给阿刻戎，请求得到进一步的分析，希望他们能提供信息。厄休拉将结果加密后发给了他，并在结尾附上了一个简单的词：*祝贺*。

他重新读了一遍消息，大骂出口。他出去散步，一会儿笑，一会儿骂。"该死的！博子！你可真该死！赶紧从你躲的洞里爬出来帮帮我们！哈哈哈！你个浑蛋！别再装成珀耳塞福涅[1] 了，真是够了！"

即使是步行管道也让约翰感觉很压抑，他走进车库，穿戴整齐，走出闭锁室去外面散步，这是很多天来的第一次。他来到小镇北边一片平缓的沙漠上，四处游荡，待在制造出的无尘空气柱里，一边思考着眼下的状况，一边观察着这个城市。希腊平原看起来比不上伯勒斯、阿刻戎、厄科，甚至森泽尼纳。城市建于盆地的低点，这里没有高地，视野也很差。不过也可能是漫天的沙尘影响了判断。城镇目前建成了月牙形，最终这里会呈环湖岸状态。湖泊形成后，这里的景色应该不错——一个滨水小镇——不过它现在还是像山脚基地一样毫无特色，虽然有新型发电厂、服务设施、输送管道、电缆、像巨沼蛇皮一样的隧道……但看上去就像是老式的科考站，毫无美感可言。不过，这也行吧。他们也不能把每座城镇都建在山顶上。

这时，有两个人从后面超过了他，他们的面罩是偏光的，无法看清里面。有点奇怪，他想，戴着这样的头盔，在沙尘暴里一定很难看清。突然，他们一下子撞到他身上，把他撞倒了。他一个鲤鱼打挺，铲了一脚飞沙，胡乱地挥舞拳头，却惊讶地发现那两个人已经跑进沙尘之中。他步履蹒跚，盯着他们的背

---

1　珀耳塞福涅是希腊神话中的主神宙斯与农神得墨忒耳的女儿、冥府之神哈得斯的妻子。每年有一段时间，珀耳塞福涅住在冥府，此时大地万物枯萎凋零，变得一片荒芜；另一段时间里，她则回到母亲身边，此时万物复苏，大地变得一片繁茂。

影，直到他们消失在沙尘里。他浑身的血液都在沸腾，肩膀灼痛。他抬起手向后摸，发现他们把他的漫步服割开了一道口子。他伸手按住裂口，艰难地奔跑起来。他感觉不到自己的肩膀了。保持胳膊抬起、手按在脖子后面这个姿势跑步非常别扭。空气供给似乎没问题——不对——脖颈处的输气管有个小口。他从脖子后面撒开手，迅速操控手腕终端机把氧气供给量调到最大。冷空气直吹他的脊背，感觉像是阴间的冰水。零下 100 摄氏度。他尽量屏住呼吸，感觉到嘴上全是沙子。他不知道有多少二氧化碳进入了氧气管里，但用不了多少就能致命。

车库出现在黑暗中。他直奔过去，感觉自己稍放松了一些。然而当他跑到闭锁室门口，按动开门按钮时，门却没有开。锁住闭锁室的外门很容易，只要保持内门敞开就行了。他的肺部灼痛，急需呼吸。他绕过车库，跑到连接闭锁室和居住区的步行管道处，从一层层的塑料向内看。管道里没有人。他把手从肩膀裂口处松开，尽可能快地打开左前臂的小盒子，取出小手钻，启动手钻刺入塑料管道中，但没有刺破，塑料反而缠住旋转的钻头，差点扭断他的胳膊。他疯狂地用手钻直戳管道，最终扯开塑料，向下撕，扩大豁口，直到他可以将头盔伸入豁口里。钻到腰部的位置时，他停下来，用自己的身体勉强作为塞子堵住豁口。他解开头盔，猛力从头上扯下来，赶紧大口呼吸，就像刚刚深潜浮上来似的，呼气、吸气，呼气、吸气，呼气、吸气，将血液里的二氧化碳排出身体。他的肩膀和脖子已经失去了知觉。车库警铃大作。

迅速思考了 20 秒后，他猛地将腿从洞里拉出来，沿着正在减压的管道迅速跑向居住区，远离车库。幸好通往居住区的门是开着的。他跳进一台电梯，下到地下 3 层，他的客房就在这层。等电梯门打开，他探头向外看。外面没人。他赶紧跑回自己的房间，急忙扒掉漫步服，把衣服和头盔藏进衣柜里。在浴室里，他看到自己的肩膀和后背上部已经变白了，不禁畏缩了一下。这是很严重的冻伤。他吃了一些口服止痛药，吞下了 3 倍量的欧米根啡肽，穿上一件带领子的衬衫，换上裤子、鞋子。他梳了梳头发，让自己平静下来。镜子里的他目光呆滞、心不在焉，甚至惊慌失措。他做了个鬼脸，拍了拍脸，重新恢复了正常表情，开始深呼吸。药起效了，镜子里的脸色看上去好多了。

他走出房间进入走廊，来到沟渠墙围成的大厅，大厅向下又延伸了 3 层。他沿着栏杆向下走，边走边看着下面的人，感觉既激动又愤怒。山姆·休斯顿和他手下的一位女士走了过来。

"不好意思，布恩先生，你能跟我们来一趟吗？"

"怎么了？"他问道。

"又发生了一起事件。有人把步行管道弄了个大洞。"

"弄了个大洞？你管这个叫*事件*？我们有反光镜飞出轨道事件，有卡车坠落到莫霍钻井事件，你管这种恶作剧叫*事件*？"

休斯顿盯着他，他差点笑出声来。"你觉得我能怎么帮上忙？"他问。

"我们知道你一直在为罗索尔博士工作。我们以为你会想要及时获得消息。"

"哦，好吧。行，那咱们去看看吧。"

接下来，约翰要强忍着疼痛跟着他们进行实地调查。在接下来的整整 2 小时里，他的肩膀都如火烧一般灼痛。休斯顿、张以及其他调查员故意自信满满地和他说话，似乎焦急地想让他提供消息，但他们的眼神很冷静，带着审度的意味。约翰对他们回以微笑。

"为什么现在搞破坏呢？我在想。"休斯顿突然说。

"也许是有人不喜欢你们出现在这里。"约翰说。

等到装模作样的戏码都演完后，约翰才有时间思考自己究竟为什么不想让他们知道这次袭击。毫无疑问，只要他们知道了真相，就会引更多调查员来到这里，那就更糟糕了。而且这件事肯定会成为火星和地球上的头条新闻，这又会把他扔回鱼缸里。他已经受够被人盯着看了。

但还是有一些事情他想不明白。潜意识侦探。他厌恶地哼了一声。为了转移注意力，缓解疼痛，他昂首阔步地从一间餐厅走到另一间餐厅，希望在刚进屋的时候捕捉到某些人脸上还没来得及藏匿的惊讶表情。起死回生！到底是你们中的谁刺杀了我？有一两次，他的确看到了游移的目光。但事实是，他提醒自己，和他四目相对时，很多人都会移开目光，就好像在躲避怪人或是罪人。他从未从这个角度想过自己的名声带来的影响，他感到非常愤怒。

止痛药的药效正在逐渐退去，他提前回到了自己的房间。门是开着的。他冲进去，发现两名联合国火星事务办公室的调查员在屋里。"你们在干什么！"他愤怒地吼道。

"照顾你。"其中一个人圆滑地说，他们互相看了一眼，"以防有人来进行某些尝试。"

"比如非法闯入？"约翰靠在门边说。

"这是我们的工作，先生。很抱歉给您造成了不便。"他们被堵在了屋里，只得不安地走来走去。

"谁允许你们这么做的？"约翰抱着双臂，问道。

"嗯……"他们再次对视了一眼，"休斯顿先生是我们的主管——"

"叫他过来。"

其中一个人对着手腕终端机小声说了几句。很快，山姆·休斯顿就出现在走廊另一端，快得有些可疑。他匆忙赶过来，满脸怒容，约翰看到后笑了。"你刚才躲在角落里做什么呢？"

休斯顿直直地走向他，向前探出头，低声说："听我说，布恩先生，我们正在进行非常重要的调查，而你正在阻碍我们。无论你怎么想，都不能越过法律——"

约翰猛地向前一探身，休斯顿不得不往后退，以免挨一锤。"你不能代表法律。"他说。他松开双臂，用手戳了戳休斯顿的胸口，把他逼得退到了走廊里。这下休斯顿真的生气了。约翰嘲笑他，说道："你要拿我怎么办，长官？逮捕我？威胁我？在下次欧洲联合会的报告里给我添油加醋？你想这样吗？想让我展示给全世界看看，约翰·布恩是怎么被某些自以为是、嚣张跋扈的小官员威胁骚扰的吗？你该不会来到火星上时还以为自己是什么西部警长吧？"他突然想起一种说法：任何讲话时以第三人称称呼自己的人都是自以为是的傻瓜。于是他大笑着继续说："约翰·布恩可不喜欢这种事！不，他不喜欢！"

旁边的两个人早就借机溜出了房间，现在在一边近距离围观。休斯顿的脸像阿斯克劳山的颜色一样，他龇牙咧嘴、怒气冲冲。"没有人能凌驾于法律之上。"他恼怒地说，"这里出现了非常危险的犯罪行为，而且好几次发生时你都在周围。"

"比如这次的非法闯入。"

"只要我们认为有必要，我们就要查看你的房间或是你的资料。我们有这样的调查权限。"

"我认为你们没有。"约翰傲慢地说，还在他面前打了个响指。

"我们要搜查你的房间。"休斯顿一字一顿地说。

"滚出去。"约翰不客气地说。他推开旁边两个人，挥舞着手让他们走开。他嘴角弯曲，语带嘲弄。"这就对了，滚吧！赶紧滚出去，你们这群无能的浑蛋——回去好好读读搜查取证的规定吧！"

他走进房间，关上了门。

他停下来，听起来他们似乎全都离开了。不管怎样，他必须表现出他根本不在乎。他笑着走进浴室，吞下了更多止痛药。

幸好他们还没来得及搜查衣柜，否则他很难解释撕裂的漫步服是怎么回事，那样的话场面肯定会变得很难堪。在隐瞒有人想杀自己的事实时，他没想到事情会变得这么复杂。他停下来思考了一阵儿。毕竟，这次的刺杀尝试非常拙劣。在火星上想要杀死在户外穿着漫步服的人至少有 100 种更有效的方法。如果他们只是想恐吓他，或者算准了他会试图掩盖这次袭击，就可以逮到他在说谎，掌握他的把柄……

他摇了摇头，一脸困惑。别忘了奥卡姆剃刀，奥卡姆剃刀。侦探最主要的推理工具。如果有人攻击你，他就是想要伤害你，这是最基础、最根本的事实。找出袭击者是谁非常重要。止痛药药效非常强，但欧米根啡肽的效果正在减弱。他开始变得难以思考。如何处理掉漫步服是个问题，头盔本身就很大很沉了。但他已经上了贼船，没有优雅的脱身方法了。他笑了笑，知道自己肯定会想出办法的。

# 4

他想找阿卡狄聊聊。他联系了阿卡狄，阿卡狄和娜蒂娅一起去阿刻戎接受了长寿疗法，不过现在已经回到火卫一上了。约翰还没有造访过这颗转速很快的小卫星。"你为什么不上来看看呢？"阿卡狄在电话那头说，"最好还是见面聊，对不对？"

"好吧。"

自从 23 年前，**战神号**着陆以来，约翰就再也没有上过太空了，熟悉的加速感和失重感给他带来一阵意料之外的头晕恶心。在飞船对接到火卫一上时，他给阿卡狄讲了自己的感觉，阿卡狄说："我以前也经常这样，后来我就在起飞前喝两口伏特加，一切就都好了。"对此，阿卡狄有长篇大论的生理学解释，他啰里啰唆地说了一大堆细节，约翰听得快无法忍受了，于是便打断了他。阿卡狄笑了，长寿疗法给他带来了新生的感觉，而且他本来就是个很乐观的人；他给人的感觉仿佛此后的 1000 年自己都不会再生病了。

斯蒂克尼是个繁忙的小镇，陨击坑的混凝土拱顶上有一条条最新的超级防辐射涂层，地面则呈一圈圈阶梯状的同心圆，最下面是一个广场。这些同心圆由公园和两层带楼顶花园的小房子交替组成。空中有一些网兜，防止人们在穿越城市时跳过头，或一不小心直接起飞：这里的逃逸速度只有每小时 50 千米，所以完全有可能跑着跑着就飞走了。在拱顶的地基附近，约翰看到了小型的室外环行火车，轨道与小镇上的建筑平行，车速可以让车上的乘客感受到火星表面的重力。火车一天停靠 4 次来让乘客上车，但约翰认为跑上车去躲着肯定会减缓他适应这里的速度，所以他还是走进分配给他的客房，静静地等待恶心的感觉过去。看上去他已经变成了一个适应居住在火星地表的人，一个永久的火星人，离开火星让他非常痛苦。这很荒谬，却是事实。

第二天他感觉好多了。阿卡狄带他参观火卫一。星球内部鳞次栉比地打通了很多隧道、走廊、管道，有好多巨大的开放空间，其中很多房间还在被挖掘，寻找水和燃料。大部分内部隧道都是光滑的管道，但内部房间和一些大型走廊是按照阿卡狄的建筑理论建造的。阿卡狄带约翰参观了几处：圆形门廊、混合在一起的工作区和生活区、阶梯建筑、蚀刻金属墙。还在火星上，以陨击坑为基础进行建设的阶段，这些就成了常见的标准样式，但阿卡狄依然对此非常自豪。

斯蒂克尼陨击坑对侧的3个小陨击坑都安装了玻璃质的拱顶，内部是小村庄，从这儿可以看到从下面飞掠而过的火星。在斯蒂克尼无法看到这样的景色，因为火卫一的长轴永远向火星倾斜，所以这个巨大的陨击坑永远背对火星。阿卡狄和约翰站在谢苗诺夫陨击坑里，透过拱顶看向火星，火星占据了一半的天空，笼罩在沙尘雾里，所有地貌都晦暗不明。"大沙尘暴。"阿卡狄说，"赛克斯肯定要疯了。"

"不会的。"约翰说，"他说这只是暂时的。一点小问题。"

阿卡狄大笑了一声。他们俩很快就恢复了之前那种势均力敌、惺惺相惜的相处模式，就像两个好兄弟。阿卡狄一如既往大笑着，开着玩笑，幽默感十足，总是能蹦出各种主意和想法。约翰非常欣赏他自信的态度，即使很确定阿卡狄的很多想法都是错误甚至是危险的。

"说实话，也许赛克斯是对的。"阿卡狄说，"如果长寿疗法起了作用，我们的寿命会比以前长很多，这肯定会引起社会性革命。短暂的生命正是维持长久的社会制度的主要动力。虽然这话听着很奇怪，但人们很容易紧紧抓住能想到的短期生存策略，而不愿意冒着丧失一切的风险去采用可能不会起作用的新计划——无论你的短期计划对下一代而言会造成多大毁灭性的伤害。让下一代去想办法吧。而且，平心而论，等到人们真正理解这个系统的时候，他们已经老了，快死了，而他们的下一代呢？一切都摆在眼前，那些沉重而明确的事实，下一代不得不从头学习一遍。但你看，如果你学习过这套系统，盯着它看了 50 多年，你最终会说，为什么不更理性一点呢？为什么不将它设计得更接近我们心底的渴望呢？究竟是什么在阻止我们呢？"

"也许这就是在下面事情变得越来越奇怪的原因吧。"约翰说，"但不知为什么，我不觉得这些人在考虑长远的计划。"他快速地给阿卡狄描绘了一下蓄意破坏事件，说完后大胆地收尾道，"你知道是谁做的吗，阿卡狄？你参与其中没？"

"什么，我？不，约翰，你知道我不会这么做的。这些破坏事件都很愚蠢。从表面看，应该是红党的手笔，而我不是红党。我不知道究竟是谁做的。也许是安，你问过她了吗？"

"她说她不知道。"

阿卡狄咯咯笑了。"还是我认识的约翰·布恩！我喜欢你的作风。听着，我的朋友，我会告诉你为什么会发生这些事，然后你就可以系统性地展开工作，而且说不定能看清楚更多东西。啊，这里是通向斯蒂克尼的地道——来，我想带你看看无限地窖，真的是很棒的工程。"他将约翰带到一辆地道车里，沿着一条隧道向下飞到火卫一的中心。在那儿他们下了车。他们用手推墙飞过狭窄的房间，来到下方的大厅里，约翰发现自己的身体已经习惯了失重状态，他可以飘在空中并保持平衡。阿卡狄领着他进入了一个非常宽敞的大空间，乍一看感觉大到不可能塞进火卫一内部。地板、墙壁、天花板上都嵌着多面镜，每一面圆形抛光的镁板的角度都调整到可以将任何进入微重力环境的人反射到成千上万的镜子上，来回反射形成无限后退的映射。

他们终于触碰到了地面，将脚趾通过环扣固定在地板上，一大群阿卡狄和约翰的映像像海底植物一样摇曳着。"你看，约翰，火星生活的经济基础正在改变，"阿卡狄说，"不，你别在这儿冷嘲热讽的！到目前为止，我们没有生活在货币经济里，这里就像是个科考站。感觉就像是中了大奖，让大家可以摆脱经济的桎梏。我们中了大奖，很多人也是，我们已经在这里待了很多年了，一直这么生活着。但现在，成千上万的人乌泱乌泱地来到火星！很多人都打算在这里工作，赚点钱，然后回地球。他们为多国联合会工作，而多国联合会甚至能让联合国火星事务办公室做出让步。《火星条约》的条款尚被遵守着，因为联合国火星事务办公室尚在全权负责这项条约，但违背条约精神的情况随处可见，而且是联合国自己带头违背的。"

约翰点点头。"没错，我也发现了。赫尔穆特当面对我说过。"

"赫尔穆特很迟钝。但是听我说，条约续签的时候，他们肯定会改变法律条款来保障新的精神，甚至赋予自己更多权限。火星上战略性金属的发现，以及这么多开放空间的存在，会拯救地球上的很多国家，多国联合会也会因此获得新的利益基础。"

"你觉得他们能获得足够多的支持来修改条约吗？"

100 万个阿卡狄紧紧盯着 100 万个约翰。"别这么天真！他们当然有足够的支持！看，《火星条约》是基于以前的《外层空间条约》制定的。这是第一个错误，因为《外层空间条约》本来就是个非常脆弱的条约，《火星条约》也是如此。根据条约的条款，只要某个国家在火星上获得利益，即可成为条约委员会的投票成员。这就是为什么我们看到各个国家都在设立科考站：阿拉伯联盟、尼日利亚、印度尼西亚、南非、巴西、印度、中国等。而好几个新加入的国家之所以加入，就是想在修约时打破条约的条款。它们想绕开联合国的控制，把火星开放给各国政府。多国联合会利用新加坡、塞舌尔、摩尔多瓦方便旗[1]国家，试图将火星划入私人领域，交由大公司控制。"

"条约要几年后才会续订。"约翰说。

---

1 方便旗指一国的船舶在他国注册并悬挂他国国旗，这种做法通常是出于税收优惠、劳动力成本低廉、法律监管宽松等因素，可以达到逃避法令管制、高额税收等目的。——编者注

100万个阿卡狄翻了个白眼。"角力现在就在进行。不只是在交谈中，更是在火星上每天发生的事上。我们刚到达后的头20年，火星就像是南极一样，只不过比南极更纯粹。我们身处世外桃源，甚至不曾拥有什么东西——也许是几件衣服、一个小讲台，也就这些了！约翰，你知道我的想法的。这样的状况很像是史前社会的生活方式，我们都觉得这种感觉很对，因为我们的大脑在实践过程中回想起了300万年前的生活方式。本质上，我们的大脑结构是因这种生活的现实才长成目前这样的。所以结果是，只要人们有机会过上这样的生活，他们就会对这种生活方式产生*强烈的依恋*。它可以让你集中注意力去关注真正重要的事，你所做的每一件事都是为了生存、创造、娱乐、满足好奇心。那就是乌托邦，约翰，是适合原始人和科学家的乌托邦，其实也是适合所有人的乌托邦。科考站实际上就是一个小型的史前乌托邦模型，由一些想要过上好生活的聪明的原始人创建，在多国联合会的货币经济体系里开创出一条新的道路。"

　　"你觉得所有人都会加入？"约翰问。

　　"没错，他们会加入的，但目前这个选项没有提供给他们。这意味着这里并不是真正的乌托邦。我们这些聪明的科学原始人想要自己开创出一个属于我们的岛屿，却不愿意创造条件将其提供给所有人。所以在现实中，这样的岛屿只能从属于多国联合会。这样的岛屿从来都不是免费的，要想得到，就得出钱。真正纯粹的研究是不存在的，因为那些出资赞助科学家世外岛的人最终还是需要从投资中得到回报。而现在我们已经进入这个时间点了。有人要求从我们的岛屿上获得回报。我们做的不是纯科学研究，而是应用研究。随着战略性金属的发现，这种应用研究的趋势也越发清晰明朗。所以一切都回来了，我们得到所有权、价格、工资，整套盈利系统又回来了。小科考站变成了矿井，人们带着挖矿寻宝的心态在这片大地上开采。科学家们被质问：你们在做什么工作？你们做的工作有什么样的价值？他们被要求做他们的分内事，换取酬劳；他们工作产生的利润献给了他们为之工作的企业所有者。"

"我并没有为任何人工作。"

"但你在为地球化项目工作，而为此出钱的是谁呢？"

约翰试着用赛克斯的回答："太阳。"

阿卡狄讥笑了一声。"错！并非太阳或机器人，而是人类的时间，大量的人类时间。这些人类都需要吃饭。必须有人为他们、为我们提供基本生活保障，因为我们还没有自食其力、自力更生、自给自足。"

约翰皱了皱眉头说："一开始我们的确需要帮助。价值数十亿的设备空运至此地。长久的工作时间，如你所说。"

"没错，正是这样。但到达此地之后，我们本来可以齐心协力，朝着独立和自给自足的方向努力，然后把他们支持我们的资金还回去，两清之后和他们一拍两散。但我们没有这样做，现在这些放高利贷的全都到这里来了。你看，一开始如果有人问我们谁赚的钱比较多，是你还是我，这问题根本无法回答，对不对？"

"没错。"

"这是个毫无意义的问题。但现在再谈起这个问题，我们就有的聊了。你为任何组织提供过咨询服务吗？"

"不，我没有。"

"我也没有。但菲莉丝为美国运通公司、美妙会社、阿默斯科公司提供咨询服务。弗兰克为霍尼韦尔－梅塞施密特公司、通用电气公司、波音公司和美妙会社提供咨询服务。他们都比我们更富有。而在这个系统里，有钱就更有权。"

我们拭目以待，约翰想。但他不想再让阿卡狄发笑，所以他没有说出来。

"而这种事在火星的各个地方都在发生。"阿卡狄说，他们身边有一大堆阿卡狄挥舞着胳膊，看上去就像是一群红发恶魔，"自然而然地，人们就会意识到正在发生的事。我也会告诉他们。这是你必须理解的事，约翰。总有人要竭尽全力让一切事物保持原样。总有人喜欢科学原始人的生活，他们太喜欢这种感觉，拒绝放弃这种生活，并愿意为之战斗。"

"所以这些蓄意破坏事件……"

"没错！也许有些事情就是这群人干的。我觉得这样做适得其反，但他们肯定不同意我的说法。这些蓄意破坏事件很可能都是那些想要保持火星原貌的人做的，他们希望火星能维持我们到达之前的原貌。我不是他们中的一员。但我是那类会竭尽全力阻止火星成为多国联合会的矿区的人，是那类阻止我们全都成为某些住在高塔里高枕无忧的特权阶级的快乐奴隶的人。"他转过脸面对约翰，约翰用余光看出了围绕他们的无限对峙的氛围，"难道你和我的想法不一致吗？"

"我和你想法一致。"他微笑着说，"我真的和你想法一致！我想如果我们之间有异议的话，异议点是在方法上。"

"那你提议采用什么方法？"

"嗯——基本上，我想让条约原样续订，然后敦促所有人遵守条约。如果这一点可以做到的话，我们就能达到目的，或者至少我们可以拥有达到完全独立的基础。"

"条约不会被续订的。"阿卡狄平淡地说，"需要极其激进的方法才能阻止这些人，约翰。更直接的行动——没错，别做出一副难以置信的表情！夺取一些财产，或是通信系统——制定我们自己的法律制度，由这里的每个人亲自上街游行以示支持——没错，约翰，没错！这必会发生，因为谈判桌底下藏着枪。大规模示威和起义是唯一能打败他们的方法，历史已经证实过这一点了。"

100万个阿卡狄聚集在约翰身边，神情严肃。约翰还从未见过阿卡狄展露出这么沉重的表情——如此凝重，以至于一排排约翰的脸都展示出无限后退、嘴巴大张的关切表情。约翰好不容易才合上嘴。"我想先试试我的方法。"他说。

这话又让阿卡狄大笑出声。约翰开玩笑地推了他胳膊一下，阿卡狄摔倒在地，他推了一下地板，然后擒抱住约翰。他们在能触碰到对方时扭闹在一起，然后背道而驰飞到屋子的两头。在镜子里，数百万个他们飞入了无限之中。

之后他们返回地道，回到谢苗诺夫用晚餐。他们一边吃一边看着头顶上方的火星，其表面如一颗气态巨行星那样旋转着。约翰突然觉得它就像是一个巨大的橙色细胞、胚胎、卵子。染色体在一个斑斑点点的橙色外壳下飞速旋转。新生命即将诞生，肯定经过了基因工程改造，而且他们都是工程师，还在继续改造，让生命生得称他们的心。他们都在试图将他们想要的（或者，他们自己的）基因片段加到质粒上，加到行星的"DNA 螺旋"中，从这个新诞生的融合怪上获得他们想要的基因表达。没错，约翰很喜欢阿卡狄想要加入的基因片段，但他也有自己的想法。他们想看看最终是谁创造了更多的基因组。

他瞥了一眼阿卡狄，后者也在仰望头顶这颗占据了整个天空的星球，脸上展现出和在镜室里时一样的严肃表情。那表情令约翰深受震撼，不过是以苍蝇复眼形成的奇怪印象存留在他脑海中的。

＊＊＊

约翰下降到昏暗的大沙尘暴中，降落到狂风大作、沙尘满天、暗无天日的光景里。但他看到了以前没有看到的东西。这就是和阿卡狄谈话的价值。他开始从新的角度观察一切。比如说，他从伯勒斯往南走，到达孤独城莫霍钻井站，拜访住在这里的日本人。这些人很早就来到火星了，相当于是日本人里的"首百"。他们在首百到达这里 7 年后就来了。不过和首百不同的是，他们是一个关系非常紧密的团队，而且在很多地方都"入乡随俗"。孤独城站的规模一直很小，在莫霍钻井挖好后也是如此。钻井位于雅里－德洛热陨击坑附近的一片遍布粗糙巨砾的区域内。约翰驱车沿着信号路开往定居点，瞥见巨砾上雕刻出了一些巨型人脸像，还有非常精细的象形文字，以及神道教或禅宗的神龛。沙尘模糊了这些景物，使得它们如海市蜃楼一般转瞬即逝。当他进入莫霍钻井下风口充满明净空气的区域时，他注意到孤独城站的居民正在把岩石从矿井里运出来，搬到这片区域，排列成扭曲的石阵——大概是某种图案——从太空里看它像是什么呢？一条龙？他到达车库，一群人迎接了他。他们都光着脚，蓄着长发，穿着磨损的棕色连体服或相扑选手式的兜裆布，身形消瘦，像是年老的日本火星智者。他们聊着这片区域的*神之中心*，说起他们心底对恩惠的强烈渴求也早已从天皇转移到了这颗行星上。他们带他参观了实验室，他们在这里研究火星植物和防辐射的衣物材料。他们做了大量工作研究含水层的位置和赤道带的气候。从言谈话语之间，约翰感觉这帮人肯定和博子有联系，没关系就说不通了。但当他问起的时候，他们只是耸了耸肩。约翰努力和他们建立信任关系，鼓励他们多和他沟通交流。他经常能和早期来火星的人建立起这样的关系，就好像他早就相识似的。之后的几天里，他经常发问，积极了解小镇，展示出自己是个明白人情的人。他们慢慢打开了话匣子，用平静而委婉的方式告诉他，他们不喜欢伯勒斯的快速发展，不喜欢他们旁边的莫霍钻井，不喜欢过快的人口增长，不喜欢最近日本政府施加给他们的压力，让他们去大断崖"淘金"。"我们表示拒绝。"一位名叫中山奈直的老者说。他满脸皱纹，瘦骨嶙峋，戴着青绿色的耳环，白色的长发绑成了马尾辫。"他们不能强迫我们。"

"如果他们试图强迫呢？"约翰问。

"他们会失败的。"他轻描淡写的保证引起了约翰的注意，他回想起在镜屋里和阿卡狄的对话。

他现在注意到了一些此前从未注意到的情况，一部分缘于他问了一些从未问过的问题，开始从新的角度看待事物；另一部分则缘于阿卡狄，阿卡狄通过自己的朋友和熟人网散布消息，让他们接待约翰，带他到处参观。停留在孤独城站到森泽尼纳之间的定居点时，常常有三五个人来迎接他，自我介绍后和他说，阿卡狄觉得你可能会想看这个的……然后他们就领他去看有独立电站的地下农场、堆满工具和装备的储藏库、装满火星车的隐秘车库、小台地上万事俱备只等人入住的空居住区。约翰一路跟着他们，目瞪口呆，不停地问问题，难以置信地摇头。没错，阿卡狄给他展示了很多东西，这里正在发生一场大运动，每个小镇都有秘密组织！

最终他来到森泽尼纳。他来这里是因为宝琳发现卡车坠落的那天，有两个工人无故旷工。他到达后翌日询问了这两个人，但他们对于网络里没有他们的记录有合理的解释：他们去户外攀爬了。他因占用了他们的时间而向他们道歉，转头往他自己的房间走，这时 3 个莫霍钻井的技术员走了过来，他们声称是阿卡狄的朋友。约翰热情地问候他们，很高兴这趟旅行能有些结果了。最终，一个 8 人小组带他一起上了火星车，开到一个和莫霍钻井所处峡谷平行的峡谷处。他们一路穿过遮天蔽日的沙尘向内开，到达了一个在峡谷悬崖里挖凿出的居住点。这个地方完全无法被卫星探测到，此地产生的热量通过一堆小排气管道排放，从太空看很像赛克斯以前投放的那些风车发热器。"我们猜测这就是博子的小团体隐藏起来的方式。"其中一位向导告诉他。她叫玛丽安，长着鹰钩鼻，眼距很近，这让她的凝视很有压迫性。

"你知道博子在哪儿吗？"约翰问。

"不知道，但我们觉得他们已经搞得一团糟了。"

非常普遍的回答。他问了问他们关于悬崖居住区的事。玛丽安告诉他，这里是靠着森泽尼纳的各种装备建造出来的。目前暂时无人居住，但如果有需要的话随时可以入住。

"有需要的话？有什么需要？"约翰边问，边绕着这些黑暗的小房间走来走去。

玛丽安盯着他。"当然是爆发革命的时候。"

"革命！"

回程的路上约翰没怎么说话。玛丽安和同伴们都感觉到了他的震惊，他们也忐忑不安起来。也许他们已经认定阿卡狄犯了错误，他不该让他们给约翰展示这些居住区。"有很多这样的储备。"玛丽安辩解说。博子将类似的想法种到他们心中，阿卡狄认为这些储备肯定会派上用场。玛丽安和她的同伴们开始掰着手指一个一个数起来：一整套空气挖掘装备和掘冰机，埋在某个南极极冠处理站的干冰通道里；一个接入卡塞峡谷底部巨大含水层的井眼；阿刻戎附近四散的温室实验室，里面种植着有药学价值的植物；山脚基地里娜蒂娅建造的大厅地下室里的通信中心。"而且这还只是我们知道的而已。网上还有阅后即焚的地下刊物，那可不是我们干的。阿卡狄确信肯定有其他组织正在做和我们一样的事。因为当形势紧迫时，我们都要有用于躲藏和反抗的基地。"

"哦，得了吧。"约翰说，"你们必须接受这个事实：这一整个革命的想法都只是你们对于美国革命的幻想而已。美国的旧西部拓荒，被帝国势力剥削的勇敢的拓荒殖民者，从殖民地转向主权国家的起义——这些都是虚假的类比！"

"你为什么这么说？"玛丽安问，"区别在哪儿？"

"一来，我们所居住的这片土地不能令我们存活并持续发展；二来，我们没有成功起义的方法！"

"这两点我都反对。你应该多和阿卡狄聊聊这些问题。"

"我会试着和他聊聊的。无论如何，我认为总有更好、更直接的方法，不用这么偷偷摸摸地偷设备。我们只需要直接告诉联合国火星事务办公室，新签订的《火星条约》里应该有哪些内容就行了。"

他的同行者纷纷嘲笑着摇了摇头。

"我们可以随心所欲地聊我们想聊的，"玛丽安说，"但这不会改变他们的所作所为。"

"为什么不会呢？难道你觉得他们能无视住在这里的人吗？现在虽然有持续不断的太空飞船往来于两地之间，但我们距离他们仍有 8000 万千米远，而且在这里的是我们，不是他们。现在的火星也许并非 18 世纪 60 年代的北美，但我们确实有些相似的优势：我们和他们相距甚远，我们有主导权。重要的是不要陷入他们的思维窠臼里，不要重复老一套的暴力行动！"

于是他批判了革命、民族主义、宗教、经济——批判了他能想到的任何地球行为模式，把所有一切全都混在一起痛批一顿。这种做法符合他的一贯作风。"革命在地球上从未真正起过作用，在这里也过时了。我们应该发明出一种新的模式，正如阿卡狄所说，包括主动掌控我们自己的命运。如果你们全都这样继续活在过去的幻想里的话，最终结果就是重蹈覆辙，把我们全都引入你们反对的那种压迫关系里去！我们需要一条属于火星的新道路，一种属于火星的新哲学、新经济、新宗教！"

他们问他这些新火星思想模式是什么样的。他举起了手。"我能怎么说呢？这些模式还不存在，很难聊也很难想象，因为我们的头脑里没有这样的想象。当你试图去创造一些新东西的时候总会有这样的问题，相信我，我对此心知肚明，因为我一直在尝试。但我可以告诉你们它是一种什么感觉：就像是刚来这里的那几年，那时候我们还是一个团队，我们一起工作。那时候我们的生活除了安顿下来、探索这个地方别无其他，我们一起决定我们该做什么。就是这种感觉。"

"但那些日子已经一去不复返了。"玛丽安说，其他几个人点了点头，"那只是你自己对过去的幻想，都是空话而已。这感觉就像是你正在巨大的金矿里教授哲学课，同时两边都有军队向你逼近。"

"不，不。"约翰说，"我说的是抵抗的方法，适合我们现实处境的方法，不是从历史书里翻出来的某种革命幻想！"

他们继续辩论着，一轮又一轮，直到回到了森泽尼纳，回到了居住区最下层的工人房。他们在那里继续激情澎湃地辩论，不知不觉已经过了时间冻结，甚至后半夜还在继续。在他们探讨的过程中，约翰感到一阵欣喜，因为他能看出他们开始认真思考这个问题了——很显然他们在认真听他说，而且他说的话、他对他们的评价，对他们而言都很重要。这是"火星第一人"这个名号给他带来的最好的回报，再加上阿卡狄的赞同，他可以对他们直接施加影响，动摇他们的信念，让他们思考，让他们重新对事态进行评估。他可以改变他们的想法！

在大沙尘暴中的这个昏暗的紫色黎明，他们从大厅溜达进厨房，继续讨论。他们看向窗外，大口灌下咖啡，灵感迸发。很多年都没有这么激动而坦诚地辩论了。到他们最终决定各自回屋，赶紧趁天亮前睡一小觉的时候，甚至连玛丽安都明显动摇了，他们所有人都沉思着，半信半疑地觉得约翰可能是对的。

约翰走回自己的客房，感觉很疲惫，但也很快乐。无论阿卡狄是否有意，他已经让约翰成了他这场运动的领导者之一。也许阿卡狄会对此感到后悔，但木已成舟。约翰确信这是最好的安排。他可以作为连接地下团体和其他火星人之间的桥梁——在两个世界里运转，解决双方的分歧，将他们融合成一股力量，比任何一方都要强大的力量。将主流团体的资源和地下团体的热诚结合，阿卡狄认为不可能发生，但约翰拥有阿卡狄所不具备的权力。所以，他可以不夺取阿卡狄的领导权，而是简简单单地改变他们所有人。

通往他客房的门是开着的。他冲了进去，心中警铃大作。房间里的两把椅子上坐着山姆·休斯顿和迈克尔·张。"所以说，"休斯顿说，"你去哪儿了？"

"有没有搞错？真是够了。"约翰说，他火冒三丈，好心情瞬间消失了，"我走错门了吗？"他身体后仰看了一眼，"不，我没走错，这是我的房间。"他抬起胳膊，打开手腕终端机的摄像功能，"你们在这里做什么？"

"我们想知道你去哪儿了。"休斯顿平淡地说，"我们有授权，可以进入这里所有的房间，向所有人询问问题。你最好老实交代。"

"少来这套。"约翰嘲笑说，"你一直唱白脸不累吗？你们俩就不能换换角色吗？"

"我们只是想让你回答我们的问题。"张温柔地说。

"哎哟，真是够了，唱红脸的这位。"约翰说，"我们每个人都想找到自己问题的答案，对吧？"

休斯顿站了起来，看上去已经快要失控。约翰直冲着他走过去，在彼此距离只有 10 厘米时停了下来。"滚出我的房间。"他说，"现在就滚，否则我会把你们扔出去，然后让我们看看究竟是谁有权力留在这里。"

休斯顿一言不发，紧盯着他。约翰毫无征兆地猛推了他胸口一下，休斯顿一下没站稳，跌坐在了椅子上。他立刻站起来想要抓住约翰，但这时，张跳到他俩中间，说："等一下，山姆，等一下。"约翰一遍遍地用最大音量喊着："滚出我的房间！"他撞上张的后背，越过他的肩膀怒视休斯顿通红的脸。看到那张脸，约翰怒极反笑，甚至差点笑出声。他的推搡着实有效，情绪越发高昂起来了，他怒气冲冲地走到门口大吼："滚出去！滚出去！滚出去！"避免让休斯顿看到他脸上的笑意。张把愤怒的休斯顿拉进走廊，约翰跟在他们后面。他们3个人站在那里，张小心翼翼地站在约翰和自己的搭档中间。他的个头儿比其他两人都大，但他看向约翰时，却露出了担忧且恼怒的表情。

"现在说说吧，你们想干吗？"约翰一脸无辜地说。

"我们想知道你去哪儿了。"张坚持不懈地说，"我们有理由怀疑你所谓的调查蓄意破坏事件其实是你掩盖行踪的便利手段。"

"我也同样怀疑你们。"约翰说。

张没理他。"这些事件经常发生在你到访后，所以——"

"也发生在你们到访*期间*。"

"你在大沙尘暴期间到访过莫霍钻井，结果卡车就坠入了井中。赛克斯·罗索尔位于厄科瞭望点的办公室电脑受到了病毒攻击，就发生在2047年你和他见面之后。你刚一离开阿刻戎，那边快速生长的地衣品种就受到了生物病毒的攻击。诸如此类。"

约翰耸了耸肩。"所以呢？你已经来了两个月了，这就是你调查到的最好的结果？"

"如果我们是对的，那么这些例证就足够了。昨晚你去哪儿了？"

"抱歉。"约翰说，"我不会回答闯入我房间的人的问题。"

"你必须回答。"张说，"这是法律规定的。"

"什么法律？你能拿我怎么办？"他转身往门里走，张走过来挡住了他。约翰怒气上涌，猛撞向张。张后退了一步，但还是挡在门廊里，一动不动。约翰转头走开，回到了公共休息室。

***

当天下午，他乘坐火星车离开了森泽尼纳，沿着塔尔西斯东侧的信号路一路向北。路况很好，3 天时间里，他已经向北走了 1300 千米，到达诺克提斯沟网西北部——这儿是一个巨大的信号发射器交会处，还有一个新建的加油站。他向右转，往东踏上通往山脚基地的道路。每一天，当火星车颠簸在漫天狂沙之中时，他都在和宝琳一起工作。"宝琳，你能查看一下整个行星上的牙医设备的失窃记录吗？"在处理此类问题时，她的反应速度就像处理不合理要求的人类那么慢，不过最后数据还是调出来了。然后约翰让她浏览了所有他能想到的嫌疑人的行踪。得知每个人的行踪后，他打电话给赫尔穆特·布朗斯基，对休斯顿和张的所作所为提出抗议。"他们说是在你的授权下行事的，赫尔穆特，所以我认为该让你知道他们做了什么。"

"他们只是尽职尽责而已。"赫尔穆特说，"我希望你不要再为难他们，而是与他们合作，约翰。你应该能帮上忙的。我知道你没什么可隐瞒的，为什么不帮帮忙呢？"

"得了吧，赫尔穆特，他们根本不是在*寻求帮助*，他们是在仗势欺人。赶紧让他们别再这么干了。"

"他们只是在履行自己的职责。"赫尔穆特不为所动，"我没听到什么违规操作。"

约翰挂了电话，然后打给身在伯勒斯的弗兰克。"赫尔穆特怎么回事？为什么他要把火星交给这些警察？"

"你这个笨蛋。"弗兰克说，他边说话边在电脑屏幕前疯狂敲键盘，看上去似乎没注意自己在说什么，"你难道完全没注意到这里正在发生的事吗？"

"我本来以为我注意到了。"约翰说。

"我们正泡在深达膝盖的汽油之中！而该死的长寿疗法就是导火索。不过你之前就无法理解我们一开始究竟为什么会被送到这里来，所以你现在又怎么可能理解眼前的情况呢？"他继续打字，紧紧盯着自己的屏幕。

约翰看着自己手腕终端机画面上小小的弗兰克，好一会儿才说道："我们一开始究竟为什么被送到这里来呢，弗兰克？"

"俄罗斯和美国都陷入绝望了，这就是原因。我们是日薄西山的工业大国，即将被日本、欧洲以及亚洲新兴的那些国家吞噬。我们所有这些关于太空的经验，一整套庞大而无用的太空工业都要被浪费了，所以我们集中所有资源来到火星，唯一的希望就是能在这里找到某些有价值的东西，能够得到回报！这么说来，我们的确淘到了金子。但结果只是给现在的状况火上浇油，因为淘金热会显示出谁有权、谁没权。尽管现在我们领先一步，但还有一大堆新兴的国家虎视眈眈，它们在某些领域比我们更厉害，也想要分一杯羹。同时，地球上还有一大堆国家既没有空间也没有资源，100 亿人生活在水深火热之中。"

"我还以为你会说，地球一直岌岌可危。"

"这不是岌岌可危。想想吧——如果只有富人才能接受这种该死的治疗，那穷人肯定会起义，一切都会完蛋——但如果每个人都接受治疗，那人口就会飙升，一切还是会完蛋。不论怎样，地球都要完蛋了！而且它正在完蛋！多国联合会自然不想看到这样的结果，如果全世界都完蛋了，也就没什么生意可做了。所以他们怕了，他们决定通过集中力量来维稳。赫尔穆特和那些警察只是冰山一角——很多政策制定者认为，在几十年内维持一个世界警察国家的状态是我们唯一能保持人口稳定、避免灾难的机会。自上而下的控制，这些愚蠢的浑蛋。"

弗兰克厌恶地摇了摇头，靠近屏幕，全神贯注地看着上面的内容。

约翰问道："你接受治疗了吗，弗兰克？"

"我当然接受了。别打扰我了，约翰。我还有工作要做。"

\*\*\*

南半球的夏天比去年大沙尘暴笼罩中的夏天热一点，但还是打破了火星有史以来的纪录。沙尘暴已经持续快 2 个火星年、超过 3 个地球年了，但赛克斯对此持有辩证的哲学态度。约翰给他打了个电话，他还在厄科瞭望点。当约翰提到他这边每天晚上都很冷时，赛克斯只是说："我们在整个地球化过程中很可能一直会面临这样的低温。但提升气温本身也并非我们追求的目标。金星就很温暖。我们想要的是可以生存下去的环境。如果能自由地呼吸空气，我不介意空气是冰冷的。"

然而真的很冷，到处都很冷。每个夜晚，气温都会降到零下100多摄氏度，即使是赤道地区也是如此。约翰离开森泽尼纳一周后到达了山脚基地，他发现人行道上覆盖着某种粉色的冰，在昏暗的沙尘中几乎看不见，在四周走动举步维艰。山脚基地的人大部分时间都在室内度过。约翰花了几周的时间帮助当地的生物工程小组测试一种快速生长的新型雪藻。山脚基地里挤满了陌生人，大部分都是年轻的日本人和欧洲人，幸运的是他们仍用英语相互交流。约翰住在老宿舍其中一间有着拱顶的半圆柱体房间里，在宿舍楼的东北角。老宿舍楼已经没有娜蒂娅的中庭那么受欢迎了，这里的房间更小、更暗，好多都被当成储藏室了。走过走廊的感觉很奇怪，回忆里的游泳池、玛雅的房间、餐厅——现在全都黑乎乎的，堆满了箱子。那些年，首百是这里仅有的100个人。约翰已经很难回忆起当时的情景了。

他继续依靠宝琳监控好几个人的行踪，包括联合国火星事务办公室调查小组的那些人。监控过程并不严谨，而且跟踪那些调查员也并非易事，特别是休斯顿、张和他们团队的人，他怀疑他们故意避开了网络监控。另一方面，太空港每月的到达记录证实弗兰克是对的——这些调查员的确只是冰山一角。有很多人专程来到伯勒斯为联合国火星事务办公室工作，但他们没有明确的工作职位。他们分散在矿区、莫霍钻井、定居点，直接听从当地安全负责人的指挥。而且这帮人在地球上的工作经历都很有意思。

通常在宝琳的调查告一段落后，约翰会离开宿舍，去户外走走。他忐忑不安，艰难地思考着。至少现在能见度比之前好一点了：地面更清晰了，不过粉冰还是让人行走不便。大沙尘暴似乎变弱一些了，地表平均风速也减弱了，风暴发生前平均每小时30千米，现在只是这个数值的两三倍，空气中的沙尘有时就像是某种比较厚的雾霾，将落日折射成由粉色、黄色、橘色和紫色形成的旋涡，偶尔还有绿色或青绿色的斑带出现又消失。此外，还出现了日晕和幻日，以及明亮的纯黄色光柱。大自然毫不吝啬地展示着转瞬即逝的奇观。看着这些朦胧的颜色和变幻莫测的景象，约翰的思绪被打断了。他爬上巨大的白色金字塔，登高望远。然后他走回室内，斗志昂扬，准备再次开始战斗。

某天晚上，在看完壮观华丽的日落之后，他从大金字塔上爬下来，慢慢往山脚基地走。这时，他发现两个人影从车库侧门爬了出来，沿着透明的管道进入一辆火星车。他们的动作匆匆忙忙、鬼鬼祟祟。他停下来仔细观察。这两个人没戴头盔，他从他们的体形和后脑勺认出来是休斯顿和张。他们踏着地球人特有的低效而急促的脚步走进火星车，向他的方向开来。约翰将面罩调成偏光模式，继续低着头向前走，假装自己是来工作的人。他往旁边让了让，想拉开和他们之间的距离。火星车驶入浓厚的沙尘暴，很快就消失不见了。

回到闭锁室门口时，他陷入了沉思，越想越惊恐。他一动不动地站在门口，反复思考。他开始移动，并不是去开门，而是走向门旁墙上的内部通信终端。喇叭下方有几个各种样式的音频线插孔。他小心翼翼地把一个插头从固定器上取下来，擦掉边缘沾满的微尘——这些插孔从未被使用过——再把手腕终端机连上，输入宝琳的接通码，等待着加密以及解密的过程。"怎么了，约翰？"宝琳的声音从他头盔内部的通信喇叭里传来。

"宝琳，请打开你的摄像头，扫视我的房间。"

宝琳在他的床头柜上，电源插在墙里。她的摄像头是光纤的，很少使用。传输到他手腕终端机上的画面非常小。画面中，房间里很暗，只有小夜灯亮着。面罩的曲率也有一些干扰，即使直接把终端机贴到面罩前，他也无法清晰地看到画面，只能看到一些灰色的形状在变幻。那边是床，上面有什么东西，然后是墙。"往回转 10 度。"约翰边说，边眯着眼睛试图看清楚只有 2 平方厘米的画面。这是他的床，上面躺着一个人。那到底是什么？好像能看到鞋底、躯干、头发。难以看清。那东西一动不动。"宝琳，屋里有什么声音？"

"通风扇。电器。"

"把你的麦克风采集到的声音给我传过来，调到最大音量。"他向左歪头，把耳朵贴到头盔里的喇叭上。嗞嗞声，呼呼声，静电噪声。这样的传输过程中会有太多干扰，尤其是使用这些老旧的插孔时。但他的确没有听到呼吸声。"宝琳，你能进入山脚基地的监控系统，定位到我屋门口的摄像头，将画面传到我的终端机上吗？"

他在几年前主导了山脚基地安保系统的安装工作，宝琳仍保留着安装图和接入码。很快，宝琳就将他手腕终端机上的画面换成了他房间外天花板摄像头的画面。房内的灯是开着的，从摄像头的视野里，他看到房门是关着的，没有什么异常。

他垂下手腕，再次思考。5分钟后，他又抬起手腕，通过宝琳对山脚基地的安保系统进行操控。他知道接入码，所以他指挥监控系统删除了监控录像记录，让系统每1小时就重新覆盖记录，而非平时的每8小时。然后，他指挥两个清洁机器人来到他的房间打开房门。当机器人到达时，他一阵战栗，等着它们慢慢地进入拱顶房。他通过宝琳的"小眼睛"看到它们打开了房门，光线洒入房内，一时间整个画面全亮了，接着亮度自动调整好，画面变清晰了。没错，他的床上的确有个人。约翰倒吸一口冷气。他用手腕终端机上的微按键远程操纵机器人。过程断断续续的，但如果机器人抬起床上这个人的时候他醒了过来，那就再好不过了。

然而并没有。机器人依靠算法精准地抬起了男人，男人却软绵绵地挂在机器人的两条手臂之间。一具被吊起来的尸体。这个人已经死了。

约翰深深地吸了一口气，屏住呼吸，然后继续遥控，指挥第一个机器人将尸体放入第二个机器人身上的垃圾袋里。指挥机器人沿着走廊走回储藏间并不难。这一路上遇到了好几个人，但他对此毫无办法。只有从正上方才能看见尸体，希望没人注意到，希望之后没人还记得这些清洁机器人。

当他指挥它们回到储藏间后，他犹豫了。他应该直接把尸体带到炼金术士营地里的焚化炉吗？不行——既然现在尸体已经被搬出了他的房间，他就不需要抛尸了。其实他很可能之后会需要它。这时候，他才开始好奇这具尸体究竟是谁。他指挥第一个机器人用"眼睛"扫描尸体右手手腕处，用磁成像仪读取数据。机器人用了很长时间才成功将"眼睛"对准手腕上应该扫描的位置，然后保持固定。每个人都在腕骨附近植入了微型标签，上面有用标准 DOT 语言[1]写入的信息。宝琳 1 分钟就查出了这个人的身份。抚井谷鹿，联合国火星事务办公室的审计员，驻扎在山脚基地，于 2050 年来到火星。一个有名有姓的人。一个本可以活上 1000 年的人。

约翰开始颤抖。他靠在山脚基地发着蓝光的砖墙上。还要再等 1 小时他才能进去，也许不用等这么久。他不耐烦地掉头沿着宿舍楼外围走着。一般走一圈需要大概 15 分钟，但他只用了 10 分钟。走完第二圈后，他转而走向之前的简易住所所在地。

只有两辆老房车还在这里。显而易见的是，它们要么被弃之不用了，要么被用来当储物室了。在房车之间，在夜晚的沙尘之中，有几个人影隐现。一时之间，约翰很害怕，但他们继续向前走远了。他转回宿舍楼附近，又绕了一圈，然后走上通往炼金术士营地的小路。他看到老旧的复杂管道和低矮的白色建筑上都布满了黑色花体字写的公式。他回想起他们刚来这里的那些年。而现在这里已经变成了这样，仿佛就在一眨眼之间。在大沙尘暴阴霾笼罩下的文明、腐败、危机、火星上的凶杀案。他咬紧牙关。

1 小时过去了，已经是晚上 9 点了。他走回闭锁室，走进去，在更衣室里脱下头盔、漫步服和靴子，脱光了衣服，走进浴室冲了个澡，擦干身体，穿上一件连体服，梳了梳头发。他深呼吸，然后沿着宿舍楼南侧走过去，进入自己房间所在的拱顶房内。他打开拱顶房的门时，毫不意外地看到 4 名联合国火星事务办公室调查员出现在面前。他们命令他停下时，他假装很惊讶，说："怎

---

1　一种文本图形描述语言。

么回事？"

这几个人里没有休斯顿和张，而是其他三个男人以及驻扎在"低点"的那组人里的一个女人。三个男人聚在他身旁，没有回答他的问题。他们将他的房门完全打开，其中两个人走了进去。约翰强忍着冲动没有去揍他们，没有冲他们大喊大叫。甚至当他们看到他的屋内空空荡荡而露出震惊的表情时，他也忍住了大笑的冲动。他只是好奇地盯着他们，试着让自己只露出恼怒的表情，这是在他被无视、不被告知情况时合情合理的反应。他当然很恼怒，当他打开门时，他自己也很难控制住怒火，很难将怒气压制在合理的范围内。他必须将他们作为爱挑事的警察来对待，而非犯下杀人之罪的公职人员。

事情出乎意料，他们陷入困惑，而约翰借机骂骂咧咧地将他们赶出房间，摔上门。他站在屋子中央。"宝琳，将安保系统的监控画面记录下来。把有他们的画面传给我看。"

于是宝琳追踪了他们。这几个人几分钟后就回到了控制室，张以及其他几个人也在那里。他们一起查看监控录像。约翰坐在宝琳的屏幕前，和他们一起查看监控。他们很快就发现只有最近1小时的监控录像，下午的录像全都被覆盖了。他们肯定会困惑不已。约翰冷笑了一下，让宝琳断开了安保系统。

一股疲惫感涌了上来。现在才11点，但肾上腺素和早上服用的欧米根啡肽已经失效了，他太累了。他坐在床上，突然想起床上刚刚放过一具尸体，便立刻站起了身。最终他睡在了地板上。

他是被斯宾塞·杰克逊在时间冻结期间叫醒的。斯宾塞来通知他，在清洁机器人的垃圾袋里发现了一具尸体。他疲惫地走进医务室，站在斯宾塞身旁，盯着抚井谷鹿的尸体。旁边站着好几个调查员，全都一脸警惕地看着他。诊断机解剖尸体和诊断活人的能力一样强，说不定更好。样品的测试结果显示，尸体体内存在凝血剂。约翰满脸忧愁地下令执行全方位的刑事验尸，抚井的尸体和衣物都要经过扫描，以寻找任何不属于死者本人或不属于任何目前在山脚基地的人员的微粒。约翰在下达尸检指令时，紧紧地盯着联合国火星事务办公室的调查员，但他们连眼睛都没眨一下。也许他们是戴着手套、穿着漫步服，或者是远程遥控杀人的，就和他搬运尸体时一样。他不得不转过身掩饰恶心，他不能让他们看出他已经知晓了一切！

不过，他们当然对将尸体放在他床上这件事心知肚明，所以他们肯定怀疑约翰是将尸体移走、将录像抹除的人。他们肯定也知道约翰已经知晓了一切，至少是怀疑他知道了。但他们无法确定，所以约翰还得继续装下去。

1小时后，他回到自己的房间，再次躺在地板上。他筋疲力尽，但根本睡不着。他盯着天花板，反反复复地思考着这一切，思考着他所了解的一切。

***

将近黎明时分，他感觉自己想明白了一切。他放弃入睡，起来打算外出散散步。他需要去外面，离开人类世界及其腐朽的一切，走入呼啸的狂风中。沙尘让狂风变得更加明显。

他走出闭锁室，发现头顶竟是满天繁星。整个天空都被星星填满了——成千上万的星星和记忆中的一样耀眼地亮着，没有任何闪烁，星星密度非常大，以至于黑色的天空也被映衬得有一点点白，仿佛整个天空就是银河本身似的。

这一幕几乎被他遗忘的繁星奇景令他震惊不已、沉浸其中。回过神后，他打开通信系统，把这则新闻告诉了大家。

这个消息引起了一阵混乱，人们听到后纷纷叫醒自己的朋友，冲进更衣室，趁着漫步服还没被抢完，赶紧随便抓起一件穿上。闭锁室的门敞开，人群拥了出来。

东方的天空呈现暗红色，接着迅速亮起来了。整个天空转变成深玫瑰色，接着开始发光。星星成百上千地消失，直到最后只剩下金星和地球挂在东边，闪耀在渐明的天色之中。东边的天空逐渐变亮，直到亮到不能更亮。即使隔着面罩，人们也被照得眼睛湿润，有些人看到眼前的景象后激动得在公共频道里大喊出声。有人在那里欢呼雀跃，有人在通信系统里叽叽喳喳。天空变得难以置信地明亮，越来越亮，越来越亮，甚至感觉要爆炸了。粉色的太阳光芒万丈，金星和地球淹没在光芒之中。紧接着太阳跃出地平线，像是一枚热核弹一样将光遍洒在平原上。人们欢呼着、跳跃着，在岩石和建筑长长的阴影里跑来跑去。所有面东的墙壁都染上了野兽派画家的颜色，马赛克的釉料反射着强光，难以直视。空气仿佛是玻璃，甚至像是具象化的固态物质，将位于其中的万物都锐化得格外清晰。

约翰远离人群，向东往切尔诺贝利的方向走去。他关掉了通信系统。天空比他记忆中的颜色更暗、更粉，天顶有一抹紫色。山脚基地的每个人都激动坏了，好多人从未在火星上看到过阳光，他们感觉仿佛自己的整个人生都是在大沙尘暴里度过的。现在沙尘暴终于消散了，他们在阳光下漫步，陶醉在阳光里，在粉冰上跌跌撞撞地滑行，用黄色的雪球打雪仗，攀爬上结了霜冻的金字塔。约翰看到这一切，转过身，沿着台阶爬上最后一座金字塔，想看看山脚基地周围的突岩和坑洞。它们差不多都冻上了，遍布泥沙。他打开公共频道，又关上了——基地里的人仍在嚷嚷着寻求漫步服，但已经身在户外的人没理会他们。"日出已经 1 小时了！"有人喊道，但约翰感觉难以置信。他摇了摇头，脑中回响起刺耳的声音，回忆起床上的死尸，这让他很难尽情享受沙尘暴结束的愉悦。

最终他走回室内，将漫步服递给两个和他体型差不多的女人，她们争论着谁先出去。约翰走进通信中心，给位于厄科瞭望点的赛克斯打了个电话。电话接通后，他对赛克斯表示祝贺，因为沙尘暴终于结束了。

赛克斯唐突地摆摆手，仿佛沙尘暴很多年前早就结束了似的。"他们选好了 2051B 号阿莫尔型小行星。"他说。这是人们一直在寻找的、准备插入火星轨道的冰质小行星。他们正在小行星上安装火箭推送器，这会将它推入和当初*战神号*登陆火星时相似的轨道中。如果没有防热盾，大气制动的过程肯定会将小行星灼烧掉。目前进展顺利，距离其插入火星轨道还有 6 个月的时间。这才是大新闻。赛克斯眨眨眼，用一贯的冷静口吻暗示。大沙尘暴什么的，早就成历史了。

约翰不由自主地笑了。但他想起了抚井谷鹿。他和赛克斯讲了这件事，因为不想只有自己一个人的好心情被毁掉。赛克斯只是眨了眨眼。"他们开始动真格了。"最终他说。约翰感觉很恶心，于是说了句"再见"就挂掉了。

约翰走回拱顶房，同时混杂着好和坏两种心情。他返回房间，吃了一片欧米根啡肽，以及一片斯宾塞之前给他的新产品——潘啡肽。然后他走出房间，进入宿舍楼的中庭，在植被之间穿梭。这些植物都是沙尘暴期间顶着头顶的灯泡长出来的。天空仍是一片清澈的暗粉色，仍然很亮。不少第一拨外出的人已经回来了，聚在中庭一排排的农作物旁狂欢。他遇到了几个朋友、一些熟人，不过更多的是陌生人。他回到拱顶房，穿过一间间满是陌生人的房间，有时候他们看到他走进来会一起欢呼。如果他们起哄"快来讲一段"的时间够长的话，他就会站在椅子上胡诌一段话，感受体内的内啡肽。今天内啡肽的作用因回想起那个被谋杀的人而变得非常不可预测。有时他变得很激动，不知道自己接下来脱口而出的会是什么话。那帮人之后肯定会说："我们在大沙尘暴结束的那天看到约翰·布恩烂醉如泥的样子了。"行吧，他想，让他们随心所欲地说他们爱说的吧。反正那些所谓的关于他的传说和他本人的所作所为根本毫无关系。

某间屋子里有一群埃及人，这帮人不像他认识的苏菲派信徒，而像是传统的穆斯林。他们说话如风一般快，正在喝着咖啡。他们晒足了太阳，喝够了咖啡，偶尔在胡子下闪现出笑容。他们格外热情友好，见到他在这里，每个人都非常开心。他感到心里一阵暖意，借着这些日子发生的各种事的劲儿，说："看，我们已经是新世界的一部分了。如果你们不基于火星的现实来行动，那你们肯定会得分裂症，因为你们的身体在这颗星球，你们的精神却依然停留在另一颗星球上。像这样分裂的社会无法长久运行。"

"哎呀，哎呀。"其中一个人笑着说，"你肯定明白我们之前也有过长途旅行。我们是爱四处游荡的民族，但无论我们身在何处，麦加都是我们的精神家园。我们可以飞到宇宙的另一边，但我们的精神永远在麦加。"

对此他无话可说。其实，这样的坦诚比他当晚面对的一切都更令他感到神清气爽。于是他点了点头，说："我懂了。我明白了。"听完他们的话，再对比一下虚伪的西方人：他们在为早餐祷告时不忘为利润祷告；他们甚至无法清晰地表达他们的任何一种信仰；他们认为自己的价值观就是普世价值观；他们会说，"没办法，事情就是这样的"，就像弗兰克经常说的那样。

所以，约翰留在这里和埃及人又聊了一阵子。离开时，他感觉好多了。他晃悠着回到自己的拱顶房，听着吵闹的声音从大厅传入各个房间，吼叫、尖叫、科学家们快乐的交谈声。"这些盐生植物不喜欢盐水，因为盐分太低了。"一阵阵欢笑声传来。

他有主意了。斯宾塞·杰克逊就住在约翰旁边的拱顶房里。斯宾塞路过时，约翰赶紧叫他进来，跟他说了自己的想法。"我们应该把所有人聚集起来，一起庆祝沙尘暴的结束。邀请所有以火星为中心的团体，或者干脆邀请所有能来的人。任何想来的人都可以来。"

"来到哪儿？"

"来奥林波斯山。"约翰不假思索地说，"我们可以让赛克斯安排，让他的冰质小行星正好同时到达，这样我们可以在山顶观看引爆小行星。"

"好主意！"斯宾塞说。

# 5

　　奥林波斯山是一个盾状火山，是一个大部分地方都比较平缓的圆锥体。广阔的底部让它达到了目前的高度，比周围的平原高了 25 千米，而横向的宽度则有 800 千米，所以坡度约为 6 度。其山体周围有一圈约 7 千米高的断崖，这处壮观的悬崖的高度是厄科瞭望点的 2 倍，好多地方近乎垂直。不少地方都吸引了火星上的攀岩爱好者来攀登，但至今尚未有人成功攀上去。对于大部分居住在火星上的人而言，这只不过是通往山顶的陷落火山口的巨大障碍而已。地面的旅行者可以通过北部一个又大又宽的坡走上断崖，在这里，最后一股熔岩流覆盖了悬崖——火星学家描述了当时的情况，一股融化的熔岩流宽达 100 千米，亮到无法直视，从 7 千米的高处倾泻到被黑色熔岩覆盖的平原上，一层一层，叠得越来越高、越来越高。这股溢出的熔岩留下了一段坡道，仅在某些陡坡处需要小跑才能上去。这是一条很容易走的上坡路，这之后的上坡路有 200 千米，一直通往陷落火山口的边缘。

　　奥林波斯山的顶峰内又宽又平，视野很好，可以饱览下方一圈圈的陷落火山口，但因此也看不到火星的其他地方。向外只能看到边缘的崖壁，再往外就是天空。但南部边缘有个很小的无名流星陨击坑，它只有地图代号——THA-Zp。小陨击坑的内部没有受到吹过奥林波斯山的细长喷流的影响。如果站在犬牙交错的南部边缘，就可以沿着斜坡向下看到火山下方的景色，继而饱览西面广阔的塔尔西斯高原，感觉就像从较低的平台上俯视这颗星球。

***

距离小行星到达火星还有将近 9 个月，约翰的庆典计划有足够的时间传播出去。一队队房车开到这里，人们三五成群，沿着北部坡道上来，绕到南部的 Zp 陨击坑的坡道上。他们建起了很多个月牙形的巨型透明帐篷，底部是坚固的透明地板。帐篷位于高出地面 2 米的位置，由透明的桩子支撑。这是在这个临时住所最新建起来的建筑，月牙的内弧都面向山坡上方，所以这些帐篷建成后，会形成一排排弧形的阶梯状地形，就像是山坡上的温室梯田一样，从上方看，会看到一片广袤的铜色世界。房车车队在一周内持续不断地到达；还有不少飞艇吃力地爬上长坡，拴停在 Zp 陨击坑内。飞艇数量很多，遍布陨击坑内部，使得这个小小的陨击坑如同一个盛满了生日气球的碗。

人群的规模令约翰感到惊讶，他本来以为只有几个朋友会来到这么遥远的地方参加庆典。这又从侧面证明了他对目前火星的人口数量有着多大的误判。这里聚集了将近 1000 人，真是太神奇了。不过很多人他之前都见过，还有不少人他听说过名字。所以，前来相聚的人从某种意义上讲也都是朋友，就像是之前不知道其存在的老家突然出现在他附近。好多首百也来了，一共有 40 位，包括玛雅和赛克斯；安、西蒙、娜蒂娅和阿卡狄；弗拉德、厄休拉和其他几个阿刻戎团队的人；斯宾塞、阿历克斯、珍妮特、玛丽、德米特里、埃琳娜以及其他火卫一团队的人也来了；还有阿尼、萨沙、耶利等人。他们之中有些人他得有 20 年没见过了。总之他比较熟悉的人都来了，除了弗兰克和菲莉丝，前者说自己太忙了，后者根本没有回复他的邀请函。

不只是首百，其他好多人也都是老朋友，或者朋友的朋友：很多瑞士人，包括那些修路的"吉卜赛"瑞士人；从火星各地赶来的日本人；大部分俄罗斯人；他的苏菲朋友。他们分散在阶梯状的新月形帐篷里，聚集在自己的房车车队和飞艇队附近，时不时地跑去闭锁室附近欢迎新来的朋友。

白天的时候，很多人都出了帐篷在室外游荡，收集从弯曲的巨型斜坡上散落的石块。Zp 的陨石冲击造成很多碎屑熔岩散落在附近，包括像陶瓷碎片一样的斯石英破裂锥，有一些呈暗黑色，有一些则是明亮的血红色，还有一些其间有冲击钻石形成的斑点。一队来自希腊的火星学家开始在他们帐篷下方的地上用这些石头摆出一些图案。他们携带了一个小窑炉，可以给一些碎片上釉，使其呈现黄色、绿色或者蓝色，以突出他们的设计。这个主意很快就被其他看到的人效仿，两天时间里，每个透明帐篷的地板下方都出现了马赛克图案的拼接画：电路设计图、鸟和鱼的形象、用藏语写成的唵嘛呢叭咪吽、整个火星的地图和一些局部区域的地图、公式、人脸、风景，诸如此类。

约翰从一个帐篷逛到另一个帐篷，和人们聊天，享受着狂欢的气氛。即便在这样的气氛下，人们也无法停止争论，到处都有人在争论——但大部分人都在狂欢、交谈、饮酒，在古熔岩流形成的褶皱地表上闲逛，制作马赛克地板，跟随各种各样业余乐队演奏的音乐跳舞。这些乐队里最好的一支是镁鼓乐队，乐器来自火星，乐手来自特立尼达和多巴哥。这是个开放登记地国家，多国联合会在那儿有方便旗船，同时当地的抵抗运动进行得如火如荼，这支乐队就是其中的代表。另外还有一支西方乡村乐队，队里有一位出色的滑棒吉他乐手。一支爱尔兰乐队带来了自制乐器，他们的乐手频频更换，一直在演奏，几乎没有停歇。这三支乐队附近都挤满了跳舞的人，舞动的人群仿佛也带着帐篷舞动了起来。到处充满了优雅和热情的音乐，充满了重量，充满了美景。

总之，这是一场很棒的庆典。约翰很开心，每时每刻都在尽情狂欢。现在他不需要欧米根啡肽或潘啡肽了。玛丽安和森泽尼纳的人把他拽到角落，给他塞了一板药，他只是笑了笑。"我现在不需要。"他边对那群有些鲁莽的年轻人说，边虚弱地挥了挥手，"这简直就是把煤炭运去纽卡斯尔[1]，多此一举。"

"把煤炭运到纽卡斯尔？"

"他的意思是，就像是把永久冻土运到北方荒原。"

---

1 "把煤炭运到纽卡斯尔"是一句英国谚语。纽卡斯尔是英国工业时期重要的工业城市，煤炭供给非常富裕，所以将煤炭运到纽卡斯尔是多此一举。

"或者是往大气里注入更多二氧化碳。"

"把熔岩运到奥林波斯。"

"把更多盐放进该死的土地里。"

"把更多氧化铁放到这颗该死的星球的任何地方！"

"没错。"约翰笑了，"我已经够红了。"

"和那些家伙比起来还不够红。"其中一个人指着西边的低地说。一排3个沙色的飞艇正在沿着火山的斜坡往上飘。飞船很小、很旧，没有回应无线电通信请求。它们越过 Zp 陨击坑的边缘，停泊在陨击坑内的一群更大、色彩更鲜艳的飞艇之间。每个人都想从闭锁室的观察者们那里打听这些人到底是谁。当看到飞艇的吊舱门打开，二十几个穿着漫步服的人走出来的时候，人们陷入了沉默。"是博子。"娜蒂娅突然在公共频道里说。首百迅速赶到上层的帐篷附近，紧盯着通往边缘外部的步行管道。新来的访客沿着管道走向帐篷的闭锁室，穿过闭锁室，走进帐篷，没错，真的是博子——博子、米歇尔、叶芙根妮娅、岩雄、吉恩、艾伦、拉雅、拉尔，以及一大帮年轻人。

尖叫和欢呼声穿透了天空，人们相互拥抱着，好几个人都激动得哭了，其中夹杂着一些愤怒的指责。约翰终于能紧紧抱住博子了，回想起那些独自开着火星车、忧心忡忡的时光，他那时多么希望能和博子谈谈啊！现在他紧紧地握着她的胳膊，几乎是在摇晃她，从喉咙中即将涌出火热的言辞。她微笑的脸很像他记忆中的样子，但又有些不一样——她的脸更瘦削、更棱角分明了，分明不是但又是她——他视野中她的脸逐渐模糊，从他想象中的样子变成了他眼前的样子。他因眼前模糊的幻觉（以及内心模糊的情感）而感到困惑，只是说着："哦，我一直都想找你谈谈！"

"我也是。"她说，尽管在嘈杂声中很难听清她的话。娜蒂娅横在玛雅和米歇尔中间，玛雅正一遍又一遍地喊着："你为什么不告诉我你会来？"声音大到仿佛能刺穿耳膜。约翰被她的吼声吸引了注意力，接着他越过博子的肩膀看到阿卡狄的脸，后者脸上的表情似乎在说，*晚点问题就会得到解答了*。约翰的思绪被打断了。之后肯定会有些艰难对峙的场面——但现在，他们就在这里。他们就在这里！帐篷里的噪声提高了 20 分贝。人们欢庆着团聚。

＊＊＊

当天下午晚些时候，约翰召集了来到这里的首百成员，现在有约 60 人了。他们自动聚集在地势最高的帐篷里，俯视下面的帐篷和远方的土地。

这里比山脚基地及其周边遍布石块的平原更辽阔。似乎一切都改变了，这个世界及其文明都变得更广大、更复杂。然而他们仍站在这里，每个人的脸庞都如此熟悉，却又改变了很多、老了很多：岁月侵蚀了他们的脸庞，留下累累痕迹，仿佛他们已经活过了好几个地质年代。岁月的痕迹让他们显得睿智，从他们的眼中仿佛能看到含水层似的。他们大部分人都已经 70 多岁了。这个世界也的确变得更广阔了——从很多不同意义上都是如此。而且如果他们运气好的话，很可能会继续见证彼此变老的过程。这感觉很奇妙。

他们四处闲逛，看着下层帐篷里的人们，看着人群外广阔的、色彩斑驳的橘色星球。他们之间的对话非常跳脱，从一个话题跳到另一个话题，快速而混乱，相互交错。他们时而同时停下来，站在那里，时而茫然困惑，时而像海豚一样微笑着。下方的帐篷里，人们偶尔越过弧形塑料天花板望向他们，好奇地瞥一眼这历史性的聚会。

最终，他们坐在一堆四散的椅子上，传递着奶酪、饼干和红酒。约翰靠在椅背上，环视四周。阿卡狄一只手臂揽着玛雅的肩膀，另一只手臂揽着娜蒂娅的肩膀，三人正在因玛雅说的话而哈哈大笑。赛克斯用他惯常的猫头鹰般的方式愉悦地眨着眼睛。博子笑容满面。早年间，约翰从未在她脸上见过这样的表情。虽然破坏大家这么高昂的情绪真的很尴尬，但没有比现在更好的时机了，情绪总会回来的。所以，在某个大家都安静下来的时刻，约翰用清晰而洪亮的声音对赛克斯说："我知道是谁在策划这些蓄意破坏事件了。"

赛克斯眨了眨眼。"你知道了？"

"是的。"他直视博子的眼睛，"是你的人，博子。"

这番话让博子冷静了下来，但她脸上还是带着她惯有的那种收敛而隐秘的微笑。"不，不，"她平静地说，摇了摇头，"你了解我，我不会这么做的。"

"我知道你不会，但你的人在背着你做事。事实上，是你的孩子们。他们和郊狼一起做的。"

她眯起眼睛，迅速瞥了一眼下方的帐篷。

她再次看回约翰。他继续说道："你养育了他们，对不对？给你的卵子授精，然后在体外培育。"

她沉默了一阵儿，然后点了点头。

"博子！"安喊道，"你不是对体外培育技术一点概念都没有吗？"

"我们进行了测试。"博子说，"结果孩子们看上去都没什么问题。"

所有人都沉默地盯着博子和约翰。约翰说："也许如此，但他们之中有些人和你想法不一致。他们就像孩童一样各行其是。他们的虎牙是石头质地的，对不对？"

博子皱了皱眉头，说："那是牙冠，不是纯粹的石头，而是某种复合物。一种很蠢的时尚罢了。"

"但也是一种徽章。有些火星人也追求这种时尚。他们和你的孩子们保持着联系，帮助他们搞破坏。我在森泽尼纳时差点被他们之中的几个人杀死。我在那里的向导也有石质虎牙，不过我花了很长时间才回想起我是在哪儿看到的。我猜测，卡车坠落时我们恰好在钻井底部，这其实是一起意外。我没有提前告诉他们我会去莫霍钻井，所以我猜整件事在我到访前就已经策划好了。他们当时不知道应该终止计划。冈仓在下到钻井底部时肯定在想，自己会像虫子般被碾碎，但一切都是为了大义。"

又一阵沉默后，博子说："你确定吗？"

"我很确定。很长一段时间以来我都很困惑，因为不只是他们，还有其他人也在暗中行事。但当我回忆起我是在哪里第一次看到石牙时，我仔细进行了调查。我发现早在 2044 年，从地球运来的一整箱牙科设备都不见了。一整箱货品被偷了。这给我一种感觉：我终于查到了一些东西。接着我发现，蓄意破坏事件总是在一些系统里的人员不可能参与的时间和地点发生。比如，我去珍珠湾含水层附近拜访玛丽那次，水井发生了爆炸。很明显不是任何驻扎在那里的人员搞的鬼，因为根本不可能。但那里确实是个与世隔绝的边陲小站，当时周围也没有任何人接近。所以，肯定是不在系统里的人干的。于是我想到了你。"

他略表歉意地耸了耸肩，继续说："仔细调查后，可以发现约一半的蓄意破坏事件根本不可能是系统里的人干的。剩下的一半事件发生时，现场总会出现镶石牙的人。虽然镶石牙已经成为流行风尚，但即使如此，这也能说明一些问题。我猜这些事肯定和你有关，所以我让我的 AI 做了分析，发现 3/4 的事件都发生在南半球低纬度地区，或是在以水手号峡谷群东部尽头的混乱地形为圆心的一个 3000 千米的圆形区域内。这个圆形范围内有很多定居点，但即使考虑到这一点，在我看来混乱地形仍是一个非常适合蓄意破坏者躲藏的区域。我们始终认为，你和你的人离开山脚基地后的这些年，一直都待在这个区域里。"

博子面无表情。过了一阵儿，她终于开口说："我会调查这件事的。"

"很好。"

赛克斯说："约翰，你刚才说，还有其他人也在暗中行事？"

约翰点了点头。"没错，不仅发生了蓄意破坏事件，还有人试图杀死我。"

赛克斯眨了眨眼，其他人都一脸惊讶。"一开始我以为是蓄意破坏者干的。"约翰说，"他们可能是想阻止我展开调查。这种猜测很合理，第一次事件的确就是蓄意破坏，所以很容易混淆两者。但现在我很确定那一次是个意外。蓄意破坏者并没有打算杀死我——他们有机会杀我，却没有这么做。有一天晚上，好几个人拦住了我，包括博子你的儿子加清，以及郊狼——我猜他就是你藏在*战神号*上的偷渡者——"

这话引起了一阵骚动，看来不少人也都疑心过飞船上有偷渡者。玛雅激动地踮起脚尖，指着博子大喊大叫。约翰提高音量让他们安静下来，继续说："他们来找我，他们的来访——是我关于蓄意破坏理论的最好证明，因为我成功得到了其中一个人的一小块皮肤组织。我读取了他的 DNA，并和在其他蓄意破坏现场留下的样本进行比对。这个人的确在破坏现场出现过。所以这些人是蓄意破坏者，但他们显然不打算杀死我。然而，在希腊平原'低点'的某个晚上，我被人撞倒，漫步服被人切开了。"

看到朋友们惊讶的表情，他点点头。"那是第一次针对我的蓄意袭击，就发生在我刚到帕弗尼斯不久，我刚和菲莉丝以及一些多国联合会的人聊了聊太空电梯国际化之类的话题之后。"

阿卡狄笑了一声，但约翰无视他，继续说道："这之后，我被联合国火星事务办公室的调查员骚扰了好几次，是赫尔穆特批准他们来到火星的，想来他是迫于多国联合会成员的压力才这么做的。事实上，我发现这些调查员在地球上的雇主是阿默斯科公司和美妙会社，而不是他们自称的联邦调查局。这几个多国联合会成员是参与太空电梯项目和大断崖挖掘项目最多的公司。他们现在在各处都安排了自己的安保人员，以及这群四处游荡的所谓的'调查员'。接着，就在大沙尘暴结束之前，有几名调查员试图栽赃嫁祸，想把我诬陷成一起发生在山脚基地的谋杀案的凶手。他们真的这么做了！但他们没有成功。虽然我没有绝对的证据证明就是他们干的，但我目睹了他们之中的两个人伪造现场。我觉得是他们杀了那个人，目的只是让我陷入麻烦，让我不要阻碍他们。"

"你该和赫尔穆特说。"娜蒂娅说，"如果我们联合起来，坚持要求将这些人送回地球，我认为他无法拒绝。"

"我不知道赫尔穆特现在还有多大实权。"约翰说，"但值得试一试。我想让这些人赶紧滚出火星，尤其是那两个人。我得到了森泽尼纳安保系统的记录，他们在我之前就跑去了医务室，在清洁机器人身上动了手脚。所以，针对他们的间接证据非常有说服力。"

其他人不知道该作何反应，但好几个人都说自己也被联合国火星事务办公室的人骚扰过——阿卡狄、阿历克斯、斯宾塞、弗拉德、厄休拉，甚至连赛克斯也有过这样的经历。他们迅速达成共识：应该将这些调查员驱逐出火星。"这两个人绝对该被驱逐出境。"玛雅愤怒地说。

赛克斯拍了拍他的手腕终端机，当场呼叫赫尔穆特。他向赫尔穆特阐述了当下的状况，愤怒的人群时不时地插话。"如果你不赶紧解决的话，我们就爆料给地球的媒体。"弗拉德说。

赫尔穆特皱了皱眉，停顿了一会儿，然后说道："我会调查这件事的。你们提出抗议的这几个探员肯定会被送回地球的。"

"在他们回去之前，检测一下他们的 DNA。"约翰说，"山脚基地谋杀案的凶手就在他们之中，我非常确定。"

"我们会检测的。"赫尔穆特沉重地说。

赛克斯挂断了电话。约翰环视四周，再次看向他的朋友们。"很好。"他说，"但只给赫尔穆特打一个电话肯定无法实现我们想要的改变。是时候再次团结在一起了，如果想维持《火星条约》的效力的话，我们应该在各种程度的问题上团结一致。这是最低限度的要求，是展开其余一切工作的基础。无论我们各自持有怎样不同的观点，我们都应该成立一个理念明确的政治实体。"

"我们做什么都没用。"赛克斯平静地说，但他立刻被打断了，各种抗议的声音响了起来，嘈杂得根本无法听清他说的话。

"有用！"约翰喊道，"我们和其他人一样有同等的机会主导火星上的事务。"

赛克斯摇了摇头，但其他人继续认真听约翰讲话，大部分人似乎同意他的观点：阿卡狄、安、玛雅、弗拉德，每个人从自己的角度出发思考……可以做到，约翰从他们的脸上看到了这样的信息。只有博子的脸他无法读懂，她面无表情，封闭着自己的内心，这让约翰想起了那刺痛他的记忆。她之前一直用这种方式对待他，突然间，他感到一阵沮丧和熟悉的痛苦。他烦躁不安。

他站在原地，向外挥了挥手。现在已经是将近黄昏时分，火星巨大而弯曲的地表上布满无穷无尽的阴影纹理。"博子，我可以和你私下谈谈吗？几分钟就好。我们可以走到下面的帐篷里。我只是有一些问题想问，聊完之后我们再回来。"

其他人好奇地盯着他们两人。在这样的注视下，博子最终鞠了一躬，在约翰前面走进了通往下层帐篷的管道。

＊＊＊

他们站在帐篷月牙形的尖角上，上层帐篷里他们的朋友和下层帐篷里偶尔出现的观察者都在注视着他们。帐篷内几乎没人，人们为了尊重首百们的隐私，特意留出了一些空间。

"你有没有什么建议？我该怎么辨认出蓄意破坏者？"博子问。

"你可以从那个名叫加清的男孩开始调查。"约翰说，"就是那个结合了你我二人基因的孩子。"

她避开了他的视线。

约翰倾身靠近她，有点生气。"我猜你用首百里每个男性的基因都培育出了孩子吧？"

博子歪头看了看他，稍微耸了耸肩。"我们拿走了每个人提交的样品。母亲是团体里的所有女人，父亲则是所有男人。"

"是什么让你觉得你有权未经我们的允许做出这种事？"约翰说，"未经我们允许就制造出我们的孩子——在那之前还逃走躲了起来——为什么？为什么？"

博子平静地与他对视。"对于火星上的生活该是怎样的，我们有明确的设想。但事情并没有朝我们预想的方向发展。之前发生的事已经证实了我们的正确性。所以我们认为，不如亲自来开创属于我们自己的生活——"

"难道你不觉得这很*自私*吗？我们所有人都有自己的设想，我们所有人想要的都不一样。在你失踪的那段时间，你为你的小团体创造属于你们的小世界时，我们都在为我们的理想竭尽全力地工作！我是说，我们本可以得到你的帮助的！我多么希望能经常和你聊一聊！结果现在，我们俩之间有了孩子，结合了你和我的基因的孩子，你却 20 年来都不曾和我说过话！"

"我们并非有意要躲起来独善其身，"博子一字一顿地说，"我们想要进行尝试，想要通过实验展示出我们可以怎样在这里生活。当谈及不一样的生活时，必须有人通过亲身实验来展示这种生活是怎样的，约翰·布恩。必须有人来过上这样的生活。"

"可你却秘密地进行这样的实验，没人能看到！"

"我们从未打算永远维持隐秘的状态。但形势变得很糟糕，所以我们才一直躲着。无论如何，现在我们来到这里了。只要有人需要我们，只要我们可以提供帮助，我们就会再次出现。"

"我们每天都需要你们！"约翰直截了当地说，"社会生活就是这样的。你错了，博子。因为在你躲藏起来的时候，火星能够保持原样的机会已经少了很多，而且还有好多人非常努力地想要加快火星原貌消失的速度，包括首百中的一些人。然而你呢，你又做了什么来阻止他们呢？"

博子什么都没说。约翰继续说："我猜你一直在暗中帮助赛克斯。我看到你发给他的一条信息了。这也是我反对的事：帮助我们之中的某些人，而不帮另一些人。"

"大家都在这么做。"博子说，但她看上去有些不安。

"你那里的人都接受长寿疗法了吗？"

"是的。"

"你是从赛克斯那里知道的这个疗法？"

"是的。"

"那些孩子知道自己的父母是谁吗？"

"知道。"

约翰摇了摇头，越发恼火了。"我真是无法相信你会做出这样的事！"

"我们也不在乎你相信什么。"

"你们当然不在乎。对于窃取我们的基因、未经同意和告知就制造出我们的后代这件事，你一点都不觉得愧疚吗？你居然就这样养大了这些孩子，完全没让我们参与抚养孩子的过程，没让我们参与他们的童年生活，你难道不愧疚吗？"

她耸了耸肩。"如果你想的话，你可以有自己的孩子。至于他们嘛……你们中有谁在 20 年前会有兴趣要孩子吗？没有。这个话题从未被提起过。"

"我们那时已经太老了！"

"我们没有太老。你们只是选择不去考虑这件事。选择性忽视，你懂的。其实通过人们刻意忽略的事情也能看出人们真正关心的事情是什么。你不想要孩子，所以你不知道晚育意味着什么。但我们知道，所以我们研发了这项技术。当你看到成果时，我想你也会赞同这是一个好主意。我以为你会感谢我们呢。说到底，你又有什么损失呢？这些孩子是我们的孩子，但也和你有血缘、基因上的联系。从此以后，他们会为你而存在，就像是某种出人意料的礼物，某种非同寻常的礼物。"她脸上出现了蒙娜丽莎一般的神秘微笑，那微笑转瞬即逝。

又是所谓的"礼物"。约翰停下来想了想。"唉，"他最终说，"我猜关于这个问题，我们会讨论很长时间。"

黄昏将下方的大气染上了深紫色的斑带，好像给黑碗镶上了天鹅绒边，碗里扣着满天的繁星。下方帐篷里的人在苏菲派的带领下吟唱着："哈马基斯、曼加拉、尼尔加尔、奥卡库，哈马基斯、曼加拉、尼尔加尔、奥卡库。"反反复复，一遍又一遍。他们将火星的各种名字填到词里，鼓励现场的乐队加上伴奏，直到每个帐篷里都回荡着这首歌曲。所有人都在合唱。苏菲派信徒开始跳他们的转舞，一小圈舞者在人群中旋转着。

"那从现在起，你能不能至少和我保持联络？"约翰非常认真地问博子，"你能否至少答应我这一个要求？"

"好的。"

＊＊＊

他们返回上层帐篷里，和众人一起走到下层，加入狂欢。约翰慢慢地走到苏菲派人士中间，回忆起他在苏菲派台地学到的舞蹈，开始旋转。人们欢呼起来，还在他失控地转到观众中时赶紧扶他一把。他摔了一跤，一个留着脏辫的瘦脸男人把他扶了起来，就是那个深夜带着人到访他火星车的人。"郊狼！"约翰喊道。

"是我。"男人说道，他的声音让约翰感到一阵沿着脊柱向下蹿的酥麻，"不必紧张。"

他递给约翰一个小酒瓶。约翰犹豫了一下，接过来喝了。幸好味道还不错，他想。很明显是龙舌兰酒。"你是郊狼！"他大喊着，声音盖过了镁鼓乐队的音乐声。

男人笑着点了一下头，拿回酒瓶，喝了一口。

"加清和你在一起吗？"

"没有。他不喜欢这颗冰质小行星。"接着，他友好地拍了拍约翰的胳膊，然后走进了旋转的人群。他回过头，喊道："玩得开心！"

约翰注视着他消失在人群之中，感受龙舌兰酒灼烧着他的胃。苏菲派信徒，博子，现在又是郊狼，这次聚会真是收获颇丰。他看见了玛雅，于是匆忙赶到她身旁，用一只手臂环抱住她的肩膀。他们一起穿过帐篷，穿过连接帐篷的通道。旁边的人们看到他们路过都举杯庆祝。半软的帐篷地板轻微地上下起伏。

倒计时只剩 2 分钟，很多人都来到上层帐篷里，靠在向南的透明弧形墙壁上。冰质小行星大概率会沿着单一轨道燃烧殆尽，它的插入轨道大起大落。有 1/4 火卫一那么大的物体，燃烧、蒸发，然后变得更热，蒸发成氧原子和氢原子，整个过程只有几分钟。没人知道究竟会出现什么样的景象。

于是人们站在那里等着。一些人仍在吟唱火星的各种名字。接着，越来越多人开始一起倒数，到了倒数 10 秒时，他们用最大的音量，用宇航员最原始的尖叫声喊着。他们咆哮出"0"，然后屏住呼吸。心跳了三下，无事发生。紧接着一个白色的球体拖着燃烧的白色火焰从西南地平线的方向划过，就像是贝叶挂毯[1]上描绘的彗星那么大，但比所有卫星、反射镜和星星加在一起还要亮。燃烧的冰，划过漆黑的天际留下一道白色的伤口，飞冲下来，又快又低，似乎比奥林波斯山上的人所在的位置也高不了多少，他们甚至能看到白色块状物从尾部炸裂，像巨大的火花一样飞散。然后，在半空中，它裂成碎块。一大团炽热的火焰向东方坠落，像霰弹一样四散飞落。所有的星星突然一起闪烁。这是第一波声爆，冲击波震着帐篷，摇得人们东倒西歪。第二波声爆紧随其后，磷块疯狂地跳动，划过天际，消失在东南方地平线外。长长的火焰尾部进入火星大气，继而消失。天空突然再次陷入黑暗。普通的夜空出现在头顶，仿佛一切都没有发生过。只有星星在眨着眼睛。

*\*\**

尽管期待了很久，整个过程也不过就三四分钟。狂欢的人群已经安静下来，但看到行星炸裂时，很多人不由自主地喊了出来，就像是在看烟火秀似的。两次声爆冲击时，也有很多人叫出了声。然而现在，一切都恢复了往日的黑暗和平静。人们呆立在原地。目睹了这般景象之后，还能做什么呢？

但幸好还有博子。她穿过帐篷，走到约翰、玛雅、娜蒂娅和阿卡狄所在的帐篷，站到他们身旁。她一边走一边吟唱，音调平稳。她的歌声余音袅袅，萦绕在她路过的每个帐篷里。她唱着："阿鲁卡西拉、阿瑞斯、奥卡库、巴拉姆、哈马基斯、哈拉德、火星、卡塞、马阿迪姆、玛雅、马莫尔斯、曼加拉、尼尔加尔、沙尔巴塔努、西穆德、提尔。"她穿过人群，径直走向约翰，拉住他的右手抬高，然后突然喊道："约翰·布恩！约翰·布恩！"

接着，每个人都开始欢呼起来，有些人叫道："布恩！布恩！布恩！布恩！"还有些人叫道："火星！火星！火星！"

---

1 贝叶挂毯是欧洲中世纪的一件刺绣工艺品，挂毯长 70 米、宽 0.5 米，现存于法国。挂毯描绘了黑斯廷斯战役的前后过程，以及出现在 1066 年 4 月的哈雷彗星。

约翰的脸烫得像刚才那颗燃烧的行星，他感觉晕头转向，就好像被行星碎片砸中了脑袋似的。他的老友们一起对他笑着，阿卡狄用他自以为是的美国口音喊道："演讲！演讲！快来一段演——讲——"

其他人也跟着一起起哄。一段时间后，噪声逐渐平息下来，人们期待地看着约翰。看到他惊愕得不知所措的表情时，人群中爆发出一阵阵笑声。博子松开了他的手。他无奈地举起另一只手，高举过头顶。

"我能说什么呢，朋友们？"他喊道，"事情就是这样。无法言喻，难以言说。"

但他的血液沸腾着，肾上腺素、龙舌兰酒、欧米根啡肽和幸福感混合在一起，话语不假思索地脱口而出，他以前也经常这样。"看，"他说，"我们在火星上！"人群中传来笑声，"这是属于我们的礼物，非常伟大的礼物。我们必须持续奉献我们的一生，让循环延续。就像是生态经济学里说的那样，你从系统里索取多少，就得奉献多少。奉献必须与索取持平，甚至更多，才能逆转熵过程。这是所有创造性生命的特征，也是进入新世界的一个标志性的步骤。这个地方既不自然也不文明，所以我们要将一颗行星转变为一个世界，继而成为我们的家园。我们都知道大家各有自己留在这里的理由，就像送我们来这里的人也各有不同的理由。如今我们看到这些分歧已经开始引起一些矛盾冲突，地平线外有暴风雨在酝酿，麻烦的陨石将会袭来，其中一些将直接撞击地面，而不是像刚刚飞掠我们头顶的白色冰块那样燃烧！（欢呼声）场面也许会很难看，有些时候的确会变得很难看。所以我们必须记住，这些陨石的冲击同时也增厚了大气，将大气变稠密，在帐篷外有毒的空气里加入了氧气这个灵丹妙药。人类之间的矛盾可能也有同样的效果，融化我们社会基础之中的永久冻土，融化那些固化的习俗，让我们充满必要的创造力，迫切地创造出新的社会秩序，纯粹只属于火星人的秩序。没错，是像爱博子那样的火星人。我们的珀耳塞福涅如今从表岩屑回到了大地上，来向大家宣告新的春天的到来！（欢呼声）我知道我经常说，'我们必须白手起家，重新创造一切'，但在过去的几年里，我通过周游火星和你们所有人会面后，意识到我这么说是错的。并不是说我们一无所有，被迫像上帝一般从真空中无中生有。我们有基因组，有弗拉德称为'模因'的文化基因，所以我们在这里的所作所为本身就是一种基因工程。我们已经从不断被打破又组合的历史中成功分离出文化 DNA 片段。我们可以从基因库中选择、剪切、组合最好的基因，将这些基因编织在一起，就像瑞士人编写他们的宪法那样，像苏菲派建立他们的信仰那样，或是像阿刻戎团队创造最新的快速生长的地衣那样，从各个地方选取合适的部分。我们要牢记七世代原则，想着过去的七代和未来的七代。要我说，我们应该考虑七七四十九个世代，因为现在我们的寿命都延长了好多年。我们还不知道这会带来怎样的影响，但显然利他主义和利己主义崩塌得比以往任何时候都要显著。无论如何，我们总是要考虑到子孙以及子孙的子孙的生活，我们必须留给他们和我们同等甚至更多的机会。我们要以精妙的方式引导太阳的能量，在这个宇宙的小角落里逆转熵的流动方向。我知道这种说法非常泛泛，尤其是在将我们送来此处的条约即将修订的这个节点。但我们必须在心里有杆秤，因为我们即将迎来的并不仅仅是一个条约的修订，更是一个制定宪法的过程。因为我们处理的是各种社会组织的基因组——你可以做这个，不能做那个，必须做这个，必须吃饭，必须付出。我们一直都在遵循某些规则生活，然而这些规则是为一片空荡荡的大地建立的。《南极条约》非常脆弱且理想化，它保护了那片冰冷的大地很长时间免于被入侵，直到最近 10 年，条约的权威性才开始瓦解。事实上，这同时也标志着火星上开始发生同样的事情了。违背这套规则的行为开始出现在各个地方，如同寄生虫在宿主的外围获取营养一样。修订后的规则就会如此，到处都充斥着如寄生虫般贪婪的国王和他们的侍从——我们称之为'多国联合会的世界秩序系统'。这套系统其实就是封建制度的卷土重来。他们制定的规则是反生态的——它不会回馈，只顾着让流动的国际精英们富裕起来，让其他一切变得更贫穷。当然这些所谓的'精英富人'其实也是贫穷的，因为他们不再参与真正的普通人的工作，所以也丧失了获得真正的人类成就的机会。从准确的意义上说，他们就是寄生虫。同时，他们也掌控着权力，吸食着人类的劳动成果，将之从真正该享有它们的人——七世代的后代们——手上夺走，依靠剥削他人生活，还加大压迫力度，把自己一直维持在统治地位上！（欢呼声）

"所以，现在到了民主主义对决资本主义的时刻。朋友们，我们现在位于这个远离人世的前哨基地，和其他任何人相比，我们大概是最能看清现状、展开这场全球性斗争的一批人。这里有空旷的土地、稀有的不可再生资源。我们不可避免会卷入战争。我们就是这场战争的战利品之一，我们的命运将由整个人类世界发生的事情决定。鉴于此，我们最好为了共同的利益团结起来，为了火星，为了我们自己，为了地球上的人们，为了未来的七世代。过程一定会很难，肯定会花费漫长的时间，但我们越强大，我们的机会就越大。这就是我为什么很高兴看到夜空中飞过燃烧的行星，它为我们的发展奠定了基础。这就是我为什么很高兴看到大家聚在这里一起庆祝，你们代表了我所热爱的这个世界的一切。你们看，那边的镁鼓乐队已经准备好了，对不对？（赞同的喊声）那不如赶紧开始吧，我们一起跳舞，直至黎明降临。明天我们将在风中离别，沿着这座巍峨的山的边缘向下，将这份礼物带到火星的每个角落。"

人群中传来疯狂的欢呼声。镁鼓乐队给人们带来了一段叮叮咚咚连续不断的演奏声，人群再次摇摆起来。

大家彻夜狂欢。约翰从一个帐篷闲逛到另一个帐篷，和大家握手、拥抱。"感谢，感谢，非常感谢。我不知道。我不记得我说了什么。但这是我一直以来的想法，就是这样。"他的老友们都在笑他。赛克斯喝着咖啡，看上去特别放松，对约翰说道："融合主义，对不对？很有趣，说得很好。"说完，脸上露出了浅浅的微笑。玛雅亲了他，弗拉德、厄休拉和娜蒂娅也亲了他。阿卡狄大吼一声，把约翰举了起来，在空中转圈，用毛茸茸的胡子蹭了他的脸颊两侧，喊道："嘿，约翰，你能再来一遍刚才的演讲吗？"他边说边笑个不停。"你让我感到惊讶，你总是能让我感到惊讶！"博子带着她一贯的神秘微笑说。米歇尔、岩雄围在她左右，微笑着看向他……

米歇尔说："我想，这就是马斯洛所说的高峰体验[1]吧。"岩雄哼了一声，用胳膊肘捅了他一下。博子用食指戳了约翰的胳膊一下，仿佛向他传授了某种活化魔法，某种力量，某种能力。

＊＊＊

翌日，大家打扫干净聚会的垃圾，收起帐篷，将石板阶梯抛之身后。石阶仿佛悬挂在古老黑火山上的一条条景泰蓝项链。众人与飞艇团队的人道别，飞艇沿斜坡向下飞走了，像是从孩子的手心里飞走的气球。隐秘庇护所的沙色飞艇很快就看不到了。

约翰一边和大家告别，一边和玛雅走向他的火星车。他们一起驾车沿奥林波斯山边缘行驶，途中加入了一列车队，车队里有阿卡狄、娜蒂娅，以及安、西蒙和他们的孩子彼得。约翰说："我们必须和赫尔穆特谈谈，让联合国接受我们成为本地人民的代表。而且我们应该提交给联合国一份条约修订草案。大约 Ls=90 度时，我打算参加塔尔西斯东侧的一个帐篷城市的落成典礼。赫尔穆特按说也会去，也许咱们到时可以约在那里见。"

只有几个人能来，不过他们也将作为来不了的人的代表。大家都同意了这个提议。之后他们聊了聊条约草案的内容，房车和飞艇里的所有人都参与了讨论。翌日，众人沿着北部断崖的坡道下山。在山脚下，大家朝着各个方向离去。"这次聚会可真棒！"约翰通过无线电和众人轮流道别，"下次再见！"

苏菲派信徒路过时停了下来，他们从车窗里挥着手，通过无线电与约翰道别。约翰认出了那位老妇人的声音，当时约翰在沙尘暴里跳舞跳到呕吐，她照顾了他。他向他们的房车挥手，这时，他听到她的声音通过无线电传来：

"无论是这个世界还是那个世界，

你的爱最终会带领我们走向终点。"

---

1　高峰体验指的是美国心理学家亚伯拉罕·马斯洛提出的一个概念，指的是人们达到自我实现时感受到的一种高度愉悦的精神状态。

第 六 章

# 桌下之枪

GUNS UNDER THE TABLE

约翰·布恩被暗杀的那天，我们正在东埃律西昂山上。那时是清晨，流星雨坠落到我们头顶上，至少形成了 30 条黑色的光带。我不知道这些陨石是什么质地的，但它们燃烧时产生的不是白烟，而是黑烟，像坠毁的飞机那样产生黑烟，但如闪电般又直又快。我们都惊讶于天空中的异象，而此时我们尚未听说这个消息。等我们听说后再回想起来，流星雨的确是那时发生的。

　　我们正在希腊平原的湖边。天色渐暗，突然一阵强风劈开湖面，吹飞了城里所有的步行管道，然后，我们听说了这个消息。

　　我们正在森泽尼纳。约翰曾在这里工作了很久。那时是黑夜，电闪雷鸣，巨大的闪电射入莫霍钻井里——难以置信，震耳欲聋。在工人休息室里有一幅约翰的画像，就挂在其中一个房间的墙上。一道闪电击中大厅的窗户，所有人都陷入了短暂的失明。恢复视力后我们发现，画像被破坏了，玻璃窗碎了，到处都是烟雾。然后我们听说了这个消息。

　　我们正在卡尔。我们无法相信这是真的。所有的首百都在痛哭。他是整个团体里唯一受到所有人爱戴的人。在这个充满矛盾的团体里，如果有其他首百被杀死，剩下的人里至少有一半可能都会欢呼。阿卡狄失去了理智，他哭了好几小时。这很恐怖，因为这太不像他了。娜蒂娅一直安慰他，对他说，没事的，没事的。但阿卡狄一直说，有事，一切都有事。然后他号叫着，乱扔东西，最后又投入娜蒂娅的怀抱。娜蒂娅吓坏了。接着他跑进自己的房间，回来时拿着一个引爆装置。当他解释这是什么东西时，娜蒂娅火冒三丈，当着所有人的面发起脾气来。她说："你为什么要做这样的事？"阿卡狄大喊大叫："你什么意思？什么叫为什么？就是因为这个，因为发生在约翰身上的事。他们杀了他，他们杀了他！谁知道下一个会是我们之中的谁！如果他们有能力的话，他们会杀了我们所有人！"当娜蒂娅试图夺走引爆器时，阿卡狄变得非常不安。他让她拿好它，不要还回去。他说："求你了娜蒂娅，求你了，以防万一，以防万一，求你了。"最终她为了让他平静下来，不得不拿着引爆器。我从没见过这样的场面。

我们正在山脚基地。这时停电了。当电力恢复后，农场里所有的植物都冻住了。光线和热量恢复了，但所有的植物都开始枯萎。我们围坐在一起，整夜都在讲述他的故事。我还记得在 20 年代他第一次登陆火星时的场景，我们很多人都对此记忆犹新。我那时还是个孩子，但我记得所有人都被他的开场白逗笑了。我觉得他说的话很有趣，但我惊讶于所有大人也在笑，每个人都被他逗乐了，我想大家都在那个瞬间喜欢上了他。作为首位登上另一颗星球的人，踏上星球时他说的是"哎呀，我们终于来了"。这样一个人，谁会不喜欢呢？不可能不喜欢。

唉，我说不好。有一次我看到他打了一个男人一拳，在伯勒斯火车上。他在我们那节车厢里，明显喝高了。车上有个女人，有一点残疾，鼻子很大，没有下巴。她往厕所走的时候，有个男的说："我的天，那女的肯定被木棍打得特别狠才长成这副丑样。"这时约翰砰的一下把那人打飞到旁边的椅子上，说："世界上没有丑女人。"

这就是他的想法。

这就是他的想法，这就是他为什么每晚都和不同的女人缠绵。他不在乎她们的长相和年龄——当有人发现他和一位 15 岁少女在一起时，他不得不迅速做出辩解。我觉得妥特伏娜肯定没听说过这件事，否则她肯定会要了他的命。数百个女人都会欲求不满。他之前进行双人滑翔机运动，操纵滑翔机时，喜欢和他上方的女人做。

哦，天哪。有一次，我看到他将滑翔机从下沉气流里拉起来，那股下沉气流有可能杀死任何人——气流非常猛烈，如果他试图对抗气流的话，滑翔机肯定会被撕裂。但他顺着气流直下，飞机像是"里科弗号"核潜艇一样，每秒就下降1千米，是终端速度的3~4倍。在飞机即将坠毁之际，他扭转机身向一侧倾斜，然后向上抬升，在20米开外的地方垂直降落。他下飞机时，鼻子和耳朵都在流血。他是火星上最好的飞行员，可以像天使一般飞翔。如果不是他手动操纵宇宙飞船成功切入轨道，首百全体成员早就死了——我听说是这样的。

的确有一些人憎恨他，而且他们也有充分的理由。他阻止了火卫一上清真寺的建设。他有时候的确很残忍，我从没见过像他这么骄傲自大的人。

我们当时正在奥林波斯山上。整个天空突然陷入了黑暗。

嗯，从头开始讲吧，保罗·班扬带着他的蓝牛贝比[1]来到了火星。他四处游荡，寻找木材，每走一步都把熔岩震裂，形成一道道峡谷。他很高，走动时可以够到小行星带。他嚼着行星带里的小行星，就像在嚼大樱桃一样，吐出的核砸到地上，形成了一个个陨击坑。

然后他遇到了巨人。这是保罗·班扬第一次看到比自己还要高大的人。相信我，巨人比他还要大——不是大了两圈，而是大了两个维度。但保罗·班扬不在乎。巨人说："让咱看看你那斧子能干啥。"保罗说："好啊。"于是他一斧子猛劈下去，诺克提斯的裂缝出现了。但巨人用他的牙签划了划同样的位置，整个水手号峡谷群就裂开了。"咱们赤手空拳试试。"保罗说，然后他一个右勾拳打在南半球，阿耳古瑞出现了。但巨人用小拇指轻轻按了一下，希腊盆地就出现了。"来试试吐口水。"巨人提议道。保罗吐了一口口水，尼尔加尔峡谷内的河水就像密西西比河那么源远流长。但巨人吐了一口口水，所有巨大的溢出河道同时溢

---

1 在美国民间传说中，蓝牛贝比（Babe the Blue Ox）是一头巨大的蓝牛，是巨人樵夫保罗·班扬的伙伴。——编者注

满了水。"试着拉个屎！"巨人说。保罗蹲下身子，拉出了刻拉尼俄斯山丘——但巨人用了一下屁股，埃律西昂山就出现在旁边，还冒着腾腾热气。"放手一搏吧，"巨人说，"放马过来。"于是保罗·班扬抓住巨人的脚趾，将他甩了一圈，然后扔到了北极点附近，力道之大，将整个北半球都砸得凹进去了。但巨人甚至都没起身就一把抓住保罗的脚踝，还用同一只手抓起了他的蓝牛贝比，将他们甩到地上，撞进星球内部，直直地穿过了核心，差点从星球的另一端穿出去。这就是塔尔西斯突出部——里面是差点从地表钻出来的保罗·班扬——阿斯克劳山是他的鼻子，帕弗尼斯山是他的生殖器，阿尔西亚山是他的脚趾。蓝牛贝比在一旁，堆成了奥林波斯山。巨人的这一扔杀死了贝比和保罗·班扬，保罗不得不承认自己输了。

　　保罗身上的细菌吞噬了他。自然而然地，细菌沿着基岩绕了一圈下到巨型表岩屑层，从那里散布到各处，吸收地幔的热量，吞噬硫化物，融化永久冻土。在地下，它们无处不在，每一个小细菌都在说着："我是保罗·班扬。"

# 1

"一切都是意志决定的。"弗兰克·查尔莫斯对着镜子里的自己说。这是他从梦里醒来后记得的唯一一句话。他迅速而果断地刮好胡子，感觉身体紧绷，浑身充满活力，想要赶紧开始工作。他想起了更多的梦中残语：谁最想要，谁就能赢！

他洗了个澡，穿好了衣服，悄悄地走进餐厅。天刚亮不久，平行的红铜色太阳光洒满伊希斯平原，东方的天空飘着铜屑般的卷云。

叙利亚的与会代表拉希德·尼亚兹从弗兰克身边经过，向他冷淡地点了点头。弗兰克也点点头，然后继续向前走。因为瑟利姆·埃尔·哈耶尔，穆斯林兄弟会阿哈德派也因约翰遭暗杀而受到了谴责。面对这些谴责，弗兰克总是迅速公开为他们辩护。瑟利姆一直坚称自己单独行动，是疯狂的自杀式袭击者。弗兰克的辩护坐实了阿哈德派暗杀的罪名，阿哈德派还不得不对他的仗义执言表示感激。作为阿哈德派领袖，尼亚兹当然不痛快。

玛雅来到餐厅，弗兰克热情地问候她，很自然地掩饰了他每次面对她时都会感受到的窘迫。

"我可以坐你旁边吗？"她看着他说。

"当然可以。"

玛雅是个很有洞察力的人，用自己的方式观察着一切。于是弗兰克开始专注于当下。他们交谈着，开始提及条约的事。弗兰克说："我真希望约翰还在。我们需要他。"然后又说，"我想他。"这种话可以立刻转移玛雅的注意力。她把手轻覆在他的手背上，他几乎感觉不到。她微笑着，迷人的眼睛盯着他看。他忍住内心的冲动，强行移开了视线。

电视墙上正在播放地球新闻。他操纵桌载屏幕，调大了音量。地球的状况很糟糕。电视屏幕上显示的是曼哈顿的大规模抗议游行。整个曼哈顿岛上挤满了人，抗议者据说有 1000 万人，警察则出动了 50 万人。直升机拍摄的图像非常惊人，但这些日子有不少地方都变得更危险了，虽然从画面上不太能看出来。在发达国家，人们游行抗议的是严苛的限制生育、控制人口的措施。年轻人怒不可遏，认为自己的生命被一群人工孕育的不死老怪物夺走了，被突然活过来的历史本身夺走了。这很糟，没错。而在发展中国家，人们游行骚乱的原因是"没有充足的机会获得长寿治疗"，这就更糟了。政府正在分崩离析，成千上万的人死去。"说真的，曼哈顿的这些影像其实还挺令人安心的，至少一切仍然井然有序！"新闻说。人们仍然以文明的方式行事，尽管他们正在进行公民抗议。不过，墨西哥城、圣保罗、新德里、马尼拉已经处在了战火之中。

玛雅看着屏幕，读出了曼哈顿游行人群里的一个标语：把老人送去火星。

"这是某些人在国会里提出的法案的本质。等活到 100 岁就把你送走，送到退休轨道里，要么是月球，要么是这里。"

"尤其是这里。"

"也许吧。"他说。

"我猜这解释了他们为什么执着于移居人口配额。"

弗兰克点点头。"我们不会放开配额的。地球上的人口压力太大了。在地球人眼中，咱们这里就是逃生出口。你看到欧洲联合会播放的关于火星上空地的节目了吗？"玛雅摇了摇头，"那个节目看上去就是个房地产广告。如果联合国代表们决定在移居政策上赋予我们哪怕一丁点话语权，他们肯定会被架在火上烤。"

"那咱们该怎么办？"

他耸了耸肩。"严格坚守以前制定的条约。把修改条约当作世界末日来临一般。"

"所以这就是你对序言中的内容这么斤斤计较的原因。"

"没错。序言也许没有那么重要,但咱们现在就像是滑铁卢战役中的英军。如果在任何一点上让步,整条战线都会崩溃。"

玛雅笑了。她很高兴能在弗兰克身边。她欣赏他的策略,而且他的策略很不错,尽管这并非他一直努力追求的策略。因为他们不是滑铁卢战役中的英军,而是更像法军,只能孤注一掷、奋力一搏,为了活下去必须取得胜利。所以,他在条约的很多地方妥协了,希望能够推进条约的续签,同时得到自己真正想要的东西,其中包括美国火星部门秘书长和其他职位,毕竟,他得有可以开展工作的基础。

他耸了耸肩,没理会她的愉悦。电视墙上显示,大街上人声鼎沸。他反复咬紧牙关。"我们必须继续奋战。"

楼上,会场被高高的隔板分隔成一个个长条形的大房间,与会人员在里面来回走动。阳光从东侧会议室照入中央大厅里,红宝石般的光芒洒在白色拼接地毯、方方正正的柚木椅和长桌深粉色的石板台上。人们三五成群地聚在一起,靠在墙边聊着天。玛雅走过去和萨曼莎、斯宾塞聊天。他们三人现在是"火星优先"联盟的领导者,作为火星人民的非投票代表被邀请来参加会议。他们是人民代表、护民官,是真正被选举到这个职位的人,尽管他们是在赫尔穆特的允许下才来到这里的。赫尔穆特一直很包容,他允许安作为非投票成员,代表红党来参加会议,尽管红党也是联盟的成员。赛克斯也作为地球化团队的观察员来到这里,此外还有好几个采矿和执行管理人员也作为观察员与会。说实话,虽然来了一大群观察员,但只有有投票权的成员才能坐在中央的桌子旁。赫尔穆特摇了摇一只小铃铛,53 名国家代表和 18 名联合国官员入席,另有 100 人继续在东侧的房间内游荡,通过开放的出入口或是小屏幕来观看讨论。窗外的伯勒斯城里人来人往、车水马龙,行人和车流绕过有着透明墙壁的台地。台地之间和台地上面扎满了帐篷。连接各处的地表或半空中的透明的步行管道里、巨大的山谷之中及其周围宽大的绿荫道和河边都聚集着人群。这里俨然一个小型都会。

赫尔穆特宣布会议开始。在东侧的房间内，人们聚集在屏幕周围。弗兰克的目光越过出入口，向离他最近的房间看过去。火星和地球上肯定也有很多这样的房间，成千上万的房间里有数百万的观看者。两个世界的人都在观看。

今天的议题依旧和过去两个星期的议题相同，即移居人口配额问题。中国和印度联合发起了一项提议。印度办公室负责人站起来，操着如同唱歌一般的孟买口音，用英语宣读了这项提议。剥去伪装后，归根到底，这显而易见就是个按人口比例分配的提议。弗兰克摇了摇头。印度和中国的人口加起来占全世界人口的 40%，但他们在这次会议的全部 53 票中只占 2 票，他们的提议永远不会通过。一位来自英国的欧洲代表站起来，言简意赅地指出了这个事实。于是争论就这样开始了。整个上午都将会在争论中度过。火星上有货真价实的财宝，无论是富裕国家还是贫穷国家，地球上的各个国家在这个问题上和所有其他问题一样进行着斗争。富裕国家有钱，但贫穷国家有人，武器在国家之间较均匀地分布，特别是新型武器，能杀死一片大陆上的所有人。没错，赌注很高，眼下的平衡局势很脆弱，穷人从南半球涌现，冲击着北半球由法律、金钱和纯粹的军事力量形成的路障。枪管顶着他们的脸。但现在人太多了，有太多张脸，人潮的攻击随时可能爆发，纯粹是凭借数量取得了巨大优势——前排的攻击者被后排降生的婴儿们推搡着挤向路障，呼喊着要求得到永生的机会。

现在是会间休息时间，会议没有取得任何实质性进展。弗兰克从座位上站起来。他没怎么注意听争吵，而是一直在思考。桌子上的素描本里，他画了不少粗略的示意图。金钱、人民、土地、武器，都是往日的等价交换，古老的权衡。他追求的并非什么独创性方法，而是能奏效的方法。

在这张长桌旁边不会取得任何进展了，这一点显而易见。得有人快刀斩乱麻来打破僵局。弗兰克站起身，走到印度和中国代表团附近。对方一共 10 个人，在旁边一个没有摄像头的房间里交谈着。一番寒暄之后，他邀请两名领导者，哈纳瓦达和宋，一起去观景桥散步。二人互望了一眼，各自用印地语和普通话与自己的副手迅速交谈了几句，然后同意了。

于是他们三人走出房间，穿过门廊，走向廊桥。这是一个坚固的步行管道，从他们所在台地的墙壁向外延伸到山谷里，通向南方一个更高的台地内部。廊桥很高，给人一种飞在空中的感觉。有不少人走完了全长 4 千米的步行道，也有些人只是站在中间远眺整个伯勒斯。

"二位请看，"弗兰克对他的同行者说，"移居火星的费用非常高昂，贵国不可能通过让人民移居火星来缓解人口压力。你们对此心知肚明。而且贵国还有很多可以开垦的土地。所以，你们想从火星得到的并非土地，而是资源、金钱。火星对你们来说就是资源杠杆。你们之所以落后于北半球国家，是因为你们的资源在殖民时代被掠夺走了，但你们没有得到应有的报酬，你们认为应该在现在得到补偿。"

"恐怕在非常实际的意义上讲，殖民时代从未结束。"哈纳瓦达很客气地说。

弗兰克点了点头。"这就是多国联合资本主义：我们现在都是殖民地的居民了。如今我们面临着巨大的压力，我们被要求修改条约，让通过采矿得到的大部分利润都进入多国联合会的口袋。发达国家很强烈地想要推进此事。"

"我们知道。"哈纳瓦达说，点了点头。

"很好。但现在如果按人口比例进行移居，这个逻辑就和按照投资成本分配利润是一样的。而这些提案都不符合你们的最佳利益。移居出去的人口对你们而言是杯水车薪，金钱则举足轻重。另一方面，发达国家面临新的人口问题，所以他们更希望获得较大的移居人口配额。他们可以省下钱，反正这些钱大部分都会流向多国联合会，成为自由流动的资本，任何国家都控制不了。所以，为什么不让发达国家给你们更多钱呢？反正最终出钱的也不是他们。"

宋快速地点了点头，一脸严肃。也许他们已经预料到这个结果了，他们在会上的提议只是引子，是在等弗兰克上钩。不过这只是让一切变得更容易了。

"你觉得你的政府会同意这样的交易吗？"宋问。

"会。"弗兰克说，"如果政府能在多国联合会面前重新宣示自己的权威，怎么会有怨言呢？分享利润在某种程度上类似于你们过去的国有化运动，只不过这次所有国家都会从中受益。你们可以称之为'全球化'。"

"这样会减少企业的投资。"哈纳瓦达说。

"红党对此会很开心的。"弗兰克说，"大部分'火星优先'组织的成员也会很高兴的。"

"那你的政府呢？"哈纳瓦达问。

"我可以担保。"实际上，政府机关那边肯定会是个问题。但弗兰克打算在时机成熟时再去对付他们。这年头政府机关里就是一群商会的小年轻，傲慢且愚蠢。他可以告诉他们，要么是这种结果，要么这里将会成为第三世界的火星，中国的火星，印度－中国的火星，到处都会有棕色皮肤的人牵着牛不受约束地在步行管道里行走。他们会想明白的。事实上，他们肯定会躲在弗兰克屁股后面寻求他的保护。查尔莫斯老爹，快来保护我们，远离这些人。

他看见印度和中国代表互相看了一眼，完全理解了彼此。"想想吧，"他说，"这就是你们一直以来希望的，难道不是吗？"

"也许我们该谈谈具体的数字了。"哈纳瓦达说。

＊＊＊

接下来一个月的大部分时间里，众人都在协商一个让所有投票代表都接受的折中方案。每个国家的代表必须从方案中为老家人获得一些利益，回去后才能有个交代。还需要说服位于华盛顿哥伦比亚特区的政府。最终弗兰克不得不绕过商会的年轻人，直接和总统联系。总统只比这些小年轻大一点，但在情况紧急时，他还是能看出来利害关系的。弗兰克非常忙碌，恢复了以往每天开会 16 小时的工作模式，和日出日落一样规律。最终，弗兰克发现，安抚像安迪·扬斯这样的多国联合会的政治说客反倒是最困难的工作——这项任务基本不可能完成，因为交易的代价要由多国联合会承担，他们对此一清二楚。他们竭尽全力给北半球政府和方便旗注册地政府施压。压力之大，从总统暴躁易怒而又缩手缩脚的态度，以及新加坡和索非亚[1]的倒戈中可见一斑。尽管隔着遥远的宇宙空间，尽管时差造成了严重的心理分析上的障碍，但弗兰克最终还是说服了总统。他和每个北方政府交涉时都采用了同样的话术。他会说："如果对多国联合会让步，那他们就真的成了世界政府。您和贵国人民有望通过这次机会强化国家权力、肯定国家利益，不要让那些靠自由流动资本积累利益的多国联合会成员掌控地球的大权了！必须想办法控制这一局面！"

和联合国的每一位官员的交涉也是一样的。"你想让谁成为真正的世界政府？你们还是他们？"

多国联合会还是差点就手握大权了。多国联合会居然能施加如此强大的压力，着实令人叹服。美妙会社、阿默斯科、希拉尔科各自都能匹敌世界上十大国家或联邦，而且他们也确实投入了资金。金钱就是权力，权力创造法律，法律创造政府。所以，国家政府试图约束多国联合会，就好像是小人国的居民试图捆住格列佛[2]一样。他们需要用很细小的线编织出密不透风的网，在网边打上桩子固定。在格列佛费力地想从网里挣脱出来时，他们必须赶紧在侧面跑来跑去，把新的线缠在这个巨大的怪物身上，同时在网边打入新的桩子。安排 15 分钟的会议，每天 16 小时都在开会，弗兰克就像个疯狂的杂耍者。

安迪·扬斯是弗兰克认识时间最长的大企业联络人之一。有一天，他邀请弗兰克共进晚餐。他自然很生弗兰克的气，但还是努力隐藏自己的情绪。他的话里透露出不加掩饰的贿赂，伴随着赤裸裸的威胁。换句话说，也就是企业做生意的那套老规矩。他为弗兰克准备了由地球—火星交通运输财团设置的某个基金会主管的职位。这个财团其实是旧航空航天工业的借尸还魂，他们老早从五角大楼拿走的钱仍旧在口袋里叮当作响。这个新的基金会将帮助财团制定政

---

1　索非亚是保加利亚的首都。——编者注
2　格列佛是乔纳森·斯威夫特创作的小说《格列佛游记》中的主人公。——编者注

策，给予联合国有关火星的事务指导性意见。他可以在火星事务长的任期结束后再上任，以避免任何利益冲突。

"听上去棒极了。"弗兰克说，"我真的很感兴趣。"在吃晚餐的过程中，他让扬斯相信了他是真的感兴趣。他不仅对于接受基金会的职位一事是认真的，而且对于立刻转而为财团工作也是认真的。如此伪装也是他工作的一部分，他很拿手。随着夜色渐深，他可以看到怀疑逐渐从扬斯的心中消散。这就是商人的弱点，他们总是相信有钱能使鬼推磨。他们每天工作 14 小时，目的是挣钱买有皮革内饰的豪车；他们觉得在赌场里赌博是一种明智的娱乐方式——总而言之，都是傻瓜，但是有用的傻瓜。"我会尽力的。"弗兰克热情地保证道，同时规划出一些他会立刻着手开展的工作。和中国人打交道，就要关注他们对于土地的需求；跟国会打交道，就要跟他们谈投资的合理回报。就该这样。在这里承诺，在另外一些地方的压力就会减轻，同时一些工作就可以展开了。没有什么比两头骗更令人愉悦的了。

于是他返回会议桌旁边，继续之前的讨论。"观景桥之行"——人们这样称呼这场会谈（有些人则称之为"查尔莫斯改革"）——打破了僵局。2057 年 2 月 6 日，火星历 15 年，Ls=144 度。这个外交史上重要的日子将以红色字母呈现。现在剩下的事就是给每个人都分一杯羹，确定具体的数字。在此过程中，弗兰克和在这里旁观的首百们都聊了聊，让他们放心，并借机深入了解他们的想法。结果赛克斯很生他的气，因为赛克斯觉得，如果多国联合会撤资的话，他的地球化项目的推进速度将明显变慢。在他看来，所有来到这里的商务活动都会增加热排放。另一方面，安也很生他的气，因为基于变革的新条约将允许新移民和新投资的到来，而她和红党一直希望新条约能赋予火星一个类似世界公园的地位。安这种和现实完全脱节的想法让他抓狂。"我可是刚刚帮你阻止了 5000 万移民到火星来，"他冲她怒吼，"结果你居然因为我没能把每个人都送回地球而抱怨，因为我没能创造奇迹而抱怨，因为我没能把这颗石头送上神坛而抱怨，而这颗石头隔壁的世界已经变得越来越脏乱差了。安，安，安，如果换作是你，又能做什么呢？除了来回跺着脚踱步，因每个人说的每句话愤怒，让别人相信你才是来自火星的人，你又能做什么呢？我的天啊，出去玩你的石头吧，把政治留给会思考的人。"

"别忘了真正的思考是什么，弗兰克。"她说。在他长篇大论的猛烈攻击下，她不知为何笑了一下。但她离开时，还是一如往常地瞪了他一眼。

与此同时，玛雅呢？玛雅和他在一起很开心。他可以感受到，他在公共会议中讲话时，她时时刻刻都在盯着他看。数以百万计的人盯着他看，他却只感受到了她的视线。这一点令他十分恼火。她对于他观景桥之行取得的成果非常钦佩。而为了能让提议被接受，他如何在幕后妥协让步，他只告诉了其中她愿意听的部分。每晚的鸡尾酒会上，玛雅都待在弗兰克周围，等第一批批评者和请求者离开后接近他，在第二批和第三批人拥来时站在他身旁，静静地观察着他，用满面笑容缓解氛围，时不时地帮他解围，提醒大家他们该出去吃饭了。然后，她和弗兰克一起出门前往餐馆，坐在繁星之下的台地上，喝着咖啡，吃着晚饭，俯瞰这项巨大的台地帐篷下橘色的地砖和屋顶花园，感受着夜风，仿佛置身露天地带。"火星优先"组织已经同意了他的计划，所以他已经搞定了大部分火星本地人，也搞定了地球的掌权者。在他看来，这是整个过程中除多国联合会领导层，最重要的两股力量。而对于多国联合会的领导层，他仍无计可施。推动交易的完成对他而言就只是时间问题了。当夜，他沉沦在玛雅的魅力中，也这样对她说。在她身旁，他感到格外平静。"我们携手肯定会成功的。"他边说边看向群星璀璨的夜空，但还是不敢直视她炯炯有神的眼睛。

在某天晚上的鸡尾酒会上，她又凑到他身旁。他俩和众人一起观看地球新闻汇报着每日进展，看到自己在新闻里的形象是多么扭曲和扁平，仿佛是莫名其妙的肥皂剧里的小角色。之后他俩一起离开，共进晚餐，然后沿着长满草的宽阔大道散步，最终来到他在下城区的家里。她陪他一起走了进去，没有一句解释或说明，典型的玛雅式做法。一切正在发生的事情就这么发生了。她走进他的房间，靠在他的臂弯里，拥抱了他。他们躺倒在床上，她亲吻了他。弗兰克非常震惊，甚至感觉自己的灵魂完全离开了身体，他的肉体仿佛是橡胶做的，瘫软在床上。当她纯粹的动物本能攻破了他的防御时，他开始感到不安。当他们赤裸相对时，他突然能够再次感受到她了。感知重新涌入他的身体，他如动物般激烈地回应了这些冲动。实在是隔了太长时间了。

事后，她像披斗篷似的披着个白床单走过去拿了杯水。"我喜欢你和别人共事的方式。"她背对着他说。她喝了杯子里的水，回过头，对他深情地微笑着，注视着他的眼神坦诚而专注。那目光似乎非常深邃，仿佛暖洋洋的日光直直地射穿了他。一瞬之间，他感觉自己不仅是赤身裸体的，甚至暴露无遗。他把床单拉到腰间，觉得自己已经暴露了太多。她肯定看得出来此刻冷空气是如何在他肺里变成了冰冷的水，他的胃部如何绞痛，手脚被冻得如何冰凉。他眨眨眼，回应了她的微笑。他知道那是个苍白而扭曲的笑容，他的面部僵硬得如同戴了面具，但他从这种感觉中获得了安慰。事实上没有人能从面部表情中精准地读出其蕴藏的真正情感，那是谎言，就如同手相和星座解读一样不可靠。所以，他是安全的。

那晚之后，无论是在公开场合还是私下场合，她都会花更长时间和他相处。每天晚上，她都和他一起参加某个国家举办的招待会；在很多次聚餐中，她都坐在他旁边；她和他一起看从地球传来的坏消息，之后和他热烈讨论；首百们聚会时，她和他坐在一起。之后，她会和他一起去他的房间。有时，更扰人的是，她会带他去她的房间。

然而，他始终看不出她究竟想要从他这里获得什么。他只能推测：她认为根本不用明说，只要在他身旁就够了。他会明白她想要的是什么，他会竭尽全力，根本不需要她说一个字。而她会得到自己想要的。毫无疑问，她做这一切肯定不会毫无缘由。这就是权力的本质，当你拥有了权力，你再也不会有单纯的朋友、单纯的爱人了。他们不可避免地都想要从你手上获得一些东西——如果不是某些实质利益的话，至少是和有权有势的人交朋友所带来的威望。玛雅并不需要这种威望，但她知道自己想要什么。而且他不也是这么做的吗？他激怒了自己权力基本盘中的一大部分，只为了一个只能满足一小部分本地人的条约。没错，她快要得到自己想要的东西了。但她靠的不是言语，或者不是直接明确的言语。除了赞美之词和款款深情，什么也没有。

弗兰克在无数决策会议上讲话，认真仔细地敲定新条约每项条款的措辞，在这场类似宪法大会的会议上扮演詹姆斯·麦迪逊[1]的角色。与此同时，斯宾塞、萨曼莎和玛雅簇拥在他身旁帮助他。玛雅露出神秘的微笑，只有他一个人能从中读出她对他的肯定，她因他而产生的自豪。夜幕降临时，他因白天的工作而充满活力，在招待会上来回漫步。玛雅笑着，站在他身旁，和其他人闲聊，他们俩就像是一对伴侣。天啊，伴侣！夜里，她和他一起淋浴，接吻。简直无法想象她不喜欢他。

可这些令人无法忍受：欺骗那些最了解你的人竟是如此容易……她竟然如此愚蠢……比以往更清楚地意识到这些事，真令人震惊。他思索着，一个人的真实自我在虚浮的面具之下究竟能隐藏多深。在现实生活中，大家一直都是演员，扮演着属于自己的角色，目前和以后都没机会触及他人真实的自我，因为在漫长的岁月里，人们已经将自己的角色固化成了一层厚厚的壳，真实的自我已经萎缩或迷失了。现在，人们的内心都是空虚的。

又或许，只有他是这样的。因为玛雅看上去如此真实！她的笑容，她的白头发，她的热情，天啊！她香汗淋漓的皮肤，皮肤下起伏的肋骨在他手指的抚摸下就像栅栏的木板一般。真实的自我，肯定是这样的吧？难道不是吗？他很难想象还有其他可能性。真实的自我。

但这只是可悲的自我欺骗罢了。某天早晨，他梦见了约翰，猛然惊醒。他梦见了他们年轻时一起在空间站度过的时光。不过在梦里，他们都老了。约翰还没死，又似乎已经死了。他像幽灵一样说着话，知道自己死了，也知道自己是被弗兰克杀死的，还知道那之后发生的所有事。但他既没有发怒，也没有责

---

1　詹姆斯·麦迪逊（1751—1836），美国第四任总统，被誉为"美国宪法之父"。

备。他对待这一切的态度就像对待某种自然而然发生的事一样，就像接到第一次登陆火星的任务，或是那次在**战神号**上把玛雅带走一样。他们之间发生了很多事，种种一切发生后，他们仍是朋友，仍是兄弟。他们可以谈心，他们理解彼此。弗兰克一阵恐慌，在梦中呻吟，想要蜷缩身体，最后醒了过来。太热了。他满身大汗。玛雅在一旁坐起身，头发很乱。"怎么了？"她问，"怎么回事？"

"没事！"他叫道。然后他站起身，蹑手蹑脚地走进浴室。但她跟在他后面，把手放在他的身上。"弗兰克，怎么回事？"

"没事！"他吼道，不由自主地挣脱了她的手，"能不能让我一个人待会儿！"

"当然可以。"她很受伤，心头不禁涌上一阵怒火，"我这就走。"说完便走出了浴室。

"你当然可以！"他冲着她的背影吼道，突然一阵愤怒涌上心头，因为她的愚蠢、她对他的忽视、她对他展现的脆弱都是演出来的，"反正你已经从我这里得到了你想要的东西！"

"你什么意思？"她立刻出现在浴室门口，身上围着一条床单。

"你心知肚明。"他愤恨地说，"你已经从条约里得到你想要的东西了，难道不是吗？没有我的话，你永远无法达到目的。"

她站在那里，叉着腰看着他。床单松松垮垮地挂在腰间，她看上去就像是圣女贞德一样，美丽而危险。她紧抿着嘴，厌恶地摇了摇头，走开了。"你一点都不明白，对不对？"她说。

他跟上她，问："你什么意思？"

她扔掉床单，愤怒地穿上内衣。她一边穿衣服，一边对他连珠炮般地说："你根本不知道其他人的想法。你甚至不知道你自己的想法。你自己想要从条约里得到什么，弗兰克·查尔莫斯？你根本不知道。只有我想要的，赛克斯想要的，赫尔穆特想要的，其他人想要的。而你自己呢？你根本没有任何想法。

只要容易管理，怎样都好。只要最终由你来掌控就好。"

"至于*感情*！"她穿好衣服，站在门口，停下来，对他怒目而视。她目光如炬，仿佛闪电束一般。她的目光令他动弹不得。他赤身裸体地站在她眼前，完全暴露在她的怒火之下。"你根本没有任何感情，对不对？我试过了，相信我，但你根本就是——"她浑身颤抖，显然无法想出一个足够恶毒的词来形容他。空洞，他会这么说。空虚。做作。然而——

她走了。

＊＊＊

签署新条约时，玛雅没有在他身旁，她甚至不在伯勒斯。这在各种意义上对他都是一种解脱。然而他还是情不自禁地感到空虚，内心一片冰凉。其他首百（起码有他们）肯定意识到他们两人之间（又）发生了什么。这真是太令人恼怒了。不过，或许只是他自己疑神疑鬼。

他们在之前敲定条约时使用的会议室里签署了新条约。赫尔穆特笑容满面，对自己能主持会议颇感荣幸。每名代表都穿着西装或晚礼服。他们轮流上前，对着摄像头说上一两句，然后把手放到"那份文件"上。似乎只有弗兰克觉得这个姿势奇怪而古老，简直像是在刮刻岩画。真是荒唐。轮到他时，他站起身，说了一些关于权衡的话。他也正是这么做的：他安排利益冲突的各方以不同的角度相撞，使多方的动量恰好达到平衡；就像制造了一场交通事故，所有车辆相互碰撞，形成了一个坚实的固体。新条约和上一个版本的条约内容差别不大，移居和投资这两个对维持火星现状的最大威胁——如果火星上有"现状"这个概念的话——都受到了阻碍，（最厉害的一点是）且*相互阻碍，制衡彼此*。这是一篇杰作，他大笔一挥，签下字。"为了美国。"他大声宣布，故意环视整个世界。这一段在电视上播出时效果一定很好。

之后，他大步流星地走在游行的队伍中，脸上带着成功完成任务的冷酷的满足感。城里的草地帐篷和步行管道里全都是观众，有成千上万人。游行的队伍会从人群面前走过，沿着运河边的大帐篷一路走，再分成分队登上台地；继而返回，向下穿过每一座站满了欢呼的人的桥；之后继续向前，到达公主公园，那里将会举行一场盛大的街头派对。天气操纵员将空气设定为凉爽清新，伴随强劲的下坡风。各式各样的风筝在大帐篷屋顶下争奇斗艳，如猛禽般飞舞着，明亮的颜色在下午暗粉色的天空中格外显眼。

公园里的聚会令弗兰克感觉很不安，太多人在盯着他看，太多人想接近他和他交谈。这就是名气：你得和一群人聊天。于是他转头向运河旁边的帐篷走去。

运河两侧各有一排平行的白色柱子，都是博锐制造的石柱，顶部和底部呈半圆形，而半圆柱体的头尾之间扭转了180度。这种简单的设计让石柱根据观察者位置的不同而呈现出不同的样子。尽管柱体上覆有光滑洁白的菱格状盐结晶，两排石柱却呈现出摇摇欲坠之感，就好像它们已经成了废墟。柱子在绿地上耸立着，就像方糖一样显眼，散发着微光，看起来好像湿漉漉的。

弗兰克在这排柱子之间行走，依次触碰每根柱子。柱子上方是一道缓缓上升的斜坡，连接台地悬崖。悬崖内部的温室透过透明玻璃散发着光芒，整个城市仿佛都被巨大的培育箱包围了，就像是一座精致的蚂蚁农场。帐篷下的这部分山谷内点缀着树木和瓦片铺设的屋顶，其间穿插着几条长满绿草的宽阔大道。未被覆盖的部分仍是一片遍地碎石的红色荒原。一大批建筑刚刚修建完成，还有些尚未完工。到处都是高耸的起重机，直逼帐篷顶，仿佛某种奇怪的有颜色的骨架雕塑。还有一大堆搭着脚手架的建筑。赫尔穆特曾说，布满帐篷的山丘让他想起了瑞士。这话不令人意外，因为大部分建设工程都是瑞士人负责的。"他们换个窗台花箱都要搭脚手架。"

赛克斯·罗索尔站在其中一个被脚手架包裹的建筑前，抬眼审视着。弗兰克转过身，沿着管道走到他旁边，向他打招呼。

"他们根本不需要这么多保护措施。"赛克斯说，"完全是浪费。"

"瑞士人就喜欢这样。"

赛克斯点点头。他们盯着建筑。

"所以呢？"弗兰克说，"你怎么想？"

"关于条约吗？今后对地球化的支持肯定会减少。"赛克斯说，"人们更倾向于投资而不是给予。"

弗兰克皱了皱眉。"并非所有投资都对地球化有好处，赛克斯，你必须记住这一点。很多钱都会投资在其他事务上。"

"但地球化可以减少开销。总投资中总有固定的百分比要放到地球化项目上，所以我希望总投资额越高越好。"

"真实利益只能根据真实开销来计算。"弗兰克说，"所有的真实开销。地球经济学从没费事计算过这些，但你是个科学家，你应该这么做。你必须判断更多人口和人类活动对环境造成的伤害，再与地球化产生的效益进行比较。所以，最好是提高纯粹针对地球化项目的投资额，而不是让步，先达成一个协议，接受总额里固定的百分之几，这样做完全是违背你的利益。"

赛克斯颤抖了一下。"在经过这4个月之后，听你讲反对让步这种话真是有趣，弗兰克。总之，要我说的话，最好是总投资额和这个百分比都得到提升。环境成本可以忽略不计。只要管理有序，就可以把大部分成本变为效益。这种经济模式要用万亿瓦特或是千卡来衡量，约翰之前经常这么说。这就是能源。我们在这里可以使用任何形式的能源，甚至是很多劳动力。更多的人意味着更高的工作量。人们总是多才多艺、活力四射。"

"真实成本，赛克斯。所有这些都是成本。你还是在试图玩弄经济学，它可不是物理，它更像是政治。想想数百万流离失所的地球移民来到这里会发生什么吧。每个人都带着一些生理和心理病毒。也许他们都会加入阿卡狄或是安的团队，你想过这个可能吗？流行病肆虐在暴民的身体和心灵里——他们可以摧毁你的整套系统！阿刻戎团队教过你生物学吧？你不会没认真听吧？这可不是一套机械运作系统，赛克斯，这是生态系统。而且人工的生态系统非常脆弱，必须受管理。"

"也许吧。"赛克斯说。这是约翰的口头禅之一，这个短语。弗兰克一时之间走了神，没有仔细听赛克斯的话。等他回过神时，赛克斯正在说：

"……这个新条约也不会带来多大改变。想要投资的多国联合会总会找到方法的。他们会缝好新的方便旗。表面上看是某个国家在坚决主张自己的权利，要求完全按照其条约的配额进行分配，但背后还是多国联合会的资本在运作。这样的事肯定会经常发生，弗兰克。你知道这是怎么操作的。政治手腕，还是经济原理，你觉得呢？"

"也许吧。"弗兰克厉声说道，心中却惴惴不安。他走开了。

＊＊＊

不知不觉间，他来到了上谷区，这里还在建设中。脚手架的确有点显眼，正如赛克斯所说，尤其是在火星的重力条件下。有一些看上去很难拆掉。他转过身俯瞰整个山谷。城市的位置非常好，这一点毫无疑问。山谷的两侧清晰可见，从城市中任何一点都能看到优美的风景。

他的手腕终端机突然哗哗哗地响起来了。他接起电话。是安，小屏幕里她正盯着他看。"你想干什么？"他突然绷不住了，"我猜你觉得我把你也给卖了。让一大群人乌泱泱地来践踏你的游乐园。"

她的脸扭曲了。"不是。在当时的情况下，你已经尽力做到最好了。我就想说这些。"她挂了电话，弗兰克的终端机屏幕变回了一片空白。

"真棒。"他大声说，"我把两个世界的人都惹毛了，只有安·克雷伯恩除外。"他苦笑着，继续向前走。

他回到运河和那排博锐石柱旁边——罗得的妻子们[1]。庆祝的人们三五成群地聚在河岸的草坪上，下午的日光将他们的影子拉得很长。眼前的景象不知怎的有种不祥的氛围。弗兰克转过身，不知道该往哪里去。他不喜欢面对事情发生之后的后果。一切似乎都完成了，了结了，结果一切都毫无意义。总是

---

1　罗得的妻子这一典故出自《圣经》：索多玛城遭到毁灭，天使把罗得一家带到城外，并告诫他们切勿回头看。但罗得的妻子回头望了一眼索多玛城，遂变成了盐柱。——编者注

这样。

一群地球人站在尼德多夫帐篷下某一栋宏伟壮丽的新办公大楼旁。安迪·扬斯也在其中。

既然安感到高兴的话，那安迪肯定是怒气冲天了。弗兰克走到他身旁，想看看他狂怒的样子。

安迪看见他，面部僵硬了。"弗兰克·查尔莫斯。"他说，"你来这里做什么？"

他的声音很亲切，眼神却很不友好，甚至可以说是冰冷。没错，安迪果然生气了。弗兰克感觉好多了，于是说："哦，安迪，我只是随便走走，让血液循环一下。你呢？"

安迪短暂地犹豫了一下，说："我们在参观办公楼。"

他盯着弗兰克，看弗兰克是如何消化这句话的弦外之音的。他的笑容带着一丝锋芒，继而变成了真诚的微笑。他继续说："这些是从埃塞俄比亚首都亚的斯亚贝巴来的朋友。我们考虑明年把办事处搬到这里。所以——"他的嘴咧得更开了，毫无疑问是在回应弗兰克脸上的表情，连弗兰克都能感受到自己的面部正在变得僵硬，"我们有很多需要讨论的。"

# 2

阿鲁卡西拉是阿拉伯语、马来语和印度尼西亚语里火星的名字。后面这两种语言中的这个词是从前者来的。纵览全球，可以看出阿拉伯信仰传播得是如此之广：不过一个世纪的时间，已经遍布地球的中部，从西非到西太平洋。没错，那时候它是一个帝国。如同所有帝国一样，在灭亡后仍有很长的半衰期。

离开阿拉伯半岛生活的阿拉伯人被称为"马哈吉斯"，而来到火星的阿拉伯人则被称为"卡西拉马哈吉斯"。当他们到达火星后，一大批人开始在北方荒原和大断崖附近游荡。这些游荡者大部分是贝都因[1]阿拉伯人。他们以房车车队的方式旅行，刻意重现这种在地球上已经消失的生活方式。在地球城市里生活的人们，到了火星后反倒一直在火星车和帐篷里漂泊不定。他们给这种永不停歇的旅行找到了借口：寻找金属、研究火星学、贸易等，但似乎很明显的是，重要的是旅行，是生活本身。

＊＊＊

《火星条约》在火星历 15 年、北半球秋天（地球历 2057 年 7 月）重新签订。条约签订后一个月，弗兰克·查尔莫斯加入了扎耶克·图坎的房车车队。在很长一段时间里，他和车队一起在大断崖附近崎岖的山坡附近上上下下。他努力练习阿拉伯语，帮他们一起采矿，进行气象观测。车队成员里，有一些来自埃及西海岸阿瓦德阿里的真正的贝都因人。埃及人在寻找石油资源的时候，

---

1 贝都因人是传统的阿拉伯游牧民族，"贝都因"在阿拉伯语中意指"居住在沙漠的人"。

开采到了一个含水层，其含水量相当于尼罗河 1000 年的水流量。随后，政府在这块区域推行"新谷计划"。这些贝都因人此前就一直居住在那地方的北部。在长寿疗法发明并推行前，埃及的人口问题就已经很严峻了。这个国家 96% 的国土都是沙漠，99% 的人口都集中在尼罗河谷地。新谷计划推行后，不可避免地会有大量移民拥入，贝都因人及其独特的文化也因此而被边缘化。贝都因人甚至不愿意自称为埃及人，他们鄙视尼罗河埃及人，认为那些人卑鄙又没骨气。但这并不能阻止埃及人从新谷计划地拥入阿瓦德阿里。其他阿拉伯国家的贝都因人在这场文化前哨战里都支持这些即将被同化的同胞。阿拉伯联盟在开启火星项目，并在地球—火星的往返摆渡飞船上购买了空间之后，要求埃及给其西部的贝都因人一些优先权。埃及政府乐得效劳，趁机清理了麻烦的少数民族区域。于是，他们就在这里了，火星上的贝都因人，在环绕整个火星的北方荒原上游荡着。

***

气象观测激起了弗兰克对气象学的兴趣，之前的任何科学讲座都没能做到这一点。大断崖附近的天气十分恶劣，下降风沿着下坡疾驰而至，冲撞上瑟提斯信风，创造出又高又快的红色龙卷风，或是泥沙土块漫天飞舞的雹子天气。目前的火星大气在夏天已经达到了 130 毫巴，包含 80% 的二氧化碳和 10% 的氧气，剩下的 10% 大部分都是氮气，是由亚硝酸盐转换厂产生的。目前还不清楚能否让氧气和其他气体取代二氧化碳，但赛克斯似乎对目前的进展表示满意。在大断崖刮风的日子里，很显然能感受到空气已不再那么稀薄，而是具有真实的重量了。空气承载着厚重的沙子，让下午的天色变暗，呈现出暗痂的颜色。最高速的狂风可以轻易地把人掀翻在地。弗兰克某次观测到一阵下降风，风速高达每小时 600 千米，幸好这只是大风天的一阵狂风，那时候大家都在火星车里，所以平安无事。

房车车队是一个移动采矿作业系统。火星上各种各样的地点都发现了不同程度聚集的金属和矿物质。阿拉伯勘探队发现，大断崖及其附近平地上浅浅地分布着大量硫化物。其中大部分硫化沉积物比较聚集，但其总量和价值不足以采用常规采矿方法，所以阿拉伯人开创了新的采掘和加工程序。他们建造了一排可移动设备，按照他们的需求，对建筑设备和探索型火星车进行了改造。改造后的机械机身庞大，由很多部件组装而成，看着很像某种巨大的昆虫，这简直就是卡车维修工的噩梦。这些庞然大物在大断崖上以松散的队列游荡着，寻找蕴含着分散的层状铜矿床的地表。如果能找到富含黝铜矿和辉铜矿的区域是最好的，这样就可以从中提取出作为副产品的银。只要找到一个，他们就会停下来，进行他们称为"收获"的操作。

　　"收获"期间，勘探火星车会沿着大断崖排列成一排，然后在接下来的7～10天沿着古老的河道和裂缝持续探索。当弗兰克到达时，扎耶克欢迎了他，并告诉他想做什么都行。于是弗兰克征用了其中一辆勘探火星车，驾驶它独自探索。他打算花上一个星期，开启自动搜索模式，读取地震仪、取样的样品和气象仪器的数据，偶尔钻探一下，或者只是呆呆地望着天空。

＊＊＊

　　无论是在地球上还是在火星上，贝都因人的定居点从外表看都显得单调无趣。不再使用帐篷后，他们建造的聚居区从外表看由一面面非常厚的墙壁组成，而且上面没有窗户，仿佛要永远保护他们免受沙漠热气的侵袭。只有当你走进其中时，才能发现里面别有洞天：庭院、花园、喷泉、小鸟、楼梯、镜子、刻有波斯花纹的墙壁。

　　大断崖地势奇特，南北向的峡谷系统将其切断，陨击坑砸在其上，再被熔岩覆盖，碎裂成一个个小丘、喀斯特地貌、台地和山脊，所有这些都位于一个陡坡上，所以站在任何一块岩石或是突出的高地上，都可以极目远眺，一直望到遥远的北方。在独自旅行的日子里，弗兰克大部分情况下都让勘探程序自行决定行程，自己则坐在一旁观看大地如画卷一般在视野内徐徐展开：这片土地沉默、单调、广袤，如死者曾经路过一般。日复一日，阴影轮转。清晨，风旋转着吹向上坡，下午时又吹向下坡。云朵层层叠叠，从岩石上方来回反弹的低矮的雾团到轻薄高浮的卷云布满天空。偶尔还会出现横贯整个天空的积雨云，那是一种很大的实心云团，位于 2 万米的高空中。

他偶尔会打开电视收看阿拉伯新闻频道。有时在寂静的清晨里，他会对着电视说话。他内心中的一部分因为媒体的愚蠢及其对事件的包装而怒不可遏。人类的愚蠢真是壮观。大部分人并不曾有机会，甚至一生都不会有机会出现在电视上，甚至连摄像机扫过人群时都不会拍到他们。在地球那边，过去仍鲜活地存在于大部分土地之上，乡村的生活依然如往常一样缓慢地继续着。也许这就是智慧吧，老妇人和萨满拥有的那种智慧。也许吧。但这难以置信——看看当人们聚集在城市后发生了什么吧。电视上全是蠢货，蠢得足以被载入史册。"有人说人类寿命的延长肯定是一种恩赐和祝福。"这话让他笑出声来。"你们难道没听说过副作用吗？你们这群笨蛋！"

某天晚上，他看到一段关于给南极海洋注入铁粉来施肥的报道，这么做的目的是为浮游植物提供养料。浮游植物的数量正在以令人担忧的速度锐减，而且没有任何明显的原因。人们用飞机向海洋里撒铁粉，仿佛是在扑灭一场潜水艇大火。这项工程每年要花费 100 亿美元，而且需要持续下去。不过人们已经估算过了，持续施肥一个世纪就可以将全球二氧化碳浓度降低 15%，误差在 10% 之内。全球持续变暖，对滨海城市造成了严重威胁，珊瑚礁也在大面积死亡，所以人们认为这项工程是值得的。"安肯定会很开心的。"弗兰克喃喃自语，"现在人们开始地球化地球了。"

每当他自言自语时，他都能感觉到心中缠绕在一起的绳子被解开了一根。他意识到根本没人在看着他，没人在听他说话。他头脑里的观众小人并不存在。没有人观看别人的生活电影。没有一个朋友和敌人知道他在这里做了什么。他可以为所欲为，不再循规蹈矩。显然他一直以来都非常渴望这么做，他本能地想要这么做。他可以一整个下午都在喀斯特地貌附近踢石头，或是痛哭，或是在沙地上写下格言，或是对着摇晃着划出南方天空的行星狂吼。他可以在吃饭时自言自语，对着电视讲话；他可以假装和自己的父母或失去的朋友交谈，和总统交谈，或是和约翰、玛雅交谈。他可以对着自己的小讲台漫无边际地发表演说：一段社会生物学历史文稿、一篇报道、一篇哲学论文、一部色情小说、一段对于阿拉伯文化历史的分析。这些事他都做了。当他的勘探车开回车队附近时，他感觉好多了。他更空灵、更冷静了。"活下去，"日本人的话很有帮助，"如同你已死亡那般。"

\*\*\*

日本人毕竟是外国人。和阿拉伯人生活在一起时也让他更明确地感受到一件事：他们也是外国人。嗯，他们是属于 21 世纪的人类，这一点毫无疑问。他们是顶级的科学家和工程师，和其他人一样生活在科技铸成的保护茧房里，忙于拍摄和观看属于他们自己的生活电影。但同时，他们每天都进行 3 ~ 6 次祈祷，当晨星和晚星出现在天空时向着地球的方向鞠躬。他们的科技房车车队带给他们极大的愉悦，因为他们做到了根据古代目标调整现代科技，房车正是这一理念的外化。"人类的工作就是要在历史里实现神的意志。"扎耶克这么说，"我们可以改变世界，帮助实现神的意志。这就是我们的方式。沙漠不会一直是沙漠，山也不会一直是山。世界必须按照神的意志进行改造。阿鲁卡西拉给我们带来的挑战和旧世界并无不同，只是更纯粹。"

当他俩坐在扎耶克火星车的小院子里时，扎耶克对弗兰克说起这些事。这些家庭式火星车已经被改造成了私人领地，弗兰克很少有机会被邀请到这里来，也只有扎耶克会邀请他。每次来到这里，他都会感到耳目一新。这辆火星车从外表看平平无奇，很大，装有深色窗户，停在一大堆火星车里，中间有不少步行管道连接着。但一旦穿过大门走入车内，就会看到阳光透过天窗洒下来，照亮了室内。室内有躺椅、精美的地毯、铺设瓷砖的地板、绿叶植物、好几碗水果、一扇可以看到火星景色的窗户、让窗外的景色显得如同照片一般的暗色玻璃和窗棂、低矮的沙发、银色咖啡壶、嵌入柚木和红木的电脑控制面板、流水潺潺的水池和喷泉。这是一方小天地，凉爽湿润，由绿色和白色组成，小巧而精致。环顾四周，弗兰克强烈地感觉到，这样的房间已经存在好几个世纪了。生活在10世纪的鲁卜哈利沙漠的人或是生活在12世纪的亚洲人可以立刻认出这样的房间。

扎耶克通常在下午邀请弗兰克过去，那个时间经常有一群男人聚在他的火星车里喝咖啡聊天。扎耶克旁边的位子是专门为弗兰克留的，弗兰克呷着一杯浑浊的咖啡，聚精会神地听着阿拉伯人聊天。那真是一种美妙的语言，很有韵律感，而且饱含隐喻。因此，阿拉伯语中的现代科技词汇和其中大多数的抽象词汇一样，都有着具体的现实词源，也因词源的本意和沙漠这个意象产生了共鸣。阿拉伯语和希腊语一样，最初是一种科学语言，这一点可从其和英语有很多意想不到的相似之处以及其词汇有机而精简的本质上看出来。

这群人的聊天涉及各种各样的话题，但都是由扎耶克和其他长者引导着进行的。看到年轻人如此遵从长者，弗兰克感到很不可思议。这群人经常在聊天中向弗兰克传授贝都因人的生活方式，弗兰克可以借机问问题，偶尔提出一些意见和批评。"如果社会里有非常强大的保守派势力，"扎耶克说，"而且和进步派势力泾渭分明，这会引发极其糟糕的内战。比如发生在哥伦比亚，人们称之为'暴力时期'[1]的那场冲突。这场内战逐渐演变为整个国家的全面崩溃，其制造出的混乱无序无人能理解，更不用说控制了。"

"又如贝鲁特[2]。"弗兰克天真地说。

"不，不。"扎耶克微笑着说，"贝鲁特的情况要复杂得多。那不只是内战，其中还混杂着很多外部势力的侵袭。这场内战并不是社会或宗教保守派试图从

---

1　暴力时期是指1948—1958年在哥伦比亚保守党和自由党之间进行的内战。

2　贝鲁特是黎巴嫩首都。这里指的应该是1975—1990年发生的黎巴嫩全面内战。

正常的文化进程中分裂出来，这和哥伦比亚及西班牙内战不一样。"

"你这样的说话方式可真像是个真正的进步派。"

"所有的卡西拉马哈吉斯按照定义来讲都是进步派，否则我们也不会在这里。但伊斯兰依靠保持统一而避免了内战：我们拥有统一的文化，所以火星上的阿拉伯人仍然很虔诚。即使是地球老家最保守的势力对此也非常理解。我们永远不会有内战，因为我们的信仰会将我们团结在一起。"

弗兰克没有说话，但他脸上的表情已经表达了他所知道的事实，比如所谓的什叶派异端邪说，还有其他很多伊斯兰的"内战"。扎耶克读懂了他的表情，但没有理会，而是继续说道："我们同在一个松散的车队里，一起在历史的长河中前进。你可以说在阿鲁卡西拉的我们就如同一辆勘探火星车。你也知道坐在这样的火星车里有多快乐。"

"所以……"弗兰克努力思考该如何组织语言阐述他的问题，即使冒犯到了这些人，他生疏的阿拉伯语也可以给他一些宽容的空间，"伊斯兰文化里真的有社会进步的概念吗？"

"哦，当然了！"好几个人都肯定地点头回答他。扎耶克说："你难道不这么认为？"

"这个……"弗兰克支支吾吾。阿拉伯文化是一个重视荣誉和自由的等级文化，所以对于很多在等级系统里地位很低的人而言，唯一能获得荣誉和自由的方式就是服从。而这同时加强了这个系统，使其更加坚固。但他又能说什么呢？

"贝鲁特遭到的破坏对于进步的阿拉伯文化而言是巨大的灾难。"另一个男人说，"当知识分子、艺术家、激进派人士被他们自己的政府攻击时，他们就会来到贝鲁特。所有国家政府都非常憎恶泛阿拉伯主义，但事实是，好几个国家的人全都说着同一种语言，而语言是非常强大的文化融合剂。语言和宗教可以让我们真正地聚合为一，即使存在政治上的国界。贝鲁特一直在彰显这层意义，但当以色列摧毁它之后，想要重申我们的信仰就变得困难了。对贝鲁特的破坏是精心设计的，目的是分裂我们，而它也的确做到了。所以，我们来到这里，重起炉灶。"

而这就是他们的社会进步思想。

***

一直在挖掘的层状铜矿床逐渐枯竭，是时候前往下一个地点了。他们走了两天，到达弗兰克找到的另一个层状矿床。而弗兰克再次开始了新的勘探旅行。

好几天他都在驾驶席上坐着，脚跷在仪表盘上，看着大地在窗外徐徐展开。他所在的区域有很多小型山脊，平行地向下坡倾斜。他再也没打开过电视，实在有太多事情要思考了。"阿拉伯人不相信原罪。"他在他的电脑上写道，"他们相信人是无罪的，死亡是自然的。他们相信人们不需要救世主。世界上没有天堂和地狱，有的只是奖赏和惩罚，而赏罚的方式就是生命本身，就是生活方式。从这种角度看，这是对犹太教和基督教的人文主义修正。不过从另一个角度看，他们一直拒绝对自己的命运承担责任，一切都是真主安拉的意志。我无法理解这样的矛盾。但如今他们来到了这里。这些马哈吉斯一直都是阿拉伯文化的重要组成部分，总是担任急先锋的角色。阿拉伯诗歌在 20 世纪重获新生，是由居住在纽约和拉丁美洲的诗人引领的。也许这里也会是这样。他们的历史观竟然和布恩所相信的如此相符，真令人震惊，对此我根本无法理解。很少有人真的会努力去理解别人的想法。对于距离自己很远的人，人们满足于不假思索地接受任何关于那些人的消息。"

他找到了一些含铜的斑岩，密度异常高，而且还富含银。不错的发现。铜和银现在在地球上都比较稀有，在很多工业领域都会用到大量的银，比较容易采集的矿床的银含量已经很低了。而这里就有这些金属，就在地表上，而且纯度还很高。虽然比不上埃律西昂的银山，但阿拉伯人不在乎。他们采集、收获这些金属，然后继续前行。

他又一个人上路了。时光飞逝，阴影轮转。风吹向下坡、上坡、下坡、上坡。雷云聚集，风暴暴发，有时天空中会出现日晕和幻日，以及由冰雹组成的尘卷风，在粉色的日光下如云母般闪闪发光。有时他会看到大气制动的摆渡飞船，仿佛一颗缓缓划过天空的火流星。某个晴朗的早晨，他看到埃律西昂山体从地平线上耸立而出，仿佛是黑色的喜马拉雅山。在大气逆温层的影响下，地平线之上，高达 1000 千米的景色都扭曲了。他不看电视，也不再浏览小讲台了。这里只有他自己，孤身一人，以及整个世界。风卷着残云和狂沙拍打着他的火星车。周围都是空旷的大地。

◆

但是梦境开始侵袭他，充满回忆的梦境，非常激烈、丰富、真实，仿佛他在睡梦中重新过了一遍自己的人生。某天晚上，他梦到了他得知自己肯定会成为火星上第一个定居点里那一半美国领地的领导人的那天。当时他正从华盛顿开车前往雪伦多亚河谷，感觉很奇怪。他在东部阔叶林里走了很长一段时间，来到了卢雷岩溶洞。这里是个旅游景点，他一时兴起决定参观。每块钟乳石和石笋都被各种艳丽的彩灯照亮，显得有些阴森恐怖。有些上面还有类似石槌的构造，似乎风琴演奏家可以像弹奏钟琴片那样弹奏这些石头。真是个井然有序的洞穴！他赶紧走到一旁的黑暗里，用袖子捂住嘴，避免其他游客听到他的笑声。

之后他停在了一处观景台，走进森林，坐在大树根之间。周围空无一人。这是个温暖的秋日夜晚，大地一片漆黑，周围只有毛茸茸的树丛。秋蝉在鸣声中迎来生命的循环，蟋蟀发出最后一声哀鸣，仿佛预感到自己即将死于霜冻。他感觉非常*诡异*……他真的能将这个世界抛诸脑后吗？他坐在地上思考着，真希望自己是个被掉了包的孩子，再度出现时已经变成了某种别的东西，更好，更强大，更高贵，更长寿，比如树。但什么都没有发生。他躺在地上，已经切断了和大地的联系。他已经是一个火星人了。

然后他醒了过来，一整天都忧心忡忡。

更糟糕的是，之后他梦见了约翰。他梦见那晚他在华盛顿，看见电视上的约翰首次踏上火星的土地，后面紧跟着 3 个人。弗兰克离开美国国家航空航天局的官方庆祝活动现场，走上街头。那是 2020 年的夏天，华盛顿哥伦比亚特区的一个炎热的夏夜。让约翰执行首次登陆任务本来就是弗兰克计划的一部分，就像是象棋里的弃卒保车一样。他把这项殊荣让给了约翰，因为首次登陆火星的人员肯定会在航行过程中接受大量辐射，然后根据规定，他们在返回地球后就会被禁止再次执行任务。他们为后人铺路，下一批远征队就会永久定居在火星上。那才是真正的游戏，那才是弗兰克计划领导的项目。

不过，在那个历史性的夜晚，他的心情很糟。他回到自己在杜邦环岛[1]附近的公寓里，然后又从公寓出来，扔掉了他的联邦调查局通行证，溜进一个黑暗的酒吧。他盯着调酒师的脑袋顶上的电视看，像他父亲那样喝着波本酒。电视屏幕里的火星的光线倾洒而出，将昏暗的房间照得通红。他喝醉了，听着约翰无聊的演讲，心情变得越来越糟，很难专注于他的计划。他喝得更凶了。酒吧里很吵，没人在认真看电视。倒不是说没人关注人类登陆火星这件事，只不过对于他们而言这不过是一项娱乐活动而已。子弹队[2]的比赛也很重要，所以调酒师一直在两个频道之间来回切换。啪的一下，电视换到了克律塞平原的画面。坐在他身旁的男人不满地骂了一声。"火星上的篮球比赛肯定很糟糕。"弗兰克用他早已抛弃的佛罗里达口音说。

"必须把篮筐调高，否则球员肯定会撞到头。"

"没错，在火星上想跳得高太容易了。20 英尺[3]高的灌篮，轻而易举。"

"是啊，连你们白人在那儿都能跳得很高，你说是不是吧。但最好别碰篮筐，否则就会遇到和在地球上一样的麻烦。"

---

1　杜邦环岛是华盛顿特区西北部的一个历史街区，以该区域内集中的大使馆和智库而闻名。
2　子弹队是美国职业篮球联赛球队，后更名为华盛顿奇才队。
3　1 英尺约合 0.3 米。——编者注弗兰克大笑起来。酒吧外是炎热潮湿的华盛顿特区。这是个夏夜，而回家路上他心情低落，每走一步，心情就越发低沉。杜邦环岛附近，一个乞丐上前来乞讨。他掏出一张 10 美元钞票扔过去，乞丐伸手来够时，他突然猛推了对方一下，说："你个浑蛋！快去找个工作！"这时一群人从地铁里拥了出来，弗兰克赶紧跑了，但仍旧心烦意乱、怒不可遏。乞丐跌跌撞撞地摔倒在地铁出口。人类都上火星了，但还有人在这个国家首都的街道上乞讨。那么多律师每天都从这些乞丐身旁路过，他们打着自由公正的旗号，其实只是为了给自己的贪婪打掩护。"我们在火星上要有所不同。"弗兰克愤愤地说。突然之间，他想立刻就去火星，不在乎那么多年的等待和计划了。"快去找个该死的工作！"他冲着另一个流浪汉喊道。然后他回到公寓大楼。安保人员百无聊赖地坐在大厅里，这些人的整个人生都被浪费掉了，整天坐在那里，什么都不做。走上楼梯后，他的双手抖得非常厉害，甚至无法打开房门。进门后，他僵立在原地，惊恐地看着满屋子单调乏味的高档家具，所有这一切仿佛都是剧院的布景，只是为了给很少来的访客看。说实话，他的访客也只有美国国家航空航天局和联邦调查局的人，没有任何人是真的为了他而来的。他没有任何朋友，*没有任何东西属于他*。他只有一个计划，除此之外别无他物。

　　然后他醒了，独自一人，在大断崖上的一辆火星车里。

***

　　最终，他从这场噩梦之旅中挣脱了。回到车队后，他发现自己很难开口讲话。他收到扎耶克的邀请去喝咖啡。他吞下一片含镇静剂成分的药物，只有这样，他才能在那群男人周围放松下来。他来到扎耶克的火星车，坐在属于他的位置上，等着扎耶克递给他加了四叶草的小杯咖啡。坐在他左边的是乌西·阿尔卡勒，正长篇大论地讲述着伊斯兰的历史观，讲述其在蒙昧时期或者说伊斯兰教创立以前是什么样的。阿尔卡勒一直都不甚友好，当弗兰克礼貌地把杯子递给他时，迎来的是他标准的礼貌应对：他突兀地坚称荣誉属于弗兰克，声称自己绝不会夺走属于弗兰克的东西。这是很典型的因为过度礼貌而冒犯他人的行为。又是等级制度在起作用：等级低的人不可能让等级高的人欠自己人情，人情只能从高往低传递。阿尔法男、啄序[1]什么的，他们还不如回到大草原上（或者来到华盛顿），这不过又是灵长类动物的支配策略那一套东西而已。

弗兰克紧咬牙关。当阿尔卡勒再次开始夸夸其谈时，他问道："你们那里的女人呢？"

众人都吃了一惊。阿尔卡勒耸了耸肩。"在伊斯兰教里，男人和女人有不同的分工。和西方世界一样。这是有生物基础的。"

弗兰克摇了摇头，感觉到了药片带来的感官刺激和历史带来的黑色的沉重感。他心中的厌恶之情如同压力越来越大的永久含水层，有什么东西快涌出来了；突然之间，不知为什么，他再也不在乎任何事了，也不想假装在乎了。他受够了各种虚伪的行为。这些虚伪行为像黏合剂一样让这个社会以糟糕的方式继续运行着。

"是啊。"他说，"但这不就是奴役吗？"

他身旁的男人们全都僵直了身体，被这个词吓到了。

"难道不对吗？"他继续说着，这些话从他的嗓子眼里不受控制地冒了出来，"你们的妻子和女儿无权无势、备受奴役。你们的确让她们衣食无忧，也许在某些特定的情况下，她们拥有一些微妙和亲密的权力来影响她们的主人，但归根到底，她们还是奴隶。这种主人和奴隶的关系让一切扭曲了。于是所有人际关系都扭曲了，现已到了爆发的临界点。"

扎耶克皱起鼻子，说："我们的生活并非如此，我可以向你保证。你应该听听我们的诗歌。"

"但你们那里的女人也会像你这样对我保证吗？"

"会的。"扎耶克自信满满地说。

---

1 啄序指群居动物通过争斗获得优先权和在群体里较高地位的现象。动物学家最早在鸡群中发现这种现象，故名"啄序"。——编者注

"也许吧。但听我说，你们所谓的最成功的女人总是谦卑恭顺。她们一丝不苟地严格遵守这个系统的规定。这些女人帮助她们的丈夫和儿子在系统里步步攀升。为达目的，她们必须维护并加强这套奴役她们的系统。这就是这个系统的有毒之处。不断循环，一代复一代，被主人和奴隶共同维护着。"

"使用'**奴隶**'这个词，"阿尔卡勒一字一顿地说，"非常冒犯失礼，因为这种说法是在评头论足。你是在对你并不了解的文化进行评判。"

"没错。我只是在告诉你，外人的直观感受是怎样的，也只有进步的穆斯林会对这种信息感兴趣。这就是你们一直以来努力想要实现的神的意志吗？法律就在那里供人阅读，让人观察其实际运用。而在我看来，这就是一种奴隶制。你也知道的，我们可是打了一场仗才终结了奴隶制。我们将南非排除在很多国际组织之外，就是因为南非制定了法律让黑人永远无法像白人那样生活[1]。然而你们一直都在这么做。如果世界上有哪个国家的男人被以你们对待女人的方式对待，那么这个国家肯定被排除在联合国大会之外。但只是因为被这么对待的是女人，掌权的男人们就可以睁一只眼闭一只眼。他们会说，这是文化差异，是信仰差异，我们不能干涉。他们会说，奴隶制不过是夸张说法，这些地区的女性的生存现状远远没有这么糟糕。"

"也许这真的犯不上用夸张来形容。"扎耶克说，"只是某种不同的处境。"

"不，的确用得上'夸张'这个词。西方世界的女性有自我选择的权利，有主导自己人生的权利，然而你们那里的女人没有。但没有人会自愿成为他人的财产和奴隶。人憎恶被物化，总要摆脱被物化的处境，甚至会想对奴隶主进行报复。人类都是如此。而在这里我们讨论的是你们的母亲、妻子、姐妹和女儿们。"

男人们紧盯着他，比起被冒犯，他们更感到震惊。弗兰克盯着自己的咖啡杯，继续说了下去："你们必须解放你们那里的女人。"

---

1　南非的种族隔离制度直到本书首次出版后的 1994 年才结束。

"你建议我们怎么做？"扎耶克好奇地看着他，问道。

"改变你们的法律！让你们的女儿和儿子在同样的学校里接受相同的教育。让她们获得与世界任何地方的任何穆斯林相同的权利。记住，你们的法律里有很多东西并不存在于《古兰经》里，而是在穆罕默德时代才加上去的。"

"是圣人们加上去的。"阿尔卡勒生气地说。

"没错。但是我们自己选择了如何在生活中以行动来强化我们的宗教信仰。这一点对所有文化都适用。我们可以选择新的方式。你们必须解放女性。"

"我不喜欢听别人说教，我只听毛拉[1]的布道。"阿尔卡勒说，胡子下的嘴唇紧紧抿着，"让那些无罪之人来坐而论道，讲讲什么才是正确的吧。"

扎耶克高兴地笑了。"瑟利姆·埃尔·哈耶尔生前也常常这么说。"

一阵沉重而紧张的沉默。

弗兰克眨了眨眼睛。很多人都在微笑，赞许地看向扎耶克。弗兰克突然意识到，他们都知道尼科西亚发生的事。他们当然知道了！瑟利姆在暗杀发生几小时后遇害了——因摄入由多种微生物混合而成的毒物身亡。无论如何，他们还是知道了。

然而，他们还是接纳了他，把他带回了他们的家里，让他进入他们的私密场所，参与他们的私密生活。他们是在尝试将他们的信仰传授给他。

"也许我们应该让她们像俄罗斯的女人们那样自由。"扎耶克笑着说，将弗兰克从沉思中拉了回来，"让她们疲于工作，是不是这么说的？告诉她们，这样就平等了，但其实根本不是。"

年轻人尤瑟夫·哈维情绪高涨，咧着嘴坏笑道："我可以向你保证，她们和其他女的没什么区别！在家庭里，权力总是掌控在更强的人手里，难道不对吗？我跟你讲，在我的火星车里，我才是奴隶。我每天都在跪舔我老婆阿兹扎！"

---

1 毛拉是对伊斯兰教学者的尊称，意指先生或老师。

男人们哈哈大笑看着他。扎耶克拿走了大家的咖啡杯，又倒了一轮咖啡。他们努力缓和谈话氛围，对于弗兰克的言语冒犯，试图打个哈哈遮掩过去。这要么是因为他说的话出格到只能是出于他的无知，要么是因为他们想承认并支持扎耶克对他的认可。不过其实也只有一半的人盯着弗兰克罢了。

弗兰克沉默下来，再次开始倾听。他非常生自己的气。随心所欲地说出自己的想法根本就是个错误，除非这么做能完美达成你的政治目的，但其实从来都不会有这样的机会。最好只说假大空的虚话，绝不能讲真心话，这是外交的基本法则。在大断崖这里，他忘记了这一点。

他忧心忡忡地登上勘探车，再次外出。做梦没有那么频繁了。返回车队后，他没有服用任何药物。他安静地坐到喝咖啡的人群中，偶尔谈谈矿物质和地下水，以及最新改造的勘探火星车有多舒适。男人们小心翼翼地向他打了招呼，只是看在扎耶克非常好客的面子上才再次让他加入谈话。扎耶克总是很热情，只有一次他非常直接地提醒弗兰克，不要忘了当前局势是什么样的。

一天晚上，扎耶克邀请弗兰克来自己家里，和他的妻子娜兹克三人共进晚餐。娜兹克穿着传统贝都因风格的白色长衫，腰间系着蓝色的腰带，没有裹头巾。她浓密的黑色长发别在一个扁平的发梳里，垂在身后。弗兰克读过很多书，知道这副打扮完全是不合传统的。阿瓦德阿里的贝都因女性应穿黑色长袍、系红色腰带，暗示她们是不完美、不纯粹、性感而道德低劣的。她们还会遮脑袋，戴面纱，遵循一套严格的等级系统，以此象征谦逊。所有这一切都是为了服从男权。娜兹克的衣服在她的母亲和祖母眼里肯定很惊世骇俗。即使现在她面对的是一个并不了解传统的外人，在他面前这样穿着也很大胆。但如果他懂得足够多，那么这就是一个征兆。

他们吃着聊着，在某一个时刻同时开怀大笑。娜兹克站起身，应扎耶克的要求去拿甜点，她笑着对扎耶克说："好的，主人。"

扎耶克假装怒目而视，说："快去吧，奴隶。"然后拍了她一下。她冲他龇牙咧嘴做了个鬼脸。他们俩对着弗兰克因尴尬而涨红的脸哈哈大笑。他明白过来，他们很显然是在演给他看，而且他们也破坏了贝都因传统中"不能在任何人面前秀恩爱"的禁忌。娜兹克走过来，把手指尖放在弗兰克的肩膀上，令他更加惊讶了。"我们只是在和你开玩笑，你懂的。"她说，"听到你为女性发声，我们这些女人很欣赏你。你的这番话可以为你赢得众多妻子，就像奥斯曼帝国的苏丹那么多。因为你的话里蕴含着真相，不可辩驳的真相。"她严肃认真地点点头，用手指指向扎耶克。扎耶克已经收敛了笑容，也在点着头。娜兹克继续说："但改变这一切，大多要靠法律内部的人，你不这么认为吗？这个车队里的男人都是好人，都是聪明人。而女人们则更聪明，我们已经完全掌控了局面。"扎耶克挑起了眉毛，娜兹克笑了，"好吧，我们已经掌控了属于我们的部分。说真的。"

"但你们平时都在哪里呢？"弗兰克说，"我的意思是，车队里的女人白天都待在哪里？你们都在做什么？"

"我们在工作。"娜兹克简单直接地回答，"仔细观察，你会看到我们的。"

"什么样的工作你们都做吗？"

"当然了。也许我们没出现在你一眼就能看见的地方，毕竟还是有一些规定和习俗。我们更隐秘，更与世隔绝，我们有自己的小世界——也许这样并不好。我们贝都因人喜欢聚在一起，无论是男人还是女人。我们有自己的传统，而且这些传统经久不衰。但有很多事情都开始发生改变，而且是快速地改变。我们是……"她寻找着合适的词。

"乌托邦。"扎耶克提示说，"穆斯林乌托邦。"

她摆了摆手，不太确信。"历史，"她说，"通往乌托邦的*朝圣之路*[1]。"

扎耶克愉悦地笑了。"但朝圣之路就是目的地。"他说，"毛拉总是这么教导我们。所以我们已经到达目的地了，不是吗？"他和他的妻子相视一笑，两人私密的眼神交流瞬间交换了大量信息。他们的笑容在一时之间也感染了弗兰

---

[1] 原文为阿拉伯语。

克。之后，话题转到了别的方面。

***

在实际意义上，阿鲁卡西拉就是泛阿拉伯阵营梦寐以求的世界，因为所有阿拉伯国家都投入了金钱和人力。火星上散落着各个阿拉伯国家的人，但在单独的车队里，人们的国籍则更同质一些。尽管如此，他们之间依然交际互动，无论来自石油资源富裕的国家还是贫油国家。在火星上，和其他外人相比，他们都是手足。叙利亚人、伊拉克人、埃及人、沙特阿拉伯人、其他波斯湾国家的人、巴勒斯坦人、利比亚人、贝都因人，全都是手足。

***

弗兰克开始感觉好些了。他现在能睡得比较沉，每天到时间冻结时活力十足。这段时间内，他的生物钟节律稍微松弛了下来，身体给自己放了个假。住房车的日子里，时间仿佛真的发生了扭曲，就好像被稀释了：他感觉有的是时间来消磨，再也没有理由去着急了。

时光流转。太阳每晚都在几乎相同的地方落山，非常缓慢地移动着。人们现在已经完全按照火星历生活，只有火星的新年才是他们关心和庆祝的。现在又是 Ls=0 度，北半球的春天开始了，火星历 16 年了。一个季节又一个季节过去，每个季节都有 6 个月，季节的轮转已没有旧时的那种逝者如斯的紧迫感了。火星上的生活仿佛是永恒的，仿佛一直在日复一日、永无止境的工作中轮转着，仿佛在反反复复对着那样遥远的麦加的祈祷之中，仿佛在永不停歇的地表游荡之中。某天早上，人们醒来后发现昨夜下了雪，眼前的万物全都是纯白色的，而且大部分雪都是水冰。整个车队里的人都疯狂了。所有人，男男女女，一起穿着漫步服来到车外，看到雪，他们感到一阵头晕目眩。他们踢着雪，团着雪球，试图堆雪人，不过雪的黏性很差，雪球和雪人很难粘住。这里的雪太冷了。

扎耶克看到众人玩雪的样子哈哈大笑。"反照率真高。"他说，"赛克斯做了这么多工作，结果大多适得其反，真令人惊讶。反馈总是趋向于稳态，对吧？我在想，赛克斯不该把环境变得这么冷，以至于大气都在表面结冰了。这些冰雪会冻结多厚？1厘米？不如让咱们的收割机排成一排，从北极排到南极，再围绕世界开一圈，仿佛在地面上画经线，在这一过程中将二氧化碳处理成清新的空气和肥料。哈，你觉得怎么样？"

弗兰克摇摇头。"赛克斯可能会考虑一下，然后出于某种我们没有预料到的原因拒绝这个计划。"

"绝对会的。"

***

雪很快升华了，红色的大地回归了。他们继续上路。他们偶尔会看到大断崖的顶端矗立着如城堡般的核反应堆。不仅是里科弗核电站，还有巨大的西屋[1]增殖反应堆，其霜烟如积雨云一般。他们在火星视讯上还看到新闻，北极深谷建成了一座混合两种核电站的新型核电站。

一个峡谷接着另一个峡谷。他们对这片大地非常了解，而且是以一种有别于安的方式。安对火星上的每一寸土地都感兴趣，所以她无法集中获取有关某一特定区域的知识。而他们了解这片土地的方式仿佛是在读一个故事，跟随它贯穿红色岩石的脉络，到达一片斑斑点点的黑色硫化沉积物或是精美绝伦的朱砂水银沉积物。他们不像是在了解、研究这片土地，而是在热爱这片土地。他们想要从中得到回报。而安呢，她只想要答案，除此之外别无所求。欲望真的有很多不同的形式。

时光流逝，四季轮转。他们遇到了另一个阿拉伯车队，于是他们聚集在呈八角形停泊的火星车围成的帐篷里，一起庆祝，边唱边跳，喝着咖啡，抽着水烟，聊着天。他们没有乐谱，但用长笛和电吉他创造出的乐曲演奏得非常流利，有不少人都在跟着音乐高歌。歌曲里有很多1/4音和尖音，在弗兰克听来很陌生奇异，很长一段时间他都搞不清楚这些歌手究竟唱完了没有。聚餐持续

---

1 指西屋电气，美国著名电气设备和核电设备制造商。

了好几小时，之后大家一起聊到天明，然后决定干脆去看像是熔炉爆炸一般的火星日出。

＊＊＊

当阿拉伯车队遇到其他国家的人时，他们就自然而然地变得更内敛。有一次，他们路过了美国运通公司的采矿站。那里的工作人员基本都是美国人，他们栖息在一段罕见的巨大镁铁质岩脉上。这段岩脉富含铂族金属，位于坦塔罗斯堑沟群，在阿尔巴火山口附近。矿床位于峡谷裂缝平坦而狭长的地面上，采矿工作基本都是机器人来干，工作人员则住在峡谷上方边缘的一个豪华帐篷里，从那儿可以俯瞰整条裂缝。阿拉伯人围着帐篷把车停了一圈，谨慎地到帐篷里简单看了看，然后返回他们自己昆虫般的火星车里过夜。美国人根本没机会和他们进一步交流。

当夜，弗兰克独自来到运通公司的帐篷里。帐篷里的人来自佛罗里达，他们的声音唤起了他心中的回忆，就跟渔网吊起了满满一网子的腔棘鱼一样。弗兰克压抑住一波波的精神冲击，问了一个又一个问题，集中注意力关注着回答他的一张张黑人、拉美人和"红脖子"[1]的脸。他观察到，这群人正在效仿早期的社群形式，正如阿拉伯人那样。这是一个荒野采油队，他们忍受着艰苦的工作环境和长工时，只为了能得到更大的回报，希望在回到文明世界前能攒上一大笔钱。即使火星条件艰苦，这么做也是值得的。"即使在极地工作也可以到外面走走，而这里呢，唉！"

他们根本不在乎弗兰克是谁。弗兰克坐在他们之中，认真听他们讲故事。虽然这些故事似乎如此熟悉，他听起来还是大为震惊。"我们22个人一起住在这个小小的移动房车里执行勘探任务。某天晚上我们聚在一起开派对。我们把衣服都脱光了，所有的女人躺在地板上围成一个圈，头朝里。所有的男人围在

---

1 红脖子原意指长期干农活导致颈部被晒得发红的美国白人农民，后成为一种文化标签，用来指代美国那些贫穷落后、文化水平低、有种族主义倾向的白人。

圆圈外，一共有 12 个男人和 10 个女人，所以余下的 2 个男人一直催促大家快速轮换，我们在时间冻结期间完成了一圈。在时间冻结停止时，我们打算一起同时高潮，结果非常棒，一旦几对人开始高潮，那感觉简直就像旋涡一样将所有人都卷了进去。那滋味可真是太棒了。"

之后，在笑声和几句难以置信的喊叫声之后，他们继续说道："在阿西达利亚平原，我们杀猪，然后把猪肉冻住。有人道主义精神的屠夫会将一支巨箭射入它们的脑袋里。我们就想，为什么不干脆在猪活着的时候直接冻住它们呢？我们想看看这样做会发生什么。所以，我们把它们逮住后弄残，打赌哪一只会跑得更远。我们打开闭锁室的外侧门，这些猪冲了出去。然后，砰！它们在大约 50 米的地方倒下了。只有一只小母猪跑了将近 200 米，最后直接以站立的姿势冻住了。那只猪帮我赌赢了 1000 块。"

人们大呼小叫，弗兰克微笑以对，他感觉自己回到美国了。他问他们在火星上还做了什么。有些人参与了帕弗尼斯山顶的核反应堆的建设，那里就是太空电梯的接入点。还有一些人参与了塔尔西斯突出部东侧从诺克提斯到帕弗尼斯山的输水管道的建设。兴建太空电梯的母公司实践集团对"底部"——他们是这么称呼的——非常感兴趣。"我在位于诺克提斯下方的康普顿含水层顶部的西屋核电站工作。据说含水层的水量和地中海相当，这个核电站的任务就是为一堆加湿器提供电力。该死的 2 亿瓦功率的加湿器，和我小时候在卧室里使用的加湿器一模一样，只不过每个加湿器的功率都有 5 万千瓦！巨大的罗克韦尔 [1] 机器配有单分子雾化机和喷气式涡轮发动机，可以将雾气射入几千米的高空。真是难以置信。每天都有几百万升的氢原子和氧原子被排入大气。"

还有一个人参与修建了厄科瞭望点下方通道里的新帐篷城市。"他们将一个含水层接入城中，于是城里到处都是喷泉。喷泉、瀑布、运河、池塘、游泳池里都放了雕像。简直成小威尼斯了，而且热量保持得也不错。"

---

1　罗克韦尔是美国一家工业自动化公司。

人们边走边聊，来到了健身房。这里有很多健身器械，可以让已经习惯火星生活的人维持体能，为回到地球做准备。"他可真是身强体壮，看看那肌肉，肯定是短时间内练就的。"几乎每个人都严格遵守训练安排，每天至少锻炼 3 小时。"如果你放弃了，你就被困在这里了，对吧？那样的话攒的钱还有什么用？"

"最终美元肯定会成为法定货币的。"另一个人说，"无论人们去哪里，美元肯定紧随其后。"

"你说反了，笨蛋。"

"我们就是证据。"

弗兰克说："我记得《火星条约》规定，禁止在火星使用地球货币。"

"《火星条约》就是个天大的笑话。"一个正在做背部下拉的人说。

"死得透透的。"

所有人都盯着弗兰克看。这些人都很年轻，二三十岁。他还没和这一代年轻人深谈过，他不知道他们是如何长大的，不了解他们的成长经历如何塑造了他们，不知道他们相信什么。那些熟悉的口音和面孔太具有欺骗性了。"你们是这么认为的啊。"他说。

他们之中有些人比其他人更敏感地意识到，弗兰克可能和条约有关系，可能还有其他一些历史关联。不过正在做背部下拉的男人没有意识到这一点，继续说道："根据《火星条约》的规定，把我们送到这里其实是违法的，我跟你讲。但这样的灰色交易到处都在发生。巴西、格鲁吉亚、波斯湾国家等，所有反对条约的国家都开始允许多国联合会的介入。这简直变成了一场各个方便旗国家之间的比赛，比赛的内容就是看谁能提供更大的方便！而联合国火星事务办公室就躺平在地，嘴里念叨着'再来点，多来点'。成千上万的人降落在这里，大多数都受雇于多国联合会。他们都拥有政府签发的签证和 5 年工作合同，合同里包括康复疗程时间和重新适应地球生活的时间，诸如此类。"

"成千上万人？"弗兰克问。

"没错！成千上万！"

他意识到自己已经好久没看过电视了。

另一个男人正在做过头推举，他趁着向上举起一摞黑色哑铃片的空当，和弗兰克说着话："革命很快就会爆发的——很多人都不喜欢这样——不只是像你这样很早就来火星的人——一大帮新来的人也是如此——他们成群结队地消失——一整个工作小队——有时甚至是一整个小镇——大瑟提斯高原上的一个矿井——全都空了——所有有用的工具都消失不见了——全被抢了——甚至连闭锁室内门——氧气罐——马桶——这些需要好几小时——才能搬走的东西——全都不见了。"

"他们为什么要这么做？"

"融入自然！"一个正在做仰卧推举的男人喊道，"被你的好朋友阿卡狄·波格丹诺夫劝说成功了！"

这个男人躺在器械椅子上，直视着弗兰克的眼睛。他是个黑人，肩膀很宽，长着鹰钩鼻。他说："这些大公司来到这里，装装样子，给员工提供健身房、可口的食物、娱乐时间，诸如此类。但归根到底，是公司告诉你什么可以做，什么不可以做。一切都有规定，你什么时候起床，什么时候吃饭，什么时候拉屎，简直就像是海军接管了地中海俱乐部[1]，你懂吗？这时候你的好朋友阿卡狄跑来跟我们说：'喂，你们是美国人，你们应该是自由的。火星是新前线，你们要知道，我们有些人就是这么看待火星的。我们可不是什么机器人，而是自由人，我们要为自己的世界制定属于我们自己的规则！就是这样，朋友！'"房间里爆发出一阵笑声，所有人都停下来听他继续说，"这话起作用了！很多人来到火星，结果发现他们成了被设定好程序的软件。他们发现如果不把全部时间花在呼吸输气管输送的空气上，他们根本不可能保持适应地球环境的体格，即使真的照做了，我猜也没用。我敢打赌上面的人肯定撒了谎。所以，付

---

1　地中海俱乐部是成立于1950年的大型旅游度假连锁集团。

444

给我们的酬劳根本一文不值，我们都成了工具人，有可能一辈子都被困在这里了。我们成了奴隶！该死的奴隶！相信我，这让一大群人都怒气冲天。人们已经准备好反击了，我跟你讲。那些消失的人就是在准备反击。在这里玩完之前，肯定会有很多人加入他们的行列。"

弗兰克俯视着那个人。"那你怎么还没消失呢？"

男人轻笑一声，继续做推举了。

"因为有安保系统。"有人从一台诺德士健身器械上说。

做过头推举的人表示反对："安保系统很烂——但你也得——有地方去。一旦阿卡狄出现——就可以跟着他一起消失！"

"有一次，"做仰卧推举的黑人说，"我看到了一个视频片段，阿卡狄在视频里说有色人种比白人更适合火星，因为我们的皮肤对紫外线辐射有更好的抵抗力。"

"没错！没错！"他们都哈哈大笑，对此既怀疑又感到有趣。

"这是一派胡言，但管他呢。"那个黑人说，"为什么不呢？为什么不呢？就把火星当作我们的世界吧，称之为'超新非洲'。这一次再没有人能从我们手中夺走它。"他再次开始大笑，就好像他所说的一切只不过是个有趣的主意，或是一个滑稽的真相。这真相太有意思了，仅仅说出来就会令人发笑。

＊＊＊

夜很深了，弗兰克才回到阿拉伯车队里。他继续和阿拉伯人一起旅行，但现在他的心境已经不一样了。他被拽回了时间里。如今勘探车里漫长的日子只能令他心急如焚。他开始收看电视，还打了好几个电话。他从未辞掉秘书长的职位，在他缺席期间，办公室一直在副秘书长斯卢辛斯基和其他工作人员的指导下运转着。他只是打了几个电话让他们帮他打掩护，告诉华盛顿方面他在工作，说他在进行深度研究，或者说作为首百之一，他必须出差到处视察。这样的掩护不应该再继续了。不过当弗兰克直接打给华盛顿方面时，总统很高兴，而伯勒斯的办公室里，已经精疲力竭的斯卢辛斯基也显得很高兴。实际上，听说弗兰克打算回来时，整个伯勒斯办公室的工作人员都很高兴，这让弗兰克非常吃惊。离开伯勒斯时，他满心都是对条约的厌恶，对与玛雅的关系感到沮丧，所以他觉得那时的自己一定是个糟糕的上司。结果他的下属们替他打了将近两年的掩护，而且听说他要回来还都表示很开心。人可真奇怪。毫无疑问，肯定是首百的名号带来的光环，好像这样的光环真的能有什么用似的。

\*\*\*

于是弗兰克从他最后一次勘探之旅中返程了。当晚，他坐在扎耶克的火星车里，抿着咖啡，听着他们交谈。扎耶克、阿尔卡勒、尤瑟夫和其他人，以及一直在忙碌着进进出出的娜兹克和阿兹扎，这些人接纳了他，他们在某种程度上理解他。按照他们的法规，他已经完成了必要的事。于是他在阿拉伯语的对话中放松下来。阿拉伯语充满着暧昧不明的不确定性：百合、河流、森林、百灵鸟、茉莉，这些词可能指的是遥控手臂、管道、塌砾、机器人零件，又或许只是单纯地表示百合、河流、森林、百灵鸟、茉莉。阿拉伯语真的是一种非常优美的语言。说着这种语言的人接纳了他，让他得到了休息。但他现在不得不离开他们了。

# 3

人们做了这样的安排：如果你在山脚基地待上半年，就会分配到一间永远属于你的房间。火星上的好多镇子都采用了类似的安排，因为人们经常搬家，很难有什么归属感，这样的安排或许能缓解这种无归属感。首百显然是火星人里最常出差的，现在他们在山脚基地里待的时间比前几年更长了。他们之中的大部分人对此都很愉悦。经常有二三十名首百聚集在山脚基地里，其他人则在工作之余来这里停留一段时间。在人来人往的间隙，他们可以断断续续地召开一些会议，聊聊现状，新来的人可以汇报他们得到的第一手情报，其余人则探讨这些情报背后的意义。

弗兰克没在山脚基地住满 12 个火星月，所以他没分到属于自己的房间。2050 年，他把部门的总部搬到了伯勒斯，所以到 2057 年，在他加入阿拉伯车队一起旅行前，他唯一保有的房间就是位于伯勒斯的办公室了。

现在是 2059 年了，他回来了，住在办公室下面一层的屋子里。他把行李放在地板上，环视四周，大骂出口。他居然不得不亲自来伯勒斯一趟——就好像这年头一个人亲临现场能有什么特殊作用似的！这是一个荒谬的时代错误，都什么年代了，还要求人亲自到场。但人们就喜欢这套。又是来自疏林草原的残留物。尽管新的神力就在周围的草地里，人们却仍像猴子一样生活着。

斯卢辛斯基走了进来。尽管他的口音是纯正的纽约腔，但弗兰克还是经常用"吉福斯"称呼他，因为他长得很像一个 BBC[1] 电视剧里的演员。"我们就像

---

1　英国广播公司的英文缩写。——编者注

住在远程遥控机械里的小矮人。"弗兰克生气地对他说,"就像是住在一台巨大的远程遥控挖掘机里。我们住在机器内部,试图移动山峦,但我们没有借助远程遥控机械的力量,反倒是倚靠在窗户边用茶匙开挖,还互相夸赞:我们多会利用高度啊!"

"我懂。""吉福斯"小心翼翼地说。

但他对此无计可施。回到伯勒斯后,他忙活来忙活去,1小时能开4个会,都是些没有任何新信息的无聊会议,内容无非是抱怨联合国火星事务办公室已经不把《火星条约》当回事了,把它当厕纸了。联合国火星事务办公室认可会计部门得出的结论,即火星采矿业完全无利可图,联合国成员国分不到一分钱,即使在太空电梯完成后也是如此。他们给数千名火星移民都发放了"必要人员"的身份,完全无视本地团体的各种意见,包括"火星优先"。这些违反条约的行为,大部分都打着太空电梯的旗号。修建太空电梯给当局提供了无穷无尽的借口,长达35000千米的借口,高达1200亿美元的借口。说实话,和上世纪的军费相比,这预算也不算太高。实际上,这笔预算大部分都花在了前几年寻找冰质小行星并将其推入合适轨道,以及建立生产缆绳的工厂的项目上。在此之后,工厂吃下小行星,吐出缆绳,然后一切就完成了,只需等缆绳慢慢变长,与火星表面接触。真值,真是太值了!

同时这也是一个很好的借口,需要的话就可以以此为借口破坏条约。弗兰克刚回来一周。漫长的一天结束后,他骂道:"该死。为什么联合国火星事务办公室软弱成这样?"

"吉福斯"和其他员工都觉得他只是在宣泄情绪,所以没人回应他。他实在是离开太长时间了,大家现在都有点害怕他。他不得不自问自答:"我猜是因为贪婪,他们只是以某种方式把这种贪婪遮掩起来了。"

当天吃晚餐时,他在小餐馆里遇到了珍妮特·布莱勒温、厄休拉·科尔和弗拉德·坦义夫。他们边吃边看柜台电视上的地球新闻。说真的,真是不忍直视。加拿大和挪威也加入了强制控制人口增长速度的行列。当然了,没人会说

"控制人口"，这是政治里的禁忌词，但其实就是这么一回事。而这又会重蹈公共地悲剧[1]的覆辙：如果一个国家无视联合国的决议，其周边国家就会因为害怕被碾压而大声咆哮——又是原始时代的猴子祖先残留下来的恐惧，但事实就是这样。与此同时，澳大利亚、新西兰、斯堪的纳维亚半岛国家、阿扎尼亚、美国、加拿大、瑞士全都宣布移民行为是非法的。印度人口则依然以每年 8% 的速度增长。饥荒会解决人口危机，而很多国家都会面临饥荒。天启四骑士[2]非常擅长控制人口。等到那时……电视切换到一个非常受欢迎的减掉脂肪的广告，这种脂肪很难被消化，可以直接穿肠而过不会被吸收。"想吃多少就吃多少！"

珍妮特关掉了电视。"咱们换个话题吧。"

他们坐在桌子旁盯着自己的盘子。弗拉德和厄休拉刚去过阿刻戎，因为埃律西昂暴发了结核病，而且这种病毒具有耐药性。"*隔离区已经沦陷了。*"厄休拉说，"移民带来的病毒肯定会变异，或者会和我们这里的某种系统结合。"

又是地球惹的麻烦。根本不可避免。"地球那边真是一团糟！"珍妮特说。

"都这样好几年了。"弗兰克严厉地说，见到旧时好友，他的口风有点松动，"即使在长寿疗法发明前，富裕国家居民的预期寿命就已经几乎是贫穷国家居民的 2 倍了。仔细想想吧！不过在此之前，穷人疲于奔命，只能关注眼下的日子，根本不了解预期寿命是什么。现如今每家每户都能看到新闻，都能看到这世界发生了什么——穷人患上艾滋病，富人接受长寿治疗。贫富差距上了一个新的台阶，穷人年纪轻轻就劳碌而死，富人却可以永生！所以，穷人们为什么要忍耐呢？本来也没有什么可以失去了。"

"而且还有机会获得一切。"弗拉德说，"他们可以跟我们过一样的生活。"

他们几个人聚在一起喝咖啡。屋里很昏暗，松木家具散发出暗淡的光泽，

---

1 公共地悲剧，或译为公地悲剧，是一个经济学和环境学中的概念，由美国生态经济学家哈丁于 1968 年提出，指当多人共同使用一种有限资源时，如果每个人都追求个人利益最大化，可能会导致资源过度开采、破坏甚至枯竭，从而对整体社会造成损害。

2 天启四骑士出自《圣经》，代表着瘟疫、战争、饥荒和死亡。

上面有污痕、凹痕、手摩擦进去的微尘……现在聚在一起的感觉很像是遥远过去的某个夜晚，那时首百们是整个火星上唯一的人类，其中一些人熬夜熬得比其他人晚，一晚上都在聊天。除了弗兰克，他只是眨眨眼，环视四周，看到朋友们脸上满是疲倦，他们已经白发苍苍、老态龙钟。时光流逝，他们四散在火星各地，或像他那样奔波劳碌，或像博子那样躲躲藏藏，或像约翰那样溘然长逝。约翰的逝去突然之间变得如此沉重，仿佛在他心里开了一个大口子，像是火山口一般。而其他人紧紧地蜷缩在火山口旁边试图温暖双手。弗兰克浑身颤抖。

之后弗拉德和厄休拉回房间睡觉了。弗兰克看向珍妮特，感觉浑身疲惫得无法动弹。他在经历很长的一天后经常会这样。"玛雅这些日子都在哪儿呢？"他挑起新的话题，让珍妮特无法回房睡觉。她和玛雅在希腊平原时一直是好朋友。

"哦，她就在伯勒斯。"珍妮特说，"你不知道吗？"

"不知道。"

"她住在萨曼莎之前住的房间里。她可能在躲着你。"

"什么？"

"她非常生你的气。"

"生我的气？"

"是啊。"她隔着发出低鸣的昏暗空间对他说，"这点你应该心里清楚。"

他还没想好要跟她讲多少真心话，于是说道："不！我不清楚。她为什么生我的气？"

"哦，弗兰克。"她向前探了下身，说，"别整天一副如临大敌的样子！我们都了解你，我们都在现场，都看到发生了什么！"弗兰克闻言紧张地缩了一下身子。珍妮特靠在椅背上，继续平静地说："你肯定知道玛雅爱你。她一直爱着你。"

"我？"他有气无力地说，"她爱的是约翰。"

"是，没错。约翰很随和，很有魅力，他也爱玛雅。但对玛雅而言，和约翰有关的一切都太容易了。她喜欢挑战，而你对她而言充满了挑战。"

他摇了摇头。"我可不这么觉得。"

珍妮特哈哈大笑。"我知道我是对的，她亲口对我说的！自从条约签订大会结束之后，她就非常生你的气，而她一生起气来就会喋喋不休。"

"但是她究竟为什么生气呢？"

"因为你拒绝了她！你追她追了那么多年，她已经习惯了你的追求，她乐在其中，你却拒绝了她。你坚持追求她的方式非常浪漫。她把你的追求当作理所当然，她很享受你的追求。她喜欢你的强大。现在约翰已经过世，她终于可以答应你了，你却让她滚。她怒不可遏！很长一段时间里，她一直在生气。"

"这……"弗兰克无言以对，"我理解的事情并不是这样的。"

珍妮特站起身，经过弗兰克身边时拍了拍他的头说："也许你应该去找玛雅谈谈。"说完后，她离开了。

弗兰克静坐了很长时间。他十分愕然，静静观察着扶手椅隐隐发光的纹理。他无力思考。最终他放弃了，回房睡觉了。

\*\*\*

他睡得很不安稳，漫长的一夜结束前，他又梦到了约翰。他们俩正在空间站上方冷风飕飕的狭长空间里。空间站旋转着，制造出相当于火星的重力。那是 2010 年，他们正在执行长期驻站任务，一共要在这里待上 6 周。他们那时年轻力壮。约翰说："我感觉自己就像是超人，这样的重力真是太棒了，我简直就是超人！"他在空间站大厅中央的圆环里跑圈，"火星上的一切都会发生改变的，弗兰克。一切！"

"不。每一步都像是三级跳远的最后一跃。砰，砰，砰，砰。"

"没错！最大的问题就是需要学习怎么才能跑起来。"

完美的云点干涉图样覆盖在马达加斯加西海岸上方。太阳照得下方的海洋闪闪发光。

"从上方看，一切都这么美。"

"距离产生美，一旦接近后就会看到太多细节了。"弗兰克喃喃自语。

"要么就是看到的不够多。"

空间站里很冷，他们就温度吵了几句。约翰是从明尼苏达州来的，从小睡觉都开着窗户。弗兰克打着寒战，裹着一条羽绒被，他的双脚冻得像冰坨一样。他们下了一会儿国际象棋，弗兰克赢了。约翰大笑。"太蠢了。"他说。

"什么意思？"

"游戏不能说明任何事情。"

"真的吗？有时候在我看来生活就是一场游戏。"

约翰摇了摇头。"游戏里有规则，但生活中的规则一直在改变。你可以派出你的象去将对方的国王一军，国王可以躺下来给你的象吹枕边风，突然，你的象为他所用，开始像车一样移动，然后你就完蛋了。"

弗兰克点了点头。他的确跟约翰聊过这些事。

他们吃饭、下棋、交谈，看着下方自旋的地球，仿佛这构成了他们唯一活过的人生。从休斯敦传来的声音像是人工合成的，那些人对他们的关心显得非常荒诞。地球如此美丽，云朵和大地错综复杂地分布着。

"我从来就没想下到火星去。我觉得在空间站比去火星棒多了。你不觉得吗？

"不觉得。"

他蜷缩着，哆嗦着听约翰谈起他自己的年少时光。女人、运动、对太空的向往。弗兰克讲述了华盛顿的传说，从马基雅弗利身上学到的东西，直到一天，他突然意识到约翰本身已经够有威压感的了。归根到底，友谊也是某种形式的外交。这之后，他眼前一片朦胧……在梦里他继续聊着、沉默着、战栗着，谈论着他的父亲从杰克逊维尔市的酒吧醉醺醺地回到家，谈论着普莉西娅那一头白金色的长发和她那如模特般的面容。这些事对他而言再也没有任何意义了。只是为了利益而结婚，为了在心理医生面前装出正常人的样子而已。这不是他的错。反正最终他还是被抛弃了，被背叛了。

"听上去太糟了。怪不得你觉得人都很烂。"

弗兰克朝着巨大的蓝灯挥了挥手。"但人就是很烂。"他们正好飘到了索马里半岛上空，"想想下面正在发生什么吧。"

"那已经是历史了，弗兰克。我们会做得更好的。"

"真的吗？我们可以吗？"

"你等着瞧吧。"

＊＊＊

他醒了，胃部揪着痛，满身大汗。他爬起来洗了个澡——他已经记不清刚才那个梦了，只记得唯一的片段：约翰说"等着瞧吧"。他的胃像木头一样。

早餐后，他一边用叉子敲着桌子一边思考着。他一整天都心不在焉，仿佛还在梦中似的晃来晃去，时不时思考人到底能不能看出梦境和现实的区别。是不是如今在各个重要的领域里，人生都是如梦似幻？一切都被过度曝光，呈现出千奇百怪的模样，仿佛是其他事物的象征。难道不是吗？

那天晚上，他在冲动之下开始寻找玛雅。他感觉非常无助。他前一晚就下定决心要去找她，当珍妮特说"你肯定知道玛雅爱你"的时候。他转了个弯来到餐厅，结果玛雅就在这里。她正向后仰着，发出银铃般的笑声。生动鲜活的玛雅。她的一头黑发已经全白，眼睛一直盯着她的同伴：一个黑发的英俊男人，大约 50 岁。他也笑意盈盈地看着玛雅。玛雅一只手搭在他的上臂上，非常典型的姿势，她经常如此展示亲密感，但其实没有任何意义，反倒暗示出对方并非她的爱人，只是她正在诱惑的对象。他们完全有可能几分钟前才刚认识，不过男人脸上的表情显示出他很了解她。

玛雅转过身，看到弗兰克，惊讶地眨了眨眼。然后她回过头看向旁边的男人，继续用俄语和他交谈，她的手仍然搭在他的胳膊上。

弗兰克犹豫了一下，差点转身直接离开。他无声地咒骂自己——你是不是笨得跟个傻小伙儿似的？他走到他们身边，打了个招呼，没在乎他们是否回应自己。整个晚餐过程中，她都一直黏在那个男人旁边，没有往他这边看，也没有过来找他。那个男人长得很英俊，很惊讶于玛雅居然对自己如此关心，同时也感到很惊喜。很显然他们会一起离开，共度今宵。这样的预知总是令那些被选中的男人愉悦。她总是这样，毫不犹豫地利用别人，这个浑蛋。爱情什么的……他越想越气。她除了自己，从未爱过别人。然而……她刚看到他时脸上露出了惊讶的表情，那瞬间她是不是很高兴见到他，继而故意惹他生气？这是不是意味着她感觉受到伤害，所以想要报复？这是不是意味着她在某种程度上（以一种非常幼稚的方式）对他十分渴望？

算了，随她去吧。他回到房间，收拾好行李，搭乘地铁来到火车站，乘坐一辆向西的夜班车，穿越塔尔西斯，去往帕弗尼斯山。

＊＊＊

在接下来几个月的时间里，电梯将被精准地操控移动到合适的轨道上。帕弗尼斯山将会取代伯勒斯成为火星的中心，就像之前伯勒斯取代山脚基地一样。随着太空电梯接入时限的临近，各种迹象都开始显示出这里即将成为主要都市。和攀爬火山东部陡坡的火车轨道平行的是两条新建成的大路和4条很厚的管道，以及一大堆电缆、一排微波信号塔，此外还有连绵不绝的工作站、许多载货卡车、货仓和军需仓库。火山口前最后一段陡峭的上坡弯道上聚集着一大片帐篷和工业建筑，越来越密集，到宽广的火山口边缘时，到处都是这些帐篷和建筑。在这些建筑之间有很多大片的场地，里面铺满了日照吸收板以及接收器。轨道布满了太阳能板，接收器的功能就是接收通过微波传输来的能量。这条路上的每顶帐篷都是一座小城镇，里面建满了小公寓楼。每栋公寓楼里都挤满了人，每间房间的阳台上都挂着晾晒的衣服。距离轨道最近的帐篷附近几乎没有树木，看上去像是商业区。弗兰克一眼扫过去，看到了食品摊、音像店、半开放式的健身房、服装店、洗衣店。街上堆着垃圾。

之后，他来到了火山口边缘的火车站里。下火车后，他进入了宽广的工作站帐篷里。火山口南缘视野很好，可以看到整个陷落火山口。火山口非常大，几乎是个完美的圆洞，除了东北角有一大片塌陷下去了。这个大缺口在工作站正对面，是一场巨大的横向爆发形成的。不过这是造物主留下的唯一缺陷，要不然这里的悬崖崖壁就只是普通的规整崖壁而已。陷落火山口的底部几乎是完美的圆形，而且几近平整。火山口直径 60 千米，深 5 千米，仿佛处于一个巨大而完美的莫霍钻井刚开始挖掘时的状态。火山口地面上的几处人类建筑如蚁穴一般渺小，在火山口边缘几乎看不出来。

赤道正好穿过火山口南缘，这里就是太空电梯的预备接入点。接入点很明显：一座巨大的棕白色相间的混凝土碉堡，位于火车站附近巨大的帐篷小镇西边几千米的地方。碉堡的西边沿线是一排工厂、好几台推土机和堆成山的原材料，这些东西在黑紫色的天空和清澈无尘的高海拔稀薄空气里熠熠生辉。天顶附近有不少星星，即使是大白天也能看得很清楚。

他到达后的第二天，当地办公室的工作人员带他去参观太空电梯基地。当天下午，技术人员刚好要捕获从缆绳伸过来的引导线。这项工作其实没什么特别之处，不过看上去还是挺奇妙的。引导线的末端是一个小导航火箭，火箭东侧的喷气发动机持续发动，而北侧和南侧的发动机会定时喷射。火箭缓慢降落，落进起重龙门架，和其他着陆设备别无二致，唯一不同的是有一条又细又直的银线从火箭向上延伸了出去。弗兰克盯着这根线，感觉自己仿佛站在海底，看着一条钓鱼线从黑紫色的海面垂下来——一条绑着亮色鱼饵的钓鱼线，正垂进海底失事的沉船里。他感觉热血从喉头涌上，不得不低下头深呼吸。太怪异了。

他们一起参观了基地。捕获到引导线的起重机在一个混凝土大坑里，其周遭的墙壁非常厚。混凝土坑的墙壁上点缀着弯曲的银色柱子，上面缠着磁线圈，作用是减震并固定缆绳。缆绳会飘浮在这间屋子的混凝土地面上方，由于受到太空外侧那一半缆绳的拉力而悬停在空中。这是一个非常精妙的平衡轨道。缆绳从小卫星上延伸出来，悬垂到这间屋子里，全长一共 37000 千米，直径只有 10 米。

固定好引导线，就可以很容易地将缆绳牵引下来，但这个过程不能太快，因为缆绳必须非常小心地以渐进的方式拉入最终轨道里。"芝诺悖论[1]。"斯卢辛斯基说。

所以，很多天后，缆绳的尾端才终于出现在天空中，悬垂在那里。在接下来的几周里，它下降的速度越来越慢，仿佛一直停滞在空中。真是个奇怪的景象。弗兰克看着缆绳，感觉一阵阵眩晕。他每次看到缆绳，脑中就会浮现出自己站在海底的画面：他抬头盯着那根钓鱼线，一根从紫色海面垂下来的黑线。

***

弗兰克花了些时间在镇子里布置新的火星总部办公室，他将之命名为"谢菲尔德"。伯勒斯的工作人员对搬迁表示抗议，但他根本不理会。他见了很多美国高管和项目经理，他们奔走在太空电梯、谢菲尔德，或是偏远的帕弗尼斯镇建设的方方面面。美国人只占劳动力的一小部分，但弗兰克依然忙碌奔波，因为整个项目的规模太庞大了。美国人在超导技术和电梯轿厢的控制软件设计上处于压倒性地位。这些领先技术价值数十亿美元，很多人都将功劳归于弗兰克，但其实真正的功臣是弗兰克的 AI，以及非常认真负责的斯卢辛斯基和菲莉丝。

很多美国人都住在谢菲尔德东侧那个名叫"得克萨斯"的帐篷小镇里。镇上还有一些其他国家的人，他们要么喜欢得克萨斯的风土人情，要么就是随机选中了这个地方。弗兰克尽可能和这里每一个人见面，这样等到缆绳最终着陆

---

1  芝诺悖论是古希腊哲学家芝诺提出的一系列关于运动不可分性的哲学悖论，其中著名的有"两分法悖论""阿基里斯悖论""飞矢不动"等。

时，他们就能以一套统一的标准更有组织地开展工作——或者按照某些人的说法，即在弗兰克的指挥下工作。但无论如何，他们很高兴能待在这里，毕竟在他的领导下，他们能有一些影响力。他们知道自己的权力不如东亚联盟，因为东亚联盟正在建造电梯轿厢的外壳；也不如欧洲经济共同体，因为他们正在建造电梯缆绳；更不如实践集团、美国运通、阿默斯科和美妙会。

＊＊＊

终于，缆绳着陆的日子来了。一大群人聚集在谢菲尔德观看这个奇景。火车站广场上挤满了人，因为沿着火山口边缘可以清晰地看到基地建筑群，这也是人们称这里为"基座"的原因。

几小时过后，黑色缆绳的底端向下飘来，离目的地越近，移动速度越慢。缆绳悬在空中，粗细和引导线差不多，比能源号运载火箭[1]的装载舱小一些。缆绳在空中完美地垂直悬浮着。它非常细，因为大半隐在云层之中，看上去似乎比摩天大楼高不了多少，像是又细又长的摩天大楼行走在空中似的；又像是一段黑色树干，比天空还高。"我们应该去它的正下方，躺在基座的地板上。"弗兰克的一名员工说，"它停下的时候距离地板还是会有一些空间的，对吧？"

"那里的磁场可能会让你挺难受的。"斯卢辛斯基说着，眼睛紧盯天空。

随着缆绳越来越接近地面，可以看到缆绳上面有不少突触，上面拴着很多银线。缆绳下方的空间越来越小，接着，它的尾端消失在基地建筑群里，广场上的人们爆发出一阵热烈的欢呼声。大家紧张地盯着屏幕看，基座内部的监控画面显示，缆绳缓慢地停滞下来，离混凝土地面仍有大约 10 米的距离。之后，起重架如同镊子一般，在缆绳周围距离其尾端几米高的地方围上了一圈减震圈。所有的操作都如同梦中的慢动作场景一样。当一切完成时，这间圆形的基座房仿佛被安上了一个并不相称的黑色屋顶。

一个女声通过广播系统传来："电梯缆绳安装完成。"人群里又响起短暂的

---

1　能源号运载火箭是苏联研制的一种重型运载火箭。

欢呼声。他们的目光从屏幕前移开，看向帐篷外面。缆绳现在看上去比之前吊在空中时正常多了，如今它不过就是火星建筑领域里的又一个神奇的建设。一座又高又细的黑色尖塔，一根通天魔豆的豆茎。看着很奇怪，但并不会令人不安。人群叽叽喳喳地聊个不停，然后散去了。

＊＊＊

这之后不久，太空电梯开始运行了。在缆绳从克拉克小行星生产出来的这几年里，机器人一直在附近像蜘蛛织网一样忙碌着，建造电线、安全缆绳、发电机、超导轨道、维护站、防护站、位置调整火箭、燃料桶，以及缆绳上每隔几千米就要设置的紧急避难所，这些工作和缆绳建设工作保持着一致的速度，所以在缆绳着陆后，电梯轿厢就开始沿着缆绳上上下下运作起来。上行和下行轿厢各有 400 个，仿佛是发丝上的小寄生虫。再过几个月，人们就可以乘坐电梯直接上到环火轨道上，或者从轨道直接下到火星地面上。

于是人们就这么来了。他们从地球出发，乘坐往返于两地之间的摆渡飞船。这些容量惊人的巨型太空飞船沿着地球—金星—火星的路线飞行，利用这 3 颗行星和月球作为重力杠杆。地球和火星之间充斥着这些疯狂加速的摆渡飞船。飞船一共 13 艘，每一艘都能容纳 1000 名乘客，每次来火星的飞船都是满载。于是，人们接连不断地来到克拉克小行星上，乘坐电梯向下，从基座处登陆火星，继而拥入谢菲尔德的广场。他们头晕目眩、目瞪口呆，艰难地在火车站里转悠，搭乘离开此地的火车。大部分火车将他们载到帕弗尼斯帐篷小镇。机器人加速建造帐篷，将将能赶上移民来到火星的速度。新建成的两条输水管道保证了帕弗尼斯的供水，这些水是从诺克提斯沟网附近的康普顿含水层引上来的。总之，移民安顿好了。

而在基座——缆绳的另一边，上行电梯轿厢里满载着精炼金属、铂金、金、铀、银等资源。轿厢固定在轨道上，向上攀升，慢慢加速到每小时 300 千米，然后全速前进。5 天后，轿厢到达缆绳顶端，减速进入镇重小行星克拉克内部的闭锁室内。如今这颗碳质球粒陨石内部遍布各种各样的隧道，其上有很多布局精密的外部建筑和内部房间。与其说是火星的第三颗卫星，不如说它是一艘太空飞船或是一个太空城市。这里非常忙碌：来来往往的飞船接连不断，本地工作人员和交通控制员总在忙碌，他们在当前最强大的 AI 的帮助下执行任务。尽管涉及电梯运行的大部分任务都是由电脑来控制机器人完成的，但人类专家仍在旁边指导并监督这些工作。

当然，媒体也是铺天盖地地对这一太空新景进行全方位报道。总而言之，尽管经历了数十年的等待，但电梯的着陆就像雅典娜的诞生一样横空出世[1]。

＊＊＊

但麻烦也随之而来。弗兰克发现手下的工作人员得花费越来越多的时间和帐篷里的男男女女交涉。这些人是刚来的移民，经常直接闯进谢菲尔德的各间办公室。他们有时候很紧张，有时候很生气，喋喋不休地抱怨生活环境太过拥挤、警力不足、食物太差。一个大个子红脸男人戴着个棒球帽，对他们摇晃着一根手指说："上层帐篷的私人安保公司的人过来说可以为我们提供保护，但他们就是黑帮，这根本就是敲诈勒索！我甚至不能告诉你们我的名字，否则安保人员就会发现我来过这里！我当然知道哪里都有黑帮，但我们现在遇到的事也太疯狂了！我们到这里可不是来遭罪的。"

弗兰克在办公室里踱着步，怒火中烧。这些指控显然是真的，但如果没有自己的安保团队，没有一大批警力的话，终究无法采取任何行动。男人离开后，弗兰克严厉地质问手下，但他们根本说不出什么他不知道的东西。他更愤怒了。"你们既然拿着工资，就该发现这些事并报告给我，这是你们的工作！你们整天坐在这里，除了收看地球新闻还会做什么！"

他取消了一整天的安排——总共 37 个会议。"又懒又笨的蠢货！"他大骂着，大步流星地出了门。他走到火车站，坐上一辆通往坡下的火车，打算自己亲眼看看。

---

1　在希腊神话中，雅典娜被认为是从宙斯的额头冒出来的。——编者注

下坡的火车每隔 1 千米就停靠一次。车站是用不锈钢材质修建的小闭锁室,帐篷小镇的居民在这里上下车。他在某站下了车,闭锁室上的牌子显示这里是埃尔帕索。他穿过闭锁室,走入通道。

至少这些帐篷颇为壮观,这一点毫无疑问。火山东侧的大斜坡上有铁轨和各种管道,轨道两侧则是连绵不绝的像气泡一样的帐篷。坡上的一些帐篷的透明材料已经有点发紫了,能看出有些年头了。工厂的通风机在车站旁大声地嗡鸣着,不知从哪儿传来的联氨发动机的噪声也加入了高频的嗡鸣。周围的人们用西班牙语和英语交流着。弗兰克打电话到办公室,让手下打给一位之前来办公室抱怨的埃尔帕索居民。男人接了电话,弗兰克约在车站旁的餐厅和他见面。于是,弗兰克走过去坐在外面的桌子旁。在这儿,男男女女围坐在桌旁,吃着聊着,和其他任何地方的人一样。小电车嗡嗡地在狭窄的街道中上下穿行,街上堆满了盒子。车站附近的建筑有 3 层楼高,看上去是预制房屋,用钢筋加固过的混凝土建造,外墙刷了明亮的蓝白相间的油漆。一排新种在大花盆里的树从车站一直延伸到主街旁。有些人坐在人造草皮上,有些人漫无目的地从一间商店逛到下一间,还有些人背着挎包或双肩包匆匆忙忙地向车站奔去。所有人看上去都有点晕头转向,或者疑惑重重,仿佛他们没有形成任何习惯,或是还没学会怎么在火星上走路。

男人带着他的一大帮邻居一起来了,这些人全都 20 岁出头。以前有种说法认为,太年轻的人不该来火星。但也许长寿疗法也可以修复辐射造成的损伤,让基因更准确地复制。在这批年轻人尝试之前,又有谁能说得准呢?所有人都是实验动物,一直都是。

弗兰克站在这些年轻人中间,像某种古代长老一样,感觉非常奇怪。他们对他既畏惧又尊敬,就像对待自己的祖父似的。他让他们带他走走,参观一下周围。他们带着他离开了车站,离开了较高的建筑物,沿着狭窄的街道来到两排狭长的小屋中间。这些小屋是野外作业时使用的临时住所,可以当作研究站、水站、避难所。一排有好几十个小屋。火山的斜坡被修整成阶梯状,大部分小屋都建在一个 2～3 度的斜坡上，所以住在这里的人在厨房做饭时必须很小心，放置床铺时也要搞清楚方向。

弗兰克问他们是做什么的。大部分人都是谢菲尔德的码头搬运工，负责将电梯轿厢里的货物卸下来，装到火车上。按说这种工作该由机器人来做，但令人惊讶的是，仍有很多工作需要人类参与。重型机械操作员、为机器人编程的程序员、机器维修工、巨型机械的远程操控员、建筑工人等。大部分人很少去火星地表，有些人则根本没去过。他们在地球上从事过类似的工作，要么就是失业已久。来火星对于他们而言是一次机遇。大部分人计划返回地球，但健身房太拥挤，康复太贵、太费时了。他们的口音也正在慢慢消失。弗兰克从童年后就再也没听过像他们这样的南方口音了，听他们说话，感觉就像是在听从上世纪传来的声音，像是在听伊丽莎白时代的人说话。人们现在还这么说话吗？电视上从来不会揭示这一点。"你在这里都待这么久了，根本不介意待在室内，但我可受不了。"**俺可遭不住。**

弗兰克看了一眼厨房。"你们都吃什么？"他问道。

鱼、蔬菜、米饭、豆腐，全都是批量打包运来的。他们对此毫无怨言，认为吃得还行。美国人可谓世界上最不懂美食的人，有的给个芝士汉堡就满足了！他们受不了的是生活被限制在这里，没有隐私，被远程操控，居住环境拥挤，以及由此引发的问题。"我刚到这里第二天，所有东西就都被偷了。""我也是。""我也是。"偷窃、袭击、敲诈勒索频发。他们说，犯罪分子都是从别的帐篷小镇来的。他们说，是俄罗斯人，说话很奇怪的白人，还有几个黑人。但这里的黑人比地球上的少。上周有一个女人被强奸了。"你在开玩笑吧！"弗兰克难以置信。

"你什么意思？什么叫**开玩笑**？"一个女人怒火冲天地瞪着他说。

最终他们把他带回火车站。他站在门口，不知道该说什么。这里聚集了一大批人，有些人认出了他，有些人是被叫来的，也有些人是被人群吸引过来的。"我会想办法的。"他喃喃地说，然后穿过了闭锁室的门。

在返程的火车上，他脑袋一片空白，盯着窗外的帐篷。有一节车厢是类似东京胶囊旅馆的卧铺车厢。这可比埃尔帕索拥挤多了吧，但坐卧铺的人抱怨了吗？有些人已经习惯了被当成工具人。实际上，很多人都是如此。但在火星上，按说应该不一样的！

回到谢菲尔德，他沿着火山口边缘的轨道散步，盯着太空电梯细长的缆绳，无视他人，逼得其他人不得不绕着他走。他走了一阵，停下来环视四周的人群。此刻他的视野范围内大概有 500 人，大家都在疲于奔命。什么时候变成这样的？这里以前本来是一个科学前哨，几个研究员，分散在世界各地。这里的土地和地球一样广阔，整个欧亚大陆、非洲大陆、美洲大陆、大洋洲大陆和南极大陆的土地，全都欢迎他们来探索。火星上的土地仍在那里，但现在有多少土地上建了帐篷，适宜居住呢？远不到 1%。然而联合国火星事务办公室是怎么说的呢？"已经有 100 万人来到了火星，更多的人也已经在路上了。"警察没来，犯罪就出现了——更准确地说，没有警察防范的犯罪出现了。这里有100 万人，除了公司法，没有其他任何法律。太夸张了。用最小付出获得最大回报。社会的齿轮顺滑地旋转着。

＊＊＊

接下来的一周，南坡的帐篷小镇掀起了罢工风潮。弗兰克是在上班路上听说这件事的。斯卢辛斯基打电话告诉了他这个消息。罢工的帐篷居民大多是美国人，弗兰克手下的人全都惊慌失措。"罢工者封锁了车站，不让任何人下车，这样他们就不会被控制，除非我们破坏他们的紧急闭锁室——"

"闭嘴。"

弗兰克无视斯卢辛斯基的反对，沿着南坡轨道来到正在罢工的帐篷小镇上。不仅如此，他还命令几名工作人员跟他一起去。

谢菲尔德安保团队的一个小分队站在车站前，但弗兰克命令他们上车离开这里。在咨询了谢菲尔德总部后，他们按照弗兰克的命令离开了。弗兰克进了闭锁室，自报家门，被要求独自进入。接着他们放他进来了。

他来到帐篷下的大广场上，四周全是愤怒的脸庞。"关上监控。"他建议道，"我们私下谈谈。"

他们照做了。这里的情况和埃尔帕索一样，人们操着不同的口音，抱怨着同样的问题。他之前对埃尔帕索的探访让他能提前预料到他们要说什么，然后替他们说出来。他严肃地观察着这些人的脸，显然他们都对他能理解自己的痛苦感到十分钦佩。这些人都太年轻了。

"听我说，我知道现状很糟糕。"他在谈话进行了1小时后对他们说，"但如果你们长时间罢工，只会使情况变得更糟。他们会派来安保人员，然后你们的生活不再是和黑帮、警察打交道，而是会变成在监狱里和狱警打交道了。我很理解你们的诉求，现在，轮到你们收手进行谈判了。你们可以组成一个委员会，让委员会代表你们写下抗议和诉求，记录下所有犯罪事件，让受害者签署声明。我会让这些文件物尽其用，敦促联合国火星事务办公室和地球方面采取行动，因为他们的确是在破坏《火星条约》。"

他停下来控制自己的情绪，松了松下巴。"现在，请你们回到工作岗位上去！比起坐在这里无所事事，工作会让时间变得更有意义，而且也会让你们拥有更强的谈判筹码。如果你们不这么做，他们说不定会切断你们的食物供给，强迫你们就范。所以，你们最好还是主动回去工作，这样显得你们更像理智的谈判者。"

于是，罢工结束了。在他往火车站走的路上甚至还收获了一些零零散散的掌声。

他坐上火车，内心生起无名火，拒绝回答手下的任何问题，也懒得回应他们沉默而愚蠢的目光。他痛骂了安保团队的主管，对方明显是个自大的蠢货。弗兰克说："如果你们这群蠢货能派上哪怕一点用场的话，这种事就不会发生！安保团队根本就是个摆设！帐篷里的人为什么会受到袭击？他们为什么要交保护费？当这一切发生的时候，你们都在哪儿鬼混呢？"

"那里不是我们的管辖区域。"男人回答，吓得嘴唇都发白了。

"哦，得了吧。你们的管辖区域究竟是哪儿啊？我看只有你们的钱包是你们的管辖区域吧。"他继续责骂着安保人员，直到他们起身离开车厢。他们对他极其生气，就像他对他们一样。但不知道他们是太过遵守纪律，又或是太过害怕，没人敢回嘴。

在谢菲尔德的办公室里，他从一个屋子踱步到另一个屋子，对手下怒吼，打了一个又一个电话。他告诉赛克斯、弗拉德、珍妮特这里发生的事，他们最终都给了他相同的建议。他不得不承认这是个好建议：乘坐电梯，上去和菲莉丝谈谈。"去安排一下和菲莉丝的会面。"他对手下说。

# 4

电梯轿厢就像是老式的阿姆斯特丹房子，又窄又高，顶部是个采光很好的明亮房间，透明的墙壁和拱顶令弗兰克想起**战神号**上的气泡屋。在旅行的第二天，他加入了其他旅客的行列（电梯轿厢里只有 20 个人，因为没有什么人会搭乘往上走的电梯）。他们乘坐轿厢内部的小电梯直上 30 层，来到透明的顶层房间，观看火卫一飞掠而过。房间的外围探出了电梯，向外延伸，所以从房间可以向下看。弗兰克盯着下方弯曲的地平线，看上去比上一次看到的时候更白也更厚了。大气压目前已经达到 150 毫巴，虽然大部分是有毒气体，但也很令人惊叹。

在等待火卫一出现的时候，弗兰克看着下方的星球。蛛丝般的缆绳直直地垂向正下方，他们仿佛正在随着一艘又瘦又高的火箭攀升，而这艘奇异而细长的火箭向上下各延伸了几千米。这是从这个角度能看到的全部缆绳了。脚下火星的橘色大地空荡荡的，和他们多年前首次登陆时并无二致。尽管人们在这里折腾了很久，也并没有什么改变。只要离得足够远，就不会感觉到太大变化。

其中一名电梯驾驶员指着西边天空上的火卫一给他们看——一个暗淡的白色物体。10 分钟后，它已经飞到他们的头顶，速度快得根本来不及抬头看。嗖的一下，它就消失不见了。围观的人群欢呼起来，呼喊着，交谈着。弗兰克只来得及匆匆瞥见斯蒂克尼拱顶一眼，拱顶仿佛是镶嵌在石块里的一颗宝石。一圈轨道环绕着行星的腰部，仿佛结婚戒指一样勒在上面，此外还有一些明亮的银色隆起。这是他从模糊的画面里能回想起来的所有东西了。驾驶员告诉他们，火卫一飞掠而过时离他们有 50 千米，速度是每小时 7000 千米。其实也不是特别快，毕竟有些陨石撞击星球时速度高达每小时 50000 千米，但是，7000 千米的时速也挺可观的了。

弗兰克走回餐厅，试图在脑海中固定这个飞掠而过的画面。吃饭时，他旁边的人正在讨论将火卫一推远一点，推到火卫二附近，和火卫二的轨道交织。火卫一现在已经偏离了原先的轨道，成了一个新的亚速尔群岛[1]，没半点用处，对缆绳来说只是个麻烦。菲莉丝一直坚称，除非兴建太空电梯，火星可以借此爬出重力井，否则其将会遭受和太阳系里多数行星相同的命运。前往富含金属的小行星采矿的矿工会绕过火星，因为那些小行星没有重力井问题，更何况还有木星的卫星、土星的卫星以及外行星……

不过目前还没有这样的风险。

***

第五天，他们已很接近克拉克，电梯减速了。这颗小行星直径大约 2 千米，简直是一大块碳，目前已经被改造成了立方体，朝向火星的每一寸表面都被压平并铺上了混凝土、钢板和玻璃。缆绳直接插入这堆集合体的中心，在缆绳与小行星相接的接头两侧都有洞口。洞口只够电梯轿厢通过。

他们乘坐的电梯滑入其中一个洞口，平稳地停下了。这儿的内部空间很像是一个垂直的地铁站。乘客们下了车，进入克拉克的隧道。菲莉丝的助理来接弗兰克。他们乘坐小车，穿过一串错综复杂的石壁隧道，来到了菲莉丝的办公室。房间正对火星，墙壁是镜子和绿竹围成的。他们身处微重力的环境，不得不拉着周围的东西来移动。但如果穿上尼龙搭扣鞋，就可以站在摆着家具的地面上了。这算是比较保守的设计，但正是这种与地球相关的办公室里会出现的。弗兰克在门口换上了尼龙搭扣鞋和专门的服装。

菲莉丝和几个男人的对话即将结束。"太空电梯不仅便宜，而且没有污染

---

1 亚速尔群岛位于北大西洋中东部，是葡萄牙的自治区，跟葡萄牙本土有一定距离。

就能攀出重力井，还是一套可以将货物甩出去、穿过整个太阳系的推进系统！这是极其精妙的工程，你们不觉得吗？"

"没错！"男人们回答说。

她看上去大约只有 50 岁。她过于礼貌地向弗兰克介绍了这些人——他们都来自美国运通公司——然后他们离开了。屋里只剩下菲莉丝和弗兰克。弗兰克对她说："你最好不要再用你所谓的这套极其精妙的系统运送更多移民来火星了，否则你只会搬起石头砸自己的脚，失去在火星的立足之地。"

"哦，弗兰克。"她笑了。她老了，但风韵依旧。她满头银发，脸上的皱纹魅力十足；皮肤还算紧致，身材匀称。她穿着一套锈色的连体服，十分整洁，戴着一些金首饰，配合着她的银发，令她全身散发着金属般的光芒。她透过一副金丝边眼镜看向弗兰克，使得她和他之间产生了距离，仿佛眼镜内侧有一张平面图正在吸引她的注意力。

"你不能在短时间内放下来这么多人。"弗兰克坚持道，"无论是物理上的还是文化上的，我们都没有足够的基础设施。我们在建设的无非是一些野猫窝一样的东西，就像是最差的荒野油田临时住所、难民营，或者强制劳动营地似的。这些情况肯定会被媒体报道，地球方面也会得知的。你也知道，他们非常喜欢用地球上的相似情况进行类比。这肯定也会对你造成伤害。"

她盯着他前方 3 英尺的某个点看。"大部分人不会这么想的。"她宣布，仿佛屋内坐满了听众，"这只是人类全面开发利用火星道路上的一小步。火星就在这里，我们应该好好利用。地球太过拥挤了，而人口死亡率仍在降低。科学和信仰将一如既往地创造出新的机遇。那些先驱者可能会经历一些困难，但这只是暂时的。我们刚到这里的时候，条件比现在差多了。"

听到这么赤裸裸的谎话，弗兰克极其震惊。他瞪着菲莉丝，但她没有退缩。弗兰克轻蔑地说："你根本没在关注现状！"这个想法反而吓到了他自己。他顿住了。

他控制住自己的情绪，透过透明的天花板盯着火星看。这颗小行星以和火星自转相同的速度绕着火星旋转，所以窗外的景象永远是塔尔西斯山。而且从这么远看过去，感觉就像是在看一幅老照片：橘色的圆球上遍布熟悉的地标——巨大的火山、诺克提斯沟网、峡谷群、混乱的地形，看不到半点人为的痕迹。"你上次降落火星地表是什么时候？"他问她。

"Ls＝60度的时候。我会定期去。"她笑道。

"你去的时候住在哪儿？"

"住在联合国火星事务办公室的宿舍楼里。"她住在联合国的楼里，却忙着破坏联合国的条约。

但那就是她的工作，那就是联合国火星事务办公室委派给她的工作。她是太空电梯项目的总负责人，同时也是采矿项目的主要联系人。如果她从联合国辞职，她可以将她管理的所有工作岗位都收入囊中。她是太空电梯女王。如今太空电梯已经成了发展火星经济非常重要的桥梁。她可以任意选择要合作的多国联合会公司，并支配其全部资本。

她刺啦刺啦地走在明亮而透明的房间里，趾高气扬地嘲笑着他气急败坏的指责，这一切都显示出她是怎样大权在握。嗯，她的确一直都有点蠢。弗兰克咬紧牙关。显然又到了挥舞起"美国"这把大锤的时候了，干脆一股脑儿砸下去，看看最终还能剩下什么吧。

"大部分多国联合会公司都在美国有巨额资产。"他说，"如果美国政府以违反条约为由决定冻结他们的资产，那么肯定会减缓多国联合会公司的发展，甚至会有一些公司破产。"

"你们不可能这么做的。"菲莉丝说，"这样会导致美国政府破产。"

"这话听着就像威胁一个死人要吊死他。负债总数后面再加上几个0，谁会在乎？反正都是天文数字。唯一会在意的只有那些多国联合会的高管。他们是债权人，只有他们在乎自己的钱。我可以在1分钟之内就说服华盛顿方面，然后你就会看到我是怎么打你的脸的。无论结果如何，你的如意算盘都打不了了。"他生气地挥了挥手，"之后就会有别的人来接替你的位置，而你，"他灵光一闪，"你就得滚回山脚基地。"

毫无疑问，这话引起了她的注意。她轻蔑的态度变得更恶劣了。"没有谁能仅凭一己之力轻易说服华盛顿。那里是一盘散沙。你可以说你的想法，我可以说我的想法，让我们来看看谁更有影响力。"说罢，她刺啦刺啦地穿过房间，打开门，高声地热烈欢迎到访的联合国官员。

＊＊＊

总之，来这里纯属是浪费时间。弗兰克对此毫不意外。和那些建议他来这里的人不同，他早就不相信菲莉丝还保有理性。和其他很多原教旨主义者一样，生意对菲莉丝而言是信仰的一部分，生意和宗教两则信条相辅相成，都是同一套系统的一部分。理智则根本不在这套系统里。她也许仍然相信美国的实力，但她肯定不相信弗兰克能挥得动名为"美国"的这把大锤。行吧，他肯定会证明给她看她错得有多离谱的。

乘坐电梯回程的路上，他安排了很多视频会议，半小时一个，一天安排了15小时的会议。他向华盛顿传达了自己的想法。很快，他就将自己置入了情形复杂而有时间延迟的数个会议。他和国务院、商务部、相关的参众两院领袖对话，就连新任总统也要和他通话。与此同时，信息一条一条地传来，来来回回，跳转在各个不同的话题上。他回复着最先回复他的消息。这个过程非常复杂，非常耗费精力。地球的情况已经危如累卵，而且大面积的卵壳上已经出现裂痕。

电梯快下到底了，几乎看得到缆绳尽头和谢菲尔德接入点了。他突然有种奇妙的感觉，仿佛一阵物理波穿过了他。这阵感觉过去后，他思考了一会儿，觉得肯定是轿厢在减速的过程中短暂地出现了地球上的重力加速度。他的脑海中突然浮现出一个画面：他沿着一个狭长的码头向前跑，凹凸不平的潮湿木板上都是银色的鱼鳞，他甚至能闻到鱼腥味。地球的重力加速度，他的身体还记得，太幽默了。

回到谢菲尔德后，他继续接连不断地回复消息，分析对面发来的消息，跟老朋友讨论，跟新崛起的政治精英打交道。所有对话交织成了一场以不同速率进行的疯狂争论。在北半球秋天的某个时间点，他同时参与了约 50 个不同的会议，简直就像是和满屋子对手下盲棋的国际象棋选手。3 周之后，事态有所好转，因为总统因卡维利亚对获取一些针对美国运通、三菱和阿默斯科公司的筹码非常有兴趣。他非常乐意向媒体透露：他准备调查针对某些公司违反《火星条约》的指控。

他说到做到。这些公司的股价大幅下跌。两天之后，负责太空电梯项目的财团宣布：人们想上火星的热情如此之高，以至于需求暂时超过了供给，所以他们只好根据行规提高价格，并暂时减缓移民的速度，直到更多的小镇建成和更多的建造城镇的机器人被建造出来。

弗兰克是在一个酒吧的电视上看到这则新闻的。那天晚上他正在一家小酒馆里独享晚餐。他边吃边狰狞地笑了。"让我们来瞧瞧谁能在一盘散沙里赢得摔跤比赛，你个浑蛋。"他吃完饭，沿着广场边缘散步。他知道，这只是其中一场战斗，而这一切将会是一场漫长的战争。但无论如何，他现在感觉很不错。

***

北半球隆冬时，东坡上最早建立的美国帐篷城市发生了暴乱。居民把联合国火星事务办公室的警察全部拘禁在帐篷里，并把帐篷封锁起来了。旁边的俄罗斯帐篷城市也发生了一样的暴乱。

弗兰克迅速和斯卢辛斯基开会了解情况。两个帐篷里的居民都受雇于实践集团下属的修路部门，两个帐篷都在半夜里遭到了亚洲暴徒的入侵和袭击。袭击者划开帐篷布，在每个帐篷里都杀死了 3 个人，还用刀捅伤了好几个人。美国人和俄罗斯人都认为袭击者是基于种族仇恨的日本黑帮，但弗兰克听来感觉更像是美妙会社的安保团队做的。这是一个大部分由韩国人组成的小型部队。联合国火星事务办公室的警察到达现场时，袭击者早已逃之夭夭，帐篷里一团混乱。警察遂封锁了帐篷，不让里面的人出去。帐篷居民认为自己被当成了囚犯。被火星上不公平的现状激怒的居民们冲破闭锁室，用电焊毁掉了贯穿车站的铁道。冲突中，双方各有一些人员伤亡。联合国火星事务办公室派出了大量警力增援，帐篷被围得水泄不通。

弗兰克对此既生气又厌恶，但不得不亲临现场处理。他不仅要无视手下一贯的反对，还要对付新任官僚的禁令（赫尔穆特被召回地球了）。刚抵达车站，他就得与联合国火星事务办公室的警察局局长周旋，这可不是什么易事。他此前从未如此依赖"首百"的名号给他带来的个人影响力，一想到这里，他竟怒不可遏。最终，他不得不直接穿过这群警察。一个疯狂的老头，昂首阔步地穿越所有文明的封锁线。没有人多管闲事去阻止他，至少这次没有。

帐篷里的人在对讲机的屏幕里显得凶神恶煞。他大声地敲了敲通往走廊的闭锁室门，里面的人还是开门让他进去了。迎接他的是一群愤怒的年轻男女。他穿过内侧的闭锁室门，呼吸着闷热而浑浊的空气。很多人都在同时喊叫，他什么都听不清楚。前排的人认出了他，看到他出现在这里，感到很惊讶。好几个人欢呼起来。

"行了！我来了！"他喊道，接着说，"谁是代表？"

他们没有代表。他咒骂了一句。"你们到底是有多蠢？你们最好搞清楚火星这套系统是怎么操作的，否则你们会被永远困在这个大布袋子里。要么是这样的布袋子，要么就是裹尸袋。"

好几个人对着他吼，但更多人想听听他怎么说。依然没有代表站出来说话。于是弗兰克喊道："好吧，我就跟你们所有人一起谈吧！请大家都坐下来，这样我才能看清是谁在讲话。"

众人并未坐下，不过都站定不再动了。一群人围着弗兰克，站在帐篷中央广场的破破烂烂的人造草皮上。弗兰克晃晃悠悠地站在一个颠倒过来的盒子上。此时已经是傍晚了，他们的影子长长地映在东侧的山坡和下面的帐篷上。他询问发生了什么，各种各样的声音向他描绘了发生在午夜的袭击事件和火车站的冲突。

"有人在故意挑起事端。"等他们说完后，他总结道，"他们想让你们做出愚蠢的行为，结果你们真的上当了。翻翻历史书就知道，这是老招数了。他们设计让你们杀死了与袭击毫无关联的第三方，现在你们成了凶手，被警察逮捕了！你们可真够蠢的！"

人们咕哝着，有些人生气地咒骂着他，但有些人如梦初醒。"这些所谓的警察也不干净！"其中一个人大喊道。

"也许吧。"弗兰克说，"袭击你们的是大公司下属的安保团队，不是什么横冲直撞的日本黑帮。你们应该能看出其中的区别，你们应该能发现的！你们完全是自己走入了陷阱，联合国火星事务办公室的警察也乐于奉陪，他们现在站在对方那边，至少有一些警察是这样。但美国军队会站在你们这边！所以，你们应该学习怎么和他们合作，你们应该分辨出谁是你们的盟友，然后据此安排你们的行动！我真不明白，为什么火星上居然没有几个人能分辨出谁是敌谁是友。难不成是在从地球到这里的路上被辐射搞坏了脑子？"

有几个人笑出了声。弗兰克询问帐篷里的情况。帐篷里的这些人和其他人有着相同的抱怨，他完全能预料到他们要说什么，于是还没等他们开口，他就替他们把话说了出来。然后他讲了讲自己去克拉克这趟旅行的成果。"我成功让他们暂停了新移民的拥入。这不仅意味着我们有更多时间来建设新的城镇，而且标志着美国和联合国之间的关系进入了一个新的阶段。华盛顿方面终于意识到联合国在为多国联合会工作，所以他们必须自己来强制维护条约的履行。这是对华盛顿最有利的做法，也只有华盛顿才会这么做。《火星条约》已经成了人民群众和多国联合会之间的战争的一部分。你们也在战局之中，而且你们遭受了袭击，现在你们必须搞清楚该反击谁，以及如何才能和你们的盟友联合！"

众人表情严肃，认真思考着。弗兰克继续说："最终赢得胜利的将会是我们，因为我们人多势众。"

胡萝卜给得足够多了。至于大棒嘛，棒打无权无势的人非常容易。"听我说，如果国家政府无法迅速平息事态，如果这里发生太多骚乱，掌权者就一定会说，随它去吧——让多国联合会自己解决劳动力问题吧，他们干这种事最有效率。你们肯定清楚这对你们而言意味着什么。"

"我们受够了！"一个人喊道。

"你们当然受够了。"他举起一根手指，继续说，"但你们到底有没有计划来终结这一切？"

过了很长时间，他们才终于达成一致。众人同意放下武器，进行合作，组织起来向美国政府求援，寻求公平正义。实际上他们就是把自己交到了弗兰克手里。当然这需要一段时间。在这期间他不得不答应处理每一宗抱怨，解决每一件不公，纠正每一个错误。这简直荒唐至极，但他还是答应了。他给了他们一些怎么跟媒体打交道、怎么在审判中博取同情的建议，向他们传授组织团体和委员会、选举领导人的经验。他们居然如此无知！这些年轻男女，他们受到的教育是经过精心策划的，把他们教得对政治漠不关心，让他们成为自以为讨厌政治的技术人员，让他们成为其他人手中的棋子，任其摆布。古往今来，皆是如此。看到他们如此愚蠢的样子真令人震惊。他真想拿鞭子抽他们。

他在一片欢呼声中离开了。

---

玛雅站在车站外面。弗兰克身心俱疲，难以置信地看着她。玛雅说她一直在通过监控录像关注着他。弗兰克摇了摇头，帐篷里的蠢货甚至没把内部监控摄像头关掉，他们可能根本就不知道里面有摄像头。所以，整个世界都看到发生了什么。玛雅脸上洋溢着崇拜，仿佛用谎言和诡辩安抚被剥削的工人是多么伟大的英雄行为。她肯定是这么认为的。实际上，她准备去俄罗斯帐篷里，运用同样的技巧，因为那里毫无进展，那边的人要求见她——"火星优先"的领导人！看来俄罗斯人比美国人更笨。

玛雅邀请弗兰克陪她一起去。弗兰克太累了，没精力对这个提议进行成本效益分析。他撇着嘴，不情愿地答应了。跟随别人总是比较容易。

　　他们乘车来到下一站，穿过警戒线，进到内部。俄罗斯帐篷区的帐篷密密麻麻，像个电路板。"看来你比我的工作还要难做。"弗兰克环视四周后说。

　　"俄罗斯人早就习惯了。"她说，"这些帐篷和莫斯科的公寓也没多大区别。"

　　"是啊，是啊。"俄罗斯已经在某种意义上成了巨大版的韩国，展示出同样的精细化资本主义，完美地运用了科学管理法[1]，靠着民主和消费品的幌子来掩盖其独裁的本质。"只要让人们稍微挨饿受冻就能控制他们，真是太神奇了。"

　　"弗兰克，够了。"

　　"只要记住这一点，一切都会迎刃而解。"

　　"你到底是不是来帮忙的？"她质问。

　　"是的，是的。"

＊＊＊

　　中央广场上有豆腐、罗宋汤和电火花的味道。这里的人比美国帐篷里的人更吵闹，更难控制。每一个人都是一名反抗领导者，随时可以进行激情演讲。和美国帐篷相比，这里聚集了更多女人。这些人已经从轨道上卸下了一辆火车，这极大地激励了他们。他们焦急地想要开展更多活动。玛雅不得不使用手持扩音器，全程站在椅子上冲他们喊话。但人群围着两人打转，依旧争论着，完全无视她，仿佛她是鸡尾酒酒吧里的钢琴师。

　　弗兰克的俄语说得比较差，他不太明白人们对玛雅喊了些什么，但他能听明白她的回应。她解释说现在新移民项目已经暂停了，瓶颈主要在于建设城镇的机器人产量和供水量。她提醒他们，必须有一定的纪律；如果所有人都遵纪守法，她保证会有更好的生活。他觉得这是非常经典的家长式发言，但在某种

---

1　科学管理法由美国工程师、"科学管理之父"弗雷德里克·泰勒于 1911 年在其著作《科学管理原理》中提出，其基本原理为：借由重新设计工作流程，通过标准化与客观分析等方式，使效率与产量最大化。

程度上安抚了群众，因为很多俄罗斯人骨子里颇具反叛精神，可他们都记得社会动荡意味着什么，所以，他们也害怕局势会变得不可收拾。玛雅可以承诺很多东西，听上去似乎都很合理：更大的世界，更少的人，更多的物质资源，设计优良的机器人、电脑程序、基因模板……

在一阵非常吵闹的讨论声中，弗兰克用英语对玛雅说："别忘了大棒。"

"什么？"她厉声问道。

"大棒。威胁他们。胡萝卜加大棒。"

她点了点头，再次拿起扩音器，提醒他们别忘了无处不在的有毒空气和致命的严寒。他们仍能存活于此，全依赖于帐篷以及水电的供应。他们尚未完全理解在此地生命会有多么脆弱，跟地球完全不能比。

她说得很快，她一向说话都很快。他们再次谈到承诺。反反复复，胡萝卜加大棒。给一点甜头，勒一下缰绳。最终，俄罗斯人也平静下来了。

在返回谢菲尔德的火车上，玛雅念念有词，终于放松下来。她脸上泛着红晕，眼里闪着光，仰头大笑时手紧抓着他的胳膊。她那种令人不安的智慧、那种极具吸引力的美……他一定是累坏了，或许是在帐篷里消耗了太多精力，又或许是和菲莉丝的见面令他疲惫，总之在她身边他感觉很温暖，就像在寒冷的室外待了一天后走进桑拿房，全身都放松下来了。"我不知道没有你我该怎么办。"她快速地说，"你真的很擅长处理那种状况，那么清晰、坚定、一针见血。他们信任你，因为你从不刻意讨好他们，从不歪曲事实。"

"这种做法是最好的。"他说，看着车窗外出现的一个个帐篷，"特别是当你真的在讨好他们、对他们撒谎的时候。"

"别这样，弗兰克。"

"这是真的。你自己也很擅长。"

这句话的弦外之音，玛雅并没有理解。修辞学里有一个专业术语，他想不起来了。转喻？借代？她只是笑了笑，收紧肩膀，靠在他身上，就仿佛伯勒斯的争吵从未发生，更不用提之前他们之间发生的一切了。到了谢菲尔德，她没在自己该下的车站下车，而是和他一起下了车。她走在他身旁，和他一起穿过空旷的火山口边缘车站，继而来到他的房间里。她冲了个澡，穿上一件弗兰克的连体服，和他聊着今天发生的事和火星局势，仿佛他们经常这么做一样：外出就餐，汤、鲑鱼、沙拉、一瓶红酒，每个晚上都是如此！他们靠在椅子上，喝着咖啡和白兰地，仿佛是结束了一天政治工作的政治家、领导人。

她放松下来，缩进椅子里，心满意足地注视着他。奇怪的是，他并没有因此而感到紧张不安，似乎某种力场护住了他。也许是她的眼神吧。有时候你真的很容易从眼神中看出一个人喜不喜欢你。

她在他的房间里过了夜。之后，她把时间分配在她的寝室、"火星优先"办公室和他的房间里，但她从未和他聊过她在做什么，以及这意味着什么。夜色渐深时，她会躺在他身旁，又热情又冷静。如果是他挑的头儿，她会快速回应，他只需要抚摸她的胳膊，一切就开始了，就像是踏进桑拿房。这些日子以来，她一直很好相处，非常冷静，仿佛换了个人。真是太好了。她仿佛根本不是玛雅，但她又在眼前，低语着"弗兰克、弗兰克"。

但他们从未好好谈过这些转变。他们总是在聊整体形势、当天的新闻。说实话，这些事的确能让他们聊很长时间。帕弗尼斯的动乱暂时停止了，但麻烦并不局限于此地，而且愈演愈烈：蓄意破坏、袭击、暴乱、斗争、冲突、凶杀。地球的新闻已经糟糕到连最黑暗的笑话都无法形容了。相比之下，火星反倒比较有秩序，仿佛一个从巨大混乱的旋涡中分离出来的小旋涡。在弗兰克看来，地球就像是一个吞噬跌入其中的一切事物的死亡旋涡。小型战火星星点点在各处燃了起来。印度和巴基斯坦在克什米尔使用了核武器。非洲濒临崩溃，北方国家争论着谁应该先去援助。

某天，他们听说位于埃律西昂西部的莫霍钻井城市赫菲斯托斯成了空城。原本在这里工作的是一些美国人和俄罗斯人。广播通信已经被切断，人们从埃律西昂赶去查看，发现整个镇子都空了。整个埃律西昂随之陷入骚乱，弗兰克和玛雅决定亲自去看看他们能做什么。他们一起坐火车来到塔尔西斯，回到稠密的空气里，穿过遍布碎石的平原。永不融化的雪堆将平原点缀得斑斑点点的。这里的雪呈脏粉色的颗粒状，每个沙丘和岩石的北坡都有这样的雪堆，仿佛有颜色的影子似的。接着出现的是闪着黑光的伊希斯平原，这里的永久冻土在最热的夏天融化，之后又冻结出明亮的黑色裂纹。这里正在形成一片冻原，也许是一片沼泽。从火车车窗前飞掠而过的是一簇簇黑草，甚至可能是极地花丛，当然，也或许只是垃圾而已。

伯勒斯非常安静，令人感觉心神不宁。遍布草丛的大道空荡荡的，草丛呈现的绿色如幻觉一般刺眼，又像是直视太阳后看向别处的视觉残留影像。在等待开往埃律西昂的火车时，弗兰克走进车站的储物间，取回了他之前留下的东西。工作人员把一个大盒子交还给他，里面有一套单人厨房设施、一盏台灯、几件连体服、一个小讲台。他完全不记得自己有这些东西，他把小讲台装进袋子里，把其他东西扔进了垃圾箱。那些虚度的时光，他完全没有任何印象。《火星条约》的谈判过程，现在看来根本只是装模作样、逢场作戏，仿佛有人踢倒了后台的支柱，整个背景幕布都掉落下来，揭露出幕后真正的样子：两个男人正在握着手、点着头。

俄罗斯驻伯勒斯的办公室想让玛雅留下来处理一些事务，于是弗兰克独自乘坐火车到达埃律西昂，在这里加入了一个去往赫菲斯托斯的火星车车队。车里的人因为他的出现而闷闷不乐，他对此感到生气，决定无视他们，开始浏览自己之前留下的小讲台。里面存储的大部分都是很常见的畅销书，在通用书籍列表里添加了一些政治哲学图书。这个小讲台能储存 10 万册图书，而目前最先进的小讲台的容量是它的 100 倍，但这样的科技进步毫无意义，因为他连读完一本书的时间都没有。他以前非常喜欢尼采，这点显而易见，约一半标注的段落都出自尼采的作品。弗兰克快速翻看，重读了一遍，无法理解当初为什么要做标注。全都是些假大空的话。接着他读到一段话，让他感觉一阵战栗："一个人，无论是他的过去还是他的未来，都是其命运的一部分，是万物现在和未来法则的必要组成部分。对一个人说'改变你自己'就意味着一切都要做出改变，甚至连过去发生过的一切也要改变……"

在赫菲斯托斯，新派到莫霍钻井的工作人员正在入驻，大部分都是对火星很熟悉的人。他们都是技术人员或者工程师，比刚到帕弗尼斯的新人们更老练。弗兰克和好几个人聊了聊，问他们关于失踪人员的事。某天吃早餐时，他坐在窗边，看着莫霍钻井冒出的浓密白烟。一个长得很像厄休拉的美国女人说："这些人一辈子都在看从火星传回来的视频，他们是火星的学生，他们以火星为目标，以能来到火星为目的安排自己的整个人生。他们工作多年，省吃俭用，为了能来这里不惜变卖全部家产，因为他们对于该如何建设火星有自己的想法，想要来这里大展身手。结果他们来到这里后被'囚禁'了，情况好一点的，也不过是做些循规蹈矩的无聊的室内工作，做他们在电视上看到的事。于是，他们消失了。因为他们更想寻找那些将他们引领到此地的东西。"

"但他们对失踪后该如何生存根本一无所知！"弗兰克反驳道，"连是否能活下来都不知道！"

女人摇了摇头，说："有很多传闻，也有人回来。偶尔还会有视频。"她周围的人纷纷点头。"而且我们也能看到，在我们离开之后，地球成了什么样子。最好在还有机会的时候赶紧跑去野外。"

弗兰克摇摇头，大为惊奇。这话和采矿营地那个做仰卧推举的人说的话是一样的，但从这样一位冷静的中年妇女口中说出这样的话，不知为何更令人不安。

那天晚上，他难以入睡，于是给阿卡狄打了个电话。半小时后，电话接通了。阿卡狄在奥林波斯山的天文台上。"你到底想要什么？"弗兰克说，"如果所有人都跑去荒野里躲起来，你觉得会发生什么？"

阿卡狄咧嘴一笑。"那我们就会过上具有人性的生活，弗兰克。我们会自力更生，自给自足，继续做科研，也许会继续进行更多地球化项目。我们会在阳光下歌唱、跳舞、散步，为满足我们的食欲和好奇心而疯狂工作。"

"这根本不可能！"弗兰克喊道，"我们都是这个世界的一部分，我们无法从中逃脱。"

"不能吗？你说的世界，只是一颗出现在夜晚的蓝色星球。而现在只有这个红色的世界对我们而言才是唯一真实的世界。"

弗兰克怒火中烧，放弃了争辩。他从来都没能和阿卡狄真正沟通过，从未有过。约翰不在之后，一切都不一样了，而那时，他和约翰还是朋友。

他坐火车回到了埃律西昂。埃律西昂山从地平线外耸立而出，如同一个巨大的马鞍跨在沙漠上。两座火山的陡峭山坡现在呈现出粉白色，厚厚的粒雪层覆盖其上，不久之后就会变成冰川。他一直觉得埃律西昂的城市平衡了塔尔西斯，这里的城市更有历史、更小、更可控，也更合理。但现在，这里的人成百上千地消失，这座城市成了跳板，人们经此通往隐藏在荒芜火山口里的未知国度。

在埃律西昂，人们邀请弗兰克给一批新来的美国人做演讲。这些人刚刚进入入职培训营，这是他们参加培训的第一个晚上。但在正式演讲前，他还要参加一个非正式的聚会。他在聚会上四处游荡，像往常一样问问题。"如果可能的话，我们当然会到外面去看看。"一个男人大胆地对他说。

其他人也立刻插话说："有人跟我们说，如果我们想要户外活动，就不要到这里来。他们说火星上没有什么户外活动。"

"他们以为能骗得了我们吗？"

"你们发回的视频不仅他们能看到，我们也能看到。"

"见鬼，我们能读到的好多文章都在描述火星的地下活动，说这些人是共产主义者、裸体主义者，或者玫瑰十字会[1]成员——"

"是住在乌托邦、房车车队或者洞穴里的原始人——"

"亚马孙人、喇嘛，或是牛仔——"

"其实，每个人都将他们自己的幻想投射在这里，因为地球上的情况实在

---

[1] 玫瑰十字会是中世纪末期的一个欧洲神秘教团，以玫瑰和十字为象征。

是太糟糕了，你明白吗？"

"也许这里有个井然有序的世外桃源——"

"这是另一个庞大的幻想，大一统幻想——"

"成为这颗星球真正的主人，为什么不呢？躲起来，也许受你朋友博子的领导，也许和你的朋友阿卡狄有联系，又或许都不是。谁知道呢？没有人能真正说清楚，在地球上的人都无法搞清状况。"

"关于这里有各种各样的故事。这是现在能听到的最好的故事，数百万地球人都非常相信这样的故事，他们甚至对此很上瘾。很多人都想来火星，但只有很少一部分人真的能来到这里。我们之中不少被选上的人不得不一直在遴选过程中撒谎。"

"没错，没错。"弗兰克沮丧地插了一句，"我们也都是这么做的。"这让他想起了米歇尔常说的话，"反正他们迟早都要疯掉……"

"你看，你不也是一样吗！那你还期待什么呢？"

"我也不知道。"弗兰克郁闷地摇着头，"但这些全都是幻想，你明白吗？躲躲藏藏的方式会对所有社群造成严重的伤害。你所说的那些都是童话故事，当你真正深入了解之后就明白了。"

"那些失踪人员都去哪里了呢？"

弗兰克不安地耸耸肩，他们都笑了。

1小时后，他仍在思考。大家都移动到户外一座古希腊风格的露天剧场里。这个剧场是用固态盐砖做成的，半圆形的阶梯式白色长凳上坐满了专注的观众，他们都在等待他的演讲，好奇首百会和他们说什么。他就像是来自过去的古董，一个从历史书中走出来的人物。他在火星待了10年后，在座的很多观众才出生，他对于地球的记忆和他们的祖父母相当，那是一段漫长而阴暗的岁月。

这座传统的古希腊剧场大小和比例都刚刚好，仿佛就是给单人演讲者设计的：他几乎不用提高音量就能让所有人都听见。他讲了一些稀松平常的事。这是他惯常用的那一套，讲一些被自己掰开揉碎后仔细审查了的内容。但受到最近发生的事件影响，他的话变得磕磕巴巴的。即使在他听来，内容也根本不连贯。"听我说，"他绝望地边说边改腹稿。他不得不即兴发挥，边扫视观众边寻找说辞，"我们来到的是一个完全不同的地方、一个新世界，我们也因此成为与之前完全不同的存在。从地球传来的老规矩再也不重要了。我们必然要创造出一个全新的火星社会，这是肯定的事。这个新社会由我们共同决定，是我们的集体行动。这些决定是我们依照自己的步调在这些年里做出的，甚至在当下这个瞬间我们也在做决定。但如果你躲到荒野里，加入某个隐秘庇护所，你就把自己孤立了起来！这样的话，你就依然是你来到此地时的样子，再也没有机会转变成火星人了。同时，你也剥夺了其他人和你交流的权利，我们再也无法应用你的专业知识，再也无法听到你的建议。我对此深有体会，相信我。"一阵疼痛穿透了他的身体，他惊讶于自己居然会感受到，"你们也知道，最早失踪的人里，有一些是首百，据说是在爱博子的领导下。我至今不理解他们为什么要这样做，我真的不理解。没了博子天才般的系统设计能力，这么多年来，我们的损失难以估计！我觉得甚至可以说，我们如今面临的部分问题就是她这么多年来的缺席造成的。"他摇了摇头，试图整理思绪，"我第一次看到我们所在的这个峡谷时，正是和她在一起。那是我们第一次对这片区域进行探索，而爱博子就在我的身边。我们向下看向峡谷深处，看到它赤裸而平坦的谷底，她对我说，'那就像是房屋的地板'。"他盯着观众，试图回忆起博子的脸，没错……不，不对，当你在脑海里努力回忆一个人的脸时，你反而想不起来了，真是太奇怪了，"我很想念她。我来到这里，根本不敢相信这就是我们当年踏足的土地，所以……我感觉我从未真正了解她。"他停下来，试图集中注意力去看观众的脸，"你们明白吗？"

"不明白！"有人吼道。

他以前积累的满腔怒火在困惑中燃烧，一闪而过。"我是说，我们必须在这里建造一个新的火星！我是说，我们成了新的存在，该死的，这里的一切都不一样了！一切都不一样了！"

他不得不放弃，匆匆下台坐下来。其他的演讲者接管了舞台，他们低沉的声音飘过他的头顶。他坐在那里，呆若木鸡，望向露天剧场外面的公园里的美洲梧桐树丛，望向更远处白色瘦高的屋舍，房顶和露台上种满了植物。满眼都是绿色和白色。

他无法把自己的经验教训传达给他们，没有人能告诉他们这些，除了时间和火星。而在那之前，他们的行为会完全违背他们的自身利益。这种事情经常发生，但为什么会这样呢？为什么？为什么人们总是这么愚蠢？

他离开露天剧场，穿过公园和小镇。"为什么人们总是做损害自身物质利益的事呢？"他通过手腕终端机问斯卢辛斯基，"简直是疯了！马克思主义者怎么解释这件事？"

"意识形态，先生。"

"但如果物质世界以及我们操纵物质世界的方法定义了世间一切事物的话，意识形态又如何能有一席之地呢？意识形态又是怎么来的呢？"

"有些人将意识形态定义为对现实状况的一种想象的关系。他们认为想象力在生活中具有非常强大的力量。"

"那他们就根本不是唯物主义者！"他厌恶地咒骂道，"怪不得马克思主义已经死了。"

"先生，实际上火星上的很多人都自称马克思主义者。"

"见鬼！他们还不如自称是琐罗亚斯德教[1]教徒，或者詹森主义[2]者，或者黑格尔主义者。"

"马克思主义者都是黑格尔主义者，先生。"

"闭嘴！"弗兰克怒吼一声，切断了通信。

---

1　琐罗亚斯德教是伊斯兰教诞生之前中东和西亚最具影响力的宗教，是古波斯帝国的国教。
2　詹森主义由荷兰天主教神学家涅留斯·詹森提出，强调人类社会的一切都是有罪的、堕落的，只有上帝的恩惠才能拯救人类。

虚构的存在，存在于真实的世界里。怪不得他忘记了胡萝卜和大棒，迷失在探讨新的人类存在、激进的变化等乱七八糟的废话里。他在试着当约翰·布恩。没错，就是这样！他在尝试做约翰·布恩做过的事。约翰一直很擅长做这些事，弗兰克以前曾经多次目睹约翰施展他的魔法，单靠演讲就改变了一切。但对弗兰克而言，这些话如鲠在喉，像是沉重的石块一样卡在嘴里。甚至在此时此刻，在最需要一场演讲的时候，弗兰克还是施展不出语言的魔法。

＊＊＊

玛雅在伯勒斯车站和他碰头，拥抱了他。他僵硬地接受了她的拥抱，他的包还挎在胳膊上。帐篷外，低沉的巧克力色积雨云在淡紫色的天空上翻涌着。他无法直视玛雅的眼睛。"你太棒了。"玛雅说，"每个人都在讨论你的演讲。"

"他们也就会聊上1小时。"这之后，这些移民会像之前一样消失。这是一个行动的世界，而言语对行动的影响，就像瀑布的声音对溪流的流动的影响一样，毫无作用。

他匆匆忙忙地赶往台地内的办公室。玛雅跟着他，一路上都在和他闲聊。他来到4层的一间黄色墙壁的房间里。这里有竹质家具、花色的床单和沙发垫。玛雅脑子里有很多计划，她兴高采烈，很高兴能和他待在一起。她很高兴能和他待在一起！他紧咬牙关，直到牙齿都咬疼了。他咬得太狠，引起了头疼以及各种面部疼痛，疼痛感穿过他的牙冠和软骨，直抵他的下颌。

最终，他站起身走向门口。"我要出去走走。"他说。离开时，他的余光看到了玛雅脸上的表情：一副惊讶而受伤的样子，和往常一样。

他很快走到草坪上，沿着一长排博锐石柱踱步。这些石柱杂乱无章、东倒西歪，仿佛飞在半空中的保龄球瓶。他走到运河的另一侧，坐在人行道旁的小餐馆的白圆桌旁，慢慢地品着一杯希腊咖啡，度过了1小时的时间。

突然，玛雅出现在他面前。

"你这是什么意思？"她问，她指了指桌子，又指向他愤怒的脸，"又出什么问题了？"

他盯着自己的咖啡杯，抬头看向她，又低头看向咖啡杯。太难了。他的脑海中出现一句话，每一个字都非常沉重：我杀了约翰。

"没事。"他说，"你为什么这么问？"

玛雅的嘴角紧抿着，这让她的怒容中夹杂了一丝轻蔑，也显得她的脸更老了。她现在已经快 80 岁了。他们都太老了，不该再为这些事吵架了。一阵漫长的沉默之后，她坐在了他对面。

"听我说，"她缓慢地说，"我不在意过去发生的事。"她停顿了一下，他斗胆瞥了她一眼，她正看着桌下，"我指的是在**战神号**或是山脚基地发生的事。或者说，过去的任何事。"

他的心脏在胸腔里狂跳，仿佛一个想要逃离的孩子。他的肺里充满了冷空气。玛雅还在继续说着什么，但他根本没在听。她知道了吗？她已经知道他在尼科西亚做过的事了吗？这不可能。否则她根本不会出现在这里（她真的在这里吗），但她应该知道这件事。

"你明白了吗？"她问。

弗兰克没听见她在问什么，只是继续盯着自己的咖啡杯。突然，她挥手打翻了杯子。咖啡杯撞到旁边的桌子上，碎了一地。白陶瓷的半圆形把手在地面上旋转。

"我说，**你明白了吗？**"

他呆若木鸡，继续盯着空荡荡的桌面。上面有相互覆盖的一圈圈棕色的咖啡渍。玛雅身子前倾，把脸埋在双手之间。她紧紧地蜷着身体，屏住呼吸。

最终她吸了一口气，抬起脸。"不。"她说，声音非常轻，他还以为她在自言自语，"别说了。你以为我还在乎，所以你才这么做。就好像比起现在我更在意过去似的。"她抬起头，迎上他的目光，"那已经是 30 年前的事了。"她说，"我们相遇是在 35 年前，那些事已经过去 30 年了。我已经不再是当年的那个玛雅·卡特丽娜·妥特伏娜了。我根本不了解她，我也不知道她的想法和感受，不明白她为什么会有那样的想法和感受。那是一个完全不同的世界，那些事已经是上辈子发生的了，和现在的我毫无关系。我对那些事毫无感觉。现在我就在这里，这才是我。"她用拇指指了指自己的胸膛，"听我说，我爱你。"

她放任沉默在两人之间延续。她最后的这句话如同扔进池塘里的石子，激起了一串串涟漪。他直视她，然后移开了视线，盯着头顶昏暗的晨昏星，将它们的位置刻在脑海中。当她说"我爱你"的时候，猎户座高挂在南方天空上。身下的金属椅子非常硬。他双脚冰凉。

"我现在只想思考这件事。"她说。

她还不知道，他已经明白了。但每个人都必须以某种方式承担自己的过去。他们都已经快 80 岁了，但还很健康。据说有人已经 110 岁了，仍然十分健康，活力四射，身强体壮。谁知道现在人类的寿命会到多少岁呢？他们将会承担很长的过去。随着时间流逝，他们的青春岁月已经消失在遥远的过去，那些灼热的激情留下了如此深刻的印记……难道真的只剩下伤疤吗？难道不是某种深入骨髓的伤害，让人承受如 1000 倍截肢的痛苦？

但这并非肉体上的伤害。截肢、阉割、挖心，这些都是想象中的痛楚，一种对现实状况的想象……

"大脑真是奇怪的东西。"他喃喃自语道。

她抬起头，好奇地看着他。突然之间，他感到一阵害怕：那些都是他们的过去，必须是他们的过去，否则他们什么都不是。此时此刻，他们的所思所想、所言所感，都仅仅是过去的回声而已。当他们说出这些话的时候，他们从何得知这些究竟是不是他们深层思想中的真正感受和想法呢？他们根本无从得知。因此，所谓的关系完全是一团迷雾，它存在于两个潜意识的心灵之间，表层的思绪根本不可信。在最深层的玛雅究竟知道还是不知道，念念不忘还是一忘皆空，睚眦必报还是一笑泯恩仇？他根本无从得知，他永远无法确定。这根本不可能。

然而她就在这里，悲哀地坐在这里，看上去和那个咖啡杯一样，被他手指一弹，就打碎了。如果他不装装样子相信她的话，他还能怎么做？还能怎做？他怎么可能如此打击她？她肯定会因此怨恨他的——因为他强迫她回忆过去，重新感受过去。但是……人必须继续活下去。

他抬起一只手。他太过害怕，动作僵硬，仿佛有人在遥控他。他就像是个小矮人，在远程操纵巨大的机器人。这个机器人动作僵硬生疏，他一点也不熟悉。抬起手，快动！向左，停住，返回，停住，保持不动，轻轻地向下。轻轻地、缓慢地搭到她的手背上，轻柔地握住。她的手真的很凉，他的也是。

她无力地看向他。

"我们……"他清了清嗓子，"我们回房间吧。"

***

之后的几周，他一直笨手笨脚的，仿佛退缩到了另一个空间，不得不在一定距离外操纵他的身体。远程操纵。他终于弄清楚了自己有多少肌肉。有时他对肌肉有了足够的了解和掌控，甚至可以在空气中蜿蜒曲折地穿梭；但大部分时间，他都像怪物弗兰肯斯坦一样笨拙地走在大地上。

坏消息如潮水般涌入伯勒斯。城市里的生活似乎仍然比较正常，但视频录像展示出的世界则让弗兰克根本不敢相信。希腊平原发生了暴乱，新休斯敦附近的拱顶城市宣布成立独立的共和国。同一周，斯卢辛斯基发来的视频显示出，美国的入职培训营里，5个宿舍的人投票决定前往希腊平原，他们甚至没有官方的出行许可证。弗兰克联系新来的联合国火星事务办公室官员，让他们派出一个联合国警卫队去现场查看，于是10个人制伏了500个人。他们用的方法是通过更高的权限控制帐篷里操纵基础设施的电脑，更改设置，威胁要抽走帐篷里的空气，从而迫使这些手无寸铁的帐篷居民登上火车。他们乘坐的火车驶向科罗廖夫，那里俨然已经成了一座监狱城市。科罗廖夫变成监狱城市的消息在最近众所周知了。没人说得清它是何时变成监狱城市的，但大家似乎早就感受到了这样的氛围。也许一部分原因是监狱系统早已分散在火星上，并存在多年了。

弗兰克通过房间内的摄像头与几名囚犯沟通，每次同时和两三人聊。"你们现在明白自己有多容易被监禁了吧，"他对他们说，"以后都会是这样了。生命维持系统太脆弱，根本无法防护。在地球上，凭借先进的军事科技建立一个警察国家比以往更容易，在这里更是易如反掌。"

"你们在最容易的时候抓住了我们。"一个大约60岁的男人回答道，"你们很聪明，不过一旦我们重获自由，我倒要看看你们要怎么抓住我们。到时你们的生命维持系统和我们的一样脆弱，而且，你们还行走在明处。"

"你们不该这么做！在这里，所有的生命维持系统最终都连接到地球上，而地球方面有强大的军事力量可供调动，我们则没有。你和你的朋友们想要一种幻想中的反叛生活：在某个科幻版本的1776年，作为边陲的居民，努力摆脱暴政的枷锁。但这里根本不是这样的！这种类比大错特错，错得很有欺骗性，因为它掩盖了真实，掩盖了火星已经独立了这个真正的本质，也掩盖了他们的力量有多强大，让你们看不到这其实只是一个幻想！"

"我相信在美国仍是英属殖民地时，有很多善良的托利党[1]人都进行过同样的辩驳。"男人微笑着说，"实际上，这样的类比从多种层面上看都颇具相似之处。我们并不是机器里的齿轮，我们是独立的个体，虽然大部分人都很普通，但仍有些真正的风云人物——我们会有我们自己的华盛顿、杰弗逊、潘恩，我向你保证。我们还会有自己的安德鲁·杰克逊和约翰·莫斯比[2]，这些杀伐果断的狠角色为达目的不择手段。"

"荒唐至极！"弗兰克喊道，"这样的类比根本不成立！"

"啊，比起类比，更像是暗喻。现在和当时肯定有一些不同，但我们打算用有创意的方式做出回应。我们肯定不会让你们站在石墙前，抬起火枪朝着你们胡乱开枪的。"

"那就是让我们站在阻击坑边缘，用采矿激光扫射我们？你们觉得这有什

---

1 托利党最初指英国光荣革命时期支持英王詹姆士二世的人，后在美国独立战争期间，被用来指代反对美国独立的亲英保皇主义者。
2 约翰·莫斯比（1833—1916），南北战争中担任邦联军指挥官。

么不一样吗？"

男人用手指隔空弹了他一下，仿佛在打摄像头上的蚊子。"我猜真正的问题是，我们之中会不会诞生一位林肯？"

"林肯已经死了。"弗兰克脱口而出，"这些所谓的历史类比，不过是那些搞不清现状的人最后的稻草。"说完，他切断了通信。

和这些人讲道理毫无作用。发怒、讽刺同样毫无作用，更别提阴阳怪气地嘲笑了。他只有在接受了他们的幻想的前提下才能和他们正常交谈。他在各种会议中起立，用尽浑身解数，慷慨激昂、滔滔不绝地向听众描述火星的本质，它是如何变成现在这样的，作为一个共创型社会，它会有怎样光明的未来，以及火星新兴民族是如何符合火星自然的本质的。"我们可以摒弃地球上的那些糟粕和仇恨，摒弃那些陈腐的习俗，过上真正的生活，打造唯一真正美丽的世界，说真的！"

毫无作用。他试图联系一些失踪人员，和他们进行视频通话。有一次他通过电话联系上了几个人，他请他们给博子带话，告诉她他迫切地需要和她谈谈，但似乎没人知道她在哪里。

有一天，他收到了博子的消息，是从火卫一传来的传真。上面说，他最好去和阿卡狄谈谈。但阿卡狄到希腊平原后就消失不见了，也不再接电话了。"这简直就像是在玩狗屁捉迷藏。"某天，弗兰克痛苦地对玛雅说，"你们俄罗斯也有这样的游戏吧？我记得有一次我和几个年龄比较大的孩子一起玩捉迷藏，那是黄昏时分，海面正在酝酿一场风暴，天色变得更加昏暗了，而我孤零零的一个人，在空荡荡的街道上游荡，感觉我根本找不到他们任何一个人。"

"别管那些失踪人员了，"玛雅建议道，"关注那些你能见到的人吧。那些失踪人员肯定会追踪你的。即使你看不到他们，或者他们不回复你，也无所谓。"

他摇了摇头。

不久后，来了一拨新的移民。他对着斯卢辛斯基大喊大叫，命其让华盛顿方面给出解释。

"先生，听说太空电梯财团被美妙会社恶意收购了。美妙会社的资产都登记在特立尼达和多巴哥，所以他们在这件事上再也不用顾虑美国了。他们说，如今基础设施建设的速度和移民移入的速度一致。"

"让他们见鬼去吧！"弗兰克说，"他们根本不知道这意味着什么！"

他原地转着圈，咬紧牙关。一连串话脱口而出，仿佛他在自言自语："你们看到了表面，却没有理解问题的严重性。这就像是约翰经常说的，火星上的一些现实状况无法穿过真空传递给地球。不只是不同的重力的感觉，还有上楼进宿舍的感觉，跳进浴缸的感觉，穿过走廊走进餐厅的感觉。你们都搞错了，你们这些傲慢自大的无知蠢货……"

他和玛雅搭乘火车从伯勒斯回到帕弗尼斯山。整个旅途中，他坐在窗户旁，看着红色的大地起起伏伏，和 5 千米之外的平原形成鲜明对比。接着，随着他们的高度上升，平原延伸到 40 千米甚至 100 千米外。塔尔西斯真是一个巨型的隆起，仿佛有什么东西想要从内部挣脱出来。和现在的状况很像。没错，他们都被困在火星历史的塔尔西斯内，巨型火山即将爆发。

接着出现的是帕弗尼斯山，巨大的如梦似幻的山峰，仿佛整个世界都是葛饰北斋[1]笔下的画作。弗兰克哑口无言。他尽量不去看火车前方的电视，然而新闻报道的声音还是几乎贯穿了整个车厢。他总是能听到一些断断续续的对话，看到人们忧心忡忡的脸。想要得知真正重要的新闻，根本不用看完整的新闻报道。火车开过了一片阿刻戎松林。这些松树很矮，树皮像黑铁一样，针叶和树枝围绕树干形成一个圆柱体，但这些针叶总是发黄枯萎。他听说这里的土壤有问题，说不好是盐分过多还是氮肥不足。戴着头盔的人站在一棵树旁的梯子上，正在摘取枯萎的针叶样本。"那就是我，"弗兰克小声对睡梦中的玛雅说，

---

1　葛饰北斋（1760—1849），日本江户时代的浮世绘画家，其绘画风格对后来的欧洲画坛影响很大。

"明知道树根已经烂了，但还在树上摘着针叶。"

回到谢菲尔德的办公室，他和新的太空电梯管理者开会，同时和华盛顿方面展开新一轮沟通。看来菲莉丝依然控制着太空电梯，还帮助美妙会社进行了恶意收购。

接着，他们听说阿卡狄就在帕弗尼斯山麓的尼科西亚，他和他的追随者们宣布尼科西亚为自由城市，就像新休斯敦一样。尼科西亚成了失踪者们最好的跳板：只要悄悄溜进尼科西亚，就可以就此彻底失踪——这种事已经发生了几百次了，很明显这里有某种系统可以进行通信和运输，说不定是某种地下铁路系统。卧底特工尚未找到渗透进去的方法，或是找到了但没能回来。"咱们去那里和他谈谈吧。"弗兰克听说后对玛雅说，"我真的很想当面质问他。"

"不会有什么好结果的。"玛雅阴郁地说。不过娜蒂娅按说也会在那里，所以她愿意跟着一起去。

在往帕弗尼斯山麓走的路上，他们一路无言，静观路旁的森林和岩石飞掠而过。列车直接驶入尼科西亚车站，好像根本没有拒绝他们到来的意思。但阿卡狄和娜蒂娅并不在来迎接他们的一小群人里，来的人里有阿历克斯·扎林。来到市政厅后，他们和阿卡狄通了视频电话。根据阿卡狄背后的光线判断，他应该在东边几千米的地方。而据他们说，娜蒂娅根本没来过尼科西亚。

阿卡狄看上去一如既往，热情开朗、轻松自如。"你简直是疯了！"弗兰克对他说，因为没能和他面对面交流而感到异常愤怒，"你不可能成功的！"

"我们肯定会成功的。"阿卡狄说，"我们一定会成功的。"他茂密的红白相间的胡子就是最显眼的革命象征，仿佛他是年轻时马上就要进入哈瓦那的卡斯特罗，"当然，如果有你相助的话，我们肯定会更有把握。弗兰克，考虑一下吧！"

弗兰克还没来得及回答，屏幕另一边有人叫住了阿卡狄。他低声用俄语和对方交谈后，转过身再次面对镜头。"抱歉，弗兰克。"他说，"我必须参加这个会议。我会尽快和你联系的。"

"你别走！"弗兰克喊道，但通信被切断了，"该死！"

他们联系上了娜蒂娅。她在伯勒斯，电话不知为何被接了进来。和阿卡狄不一样，她神色紧张、闷闷不乐。"你不该支持他现在在做的事！"弗兰克喊道。

"我没有。"娜蒂娅严肃地说，"我根本说不上话。我们之间只有这条电话线是连在一起的，这也是电话被接进来的原因。但我们再也不靠电话直接联系了。没意义。"

"你说的话不管用吗？"玛雅说。

"不管用。"

弗兰克可以察觉到，玛雅对此感到难以置信。想到这一点，他差点笑出声来：不能影响男人，不能操纵男人？娜蒂娅是有什么毛病吗？

*　*　*

当夜，他们住在火车站附近的宿舍里。晚餐后，玛雅走回市政厅，和阿历克斯、德米特里、埃琳娜聊天。弗兰克对此毫无兴趣，觉得这纯属浪费时间。他焦躁不安地沿着旧城墙外的小巷，回忆着多年前的那个夜晚。那不过是 9 年前，但感觉已经过了 100 年了。尼科西亚如今显得很狭小。西部山顶的公园仍有开阔的视野可以纵观这座城市的全貌，但黑暗笼罩了大地，他几乎什么都看不清。

在美洲梧桐树丛里，他遇到了一个匆忙奔向反方向的小个子男人。对方停下来，盯着路灯下的弗兰克看。"查尔莫斯！"男人喊道。

弗兰克转过身。男人脸很瘦，梳着很长的脏辫，皮肤黝黑。弗兰克不认识这个人，但仅仅是看到他的样子就令他感到一阵战栗。"是我，怎么了？"他说。

男人注视着他，然后说："你不认识我，对不对？"

"没错，我不认识你。你是谁？"

男人的笑容很不对称，仿佛他的脸在下颌处裂开了。在路灯的灯光下，他的笑容扭曲变形，有点疯疯癫癫的。

"你是谁？"弗兰克再次发问。

男人抬起一只手指。"上次我们相遇时，你把整个城市弄得天翻地覆。今天晚上轮到我了。哈！"他大笑着，大步流星地走远了，笑得一声比一声尖。

回到市政厅后，玛雅紧紧地抓住他的胳膊。"我很担心，你不该这么晚在城里独自闲逛的！"

"闭嘴。"他打电话给基础设施部门。一切正常。他打给联合国火星事务办公室的警察，让他们在基础设施建筑和火车站附近加派警力。就在他对某个级别更高的官员重复着他的要求时——似乎要一路汇报给最高执行官才能得到最终确认——屏幕突然变白了。脚下一阵震动，城里的每个警报器都同时发出尖叫，能让人的肾上腺素飙升的尖叫：哔——

紧接着，大地突然摇晃了一下。所有门都砰的一下关闭了，整个建筑全被封锁住了。这意味着外部气压在骤降。他和玛雅跑到窗边向外看，尼科西亚上方的拱顶塌下来了，在某些地方像保鲜膜一样盖在较高建筑的屋顶，另一些地方则被风吹动着。街上的人们狂砸着门，四处逃窜，跌倒在地，挤在一起，仿佛在庞贝古城中被发现的尸体一样。弗兰克转过身，紧咬牙关，感受到鲜活的疼痛。

显然，他们所在的建筑被成功封锁了。在阵阵噪声中，弗兰克听到、感受到了发电机的嗡鸣。视频画面仍是一片空白，让人难以想象窗外的景象。玛雅的脸很红，但她很沉着。"拱顶塌了！"

"我知道。"

"怎么回事？"

他没回答。

她在屏幕边上忙活着。"你试过无线电了吗？"

"没有。"

"到底发生什么了？"她喊道，被他的沉默寡言惹怒了，"你究竟知不知道发生了什么？"

　　"革命爆发了。"他说。

第 七 章

# 森泽尼纳

SENZENI NA

革命爆发的第 14 天，阿卡狄·波格丹诺夫梦见自己和父亲坐在林中空地的木箱子上，前面是一小堆篝火，有点像露营地的营火，但其实，乌戈利那一长排低矮的铁板屋顶建筑就在他们身后 100 米的地方。他们伸出双手，烤着篝火。他的父亲再次开始讲述自己遇到雪豹的故事。风很大，火焰摇曳着。这时，火警警报突然在他们身后响起。

响声来自阿卡狄的闹钟，时间定的是凌晨 4 点。他爬起来，用热水擦了擦身子。梦中的场景再次出现在他的脑海里。他在革命发动后几乎没睡多少觉，只能断断续续地睡上几小时，闹铃经常把他从深层睡眠的梦境中叫醒，这些梦一般很少有人能记住。他梦到的大部分都是他的童年，这些往事他之前从未回想起来过。这令他好奇一个人究竟能记住多少事，存储记忆的能力是不是比检索记忆的能力更强大。人也许能记住人生中每一秒发生的事，但只有在梦里才能回忆起来，一旦醒来就全部忘记了？也许这样的机制是必要的？如果真的如此的话，一旦人类的寿命变成 200 岁甚至 300 岁，又会发生什么呢？

珍妮特·布莱勒温一脸担忧地来告诉他："他们击毁了涅墨西斯。罗尔德分析了视频，我猜他们使用了好几枚氢弹。"

他们来到隔壁卡尔城的市政厅，前两周阿卡狄都是在这里度过的。阿历克斯和罗尔德在里面盯着屏幕看。罗尔德说："给阿卡狄重新播放第一段视频。"

屏幕闪了一下，出现了画面：黑色的宇宙中繁星遍布，中景有一颗形状不规则的暗色小行星，大部分情况下只有作为掩星的一部分时才可见。一段时间内，画面没有任何变化，接着，一道白色光芒出现在小行星的一侧，小行星瞬间膨胀并完全解体。"真快。"阿卡狄评论道。

"还有一段视频是从更远处拍摄的。"

这段视频中的小行星呈椭圆形，可以看到其质量推进器上的银色突起。接着，一道白色闪光划过，当画面恢复成黑色的宇宙时，小行星已经不见了。画面右侧，一些闪烁的星星显示出碎片正在飘过，然后光线稳定下来，一切都结束了。没有燃烧的白色蘑菇云，没有巨大的核爆声，只有记者尖锐的声音，说着火星暴徒的末日威胁已经解除，战略性防御是多么正当。很明显，导弹来自美国运通公司的月球基地，那里部署了磁轨炮。

"我一直都不喜欢这个主意。"阿卡狄说，"又是同归于尽的那一套。"

罗尔德说："但如果在同归于尽的原则下，其中一方失去了打击能力……"

"我们在火星这里还没有丧失打击能力，而且他们和我们一样重视火星上的一切。所以，现在我们又回到了瑞士式防御。"毁灭对手的目标，然后占领高地，持续抵抗，至死不降。这是阿卡狄更喜欢的打法。

"这种策略更弱。"罗尔德直言不讳。他和大多数人一样，投票支持将涅墨西斯送往通向地球的轨道上。

阿卡狄点点头。无法否认的是，这个等式中的一个变量已经被抹去了。但还不清楚军力的平衡是否发生了改变。涅墨西斯行动不是他提出的，是米哈伊尔·扬格利[1]提出的。这项行动由小行星上的小分队自发执行，他们中的很多人都已经牺牲，被大爆炸炸死，或是被小行星带的其他小型爆炸炸死了。而涅墨西斯行动则给大家留下了反叛集团想要在地球上制造出大规模破坏的印象。真是个

---

1 米哈伊尔·扬格利（1911—1971），苏联导弹设计领军人物。

坏主意，阿卡狄早就指出过了。

但革命就是这样的。无论外人的传言是怎样的，其实没人能控制一切。而且大部分情况下，这样更好，尤其是在火星上。第一周的战况非常激烈。联合国火星事务办公室和多国联合会都在去年增派了大量警力，他们迅速占领了很多大城市。本来所有地方都可能被他们占领的，但没人预料到能有这么多反叛团体。超过 60 个小镇和前哨站都宣布独立，人们从实验室里、山沟里冒了出来，接管了一切。现在地球在太阳的另一边，最近的摆渡飞船也被摧毁了，看上去被围攻的是这些安保警力，无论是在大城市还是小镇里。

基础设施部门打来电话。他们的电脑遇到了一些问题，想让阿卡狄去看看。

他离开市政厅，穿过门罗公园前往基础设施部门。此时太阳刚出来，卡尔陨击坑的大部分区域仍在阴影里，只有西边的崖壁和较高的混凝土基建被阳光照亮。清晨的光线将这些墙壁都染成了黄色，沿着崖壁通往陨击坑上方的地面轨道如同金色的缎带一般。在阴影笼罩的街道上，整个城市刚刚醒来。很多革命分子是从其他城镇和布满陨击坑的高地来到这里的，他们就睡在公园的草坪上。人们站起来时，睡袋还挂在腿上。他们眼睛浮肿、头发散乱。夜间温度被维持在较高的水平，但清晨依然很冷。爬出睡袋的人挤在炉子旁取暖，烧着咖啡壶和茶炊[1]，观察西边的太阳爬到什么位置了。看到阿卡狄时，他们向他挥手致意。阿卡狄被人叫住了好几次，有人询问他对于时局的看法，有人给了他一些建议。阿卡狄高兴地回答了每个人的问题。他再次感受到气氛的变化，有种大家集体拥有这个新空间的感觉，每个人都在面对同样的问题，每个人都是平等的，每个人（无论是在盯着加热管，还是被咖啡壶照得满脸红光的人）都因获得自由而兴高采烈。

他一身轻松地走着，边走边对着手腕终端机记录。"这座公园让我想起乔治·奥威尔笔下处于无政府状态的巴塞罗那。这是因新的社会契约而产生的狂喜，我们儿时梦想的公平、平等的世界终于出现——"

---

1 茶炊一般指俄式茶炊，是一种金属茶具，用于将水加热。

他的手腕终端机发出哔的一声，菲莉丝的脸出现在小屏幕上。真扫兴。"你想干什么？"他问。

"涅墨西斯已经被击毁了。我们希望你在造成更多伤害之前赶紧投降。现在投降吧，阿卡狄。不投降只有死路一条。"

他差点笑出声来。菲莉丝简直就像是《绿野仙踪》里的坏巫婆，突然出现在他的水晶球里。

"你给我严肃点！"她喊道。他突然发现，菲莉丝其实在害怕。

"你知道涅墨西斯和我们根本没关系。"他说，"和我们完全无关。"

"你怎么能这么笨！"她叫道。

"我们不是在做蠢事。听我说，你回去和你的主子们说，如果他们试图镇压火星上的自由革命运动，我们就会毁掉火星上的一切。"这就是瑞士式防御策略。

"你以为我们会在乎吗？"小屏幕上的她嘴唇发白，一脸狂怒。

"他们会的。听我说，菲莉丝，我只是冰山一角，水面下还藏着无数人，你根本无法看到。我们的势力真的很强大，而且只要想的话，我们有的是方法对你们进行反击。"

菲莉丝的胳膊肯定垂下去了，因为阿卡狄的屏幕画面晃得厉害，接着出现了地板。"你一直就是个蠢货。"她遥远的声音说道，"在战神号上时就是。"

通信切断了。

阿卡狄继续向前走，城市里繁忙的景象再也没法令他兴奋了。如果菲莉丝感到害怕的话……

在基础设施里，他们忙于排查到底是哪里出了故障。几小时前，一名技术人员偶然发现城市里的氧气水平突然开始上升，然而却没有发出任何警报。

半小时后，他们找到了故障。有一段程序被篡改了。他们修正了程序，但塔蒂·阿诺欣很不高兴。"我觉得这一定是蓄意破坏，而且即使算上这个错误程序导致的后果，现在的氧气浓度也过高了。看，现在外面的氧气浓度都快接近

40% 了。"

"怪不得今天早上每个人都心情愉悦。"

"我可不开心。而且所谓的高浓度氧气令人心情愉悦的说法也没有被证实。"

"你确定吗？再检查一遍程序，仔细查查每一个加密身份证明，看看除此之外是否还有其他被篡改的程序。"

阿卡狄返回市政厅。走到一半时，突然听到头顶传来一声巨响。他抬起头，看到拱顶破了个小洞。空气突然呈现出五彩斑斓的光点，仿佛一个巨大的肥皂泡将他们裹在里面。接着，一道明亮的光闪过，一声巨响，他被掀翻在地。他挣扎着爬起来，看到周围的一切都同时被点燃了。人们像火炬一样燃烧着。他亲眼看到自己的手臂也烧起来了。

# 1

　　毁灭火星上的城镇并不困难，就像是打碎一块玻璃、戳破一个气球那么容易。

　　娜蒂娅·车尔尼雪夫斯基是在拉斯维茨的市政厅里避难时发现这一点的。这里也是一个帐篷小镇，在某个日落后的夜晚，帐篷被击穿了。所有幸存下来的居民都挤在市政厅和基础设施建筑里。接下来的3天，人们外出试图修补帐篷，收看电视新闻，想搞明白发生了什么。但地球传来的新闻全都是关于地球上的战争的，似乎各种战争汇聚成了一场大战。偶尔会有一两条关于火星上被毁灭的城市的消息。有报道称，很多拱顶陨击坑都被来自太空的导弹袭击了。这种导弹在击中目标后，通常会释放出很多氧气或气体燃料，紧接着气体被点燃，引发不同程度的爆炸——有的引发造成人员伤亡的大火，有的则直接将拱顶掀翻，还有的威力之大，直接将陨击坑又炸深了不少。针对人员的纵火是最常见的，基础设施在这种情况下大多不会受到损毁。

　　至于帐篷小镇，就更容易摧毁了。大部分帐篷都被来自火卫一的激光击穿了。有些帐篷城市的基础设施被制导巡航导弹设为目标，还有些帐篷城市遭受了军队的地面袭击。军队夺取了太空港，武装火星车推翻了帐篷。还有极少数的几个城市被背着喷气背包的伞兵从天而降占领了。

　　娜蒂娅盯着电视看，画面摇晃得厉害，显然摄像人员十分害怕。她的五脏六腑拧作一团。"他们在做什么？试验各种打击手段吗？"她叫道。

　　"我不确定。"耶利·祖度夫说，"也许只是不同的团体采用了不同的方法。

看来有些人试图尽可能地减少伤害，而另一些人则希望尽可能多地杀死我们，正好可以给新移民腾地方。"

　　娜蒂娅转过身，感到十分恶心。她站起身，走向厨房，稍稍弯下身子。她的胃仍在翻腾，迫切地想要找点事情做。大家在厨房里架设了一台发电机，正在用微波炉加热冷冻食品。她帮着一起把饭端出去，在大厅外坐着的一排人中间来回走动。人们蓬头垢面，有的人身上有黑色的冻疮。有些人激动地聊着天，另一些人则像雕塑一样静坐，或是相互倚靠着睡觉。大部分人都是拉斯维茨的居民，也有一些人是从其他被太空部队或地面部队打击毁灭的帐篷城市或藏身地逃到这里的。"太愚蠢了。"一位阿拉伯老妇人对一个身形扭曲的小个子男人说，"美国人轰炸巴格达时，我父母正在红新月会工作。如果对方拥有制空权，那我们就完蛋了，根本束手无策！我们只能投降，越早越好！"

　　"但我们要向谁投降？"小个子男人疲倦地说，"为了谁而投降？怎么投降？"

　　"当然是由所有人发起，向谁投降都行，用无线电！"老妇人瞪了娜蒂娅一眼，娜蒂娅只能耸耸肩。

　　她的手腕终端机哔哔作响，萨沙·叶甫列莫夫那低得不能再低的声音模模糊糊地从终端机里传来。她说，小镇北部的水站突然发生爆炸，本来封住的水井现在正在喷发出水流和冰块。

　　"我这就过去。"娜蒂娅说，十分震惊。小镇的水站接通的是拉斯维茨底部的一个很大的含水层，如果含水层的水喷发到地表，那水站、小镇乃至他们所处的整个峡谷都会消失在一场大洪水中。更糟糕的是，伯勒斯就在瑟提斯和伊希斯下坡方向 200 千米的地方，洪水完全有可能流到那里。那可是伯勒斯！那里的人口数量太大，根本来不及疏散，尤其是现在，那里已经成了收留战争难民的地方，人们根本无处可逃。

　　"投降！"阿拉伯老妇人在大厅里喊道，"赶紧全面投降！"

　　"我不觉得现在投降还能有任何作用。"娜蒂娅边说边跑向建筑的闭锁室。

***

　　她内心中的一部分感到特别轻松，因为她终于可以去做一些事，不用再窝在一个小房间里盯着电视上的灾难新闻看了。她终于可以去真正亲自动手做一些事了。娜蒂娅 6 年前就开始负责监督拉斯维茨的建筑工程，所以现在她知道该做什么。整个小镇用的是尼科西亚式帐篷，农场和基础设施在单独的建筑里，水站在更远的北部。这些各具功能的建筑都建在一条东西向的大裂谷——阿雷纳峡谷的谷底。峡谷的崖壁几乎是垂直的，有 500 米高。水站距离峡谷北崖只有几百米远，那里的上方有一片向外突出的巨大悬崖。娜蒂娅和萨沙、耶利一起开往水站，她在路上迅速向他们阐述了她的计划："我认为，我们可以将那片突出的悬崖炸掉，碎块会砸在水站上。如果我们成功的话，崩塌的山体足够封住漏水处了。"

　　"洪水会不会把崩塌的碎块一起冲走？"萨沙问。

　　"如果整个含水层都发生了喷发，那肯定会。但如果在它仍是自流水井的时候盖住它，那喷发出的水会在崩塌的碎块处冻结，最好能形成一个足够重的大坝，刚好封住泄漏处。这个含水层的流体静压力只比其上方的岩石静压力大一点点，所以自流泉不会喷得很高，否则我们早就完蛋了。"

　　她刹住火星车。前挡风玻璃外，可以在一团极细的霜雾气之中看到损毁的水站。一辆火星车突然颠簸着全速冲向他们。娜蒂娅闪了闪大灯，打开无线电调到公共频道。车里是水站的工作人员，一对情侣，名叫安吉拉和山姆，他们刚刚经历了惊心动魄的 1 小时。他们一边驾驶火星车，与娜蒂娅的火星车并排行驶，一边讲述了他们的遭遇。娜蒂娅向他们解释了自己的计划。"也许能成功。"安吉拉说，"除此之外也没什么能堵住缺口了，喷射得真的很厉害。"

　　"我们必须加快速度。"山姆说，"水正在以惊人的速度吞噬岩石。"

　　"如果我们没能封住缺口，"安吉拉带着某种悲观的热情说，"那景象肯定就像是大西洋冲破直布罗陀海峡，直接漫过地中海盆地一样。那里的大瀑布持续了 1 万年。"

"我从没听说过那样的瀑布。"娜蒂娅说，"你们也爬上悬崖，帮我们设置机器人吧。"

在行驶过程中，她操控小镇仓库里所有的建筑机器人自行启动，奔赴北崖脚下的水站。当他们驾驶的两辆火星车到达时，一些速度较快的机器人已经到了，剩下的机器人也在晃晃悠悠地穿过峡谷向他们赶来。悬崖底下有一小堆塌砾，像冻结的巨型海浪一样向他们倾斜，在正午的阳光下闪闪发光。娜蒂娅连上各式推土机，指挥它们在塌砾堆之中清理出一条道路。完成之后，隧道挖掘机准备在悬崖上开个洞。"看，"娜蒂娅指着火星车上调出的峡谷地图说，"在整块悬崖后方有一个大断层，造成崖壁顶端轻微下沉——看到顶端凹陷的部分了吗？如果我们在断层底部引爆所有的炸药，肯定可以将悬崖炸下来，你们觉得呢？"

"我说不好。"耶利说，"但值得一试。"

速度较慢的机器人也到达了，带来了开掘城镇地基时留下的一大堆炸药。娜蒂娅给车辆设定程序，指挥它们挖掘并进入悬崖底部。在接下来的 1 小时内，她全神贯注。一切完成后，她说："咱们应该返回镇上，疏散所有人。我不知道悬崖会坠落下来多大。我可不想让人们被活埋。距离爆炸还有 4 小时。"

"天啊，娜蒂娅！"

"4 小时。"她输入最后一条指令，然后跳上火星车。安吉拉和山姆发出一声欢呼，跟上了他们。

"你们似乎并没有因为要离开这里而感到遗憾。"耶利对他们说。

"那当然了，这里太无聊了！"安吉拉说。

"我觉得接下来肯定不会无聊了。"

疏散人群的过程很艰难，镇上好多居民都不愿意离开，而且这里的火星车也没有足够的运力搭载所有人。最终，他们都挤进了某辆车里，踏上了通往伯勒斯的信号路。拉斯维茨镇整个空了。娜蒂娅花了 1 小时，试图通过卫星电话联系菲莉丝，但公共频道被各种挤进来的声音打断了。娜蒂娅只好在卫星上留了一条消息："我们是大瑟提斯的非战斗人员，正在试图阻止拉斯维茨含水层淹没伯勒斯。别袭击我们！"这像是某种投降宣言。

安吉拉和山姆上了娜蒂娅、萨沙和耶利的火星车，他们沿着悬崖上高低起伏的陡峭路线行驶，开到阿雷纳峡谷南缘。对面就是宏伟的北崖，左侧下方是小镇，看上去似乎一切正常，但右侧很显然有什么不对劲的地方：一股汹涌的间歇泉水破坏了水站，像坏掉的消防水龙头一样，继而坠落在散乱又肮脏的红白色冰块上。这团混乱的物质在他们眼皮底下依然在变化，黑色的泉水冒着结霜的雾气，一大团白雾从黑色的裂缝中涌出，被风吹向峡谷下方。火星表面的岩石和微尘太干了，水汽溅射到表面，引发了一系列剧烈的化学反应。当水流涌入干涸的地表时，地面爆发出巨大的尘雾，和水雾一起在空中旋转。

"赛克斯肯定会很高兴的。"娜蒂娅沉声说。

到了预定时刻，4条烟柱从北崖顶部喷射而出。几秒之后，一片平静。围观的众人发出一阵哀叹。接着，悬崖表面突然晃了一下，悬空的岩石开始缓慢地滑落，但声势惊人。浓密的烟尘从悬崖底部涌出，碎石四散飞溅，如同碎裂的冰山喷出的冰块一样。一声低沉的轰鸣震动了火星车，娜蒂娅谨慎地倒车，让它离崖边远一些。就在巨大的烟尘遮住视野之前，他们看到水站被疾速跌落的崩塌山体盖住了。

安吉拉和山姆一阵欢呼。"我们怎么才能知道成功没有？"萨沙问。

"等尘埃落定、视野清晰之后再看。"娜蒂娅说，"希望洪水的下游已经冻结变白了。不再有流动的水，面积也不再扩张。"

萨沙点点头。他们坐在那里，盯着古老的峡谷，等待着。娜蒂娅的大脑一片空白。她的某些思绪转瞬即逝。她需要更多像过去几小时那样的行动，沉浸在这样紧张的行动中，令她无暇思考。即使是短短的暂停都会令她想起各种悲惨的现状：满目疮痍的城市，尸横遍野，阿卡狄的失踪。显然没有任何人能控制住局势，也没有任何计划。警察破坏城镇来阻止叛军，叛军袭击城镇来维持反叛，结果只会是一切都将毁灭。她一生的心血就在眼前灰飞烟灭，这一切都没有任何意义！根本没有任何意义！

她无法思考这一切。希望下方垮塌的山崖已经完全盖住水站，水井喷出的水流可以就此被封住冻结，形成一个临时大坝。在此之后就很难说了。如果含水层的流体静压力增加到一定程度，可能会产生新的喷发，但只要大坝足够厚重坚固……唉，反正也没什么能做的了。不过，其实还可以制造某种释压阀门，减轻大坝承受的压力……

风缓慢地吹走了尘雾。娜蒂娅的同伴们发出了欢呼声。水站不见了，被北崖断裂的黑色崖壁覆盖了，北崖边缘形成了新的弧形。不过，刚才真的很危险，因为被炸塌的山崖体积没有她希望的那么大。拉斯维茨安然无恙，而水站上方的岩石层并没有那么厚。水似乎停止流动了，在地上形成了一长条静止的遍布碎石的脏白色条带，仿佛一条冰川从峡谷的中央流淌下来。冰块上也并未形成很多霜雾。但即使如此……

"咱们回到拉斯维茨去看看含水层的监控器吧。"娜蒂娅说。

他们沿着峡谷崖壁的道路开到拉斯维茨的车库，然后穿上漫步服、戴上头盔，走在空无一人的街道上。含水层研究中心就在市政厅旁边。看到前几天住的避难所空荡荡的，他们感觉很奇怪。

在含水层研究中心里，他们读取了地下传感器捕捉到的数据。很多传感器都坏掉了，但没坏掉的显示出含水层里的流体静压力比以前高了很多，而且数值还在上升。仿佛要强调这一点似的，他们脚下的大地突然开始晃动。他们从未在火星上有过这样的感觉。"该死！"耶利说，"肯定又要喷发了！"

"我们必须挖一口排水井，"娜蒂娅说，"起到类似于压力调节阀的作用。"

"但如果排水井也像那边一样喷发该怎么办？"萨沙问。

"我们可以在含水层上游或是中游挖井，这样可以导出一部分水流，应该没问题。就像水站的作用一样。估计是有人蓄意破坏，否则水站应该不会出问题的。"她愤恨地摇了摇头，"我们必须冒这个险。如果能成功，那很好；失败的话，也许会造成喷发。但如果我们什么都不做的话，那含水层肯定会喷发的。"

她带领小队穿过主街区，来到车库里的机器人仓库，坐在指挥中心里再次设定程序。这是一次标准的钻井作业，需要配备最大程度的防喷发设备。水流会在自流压力下涌上地表，然后被导进水管里，机器人要做的就是铺设水管，再将之导入阿雷纳峡谷区域。她和其他人已经研究了地形图，做了洪水淹过阿雷纳南北两侧平行峡谷的模拟测试。他们发现这片分水岭的流域很大——瑟提斯上的一切水都排向伯勒斯，整片土地就像是一个巨大的碗。他们必须将水导向北方300千米的地方，然后才能将之引入另一片流域。"看，"耶利说，"如果释放到尼罗堑沟群的话，水流会直接向北流入乌托邦平原，在北部沙丘处冻结。"

"赛克斯肯定*爱死*这场革命了。"娜蒂娅再次说道，"上头从来都不会批准他这么放手大干。"

"但他的很多心血也被破坏了。"耶利指出。

"我猜从赛克斯的角度来看，最终还是获益更多。这么多水流到地表……"

"那我们得问问他才能知道了。"

"如果我们还能再见到他的话。"

耶利沉默了。过了一会儿，他说："真有这么多水吗？"

"不只是拉斯维茨，"山姆说，"我之前看到一则新闻，有人破坏了洛威尔含水层。这样巨大的喷发会切开溢出河道。水流会裹挟几十亿吨的表岩屑向下坡流去，我不知道会有多少水。难以置信。"

"但他们为什么要破坏含水层？"娜蒂娅说。

"我猜，这是他们最好的武器。"

"这算什么武器？他们根本无法进行瞄准，也无法阻止洪流！"

"的确不能。但其他人也做不到。想想吧——所有位于洛威尔含水层下游的城镇都会被淹没——富兰克林、德雷克斯勒、大阪、伽利略，我猜甚至连锡尔弗顿都会被淹没。这些全是多国联合会运营的城镇。我觉得，河道里的采矿小镇大都很脆弱。"

"所以，双方都在攻击彼此的基础设施。"娜蒂娅阴沉地说。

"没错。"

娜蒂娅必须工作，她别无选择。她继续指挥众人开始设定机器人程序。在当天剩下的时间和第二天里，他们都在指挥机器人来到钻井点，确保顺利开工。钻井过程其实很简单，唯一需要考虑的是确保含水层的水压不会引起喷发。铺设将水引向北方的输水管工程则更容易，这样的作业已经自动化多年了。但为确保万无一失，他们准备了很多备用设备，布置在北方峡谷的路基以及更北的路上。根本不用设置水泵，自流压力会将水流控制得很好，因为压力低到无法将水推到峡谷上，也就意味着含水层下游喷发的危险已经解除。所以，当移动镁制研磨机开始转动制造管道时，当叉车和正铲挖掘机将管道零件搬运到组装机时，当巨型设备开始沿途将零件组装成管道并将已经装好的管道包上由精炼厂的余矿制成的隔绝材料时，当第一节炽热的管道开始运行时——他们宣布系统已经开始正常运行，自动铺设 300 千米长的管道应该不成问题。管道建造速度约每小时 1 千米，火星一天有 24.5 小时。所以，如果一切顺利的话，大约 12 天后管道就会到达尼罗堑沟群。照此速度，管道在水井挖掘完成后很快就可以建成并投入使用了。如果崩塌下来的山壁能坚持那么久的话，那么这个压力调节阀就算成功了。

这样伯勒斯就安全了，或者至少达到了他们尽全力能保证的安全程度。他们可以离开了，但现在的问题是他们该去哪里。娜蒂娅瘫倒在椅子上，吃着微波炉加热的晚餐，看着地球新闻节目，听着她的同伴们争论着该去哪里。地球方面对革命的报道非常可怕：极端分子、暴徒、蓄意破坏者、红党、恐怖分子。报道里从没用过"反叛"或是"革命"这样的字眼，虽然（至少）一半的地球居民都认同这样的说法。在地球方面的报道里，这帮人是一群孤立无援的疯子，是极具破坏性的恐怖分子。娜蒂娅觉得这样的描述里含有某些真实成分。这个想法让她心情更糟、更生气了。

"我们应该加入能加入的组织，助力这场战斗！"安吉拉说。

"我不会和任何人战斗。"娜蒂娅固执地说，"这太愚蠢了，我不会这么做的。我会尽我所能维修损毁的东西，但我不会去战斗。"

无线电传来一条消息，860千米外的富尼耶陨击坑的拱顶遭到了破坏。全体居民都被困在密闭建筑里，氧气很快就要耗尽了。

"我想去那里，"娜蒂娅说，"那边有很大的中央仓库，里面有很多建筑机器人。这些机器人可以维修那里的拱顶，然后再派它们去伊希斯平原的其他地方进行维修作业。"

"你要怎么去那里？"山姆问。

娜蒂娅想了想，深呼吸了一下。"我猜只能用超轻型飞机了。南缘的简易机场里还有一些新型16D型号的飞机。这是最快说不定也是最安全的方式了，谁说得准呢！"她看了看耶利和萨沙，"你们要和我一起飞吗？"

"好啊。"耶利说。萨沙点了点头。

"我们也想加入。"安吉拉说，"而且两架飞机一起飞更安全。"

# 2

他们登上两架飞机。这些飞机都是由位于埃律西昂的斯宾塞建造的航空工厂制造的，是最新型号，编号很简单，就叫 16D。这是一种超轻型三角翼四座涡轮喷气式飞机，大部分是由气凝胶和塑料制成的。因为质量太轻，所以飞起来很危险。但耶利是个专业飞行员，安吉拉说自己也是，所以在空荡荡的小机场度过一夜后，翌日，他们分别爬上一架飞机，驾驶飞机滑行过拥挤肮脏的跑道，向太阳的方向飞去。他们花了很长时间才升到 1 千米的高度。

下方的大地看上去如此正常，非常具有欺骗性。严酷的地表只在朝北的地方有一点点白，仿佛被寄生虫感染了一样。他们飞过阿雷纳峡谷，看到下方一条夹带着碎冰的浑浊冰川在流动。随着洪水涌入，冰川逐渐变宽。冰块有时候是纯白色的，但更多时候带有某种火星的色彩。后面的冰挤压上来，两种颜色破碎后混合在一起，冰川变成了一幅混合着参差色彩的马赛克拼图，硫黄色、肉桂色、黑煤色、奶油色、血色……从峡谷平坦的谷底一路流淌到地平线外，长度起码有 75 千米。

娜蒂娅问耶利，他们能否飞到北方，查看机器人是否已经顺利将管道搭好。飞机转向后不久，他们在首百频道收到了一个微弱的无线电信号，来自安·克雷伯恩和西蒙·弗雷泽。他们被困在了佩里迪耶陨击坑里，这个陨击坑小镇的拱顶也被破坏了。佩里迪耶位于更北方，所以他们已经在正确的航道上了。

这个清晨，他们飞过的大地似乎可以让机器人团队顺利前进。虽然遍布各种喷溅物，但并没有能阻止机器人通过的断层。这片区域再往前就是尼罗堑沟群。一开始坡度非常平缓，只有 4 个较浅的下坡，像手指按在东北方地面上的指印一样。然而再向北 100 千米就出现了平行的峡谷，每个峡谷都有 500 米深。分隔它们的黑色大地满是陨石撞击的痕迹——类似月球表面，让娜蒂娅想起了混乱的建筑工地。再往北出现了一处意外：最东侧的峡谷突入到乌托邦平原的地方，有一处含水层也喷发了。含水层上游出现塌陷，一大圈土地像碎裂的玻璃一样开裂。下游方向，斑斑点点、黑白相间的水流从破裂的大地涌出来，一路裹挟着土块、冰块流淌着，雾气腾腾的洪水让其接触到的每一寸土地都爆裂开来。这个令人震惊的大地伤口至少有 30 千米宽，一直向北延伸到地平线外，视野内没有平息的迹象。

娜蒂娅盯着眼前的景象，让耶利飞近一点。"我得躲开雾气。"耶利说。他自己也沉浸在眼前的景象里。大部分的白雾都被吹向东方，继而落在地上。但风断断续续的，所以有时轻薄的白雾会扶摇直上，遮住这一长幅黑水白冰的画卷。溢出的河流甚至和较大的南极冰川差不多大，说不定更甚，将红色的大地一分为二。

"这可真是好多水啊！"安吉拉说。

娜蒂娅调回到首百频道，呼叫位于佩里迪耶的安。"安，你知道这个状况吗？"她描述着在空中看到的景象，"冰川还在流淌，冰块还在移动，我们可以看到一块块水域，看上去是黑色的，又有点红。"

"你能听到声音吗？"

"只能听到某种类似通风口的嗡鸣声和冰块开裂的噼啪声。不过我们的飞机本身就很吵。那可真是好多的水啊！"

"还好，"安说，"那个含水层还不算最大的。"

"他们是怎么炸开含水层的？真的能炸开吗？"

"有些的确可以。"安说，"有些含水层的流体静压力本来就比岩石静压力高，所以本质上一直在将岩石向上顶；有些含水层被其上的永久冻土层封住，形成了一道冰做的大坝。如果挖一口井然后把它炸开，或是让永久冻土融化的话……"

"但要如何做到呢？"

"反应堆熔毁。"

安吉拉吹了声口哨。

"那样会产生巨量辐射！"娜蒂娅叫道。

"没错。你最近有没有仔细查看监控器？我猜肯定有三四个反应堆消失了。"

"哇！"安吉拉喊道。

"应该还会有后续。"安的声音很遥远，她生气时就会用这种死气沉沉的音调讲话。她简单回答了关于洪水的问题。这么大的洪水会引起剧烈的压强波动。基岩先是被压碎，之后又被剥离。极具冲击性的水流裹挟着碎石、夹带着气体涌向下游，气吞山河，撕裂一切。"你们要来佩里迪耶吗？"安在他们问完问题后反问道。

"我们刚刚转向东方。"耶利回答道，"我想先从空中目视定位弗陨击坑的位置。"

"好主意。"

他们继续向前飞行。滔天的洪水消失在地平线外，他们又飞在了熟悉的砂石地上方。很快，佩里迪耶就出现在前方的地平线上。陨击坑边缘低矮，风蚀严重。陨击坑的拱顶不见了，破破烂烂的帐篷布被甩到一边，斜挂在陨击坑的壁垒上，像是一个破裂的豆荚。通往南方的地表轨道反射着阳光，如一根银线。他们飞过弧形的陨击坑壁，娜蒂娅用双筒望远镜仔细查看下方黑乎乎的建筑，用斯拉夫语低声咒骂着。怎么干的？谁干的？为什么这么干？根本搞不清楚。他们飞到远方陨击坑壁垒上的简易机场里。这里的飞机库全都不能用。他们不得不穿上活动服，开着几辆小火星车沿着崖壁进入小镇。

佩里迪耶幸存的居民都挤在基础设施建筑里。娜蒂娅和耶利穿过闭锁室，拥抱了安和西蒙。他们介绍了其他人。这里约有40人，靠应急物资生存，艰难地维持着密闭建筑里的气体交换平衡。"发生什么了？"安吉拉问他们，众人像希腊合唱团一样争先恐后地讲述了发生的事：拱顶像气球爆炸一样被炸破了，瞬间失压导致城里许多建筑都被炸飞了。幸好基础设施建筑被加固过，也承受住了来自其内部的气压，建筑内部的人得以幸免于难。那些在街上或是其他建筑里的人则没能活下来。

"彼得在哪儿？"耶利惊慌失措地问。

"他在克拉克小行星上。"西蒙快速回答道，"在巨变之后，他立即给我们打了电话。他一直设法搭乘下行的电梯，但现在电梯上全是警察，我猜在卫星轨道上也有不少警察。他会尽快下来的。反正现在看来，小行星上反倒更安全，所以我们也没有很着急见他。"

这让娜蒂娅再次想起了阿卡狄，但她对此无能为力。于是，她迅速调整自己的心情，再次投入佩里迪耶的重建工作中。她先询问这些幸存者有什么计划。看到他们纷纷摊手耸肩后，她建议他们先利用机场外建筑仓库里的帐篷材料建设一个小很多的帐篷拱顶。有很多老式机器人封存在仓库里，重建工作不需要太多初步调试就能迅速开展。居民们都很兴奋，他们第一次听说机场仓库里有这么多东西。娜蒂娅闻言摇了摇头。"这些全都在记录里。"她后来对耶利说，"他们只需要问一声就好了。他们根本没动脑子，就只会在这儿看电视，看着，等着。"

"唉，拱顶就这么破裂了，的确很让人震惊，娜蒂娅。他们必须确保这栋基础设施建筑万无一失。"

"也许吧。"

但这些人之中没有几个工程师或建筑专家，他们都是火星断层研究者和矿工。基础建设是机器人的活儿，至少在他们看来是如此。如果让他们自己来进行重建工作，不知道会花上多久的时间才能开始。但娜蒂娅指出一条明路后，严厉地训斥他们，让他们行动起来。他们很快就动起来了。娜蒂娅连续好几天每天都工作 18～20 小时，在打好了一面基础墙，吊运拱顶的起重机在屋顶就位后，剩下的工作就只有监督了。停不下来的娜蒂娅询问跟随她从拉斯维茨一路过来的同伴们，是否愿意继续乘飞机上路，他们同意了。于是，在他们到达此地大约一周后，他们再次起飞了。安和西蒙登上了安吉拉和山姆的飞机。

＊＊＊

他们向南飞行，沿着伊希斯的缓坡向伯勒斯方向前进。这时，一条加密信息突然从无线电喇叭里传了出来。娜蒂娅从背包里翻出阿卡狄给她的小包，里面有一些密钥。她找到需要的密钥，插入飞机的 AI，用阿卡狄的解密程序读取了信息。几秒后，AI 用平淡的语调读出了这条被破解的信息：

"联合国火星事务办公室控制了伯勒斯，拘留了所有来到这里的人。"

两架飞机里一片沉默。他们仍在空荡荡的粉红色天空上飞着，下方的伊希斯平原的缓坡向左侧倾斜。

安说："我们还是去吧。我们可以当面要求他们停止袭击。"

"不，"娜蒂娅回答说，"我需要自由，能工作的自由。如果他们把我们关起来的话……而且，你为什么觉得他们会听我们的话停止袭击？"

安没有回答。

"我们能到埃律西昂去吗？"娜蒂娅问耶利。

"可以。"

于是他们转向东方，无视伯勒斯空中交通控制中心发来的无线电询问。"他们不会来追击我们的。"耶利肯定地说，"看，卫星雷达显示这里的天上有太多飞机，他们不可能一一追击，这么做绝对是浪费时间，因为我猜大部分飞机都是诱饵。肯定有人放了一大堆无人机上天，这倒是方便了我们。"

"那这个人可真是费了大工夫了。"娜蒂娅边看着雷达图像边喃喃自语。五六个物体在雷达南边的分区闪着光。"是你吗，阿卡狄？你难道对我隐瞒了这么多？"

她想起刚从包里翻出来的无线电发射器，那也是阿卡狄给她的。"也许你根本没有隐瞒，也许我只是不想去看。"

＊＊＊

他们飞到埃律西昂，降落在南方堑沟旁。这里是这一带最大的拱顶峡谷城市。他们发现这儿的拱顶还覆盖在峡谷上，只是向外翻了出去，原因是城镇在拱顶被击穿前就失压了。居民被困在好几座完好无损的建筑里，试着维持农场运作。基础设施那边发生了一次爆炸，城镇里也发生了好几次爆炸。总之，有很多工作要做，但这里有良好的基础，这座城市可以迅速恢复，而且这里的人比起佩里迪耶的人也更积极进取。于是，娜蒂娅像往常一样全力以赴，全身心投入工作。她无法忍受无事可做，只要醒着，她就在工作。她喜欢的老爵士曲子在脑海中浮现——这不合时宜，没有任何爵士或蓝调适合当下的情况——完全不合时宜。《在阳光明媚的街道上》《来自天堂的硬币》《一吻筑梦》……都不合适。

在埃律西昂的忙乱的日子里，她开始意识到机器人有多么强大。在她多年的建筑生涯中，她从未真正将机器人的能力全部发挥出来，因为根本没必要。但现在，有几百项工作需要完成，即使全力以赴，也不可能完成所有任务。她将系统进化到了程序员所说的最先进的程度，看看能达成什么样的成果。同时她还试图搞明白怎么样才能继续提高效率。比如，她以前一直认为远程操控只能在本地的特定区域内进行，但其实并非如此。通过通信卫星，她可以操纵位于另一个半球的推土机。现在，只要能建立良好的信号连接，她就会这么做。醒着的时候，她一刻不停，一直在工作，吃饭时在工作，在浴缸里也在读报告、看程序。她不眠不休，直到彻底累昏过去。在马不停蹄的状态下，她告诉所有人她打算怎么做，根本不考虑他们的意见和意愿。看着她那副疯狂偏执的样子、掌控全局的权威，大家只得乖乖听从她的指挥。

尽管众人全力以赴，但他们能做的依然不多，所以还是要靠娜蒂娅。她独自在无眠的夜晚给系统升级，永远把系统保持在最前沿的状态。埃律西昂有一大堆生产好的建筑机器人，可以同时解决许多急迫的问题。大部分机器人都在埃律西昂西坡的峡谷里。所有拱顶峡谷的顶部几乎都有某种程度的损坏，但大部分基础设施都完好无损。有很多幸存者躲在这些倚靠紧急发电机运行的建筑里，跟南方堑沟的情况差不多。南方堑沟被重新封顶、加热、加压后，她派遣机器人小分队外出，寻找西坡的幸存者。幸存者们被机器人从其他峡谷带到南方堑沟，然后机器人又被派去完成其他工作。修复拱顶的团队从一个峡谷移动到另一个峡谷，原先的居民则在下面修补城市，为加压做准备。这之后，娜蒂娅有心思关注其他工作了：给工具机器人编写程序，沿着北极深谷坏掉的管道架设机器人修复流水线。"究竟是*谁干的*？"她看着电视屏幕上呈现出的水管破裂的画面，厌恶地说。

这个问题让她很伤脑筋，但她其实不是真的想知道答案。她不想去思考更大的问题，只想关注沙丘上破裂的管道。耶利听到了她的话，说道："很难说是谁干的。地球新闻节目里全是在报道地球上的事，偶尔才有一两条关于火星的新闻，他们也不知道该报道什么。显然接下来的几艘摆渡飞船上将载满来这里维持秩序的联合国部队。大部分新闻还是关于地球的——中东战争、黑海、非洲，诸如此类。大部分南方国家在轰炸方便旗国家，七国集团宣布他们会自卫。加拿大和斯堪的纳维亚半岛上出现了生化武器——"

"这里说不定也有，"萨沙插话道，"你们看到阿刻戎的视频了吗？那里出了些状况，居住区的窗户全碎了，鱼鳍山脊下面的地表出现了一层东西，根本不知道是什么玩意儿，没人敢靠近去调查……"

娜蒂娅不再关注他们的对话，集中注意力解决管道的问题。重回现实时，她才发现每一个她能找到的机器人都在进行城镇的维修和改造，好几个工厂里非常繁忙，不间断地制造着推土机、翻斗车、反铲挖掘机、正铲挖掘机、蒸汽压路机、框架搭建机、地基挖掘机、焊接机器人、混凝土制造机、塑料制造机、封顶机等所有东西。系统全力运转，已经没什么需要她干的了。她告诉其他人，她又想去别的地方了，安、西蒙、耶利、萨沙决定和她一起去。安吉拉和山姆在南方堑沟遇到了朋友，决定留下来。

于是，他们 5 人登上两架飞机，再次上路。"毋庸置疑，"耶利断言，"只要首百成员遇到彼此，他们就再也不会分开。"

***

他们开着两架飞机向南飞，直奔希腊平原。路过亚德里亚山口旁边的第勒纳莫霍钻井的时候，他们短暂地降落了。这里的莫霍小镇也已经面目全非，需要他们帮忙开启重建工作。周围没有任何机器人，但娜蒂娅发现，哪怕只是设定一个程序、启动一台电脑或空气采集机，都是在播撒一颗日后会开花结果的种子。自主生产机械的能力是他们手上的另外一个法宝。这个过程很慢，毫无疑问，但一个月之内，这 3 个部分联合在一起，就能从沙子里召唤出听话的巨兽：一开始是制造工厂，接着是组装工厂，然后是建筑机器人和像城市街区那么大的可操控车辆，在他们离开后，"巨兽"可以一直工作。这些机械具备的新能力真令人震惊。

而所有这一切都抵不住人类的破坏行为。这 5 名旅行者从一座废墟飞到另一座废墟，面对损毁和死亡已经麻木了。但他们并非对自己面临的危险毫无感觉。在希腊平原—埃律西昂的航线上见到几架坠毁的飞机后，他们开始了夜航。在很多方面，夜航比昼航更危险，但耶利觉得夜晚的隐蔽性更好。这两架 16D 几乎无法被雷达探测出来，只有最敏感的红外探测器才能侦测到微弱的痕迹。他们所有人都愿意冒着夜航的风险来规避被暴露的风险。娜蒂娅对此一点也不在意，虽然她更愿意白天飞行。她尽可能地活在当下，思绪在她的头脑里打转，即便她持续不断地试图将这些念头打消。她震惊于之前看到的各种残垣断壁，于是她屏蔽了自己的感情。她只想工作。

而安的状况变得更糟了，娜蒂娅注意到了这一点。安肯定在担心彼得。然后是所有这些破坏——对她而言，重要的并非这些人造建筑，而是大地本身遭受的一切：洪水、泥石流、暴雪、辐射。而且她也没有工作可以分散注意力。她的工作本该是分析研究这些破坏。她要么什么都不做，要么尽力帮助娜蒂娅，像个自动化机器人一样。日复一日，他们努力工作，维修一个个毁坏的建筑：一座桥，一个管道，一口井，一座电站，一条轨道，一座城镇。他们住在"傀偏世界"里——耶利起的名字——给机器人下达命令，仿佛他们都是奴隶主、魔法师，或是上帝。这些机器人开始工作，试图倒转时间，让破碎的东西飞着自己组装回去。时间非常充裕，所以他们不慌不忙，而且一旦开工，效率就提上来了，重建的速度飞快。"太初有道[1]。"某天晚上，西蒙一边敲着自己的手腕终端机，一边疲倦地说。一架桥式起重机在西沉的太阳光中晃过。他们再次上路了。

＊＊＊

他们开始对三座毁坏的反应堆进行封堆和填埋处理。为了安全起见，他们停在地平线外进行远程操作。在监督这些工作时，耶利有时会换台收看新闻。有一次，新闻播放的视频是从卫星轨道上方拍摄的，整条视频都在拍摄塔尔西斯山脉横亘的区域全景，除西部之外其他地方全都暴露在阳光下。从这个高度他们看不到任何溢出的水流的痕迹。但新闻的画外音则宣称，古溢出河道到处都是水流，从北边的水手号峡谷群流到了克律塞平原。画面跳到一个放大的镜头，是那片区域中的几条粉白色斑带。火星上终于出现了运河。

娜蒂娅把电视屏幕调回监控工作的频道。这么多东西都被毁了，这么多人都被杀了，这些人本可以活到 1000 岁的——而且，依然没有阿卡狄的消息。已经过去 20 天了。人们说，他也许迫于形势不得不藏起来，以此来躲避从卫星轨道上对他发动的袭击。但娜蒂娅再也不相信他们的说法了。只有在她极度痛苦和渴望时才会这样自我催眠，这两种情绪在她无休止的工作中以一种新的方式结合在一起，从她心底突然涌现。她对这种新的感情既痛恨又害怕：渴望导致痛苦，痛苦又导致渴望——某种炙热猛烈的渴望，一切都不必像现在这样截然不同的渴望。这样的渴望是多么痛苦啊！但如果她非常努力地工作，就根本没时间想这些。没有时间去思考、去感受。

---

1 《圣经·约翰福音》开篇第一句话。

他们飞到位于希腊平原东部横跨哈马基斯峡谷的大桥附近，发现大桥已经断了。大桥两端的仓库里一般都有维修机器人，这些机器人可以用于重建整个桥体，但它们的工作速度非常慢。他们设置好机器人，让它们开始工作。当天晚上，在设置好最后几个程序后，他们坐在机舱里，用微波炉加热意大利面。耶利又打开电视收看地球新闻，但屏幕上只有扭曲的画面和杂音。他换了几个频道，但所有的频道都是一样的，只有嗡嗡作响的高频静电声。

"他们把地球也给炸了吗？"安说。

"不会的。"耶利说，"有人在干扰信号。这些天太阳在我们和地球之间，只要干扰几颗中继卫星就能切断通信。"

众人忧郁地盯着哗哗作响的电视屏幕。最近几天，本地的火星同步通信卫星或多或少都有些问题，要么关闭了，要么被破坏了，根本搞不清楚出了什么问题。现在收不到地球新闻，他们完全无法获得任何外界消息了。地对地无线电的功能非常有限——比漫步服里的内部通信系统的有效距离也远不了多少，因为这里地形崎岖，又没有电离层。耶利试了好几种随机共振模式，想看看能不能绕过干扰。信号太不稳定了，无法修复。他咕哝一声，沮丧地放弃了，只能开启搜寻模式。无线电上上下下地在不同频率上震荡着，收集静电音，偶尔在微弱的频道上停住：某种加密的敲击声，听不出来的音乐片段，如鬼魂般的声音用无法辨认的语言快速交谈，感觉就像是耶利成功完成了搜寻地外文明计划早已失败的任务。最终，想从天上找到火星上的信息看来是没什么指望了。也许刚才捕捉到的片段，只不过是小行星上的矿工在互相联络，无法听懂，毫无用处。他们5个人，两架飞机，孤独地伫立在火星大地上。

这是一种新奇而怪异的感觉，接下来的几天里，这种感觉变得更加强烈，萦绕在他们心间。他们明白，必须在这种情况下继续前进，必须忍受无法接收到任何电视和无线电信号的状况。他们不但在火星上从未有过这种经历，在整个人生中也是第一次。他们发现，失去电子信息网络如同丧失了一种感官。娜蒂娅总是习惯性地瞥向自己的手腕终端机。只要腕表没出故障，阿卡狄可能随时都会出现，首百中的某个人也可能给她报平安。娜蒂娅望向自己周围一片空荡荡的大地，突然感到这片土地比以往更加广阔、荒芜、空寂。这真的很可怕。目所能及的范围内，除了凹凸不平的锈色小丘，别无他物。清晨，他们仍驾驶飞机飞行，在寻找地图上标明的着陆跑道，这些小丘就如同棕色小铅笔一样竖立着。这么大的世界！而他们如此孤独。连导航都无法正常运作，无法交给电脑，他们不得不利用路边的信号发射器，利用航位推测法、视觉定位法[1]来定位，在黎明的微光中，焦急地在荒原上寻找下一个可以降落的简易机场。他们已经在晨曦中苦苦搜寻良久，直到天色大亮才在达奥峡谷附近找到机场。再次起飞之后，耶利开始跟随地面轨道飞行，在夜间时降低飞行高度，紧盯着在星光照射下大地上蜿蜒曲折的银色缎带，根据信号路发出的信号，对照地图确认所在位置。

就这样，他们成功地飞过了广阔的希腊盆地内的平原，跟随地面轨道来到了"低点"湖畔。地平线的另一端隐隐泛出红色阳光，日出拖曳出很长的影子，一片布满碎冰的海洋从地平线外进入了视野。整个希腊平原的西部都被淹没了。一片汪洋。

他们一路跟随的地面轨道直接通向了冰里。冻结的海岸线上布满了犬牙交错的碎冰，黑色、红色、白色，有的甚至是蓝色和祖母绿色的——全都堆积在一起，仿佛一个大浪打翻了巨人的蝴蝶标本盒，让标本都散落在了荒芜的海滩上。向远方看，冻结的大海一直延伸到海岸线外。

一阵沉默后，安说："他们肯定炸开了赫勒斯滂含水层。那是一片很大的含水层，水流汇集到了'低点'。"

"那希腊莫霍钻井肯定被淹没了！"耶利说。

"肯定的。钻井下方的水肯定被加热了，也许热到让湖面不会结冰的程度。

---

1 视觉定位法是一种通过识别和测量地面上的特定地标、山脉、建筑物或其他可见特征，以确定自己的位置的定位法。

很难说。空气很冷，但在湍流的作用下，可能会存在一片没冻上的区域。如果没有，那在表面之下肯定也会是液体。实际上，液体内部肯定会有很强的对流。但表面……"

耶利说："很快就会看到了，我们一会儿就会从上方飞过去。"

"我们应该降落。"娜蒂娅说。

"嗯，如果可以的话。另外，事态似乎平稳下来了。"

"那只是因为我们获取新闻的渠道被切断了。"

"嗯。"

结果他们不得不一路飞过整个湖面，降落在湖的另一边。这是个奇怪的清晨。低空飞过破碎的水面，令人回想起北冰洋，不过这里的冰流正在冻结，仿佛是一扇打开的冰柜门。而且这些冰块五颜六色，整个光谱上的各种颜色都有。最多的当然还是红色，让偶尔出现的蓝色、绿色、黄色更加鲜明了，成为巨大而混乱的马赛克拼图里的焦点。

即使在这么高的地方飞行，冰海在各个方向仍延伸到了地平线外。其中心有一团巨大的云雾，扶摇直上几千米。他们小心谨慎地围着这团云雾盘旋，观察到下方的冰块破碎成冰山和浮冰，漂浮着，紧紧地挤在翻滚着冒着蒸汽的黑水中。脏兮兮的冰山旋转、碰撞、翻倒，引起浓密的红黑色水墙向上飞溅，当这些水墙跌落下来后，海浪以同心圆向外扩散，导致周围的冰山也随之上下起伏。

两架飞机上的人盯着下方这幅最不该在火星上出现的景象，陷入了沉默。在围绕蒸汽柱沉默地旋转了两圈之后，他们终于向西飞过了七零八落的废墟。"赛克斯肯定*爱死*这场革命了。"娜蒂娅打破了沉默，重复了一次之前说过的话，"你觉得他也参与了革命吗？"

"我觉得不太可能。"安说，"他应该不会用他在地球上的投资来冒险。而且这对于地球化项目而言既不是一个有序的进展，也无法受到控制。但我相信，他肯定也在估测当下的情况，估算革命对于地球化进程的影响。他关心的肯定不是谁死了，什么东西被破坏了，或是谁获得了权力。他只关心它会怎样影响到地球化进程。"

"这可真是个有趣的实验。"娜蒂娅说。

"但很难用模型预测。"安说。二人不禁笑出了声。

＊＊＊

说曹操，曹操就到。他们降落在新形成的海洋的西部（"低点"湖畔已经被淹了），歇息了一整天。第二晚，他们跟随地面轨道向西北方的水手号峡谷群前进。在飞越一个信号发射器时，他们发现它正不断闪烁着莫尔斯电码——SOS。他们围着信号发射器盘旋了一夜，直到黎明才降落在地面轨道上，旁边是一辆坏掉的火星车。火星车旁站着的正是赛克斯本人。他身穿漫步服，正在摆弄着信号发射器，手动发射出 SOS 的求救信号。

赛克斯登上几人的飞机，缓慢地脱下了头盔，眨着眼睛，噘着嘴，一如既往地面无表情。他明显很疲惫，但仍像是一只偷吃了金丝雀的老鼠那样扬扬自得——安之后是这样对娜蒂娅说的。他话很少。他的火星车卡在了地面轨道里，无法移动，他被困了 3 天。轨道已经停止使用了，火星车也没有备用能源。"低点"湖畔的确被淹了。"我本来是要去开罗的。"他说，"去见弗兰克和玛雅。他们认为，将首百聚集在一起对事态有帮助。这样能形成某种足以和联合国火星事务办公室谈判的势力，可以让他们别再蛮干了。"他出发后来到赫勒斯滂山脚，这时"低点"的莫霍钻井上的热云突然变黄，向上直蹿 2 万米。"很快就变成了一朵蘑菇云，就像地球上的核爆一样，只是伞盖更小，"他说，"这里的大气温差没有那么大。"

这之后他掉头往回走，来到盆地边缘，看到了洪水。从北边向盆地流去的洪水一开始是黑色的，但迅速变成了白色，因为几乎瞬间就形成了大块冰块，除了"低点"湖畔附近。"那里的水冒着气泡，就像炉子上烧的热水一样。这里的热力学结构非常复杂，但水流让莫霍钻井迅速冷却，于是——"

"闭嘴，赛克斯。"安说。

赛克斯挑了挑眉毛，走到一边去调节无线电接收器了。

<hr/>

他们继续向前飞行，现在是 6 个人了。萨沙、耶利、安、西蒙、娜蒂娅和赛克斯，6 名首百，像磁铁一样聚集在一起。在夜里，他们有很多话要说。他们分享了彼此的经历、情报、传闻和推测。但赛克斯能为整体情况补充的具体信息不多。他也和他们一样被切断了接收新闻的渠道。娜蒂娅又开始颤抖，仿佛失去了一种感官一般。她意识到这个问题不会轻易解决。

翌日黎明，他们降落在巴克赫伊森的简易机场。那里有一群人正在等着，手里都拿着警用电击枪。这一小群人枪管向下，没有太多繁文缛节，直接护送 6 人进入陨击坑壁内的飞机库里。

飞机库里还有很多人。人群越聚越多，最终聚集了大约 50 人，其中可能有 30 个女人。他们很谦逊有礼，当了解到 6 人的身份后，他们的态度变得更友好了。"我们只是想搞清楚和我们打交道的是什么人。"其中一个大个头女人说，她的约克郡口音非常重。

"你们是什么人？"娜蒂娅大胆地问。

"我们是从科罗廖夫主区来的。"她说，"逃出来的。"

他们把 6 个人带进餐厅，招待他们吃了一顿丰盛的早餐。落座后，大家纷纷举起镁杯，跨过桌子递过杯子，互相给邻座倒苹果汁，直到每个人的杯子都满了。两拨人边吃着薄煎饼，边聊着彼此的故事。巴克赫伊森的这群人在革命的第一天就从科罗廖夫主区逃跑了，一路向南来到这里。他们的计划是逃到南极圈附近。"那里是一片很大的叛军基地。"那个约克郡口音很重的女人（她其实是芬兰人）告诉他们，"那边有很多惊人的台阶地形和悬崖，所以有一大堆狭长的、一侧开口的洞穴，长达几千米，内部还很宽。简直就是完美的藏匿地点，可以躲开卫星的监测，还能呼吸到新鲜空气。人们在那边重现了类似克罗马农人的石窟生活。说真的，挺不错的。"显然这些狭长的洞穴在科罗廖夫非常有名，很多囚犯都约好一旦成功越狱就在那里会合。

"所以你是阿卡狄的追随者吗？"娜蒂娅问。

"谁？"

聊下来之后，他们才知道这帮人是生物学家舒莱宁的追随者，听上去这个人是个类似红党的神秘主义者，曾和众人一起被关押在科罗廖夫，几年前在狱中已经去世了。他曾通过手腕终端机发布演说，其内容在塔尔西斯地区非常流行。在他被逮捕后，很多科罗廖夫的囚犯都成了他的信徒。显然，他向他们传授了基于本地生物化学原理的一些火星社群主义观点。巴克赫伊森的这些人对此并不是很清楚，但现在他们跑出来了，他们希望能联系到其他叛军。他们已经成功地侵入了一个被劫持的卫星，操控其直接产生微下击暴流[1]。他们也曾经短暂地监听到火卫一上安保警力使用的某个频道。总之，他们有一些新信息。他们说，火卫一现在成了多国联合会和联合国火星事务办公室警力用来监控和摧毁反叛势力的前哨站，这些警力是搭乘最近一班摆渡飞船到达的。这些警力还控制了太空电梯、帕弗尼斯山和剩下大部分的塔尔西斯区域。奥林波斯山的天文台发生了叛乱，但很快就被从卫星轨道上发射的枪林弹雨给压制住了。多国联合会的安保警力还占领了大断崖的大部分区域，迅速有效地将整个星球一分为二。地球上的战争仍在继续，在他们的印象里，最激烈的战争发生在非洲、西班牙、美墨边界。

他们认为这时候赶去帕弗尼斯毫无用处。"那些人要么会把你们关起来，要么会杀了你们。"索尼娅说。但6个人还是决定一试。于是巴克赫伊森的这帮人告诉了他们与此地西部有一夜飞行距离的一个避难所的精确位置。那是南部珍珠湾的气象站，被波格丹诺夫主义者占领了。

---

1　下击暴流，是指一种雷暴云中局部性的强下沉气流。微下击暴流指下击暴流引起的地面强风的影响范围在水平尺度上小于或等于4千米。

听到这个词，娜蒂娅的心脏不由自主地漏跳了一拍。阿卡狄交友广泛，跟随者众多，但似乎根本没人知道他到底在哪里。她当天仍然无法入睡，胃仿佛打了个结。傍晚夕阳西下时，她很高兴能够返回飞机，重新起飞。巴克赫伊森的叛军们给他们补充了联氨、气体燃料和各种冷冻食品。他们的飞机满载着补给，连起飞都变得有点困难了。

* * *

夜间飞行有一种奇怪的仪式感，仿佛他们在创造某种新型的令人精疲力竭的朝圣仪式。两架飞机机体很轻，被盛行西风狠狠地拍打着，有时上下颠簸的幅度能有 10 米，所以即使没有在驾驶飞机，也根本无法踏实睡觉，突然的下沉和抬升会让人惊醒。于是他们只能挤在黑暗狭窄的机舱里，盯着窗户外面漆黑的天空和头顶的群星，或是下方无星的黑暗大地。几个人几乎一言不发。飞行员身体前倾，耗费精力盯着另一架飞机的位置。飞机一直发出嗡鸣声。风吹过机体狭长而灵活的机翼，发出尖锐的声音。外面的气温是零下 60 摄氏度，气压只有 150 毫巴，充满有毒物质，而且下方这片黑色的大地上，方圆几千米内都没有避难所。娜蒂娅驾驶了一阵后，移动到后机舱内，扭转身体试图入睡。无线电里时不时地传来信号声，再加上他们当下的情形，让她回忆起她和阿卡狄在箭头号上乘风而行、穿越风暴的日子。她好像看到了阿卡狄，大红胡子，昂首阔步地在破破烂烂的飞艇内走来走去，撕开内饰的嵌板扔出机舱外，大笑着，微尘像云雾般笼罩着他——然而 16D 的颠簸让她惊醒过来，她感到恐惧不停地吞噬着自己。如果能再次驾驶飞机会感觉好一点，但耶利也和她一样想驾驶飞机。只要坐进驾驶座，他就不会轻易放手。娜蒂娅除了帮他盯着旁边的另一架飞机，别无他事可做。那架飞机就在右侧 1 千米的地方，一直没有变化。他们偶尔用无线电联络另一架飞机，但微下击暴流会影响通话。所以，除了每小时检查一次对方的位置，询问对方是否落下，他们很少使用无线电。一切都有了仪式感。在死寂的夜晚，有时他们感觉自己的记忆里只剩下这些事，已经很难回忆起革命发生前的生活是什么样的了。革命已经过去多久了，24

天？3 周多而已，却感觉仿佛已经过了 5 年。

接着，天空开始在他们身后变得血红，高悬的卷云变成紫色、锈色、深红色、淡紫色，继而迅速出现金属般的光泽。一片玫瑰色的天空。壮丽的太阳光倾泻到岩石和峭壁的边缘。他们在凹凸不平、明暗分明的地形上如幽灵般移动，同时开始焦急地寻找地面轨道附近简易机场的痕迹。在如永恒一般的长夜过后，他们似乎根本不可能成功找到任何东西，但这时下方出现了明亮的轨道，他们可以在紧急情况下直接降落其上。而且，他们也能定位到一个个信号发射器的位置，并跟地图比对。他们的导航总是比想象中更精确，所以每个清晨他们都能在下方的阴影里找到简易机场，一条金光闪闪的平坦跑道。他们滑翔而下，颠簸地着陆、减速，滑行到他们能找到的设施里，关掉发动机，跌坐在座位里。一切都静止了，不再颠簸震动。他们在这种奇怪的感觉中迎来了新的一天。

***

某天早上，他们降落在珍珠站的简易机场里。迎接他们的十几个男女极其热情，在欢声笑语中无数次拥抱、亲吻着这 6 名旅行者，并在他们回以拥抱和亲吻时大笑。他们 6 人挤在一起，比起上次遇到的质疑和审慎的人群，这样热烈的欢迎更令他们感到警惕。保险起见，迎接他们的人没有忘记用激光扫描器扫描手腕终端机来确认他们的身份。当 AI 确认面前站着的的确是 6 名首百成员时，这群人瞬间兴高采烈，欢呼雀跃起来。6 人被领着穿过闭锁室来到一个公共区域。之后有人立刻跑去拿了几个小罐子，吸了一大口。小罐子里装的是一氧化二氮[1]和泛啡肽的喷雾剂。这之后，他们都开始傻笑起来。

其中一个年轻苗条的美国人开始自我介绍："我叫史蒂夫，我和阿卡狄在火卫一第 12 区一起训练过，也和他一起在克拉克小行星上工作过。我们这里大部分人都和他在克拉克上共事过。革命发生时，我们正在斯基亚帕雷利陨

---

1　一氧化二氮，俗称"笑气"，是一种具有微甜气味的气体，长期吸入会导致成瘾。——编者注

击坑。"

"你知道阿卡狄现在在哪里吗？"娜蒂娅问。

"我们最后一次听说他在卡尔，但他已经跟组织失去联络了，不过他这么做也非常合理。"

一个又高又瘦的美国人蹒跚地走向娜蒂娅，一只手搭到她的肩膀上说："我们并非总这样！"接着大笑起来。

"是的！"史蒂夫表示同意，"但今天是节日！你们没听说吗？"

一个女人咯咯地笑着，从桌子上抬起头，大叫道："独立日！14月14日！"

"看，看这个！"史蒂夫边说边指向电视屏幕。

屏幕上闪现太空的画面，突然，整个人群开始尖叫、欢呼。史蒂夫解释说，他们锁定了一个从克拉克上播放的加密频道，尽管无法解码其中的信息，但可以把它当作灯塔，将珍珠站的光学望远镜对准克拉克。望远镜的图像被传输到公共休息室的屏幕上，就在眼前：黑色的天空群星闪耀，中间的物体遮住了天空，其形状大家早已无比熟悉，一个有点方的金属小行星，缆绳从中延伸出来。"现在，仔细看！"他们对一脸困惑的旅行者们喊着，"快看！"

他们再次欢呼了一声。有些人开始从 100 倒数，有些人开始吸入氦气和一氧化二氮，而那些站在大屏幕前的人则开始唱歌："我们出发去见魔术师，去见奥兹国的魔术师[1]！因为，因为，因为，因为，因为他很厉害！我们出发去见魔术师，去见奥兹国的魔术师！我们……*出发去见魔术师*……"

娜蒂娅颤抖着。人们集体喊着倒计时，声音越来越响，最终变成尖叫："零！"

小行星和缆绳之间出现了空隙。克拉克瞬间从屏幕上消失了。缆绳在群星之间如同一道蛛丝，很快从屏幕里消失了。

---

1 奥兹国的魔术师，出自美国作家弗兰克·鲍姆创作的《绿野仙踪》。

疯狂的欢呼声充满了房间，至少一时之间如此。但欢呼声被打断了，几个庆祝的人被安分散了注意力。她跺着脚，双手捂住了嘴。

"他现在肯定已经下来了！"西蒙在嘈杂声中对安说，"他肯定已经下到地表了！距离他上次跟咱们通话已经过了好几周了！"

房间逐渐安静下来。娜蒂娅站在安旁边，在西蒙和萨沙的对面。她不知道该说什么。安浑身僵硬，双目圆睁，一脸惊恐。

"你们是怎么把缆绳切断的？"赛克斯问。

"嗯，缆绳基本是无法切断的。"史蒂夫说。

"但你们还是切断了？"耶利问。

"不，不是。我们只是把缆绳从克拉克上解了下来。本质上是一样的。缆绳现在正在下坠的过程中。"

人群又开始欢呼，但这次没那么起劲了。史蒂夫在嘈杂声中对 6 人解释道："缆绳根本无法被破坏，它是由石墨细丝制作的，内部包含钻石海绵网格凝胶，并且呈双螺旋状结构。而且每隔几百千米还设置了小型智能防御站，电梯轿厢的安保措施也非常严格。所以，阿卡狄建议我们聚焦于克拉克小行星。缆绳穿过岩石，直达克拉克内部的工厂，缆绳的终端是通过物理方法和磁力固定在小行星的岩石上的。我们通过卫星轨道运送了一堆机器人上去，挖到小行星内部，将热弹放置在缆绳外壳上、磁力发射器的周围。今天，我们一下引爆了所有热弹，在磁力被干扰的瞬间，岩石也液化了，克拉克就像一枚子弹一样摆脱了缆绳，直接飞出去了！我们计算好了时机，它会直接飞向太阳，与黄道面有 24 度夹角！所以，想要追踪它会万分困难。至少我们是这么希望的！"

"那缆绳会怎么样？"萨沙问。

这句话引得周围的欢呼声又变大了。赛克斯在稍微安静的间隙回答了她的问题："缆绳会掉落下来。"他在一台电脑终端机旁，快速敲击键盘，但史蒂夫叫住了他。"我们计算了下降的数值，如果你需要的话可以分享给你。计算非常复杂，涉及很多偏微分方程。"

"我知道。"赛克斯说。

"难以置信。"西蒙说，他的手还搭在安的胳膊上，他四下环顾狂欢者，面色凝重，"这会杀死很多人的！"

"不太可能。"一个人回答说，"而且杀死的大部分也是联合国的警察，而且那些警察一直乘坐电梯下来杀死地面上的人。"

"他应该在一两周前就已经下来了。"西蒙对安反复强调着。安脸色煞白。

"也许吧。"她说。

有些人听到了他们的对话，安静下来。其他不想费心听的人则继续在庆祝。

"我们不知道你的儿子在克拉克上。"史蒂夫对安和西蒙说，他脸上欢乐的表情已经不见了，变得愁眉苦脸的，"如果我们知道的话，我猜我们可以试着联络他。但我们真的不知道。对不起。希望——"他艰难地吞了一下口水，"希望他不在上面。"

安走回桌子边上，坐了下来。西蒙焦虑地守在她旁边。他们似乎根本没听到史蒂夫说的话。

*** 

无线电通信突然变得很频繁，控制了剩余通信卫星的人也听说了缆绳的消息。一些狂欢中的反叛者忙着跑去监听和录下这些消息，剩下的人则继续欢庆。

赛克斯沉浸在屏幕上的数学方程里。"向东。"他说。

"没错。"史蒂夫说，"一开始，缆绳会在中间弯成一个巨大的弓形，下半部分先掉下来，然后上半段也会随之坠落。"

"会有多快？"

"很难说，但我们认为第一圈会持续 4 小时，第二圈可能只要 1 小时。"

"第二圈！"赛克斯说。

"啊，是的。缆绳有 37000 千米长，而火星的赤道周长是 21000 多千米，所以缆绳会绕赤道几乎两圈。"

"赤道上的人们最好赶快跑。"赛克斯说。

"缆绳肯定不会完美落在赤道上的，"史蒂夫说，"火卫一的振荡会让缆绳在一定程度上偏离赤道。这才是最难计算的部分，因为这取决于当缆绳开始坠落时，处于振荡周期的什么位置。"

"偏北还是偏南？"

"接下来几小时内我们就会知道了。"

6名旅行者无助地盯着屏幕。自他们到达以后，周围第一次安静下来。屏幕上只有满天繁星。没有什么好地点可以观察电梯的坠落，而缆绳则更难观察到，只能看到一小部分；直到最后掉下来，否则都看不见整体。如果缆绳起火的话，或许能看到一条火线坠落下来。

"菲莉丝的大桥完蛋了。"娜蒂娅说。

"菲莉丝也完蛋了。"赛克斯说。

＊＊＊

珍珠站的人们和定位好的通信卫星重新建立了联系，包括几颗军事卫星。通过监听这些卫星频道，他们拼凑出了缆绳坠落的部分情况。在尼科西亚，联合国火星事务办公室的团队报告说缆绳坠落在他们的北边，几乎是垂直掉下来的，速度飞快，坠落在地面上仿佛是在切开旋转的星球一样。尽管掉落的位置在他们北部，但他们觉得仍在赤道以南。谢菲尔德传来的声音非常恐慌，夹杂着静电噪声，向他们询问缆绳的位置。掉落的缆绳已经贯穿了半个城市，砸中了一排东边的帐篷，一路沿着帕弗尼斯山的斜坡横穿到东边的塔尔西斯，把一片区域砸成了10千米宽的平地，声爆也席卷而来。声爆本来可能更严重的，但那个高度的大气太过稀薄，所以没有什么冲击力。谢菲尔德的幸存者们想知道，为了躲开第二圈缆绳，他们是该往南跑，还是该绕过陷落火山口往北跑。

他们没有得到回复。水手号峡谷群里的梅拉斯深谷南缘也有人逃出来了，多半是科罗廖夫的越狱者。其中一个叛军频道报告说，缆绳坠落的力道非常大，撞击到地面时就直接四分五裂了。半小时后，一个金色混杂地[1]的钻探小组接通电话说，声爆后他们走出去，发现一大堆闪亮的角砾状的碎石，从地平线一头一直延伸到另一头。

接下来的 1 小时内都没有什么新消息，只有疑问、猜测和谣言。一个戴着耳机的监听员靠到椅背上，向他们伸出大拇指。他打开内部通信，一个激动的声音盖过静电声，大叫道："它爆炸了！只用了 4 秒就掉下来了，从头到尾都在燃烧。它撞击地面时，我们脚下的一切都震了一下！我们这边出现了含水层漏水问题。我们估算缆绳撞击地面的位置大概在我们所在位置以北 18 千米，而我们在赤道以南 25 千米处，所以你们应该能计算出接下来缆绳坠落的位置，希望可以吧。缆绳从头到尾都在燃烧！就像一道白线把天空一劈两半！我从没见过这样的景象。我现在眼前还有视觉残留，是明亮的绿色，感觉就像是流星一直划过……等一下，乔治打进来了。他在外面，他说从他所在的位置看缆绳只有 3 米高，那边是较软的表岩屑区，所以缆绳砸出了一条沟，陷了进去。他说有的地方砸得特别深，直接把土埋上，地面就会恢复平整。那些地方会变成浅滩，他说，因为其他地方的缆绳有五六米高。我猜几百千米内都会是这样！简直就像是中国的万里长城。"

接着，在赤道上的埃斯卡兰特陨击坑传来消息。那里的人听说克拉克出事后立刻进行了疏散，但他们是向南疏散的，所以缆绳差点就砸中了他们。他们报告说，缆绳撞击地面时引起了爆炸，把一层层熔化的岩石喷射向天空，如焰火般的熔岩在黎明的天空上画出弧形，落回地面时变得暗淡无光。

外界喧闹无比，赛克斯却一直没有离开屏幕前。他噘着嘴喃喃自语，同时继续盯着屏幕敲键盘。"第二圈缆绳坠落时会加速到每小时 21000 千米，将近每秒 6 千米。"他说。所有能亲眼看到缆绳的人都将处在危险之中，只有在很远的高处才算安全。缆绳坠落基本上等同于陨石撞击，在 1 秒之内，从地平线

---

1　火星珍珠湾区一个崎岖的陷落区域。

一边到另一边会发生大范围撞击，之后还将伴随声爆。

"我们出去看看吧。"史蒂夫建议说。他愧疚地看着安和西蒙。大家穿好漫步服，来到室外。旅行者们看着户外监控摄像传来的视频图像，以及拦截到的卫星视频图像。夜晚的视频画面非常壮观，一条弯曲燃烧的白色火线，像一把锐利的镰刀，试图将星球切成两半。

6 人感觉很难集中注意力，很难关注并理解看到的现象，更不用提对它有所感知。他们降落的时候就已经精疲力竭，现在更累了，但根本无法睡着。更多视频传输到屏幕上，有一些是无人机的摄像头在昼半球拍摄到的，显示出一长条烧焦的冒着蒸汽的荒芜之地——表岩屑被缆绳砸得溅到两侧，喷射物堆积成了两条平行的土堆。土堆内侧的沟壑里一片漆黑。随着撞击变得更剧烈，漆黑的沟壑里也会混有一些角砾状的斑点。直到看到无人机拍摄的沟壑从地平线一边到另一边的全景图像，赛克斯才认出来，那斑点是黑色的粗钻石。

最后半小时的坠落引起的撞击太过强烈，以致南、北两侧的一切都被夷为平地。人们都说，所有近到能看到缆绳撞击地面的人都没能活下来，大部分无人机也都被砸坏了。没人目睹最后几千千米的缆绳坠落的画面。

塔尔西斯西部传来了一段视频，是第二圈缆绳经过大斜坡时的画面。视频很短，但是内容很劲爆：一道白光出现在天空上，山脉西侧发生了爆炸。另一个视频是谢菲尔德西边的机器人拍摄到的，画面显示，缆绳就在偏南的地方呼啸而过，紧接着大地剧烈地震动，声爆袭来，谢菲尔德边缘的整片区域全都塌陷下去，缓慢地掉落到下方 5 千米的陷落火山口底部。

这之后，又有不少视频在不太稳定的通信系统里传开了，但很多都是重复或延迟的画面，又或许是拍摄的缆绳坠落之后的状况。之后，卫星又相继关闭了。

从缆绳坠落开始到现在已经过去 5 小时了。6 名旅行者跌坐在椅子里，有的人盯着屏幕，有的人没在看。他们都太累了，无法感受，无法思考。

"唉，"赛克斯说，"现在这里的赤道变成我 4 岁那年第一次听说地球赤道时脑中浮现的样子了。一条绕着星球的大黑线。"

安愤怒地瞪了赛克斯一眼，眼神非常凶狠，娜蒂娅甚至担心她会不会站起来揍赛克斯一顿。但他们都没有动。屏幕上的画面仍在闪烁着，喇叭里传出白噪声和静电声。

＊＊＊

在动身飞向沙尔巴塔纳峡谷的第二天，他们亲自看到了南边的新赤道。在黑夜里看去，那是个宽阔而笔直的黑色长幅，一路向西延伸。飞过缆绳时，娜蒂娅一脸凝重地俯视大地。太空电梯不是她的工程项目，但也是一项伟大的工程，现在已经完全被破坏了。一座大桥倒塌了。

这条黑线就如同一座坟墓。地面上被杀死的人并不多，只有帕弗尼斯东部有一些人遇难，但电梯上的大部分人（甚至可能是所有人）肯定都遇难了，至少有几千人。大部分人一开始安然无恙，直到他们乘坐的电梯轿厢撞上大气层，燃烧了起来。

他们飞过废墟时，赛克斯截获了一段关于缆绳坠落的新视频。有人按照时间顺序，编辑了之前发布在网上的实时或事后的视频，发布了一段拼接后的蒙太奇视频。在这段信息量很大的视频里，最后一个片段是缆绳尾端在地面上爆炸。受冲击的区域就像是一个移动的白色圆球，视频上的一个坏点，没有任何视频画面能够原样显示出这样的明亮度。但这段蒙太奇视频之后并没有结束，画面经过了慢放处理，开始变缓，其中一个处理后的画面就是最终的片段。它以无比缓慢的慢动作播放着，这样就能看到以正常速度播放时根本不可能留意到的细节。于是他们看到，随着缆绳划过天空，燃烧的石墨最先剥落，只剩下燃烧的钻石双螺旋结，在夕阳西下的天空里壮观地飘过。

所有的这一切都是一座墓碑。电梯上的人们此时早已死去，灰飞烟灭。但这样奇异而壮丽的画面，很难让观者想到死去的人们。这样的景象仿佛是某种奇幻的 DNA 结构，某种宏观世界里纯粹用光线形成的 DNA，穿过宇宙，被植入这个荒芜的星球……

娜蒂娅不再去看屏幕。她坐到副驾驶的位置上，帮忙观察另一架飞机。漫漫长夜里，她一直盯着窗外，无法入眠，无法从脑海里去除钻石双螺旋飘落的画面。对她而言，这是他们这趟旅程中最漫长的夜晚，黎明前的时间漫长得如同永恒。

但时间流逝，生命中的又一个夜晚过去了，黎明终于降临。日出后不久，他们降落在沙尔巴塔纳峡谷的一个管道维修站的简易机场里，遇到了一群被困在这里的修建管道的工人。这群人没有什么政治立场，只想在一切恢复正常前生存下去。娜蒂娅发现这群人都没什么精神。她试图让他们外出去维修管道，但她感觉他们不太可能会听她的话。

\*\*\*

当夜，他们再次满载人们赠送给他们的补给出发了。翌日清晨，他们降落在卡尔陨击坑被废弃的简易机场里。8 点不到，娜蒂娅、赛克斯、安、西蒙、萨沙和耶利一起穿上漫步服外出来到陨击坑边缘。

拱顶不见了，下方一片烧焦的痕迹。建筑外部没有损坏，但都被烧焦了。几乎所有窗户都破裂或熔化了。塑料墙壁扭曲变形了，混凝土被熏得一片焦黑。到处都是焦黑的煤烟的痕迹，地面上随处可见一堆堆烧焦的炭，看上去就像是彼时广岛的景象。没错，那些都是尸体。可以看出是试图穿过人行道爬回建筑物内的人们的尸体。"城镇里空气的氧气浓度曾经一度非常高。"赛克斯大胆猜测。在这样的大气环境里，人类的皮肤和肉体变得易燃、可燃。这就是在阿波罗号宇航员身上发生的事[1]：他们被困在一个充满纯氧的密闭空间里，一着火，就像煤油一样轻易烧起来了。

这里也是如此。街上的每个人都着了火，像火炬一样到处跑着，甚至可以从这些煤烟堆的位置还原出当时的场景。

他们一起走向东边陨击坑墙壁下的阴影处。在圆形的暗粉色天空下，他们

---

1 指 1967 年导致阿波罗 1 号内 3 名宇航员全部丧生的火灾事故。

停在了一堆焦黑的尸体前,然后继续向前走。他们尽可能地打开建筑物的大门,敲打每一扇紧闭的门,用赛克斯带来的听诊器听墙壁后有没有动静。但听到的只有他们自己的心跳在响亮而快速地回响着。

娜蒂娅跌跌撞撞地四下走动,她的呼吸慌张急促。她强迫自己查看路过的每一具尸体,试着从黑炭堆估测出这些人的身高。这里和广岛、庞贝的状况一样。现代人更高了,但他们还是被烧焦了,就连骨头都被烧成了细长的黑棍。

当她路过一个与自己身形相似的炭堆时,她停下脚步,盯着它看。过了一会儿,她走上前,找到尸体的右臂,用 4 个手指的手套刮开烧焦的腕骨背面,寻找识别码。她找到了。她把它清理干净,像超市收银员扫描商品一样用激光扫描了识别码——艾米莉·哈格罗夫。

她继续扫描了另一个与自己身形相似的炭堆身上的识别码——塔博·莫埃蒂。最好还是调出牙医记录来比对,但她没办法这么做。

她走到市政厅附近的一个炭堆旁时,感觉头重脚轻、浑身发麻。这个尸体独自在这里,右臂外伸,很方便她查看。她清理干净识别码,扫描——阿卡狄·尼科尤维奇·波格丹诺夫。

# 3

　　他们又向西飞行了 11 天。白天躲在隐形毯下，或是和路上遇到的人一起待在避难所里；夜里跟随信号发射器，或是按照遇到的人给他们指示的方向前进。尽管路上遇到的这些人都知道彼此的存在和位置，但他们肯定不属于同一个抵抗组织，也没有以任何方式协调组织起来：有些人和科罗廖夫的越狱者一样，希望能逃到南极极冠附近，其他人则从未听说过这个避难所；有些人是波格丹诺夫主义者，还有些人则是追随不同领导人的革命者；有些人属于宗教社群，或是乌托邦实验者，或是想要联系地球上的政府的国家主义社群；还有一些人就是单纯的幸存者，不属于任何组织，被暴力革命变成了孤立无援的难民。6 名旅行者路过了科罗廖夫，但他们没有尝试进入其中，因为在闭锁室外，他们看到了被冻住的狱警的尸体，有些尸体伫立在门外，仿佛雕像一般。

　　在途经科罗廖夫后，他们再没遇到任何人。无线电和电视信号一片死寂，卫星信号也被切断了。地面轨道上空空荡荡。地球在太阳的另一边。大地一片荒芜，和他们刚到火星时并无两样，唯一的区别是扩散开的一块块霜冻区。他们继续向前飞行，仿佛是整个世界里仅存的活人、唯一的幸存者。

　　娜蒂娅的耳朵里响起了白噪声，毫无疑问是飞机的通风设备造成的。她检查了通风设备，但没找到任何问题。其他人给她找了一些杂事做，让她在起飞前和降落后都有时间单独行动。他们都震惊于卡尔和科罗廖夫的景象，无法去安慰她，这反倒让她感到放松。安和西蒙仍在担心彼得。耶利和赛克斯在担心他们的食物储备。一直只有消耗没有供给，飞机的食品柜都快空了。

但阿卡狄死了，所以这些都不重要了。革命在娜蒂娅看来比以往更无意义，不过是发泄愤怒，而毫无目标，最终只会搬起石头砸自己的脚。整个世界，一片废墟！她建议其他人在公共频道发出消息，宣布阿卡狄的死讯。萨沙表示同意，还帮她说服其他人。"这样有助于让事态尽快平息。"萨沙说。

赛克斯摇摇头。"革命起义没有领导人。而且，估计也不会有人听到。"

但几天后，很显然有人听到了这个消息。他们收到了阿历克斯·扎林发来的回复："听我说，赛克斯，这不是美国革命，也不是法国、俄罗斯或是英国革命。革命在世界各地同时发生！整个世界都处在革命之中。这里的土地面积和地球相当，但只有几千人试着阻止这场革命——而且他们中的大部分还都在太空里。在那儿他们视野良好，但不堪一击。所以，即使他们能成功镇压瑟提斯的起义，赫勒斯滂又会出现另一场起义。想象一下吧，身处太空的军队该如何阻止同时出现在柬埔寨、阿拉斯加、日本、西班牙和马达加斯加的革命？你能做到吗？不能。我真希望阿卡狄·尼科尤维奇能活到现在看到这个场景，他一定会——"

他的消息戛然而止。也许这是个糟糕的征兆，也许不是。但是连阿历克斯在谈及阿卡狄时都难以抑制住沮丧，谁又能做到呢？阿卡狄绝不仅是一名政治领袖——他还是每个人的兄弟。他代表了自然的力量，代表了人类的良知，代表了人类天生的、朴素的公平公正观念。他是每个人最好的朋友。

娜蒂娅陷入悲痛之中。她在夜里帮助机长确认另一架飞机的位置，在白天尽可能多地睡觉。她瘦了不少，头发全白，剩下的灰色和黑色的头发都缠在她的梳子上。她很难开口说话，仿佛喉咙和内脏都凝固了。她成了一块石头，根本无法哭泣。她只能忙于工作。他们遇到的人再没有食物可以分给他们，那些人自己也快没有食物了。他们设置了严格的配给系统，每人只吃一半的分量。

从拉斯维茨出发已经 32 天，行程过了约 1 万千米后，他们终于来到了位于诺克提斯沟网南缘的开罗，就在缆绳坠落点最南端的角落。

＊＊＊

开罗事实上正处于联合国火星事务办公室的控制之下，只是城里没人公开这么说罢了。和其他大型帐篷城镇一样，它无助地暴露在环绕卫星轨道上的联合国火星事务办公室警力舰队的镭射武器威胁之下，这些飞船上个月才成功驶入轨道。战争刚开始时，大部分开罗居民都是阿拉伯人和瑞士人。至少在开罗，这两个国家的人唯一想做的似乎就是避免受到伤害。

不过现在，这 6 名旅行者并非唯一到达的难民。一大批难民刚刚从塔尔西斯被毁灭的谢菲尔德和帕弗尼斯的其他区域来到这里，还有一些人是从水手号峡谷群一路穿过诺克提斯沟网开过来的。现在城市里的人口已是原本的 4 倍，人们生活在街道和公园里，基础设施几近崩溃，食物和氧气都要耗尽了。

在简易机场里，仍顽固坚守岗位的工作人员告诉了 6 名旅行者以上消息，尽管现在已根本不再有定期通航了。她引导他们将飞机停泊在机场尽头的一大堆飞机中间，之后引导他们穿好漫步服，步行 1 千米到城墙那儿。将两架 16D 飞机留下后，一行人步行进城，让娜蒂娅感觉非常紧张。穿过闭锁室后看到的景象令她越发不安：城里很多人都穿着漫步服，携带着头盔，为随时可能发生的失压做准备。

他们来到市政厅，在那里找到了弗兰克、玛雅、玛丽·敦克尔和斯宾塞·杰克逊。看到彼此，他们都松了一口气，互相致意，但没时间好好聊各自的冒险和遭遇了。弗兰克在屏幕前忙碌着，听上去正在和卫星轨道上的某个人交谈。他耸了耸肩，拒绝了他们的拥抱，继续打电话，过了一会儿才挥手向他们致意。显然他连入了一套还在运作的通信系统，也有可能是两套系统。他在接下来的 6 小时内接连不断地对着屏幕上的一张张脸说话，只在喝水或是拨通另一个电话的间隙才停下来歇一歇，根本没空看向他的老朋友们。他总是怒气冲冲，下颌肌肉有节奏地隆起、收缩着。但他看上去的确游刃有余，解释、训话、哄骗、威胁、询问，继而不耐烦地回应他得到的回答。换句话说，就是用他一贯的协商方式，但更生气、更激愤，带有一种更令人害怕的锋芒，他就好像从悬崖上掉落，必须使出浑身解数才能返回一样。

他终于挂断了通话。他靠在椅子上，重重地叹了一口气，继而僵硬地从椅子上站起来，走过来向他们问好，还用手轻轻拍了拍娜蒂娅的肩膀。除此之外，他对这些人的态度非常疏离，并对他们如何历经千难万险来到开罗完全没兴趣。他只想知道他们遇到了谁，在哪儿遇到的，那些离散的群体都过得怎么样，那些人都有什么计划。在交谈中，他有一两次在听说这些群体的位置后，立刻回到屏幕前联系了那些人。6名旅行者感到十分惊讶，他们还以为所有人的通信都和他们一样被切断了呢。"联合国火星事务办公室的通信网。"弗兰克用手摸了摸黝黑的下巴，解释说，"他们为我保留了一些频道。"

"为什么？"赛克斯问。

"因为我在试图停止这场战争。我会尝试促成停火谈判，促成赦免令，团结所有人一起进行重建。"

"但谁会领导这些？"

"当然是联合国火星事务办公室，还有各国政府。"

"但联合国火星事务办公室只能对停火谈判表示同意，对不对？"赛克斯大胆地问，"而叛军只会同意赦免令。"

弗兰克傲慢地点点头，说："而且双方都不喜欢一起参与重建的提议。但现在的状况太糟糕了，他们可能会同意的。自从缆绳坠落以来，又有4处含水层喷发了，都在赤道附近。有人说这是缆绳坠落引起的。"

安听到这个消息后摇了摇头，弗兰克似乎对她的反应很高兴。"我很确定，这些喷发的含水层都是被炸破的。有人在北极深谷的谷口炸开了其中一个含水层，洪水正汹涌地流向峡谷附近的沙丘上。"

"极冠的重量可能一直给含水层增加了很大的压力。"安说。

"你知道阿刻戎团队发生了什么吗？"赛克斯问弗兰克。

"不知道。他们失踪了。说不定和阿卡狄一样。"他瞥了娜蒂娅一眼，郁闷地噘起了嘴，"我该回去工作了。"

"地球上有什么消息？"安质问道，"联合国对这一切是什么态度？"

"火星不是一个国家，而是属于全世界的资源。"弗兰克严肃地复述着，"他们说在这里生活的数量极少的人类没有权力控制这些资源，尤其是在整个人类的物质基础都如此紧张的时候。"

"也许他们是对的。"娜蒂娅听见自己这么说。她的声音粗糙沙哑，她已经好多天都没有开过口了。

弗兰克耸了耸肩。

赛克斯说："我猜这就是为什么他们对多国联合会如此优待。在我看来，在这儿，多国联合会的安保人员似乎比联合国火星事务办公室的警力还要多。"

"没错。"弗兰克说，"联合国花了好久才同意派维和部队过来。"

"他们不介意让其他人来做脏活。"

"当然了。"

"地球方面呢？"安再次问。

弗兰克耸耸肩，说："七国集团似乎在控制局势。"他摇摇头，"但情况真的很难讲，太难判断了。"

他走回屏幕前继续打电话。其他人也离开去用餐、洗漱、睡觉、聊天，聊朋友和熟人的近况，打听其他首脑的消息，以及地球传来的新闻。方便旗被南半球的贫穷国家摧毁了，多国联合会显然都转去寻求七国集团的援助了。七国集团接收了他们，动用强大的军事力量保护他们。目前，第 12 次停火谈判的尝试已经持续好几天了。

总之，旅行者们有一些时间来尝试和恢复精力。但每次他们穿过大厅，弗兰克都在那里。他的情绪越来越糟糕，在接连不断的远程外交噩梦中咒骂着，用迫切、轻蔑而愤恨的语调滔滔不绝地讲着电话。他已经不再试图劝诱对方，他耗尽了耐心。他想要撬动整个世界，却没有任何支点，或者只有最脆弱的支点。他的杠杆主要是他以前在美国的关系，以及他现在和很多起义领导者之间的私交，这两者几乎都被当下的局势和信号屏蔽给切断了。而且，这两者对于火星本身也变得越来越不重要了，因为联合国火星事务办公室和多国联合会的军队收复了一个又一个城镇。在娜蒂娅看来，弗兰克现在正试图通过纯粹的愤怒之力来推动这个过程，而他愤怒的原因则是自己丧失了影响力。娜蒂娅无法忍受待在他身旁。事态已经够糟糕了，不需要他来火上浇油了。

在赛克斯的帮助下，弗兰克得以用独立的信号联系地球。他们联系到了月球韦加环形山的太空站，那里的技术工人帮助他们来回传递信息。每次信息发送和接收都要间隔好几小时。几天之后，他终于向吴国务卿发送了 5 条加密信息。在等待答复的长夜里，韦加环形山的工作人员播放了几条他们从未看过的地球新闻报道。所有这些报道在提及火星的情况时，都把起义描述成了犯罪分子造成的小麻烦。这些犯罪分子主要是科罗廖夫的逃犯，他们毫无理由地寻衅滋事，肆意破坏公共财物，杀死了很多无辜群众。科罗廖夫门外被冻住的狱警尸体的画面在这些报道中被放在了最显眼的位置，卫星拍摄的含水层喷射的画面也是如此。持怀疑观点的新闻节目提到，所有这些视频画面都是联合国火星事务办公室提供的。有一些中国和荷兰的电视台甚至质疑联合国火星事务办公室提供的视频画面的真实性，不过他们也没能提供另一套说法来解释现状。总体而言，地球上的新闻媒体传播的都是多国联合会的那一套说辞。娜蒂娅指出这一点后，弗兰克冷笑一声。"当然了，"他轻蔑地说，"地球新闻就是由多国联合会控制的。"说完，他关掉了声音。

在弗兰克身后，坐在竹质沙发上的娜蒂娅和耶利本能地身体前倾，仿佛这样就能听见静音的电视里的声音。他们被切断一切新闻消息的时间只有两周，但漫长得仿佛一整年。他们无助地盯着电视看，接收任何能接收到的消息。耶利甚至站起身将声音再次打开，而弗兰克头低垂着，已经坐在椅子里睡着了。当播放到一条国务院的消息时，他惊醒了。他调高音量，盯着屏幕上的小小的人脸，用沙哑而刺耳的声音咒骂了一声，接着就闭上眼睛继续睡了。

在通过韦加太空站建立联系后的第二晚，他终于成功让吴国务卿答应给位于纽约的联合国分部施压，要求他们恢复与火星的通信，并在完成对目前事态的评估前，暂停所有军事行动。吴国务卿也会试图要求多国联合会将其安保警力撤回地球。但在弗兰克看来，这根本不可能做到。

弗兰克向韦加发送了最后一条确认回复，然后关上了电脑，此时已经日上三竿了。耶利在地板上睡着了。娜蒂娅僵硬地站起来，去公园里散步，打算借着日光观察一下周围。她不得不跨过好多睡在草地上的人。他们三五成群，挤在一起取暖。瑞士人搭建了大厨房，沿着城墙建了一排简易厕所。这里看着就像是施工现场。娜蒂娅突然感觉有眼泪从脸上滑落。她继续向前走。可以在光天化日之下散步的感觉真好。

最终她回到了市政厅。弗兰克站在玛雅旁边，玛雅正在沙发上睡觉。他面无表情地盯着她看，接着面无表情地看向娜蒂娅。"她真的累坏了。"

"每个人都很累。"

"嗯。希腊平原现在怎么样？"

"被水淹了。"

他摇了摇头。"赛克斯会很高兴的。"

"我也一直这么说。但我认为他也觉得事态失控了。"

"是啊。"他闭上眼睛，似乎睡了一两秒，"对于阿卡狄的事，我很遗憾。"

"嗯。"

又是一阵沉默。"她睡得像个孩子。"

"是有点像。"实际上，娜蒂娅从未见过玛雅如此衰老的样子。他们都快80岁了，无论是否接受了长寿治疗，他们都老了。在他们的内心里，他们都已经老了。

"韦加的人告诉我，菲莉丝和克拉克上的人打算利用紧急备用火箭，穿越太空到达他们那里。"

"他们不是已经离开黄道平面了吗？"

"现在的确是，但他们打算接近木星，利用木星引力甩向韦加。"

"那可要花上一两年的时间吧？"

"大约要一年。希望他们完全错过了轨道，或者直接被木星吸走，或者耗尽了食物。"

"我看出来你不喜欢菲莉丝了。"

"那个浑蛋。目前的种种，她要负大部分责任。她向多国联合会承诺，每一块金属都会派上用场，然后把公司都忽悠到火星上——她觉得在这些人的支持下她就能成为火星皇后了。你真该看看她在克拉克上的样子，俯视整颗星球的模样像个自命不凡的小丑。我真想掐死她。我真想看看她发现克拉克脱离缆绳飘走时脸上的表情是怎样的！"他大笑起来，语带嘲弄。

玛雅被笑声吵醒了。他们把她扶起来，一起走进公园里去找吃的。他们找到一群穿着漫步服、挤在一起排队的人。那些人咳嗽着，搓手取暖，哈出的气像白棉花球一样。没什么人在交谈。弗兰克厌恶地扫了一眼周围。等他们拿到自己的那份薯饼和塔布雷沙拉后，弗兰克狼吞虎咽地吃下，然后对着手腕终端机说起了阿拉伯语。"他们说阿历克斯、叶芙根妮娅和萨曼莎正在从诺克提斯赶来，和我的贝都因朋友一起。"他挂掉电话后告诉了其他人。

这是个好消息。最后一次听说阿历克斯和叶芙根妮娅的消息时，他们正在金色混杂地的瞭望点。那里是叛军的堡垒，叛军击落了好几艘卫星轨道上的联合国飞船，后来被从火卫一发射的导弹摧毁了。一整个月，没人听到过萨曼莎的消息。

于是当天下午，城里的首百们一起来到开罗北门迎接他们。开罗北门外是一条自然坡道，直通诺克提斯最南端的峡谷。一条路从峡谷底部一直连接到这条坡道上，一眼望去可以看到谷底。没过多久，就能看到一队火星车缓慢地移动着，沿途扬起一小堆尘雾。

过了将近1小时，车队才开到坡道最后一段，距离大门只剩3千米了。这时，一团巨大的火球突然不偏不倚地砸到车队中间，掀翻了好几辆火星车。车子直撞到悬崖峭壁上，有几辆直接翻到坡道下方。余下的几辆车旋转着急停下来，熊熊燃烧。

紧接着，北门传来一声爆炸，人们纷纷四下躲避。喊叫和呼救声从公共频道传来。然后袭击停止了，众人站起身来。帐篷的布料还是好的，但闭锁室的门卡住了，纹丝不动。

道路远处，几缕褐色的烟雾升到空中，飘向东方，被黄昏的风吹入诺克提斯内。娜蒂娅派出一辆自动火星车去查看是否有幸存者。手腕终端机里只有静电声，除此之外什么声音都没有。娜蒂娅对此感到感激。难道还希望听到什么？尖叫声？弗兰克对着手腕终端机咒骂着，在阿拉伯语和英语之间来回切换。他们非常无助，试图搞清楚发生了什么。但阿历克斯、叶芙根妮娅、萨曼莎……娜蒂娅惊恐地望着手腕上的小图像，调整着机器人的摄像头，心里非常害怕。被炸得四分五裂的火星车。几具尸体。没有任何东西在移动。一辆火星车仍在冒烟。

"萨沙在哪儿？"耶利喊道，"萨沙在哪儿？"

"她在闭锁室里。"有人说，"她正要出去迎接他们。"

众人跑过去，试图打开内侧的闭锁室门。娜蒂娅冲在前头，按了所有的按钮，接着用工具试图撬开门锁，最终有人递给她一些聚能炸药。他们安置好炸药，后退引爆，门锁像十字弩的弩箭一样飞了出去。他们一拥而上，用撬棍撬开了沉重的房门。娜蒂娅冲进去，跪倒在萨沙身旁。萨沙蜷缩着身体，这是紧急避难的姿势，但她已经死了。她的脸上呈现出火星般的红色，眼睛里已经没有了光。

娜蒂娅感觉自己如果不赶紧移动，就会在这里被冻成冰柱，于是她迅速跑到来时乘坐的火星车旁，跳上其中一辆开走了。她不知道要往哪里去，火星车似乎自己选择了方向。朋友们的声音从手腕终端机里断断续续地传来，听着像是笼子里的蟋蟀。玛雅愤恨地用俄语咒骂着，痛哭流涕。只有玛雅坚强到能够继续感受这一切。"又是火卫一那帮人干的！"她喊道，"那里的人都是疯子！"

其他人都处在震惊之中，他们的声音听上去像是 AI。"他们不是疯子，"弗兰克说，"这样的行动完全是精细规划过的。他们发现这里将要形成一个政治性的聚集地，便尽可能地打击这里。"

"杀人凶手！草菅人命！"玛雅叫道，"法西斯……"

火星车停在市政厅前。娜蒂娅跑进去，来到堆着她的东西的房间。现在这里放着的也只有一个蓝色的旧背包了。她翻找着，根本不知道自己在找什么，直到她仍冻成一团的手摸到了一个袋子，将它从包里拽了出来。阿卡狄的引爆器。没错。她跑回车上，往南门开去。赛克斯和弗兰克仍在那里交谈。赛克斯的语调听上去和以往一样，他说："我们之中已经明确暴露行踪的人，要么在这里，要么已经被杀了。我猜他们正在针对首百。"

"你是指他们要孤立我们？"弗兰克说。

"我看到有些地球新闻节目说我们是罪魁祸首。自从革命爆发，我们之中有 21 个人已经死去了，还有 40 个人失踪了。"

火星车到达了南门。娜蒂娅关闭了内部通信，下了车，走进闭锁室，穿上靴子，戴上头盔和手套。她快速站起身，动身离开，猛地按了开门按钮，等待闭锁室放气后打开房门，就像萨沙之前那样。她们一起经历了过去一个月的变局。她穿过外门，踏上地表，在雾蒙蒙的大风天里，感受着漫步服带来的菱形的寒冷。她穿梭在浮动的微尘和红色的阵风中。空洞的女人，在血色中前行。门外是她的几个朋友和其他一些人的尸体，他们的脸发紫、膨胀，就像是遭遇了施工事故。娜蒂娅见过好几次这样的事故，也目睹过几次死亡，每一次都很恐怖——然而现在，却有人无所不用其极地在故意制造这样的恐怖袭击！这就是战争，极尽一切可能杀人。而这些人本可以活 1000 年的。她想起阿卡狄，又想起 1000 年的时间，不由得发出了一声唏嘘。他们近些年有过争吵，大部分是关于政治的。"你的计划全都过时了，"娜蒂娅说，"你根本不了解这个世界。""哈！"阿卡狄大笑一声，很显然感到了冒犯，"我当然理解这个世界。"他脸上呈现出她见过的最阴暗的表情。她回忆起他把引爆器给她时的样子，他因为约翰的死而悲痛欲绝，因为愤怒和悲伤差点疯掉。"以防万一，"面对她的拒绝，阿卡狄恳求道，"以防万一。"

而现在，"万一"已经发生了。她感觉难以置信。她从漫步服的裤兜里拿出引爆器，握在手里。火卫一从西方地平线冒出头来，像个灰色的土豆。太阳已经落下，但晚霞非常明亮，一片鲜红。她仿佛站在自己的热血之中，就好像她变成了一个像细胞那么小的小人，站在她自己已经腐朽的心脏的心室壁上，周围抚过的风就是她自己浑浊的血浆。火箭在城市北部的太空港里着陆。晨昏镜在西方的天空闪着光，仿佛一群聚集的暮星。天空是一片忙碌之地。联合国的飞船很快就会降落。

火卫一每过 4 小时 15 分钟就会穿过天空，所以她不用等太久。之前它呈半月形，但现在则呈现出盈凸月的形状，几乎快要呈满月了。它离天顶还有一半的距离，以稳定的速度在凝固的天空中移动。她可以勉强看到灰色圆盘内微弱的亮光：两处小小的拱顶陨击坑——谢苗诺夫和拉维金。她拿出引爆装置，输入引爆密码：MANGALA，好像是在用电视遥控器。

紧接着，一道明亮的光从灰色小圆盘的前侧发出。两团微弱的光熄灭了之后，更亮的光出现了。她真的能察觉到火卫一在减速吗？也许察觉不到，但肯定在减速了。

火卫一正在坠落。

***

回到开罗城里，她发现消息已经传开了。闪光太过明亮，人们都注意到了。出于习惯，大家都挤在空白的电视屏幕前，交换着各种猜测和传言，基本的事实好像已经流传开了，或许是有人搞明白了。娜蒂娅穿过一群又一群人，听到人们在说："火卫一被击中了！火卫一被击中了！"有人大笑道："他们把它逼到洛希极限[1]了！"

---

1 洛希极限指一个天体自身的引力与另一个天体对它造成的潮汐力相等时两个天体的距离。当两个天体的距离小于洛希极限，小质量天体就会倾向碎散，成为大质量天体的行星环。这一距离极限值由法国天文学家爱德华·洛希首先测得，故名"洛希极限"。

她还以为自己迷路了，但她几乎没有绕路就直接来到了市政厅。玛雅在门外。"嘿，娜蒂娅！"她叫道，"你看到火卫一了吗？"

"嗯。"

"罗杰说，他们在火星历元年上到火卫一的时候，在那里修建了一整套爆炸和火箭系统！阿卡狄跟你说过这件事吗？"

"说过。"

她俩走进市政厅，玛雅边想边说："如果他们能成功将其减速，那它就会坠落下来。我不知道能否精确计算出它会落在哪里。我们这里可是离赤道非常近啊。"

"它肯定会碎裂的，会落在好多地方。"

"没错。不知道赛克斯怎么想。"

她们找到了赛克斯和弗兰克，他俩挤在一个屏幕前，耶利、安和西蒙挤在另一个屏幕前。联合国火星事务办公室的一颗卫星上的望远镜追踪着火卫一，赛克斯正在计算火卫一跨越火星地面的速度，以此来估算它的速度。在屏幕上显示的图像里，斯蒂克尼陨击坑的拱顶就像法贝热彩蛋[1]，但人们的关注点都在火卫一的前侧，喷发物和气体摩擦燃烧产生的白光将它变得模糊不清、斑痕条条。"快看推进器平衡得多好。"赛克斯对着所有人说，"推进器如果突然喷发，整个火卫一都会四分五裂。如果推力不平衡，火卫一就会旋转起来，被推着四处乱跑。"

"我看出有横向稳定推进的迹象。"他的 AI 说。

"姿态调整喷射仪。"赛克斯说，"他们把火卫一变成了一个巨大的火箭。"

"他们在登陆的第一年就这么做了。"娜蒂娅说，她不知道自己为什么要开口说话，她似乎仍然处在失控状态，几秒后才能察觉到自己在做什么，"很多火卫一的团队成员都是火箭学和导航学方面的专家。他们把冰脉转换成液氧和

---

1 法贝热彩蛋是俄国著名珠宝首饰工匠彼得·法贝热制作的蛋形工艺品。

氛，将之存储在圆柱体容器内，深埋在这颗球粒陨石的内部。发动机和控制系统埋在正中心。"

"所以，它就是个巨大的火箭。"赛克斯点点头，继续打字，"火卫一的运转周期是 27547 秒，所以它的速度是……每秒 2.146 千米，大概吧。为了让它降落，需要减速到……每秒 1.561 千米。

"所以，每秒需要减掉 0.585 千米的速度。要让火卫一这么大的天体减速……啊，那可真是需要相当多的燃料。"

"它现在减到多少了？"弗兰克问。他面色阴沉，下巴的肌肉一突一突地跳着，仿佛是小型的肱二头肌。他很愤怒，娜蒂娅看出来了，他因为无法预料到接下来会发生什么而感到异常愤怒。

"大约每秒 1.7 千米。那些大型推进器都在燃烧。它会降落的，但不会是完整的一块，降落的过程中肯定会分解。我很确定。"

"因为洛希极限？"

"不，是大气制动带来的压力，以及那些空掉的燃料储存室……"

"上面的人会怎么样？"娜蒂娅听到自己在问。

"据说所有人都及时逃脱了。没有人留下来灭火。"

"很好。"娜蒂娅说着，重重地坐在了沙发上。

"所以它什么时候会掉下来？"弗兰克质问道。

赛克斯眨了眨眼。"很难说。要看它什么时候分解，以及如何分解。但我猜会很快，一天之内。赤道附近会有一片区域受到影响，很可能是很大的一片。会形成很壮观的流星雨。"

"这倒是能清除一些坠地电梯缆绳造成的痕迹。"西蒙有气无力地说。他坐在安旁边，关切地望着她。安面色惨淡地盯着西蒙的屏幕，似乎根本没听到他们的交谈。一直没有他们的儿子彼得的消息。这和烧焦的炭堆、手腕终端机上出现的识别码比起来是好是坏？还是没消息更好一点，娜蒂娅心想。但依然很艰难。

"看。"赛克斯说，"它开始分解了。"

卫星上的望远镜让他们非常清楚地看到了解体的画面：斯蒂克尼陨击坑的拱顶破裂，碎成了好多片。陨击坑边缘的线条一直是辨认火卫一的标志物，如今却布满尘埃、裂口大开。这个土豆形状的小世界仿佛绽开的花，裂成了一块块不规则的形状。六七个较大的碎块缓慢地朝火星飘来，最大的在最前面。就在这时，一大块残骸从一侧飞过，其内部深埋的火箭显然仍在运作。剩下的石块开始以不规则的曲线扩散开来，每一块都以不同的速度向下坠落。

"我们可能在碎块的坠落范围内。"赛克斯抬头看着碎片评论道，"最大的碎块很快就会撞到上层大气圈，接下来的一切就很快了。"

"你能推测出坠落点吗？"

"不能，有太多未知因素了。唯一清楚的是，肯定会在赤道附近。我们的位置在赤道南边足够远的地方，大部分碎块不会到达这里，但可能会有很强的散射效应。"

"赤道上的人应该尽快向南或向北撤离。"玛雅说。

"他们很可能已经知道这一点了。而且缆绳坠落时，那片区域的人很可能撤干净了。"

现在只能等待。众人都不想离开这儿再向南撤离，他们似乎已经过了那个阶段了，可能是太皮实或太疲倦，不再去担忧极小概率的危险了。弗兰克在屋子里来回走动，黝黑的脸上满是怒容。最终，他忍不住坐回自己的屏幕前，发了一连串简短而愤怒的消息。他收到一条回复，哼了一声，说："我们争取到了一些时间。在火卫一完全坠落之前，联合国警察都不敢下来。但这之后，他们会像猎鹰一样追捕我们。他们称，引爆火卫一的信号就是从这里发出的。他们已经厌倦了所谓的中立城市的说辞，因为这些中立城市最后都成了叛军的指挥中心。"

"所以，我们只剩下坠落完全结束前的这段时间了。"赛克斯说。

他登入联合国火星事务办公室的网络，查到了碎片的雷达合成图像。这之后，就无事可做了。他们坐下，站起来，四处走动，盯着屏幕，吃冷比萨，小睡一会儿。这些事娜蒂娅一个都没做。她勉强地坐在那里，弯着腰蜷缩身体，胃像秤砣一样往下坠。她什么都没做，只是等待。

将近时间冻结的午夜，屏幕上的某些东西吸引了赛克斯的注意力。他疯狂打字，通过弗兰克的频道发送消息，终于连上了奥林波斯山天文台的摄像机。那里正是破晓前，天色仍然很暗，其中一台摄像机向他们发送了南方的低空景象。黑色的弧形地平线挡住了漫天群星。接着，一大群流星在西方天空以一定角度划过，又快又亮，像是笔直劈下的闪电束，又像是巨大的追踪导弹，接连不断地向东方飞去，再在撞击前一秒突然分裂开，每一次撞击都爆发出一团磷光，就像是一连串核爆最初的几个瞬间。10 秒内，撞击结束了。黑色的大地上留下了一片被发光的黄色烟雾遮盖的区域。

娜蒂娅闭上眼睛，眼前仍浮现出撞击造成的跃动的视觉残留。她睁开眼，盯着屏幕。一团团烟雾从塔尔西斯西边破晓前的天空中涌现出来，升到天空的高处，越过了行星的阴影，被刚刚升起的太阳照亮。这些都是蘑菇云，蘑菇头的地方是明亮的淡粉色，黑灰色的蘑菇柄被上方的反光照亮。阳光缓慢地向下移动，照到仍在涌动的蘑菇柄的位置，直到蘑菇云全部被照亮。接着，一排黄色和粉色的蘑菇云飘浮到淡靛蓝色的天空中，这画面简直就像是马科斯菲尔德·帕里斯[1]笔下的噩梦，太过妖异绮丽，令人难以置信。娜蒂娅回想起缆绳坠落到最后的场景，飞舞的钻石双螺旋结构。为什么毁灭的时刻如此美丽？是因为尺度和规模很大，还是人们内心之中的幽暗导致他们渴望毁灭？又或者这只是各种元素凑在一起形成的巧合，是"美丽并没有道德维度"的终极证据？她紧紧地盯着这个画面，将全部的注意力都集中在上面，但她还是无法理解。

"这些颗粒物足够引起一场全球沙尘暴了。"赛克斯说，"向整个系统中添加的热量也很可观。"

---

1　马科斯菲尔德·帕里斯（1870—1966），美国画家、插画家，其作品有着独特的饱和色调。

"闭嘴，赛克斯。"玛雅说。

弗兰克说："该轮到我们这儿遭遇碎片坠落撞击了，对吧？"

赛克斯点点头。

他们离开市政厅，走去公园里。所有人都面朝西北方站着。四周一片寂静，仿佛在进行某种宗教仪式。这感觉和等待警察的轰炸完全不一样。这时已经是上午了，天空布满灰尘，呈暗淡的粉色。

地平线外突然出现了一颗明亮得刺眼的彗星。人群中传来一阵倒吸冷气的声音，接着是几声惊呼。明亮的白线向他们弯曲而来，疾速划过头顶，消失在东方的地平线外。它划过天空的瞬间，他们都来不及喘一口气。几秒钟后，脚下的大地微微震动，人们的惊呼声打破了沉默。一团烟雾从东方升起，越过粉色的天幕。烟雾肯定升到了 2 万多米的高空。

接着，又一束明亮的白光划过头顶的天空，又是一颗拖着燃烧的扫尾的流星。然后一颗又一颗，一大群燃烧的流星，一齐划过天空，坠落在东方的地平线外，落入水手号峡谷群内。流星雨终于结束了。围观者们步履蹒跚地往回走，他们的眼睛都看花了，残留的画面依然在眼前跳动着。流星雨没有击中他们。

＊＊＊

"接下来，来的就是联合国了。"弗兰克说，"这还是在最好的情况下。"

"你觉得我们该不该……"玛雅说，"我们是不是……"

"落在他们手里才安全？"弗兰克尖酸地说。

"也许我们应该再次起飞。"

"白天飞？"

"嗯，总比待在这里好！"她反驳道，"我不知道你怎么想，但我可不想咱们被拉出来排成一排，一个个枪毙！"

"如果是联合国火星事务办公室的人，不会这么做的。"赛克斯说。

"这可说不准。"玛雅说，"地球上的每个人都觉得我们是罪魁祸首。"

"根本就没有什么罪魁祸首！"弗兰克说。

"但他们需要罪魁祸首。"娜蒂娅说。

这话让他们都怔住了。

赛克斯平静地说："也许有人认为，少了我们，事态会更容易控制。"

＊＊＊

更多关于流星撞击的新闻从另一个半球传来，赛克斯在屏幕前坐下，追踪这些新闻。安无助地站在他身后，越过他的右肩观看着。类似这样的撞击在诺亚纪经常发生，对她而言能亲眼看到这样的流星雨的机会太难得了，即使是人为造成的也值得一看。

在观看流星雨的时候，玛雅不断敦促他们做点什么——离开这里，躲起来——无论如何，做点什么。赛克斯和安没回答，玛雅便咒骂两人。而弗兰克离开这里，去太空港查看那边的情况。娜蒂娅陪他一起来到市政厅门口，她觉得玛雅的话是对的，但也不愿意再听她说话了。她向弗兰克道别后，站在城市的建筑前，看向天空。现在是下午，盛行西风扫过塔尔西斯山坡，带来了撞击形成的沙尘。天空烟雾弥漫，仿佛塔尔西斯另一侧发生了森林火灾。烟雾阻挡了日光，开罗内部也变暗了。帐篷的偏振材质幻化出了一些小型彩虹和幻日，仿佛这世界的结构被万花筒的棱镜分解成了彩色的碎片，在燃烧的烈日下，成了一堆乱七八糟、挤作一团的东西。娜蒂娅颤抖着。更浓密的云雾遮天蔽日，天空暗得如同日食一般。她离开阴影，走进室内，回到办公室里，只听赛克斯正在说："很可能会引发一场全球性沙尘暴。"

"希望如此。"玛雅说，她来回踱步，仿佛一只笼中困兽，"这有助于我们逃跑。"

"逃去哪里？"赛克斯问。

玛雅深吸一口气，说："飞机上储备充足。我们可以回到赫勒斯滂山的居住点去。"

"他们会看到我们的。"

弗兰克出现在赛克斯的屏幕里。他正直视着自己的手腕终端机，画面晃了晃。"我现在正和市长在西门附近。外面有不少火星车。我们把城市所有大门都封锁了，因为外面的人不愿意自报家门。很显然他们包围了这里，试图从外部入侵基础设施。赶紧穿上漫步服，随时准备离开。"

　　"我就说过我们早该走的！"玛雅喊道。

　　"我们走不了的。"赛克斯说，"无论如何，我们现在能逃走的概率和在混战中逃走的概率差不多。如果所有人同时冲击防线，也许我们能以人数取胜，突破防线。听我说，如果发生了意外，咱们就在东门会合，好吗？你们应该赶紧撤。弗兰克，"他又对着屏幕说，"时机合适的话，你也应该尽可能赶过去。我会试着调用基础设施的机器人，至少在天黑前将围攻的人挡在外面。"

　　现在已经是下午3点了，但天空就像是黄昏时分一样，因为高空上弥漫着快速移动的浓密的沙尘。城外的军队自称联合国火星事务办公室的警察，要求城里的人打开城门。弗兰克和开罗市长要求他们提供联合国日内瓦签署的授权，并宣称城里禁止携带武器。对方没有回复。

　　下午4点30分，全城的警报突然响起。帐篷被强行突入，而且很显然是破坏性的，因为一阵强风突然向西扫过街道，每个建筑的气压警报都在大声作响。断电了。一座城市迅速变成了一个破碎的空壳，里面全都是穿着漫步服、戴着头盔的人影在奔跑。人们挤在大门口，被劲风掀翻，被彼此撞倒。到处都是破碎的窗玻璃，空气中充满透明的塑料碎片。娜蒂娅、玛雅、安、西蒙和耶利离开市政厅，穿过人群来到了东门。这里聚集了一大堆人，因为闭锁室门被打开了，有不少人正在向前挤过去。这里很危险，如果有人摔倒一定会发生踩踏事故；如果闭锁室外侧的门是堵住的，那所有人可能都会死。然而这一切都发生在寂静之中，只听得见头盔中的内部通信声和一些背景音。首百们调到他们以前使用的专用频道，弗兰克的声音穿过静电音和外界噪声传了过来："我现在到东门了。你们赶紧往人群外面走，这样我才能找到你们。"他的声音低沉而稳重，"快点，闭锁室门外似乎有问题。"

他们努力穿过人群，看到弗兰克就在墙边，高举着胳膊向他们挥手。"快来，"远处的声音在他们耳边响起，"别和人群挤在一起。反正帐篷也已经坏了，没必要再在那边人挤人了，我们完全可以随意切开帐篷。赶紧直接去飞机停泊的地方吧。"

"我早就说过了。"玛雅刚要开始抱怨，但弗兰克打断了她："得了吧，玛雅。在这样的骚乱发生前我们根本没机会离开的，难道不是吗？"

现在已经是日落时分，太阳穿过帕弗尼斯山和浓密的尘雾之间的缝隙洒下一片光，从下方照亮云层，展示出火星独特的鲜艳夺目的色彩，给混乱的场景打上了来自地狱的光。穿着迷彩服的军人从帐篷的裂口拥入。巨大的太空港摆渡船停泊在外面，从上面源源不断地下来更多的军人。

赛克斯从小巷里走出来。"我觉得我们没办法登上飞机了。"他说。

昏暗中出现了一个身着漫步服、头戴着头盔的身影。"快来。"一个声音从首百专用的频道里传出，"跟我走。"

他们盯着这个陌生人。"你是谁？"弗兰克质问道。

"快跟我走！"陌生人个子不高，面罩下方露出了灿烂却凶狠的微笑。这个男人有着棕色皮肤，脸很瘦。他走上一条通往麦地那城区的小巷。玛雅是第一个跟上的。到处都有戴着头盔的人跑来跑去，没有头盔的人躺在地上，要么已经死了，要么就快死了。他们也能听到警报的声音，但声音被头盔闷住了，所以很微弱。他们脚下有震动的声音，像是某种地震波。除此之外，所有慌乱行为都在一片沉默之中进行着，只能听到自己的呼吸声和其他人的说话声。"我们要去哪儿？""赛克斯，你还在吗？""他往那边走了。"诸如此类。在漆黑一团的混乱中，他们一边奔跑，一边进行着奇怪而亲密的对话。娜蒂娅环视四周，差点踢到一只猫，它躺在街边的草丛里，仿佛睡着了，但其实已经死了。

他们一直跟随的男人在他们的频道上哼着歌，非常沉浸地唱着"嘣，嘣，

*吧嗒嗒嗒*"——可能是《*彼得与狼*》[1]中彼得的主题曲。他非常熟悉开罗的街道，在麦地那狭窄的城区街道里不假思索地转弯，不到 10 分钟就带领他们来到了城墙边。

他们透过变形的帐篷墙向外看。在外面的黑暗中，穿着制服的模糊人影要么独自一人，要么三五成群地跑着，以布朗运动[2]的方式向诺克提斯南缘四散奔逃。"耶利在哪儿？"玛雅突然问道。

没人知道。

接着弗兰克指向一边："看！"

东向的路上，好几辆火星车从诺克提斯沟网里开了出来，是某种造型奇特的快速火星车，从黑暗中毫无征兆地突然出现，没有开前车灯。

"那是谁？"赛克斯问。他转身想询问他们的向导，但那个男人已经不见了，不知道消失在了哪条小巷之中。

"这还是首百的频道吗？"一个新的声音出现了。

"是的！"弗兰克回答说，"是谁？"

玛雅叫道："是米歇尔吗？"

"听力真好，玛雅。没错，是米歇尔。听我说，我们是来帮助你们逃走的，如果你们愿意的话。那些人似乎正在系统性地抹杀掉任何能找到的首百成员。所以，我们猜你们应该会愿意加入我们。"

"我觉得我们全都准备好加入你们了。"弗兰克说，"但我们该怎么做呢？"

"嗯，这才是最难的部分。是不是有个向导带你们来到墙边了？"

"没错！"

"很好。那是郊狼，他很擅长做这种事。现在，原地等待。我们会声东击西、调虎离山，然后再来这里接你们。"

---

1 《彼得与狼》是苏联作曲家谢尔盖·普罗科菲耶夫创作的一首附带旁白的管弦童话。
2 布朗运动是指悬浮在液体或气体中的微粒所做的永不停止的无规则运动，因由英国植物学家罗伯特·布朗发现而得名。——编者注

几分钟后——虽然感觉像是过了几小时——城市里传来好几下爆炸声。他们看到北边的太空港附近出现了好几道闪光。米歇尔又说话了："向东边闪一下头灯。"

　　赛克斯将脸贴在帐篷壁上，打开了头灯。锥形灯光短暂地照亮了烟雾弥漫的前方。能见度已经降低到了 100 米左右，而且还在继续降低。米歇尔继续说着："收到。现在，切开帐篷走到外面来，我们很快就到了。你们全都跳进火星车的闭锁室后我们就会立刻出发，所以请准备好。你们有几个人？"

　　"6 个。"弗兰克停顿了一下答道。

　　"很好。我们有两辆车，所以应该能坐得下。每辆车上 3 个人，可以吗？做好准备，我们必须快点。"

　　赛克斯和安拿出手腕终端机附带的工具箱里的小刀，切开了帐篷。他们像是从褓褓里爬出来的小猫，但很快就把洞开得足够大，方便爬出去。他们全都穿过高到腰部的裂口，爬上了平坦的表岩屑铺成的矮墙。他们身后的爆炸将基础设施炸上了天，强光仿佛摄影机的闪光灯一样切开迷雾，照亮了整个被摧毁的城市，在他们消失在黑暗中之前留下了一个定格的瞬间。

　　突然，他们之前看到过的火星车从尘雾中出现，打着滑停在他们面前。他们猛拉开闭锁室的门冲了进去，赛克斯、安、西蒙上了一辆车，娜蒂娅、玛雅、弗兰克上了另一辆。他们刚滚到地上，火星车立刻启动并加速。"哎哟！"玛雅叫道。

　　"都上来了吗？"米歇尔问。

　　他们互相叫着名字。

　　"很好。我很高兴你们能来！"米歇尔说，"事态越来越艰难了。我刚听说德米特里和埃琳娜都死了，在厄科瞭望点被杀害了。"

　　一阵沉默。他们只听到轮胎摩擦砾石的声音。

　　"这些火星车速度很快。"赛克斯说。

　　"是的，而且减震很好，我猜就是为了这种情况准备的。等我们下到诺克提斯沟网后就会抛弃这些车，因为它们太显眼了。"

"难道你们有隐形车？"弗兰克问。

"嗯，差不多吧。"

在火星车的闭锁室内继续颠簸了半小时后，车短暂地停了下来，他们进入了火星车的主房间。在那里等着他们的是米歇尔·杜瓦，他白发苍苍，满脸皱纹。他盯着玛雅、娜蒂娅和弗兰克，眼中含泪。他一一拥抱了他们，发出奇怪而哽咽的笑声。

"你要带我们去见博子吗？"玛雅说。

"是的，我们会努力的。但去见她的路很漫长，局势也不太好。但我相信我们能做到。哦，找到了你们，我真高兴！我们努力地不断找寻，却只能发现尸体，那感觉真是太糟糕了。"

"我们理解。"玛雅说，"我们发现了阿卡狄的尸体，萨沙今天刚刚遇害，还有阿历克斯、爱德华和萨曼莎，我猜耶利刚刚也……"

"是啊，唉。我们会努力不再让更多人遇害。"

火星车内的屏幕显示着另一辆车内的状况，迎接安、西蒙和赛克斯的是一个面色严肃的陌生年轻人。米歇尔转过头看向挡风玻璃，嘘了一声，示意他们噤声。他们正身处通往诺克提斯的一连串小峡谷的起点，圆形的峡谷底部地势迅速降低。沿着这堵峭壁下降的道路建在一个提供支撑的人工坡道上，但现在人工坡道被炸飞了，同时消失的还有这条道路。

"我们只能步行了。"过了一会儿米歇尔说，"反正到了下面我们也不得不抛弃这两辆车。只有大概5千米的路。你们的漫步服供给还充足吗？"

他们从火星车里重新补充了供给，戴上头盔，然后再次穿过闭锁室。

当他们全都从车里出来后，便站在那里互相打量。6名难民、米歇尔，以及年轻的司机，8个人在黑暗中开始徒步，只在向下攀爬比较困难的路段时才打开头灯。当他们来到峡谷底部的道路上后，关上了头灯，沿着陡峭的砾石路大步前行。道路一直往下，恰是让人脚步轻快、不用费什么劲儿的角度。这个夜晚没有星星，风在他们周围的峡谷中呼啸而过。有时风力非常强劲，感觉在把他们往回推。似乎一场沙尘暴真的在酝酿之中。赛克斯喃喃自语，思索着沙尘暴会限定在赤道地区还是会变成全球性的，但现在根本无从判断。"希望是全球性的，"米歇尔说，"这样我们可以获得掩护。"

"我觉得不会。"赛克斯说。

"我们的目的地是哪里？"娜蒂娅问。

"嗯，金色混杂地里有一个急救站。"

所以，他们不得不横穿整个水手号峡谷群——整整 5000 千米！"我们怎么可能走得到！"玛雅喊道。

"我们有峡谷火星车。"米歇尔简短地回答，"你马上就会看到了。"

道路非常陡峭，他们步行速度很快，关节承受了很大的压力。娜蒂娅的右膝盖开始抽痛，那根早就断掉的手指处多年来第一次感到瘙痒。她很渴，寒冷在身上烙下熟悉的菱形印记。周围太过黑暗，沙尘太大，他们不得不打开头灯。晃动的锥形黄光几乎无法照到地面。娜蒂娅向后方瞥了一眼，感觉他们就像是一排深海鱼，在巨大的深海海底闪烁着；又或者像是行走在某个烟雾弥漫的隧道中的矿工。她内心里的一部分开始享受当下的状况。那是很微弱的扰动，某种生理上的感知，但这是她自从发现阿卡狄的尸体以来第一次感受到一些正面情绪。快感如幽灵一般搔弄着她断掉的手指处，轻微地有些刺痛。

当他们到达谷底时仍是深夜。谷底呈宽阔的"U"形，诺克提斯沟网中的峡谷大多如此。米歇尔走近一块巨石，用手指按了一下侧面，接着拉开了一个活板门。"进去吧。"他说。

里面有两辆巨石越野车：巨大的火星车，外壳是一层薄薄的玄武岩。"这些车散发的热信号该如何处理呢？"赛克斯登上其中一辆车时问。

"我们把所有的热量都导入线圈里，线圈是埋起来的，所以不会产生热信号。"

"好主意。"

那个驾车的年轻人协助他们登上这两辆车。"咱们走吧。"他突兀地说道，几乎是把他们推进了闭锁室。闭锁室的灯光照亮了他头盔下的脸：亚裔，大约25岁。他在帮助这几位难民的过程中没有直视他们的眼睛，可能是对他们很不满或是不耐烦，也许还有些害怕。他语带讽刺地对他们说："下次你们要是再闹革命的话，最好换个方式。"

第　八　章

# 别无选择

SHIKATA GA NAI

当曼谷之友号太空电梯轿厢里的乘客们发现克拉克飘走、电梯即将坠落时，他们立刻赶到门厅和闭锁室，匆忙穿上太空服。这里奇迹般地没发生大规模骚乱。所有的紧张都被压抑在心里，大家表面上都是一副就事论事的样子，注意力集中在闭锁室门口的几个人身上。他们正在试图精准定位电梯轿厢的位置，以及该在何时弃电梯而逃。人群稳定的情绪让彼得·克雷伯恩感到惊讶，他感觉自己的血液在翻滚，肾上腺素在飙升，甚至不知道自己是否能开口讲话。站在前面的一个男人用平稳的语气说，他们已经接近火星同步点。于是众人都挤进了闭锁室，像塞在储藏室里的太空服那样拥挤，然后他们关闭了房门，排空了空气。外侧房门打开，展现出一片方形的太空，如死亡一般漆黑，却又有繁星点点。不带安全绳直接冲入其中令人感到十分恐惧，根本像在自杀，但前面的人已经跳入太空，剩下的人也只能跟随，飘在空中的人仿佛从爆开的种荚里飞出的种子。

　　轿厢和电梯朝东方坠落，很快就消失不见了。身着太空服聚在一起的人群逐渐散开。很多人都调整好身位，将脚对着火星。身下的火星仿佛一颗很脏的篮球。稳住身体后，他们点燃主喷气背包，向上飘动。计算位置的那群人依然在公共频道里交流着，仿佛在解决一个国际象棋难题。他们的确非常接近火星同步轨道，但他们有一个向下的每小时几百千米的速度。燃烧掉主背包里一半的燃料可以抵消大部分的速度，这样他们就可以停留在一个非常稳定的轨道上。鉴于有限的氧气供给，这一点十分重要。换句话说，这样他们就可以死于之后的窒息，而不会被重返大气层产生的热量立刻烧死。这也是他们为什么一开始要跳入太空。有可能在这段时间内就会有救援人员出现，谁都说不准。很显然大部分人都愿意试试。

年轻人把火箭控制杆从手腕终端机里拉了出来，五指都放在按钮上，将火星定位在两脚之间，然后向上浮起。有几个人打算聚在一起，但他觉得这几乎不可能做到，只是在浪费燃料而已。于是他任由他们飘到自己头顶，成为天上的群星。他没有像在闭锁室里时那么害怕了，但他既愤怒又伤心：他不想死。想到本可以拥有的未来，他不由得感到一阵悲伤。他大叫出声，哭了出来。过了一阵子，他停止哭泣，但内心更悲伤了。他忧郁地盯着天上的星星，因一阵阵的恐惧和绝望而发抖，但随着时间流逝，这些情绪逐渐发作得没那么频繁了，从几分钟一次变成几小时一次。他试着主动放缓新陈代谢的速度，结果却适得其反，于是他决定不再去想这件事。他一开始就通过手腕终端机查看了自己的脉搏：每分钟108下。幸好在他们穿上太空服跳出电梯轿厢时他没有查看心率。他撇了撇嘴，开始试图辨认头顶的星座。时间变得非常漫长。

他醒了过来。他意识到自己刚才睡着了，对此感到既好笑又害怕。但没过多久，他又睡着了。过了一阵子，他又醒了过来，这次是真的清醒了。和他一起从轿厢里逃出来的人已经不在视野范围内了，不过头顶的一些星星似乎在移动，有可能就是那些人。无论是太空还是下方的行星地表，都看不到电梯。

这真是个奇异的死亡方式，仿佛是在处刑日的前一天夜里，一整晚都沉浸在太空的梦境中。死亡就像身处太空，唯一的不同是没有群星，也没有思想。在某种意义上，这是个很乏味的等待过程，他等得很不耐烦。他考虑过要不要干脆把保温系统关了，一了百了。想明白他可以随时这么做后，等待的过程变得没那么艰难了，他可以在氧气供给快耗尽时这么做。这个想法让他的脉搏飙升到每分钟130下，于是他集中注意力关注下方的星球。家园，甜蜜的家园。他仍在火星同步轨道附近，已经过了好几小时了，但塔尔西斯仍在下方，只不过现在在更靠西的地方。他现在正在水手号峡谷群上方。

时间在不知不觉中流逝，他又睡着了。他醒来后发现一艘银色的小型太空船停在他面前，像是不明飞行物一样。他惊讶地大叫出声，继而无助地翻滚起来。他心急火燎地按动按钮，调整火箭。当他成功后，太空船依然在眼前。太空船的窗口出现了一张女人的脸，对他说着什么，同时手指向自己的耳朵。他打开公共频道，但她并不在频道里，他找不到她。他开启火箭，朝着太空船飞去，差点撞到飞船上，把女人吓了个半死。不过他成功停了下来，向后退了几步。女人打着手势，问他是否要进来。他用戴着手套的食指和拇指笨拙地比了个圈，大力点了点头，以至于又开始在太空船上方翻滚起来。旋转时，他看到窗户旁边有一扇舱门打开了，就在飞船上面。他稳住身体，慢慢飞向机舱门，不知道自己进去时，一切是否还是真的。他摸到了敞开的舱门。眼泪从眼中涌出，他眨眨眼，眼泪形成了完美的球形，飘在面罩里。他躺倒在船舱的地板上。此时，他只剩 1 小时的氧气量了。

当舱门关闭，闭锁室加压后，他松开头盔，摘了下来。空气很稀薄，但氧气很充足，温度很凉爽。船舱内侧的闭锁室门开了，他走了进去。

飞船上有两个女人，她们在笑着，情绪高昂。"你在那里做什么？是打算就那样降落吗？"其中一个人问。

"我本来在电梯上。"他的声音颤抖着，"我们不得不紧急跳机。你们救到其他人了吗？"

"你是我们唯一看到的人。你想要搭便车下去吗？"

他说不出话，只能吞咽了一下口水。她们又开始笑他。

"我们真没想到能在这里遇到人，天啊！你能承受多少重力加速度？"

"我不知道——大概 3 倍？"

她们又笑了。

"怎么了？你们能承受多少？"

"比 3 倍可多多了。"刚才在窗户边上看向他的女人说。

"多多了。"他嘲笑道,"一个人最多能承受多少啊?"

"我们很快就能知道了。"另一个女人笑着说。小太空船开始加速,直奔火星。他筋疲力尽地躺在她们身后的椅子上,问着问题,从管子里喝水,吃着切达奶酪。她们之前在其中一个反射镜上,在将镜子打翻成一堆纠缠的单分子薄片后,劫持了这艘紧急逃生飞船。她们故意把降落轨道调整得很复杂,因为她们打算降落在南极极冠附近。

彼得沉默地思考着这一切。突然,飞船疯狂地颠簸,窗外忽然变白,继而变黄,然后是一片深沉而愤怒的橘色。重力将他重重地推到座位里,他的眼前一片模糊,脖子很疼。"真是轻飘飘啊。"其中一个女人说,他不知道她是在说他还是在说飞船。

重力的压迫释放了,窗外也变得清晰了。他向外看去,飞船以近似垂直的角度朝着火星栽下去,距离地表只有几千米了。他感到难以置信。驾驶飞船的女人将飞船保持着近似垂直的角度,看上去飞船似乎马上就要插到沙地里了。直到最后一刻,飞船才突然被拉到水平的位置,他又一次被推进了椅子里。"很好。"一个女人评论道。然后,砰的一声,飞船降落了,在阶梯地形上滑行着。

彼得再次感受到重力了。他跟随两个女人爬出飞船,穿过步行管道,走进一辆大火星车里。他感觉头晕目眩,马上就要哭出来了。火星车上有两个男人,他们大声打着招呼,拥抱了那两个女人。"这是谁?"他们高声问道。"哦,我们在太空里遇到了他,他是从电梯上跳下来的。他还没太适应地面。嘿,"其中一个女人笑着对他说,"我们到达地表了,没事了。"

# 1

有些错误永远无法弥补。

安·克雷伯恩来到米歇尔的火星车后排,横躺在 3 个座位上,感受着车轮压过石块时的起起伏伏。她的错误先是来到火星,然后是爱上了火星,爱上了这个所有人都打算毁掉的星球。

火星车外,这颗星球已经被永远地改变了。火星车里,大厅被地板附近的矮窗中的光照亮,让人可以用蛇的视角瞥见伪装的石头车顶下方的景象。他们现在正行驶在诺克提斯高速公路上,路面上有很多坠落的岩石。车速是每小时 60 千米。米歇尔没有费事绕开小石头,当车子压到一块较大的石头时,所有人都从座位上跳了起来。"不好意思。"米歇尔说,"我们必须尽快离开水晶吊灯。"

"水晶吊灯?"

"就是诺克提斯沟网。"

安知道,这个原始的名字是地球的地质学家根据水手号峡谷群的照片起的。但她没说话,她丧失了说话的欲望。

米歇尔继续说着什么,他的声音低沉,令人安心。他很健谈。"如果切断某些地方的道路,就根本没办法开车通过这里了。比如贯穿整个峡谷壁的横断悬崖,还有满是巨石的平原,诸如此类。只要进入水手号峡谷群,我们就安全了,那里有各种各样的越野路。"

"火星车上的补给够我们跨越整个峡谷吗?"赛克斯问道。

"不够。但峡谷里到处都有补给点。"显然,峡谷是隐秘庇护所的交通要塞。官方的峡谷高速公路建成后,给庇护所的人带来了不少麻烦,切断了很多他们的路线。

安在角落里听着米歇尔的话,和其他人一样专注。她对隐秘庇护所非常好奇。这些人别出心裁地利用峡谷。峡谷里的火星车设计和伪装成石头的样子,和从悬崖上坠落的塌砾堆里的数百万碎石别无二致。火星车的车顶是真正的石块,从下方掏空。沉重的隔离层保证车辆的岩石车顶不会被加热,不会被红外探测器探测出来。"而且峡谷里依然散落着大量赛克斯的风车,这些风车也会对遥感图像造成干扰。"火星车底部也加了隔离层,所以不会留下类似蜗牛足迹那样的排热痕迹,导致行踪暴露。联氨发动机散发的热量用于给车内的居住区取暖,剩余的热量被导入线圈中以备后用。如果热量在移动过程中积累过多,他们就会把线圈扔到车下方挖好的洞里,用表岩屑的混合物盖上。等线圈周围的土地被加热后,车早就走远了,所以也不会留下热信号。他们从不使用无线电,而且只在夜里移动。在白天,他们混在一堆石头之中。"即使监控的人比对每一天的图像发现了咱们这块新出现的石头,他也只能当咱们是夜里从悬崖跌落的数千块石头之一而已。自从地球化项目开始运作后,崩坏运动一直在加速,因为每天都在发生凝固和融化现象。从早到晚,每隔几分钟就有东西掉下来。"

"所以,监控的人根本不可能发现我们。"赛克斯惊讶地说。

"没错。没有视觉信号,没有电子信号,也没有热信号。"

"一辆隐形的火星车。"弗兰克从另一辆车里通过内部通信发出刺耳的大笑声。

"没错。在这里,真正的危险正是那些给我们提供掩护的落石。"控制台上的一个红灯灭了,米歇尔笑道,"我们行驶得很顺利,不得不停下来埋一段热线圈了。"

"是不是要花很长时间才能挖出一个洞?"赛克斯问。

"地面上有很多已经挖好的洞，其中一个就在4千米外。我相信我们能坚持到那里的。"

"你们这里真是有一套完备的系统啊。"

"是啊，我们已经在地下生活14年了，整整14个火星年。散热处理工程对我们而言非常重要。"

"但你们的永久居所是怎么处理热量的呢？如果你们有永久居所的话。"

"我们将热量排到深层的表岩屑里，融化冰块，为我们供水。或者直接排放到大气里，伪装成你的那些发热小风车。还有其他一些办法。"

"以前大家都说风车是个坏主意。"赛克斯说。弗兰克在另一辆车里嘲笑他。"过了30年你才发现啊"，如果安能开口的话，她会这么说。

"没有啊，那可真是个好主意！"米歇尔说，"到现在它们肯定已经向大气中增加了数百万千卡的热量了。"

"也就是一个莫霍钻井1小时散发的热量吧。"赛克斯一本正经地说。

他和米歇尔开始讨论起地球化项目。安把他们的交谈声当作背景音，根本没认真听。这样做非常容易，这些日子里，对话对她而言几乎毫无意义，如果真想听懂大家在说什么，她不得不努力去听。她远离他们，放松下来，感受着脚下的火星在跳跃，混乱不堪。火星车短暂地停了一会儿，他们埋了一段热线圈。再次上路时，路况好一点了。现在他们已经到了较深的迷宫里，如果在普通的火星车里，她就可以通过天窗望向狭窄而陡峭的峡谷崖壁。这儿的断裂谷地因坍塌而扩大，地面上曾经一度有冰。但据说所有的水现在全都渗进诺克提斯底部的康普顿含水层里了。

安想到了彼得，不住地颤抖起来。她不敢怀有无谓的希冀，恐惧吞噬了她。西蒙悄悄地观察着她，脸上的忧虑显而易见，她突然厌恶起他如小狗一般的忠诚，如小狗一般的爱。她不喜欢任何人像这样关心她，这是无法承受的重担，是强加于人。

黎明时，车停下了。两辆石顶火星车停在一些相似的岩石堆附近。一整天他们都聚在其中一辆车里，吃很小分量的压缩食物和微波食物，试图寻找电视或无线电信号。他们没有什么收获，只偶尔会捕获一两句话和加密暗语。好似一个以太网的垃圾场，形成了一团混乱的糨糊。尖锐的静电爆炸声似乎是电磁脉冲的结果。米歇尔说车里的电子产品被强化过，应该不会受影响。他坐在椅子里，仿佛在冥想。米歇尔获得了崭新的平静，安暗自想，仿佛他习惯了在藏匿中等待。他的同伴，另一辆车里的那位年轻司机，名叫加清。他的声音里总是带有严肃的、反对的感觉。不过仔细想想，这也是应该的。下午的时候，米歇尔把地形图调到两辆车的屏幕上，给赛克斯和弗兰克指出了他们现在的位置。火星车的行驶路线是从西南向东北，穿过诺克提斯，沿着迷宫里最大的一个峡谷行进。这之后，路线蜿蜒向东，然后高度陡然下降，他们将到达诺克提斯、尤斯深谷以及提托诺斯深谷的边缘交界处。米歇尔管这片区域叫作康普顿断层。这里的地形非常混乱，在穿越这里到达尤斯深谷之前，米歇尔一直都提心吊胆的。要不是有他们偷偷修出的道路，这片区域完全无法通过。"如果那群人发现我们是从这里逃出开罗的，他们很有可能会轰炸这里的道路。"他们在前一晚大概行驶了将近 500 千米，几乎是整个诺克提斯的长度。如果行程顺利，再经过这么一晚后，他们就能到达尤斯，那之后就有更多的道路可供选择了。

当天的天色很暗，空气里都是褐色的微尘，风很大。又一场沙尘暴来了，毫无疑问。气温骤降。听到无线电里有声音说沙尘暴会变成全球性的，赛克斯不屑地哼了一声。不过米歇尔很高兴。如果这是真的，那意味着他们在白天也可以继续前进，这样旅途时间就能缩短一半。"我们还有 5000 千米的路，大部分都是越野路。如果能白天行驶的话就太好了，自从上次的大沙尘暴停止以来，我还没能在白天开过车呢。"

他和加清开始日夜不停地开车，每开 3 小时歇半小时。又过了一天，他们来到了康普顿断层，进入了崖壁高耸的尤斯深谷，米歇尔终于松了口气。

尤斯深谷是水手号峡谷群里最狭窄的峡谷，与康普顿断层相接，并且将西奈高原和提泰尼亚链坑分隔开的那一段只有 25 千米宽。峡谷深深地切开了这片高原，侧面的崖壁有整整 3 千米高，这是一条狭长而巨大的裂缝。不过他们只能在沙尘肆虐的间隙偶尔瞥见崖壁。他们利用白天昏暗的光线，持续沿一条平坦但布满岩石的道路前进，行程非常顺利。车内很安静，他们关上了无线电，降低白噪声的干扰。车外摄像头在比窗户稍高的位置，通过摄像头可以看到漫天飞舞的沙尘，看上去仿佛他们根本没有移动，而且时不时地还会有车子突然转向一旁的错觉。在这样的状况下驾车非常困难，西蒙和赛克斯暂时替换米歇尔和加清，跟随他们的指示驾车。安还是没有说话，他们也没有请她来帮忙开车。赛克斯一边开车，一边瞄着他的 AI 屏幕，屏幕上显示着大气的数值。安从车的另一头看到，AI 显示出火卫一的撞击将大气变得更稠密了，预计将会增加 50 毫巴，增加的幅度非常惊人。新出现的撞击坑仍在向外释气。赛克斯注意到了这一变化，他对此非常满意，露出了一贯的猫头鹰般的表情，完全无视撞击带来的死亡和毁灭。他注意到了安的怒视，打圆场道："我猜这就像诺亚纪一样。"他还想继续说下去，但西蒙瞪了他一眼。他只得闭上嘴，换了个话题。

另一辆车里，玛雅和弗兰克打发时间的方式是打电话到这辆车里，询问米歇尔关于隐秘庇护所的问题，或是和赛克斯一起讨论正在发生的物理变化，或是猜测战争的状况。他们无穷无尽地列举所有可能性，试图理解这一切，试图搞明白究竟发生了什么。他们聊个不停，无休无止。安想，等到审判日来临，所有活人和死人都蹒跚而出之时，玛雅和弗兰克依然在聊天，试图搞明白究竟发生了什么，到底哪里搞错了。

第三天夜晚，两辆车开出了尤斯深谷底部，来到了一个切开峡谷的双纽线山脊处，继而沿着官方建造的水手号峡谷群横贯公路向南岔路驶去。在黎明前的 1 小时，他们看到了头顶的云团，黎明的光线也比前几天更亮。这意味着他们必须寻找掩护了。他们停在峡谷南壁墙脚下的一堆石头中间，聚在前面的车里，等着白天过去。

这里的视野不错，可以看到广阔的梅拉斯深谷，它是所有峡谷里最大的。和梅拉斯平坦而偏红的底部相比，尤斯深谷的石块粗糙且偏黑。安觉得这两个峡谷有可能是古地壳板块的岩石形成的，后来两个板块交错移动，于是并排在一起了。

他们坐等漫长的白天过去，闲聊着，很紧张，很疲惫。他们的头发油得打绺，好几天没梳过了，脸上到处都是沙尘暴带来的微尘，一副灰头土脸的模样。天空有时多云，有时雾蒙蒙的，有时突然有一点点晴。

下午的时候，毫无征兆地，火星车的减震器突然震动起来。众人吃了一惊，赶紧跳起来查看监控屏幕。火星车后端的摄像头照着后方的尤斯深谷，赛克斯突然点击屏幕，调出后摄像头的画面。"霜冻。"他说，"我想……"

摄像头显示出霜雾正在变浓，向他们所在的峡谷的底部移动。他们此时停驻的公路修建在尤斯南岔路地面上方的坡道上。幸好如此，因为随着一声震天动地的巨响，峡谷底部消失不见了，被夹杂着肮脏的白色浊物的黑水覆盖了。那是一大股由巨大的冰块、翻滚的岩石、泡沫、泥浆和脏水混合而成的洪流，汹涌地向峡谷内部流去。洪水的咆哮声如雷，甚至在车内也能感觉震耳欲聋。噪声太大了，根本无法听清别人在说什么。整个火星车都在颤动。

坡道下方的峡谷底部大约有 15 千米宽。洪水在几分钟之内就填满了整个谷底，而且水面立刻开始上升，沿着长坡道开始攀升。洪水撞击斜坡后，水面稍微稳定了下来，积成一摊，在他们眼皮子底下迅速冻结成冰块。一大堆五颜六色的混乱的冰块，诡异地停止不动。众人在轰隆声中大喊大叫，根本说不出有意义的话。他们只能眼睁睁地盯着火星车的矮窗和监控屏幕，目瞪口呆。霜冻的雾气从洪水表面袭来，形成一团薄雾。但不到 15 分钟，冰湖较低的位置又炸裂开，喷涌出一股黑色的水流，撞开塌砾斜坡，崩塌的岩石发出爆炸般的巨响。洪水再次涌向谷底，洪峰已经超出了他们的视野范围，沿着斜坡从尤斯深谷涌向梅拉斯深谷。

***

　　于是，在水手号峡谷群里出现了一条河流，一条汹涌澎湃、偶尔冻结的宽阔河流。安看过一些北方含水层喷发的视频，但她从没有机会亲身经历、亲眼见证。而现在，它就出现在眼前。她感觉难以置信。眼前的整个景象似乎在说着某种无法理解的鸟语。起初，洪水的咆哮震天响，像撕裂锦帛一样震动着他们的五脏六腑。视觉上也很混乱，眼前一片混沌，她根本无法集中注意力观看，无法分辨物体的远近、横竖、动静、明暗。她丧失了从感官中提取信息的能力。她需要克服巨大的困难才能理解车里同伴们说的话。她不知道自己的听力是否出了问题。她无法忍受赛克斯出现在她的视野里，但她多少理解赛克斯的想法。他试图不让她看出来，但很显然他对发生的一切都非常兴奋。赛克斯冷静的扑克脸面具下隐藏着激动的内心，她一直对此心知肚明。现在他兴奋得满脸通红，好像发烧了似的，而且他一直在躲避她的目光。他知道安明白他的感受。对于他胆小懦弱、无法直面她的行为，她非常唾弃，虽然他这么做也有一部分原因是想要照顾她的感受。而且赛克斯一直在屏幕前忙活。她发现他从未蹲下来看向火星越野车的矮窗外，从未看那滔滔洪水。"摄像头的视野更好。"当米歇尔催促他往窗外看一看时，他这么回答。在盯着屏幕看了第一波洪水半小时之后，他转而盯着他的 AI 屏幕，开始研究这对他的项目意味着什么。洪水漫过尤斯，冻结、破碎，再次奔涌而去，肯定涌入了梅拉斯。说不定洪水足够多，甚至能冲进科普莱特斯峡谷，侵袭卡普里和厄俄斯深谷，流到金色混杂地中……尽管从表面上看不太出来，但康普顿含水层真的很大，是火星上已发现的最大的含水层。水手号峡谷群很可能就是因同一含水层先前的喷发而形成的，而塔尔西斯突出部一直在释气……安发觉自己躺在火星车的地板上，看着洪水，试图理解。她试图在脑海中计算流速，只是为了更好地专注于她所看到的景象，为了从即将淹没她的无意义中摆脱出来。尽管她不情愿，但她的确感受到了计算的魅力、景色的魅力，甚至是洪水本身的魅力。几十亿年前，洪水的确在火星上暴发过，当时的景象大概就是这样。到处都是灾难性的大洪水留下的痕迹，沙滩地形、双纽线岛屿、河道河床、河道疤地地貌……古老的破碎含水层重新被注满，塔尔西斯上升流引发巨大的热量和释气。当然这个过程会很缓慢，但经过 20 亿年的时间……

她强迫自己集中注意力去观察。离他们最近的洪水大约有 1 千米远，就在他们下方约 200 米的地方。尤斯北崖崖脚距离他们约有 15 千米远，但洪水布满了整个峡谷。从沿着水流向下滚动的巨岩判断，洪水大约 10 米深。这些滚动的岩石仿佛巨人的保龄球，将冰块砸成碎片，所经之处，留下了冒着黑烟的混合物。开阔洪流的移动速度大约是每小时 30 千米，所以（她点了点手腕终端机上的数字）大约是每小时 450 万立方米的水量，换句话说，也就是有 100 条亚马孙河的河水在奔流。但水流很不规律，水被冻结又炸开，冰块形成的大坝反反复复地建成又摧毁，整片湖面都在冒着蒸汽。洪水沿着每座峡谷和山坡向下涌去，剥离大地地表，直到基岩裸露出来，继而又将基岩撕裂……安躺在火星车的地板上，颧骨感觉得到这种撞击，那是来自地面的猛烈震动。这样的地动山摇在过去几百万年里从未在火星上发生过，这也解释了一些她看到却无法理解的景象：尤斯的北崖正在移动。悬崖峭壁上的岩石剥离下来，跌落进峡谷内，震动着大地，引发了更多崩塌。巨浪激荡着洪水，使其倒灌进上游，漫过了冰块。岩石在吸水后四分五裂，霜雾弥散在本就遍布沙尘的空气里，导致安只能偶尔瞥见北崖。

毫无疑问，峡谷的南崖也在以相似的方式坍塌。南崖就在他们所在道路的右手边，但他们只能看到非常有限的范围。南崖肯定正在坍塌，如果从位于他们上方的位置开始剥落，那他们就死定了。这很有可能——非常有可能。根据她瞥见的北崖的情况，概率可能高达 50%，但北崖的情况可能更糟糕一些。洪水明显冲蚀摧毁了北崖，而南崖可能只有他们行驶的坡道下方发生了一些剥落，所以南边的悬崖有可能更稳固一些——

但这时，下游有什么东西吸引了她的注意力。在那里，南崖果然正在坍塌，一片片巨大的岩层跌落下来。洪水侵入悬崖底部，在塌砾上方炸开，形成了巨大的尘雾。悬崖的上半部分滑落进尘雾里，消失不见了。很快，巨大的山体从尘雾中重新出现，横飞着，真是个奇怪的景象。这一过程引发的巨响震耳欲聋，即使在车里也听得十分真切。接着是漫长的山体崩塌，山体逐渐跌落进洪水，岩石冲撞冰面，阻拦下方的水流。一个瞬间形成的大坝，拦住了流向下游的洪水。于是洪水两岸的高度开始抬升。安看到下方河岸的冰面开始碎裂，继而是冰块，跌入了冒着黑烟和气泡的水中。水面迅速直逼火星车。如果山体垮塌形成的大坝屹立不倒的话，他们很快就会被洪水吞没。安盯着前方散落的一长段黑色岩石，只有一小部分仍位于洪水水面之上。她下方的水面依然在上升，感觉像是在和时间赛跑。巨人正在一边排出浴缸里的水，一边往浴缸里加水。水面上升的速度很快，安低估了流速。她感觉麻木、脱离现实，仿佛身处某种奇特的平静之中。在洪水淹没他们之前，无论大坝是否崩塌，她都感觉无所谓了。在震天响的轰鸣声中，她觉得没必要告诉其他人这一点，而且她也根本没法和他们交流。她感觉在某种程度上，自己甚至在为洪水欢呼。这种死法也不错。

但山体崩塌形成的大坝突然消失在一团暗色的泥浆里，继而非常壮观地垮塌得四分五裂。她一直盯着的湖水水位迅速下降，旋起旋灭，其表面巨大的冰块互相撞击，飞到天上，发出尖锐的响声，其中还掺杂着巨大的轰鸣声，所有声音混在一起，直冲进耳朵，直逼人的听觉极限，音量肯定远超 100 分贝。她一直用手指堵着耳朵。火星车上下震动着。她看到下游远处的悬崖有更多山体在崩塌，毫无疑问是被突然涌出的洪水冲蚀的。崩塌引起震动，继而引发了更多崩塌，直到整个峡谷似乎都要坍塌了。在所有这些噪声和震动中，他们的小车似乎根本不可能幸存。车里的人要么紧握椅子把手，要么和安一样躺在地板上，在轰鸣声的包围下孤立无援。冰块和肾上腺素的混合物在他们的血管里流动着，甚至连麻木不仁的安都感觉难以呼吸。她的肌肉紧绷，抵抗着震动的冲击。

当他们再次能够听到彼此的喊叫时，他们问安发生了什么。安脸色阴沉地盯着窗外，一言不发。显然他们幸存下来了，至少暂时安全了。此刻的洪水表面是她见过的最混乱的地貌，冰块全都碎得四分五裂。湖面的高点已经接近了他们所在的坡道，位于离他们只有大约 100 米的下坡处。重新裸露出的湿湿的地貌已经在 20 秒内从锈黑色变成了脏白色。火星上的冻结时间就是如此短暂。

———————◆———————

　　赛克斯在整个过程中一直都坐在座位上，全神贯注地看着屏幕上闪烁的画面。大量的水会蒸发，或者先冻结再升华，他一边工作一边自言自语。这将是一摊富含二氧化碳的盐水，但最终会变成夹杂着尘埃的雪花，飘落在别处。大气会吸收足够的水分，可能会下好几场雪，甚至会规律性地降雪，形成降水和升华的循环。总之，除了几个高海拔地区，洪水最终会非常均匀地分布在火星表面。反照率会飙升，因此，他们必须降低反照率，按说可以利用阿刻戎团队创造出的雪藻（但阿刻戎已经不复存在了，安在心里默默对他说）。黑冰在白天会融化，夜里又冻上。升华，然后降水。于是，火星上会出现一幅水景画：溪流汇集，形成湖泊，向下游流动，冻结，钻入石缝，升华，降雪，融化，再次流淌。大部分时间里，火星会是一个在冰川或泥石流作用下的世界。但无论如何，这里都会有一幅美妙的水景画。

　　原始火星上的每一个地貌特征都会被融化的溪流溶蚀。红火星就此消失。

　　安躺在矮窗旁的地板上。她不断涌出的泪水也滴入了洪流。泪水越过鼻子"大坝"，沿着右侧脸颊和耳朵向下流淌，她的整个侧脸都湿了。

＊＊＊

　　"这种状况导致我们继续向峡谷底部前进的路途变得十分复杂。"米歇尔边说边露出了一个法式笑容，在另一辆车里的弗兰克也随之大笑。事实上，从目前的状况看，他们根本连 5 千米都无法前进。他们跟前的峡谷高速公路已经被崩塌的山体掩埋住，完全消失不见了。刚刚溅射出的岩石堆四散着，危如累卵，被下方的洪水冲蚀，又被上方刚形成的山坡继续发生的山体滑坡给砸碎。

很长一段时间，其他人都在争论是否该放手一搏。他们不得不提高音量，才能勉强盖过无休无止的洪水的轰鸣声。洪水势头很猛，奔涌而过，完全没有减弱的迹象。娜蒂娅认为继续在坡道上行驶无异于自杀，但米歇尔和加清都很确信他们能找到一条可以通行的路。在经过漫长的步行考察后，他们说服了娜蒂娅，她同意试试，余下的人也随即表示同意。于是翌日，在大沙尘暴和洪流的掩护下，他们开着两辆火星车缓慢地爬上了山体。

这是由砾石和砂石形成的非常粗糙的山体，其中还夹杂着一些巨岩。不过在车道下方有一片区域相对平坦。这片区域是他们可能通行的唯一希望。在这样的路况上驾驶火星车，就像是在铺设得很糟糕的混凝土路上寻找一条没有障碍的道路，需要绕过巨石和偶尔出现的地洞。米歇尔大胆地开着领路车，固执到近乎鲁莽。"孤注一掷。"他欢乐地说道，"你能想象在正常情况下驾车行驶在这样的路面上吗？那可太疯狂了。"

"现在就是这么疯狂。"娜蒂娅阴郁地说。

"唉，我们又能怎么办呢？我们不能往回走，也不能放弃。这是考验人们的灵魂的时刻[1]。"

"而女人则可以安然度过危机。"

"我只是在引用名句。你明白我的意思的。我们根本不可能往回走。尤斯深谷的入口肯定已经被洪水填满了。我猜正是这样的状况让我感觉有点开心。我们有过那么多的选择吗？我们的过去都被抹掉了，唯一重要的就是当下。现在和未来。未来则存在于这片遍布石块的大地之上，而我们就在这里。而且，你知道的，置之死地而后生，只有被逼到绝路，发现无处可退、只能前进时，才能发挥出我们全部的力量。"

于是他们继续前行。但米歇尔很快就没那么乐观了，因为随行的那辆火星

---

1　这句话出自 1776 年出版的《美国危机》第一篇第一句。

车陷进了路面的地洞之中。地洞的洞口被车上的活板门遮挡住了，他们行驶时没有看到。他们费了很大劲才打开了前门，把加清、玛雅、弗兰克和娜蒂娅从车里拉了出来。但车子无论如何也不可能救出来了，他们手头没有千斤顶或杠杆。于是，他们把所有补给都转移到另一辆车里，直到车子被塞得满满的。他们继续前行，8个人和所有补给全挤在一辆车里。

***

其实，出了山体崩塌的区域，路况还算不错。他们沿着峡谷高速路一路开到了梅拉斯深谷底部。这里的公路建在南崖附近，而且梅拉斯深谷非常宽广，所以洪流有很大的空间可以平铺开来，洪水向北方弯曲了一些。听起来，闭锁室外的空气采集机正在以全功率运转。公路远在谷底上方，位于洪水南边，洪水释放出的雾气弥漫在峡谷里，阻挡了北方的视野。

他们顺利地行驶了好几个夜晚，到达了日内瓦尖坡。日内瓦尖坡从巨大的南崖接近洪水边缘的位置突兀地向外伸出。公路在这里向外延伸，但已经被洪水淹没了。他们必须寻找一条地势更高的道路。他们选择了一条绕过山岭矮坡、布满岩石的路，路况非常糟糕，很难行驶。火星车卡在一块向外突出的圆形岩石上，玛雅对着米歇尔大吼大叫，指责他鲁莽草率。她夺过方向盘，米歇尔、加清和娜蒂娅则穿上漫步服出去了。他们合力将车子弄了出来，然后继续向前走，探查前方的路况。

玛雅驾驶着火星车，弗兰克和西蒙在一旁帮她盯着路上的障碍物。赛克斯继续把全部的时间都花在屏幕前。弗兰克时不时地打开屏幕，搜寻电视和无线电信号，试图通过偶尔接收到的无线电静电杂音拼凑出新的消息。在日内瓦尖坡的山脊上，他们正穿过一条窄到不可思议的横贯峡谷，沿着水泥高速公路缓缓前行。他们此刻距离南崖很远，接收到了一些信号，听起来沙尘暴不会变成全球性的。的确，白天的状况也就是偶尔会有点雾蒙蒙的，并没有形成大面积的尘雾。赛克斯称，这是自从大沙尘暴以来执行的固沙策略成功的证据。没有人理他。弗兰克注意到，空气中充满了雾霾，似乎有助于传播微弱的无线电信号。"这是随机共振[1]现象。"赛克斯说。这个现象有点反直觉,弗兰克详细询问了赛克斯其原理。他理解后,发出了一阵苦笑声:"也许所有移居火星的人都是随机共振因子,增强了革命的微弱信号。"

"我认为,用物理现象和现实社会做类比,对理解现状并无帮助。"赛克斯一本正经地说。

"闭嘴,赛克斯。回到你的虚拟现实里去吧。"

弗兰克仍然很愤怒,满腔愤恨。那种怒气从他身上蒸发出来,就像是洪水蒸发出的霜雾。他突然质问米歇尔,问了他很多关于隐秘庇护所的问题,他的好奇心每天都会爆发两三次。安想,等弗兰克见到博子时,博子肯定将面临更严厉的考问。米歇尔冷静地回答了这些质问,无视弗兰克讽刺的语气和愤怒的眼神。玛雅试图让弗兰克冷静下来,反倒更激怒了他,但玛雅依然尝试着安抚他。看到玛雅这么坚持不懈,看到她对弗兰克愤怒的回绝如此无动于衷,安感到很震惊。这是安从未见过的玛雅。安一直觉得玛雅才是情绪最不稳定的人,但现在,在真正的压力下,她却很冷静。

最终他们绕过日内瓦尖坡,回到了南侧断崖下的坡道上。通往东边的道路经常被崩塌的山体阻断,但他们总能找到路,向左绕过被阻断的部分。进展很不错。

他们来到了梅拉斯深谷东部的尽头。在这里,所有大峡谷都变窄了,高度陡降了几百米,向下延伸进入科普莱特斯两座平行的峡谷中。这两座平行峡谷中间由一个漫长而狭窄的台地分隔开。南科普莱特斯峡谷蔓延至250千米外,尽头的悬崖峭壁形成了一个死胡同;而北科普莱特斯峡谷和东部更远处的一些低矮的峡谷连在了一起。他们打算沿着北科普莱特斯峡谷前进。北科普莱特斯是水手号峡谷群里最长的单一峡谷,米歇尔将之称为"英吉利海峡"[2]。它也确实

---

1 随机共振指在某些特定的非线性系统中,在输入信号不变的情况下,通过改变噪声的强度,从而增强微弱信号的检测能力。

2 原文为法语。

就像英吉利海峡一样，越往东走越狭窄，在经度 60 度的地方形成了一个极其狭窄的巨型隘口。在那儿，高耸的峭壁达 4 千米高，相对而立，中间的缝隙只有 25 千米宽。米歇尔管这个隘口叫"多佛[1]门"，看来这里的峭壁是淡白色的，或者曾经是淡白色的。

于是他们沿着北科普莱特斯峡谷前进。随着他们深入峡谷内部，两侧的峭壁在逐渐接近、合拢。洪水几乎铺满了整个峡谷底部，洪流急速前进，表面上的浮冰碎成了小块，在浪头上跳跃着，继而跌落回水里。奔腾的白色洪水的流量是亚马孙河流量的 100 倍，上面满是冰川。峡谷底部被冲蚀剥离，洪水挟带着红色的泥沙奔腾，仿佛流淌着锈色血液的血管，整个星球似乎正在流血而死。洪水的咆哮声震耳欲聋、持续不断、无处不在，让人的思维都变迟缓了。在这种咆哮声中，他们几乎无法交谈，只能用最大的音量喊话，很快他们就减少交谈，只在必要的时候才说话。

但马上，他们就遇到了必须讲话的情况。到达多佛门时，他们发现整个峡谷底部几乎都被洪水灌满了。他们所在的南崖下方的道路只有 2 千米宽，而且每分钟都有一部分消失在洪流中。整条道路似乎随时都有可能瞬间被洪水冲走。玛雅大喊："太危险了，不能继续前进！"她建议后退。如果他们绕回去，沿着南科普莱特斯峡谷开到尽头，想办法爬上上方的台地，那样就可以绕过科普莱特斯坑链，继续前往金色混杂地。

米歇尔却大喊着要坚持前进。他打算继续沿道路前行穿过多佛门。"如果我们快点走是可以通过的！我们必须一试！"看到玛雅仍表示反对，他强硬地补充道，"南科普莱特斯峡谷的尽头非常陡峭！和这些峭壁一模一样，车根本上不去！而且我们也没有足够补给，不可能浪费那么多天！我们不能后退！"

回答他的只有滔天的洪流声。他们坐在车里，心思各异，仿佛被洪水的咆哮声分隔了好几千米远。安暗自希望脚下的坡道突然发生滑落，或者一块南崖

---

1　多佛指英国海岸线上的多佛白崖，其崖体是白色的。

的山体直接掉下来砸到他们，干脆利落地终结他们的犹豫不决，终结这痛苦得令人发疯的噪声。

他们继续前行。弗兰克、玛雅、西蒙和娜蒂娅站在米歇尔和加清身后，盯着他们驾驶。赛克斯坐在屏幕前，像猫一样伸展身体，聚精会神地盯着一小幅洪水的图像。水面短暂地平静并冻住了，爆炸般的噪声减弱成了一种低沉的嗡鸣声。"感觉就像是科罗拉多大峡谷被放大成了喜马拉雅山的那种规模。"赛克斯自言自语，只有安能听到他的话，"卡利甘达基峡谷[1]大概 3 千米深吧？我记得道拉吉里峰和安纳普尔纳峰[2]之间只有四五十千米的距离。在其中填满洪水……"他想不出来能用什么样的洪水做类比，"我想知道这些洪水在塔尔西斯突出部这么高的地势上会产生什么后果。"

枪响一样的碎裂声表明又一波洪峰袭来了。白色的冰川表面开裂，翻滚着奔向下游。白噪声突然吞噬了他们，击打着他们的言语和思绪，仿佛整个宇宙都在震动，像低音音叉一样……

"释气。"安说，"肯定是释气。"她嘴角僵硬，凭此意识到自己已经很久没开口说话了，"塔尔西斯一直位于一股岩浆上升流上方。岩石本身无法维持重量，如果没有地幔内的岩浆上升流提供支撑，隆起肯定会塌陷。"

"我还以为火星没有地幔呢。"她在噪声中听见赛克斯说。

"不，不。"她不在乎他是否能听清自己的话，"有地幔，只是流动得非常缓慢，但目前仍然存在。自上一次大洪水以来，岩浆流已经重新注入了塔尔西斯高地势的含水层里，并且使得类似康普顿这样的含水层保持温暖，所以含水层里的水一直是液态的。流体静压力慢慢积累到极限，但由于缺少火山运动和大陨石的撞击，一直无处释放。有可能 10 亿年来一直在积累。"

"你觉得火卫一的坠落把它砸开了？"

---

1  卡利甘达基峡谷位于尼泊尔境内，从峡谷两边最高的山峰上测量的话，为地球上最深的峡谷。此处作者有笔误，写成了 Kala Gandaki Gorge，应作 Kali Gandaki Gorge。
2  这两座山峰都属于喜马拉雅山脉，位于尼泊尔境内，海拔都在 8 千米以上。

"有可能。更可能是反应堆熔毁造成的。"

"你知道康普顿含水层有这么大吗？"赛克斯问。

"知道。"

"我从来都不知道。"

"是吗？"

安盯着他。他真的没听她说过吗？

他听到了。他只是在隐瞒数据——他很震惊，她察觉到了。他无法想出足够充分的理由来隐瞒。也许这就是他们无法互相理解的根源。他们的价值系统建构在完全不同的基础上，基于完全不同的科学系统。

他清了清嗓子。"你之前就知道它是液态的吗？"

"我一直觉得是。现在确认了。"

赛克斯打了个寒战，调出了左侧摄像头的画面。黑色的冒着气泡的洪水，灰色的残骸，碎裂的冰块，像巨大的翻滚的骰子一样的巨石，才刚形成就被冻结的波浪，一团团的霜雾铺天盖地、横扫一切……噪声又提升到了堪比咆哮的程度。

"如果是我的话，我不会这么做的！"赛克斯喊道。

安盯着他。他一动不动地盯着屏幕。

"我知道。"她说。她又开始对交谈感到厌倦，厌倦其毫无作用。交谈沟通就像是在充斥着巨大的咆哮声的世界里彼此耳语，交谈双方心不在焉、似懂非懂。

＊＊＊

他们尽可能快地穿越多佛门，沿着加来坡道——这是米歇尔起的名字——前进。车速慢得令人着急，他们在落石频发的狭窄道路上艰难前行。地上到处都是散落的巨石，洪水已经冲走了左侧的土地，以肉眼可见的速度侵蚀着坡道。峭壁上的石头在他们眼前和身后滑落，落石不止一次砸到车顶，震得他们全都从座位上跳了起来。某块巨石很有可能毫无预警地直接落到他们头顶，把他们像虫子一样砸死。这种可能性让所有人都提心吊胆，只有安能够安之若素。甚至连西蒙也没空陪在她身边了，他和娜蒂娅、弗兰克、加清一起外出探查前方路况去了。他肯定很高兴能有借口离开她身边，安想，为什么不呢？

他们跌跌撞撞地前行，每小时只能前进几千米。他们日夜兼程，即使霜雾已经散开，卫星完全有可能探测到车子。他们仍继续前进，因为他们别无选择。

最终他们穿过了多佛门。科普莱特斯峡谷再次变得宽阔，他们得到了一丝喘息的机会。洪水转向北边几千米外的地方了。

黄昏时，他们停下了车子。他们已经连续驾驶 40 小时了。他们站起身，拉伸身体，走来走去，然后坐下来一起吃了一顿便餐。玛雅、西蒙、米歇尔和加清精神不错，对于顺利通过多佛门感到很高兴。赛克斯一如既往。娜蒂娅和弗兰克也没有平时那么严肃了。洪水表面暂时冻住了，终于可以不用喊破喉咙才能沟通了。于是他们吃着饭，集中注意力在眼前的小份食物上，漫不经心地聊着天。

安沉默地用餐，也好奇地观察着周围的同伴。她突然对人类的适应性感到敬畏。他们吃着晚饭，在北方传来的嗡鸣声中交谈着，仿佛是一幅完美而欢快的晚餐画面。这画面似乎可以发生在任何时间、任何地点，他们疲倦的脸庞因某种共同达到的成功而显露出欢快之色，又或许仅仅是因聚在一起吃饭高兴——与此同时，车外洪水滔天，落石随时有可能将他们瞬间毁灭。她意识到，餐厅里的快乐和安稳一直都处在这样的背景布前，处在全球性灾难的混乱之中。这样平静的瞬间如肥皂泡一样脆弱易碎、转瞬即逝，注定会消亡。朋友、房间、街道、岁月，没什么可以持续存在下去。安稳的幻觉是在齐心协力无视他们所处的混乱的情况下才创造出来的。他们吃着饭，聊着天，享受着彼此的陪伴，这就像是在洞穴里的生活，在疏林草原上的生活，在筒子楼里、在战壕里、在充斥着轰炸声的城市里的生活。

于是，在风暴中，安·克雷伯恩推了自己一把。她站起来，走到餐桌旁。

她拿起赛克斯的餐盘——赛克斯是第一个吸引她走出来的人——然后是娜蒂娅的、西蒙的。她把盘子放到厨房小巧的镁质水槽里。她清理着盘子，发现自己僵硬的嗓子终于动起来了。她沙哑地开口加入交谈，用属于她的一根细线，和他们一起编织人类的幻想。"风暴之夜！"她擦盘子时，米歇尔站在她身旁看着她说，"真是个风暴之夜！"

＊＊＊

翌日，她是最早醒过来的。她凝视着在日光照射下熟睡的同伴，他们蓬头垢面、脸庞浮肿，因霜冻而身体发黑，大张着嘴，完全一副疲劳过度、昏睡过去的样子。他们看着像是死人。而她一直都没有帮助他们——正相反，她一直在给这个小团队拖后腿。他们每次回到车里时都不得不路过地板上的那个疯女人，她躺在那里，拒绝交流，总是在哭，显然处在极度抑郁的痛苦之中。他们可真需要这个！

她感觉很羞愧，于是爬起来安静地清理了客厅和驾驶舱。那天晚些时候，她还主动轮班，担任驾驶员，开了 6 小时。换班时，她非常疲惫，但她把他们带到了多佛门的东边。

不过他们的麻烦还没有结束。科普莱特斯峡谷的确开阔了一些，南崖大部分地方并未坍塌，但这片区域内有一座长长的山脊，位于峡谷中间，如今成了洪流中的孤岛，将洪流分成南、北两条河道。倒霉的是，南边的河道比北边的河道地势低，洪流自然涌入了南河道，水位沿着南崖逐渐攀升。幸好公路所在的梯道距离水面还有至少 5 千米的距离。但左边是汹涌澎湃的洪水，右边是陡峭的悬崖壁，他们一直都处在紧张的危机感中。至少有一半时间，他们都不得不提高嗓门说话，洪水的咆哮声似乎侵入了他们的大脑，让他们难以集中注意力，难以感知，难以思考。

某天，玛雅攥起拳头使劲砸了一下桌子，大喊道："难道我们就不能等那个山脊形成的孤岛被洪水冲毁吗？"

一阵尴尬的沉默后，加清说："这座山脊有 100 千米长。"

"唉，该死——难道我们就不能等洪水停下后再走吗？我是说，洪水还会继续多久？"

"好几个月。"安说。

"我们等不了那么久吗？"

"我们的食物储备已经不多了。"米歇尔解释道。

"我们必须继续前进。"弗兰克厉声对玛雅喊道，"别犯傻了。"她瞪了他一眼，转身走开了，显然很生气。火星车突然显得很拥挤，仿佛一群老虎和狮子被塞进了狗笼里。西蒙和加清被紧张的氛围压得喘不过气，穿上漫步服外出去侦察前面的路况了。

***

在比山脊孤岛更远的地方，科普莱特斯像漏斗一样，在峡谷壁下方分成了两道深深的沟槽。北部的沟槽是卡普里深谷，南部的沟槽是厄俄斯深谷。因为洪水的存在，他们别无选择，只能沿着厄俄斯前进，不过米歇尔说他们本来也会选择这条路。在这里，南侧山崖的高度终于降低了一点，崖壁被冲蚀出一些河湾，又被几个中等大小的陨击坑砸得四分五裂。卡普里深谷向北弯曲，超出了他们的视野范围。在两座沟槽型的峡谷之间原本是一个三角形的台地，如今成了一个将洪水一分为二的半岛。倒霉的是，大部分洪水流进了地势较低的厄俄斯，所以他们虽然走出了条件恶劣的科普莱特斯峡谷，但仍在洪水的逼迫下紧贴着崖壁前进。车速缓慢，路况奇差，一条修建好的道路都没有。他们的食物和氧气储备都在下降，橱柜几乎快空了。

而且他们很疲惫，非常疲惫。自从逃出开罗已经 23 天了，他们沿着峡谷走了 2500 千米。这段时间里，他们一直在轮流换班睡觉，一刻不停地驾车前行，在洪水造成听力严重损伤的情况下生活，那噪声大得仿佛整个世界都在他们的脑子里咆哮。玛雅不止一次说，他们太老了，无法承受这一切，他们的神经都退化了。他们都在糊弄事，打瞌睡，出各种小差错。

在悬崖和洪水之间的梯道上全是巨石。这些巨石大概率是从附近的陨击坑喷射过来的，或是大规模山体滑坡后留下的残骸。在安看来，南崖上具有凹槽和扇形凹口的大型地形特征是引发支流下沉峡谷的下沉点，但她没时间仔细察看。他们的去路经常被前方的巨石挡死。他们经历了这么漫长的旅程，在如此毁灭性的灾难中穿越了水手号峡谷群的大部分区域，如今居然在即将到达通往峡谷下游的冲积区时被挡住。

他们总能找到一条路继续前行，被阻挡，再找到一条路，又被阻挡，继续找到一条路，如此反复，日复一日。他们将日常补给配额削减了一半。安比任何人驾驶的时间都长，她似乎比其他人的精神更好一点，而且她可能是团队中除了米歇尔外最好的司机。她感觉自己亏欠他们，因为她在前面大部分的旅程中一直一蹶不振。她想尽可能地帮忙。只要不开车，她就会外出帮忙侦察路况。外面依然响声震天，脚下的大地仍在震动。谁都不可能完全习惯这一切，但她尽可能无视这些状况。阳光透过水雾和尘雾，形成大块耀眼的斑点。在日落时分，日晕和幻日出现在天空，一圈圈的光线围绕着暗淡的太阳。整个天空似乎都在燃烧，形成了一幅透纳[1]笔下世界末日的画面。

很快，安也累垮了，不分昼夜地工作太累了。她现在理解为什么同伴们都这么疲惫了，理解为什么他们对她、对彼此都这么不耐烦了。米歇尔没能找到他们应该路过的 3 个补给点，它们要么被山体掩埋了，要么被洪水淹没了，这已经不重要了。半额供给意味着每人一天只能摄入 1200 卡的热量，比他们消耗的量少太多了。他们缺乏食物，缺乏睡眠。对于安而言，还有如死亡一样如影随形的抑郁情绪在体内如洪水般不断席卷而来，像是一股混杂着泥浆、蒸汽、冰块和粪便的黑色泥石流。为了逃避，她不断工作，但她的注意力经常无法集中，常常走神，她听不懂周围人的话，仿佛一阵充满绝望的白噪声将一切都淹没了。

---

1　约瑟夫·马洛德·威廉·透纳（1775—1851），英国浪漫主义风景画家，以富有表现力的色彩、充满想象力的风景闻名。

路况变得更差了。有一天，他们只前进了 1 千米。第二天，他们似乎完全无法前进。梯道上排列成行的巨石就像是巨人设置的马其诺防线。"这是一个完美的分形平面，"赛克斯评论道，"大约是 2.7 维度的。"没人搭理他。

加清在外面步行探路，找到了一条通往洪水岸边的小路。视野范围内的洪水都被冻结了，过去的几天都是如此。冰面一直延伸到地平线外，像地球的北冰洋一样杂乱不堪，脏兮兮的，一大堆黑色、红色、白色的突起混杂在一起。靠近岸边的冰很平，大部分是透明的，能透过冰面直视下方。冰大约只有几米厚，但从水面到水底全都冻住了。于是他们沿着冻结的冰岸继续前行，当岩石阻断道路时，安一把把方向盘打向左边，车子直接甩上冰面。在冰面上行驶和在其他表面上行驶一样平稳，冰为车子提供了支撑。其他人吓得不行，娜蒂娅和玛雅对他们的过度反应嗤之以鼻。"以前我们在西伯利亚的时候，冬天就是这么开的。"娜蒂娅说，"冻住的河可是我们最好的路。"

于是一整天，安都在坑坑洼洼的洪水岸边和冰面上交替驾车前行。这一天他们走了 160 千米，是这两周以来前进得最多的日子。

黄昏时分，下雪了。西风呼啸着吹入科普莱特斯峡谷，夹杂着大块颗粒状的雪花，从旁边飞掠而过，仿佛车子根本没在移动。他们来到了一片刚发生山体崩塌的区域，滑落的山体直接倾斜下来。巨大的岩石散落在冰面上，仿佛这里是一处废弃的街区，老旧不堪的房屋已经坍塌了一半。光线昏暗，呈一片黄昏的灰色。需要有人步行导航，才能带领其他人穿越这片迷宫般的区域。在疲惫地讨论了一阵儿后，弗兰克自告奋勇，外出侦察状况。现在他是唯一还有点力气的人，甚至比年轻的加清还有精神。他从恒久的怒火中汲取力量，这种燃料永远不会耗尽。

他在车前方缓缓地走动，勘察前方路线，然后回到车前，要么摇头，要么挥手指示安开车前进。他们周围一缕缕细长的霜雾混进了飘落的雪花之中，二者在强劲的夜风中混合，飘向黑暗之中。安被黑夜里的一阵劲风吸引了注意力，没看清冰面和地面的交界处——这本来也很难看清，结果车子压到了冻结的河岸旁的一块圆石，左后轮离地打转。安猛踩油门，前轮狂转，但两只轮子只是在沙堆和雪堆里越挖越深。两个后轮被迫悬空，跟地面只有一点接触；而两个前轮则在坑里原地打转。她把车弄抛锚了。

这种情况在之前已经发生过好几次了，但安还是感到很恼怒，因为她是被无关紧要的夜景分了心才抛锚的。

"你到底在搞什么？"弗兰克在内部通信里吼道。安从椅子上跳了起来。她永远无法习惯弗兰克的坏脾气。"赶紧开啊！"他吼道。

"我压到石头了。"她说。

"该死的！你开车时都不看路的吗！停下，别碰方向盘，给我停下！我在前轮下面放上防滑垫片，用杠杆撬起车轮，你赶紧趁机从石头上开下来，然后全速向上坡前进，听明白了吗？又有一波洪峰要过来了！"

"弗兰克！"玛雅叫道，"快上车！"

"把这些该死的防滑垫片放下去我就上车！准备好！"

防滑垫片是一些金属网做成的条状物，上面带有锯齿，把它放在陷进沙地的车轮下面，这样车轮就有东西可以抓。这是古老的沙漠生活窍门。弗兰克低声咒骂着，跑到车子前面，严厉地给安指示方向。安咬紧牙关，遵循着他的指示，胃里拧作一团。

"好了，走！"弗兰克喊道，"快走！"

"你先上来！"安叫道。

"没时间了，快走，洪水快到了！我会爬到侧面的，快走，该死的，快！"

安轻踩油门。车子终于抓住地面，压过石块，后轮终于触地了。车子碾过地面，终于脱困了。但身后洪水的咆哮声突然变大，大块的冰从车旁弹过，伴随着可怕的炸裂声，爆破而出。紧接着，这些冰块被一股冒着蒸汽的黑色泥石流吞没了。洪水拍打着车窗。安一脚油门踩到底，死死握住手中剧烈颠簸的方向盘。在铺天盖地的洪流中，她听到弗兰克的声音喊着："快走！蠢货，快走！"车身在洪水的冲击下不可控制地突然转向左边。安挂在方向盘上，被它甩得左摇右晃。她的左耳因为撞到了什么东西剧痛无比。她稳住方向盘，紧踩油门。车轮不知道压到了什么，车子在水里前进着，洪水从右向左拍打着车子，车子侧面传来沉闷的砰砰声。"快走！"她把油门踩到底，向山上前进。她在驾驶席上疯狂地颠簸着，窗外和屏幕画面上都是水。接着，水从车下流过，窗外终于清晰了。火星车的前车灯照出一片布满岩石和坑洞的地面，开始下雪了，前方是一片裸露的平坦区域。安一直紧踩油门，车子颠簸地奔向那片区域，身后的洪水依然震天响。当她到达这片地势较高的平坦区域后，她用手把自己的腿从油门上抬了起来。车停下了。他们在洪水上方的一条狭窄的梯道上。看上去洪峰已经过去了，但弗兰克·查尔莫斯不见了。

＊＊＊

玛雅坚持要求原路返回寻找弗兰克，因为很可能最开始的洪流是最大的，之后的会小一些。他们照做了，但一无所获。在黄昏的光线下，前车灯在雪中只能照亮 50 米的范围，两束黄色光锥交叠着，在光线外黑灰色的世界里，他们只能看到崎岖不平的火星表面，一大堆东西杂乱无章地浮在水面上，怎么也看不出到底是什么。这里仿佛是一个不可能出现规则形状的世界，没人能在这样的疯狂中活下来。弗兰克不见了，可能是车子启动时被撞飞了，或是被致命的洪水迅速卷走了。

他消失前的大骂声似乎依然回荡在内部通信的静电声里，盖过了洪水的咆哮声。他最后喊出的咒骂声在安听来如同审判一般："快走！蠢货，快走！"这都是她的错，这一切都是她的错。

玛雅默默地哭着、抽噎着，她弯着腰，仿佛胃抽筋了。"不！"她喊道，"弗兰克，弗兰克！我们必须去找他！"她哭得太狠，根本说不出话。赛克斯赶紧翻出药箱，走到她旁边，蹲了下来。"给，玛雅，你要来点镇静剂吗？"她直起身子，从他手里抢过药片。"不！"她尖叫道，"这是*我*的感受，是*我*的男人，你以为我是个懦夫吗？你以为我想变成像你一样的行尸走肉吗？"

她崩溃了，不由自主地抽搐着、哭泣着。赛克斯站起来，眨着眼，露出痛苦而扭曲的表情。安感觉那种表情深深地伤到了她。"拜托,"她说,"拜托,拜托。"她从驾驶座上站起来,走到他们旁边,抓了赛克斯的胳膊一下。她蹲下来,帮娜蒂娅和西蒙一起把玛雅从地板上扶起来,扶到了她的床上。玛雅已经安静多了,对他们毫无反应。她双眼通红,依旧涕泗横流,沉浸在自己的悲伤之中,一只手死死地抓住娜蒂娅的手腕。娜蒂娅低头看着玛雅,脸上有种医生特有的超然、疏离的表情,嘴里喃喃自语着俄语。

"玛雅,我很抱歉。"安说,她的嗓子抽搐着,说起话来非常疼,"都是我的错,我很抱歉。"

玛雅摇了摇头。"这是个意外。"

安无法开口说出当时自己走神了,这话卡在了她的嗓子眼里。玛雅又陷入了一阵剧烈的抽泣,安说实话的机会转瞬即逝。

米歇尔和加清坐上驾驶席,驾车沿着梯道继续前行。

***

如今他们已经到了很靠东边的位置,峡谷的南崖终于下降到和周围的平原连在一起,他们终于可以自由地离开洪水的威胁范围了。洪水继续沿着厄俄斯深谷向北弯曲,在远处汇入卡普里深谷。米歇尔沿着隐秘庇护所的小道前行,但很快又迷路了,因为路标经常被雪覆盖。他花了一整天时间寻找记忆中附近的一个补给点,但一无所获。他们不愿意浪费更多时间,于是决定全速向稍偏北的东方前进,直奔他们一直想去的避难所。米歇尔说它就在金色混杂地南边混乱的地形里。"那里本来是我们的主要定居点。"他向其他人解释道,"我们离开山脚基地后就去了那里。但博子想要去更南边,于是几年之后我们离开了。她说她不喜欢这个地方,因为金色混杂地是一个盆地,她认为总有一天这里会变成湖泊。我当时根本不相信她的话,但如今看来她是对的。也许金色混杂地会是这场洪水最终的归宿,我也说不好。不过避难所比我们现在所在的地势更高,所以应该没问题。那里也许没有人,但还有不少物资。俗话说,风暴中的任何一个港湾都值得停靠,对吧?"

没有人有兴致回答他。

在经历了两天长距离的行车后，洪水终于消失在北边的地平线外了。很快，它的咆哮声也随之消失。覆盖着 1 米厚脏雪的地面也不再震动了。整个世界一片死寂，一动不动，安静得可怕，万物仿佛都被白色的裹尸布覆盖着。当雪停下来的时候，天空仍是雾蒙蒙的，但已经清晰到可以从太空中辨认出他们的车了，所以他们不得不在白天停止前进。在夜里，他们关着大灯前行，穿越一片被淡淡星光照亮的雪原。

安在夜晚驾车。她没有告诉任何人她之前走神的事。她再也不敢走神了。她竭尽全力、聚精会神地驾驶，紧咬嘴唇，把嘴唇都咬流血了。她遗忘了世间万物，只关注光锥照亮的前路。她经常一开车就是一整夜，忘记叫醒轮班的司机，或是干脆决定不叫醒。弗兰克·查尔莫斯死了，这是她的错。她绝望地想要回溯时间，做出改变，但这完全不可能。有些错误永远无法弥补。白茫茫的大地上遍布石块，每颗石头顶上都点缀着雪花，大地斑斑点点的，在夜间很难用肉眼看清，有时候车子似乎已经深深嵌进地里，有时候又似乎飘在空中。一个全白的世界。有些夜晚，她觉得自己正在驾驶一辆灵车，穿越在逝者的身躯之上。娜蒂娅和玛雅坐在车后。现在安觉得彼得肯定也已经死了。

她有两次听到弗兰克从内部通信里朝她大吼大叫，一次是叫她赶紧掉头回去帮他，另一次则是大叫着："快走！蠢货，快走！"

玛雅表现得很坚强。尽管她有很多情绪，但她很坚强。而娜蒂娅大部分时间都保持沉默，安一直认为她是比较坚强的人。赛克斯盯着屏幕，忙个不停。米歇尔试图和老友们聊天，但显然没人想说话，他只好闷闷不乐地放弃了。西蒙总是焦虑地看着安，脸上带着令人难以忍受的关切之情。她受不了，于是躲避了他的目光。可怜的加清肯定觉得自己被困在了老年疯人院里，想到这一点，她差点笑了出来。不过他的精神似乎在某种程度上受到了打击，她不知道为什么，也许是因为看到了一片成了废墟的大地，也许是想到他们越来越小的存活概率，也许只是因为饥饿，根本无法分辨。年轻人总是这么奇怪。但加清让她想起了彼得，所以她也尽量不去看他。

雪让夜晚的一切都在闪烁和跳动。最终一切都会融化，在大地上蚀刻新的河床，将她的火星抹杀掉。火星已经消失了。夜里，她开第二班车时，米歇尔坐在她旁边，帮她看着路标。"我们迷路了吗？"玛雅在黎明前问米歇尔。

"不，我们没有迷路。只不过……我们在雪地里留下了痕迹。我不知道这些痕迹会留存多久，会有多明显，但如果……如果痕迹留存很久，我打算弃车徒步，最后一段路靠步行。所以，我想要确定我们的所在位置后再这么做。我们之前设置了一些石碑来指引方向，但必须先找到其中任意一个。这些路标会出现在地平线上的。作为路标的石碑比巨石更高一些，像石柱一样。"

"白天肯定更容易找。"西蒙说。

"没错。我们明天可以察看一下四周，说不定就能找到了——我们肯定已经在大致范围内了。这些石碑就是给像我们这样迷路的人设计的。我们肯定会没事的。"

然而他们的很多朋友都已经死了。她唯一的孩子也死了。他们的世界已经逝去了。躺在黎明的窗户旁，安试图想象隐秘庇护所里的生活。生活在地下，年复一年。她肯定会受不了的。弗兰克的声音又出现在耳旁："快走！蠢货，快走！该死的！"

黎明时，加清发出沙哑的欢呼声：北方地平线外出现了3根高耸的石柱。两根石柱上横搭着一块石板，仿佛巨石阵的一部分直接飞到了这里。"家在那个方向。"加清说。

但他们需要等待白天过去。米歇尔变得格外小心，不想被卫星发现，只能等到晚上再继续前进。他们安顿下来，补充睡眠。

安睡不着。她因为自己刚刚下定的决心而精力充沛。其他人都在蒙头大睡。米歇尔打着鼾，睡得十分香甜，其他人则是50小时以来第一次睡个安稳觉。安钻进自己的漫步服里，蹑手蹑脚地走进闭锁室。她回过头观察了他们一遍，一群饥寒交迫、衣衫褴褛的人。娜蒂娅残疾的手伸在身体一侧。她从闭锁室出去时不得已弄出了一些噪声，但大家早就习惯在噪声中睡觉了，生命维持系统的嗡嗡声和啪嗒声也给她出门打了掩护。她离开时没有吵醒任何人。

外面总是很冷。她打着寒战向西走，沿着火星车的车辙痕迹前进，这样她就不会被发现了。阳光穿越迷雾照射下来。又开始下雪了，雪花在一束束阳光中泛着粉红色。她疲惫地前进着，直到她到达一座小小的鼓丘山脊处，山脊陡峭的一边尚未被积雪覆盖。她可以沿着裸露的岩石前行，不会留下痕迹。于是她这样做了，直到她感觉累才停了下来。这里真的很冷。细小的雪花垂直降落，在沙谷旁堆积起来。鼓丘的尽头是一块低矮的巨石。她坐在巨石的背风处，关闭了漫步服的加热系统，用一小团雪盖住了手腕终端机上不断闪烁的警报灯。

周围很快就变冷了。天空是浑浊的灰色，夹杂着一些淡粉色。雪花从淡粉色的天空降落到她的面罩上。

她不再打寒战了，享受着令人舒适的寒冷。就在这时，她的头盔被狠狠地踢了一下，然后她被人猛地拉了起来，她的脑子里还在嗡嗡作响。一个穿着漫步服的人用面罩狠狠地撞了她的面罩一下，然后双手紧紧地抓住她的肩膀，一把把她推到地上。"喂。"她虚弱地喊道。她被人抓住肩膀，被迫站起身，左臂被拉向后方，高高地别在背后。袭击她的人摆弄着她的手腕终端机，然后狠狠地推了她一把，她的手臂仍然高举着。如果跌倒的话，她的手腕肯定会扭伤。她感觉到漫步服的加热系统再次开始运作，皮肤上又有了熟悉的菱形的感觉。每走几步，她的头盔就受到猛烈的拍打。

那个人将她押送回火星车上，她感到很震惊。她被推搡着走进闭锁室，那个人跌跌撞撞地跟了进来，关上门，给闭锁室加压，脱下她的头盔，然后脱下自己的头盔。令她万分惊讶的是，那居然是她的西蒙。他脸色发紫，冲她大叫着，拍打着她。他的脸上满是泪水——这是她的西蒙，那个安静的西蒙，现在居然在对她大喊大叫。"为什么？为什么？该死的，你总是这样，一切都是关于你、你、你。总是沉浸在自己的世界里，你可真*自私*！"他的声音越来越高，终于达到了痛苦的最高音。她的西蒙，沉默寡言的西蒙，从未发过脾气，话说从未超过三句，现在在拍打着她，对着她的脸大吼，朝着她喷口水，愤怒得喘不过气来。这突然令她感到非常生气。为什么不是之前？为什么不是在她最需要他展现一点人性的时候？为什么他需要这么长的时间才被唤醒？她一记直拳打到他的胸口，他后退了几步。"离我远点！别管我！"如火星上的死亡一般的寒战和痛苦穿过她的身体，她大吼道，"你为什么不能让我一个人待着？"

他找回了平衡，猛冲过去抓住她的双肩，摇着她。她从未意识到他的双手是如此有力。"因为，"他喊道，停顿了一下，舔了舔嘴唇，喘了口气，"因为——"他双眼圆睁，脸色更加阴沉，仿佛一千句话全都同时跳到了嗓子眼。这是她的西蒙，温和的西蒙！他终于放弃了说出这些话，只是在咆哮着，摇晃着她，大喊着："因为！因为！因为……"

# 2

下雪了。尽管是清晨，天色却很昏暗。风呼啸着刮过混乱的原野，将雪花卷起，撒在破碎的大地上。像城市街区那么大的巨石乱七八糟堆成一团，整个区域被分割成了 100 万个小悬崖、洞穴、台地、山脊、山峰——这么多奇奇怪怪的尖峰、高塔、平衡石，仅靠神灵维持在原地。在这个混乱的地形里，陡峭垂直的石头仍然是黑色的，平坦的大地则覆上了一层积雪，拼凑出一片紧凑而斑驳的黑白色块的景象，所有一切在被狂风吹起的雪花形成的巨浪和薄纱下时隐时现。

接着，雪停了，风止了。黑色的垂直石柱和白色的水平线让周围的一切都显得泾渭分明，这景象并不常见。在阴云下，地面没有影子，都闪着微光，仿佛光线穿透积雪，照射到了低沉的阴云下方。万物的轮廓都是锐利而清晰的，如同凝在玻璃中的景物。

地平线外有几个人影正在移动。他们陆陆续续地走着，直到 7 个人都出现在地平线上，排成了参差不齐的队伍。他们缓慢地移动着，肩膀下沉，头低沉着。他们仿佛在漫无目的地移动着。最前面的两个人时不时地抬起头察看，但他们没有停下，也没有指路。

西边的云层像珍珠贝一样闪着光，在阴天里，这是暗示太阳在下沉的唯一迹象。人影正在攀爬一座从混乱的地形里突出的长长的山脊。在山脊上可以俯瞰四周。

他们花了很长时间才终于爬上山脊，到达岩石遍地的顶峰。再往前走，地势就开始下降了。在顶峰上有个有意思的东西：一大块平底岩石悬在空中，下方由 6 根石柱支撑着。

在阴沉的云层下，他们 7 人靠近这块巨石，停下来仔细观察。接着，他们站在石柱之间、巨石之下。巨石稳稳地罩在他们上方，仿佛是一座巨大的屋顶。圆形的地面很平整，是由切割和抛光的石材铺就的。

其中一个人走向一根较宽的石柱，用一根手指碰了碰它。其他人看向外面平静而混乱的雪景。地面上的一个活板门打开了，7 人一个接一个走进去，进入了山脊内部。

当他们全都消失后，6 根细长的石柱逐渐下沉到地下。石柱一直支撑的巨大石块缓缓下落，直到所有的石柱都消失。巨石稳坐在山脊上，回归了它作为自古以来就存在的令人惊叹的山顶巨石的形象。阴云之外，夕阳西下，落日余晖洒满空荡荡的大地。

***

是玛雅让他们坚持下去，是玛雅敦促他们向南前行。巨石下的避难所在山脊内部，里面有一系列小洞穴，储备了一些应急资源和氧气罐，除此之外空无一人。他们休整了几天，吃饱睡足后，玛雅就开始抱怨。"这样根本无法生活，"她说，"这样的生活无异于行尸走肉，其他人都在哪儿呢？博子呢？"米歇尔和加清再次解释说，隐秘庇护所在南边，人们早就搬到那里去了。"好吧，"玛雅说，"那我们也往南走。"避难所的车库里有几辆车顶伪装成石块的火星车，他们可以在晚上开着这些车前行。玛雅认为，只要开出峡谷他们就安全了。这个避难所早就没法自给自足了，储备量虽然充足，但还是有限，所以他们早晚要离开。最好趁着沙尘暴还能提供一些掩护的时候走。最好现在就走。

于是她催促着疲惫的同伴们赶紧上路。他们把物资搬上两辆火星车，再次上路，向南驶入巨大而满是褶皱的珍珠湾平原。从水手号峡谷群的混乱地形里成功逃脱后，他们每晚都可以行驶几百千米，白天就睡觉补充体力。在几乎完全沉默的 7 天旅程过后，他们已经穿越了阿耳古瑞盆地和希腊平原之间的区域，穿过了南半球高地上无数的陨击坑。他们开始觉得，似乎除了开这两辆小车，他们就没干过别的，这趟旅程似乎要持续到天荒地老。

但某天晚上，他们开到了极地地区的层状地形里。将近黎明时，前方的地平线被照亮了。接着，一片暗淡的白色区域随着他们的接近越来越亮，直到变成一座白色的悬崖。他们终于到达了南极极冠。米歇尔和加清分别驾驶着两辆车，通过内部通信低声交流着。他们一直向前开，到达悬崖下。但他们没有停下，而是继续朝着崖壁向前开，直到车子踏上了被大块冰层覆盖的冻结成块的沙地。巨大的悬崖崖体悬垂在上方，仿佛一道静止在时间中的巨浪，很快就要冲击到海滩上。悬崖脚下有一条隧道直通向冰层内部，一个身着漫步服的人影出现在隧道里，指引着他们向内走。

隧道笔直向前，引领着他们前进了至少 1 千米。隧道足够两三辆火星车并排前行，只是顶部很低。他们周围的冰块是纯白色的，是干冰，只有一些冻结时形成的层状条痕。他们路过了两个填满整个隧道的闭锁室。在第三个闭锁室前，米歇尔和加清停下车，打开车门，跳下车子。玛雅、娜蒂娅、赛克斯、西蒙和安跟着他们一起下了车。他们沉默地走在隧道里。接着，隧道豁然开朗，他们全都停下脚步，被眼前的景象惊呆了。

头顶是一个闪烁着光芒的巨大白冰拱顶。他们站在拱顶下方，仿佛站在一个扣着的碗里。拱顶直径有几千米，高至少 1 千米，也许更甚。它从周围缓缓升高，然后光滑地弯向中心。光线是漫射光，但仍然足够强，就像是阴天的光线。似乎是白色的拱顶自己在发光。

拱顶下的地面上是细腻的红砂，遍地青草，还有一束束高高的竹子和多节的松树。右边有一些小丘，山丘上有一个小村落，一两层高的房子被刷成白色和蓝色，高大的树木散落其中，较粗的树枝上还有竹质房屋和楼梯。

米歇尔和加清向村子走去，指引他们进隧道的女人跑在前面，大叫着："他们来了，他们来了！"拱顶下方远处有一个湖，白色的湖面闪闪发光，荡着涟漪，拍打着湖岸。在较远的湖岸那边是一座蓝色的里科弗核反应堆，它蓝色的倒影映在白色的湖面上。一阵潮湿寒冷的风吹过他们的耳朵。

米歇尔走回来，招待他的老友们，他们像雕塑一样站着一动不动。"快来，外面挺冷的。"他笑着说，"拱顶上有一层水冰，所以我们必须把空气维持在冰点以下。"

人们从村子里拥出，呼朋唤友。小湖畔出现了一个年轻男人，他大步流星地跑过沙丘，向他们狂奔而来。即使在火星上生活了这么多年，这样的飞奔在首百看来依然如梦境一般。过了一会儿，西蒙抓住安的胳膊，大叫："是彼得！那是彼得！"

"彼得。"她说。

然后他们拥入人群之中。这里有很多年轻人和孩子，很多陌生人，但几张熟悉的面孔挤到了人群前面：博子、岩雄、拉尔、拉雅、吉恩。彼得冲过来拥抱了安和西蒙。弗拉德、厄休拉、玛琳娜以及好几个阿刻戎团队的人，全都聚集在他们身旁，伸手拥抱他们。

"这里是什么地方？"玛雅喊道。

"这里是我们的家园。"博子说，"是我们重新开始的地方。"

# 编年史

2010：约翰·布恩和弗兰克·查尔莫斯一起在美国空间站上度过了 6 周。

2020：约翰·布恩 38 岁，率领 4 人小分队成功登陆火星，他是第一个登上火星的人。

2026：*战神号*离开地球轨道前往火星。

2027：地球首百登陆火星。

2032：日本和其他国家的团队到达火星。

2035：博子和农业团队离开。

2046：约翰·布恩开始调查蓄意破坏事件。

2047：彼得·克雷伯恩出生。

2048：长寿疗法开始应用。

2049：大沙尘暴开始。

2051：大沙尘暴结束。

2052：举办第一届奥林波斯山庆典。

2053：约翰·布恩死亡。

2057：《火星条约》修改后重新签署。

2062：革命爆发。

# 鸣　谢

卢·阿罗尼卡、亚当·布里奇、米歇尔·H.卡尔、罗伯特·克拉多克、布鲁斯·福斯特、比尔·费舍、哈尔·汉德里、西西莉亚·霍兰德、费德里克·詹姆森、简·约翰逊、史蒂夫·麦克道、贝斯·米查姆、汤姆·迈尔、詹姆森·爱德华·欧伯格、拉尔夫·维西南萨和约翰·B.韦斯特。

特别感谢查尔斯·谢菲尔德。

**图书在版编目（CIP）数据**

红火星 /（美）金·斯坦利·罗宾逊著；陆絮译 .
北京：中国友谊出版公司，2025. 8. --（火星三部曲）.
ISBN 978-7-5057-6064-6

Ⅰ . I712.45

中国国家版本馆 CIP 数据核字第 20255XH756 号

**著作权合同登记号　图字：01-2025-2480**

**书名**　红火星
**作者**　［美］金·斯坦利·罗宾逊
**译者**　陆　絮
**出版**　中国友谊出版公司
**发行**　中国友谊出版公司
**经销**　新华书店
**印刷**　嘉业印刷（天津）有限公司
**规格**　700 毫米 ×980 毫米　16 开
　　　　37.5 印张　510 千字
**版次**　2025 年 8 月第 1 版
**印次**　2025 年 8 月第 1 次印刷
**书号**　ISBN 978-7-5057-6064-6
**定价**　89.00 元
**地址**　北京市朝阳区西坝河南里 17 号楼
**邮编**　100028
**电话**　（010）64678009

**如发现图书质量问题，可联系调换。质量投诉电话：010-82069336**